Rosemarie Marschner

Im Glanz der Siege

Roman um Prinz Eugen

Rosemarie Marschner

Im Glanz der Siege

Roman um Prinz Eugen

Amalthea

Umschlaggestaltung: Bernd und Christl Kaselow, München
unter Verwendung zweier Gemälde
vom Archiv für Kunst und Geschichte, Berlin
Herstellung und Satz: VerlagsService Dr. Helmut Neuberger
& Karl Schaumann GmbH, Heimstetten
Gesetzt aus der 10,5 Punkt Simoncini Garamond
Druck und Binden: Wiener Verlag, Himberg bei Wien
Printed in Austria
ISBN 3-85002-361-3

Der Wunsch,
dieses Buch zu schreiben,
hat mein Leben von Kindheit an begleitet
und ihm einen Grundton von Sehnsucht beigefügt.
Es sei deshalb jenen Menschen gewidmet,
die in dieser Zeit meine Freunde waren,
und die ich geliebt habe.

R. M.

Inhalt

Eine Kunst, die lebt,
reproduziert nicht die Vergangenheit,
sondern setzt sie fort.

Auguste Rodin

Der Abbé des Königs

1

Der Schnee hing wie Hermelin über den vergoldeten Zaunspitzen am Eingang zum Ehrenhof des Schlosses. Er verdeckte das prächtige Wappen Frankreichs über dem einladend aufgesperrten Gittertor und ruhte leicht und sanft wie eine geträumte Geliebte auf dem geduldig buckelnden Steinpflaster. Ein paar behutsame Fußspuren zwischen den Eingängen der Ministerflügel zu beiden Seiten beeinträchtigten seine Vollkommenheit nicht. Nur in der Mitte, von der Straße aus Paris her, durch das Eingangstor bis hin zum zweiten Innenhof des Schlosses, dem Hof des Königs selbst, lag das Pflaster freigefegt durch unzählige Wagenspuren und die eiligen Huftritte der Pferde.

Hier in der Mitte pulsierte die Macht, bahnte sie sich mit Höllenlärm ihren rücksichtslosen Weg zum Zentrum der Schloßanlage und ganz Frankreichs: den Gemächern des Königs. Reiter, Kutschen, Kommandogeschrei – während der übrige Teil des Ehrenhofs in der Stille versank, gedämpft durch den weichen Schnee und das stählerne Licht des silbergrauen Winterhimmels, der dem Abend entgegendämmerte.

Eugène stand am Rande des Ehrenhofs, dort wo er alles überblicken konnte: die geschäftigen, selbstbewußten Offiziere, die frierenden Wachposten, die weißbehandschuhten Diener, die aufgeputzten Aristokraten mit ihren gepuderten

Gesichtern und ihren rotgeschminkten Lippen – die zweitbeste Garnitur unter den Höflingen des Königs, denn die anderen, die ihm wirklich nahestanden, die Louvre-Clique, waren längst da oben versammelt hinter den hohen Fenstern mit den Rundbogen und den blank geputzten weißen Sprossen. Eugène am Rande dachte plötzlich, daß dies genau der Platz war, an dem er sich immer befand: am Rande. Am Rande in seiner Familie, am Rande aber auch unter den jungen Leuten, mit denen er seine Zeit vergeudete.

Voller Abscheu blickte er an sich hinunter. Es war diese Tracht, die man ihm an seinem zehnten Geburtstag aufgezwungen hatte, und die ihn abwechselnd an ein Totenhemd oder an den Nachtkittel einer fetten alten Frau denken ließ. »Madame l'Ancienne!« spotteten die Rotznasen hinter ihm her, und »Madame Simone!« flüsterten die Gleichaltrigen anzüglich in sein Ohr und tätschelten ihm die kahle Stelle am Hinterkopf, wo man ihm trotz schreiender, um sich beißender Gegenwehr eine Tonsur geschoren hatte. Es war ihm, als hätte man ihn entmannt, und all die boshaften kleinen Drohungen aus seiner Kinderzeit fielen ihm wieder ein, wenn sich die Dienstmädchen und Knechte im voraus dafür rächten, daß er später einmal ihr Herr sein würde.

Von einem Tag zum anderen war er in der Einsamkeit gestrandet. Er war nicht mehr Eugène de Savoie, der jüngste Sohn des Grafen von Soissons und der ehrgeizigen Olympia Mancini, die der König geliebt hatte, als beide noch so jung waren wie Eugène jetzt. Er war nicht mehr der zarte kleine Junge mit den strahlenden dunklen Augen, die allen auffielen. Das Zerrbild eines Geistlichen war er jetzt. Der Abbé de Savoie. Eine Karnevalsfigur, ein wandelnder Widerspruch, denn nichts in ihm hatte etwas zu tun mit diesem härenen braunen Kleid, das Kontemplation und Verzicht signalisierte, wo doch alles in Eugène nach Welt schrie, nach Tun, Bewirken und Schönheit. Er selbst wußte noch genau, wer er war, oder zumindest wer er später einmal sein wollte, doch niemand hörte ihm mehr zu. Durch die Soutane und die Tonsur schien sein Leben plötzlich vorgezeichnet bis ans höllische Ende.

Der König selbst hatte Eugène für die Priesterlaufbahn bestimmt und dafür gesorgt, daß in Köln und Lüttich bereits der Stuhl eines Domherren für das störrische Kind freigehalten wurde. Eugènes Herz blieb fast stehen, wenn er Ludwig sah, wie er durch die Säle schritt, prächtig und strahlend wie die Sonne, nach der er sich benannte. Er bewunderte ihn und haßte ihn zugleich für das, was er ihm angetan hatte. Trotzdem hätte er ihm immer noch verziehen, zumindest bis zu dem Tag, als sich in einer Nebenstraße, ganz in der Nähe des Hôtel de Soissons, betrunkene junge Leute über ihn hermachten, ihn Pfäfflein nannten und ihm die Röcke hochhoben. Nie würde Eugène die Scham vergessen, die ihn damals ergriff, stärker als Angst vor dem Tode. Er konnte nicht verhindern, daß sie ihn mit dem Gesicht zur Wand drängten, ihn kreischend und johlend entblößten, betasteten und besudelten. Es bedurfte seiner ganzen Körperkraft, sich schließlich doch aus ihren Griffen zu befreien, deren Kraft nachließ, weil der Spaß schon zu lange gedauert hatte.

Damals wäre er am liebsten gestorben, doch als er endlich daheim war, schlief er sofort ein. Als er am nächsten Morgen erwachte, betrachtete er lange sein Gesicht im Spiegel. Er erkannte sich selbst nicht mehr. Sein Blick hatte sich verändert. Er strahlte nicht mehr. Aus dem Spiegel heraus sahen ihn fremde Winteraugen an.

Es fing an zu schneien. Oben im Schloß schritten die Diener gravitätisch von Saal zu Saal und zündeten die Kerzen an. Eugène wurde bewußt, daß er dieses Schloß liebte – allein um seiner Schönheit und Harmonie willen, obwohl es keinen

Grund für ihn gab, hier glücklich zu sein. Trotzdem schwoll ihm das Herz vor Freude, und er war sicher, daß seine Mutter heute abend für ihn bitten würde. Ihr Charme würde den König umstimmen. Eugène durfte Soldat werden und eines Tages – eines wundervollen, hoffentlich nicht mehr fernen Tages! – konnte er die Schweizergarde übernehmen, die einst sein Vater befehligt hatte. Ein Traum, so süß und berauschend, daß Eugène ihn jeden Abend herbeirief, wenn er – schon halb im Schlaf – anfing, die kahlgeschorene Stelle an seinem Hinterkopf zu vergessen.
Der Schnee legte sich über die Wagenspuren. Eugène starrte noch immer zu den Fenstern hinauf. Er glaubte, noch nie etwas Erhabeneres gesehen zu haben als diesen Schloßhof, eingetaucht in weichen Schnee. An der Mauer entlang, um die Vollkommenheit nicht zu stören, ging er zum Königshof hinüber. Dann lachte er übermütig auf und stürmte mitten hinein in die weiße Pracht, geradewegs auf die Lichter zu. Sein absurdes Kleid flatterte ihm um die Beine, und die Flocken blendeten seine Augen. Tiefe Spuren hinterließ er auf dem sanften Teppich, wo noch vor kurzem die Räder der Kutschen ihre harten Streifen gezogen hatten. Die Schneeflocken schmolzen auf seiner Stirn, und sein Atem wehte hinter ihm her wie ein seidener Schal. Zum ersten Mal seit sechs Jahren hatte Eugène sein entfremdetes Aussehen vergessen. Er war auf einmal wieder voller Hoffnung, und seine Augen im Zwielicht des frühen Abends waren Frühlingsaugen.

2

Nicht einmal in seinen kühnsten Träumen hätte Eugène zu hoffen gewagt, während der ganzen langen Fahrt von Versailles nach Paris mit seiner Mutter in der Kutsche allein zu sein. Die Gräfin Soissons war nie allein. Es gehörte sich nicht für eine Dame ihres Standes, und sie hätte auch gar nicht gewußt, was sie mit sich selbst anfangen sollte.

Daß Olympias Kutsche an diesem strahlenden Wintermorgen halbleer unterwegs war, lag an den arktischen Temperaturen, die die spiegelglänzenden Prunksäle des Versailler Schlosses erstarren ließen und an den mörderischen Luftströmungen, die durch die Gänge pfiffen. Die Kamine zogen schlecht. Anstatt Wärme verbreiteten sie Rauch. Trotzdem durften nicht einmal die Schlafräume mit Fensterläden ausgestattet werden, denn schon die geringste bauliche Veränderung hätte die Harmonie der Fassade gestört.

Weder der ärmste Pariser Kleinbürger noch der elendeste Bauer hätten sich damit abgefunden, stundenlang halbnackt in Räumen herumzustehen, in denen Wasser und Wein in den Gläsern gefroren. Die Damen des Hofes aber waren dazu verpflichtet. Unerbittlich bestand Sa Majesté – SM – auf großen Decolletés, und während die Herren warme Wäsche unter ihre seidenen Hemden und Hosen mogelten, zitterten die schönsten Frauen der Nation vor Kälte und taumelten hilflos von einer Erkältung in die andere. Die Aristokratie des glorreichen Frankreich erfror im strahlenden Tempel der Sonne zwischen Marmor und Seide in einem Überschwang an Gold: Wandbespannungen und Vorhänge aus Gold; Gold an den Dächern, die nicht schützten; Gold an den Waschschüsseln, in denen Eisklumpen steckten; Gold auf den lächelnden allegorischen Statuen, deren mediterrane Nacktheit den Frierenden noch zusätzliche Schauer über den erstarrten Rücken jagte; Gold auf tausend kunstvoll geformten Gebrauchsgegenständen; Gold, dessen Widerschein sich in den Lüstern aus Kristall und Edelsteinen brach.

Olympia hatte als eine von wenigen den vergangenen Abend überstanden, ohne Schaden an ihren Bronchien zu nehmen. Die Marquise d'Alluye, mit der sie gekommen war, lag ebenso wie die gesamte übrige Begleitung im königlichen

Eiskeller fiebernd darnieder und verfluchte den Tag, an dem Ludwig beschlossen hatte, seine Residenz zumindest zeitweise aus dem trockenen, wunderbaren Paris mit seinen herrlichen, halbwegs beheizbaren Palästen in die tuberkulöse Sumpflandschaft des Bauernkaffs Versailles zu verlegen, wo man ab Oktober schon froh sein mußte, wenn der Kutscher im Nebel die Kruppe des eigenen Pferdes erkennen konnte.

Doch heute schien die Sonne, und der Schnee am Straßenrand glitzerte wie Kristall. Die königliche Karawane auf dem Weg zurück nach Paris kam nur langsam voran. Immer wieder rutschten die Pferde auf der glatten Straße, oder kam ein Wagen vom Weg ab und hielt die anderen auf. Die persönliche Begleitung des Königs umfaßte an diesem Morgen nur vier Karossen – was den am Straßenrand Stehenden zu erkennen gab, daß es sich diesmal nur um einen intimen kleinen Ausflug gehandelt hatte. Dahinter allerdings zog sich ein kilometerlanger Wurm unzähliger Kutschen und Wagen dahin: Gäste, Dienerschaft, Material.

»Du siehst gut aus, mein Junge!« murmelte Olympia sanft und lehnte sich zurück. »Gesund. Als du klein warst, hatte ich manchmal Angst um dich. Keines meiner Kinder war so oft krank wie du.« Aufmerksam musterte sie Eugène, der ihr Lächeln bereitwillig erwiderte. Er liebte die Stimmung, die Olympia manchmal um sich verbreitete – dieses schläfrige, ein wenig schwüle Den-anderen-Betrachten und mit leiser Stimme Über-ihn-Sprechen, als gäbe es für sie nur ihn allein auf der Welt. Wahrscheinlich war es das, womit sie ihre Liebhaber an sich band und immer wieder von neuem fesselte. Es war ihr Talent, Intimität herzustellen, als zöge sie mit ihrem unerwartet weichen Lächeln und ihren halb geschlossenen Lidern den anderen zu sich heran und hielte ihn damit fest. Sie sei eine gefährliche Frau, hieß es in Paris. Habgierig, rachsüchtig, intrigant. Man nahm sich in acht vor ihr, bewunderte sie und fürchtete sie zugleich. Man war stolz darauf, mit ihr geschlafen zu haben, aber man liebte sie nicht. Dazu war sie zu stark und zu unabhängig. Nur in den wenigen Augenblicken sanfter Müdigkeit gab es niemanden – Mann, Frau oder Kind –, der sich ihr hätte entziehen können.

Sogar der kühle Bankier Samuel Bernard, von dem man sich erzählte, er habe seine junge Frau noch niemals betrogen, hatte einmal mit ungewohnter Nachsicht und in Erinnerung an ein paar Jugendsünden zugegeben, er kenne keine Frau, die so wie Olympia Stimmungen zu schaffen verstand: Schwüle, Zärtlichkeit, Sanftheit – und dann wieder Wildheit und eine Selbstvergessenheit, derer man sich nachher vielleicht schämte.

Für Olympia waren diese Stimmungen nichts Ungewöhnliches. Sie waren das einzige Erbteil ihrer römischen Mutter, an die sie sich kaum erinnerte, weil sie als halbes Kind von ihr fortgebracht worden war, als die Mutter kaum noch mit ihr redete, weil sie die tödliche Krankheit schon in sich trug. Nur einen einzigen Satz hatte sie Olympia zum Abschied zugeflüstert, bevor sie ihr müdes, blasses Gesicht wieder zur Wand drehte: »Wo du nicht lieben kannst, da bleib nicht stehen!« Olympia hatte diese Worte im Gedächtnis bewahrt, obwohl sie ihren Sinn nie begriff und zeit ihres Lebens nur allzu oft stehenblieb, auch wenn sie nicht liebte.

»Mein Gott, du bist schon fast erwachsen!« sagte Olympia und seufzte. »Vierzehn, nicht wahr?«

»Sechzehn.«

»Schon?« Sie schüttelte den Kopf.

»Am achtzehnten Oktober geworden.«

Olympia lachte leise. »Richtig. Wir hatten eine wundervolle Herbstsonne, als du geboren wurdest. Die Ärzte mußten die Vorhänge zuziehen, weil sie mich so blendete.« Sie hing ihren Erinnerungen nach. »Achtzehnter Oktober. Waage. Vielleicht sollte ich dir einmal dein Horoskop stellen lassen. Möchtest du das?«

Eugène schüttelte den Kopf. »Ich glaube nicht an die Sterne«, murmelte er. Er spürte, daß er noch immer lächelte.

»Du gehörst doch hoffentlich nicht zu diesen unerträglichen Realisten, die von Aufklärung faseln und nur glauben, was sie sehen?« fragte Olympia irritiert und schob mit dem Rücken ihres Zeigefingers die Gardine eine Handbreit zur Seite. Draußen am Straßenrand hingen, halb in den Graben gestürzt, hintereinander mehrere Kutschen und Schlitten. Die Pferde tänzelten unruhig hin und her und sandten dampfende Atemfahnen in die trockene Winterluft. Die Kutscher hatten alle Hände voll zu tun, sie zu bändigen, während sich die männlichen Fahrgäste entblößten Hauptes vor dem königlichen Konvoi verneigten und die Damen halb im Schnee versunken knicksten.

»Ich glaube nicht«, murmelte Eugène vorsichtig. Er wußte nur zu gut, wie schnell Olympias Laune umschlagen konnte. Um keinen Preis wollte er das wärmende Gefühl der Intimität und Gemeinsamkeit aufs Spiel setzen. Wann je würde er ihr wieder so nahe sein wie jetzt in diesem halb abgedunkelten Séparée, dessen Wände mit violettem Samt bespannt waren und mit goldbesticktem Damast?

Olympia ließ die Gardine zurückfallen. »Du bist ein guter Junge, Eugène!« sagte sie nachdenklich und ein wenig gerührt. »Als du klein warst, warst du das zärtlichste meiner Kinder. Mit deinen Schwestern kam ich nie zurecht, und deine Brüder waren meist unauffindbar.« Sie nahm Eugènes Hände zwischen die ihren. »Nur du kamst immer wieder zu mir. Ganz von selbst.«

Eugène schwieg. »Haben Sie mit dem König über mich gesprochen?« fragte er dann plötzlich. Die eigene, verhaßte Situation hatte ihn wieder eingeholt.

Langsam ließ Olympia seine Hand los. »Über dich?« fragte sie ernüchtert. »Mit dem König?«

Eugène zog seine Hände zurück. »Die Soutane, Mama!« rief er. »Mein Vater war Soldat. Meine Brüder sind es. Ich will es auch werden. Sie hatten mir doch versprochen, den König zu bitten . . .«

Olympia lehnte sich zurück. Ihr Lächeln war verschwunden. »Ja, ja . . .« , murmelte sie ausweichend. »Dein Vater und deine Brüder . . .« Sie seufzte und blickte Eugène forschend an. »Fünfzehn bist du, hast du gesagt?«

»Sechzehn.«

Sie nickte und strich sich mit der Hand über die Stirn. Sie schien in Gedanken zu versinken. Auch Eugène schwieg. Noch nie in seinem Leben hatte er sich so verlassen gefühlt.

»Ich frage mich, ob du unsere Situation begreifst!« Olympia betrachtete ihn nachdenklich. Ihr Gesicht war plötzlich nackt und sorgenvoll. »Man geht nicht einfach zum König und bittet ihn. Bürger können so etwas tun. Einfache Leute. Für die hat er Verständnis. Es amüsiert ihn, wenn sie ohne Umschweife sagen, was sie wollen, und wenn die Bitte nicht unverschämt ist, erfüllt er sie.«

»Und warum fragen Sie ihn nicht einfach und ohne Umschweife?«

Sie senkte den Kopf und spielte mit ihren Ringen. »Weil er das nie verzeihen würde. Von allen Eigenschaften gibt es eine, die er uns absolut nicht zugesteht: Mut. Jede Libertinage ist uns erlaubt, solange sie den guten Geschmack nicht beleidigt und Frankreich nicht blamiert, aber den geraden Weg, den dürfen wir nicht gehen, verstehst du?«

»Und warum das alles? Er ist der König. Er braucht niemanden zu fürchten.«

Sie lächelte und legte ihre Hand auf Eugènes Knie. »Jetzt nicht mehr«, sagte sie leise. »Er hat einen weiten Weg zurückgelegt seit seiner Kindheit, und er hat nie vergessen, auf welch schwachen Füßen der glorreiche Thron der Kapetinger steht.« Ihre Augen verschleierten sich. »Damals, als wir fast noch Kinder waren und uns liebten, sprach er immer wieder vom Bürgerkrieg, als sich der Adel gegen ihn, gegen seine Mutter und meinen Onkel Mazarin verschworen hatte. Kirchen wurden ausgeraubt, Kinder auf dem Ofen geröstet. Verwüstung, Folter, Hunger, Tod. Überall unbegrabene Leichen. Der Bürgerkrieg. Die Fronde. Fünf Jahre lang . . . Ich wette, sie haben es genossen, die Grandseigneurs, denen es auf ihren Gütern zu langweilig geworden war. Jeder ein kleiner König. Stolz, aufmüpfig, grausam. Ludwig war elf, als es anfing, und als er fünfzehn war, drang das aufgewiegelte Volk ins Palais Royal ein. Ludwigs Mutter zwang ihn, sich voll angekleidet und gestiefelt ins Bett zu legen und sich schlafend zu stellen. Dann ließ sie die Türen öffnen, und das Volk stürmte in sein Zimmer. Es drängte sich vor sein Bett und riß die Vorhänge herunter, während er vorgab zu schlafen. Er hat mir oft erzählt, daß er vor Wut und Scham fast erstickte – und auch vor Angst. Er preßte die Lider zusammen und hörte mit an, wie seine Mutter Haltung bewahrte und bis zum frühen Morgen freundlich und verständnisvoll mit den Anführern plauderte, als wären sie ihre Gäste. Ohne ihre Selbstbeherrschung hätte man ihn und sie vielleicht erschlagen oder in der Seine ersäuft. Kannst du verstehen, daß er diese Nacht nie vergessen wird?«

»Aber was hat das mit mir zu tun?«

»Mit dir?« Sie schob die Fensterscheibe zurück. Ein Schwall kalter, erfrischender Winterluft drang herein. »Mit uns allen, meinst du. Mit der gesamten französischen Aristokratie. Er hat sie alle gezähmt, weißt du. Von Anfang an hat er es darauf angelegt, sie zu schwächen. Er überzeugte sie mit seinem Prunk, daß es nichts Ehrenvolleres und Glänzenderes gab, als bei Hofe zu leben. Nach und nach holte er sie von ihren befestigten Gütern und verweichlichte sie so lange, bis sich ihre angeborene Kriegslust zu kindischen Rivalitäten verkleinert hatte. Sieh sie dir doch an, Eugène: Ihre Väter duckten ihr Haupt nicht einmal vor Richelieus Todesurteilen, und sie zucken schon zusammen, wenn in *seiner* Stimme nur ein wenig Überdruß und Mißfallen schwingen. Sie sind am Ende, aber sie meinen immer noch, sie wären der Nabel der Welt. Er hat sie gezähmt, und er weiß es, und darum fürchtet er nichts so sehr wie Anzeichen von Mut. Ich glaube, er hört dann wieder das Dröhnen der Kanonen und spürt den scharfen Geruch des Pöbels, der sich über ihn beugt.« Sie schloß das Fenster. »Kein gerader Weg, wenn du etwas von ihm willst, Eugène. Schleichen, buckeln, schmeicheln, intrigieren – und das alles mit Stil und Geschmack – so kommt man ans Ziel bei ihm. Er muß sich immer als der Starke fühlen, der Erhabene, Unantastbare. Wenn ich für dich bitten will, dann niemals direkt.«

Eugène wußte nicht, was ihn an den Worten seiner Mutter so sehr irritierte. Er meinte erst, es wäre das Zurückweisen seiner Bitte, bis er plötzlich – während des langen Schweigens, in das sich Olympia nun fallen ließ – begriff, daß sie sich die ganze Zeit niemals selbst einbezogen hatte, wenn sie von der französischen Aristokratie sprach. ›*Sie*‹ habe der König gezähmt. ›*Sie*‹ fürchte er. Die Gräfin Olympia de Soissons, Intendantin der Königin und Erste Dame des Hofes gleich nach jener, nahm die eigene Person aus, wenn sie vom französischen Adel sprach. Konnte Olympia nicht vergessen, daß ihr Großvater ein bankrotter Hutmacher aus Sizilien gewesen war und daß sie nur durch den Einfluß ihres Onkels Mazarin zur akzeptablen Partie für einen französischen Hocharistokraten geworden war – oder fühlte sie sich durch die gemeinsame Jugend dem König so verbunden, daß sie sich nur noch mit seiner Position identifizieren konnte?

»Wir stehen an einem Wendepunkt, Eugène«, sagte Olympia mit einer Stimme, die so klar und leidenschaftslos klang wie nie zuvor. »Der König verändert sich. Er fängt an, Orden an Prediger zu verteilen und die Hugenotten zu verfolgen. Er läßt sich anmerken, daß ihm die Montespan auf die Nerven geht. Er kleidet sich einfacher als früher und ist nicht mehr hinter jeder Haube her.« Sie lachte amüsiert. »Ich hoffe, ich schockiere dich nicht, du kleiner Abbé!« Sie beugte sich vor und küßte Eugène auf die Wange. »Setz dich zu mir, mein Kind!« murmelte sie und zog ihn zu sich herüber. »Vielleicht ist es falsch, dir das alles zu erzählen, aber du bist der einzige, dem ich trauen kann. Du liebst mich, nicht wahr?«

Eugène setzte sich neben sie und schwieg.

Olympia legte den Kopf auf seine Schulter. »Die gestrige Nacht hat er bei der Königin verbracht«, erzählte sie. »Ich glaube, die gute Maria Theresia wußte gar nicht, wie ihr geschah, aber immerhin hat sie heute morgen beim Lever langsam und würdevoll geklatscht ...« Olympia imitierte die Königin und lachte ohne Freude. »Wir haben natürlich alle ebenfalls applaudiert, und SM hat sich huldvoll verneigt. Er hatte nie Sinn für Selbstironie. Was immer er tut: Es ist auf jeden Fall erhaben.« Sie lehnte sich in die Ecke und blickte Eugène von der Seite her an. »Warum ich dir das alles erzähle? Weil ich spüre, daß eine große Veränderung im Gange ist. Der König ist einundvierzig, und seine Zähne machen ihm Beschwerden. Er merkt, daß er älter wird, und das amüsiert ihn nicht. Er macht sich plötzlich Gedanken über sich selbst und über die ewige Seligkeit.« Olympias Gesicht war auf einmal blaß und voll Bedauern. »Ich glaube, er hat Angst vor dem Alter. Seine Schmerzen machen ihm bewußt, daß er nicht mehr jung ist, und da denke ich mir, muß er sich doch nach seiner Jugend sehnen, nicht wahr? Und seine Jugend, das bin ich, Eugène! All die Feste in Saint Germain, Compiègne und Fontainebleau! All die Duelle, Intrigen, Skandale und Verbannungen! All die Verschwendung, all der Luxus

. . . und all die herrliche, verrückte Leidenschaft!« Sie legte die Hand auf Eugènes Arm. »Er muß sich daran erinnern!« rief sie beschwörend. »Es war die beste Zeit seines Lebens und die beste Zeit Frankreichs. Nie haben ihn die Menschen so geliebt wie damals. Er war ihr Gott, Apoll und Zeus in einem. Keine Frau, die sich ihm nicht freudig hingegeben hätte, nicht nur weil er der König war, sondern weil alles an ihm bezaubernd war und voll Glanz. Er war unwiderstehlich . . . Und ich war immer an seiner Seite, selbst wenn er seine Nächte immer wieder auch mit anderen teilte. Ich habe ihn amüsiert wie keine andere in seinem Leben. Gibt es etwas Bindenderes als das Vergnügen?«

Mit einem Ruck kam die Kutsche zum Stehen. Eugène öffnete den Wagenschlag und sah nach. Auf der Gegenfahrbahn lag ein Bauernwagen, gezogen von einem einzigen Pferd, das auf der glatten Straße ausgeglitten war und sich ächzend und dampfend auf dem Boden wand. Ein Offizier des Königs eilte über die Fahrbahn, verhandelte kurz mit dem Bauern und erschoß dann das Pferd.

Das Tier lag zuckend auf der Straße, wieherte noch einmal fast freudig auf, bäumte sich hoch und plumpste dann zur Seite. Der Bauer, dem es gehörte, stand eine Weile hilflos davor und zerrte es dann mit Hilfe zweier Männer, die über das verschneite Feld herbeigelaufen waren, von der Straße. Schwitzend trotz der Kälte stellten die drei den Wagen wieder auf und zogen ihn an den Rand. Der königliche Konvoi konnte weiterziehen, während die drei Bauern nebeneinander dastanden, ihre Köpfe entblößten, sich verneigten und verzweifelten.

Eugène schloß den Wagenschlag und setzte sich wieder auf seinen früheren Platz Olympia gegenüber.

»Ich glaube, meine Zeit ist gekommen!« sagte Olympia, ohne ihn anzublicken. »Du wirst sehen. Wir werden alles erreichen, was wir uns wünschen.« Ihr Gesicht wurde weich, sanft und voll der Zuversicht des jungen Mädchens, das aus Italien nach Paris gekommen war, um die Sonne zu erobern. »Er hat mich geliebt, und er wird mich wieder lieben, weil niemand ihn so kennt und versteht wie ich.« Ihre Wangen röteten sich in der selbstbetrügerischen Hoffnung derer, die Verwelktes zum Blühen bringen möchten.

3

Meistens stand das Schulzimmer leer. Die Erzieher und Gouvernanten der Familie Soissons zogen es vor, in den Kinderzimmern zu arbeiten, wo es bequemer war und im Winter wärmer. Erst in den beiden letzten Jahren benutzte der neue Hauslehrer, ein gewisser Joseph Saveur, wieder das Schulzimmer und erreichte damit, daß die jungen Mädchen der Familie nun gar keinen regelmäßigen Unterricht mehr bekamen: Marie Jeanne, inzwischen vierzehn geworden und davon überzeugt, daß geistige Betätigung häßlich machte, und Louise, die zwölf war und ihre Schwester haßte, weil die Kammerdiener mit ihr öfter schäkerten.

Es gab niemanden im ganzen Palais, der sich um die beiden Mädchen wirklich kümmerte. Zahllose Gouvernanten, die sie bis zu Selbstmordplänen verschlissen hatten, waren froh gewesen, zu entkommen. Wenn eine dennoch blieb, versuchte sie, wenigstens den Schein zu wahren. Es waren Augenblicke der Konspiration zwischen Gouvernante und Zöglingen, wenn die alte Prinzessin Carignan mit Vorleserin und Schoßhund in die Kinderzimmer rauschte und die Fortschritte ihrer Enkeltöchter demonstriert haben wollte. Das Grollen einer Katastrophe hing dann in der Luft, und die beiden kleinen Teufel spielten plötzlich auf Engelsharfen, knicksten errötend und lasen mit sanfter, atemloser Stimme die gleichen Aufsätze vor, die sie immer präsentierten, wenn die

Großmutter kam, was dieser jedoch nicht auffiel, denn ihr Gehör war nicht mehr das beste, und sie war zu eitel, es zuzugeben. So merkte sie auch nicht, wie grausam die beiden Engelchen das Cembalo traktierten, und wie eigenwillig sie mit den Versmaßen des großen Ovid umsprangen. Sie sah nur die roten Flecken am Hals ihrer Enkelinnen und das ängstliche Beben ihrer Kinderfinger. Das reichte ihr. Gehorsam und Ehrfurcht vor der Autorität waren die wichtigsten Ziele in der Erziehung junger Mädchen. So war die Katastrophe wieder einmal abgewendet – in Eile, denn der Pekinese gehörte auch nicht mehr zu den Jüngsten und hatte eine schwache Blase.

Eugène und seine Brüder erhielten ebenfalls nur lückenhaft Unterricht. Thomas, der Dreiundzwanzigjährige, war dem Lernen ohnedies längst entwachsen, kommandierte ein eigenes Infanterieregiment und bemühte sich aus Leibeskräften um die Hand der zauberhaften Uranie de la Cropte, hinter der auch der König hergewesen war. Vergebens, wie man sagte, was man für ehrsam hielt, aber auch für schwachsinnig.

Philippe, mit seinen einundzwanzig Jahren, liebte das Meer und die Ferne und befehligte trotz seiner Jugend als Kapitän eine venezianische Galeere – einer jener häufigen *›colonels à la bavette‹*, der ›Lätzchenobristen‹, die mit ihren manchmal erst vierzehn, fünfzehn Jahren über fünfzigjährige Offiziere und oft genug auch über Tausende altgedienter Soldaten befehligten.

Nur Louis, der Neunzehnjährige, versäumte an keinem Tag den Unterricht. Jeden Morgen kam er pünktlich in den Schulraum, wo Joseph Saveur schon am Katheder saß und seinen Federkiel anspitzte. Louis hatte als einziger der Familie begriffen, daß dieser hochgewachsene, überschlanke junge Mensch, der aussah wie ein angehender Rabbiner, ihm die Chance bot, wenigstens den Kopf aus dem Sumpf der Unwissenheit und des Nicht-Verstehens hervorzustrecken, in dem die ganze Familie dahinbrütete mit Ausnahme nur des

Onkels Emanuel Philibert, seit dem Tode von Eugènes Vater das Familienoberhaupt – was ihn allerdings überforderte, denn er war taubstumm.

Auch Eugène hatte früher bei Joseph Saveur Unterricht erhalten. Seit Olympia sich jedoch entschlossen hatte, ihn als ihr persönliches Maskottchen überallhin mitzuschleppen, war er den Schulstunden ferngeblieben. Zu Anfang hatte er sie nicht vermißt, doch mit der Zeit kam ihm zu Bewußtsein, daß er inmitten all des Trubels um Olympia selbst immer mehr vereinsamte. Niemand interessierte sich für einen blassen Sechzehnjährigen im Habit eines Abbé, vor allem nicht, wenn daneben eine Frau wie Olympia erglühte, die alles an sich riß, und neben der sogar die bezauberndsten jungen Mädchen verblaßten.

Die Zeit eilte dahin, und Eugène hatte das Gefühl, als ob seine Jugend verstriche, ohne daß er sie wirklich erlebte. So kehrte er eines Morgens ins Schulzimmer zurück, weil er nicht wußte, wohin sonst er gehen sollte, und weil da wenigstens sein Bruder sein würde und Joseph Saveur mit seinem verschlossenen, manchmal leicht zuckenden Gelehrtengesicht und seinen schmalen, blassen Händen mit den wohlgepflegten Fingernägeln, deren obere Ränder so weiß waren, als hätten sie über Kreide gekratzt.

Als Eugène eintrat, wunderte er sich über die angespannte Stille. Nicht das Schweigen des Nachdenkens, sondern eine fremde, ungewohnte Feindseligkeit schlug ihm entgegen, obwohl Louis und Joseph Saveur genau dort saßen, wo sie immer ihren Platz hatten: der Lehrer an seinem Katheder, Louis ihm gegenüber.

Das erste, was Eugène auffiel, war, daß sein Bruder einen Degen trug. Keine Bücher lagen auf dem Tisch, kein Schreibzeug. Auch Joseph Saveur hatte seine Schriften nicht geöffnet.

Eugène grüßte. Joseph Saveur blickte kurz zu ihm herüber, dann wandte er sich wieder zu Louis, der sich nicht bewegt hatte. »Setzen Sie sich bitte, Abbé!« sagte Saveur mit ausdrucksloser Stimme, ohne den Blick von Louis zu wenden.

Eugène ging nach vorne und nahm neben seinem Bruder Platz. Louis beachtete ihn nicht. Er preßte die Lippen zusammen. Trotzig und abweisend starrte er vor sich hin Eugène blickte von einem zum andern, ohne die Situation zu begreifen.

»Sagen Sie es ihm!« stieß Louis plötzlich hervor, ohne den Kopf zu heben.

Joseph Saveur blickte Eugène prüfend an. »Ihr Bruder möchte Frankreich verlassen!« sagte er dann langsam und bemühte sich, seinen *tic nerveux* zu beherrschen. »Er ist der Ansicht, daß man hier nicht leben kann. Er fühlt sich unterdrückt und in seiner persönlichen Entwicklung behindert. Ich nehme an, Ihr Bruder wäre gerne selbst der König.«

Louis fuhr auf. »Wie können Sie so etwas behaupten, Monsieur!« protestierte er. Er wandte sein Gesicht zu Eugène. Seine Augen waren dunkel vor Kummer. »Ich kann nur nicht mehr ertragen, was der König mit uns macht. Er schiebt uns herum wie Schachfiguren. Wir sind alle seine Sklaven.« Er stützte die Stirn auf seine Faust und schloß die Augen. »Auch unsere Mutter! Sieh sie dir doch an, wie sie um ihn herumtanzt! Sie würde uns alle opfern, wenn sie damit ihn für sich gewinnen könnte.« Er hob den Kopf und starrte Joseph Saveur an. »Ich wage nicht zu denken, was alles sie ihm schon geopfert hat.«

»Und deshalb wollen Sie gehen? Ist Ihnen nicht klar, welche Privilegien Sie aufgeben? Der König ist Ihnen wohlgesonnen. Er hat Ihnen die Schweizergarde angeboten in der Nachfolge Ihres Vaters. Was wollen Sie mehr? Sie werden weitgehend unabhängig sein und vermögend dazu. Nur auf dieser Basis lassen sich Ideale verwirklichen.«

Eugène war zusammengezuckt. Es war ihm, als hätte ihn ein riesiger Fuß in den Bauch getreten. »Die Schweizer?« fragte er leise und wunderte sich, daß seine Stimme so natürlich klang. »Wußte unsere Mutter davon?«

Louis verzog verächtlich den Mund. »Und ob sie es wußte!« murrte er. »Ich wette, sie hat ihren ganzen Charme aufgewandt, um beim König die Zusage zu erreichen.«

Eugène spürte, daß seine Augen brannten. Noch nie hatte er sich so betrogen gefühlt. »Ach so . . .«, murmelte er vage. Er schämte sich vor seinem Bruder und vor Saveur, sich die Demütigung anmerken zu lassen, die seinen Körper mit warmem Schaum anfüllte bis tief in die Augenhöhlen hinein.

»Was wollen Sie wirklich, Louis?« fragte Joseph Saveur aggressiv. »Sie jammern immer nur. Sie sind unzufrieden mit allem. Tausend Mal schreien Sie nein. Gibt es eigentlich etwas, wofür Sie sind?«

Louis schwieg. Er war sehr blaß. Mitten in seinem Schmerz fiel Eugène auf, wie schön Louis war. Dunkel wie Olympia, schmal und biegsam. Nie hatte er Schwierigkeiten gehabt, andere für sich zu gewinnen. Er war dazu geboren, Sympathie zu erwecken – aber auch Neid und gleich darauf Scham über dieses Gefühl. »Ich möchte etwas tun, für das ich mich selbst entschieden habe!« sagte er leise. »Etwas das gut ist und anderen nützt. Etwas das Sinn hat und nicht nur Zweck. Und ich möchte frei sein in meinen Gedanken und meinen Taten.«

»Und konkret?«

Louis zuckte die Achseln. »Konkret weiß ich nur, daß mir das alles hier nicht möglich ist. Hier bestimmen andere, was ich zu tun habe und was ich bin. Ich bin nicht Louis Jules de Soissons, nicht einfach ich, sondern ich bin Louis, der Sohn von Madame la Comtesse und möglicherweise sogar ein Bastard Seiner Allerchristlichsten Majestät!«

Zum ersten Mal an diesem Tag geriet Joseph Saveur außer

sich. Seine Lider zuckten krampfhaft. »Sie sind anmaßend!« rief er und fing an, auf Louis einzureden.

Eugène verstand keines seiner Worte. Er hatte das Gefühl, wie im Traum durch die Welt getappt zu sein und sämtliche Anspielungen, die ihn hätten aufwecken können, mißverstanden und überhört zu haben. Ein wohlmeinender Idiot, der geglaubt hatte, die Welt wäre gut und die Menschen ehrlich! Eugène, das ergebene Schoßhündchen seiner Mutter, die ihn im dunkeln gelassen hatte, weil es so bequemer für sie war. Dutzende von Situationen fielen ihm auf einmal ein, wo sich sogenannte Freunde versteckt über seine Abstammung lustig gemacht hatten und über die seiner Geschwister. Bastard des Königs? . . . Und sein Vater, der so gesund gewesen war und so überraschend gestorben war? So jung noch, so jung! – War er überhaupt sein Vater gewesen? Worauf war noch Verlaß, wenn man nicht einmal wußte, woher man stammte?

Er sah seinen Bruder an, der so weiß im Gesicht war, als wollte er damit sein Blut verleugnen, und er liebte ihn plötzlich wie nie zuvor einen Menschen, obwohl doch gerade Louis mühelos zufiel, was Eugène selbst sich von ganzem Herzen gewünscht hatte. »Ich wußte das alles nicht!« gestand Eugène leise und fing an zu weinen, ohne daß er es merkte.

4

Am Abend kehrte Olympia aus Versailles zurück. Wie immer, wenn ihre Karosse donnernd in den Hof einbog und das Klappern der Hufe und das Poltern der Räder an den Hauswänden widerhallte, schien das alte Gebäude des Hôtel de Soissons mit einem Schlag aus bleiernem Schlafe aufzuschrecken. König Johann von Böhmen hatte es einst errichten lassen, eine weitläufige, Frieden atmende Anlage, die dazu berufen schien, Gedanken ans Jenseits zu wecken; Weltflucht, Sehnsucht nach Ewigkeit. Fast zwanghaft mußte daraus in späteren Zeiten ein Nonnenkloster entstehen, und wenn Steine Wünsche und Ziele gehabt hätten, dann wären die behäbigen Mauern in jenen asketischen Tagen am zufriedensten mit ihrem Geschick gewesen. Ein Haus Gottes, so harmonisch und friedlich, daß es Katharina von Medici in die wachen Augen stach und ihre Begehrlichkeit erweckte. Die Nonnen zogen fort, Pavillons wuchsen empor, Gärten breiteten sich aus, geschmückt mit Statuen und Brunnenbecken. Ein Renaissanceschloß wie so viele erhob sich nun, prachtvoll und anmaßend.

Als auch diese Epoche erloschen war, dämmerte der Palast dahin. Über die müden Wege kroch Moos, und die Bäume erreichten das Ziel ihres Wachstums ebenso wie das Geschlecht der Savoyen-Carignan, der französischen Nebenlinie des italienischen Stammhauses. Ein Gebäude und seine Bewohner schlossen den Kreis. Ein Geschlecht hatte alles erreicht, was es zu erreichen gab, brauchte nicht mehr zu kämpfen, sondern lebte nur noch in den Tag hinein, wie es Dynastien an ihrem Ursprung und ihrem Ende zu tun pflegen.

Erst Olympia, die Vitale, deren einfache Herkunft der Kraft der Erde noch nahe war, brachte wieder Leben in die schläfrigen Mauern, eine Explosion von Unruhe, Gier und Kampfgeist. Wenn sie das Schloß betrat, flogen die Türen auf und die Fenster; sprangen die matten Bediensteten von ihren abgewetzten Stühlen; wurde Feuer angefacht und Wasser herbeigeschleppt. Ein Rennen und Hasten; dienstfertig, eilig, atemlos. Die Herrin war wieder da.

Eugène hörte sie kommen. Seit der Unterrichtsstunde am frühen Nachmittag lag er nun schon auf seinem Bett, als wäre dies der einzige Ort, an dem keiner ihn belog und betrog. Zuflucht seiner Einsamkeit.

Mit dem König hatte sie sprechen wollen, und sie hatte mit ihm gesprochen. Sie hatte erreicht, was sie wollte. Aber nicht für ihn, Eugène! Nicht für das zärtlichste ihrer Kinder, sondern für den anderen Sohn, Louis, der genauso hieß wie sein Patenonkel, der große König von Frankreich.

Louis, der aufgeweckte, gutaussehende Louis . . . Wahrscheinlich nannte sie ihn das hübscheste ihrer Kinder, wenn sie mit ihm allein war. Irgendeinen Kosenamen hatte sie bestimmt für jeden. Kinder, Dienstboten, Liebhaber – sie köderte sie alle . . . Eugène dachte an ihr Lächeln, und er hätte am liebsten geweint.

Er lag wie erstarrt, nur seine Gedanken drehten sich ununterbrochen im Kreise. Louis, der im Morgengrauen fortreiten würde. Die Schweizergarde interessierte ihn nicht. Vielleicht würde damit der Weg frei für den jüngeren Bruder, der so lange in seinem Schatten gestanden hatte, ohne es zu merken. Vielleicht war so auch der Augenblick gekommen, die lästige Soutane abzulegen. Der Konkurrent hatte sich selbst ausgeschaltet. Intrigendenken, Karrieregesinnung – verschlungen wie ein Labyrinth, aber das Ziel dennoch fest im Auge . . . Eugène hätte den geraden Weg vorgezogen, aber der führte nirgendwohin.

Stunde um Stunde verstrich. Eugène hörte das vielstimmige Schlagen der Uhren in den Räumen ringsum; verfrüht, gleichzeitig, nacheinander. Viele Uhren, die jeden Morgen neu aufgezogen werden mußten. Irgendwo schlug immer eine Uhr in diesem riesigen Gebäude, und dazu gesellten sich die Uhren von den Kirchtürmen der Nachbarschaft. Hohe und tiefe Töne. Zeit, die sich in Klang aufgelöst hatte. Bald würde Louis fortgehen.

Eugène wurde von Entsetzen gepackt. Er erinnerte sich plötzlich daran, wie Louis ihn früher oft geneckt hatte. Gutmütig, freundlich, nicht so wie andere, die mit ihrem Lachen nur verletzen wollten. Wie oft hatte Louis ihm während der

Kindheit die Mütze entrissen, um ihn zu zwingen, darum zu kämpfen! Immer aber ging es dabei nur um den Spaß und das Lachen. Eugène konnte sicher sein, daß er sein Kleidungsstück unversehrt zurückerobern würde, daß Louis es nicht in den Schlamm werfen würde wie andere, sondern daß er sogar so tun würde, als hätte Eugène ihn tatsächlich überwunden.

Eugène sprang auf. Er nahm sich nicht einmal die Zeit, seine Soutane zurechtzuziehen. Voller Angst, zu spät zu kommen, rannte er den Korridor entlang zu Louis' Zimmer.

Die Tür stand weit offen. Der Raum war fast leer mit Anzeichen eines hastigen Aufbruchs. Schubladen und Schranktüren klafften, Papiere und Kleidungsstücke lagen achtlos verstreut. Schon wollte Eugène umkehren, als er auf dem Fußboden einen braunledernen Reithandschuh entdeckte. Einen nur. Sein erster Gedanke war, daß Louis den Handschuh verloren habe und ihn auf seinem weiten Ritt vermissen würde. Dann aber fiel ihm ein, daß dies nicht einer von Louis' Handschuhen war, sondern daß er seinem Vater gehört hatte. Ein Andenken an ihn, an das letzte Mal, da er gesund zu Pferd gesessen hatte. Jedes seiner Kinder hatte nach seinem unerwarteten Tode einen Gegenstand erhalten, den er in den letzten Tagen seiner Existenz benutzt hatte. Eugène hatte seinen Federhalter erbeten, und er war entschlossen, sein ganzes Leben nur noch damit zu schreiben.

Er tat es mit so viel Hingabe, daß er während des Schreibens immer wieder, anstatt auf das Papier zu sehen, den Federhalter anstarrte. Geschnitztes Elfenbein. Eugène Maurice Graf von Soissons Prinz von Savoyen-Carignan hatte die Schönheit geliebt: schöne Tiere, schöne Kleidung, schöne Gebäude und Gebrauchsgegenstände. Auch er selbst war ein gutaussehender Mann gewesen, mittelgroß, schlank und doch muskulös, mit feurigen dunklen Jägeraugen, einer vielversprechenden Nase und einem trügerisch energischen Kinn, das seiner Wesensart weniger entsprach als das nadelschmale Stutzerbärtchen über den vollen, dunkelroten Jünglingslippen. Ein wenig melancholisch sah er aus, sehr romantisch, sehr elegant unter seiner braungelockten Löwenperücke, auf die er selbst bei brütender Julihitze nicht verzichtete, ebensowenig wie auf besonders kunstvolle, fein geklöppelte Spitzenkrägen, die er nach eigenen Entwürfen in Brüssel anfertigen ließ. Ein einfacher, liebenswürdiger Mensch, ungeeignet für die Intrigen und Skandale des Hofes, über die er zwar gerne witzelte, auf die er selbst aber nie gekommen wäre. Sollte intrigieren, wer es nötig hatte. Ein Graf von Soissons brauchte es nicht. Das Blut fast sämtlicher Herrscherhäuser strömte in seinen gesunden Soldatenadern. Habsburger, Bourbonen, Savoyer . . . Königliches Blut, bei dessen Anblick er sich manchmal fast wunderte, daß es hellrot war und nicht dunkelblau.

»Behalt den Handschuh!« sagte Louis mit fester Stimme, obgleich er Mühe hatte, seinen im Schnee ungeduldig hin und hertänzelnden Rappen im Zaum zu halten. »Ich wollte ihn mitnehmen als Andenken an unseren Vater, aber dann dachte ich, es wäre besser, sich nicht mit Reliquien zu belasten. Ich habe vor, ein ganz neues Leben zu beginnen.«

Eugène ließ den Arm sinken. Er steckte den Handschuh in die Faltentasche seiner Soutane. Er fröstelte. »Wann kommst du zurück?« murmelte er, obwohl er wußte, daß dies genau die Frage war, die er nicht hätte stellen sollen.

Louis preßte die Lippen zusammen. »Wenn dieser König tot ist!« sagte er mit einer Unerbittlichkeit, die nicht zu seinem weichen, jungen Gesicht paßte, das im Grau des Morgens noch lebendiger und frischer wirkte als sonst. »Oder zumindest, wenn unsere Mutter endlich aufgehört hat, sich ihm an den Hals zu werfen.«

Es fing an zu schneien. Eugène senkte den Kopf. »Und wohin willst du jetzt?« fragte er leise. »Ich möchte dir schreiben. Ich will nicht, daß wir uns aus den Augen verlieren.«

Louis zuckte die Achseln. »Mama hat mir Briefe gegeben!« sagte er geringschätzig und schlug mit der flachen Hand auf seine lederne Satteltasche. »Ein ganzes Paket von Briefen. Sie hat die halbe Nacht daran geschrieben. Es gibt keinen Hof in Europa, an dem sie nicht ihre Freunde hätte. Einflußreiche Leute. Mächtige Leute. Der Markgraf von Baden; der Marchese di Borgomanero; unser hochverläßlicher Cousin in Turin. Ja, am liebsten wäre es ihr, wenn ich nach Savoyen ginge, denn dagegen hätte nicht einmal unser großer König etwas einzuwenden. Und seine Meinung ist Gesetz für sie, wie wir wissen.«

»Und?«

»Wenn ich zu Victor Amadeus ginge, könnte ich ebensogut hier bleiben!«

Louis' Augen waren hart. »Aber meine Pläne sind anders, mein Lieber. Ich habe vor, mich Seiner Allerchristlichsten Majestät vollends zu entziehen.« Er lächelte bitter. »Ich laufe zum Feind über, kleiner Bruder. Ich gehe nach Wien.« Er lachte unfroh. »Mama fiel fast in Ohnmacht, als ich es ihr sagte, aber weißt du, was sie tat, nachdem sie dreimal tief durchgeatmet hatte? – Sie ging an ihren Schreibtisch, überlegte kurz, wer ihr in Wien verpflichtet sein könnte und beschloß dann eiskalt, daß es das Klügste sei, sich an den Kaiser persönlich zu wenden.« Louis öffnete seine Satteltasche und hielt Eugène ein wohlversiegeltes Kuvert unter die Nase. »Leopold von Österreich . . .« Er ahmte die Stimme seiner Mutter nach. »Wende dich erst an den Markgrafen von Baden, mein Kind – Hier ein Empfehlungsschreiben an ihn! – und bitte ihn, dir eine Audienz beim Kaiser zu verschaffen! Glaub mir, man wird dich ohne Verzug empfangen. Niemand kennt seinen Stammbaum besser als der Kaiser. Trotzdem kann es nicht schaden, wenn du ihn daran erinnerst, daß auch in deinen Adern Habsburger Blut fließt.« Louis wischte die Schneeflocken von dem Brief und steckte ihn wieder in die Satteltasche. »Danach fiel Mutter sofort ein, es könnte sich günstig auswirken, daß ich ein Vetter des Herzogs von Savoyen bin. Den möchte der Kaiser nämlich liebend gern auf seine Seite bringen für den Fall eines Krieges mit Frankreich. Meine Chancen stehen also gar nicht schlecht. Das hat mir Mama ausdrücklich versichert, nachdem sie eingesehen hatte, daß sie mich ja doch nicht zurückhalten kann. Es ist bewundernswert, wie schnell sich diese Frau auf neue Situationen einstellt!«

Eugène schüttelte den Kopf. »Hör auf, so über sie zu reden!« sagte er müde. »Ich begreife gar nicht, was du ihr so übelnimmst. Sie hat dir immerhin das Regiment unseres Vaters verschafft – mit voller Billigung des Königs.«

Für einen Augenblick blieb Louis' Pferd ruhig stehen. »Das ist der Punkt, Eugène!« sagte Louis leise. »Nichts geschieht ohne seine Billigung, und erreicht hat sie es nur auf ihre berühmte übliche Weise. O ja, ich weiß: Es ist eine Ehre, sich ihm hinzugeben! Dienst an Frankreich, gewissermaßen. Schon in den Konventen ziehen sie die Mätressen für ihn heran. Du kannst keine Französin heiraten, ohne damit zu rechnen, daß sie begeistert das Mieder öffnet, wenn der König sie auch nur ansieht.«

»Das klingt, als wärst du neidisch.«

Louis' Pferd bäumte sich auf. »Ich bin nicht neidisch!« fuhr er Eugène an. »Ich kann diesen Mann nur nicht mehr ertragen!« Er wollte dem Pferd die Sporen geben, doch Eugène hielt es am Zügel zurück. »Hast du dir das alles auch wirklich überlegt?« flehte er. »Ist dir klar, daß es einen Krieg geben kann zwischen dem Kaiser und Frankreich? Du wärst dann auf seiten des Feindes. Du würdest auf mich schießen, auf Thomas und auf Philippe. Du könntest uns töten, oder wir dich. Wärst du wirklich imstande, deine Waffen gegen Frankreich zu erheben?«

Louis schüttelte den Kopf. »Du bist ein Kind!« sagte er ärgerlich. »Laß dir einmal von Monsieur Saveur erklären, wie es um die Loyalitäten des europäischen Adels bestellt ist! Patriotismus ist etwas für das ungebildete Volk, für den armseligen Bauern, der seine Lebenskraft nach und nach in den kargen Boden eingräbt. Seine Währung ist das Land, die unsere . . . Ach, was soll's!« Er lächelte plötzlich und war auf einmal wieder der freundliche Junge, als den Eugène ihn immer gekannt hatte. »Wünsch mir Glück, kleiner Bruder!« sagte er leichthin, beugte sich vor und faßte Eugène mit zärtlicher Grobheit am Nacken. »Ich verspreche jedenfalls, daß ich dir schreiben werde.« Seine Augen verengten sich. »Und grüß Mutter von mir! Sag ihr, daß sie trotz allem die großartigste Frau ist, die ich kenne!«

Er ließ Eugène los und ritt zum Tor, wo sein Reitknecht frierend auf ihn wartete. Eugène blickte den beiden nach, wie sie im dichter fallenden Schnee verschwanden, ausgelöscht, als hätte es sie nie gegeben. Erst jetzt merkte er, daß er vor Kälte zitterte. Er wandte sich um und blickte nach oben. Er sah, daß Olympia auf ihrer breiten Terrasse stand, die hilflosen Hände auf der Brüstung eingeschneit. Sie bemerkte ihn nicht. Ihr blasses Gesicht war reglos auf das Tor gerichtet, durch das Louis verschwunden war. Eugène tastete nach dem Reithandschuh seines Vaters. Er hatte das Gefühl, daß etwas nicht mehr Gutzumachendes geschehen war.

8

Der König liebte Paris nicht, deshalb vermochte es auch nicht, ihn anzuregen. Zwanzig Jahre war es nun her seit seinem triumphalen Einzug in die Stadt, der ihm zum ersten Mal die Gewißheit verschafft hatte, daß die Tage der Fronde endgültig vorbei waren. Das Volk und die Grandseigneurs hatten sich unterworfen. Die absolute Monarchie hatte gesiegt.

Golden und selbstbewußt rumpelten die königlichen Equipagen über das buckelige Pflaster von Paris, und das Volk am Straßenrand gab sich hin, während Ludwig, strahlend und abweisend zugleich, auf den Balkon des Hôtel de Beauvais hinaustrat, ohne jedoch den Jubel zu genießen. Er sah nicht ›*Frankreichs Ruhm, eines der schönsten Schmuckstücke der Welt*‹. Er sah nur eine überalterte, verkommene Stadt, sah den schwarzen Schlamm auf den Straßen, ekelig und stinkend, so daß er schon Meilen vor den Stadttoren die Luft verpestete. Er sah die Abwässer in den Gossen rinnen, sah die ausgehungerten, furchteinflößenden Gestalten an den Hauswänden und dachte an seine Begegnung als Kind mit dem Pöbel. Er fühlte sich nicht sicher hier, auch nicht angesichts der Begeisterung, die ihm nun entgegenbrandete.

Mißtrauen und Angst hinderten ihn daran, sich zu freuen, und nur aus Pflichtgefühl und Schuldbewußtsein ließ er die Stadt in den folgenden Jahren ausbauen und schmücken wie noch kein Herrscher zuvor. Die ungeliebte Gefährtin wurde verwöhnt und mit Juwelen behängt. Paläste, Gärten, Triumphbögen. Die Kais an der Seine und mehr als hundert neue Straßen ließ er befestigen. Einige tausend Laternen wurden aufgestellt, sorgten für etwas mehr Sicherheit und begründeten den Ruhm der Stadt als einer Lichtermetropole, heller erleuchtet als der Himmel selbst in einer Sommernacht.

Paris öffnete sich nach außen. Die Bollwerke wurden geschleift und verwandelten sich unter der Hand des Lieblosen zu königlich-großzügigen Promenaden, die – von neu gepflanzten Bäumen gesäumt – das Herz von Paris mit den nördlichen Vorstädten verbanden. Als wären sie Teile eines Gefängnisses, das er verabscheute, ließ Ludwig die befestigten Stadttore einreißen, die ihn und seine Mutter einst an der Flucht gehindert hatten, und befahl, an ihrer Stelle nach dem Vorbild römischer Imperatoren prachtvolle Triumphbögen zu errichten, die seine Erfolge rühmten.

Paris, die verschmähte Ehefrau, illegitim gemacht durch die legitimierte Geliebte Versailles, war nun das Zentrum der Welt, das den Kronen Europas den Glanz raubte. Nur sein eigener Herr haßte und fürchtete es, reiste ohne festen Wohnsitz rastlos von einer Residenz zur anderen, von St.Germain-en-Laye nach Chambord, nach Fontainebleau, nach Clagny und immer wieder mißgelaunt zurück ins Palais Royal oder in den Louvre, bis er sich schließlich entschloß, eine klare Linie zu ziehen. Er ließ sich endgültig in Versailles nieder und errichtete an der Stelle eines kleinen Jagdschlosses inmitten sumpfiger Niederungen den prächtigsten Palast der Welt.

Ludwig XIV., der größte aller Könige und zugleich auch der französischste auf dem tausendjährigen Thron der Kapetinger, obwohl sein Blut nur zu einem Viertel französisch war: Unter sechzehn Urahnen fand sich nur ein einziger Bourbone, dafür aber sechs Habsburger, die ihm das blonde Haar, die blauen Augen und das volle Gesicht vererbt hatten. Zwei Valois und ein Albret senkten die Waage seiner Abstammung wieder ein wenig nach der französischen Seite, doch wurden sie schnell wettgemacht durch einen portugiesischen Bourgogne, zwei ungarische Jagellonen, einen Wittelsbacher, einen Medici und einen spanischen Alvarez de Toledo. Daß er sechsmal von Johanna der Wahnsinnigen abstammte, brauchte ihn nicht mehr zu beunruhigen als die anderen Herrscherhäuser auch, denn ohne ein paar hygienische Fehltritte von Zeit zu Zeit wäre Europa längst von Idioten und Zwergen regiert worden.

Ludwig war nun Frankreich. Das ganze Land berauschte sich an seinem Ruhm. Auf die Jahre des Aufruhrs folgte eine Epoche des Überschwangs und der Vergnügungen. Frankreich war strahlend jung wie sein König, und mit ihm reifte und alterte es später.

Es war eine Woche her, seit Eugène den kleinen See im Nordosten des Schlosses entdeckt hatte, nur etwas mehr als eine halbe Stunde ruhigen Rittes von den königlichen Gärten entfernt. Inmitten eines üppigen Mischwaldes lag der See versteckt. Keine Straße führte zu seinen Ufern, nur ein schmaler, dicht umwucherter Fußpfad, den schon so lange kein Mensch mehr betreten hatte, daß er vielleicht in ein paar Monaten völlig zugewachsen sein würde.

Eigentlich hatte Eugène vorgehabt, zu den Hügeln emporzureiten, die die königliche Domäne umschlossen. Joseph Saveur hatte ihm in den letzten Monaten Unterricht in Kriegsgeschichte erteilt und mit ihm die maßgeblichen Schlachten der Vergangenheit durchgearbeitet. Er erklärte ihm die Möglichkeiten und Nachteile der einzelnen Waffengattungen, fertigte mit ihm Aufmarschpläne an, machte ihn auf geniale Einfälle und niederschmetternde Irrtümer der berühmten Feldherrn aufmerksam, deren überragende Fähigkeiten Eugène bisher ohne jeden Zweifel vorausgesetzt hatte. Saveur zeigte ihm, daß sie alle ihre Fehler begangen hatten und daß auch der Krieg nur ein Handwerk war, das erlernt werden konnte – auch wenn es schließlich der schöpferische Gedanke eines einzelnen Mannes sein mochte, der alle Gegebenheiten ad absurdum führte und das Schicksal Tausender herumriß. Vielleicht, dachte Eugène, war der Krieg nicht doch nur ein Handwerk, sondern auch eine Kunst.

Eine Kunst, die ihn berauschte – wie die meisten jungen Männer, die er kannte. Krieg zu führen war die Ehre der Könige; das Land zu vergrößern herrscherliche Pflicht. Selbst das einfache Volk, das unter den Kriegen nur zu leiden und nichts zu gewinnen hatte, erwartete von seinem Herrn, daß er die Grenzen seines Landes überschritt und neues Terrain hinzugewann. Gottes Gebot »Du sollst nicht stehlen!« galt nicht für den Landbesitz fremder Völker.

Kaum jemand verstieg sich zu dem ketzerischen Gedanken, die Moralität des Krieges in Frage zu stellen. Selbst Joseph Saveur, der sich so selten ins Herz blicken ließ, formulierte seine Zweifel nur mit Vorsicht. Trotzdem spürte Eugène die Vorbehalte seines Lehrers, der sich zwar als einen Anhänger des großen Festungsbauers Vauban bezeichnete, dem aber immer wieder Formulierungen entschlüpften, die Eugène aufhorchen ließen.

Von Raubzügen sprach Sauveur einmal, als er von den Eroberungen Alexanders des Großen erzählte. Das Leid der Besiegten schilderte er. Vom zweifelhaften Recht auf Krieg sprach er und sagte plötzlich mit ungewohnter Heftigkeit, daß nur der Verteidigungskrieg zu rechtfertigen sei. Er spürte wohl selbst, wie unerhört diese Bemerkung in den Ohren eines Jungen klingen mußte, dessen Vorfahren Soldaten und regierende Herrscher gewesen waren. Menschen, die man dazu erzogen hatte, das Überlieferte ungeprüft und gehorsam zu übernehmen. Saveurs *tic nerveux* verstärkte sich, und dennoch konnte der Lehrer nicht aufhören, seine Theorien zu erklären, als hätte die zufällige Bemerkung von den Raubzügen eines längst Verstorbenen eine Quelle eröffnet, die nicht mehr aufhören wollte zu sprudeln.

Trotzdem erfüllte Saveur seine Pflicht als Prinzenerzieher. Wenn sich sein Ausbruch von Leidenschaft gelegt hatte und sein Gesicht ihm wieder gehorchte, nahm er mit kühler Stimme den Unterricht wieder auf und flüchtete sich in die mineralische Wertfreiheit der Theorie. Er war ein brillanter Lehrer. Auch wenn er den Krieg ablehnte, hätte es keinen geben können, der Eugène besser in die Technik und Strategie der berühmten Schlachten einführte.

Besonderen Wert legte Saveur auf das Studium der geographischen Bedingungen einer Schlacht. Kein Hügel durfte bei der Planung übersehen werden, kein Buschwerk und auch nicht das unauffälligste Rinnsal. Ein Feldherr hatte seine Augen so zu schärfen, daß er sich jederzeit jede Gegend, die er einmal betreten hatte, wieder ins Gedächtnis zurückrufen konnte, und zwar mit allen Einzelheiten. Immer mußte er wissen, woher der Feind kommen konnte; wo Ausweichmöglichkeiten bestanden und wohin man den Gegner drängen konnte, damit er keinen Ausweg mehr fand. Die Topographie war die Grundlage jeder strategischen Planung.

Eugène kam es vor, als wäre er bisher blind und taub durch die Welt getappt. Fast mit einem Schlag schärften sich seine Sinne. Seine dunklen Augen, die immer ein wenig verhangen und schläfrig geblickt hatten, als wäre er nicht recht bei der Sache, wurden durchdringend und aufmerksam, und der kindliche Zug um seine Mundwinkel verhärtete sich. Mit einer Begeisterung, die er nie bei sich selbst vermutet hätte, vertiefte sich Eugène in die Zeichnungen, die Saveur mit ihm angefertigt hatte. Trotz Saveurs Einwänden verschlang er – wie alle Gleichaltrigen – »*Das Leben Alexanders des Großen*« von Curtius und verfolgte wie kaum einer bei Hofe die täglichen Berichte über die militärischen Abenteuer der französischen Armee in Deutschland, Holland und in den Spanischen Niederlanden. Keine Mühe war ihm zu groß, alles zu verstehen und sich zu merken, was Saveur ihm anbot bis hin zum ungewohnten Studium der Mathematik.

Er war so jung, fast noch ein Kind! Der Glanz der Uniformen, das Wehen der Fahnen, das monotone Dröhnen der Trommeln, der rhythmische Klang tausender Schritte – all das beeindruckte ihn. Fast spürte er den Wind in seinem Gesicht, wenn er sich vorstellte, wie er mit erhobenem Säbel dem Feind entgegenritt, den Mund weit geöffnet zu einem Schrei, den keiner hörte, und der doch seine ganze Leidenschaft und Vitalität in sich barg. Zu unerhörten Heldentaten fühlte er sich fähig. Die Kraft in seinem Körper und in seiner Seele schien ihm so überwältigend, daß sie sich nur mit Liebe vergleichen ließ. Ja, zu kämpfen mußte etwas mit Liebe zu tun haben, auch wenn er sich nicht erklären konnte, warum. Vielleicht auch nur mit Sexualität, doch ein solcher Vergleich wäre ihm noch nicht in den Sinn gekommen.

Leidenschaft und Tod so nahe beieinander. Ständige Gefahr, die erst bewußt machte, daß man lebte. Die höchste Gewißheit des Kampfes, die in Wahrheit die größte Ungewißheit war: selbst derjenige zu sein, der übrigblieb, auch wenn alle anderen zu Tode kamen. Die größenwahnsinnige Idee der Jugend von der eigenen Unsterblichkeit: die schwärzeste Illusion derer, die Helden sein wollten.

9

Sie hieß Françoise de Blois und war eine natürliche Tochter des Königs mit Louise de La Vallière, der blassen, mageren Hinkenden, die Ludwig ein paar Jahre geliebt, dann aber nur mehr gedemütigt hatte, indem er sie zwang, seine Affäre mit Athénaïs de Montespan zu decken.

Françoise und ihre Mutter – zwei entgegengesetzte Welten. Wenn Louise den Menschen ins Gesicht blickte, sah sie darin ihre Seele; Françoise lächelte höflich und bemerkte nur mehr Stammbaum und Geltung. Wenn Louise ihre blasse Hand mitleidig ausstreckte, wies Françoise mit einer beiläufigen Handbewegung ihre Kammerfrau an, ein Almosen hinzuwerfen. Louise war hofuntüchtig; Françoise war die Tochter des Königs, ein Teil des Hofes, unumstritten, umschmeichelt und begehrt. Louise war eine Märtyrerin; Françoise ein Glückskind.

Sie bekam alles, was sie sich wünschte, auch den Mann, der ihr gefiel. Für eine kurze, selige Zeitspanne gab es kein verliebteres, glückstrunkeneres Paar in Versailles als Françoise de Blois und Armand de Conti, den Großneffen des Großen Condé, des Lieblings der Massen, der selbst gern König geworden wäre und sich schließlich damit begnügte, seinen buckligen Neffen mit einer Nichte Mazarins, den er nur den ›Schurken aus Sizilien‹ nannte, zu verheiraten. Armand war ein Kind aus dieser Verbindung von kalter Raison und gegenseitiger Verachtung, doch ein verschwenderisch ausgleichendes Schicksal hatte ihm das Beste von beiden Seiten vererbt: die Intelligenz und das Temperament seiner väterlichen Vorfahren und die Schönheit seiner mediterranen Mutter. Beides nutzte er mit leichter Hand, und kaum jemand in Versailles verstand es besser als er, sich das Leben angenehm und vergnüglich zu gestalten. Zwei Glückskinder hatten einander gefunden.

Eugène begegnete den beiden an einem sonnigen Mittag, als im Schloß alles ruhte nach einem langen, allzu opulenten Mahl. Eugène durchquerte die Gärten. Sein Ziel waren die Hügel im Nordwesten, die er bisher noch nicht erkundet hatte. Als er zu dem Wäldchen kam, das den kleinen See barg, den sie später das Auge Gottes nennen würden, wollte er erst vorüberreiten, doch dann entschloß er sich, in das üppige Grün einzudringen.

Die Büsche am Waldrand wuchsen so dicht, daß er absitzen mußte. Er führte das Pferd am Zügel. Je tiefer er seinen Weg durch das Gestrüpp bahnte, um so unwiderstehlicher nahm ihn der Zauber des Ortes gefangen, bis sich plötzlich – wie ein Vorhang, der zurückgezogen wird – die Vegetation vor ihm auftat und der kleine See vor ihm dalag, wie ein Auge des Himmels.

Noch vor wenigen Wochen hätte Eugène nun sein Pferd getränkt und wäre weitergeritten. Jetzt aber war er bereit für die Magie dieses Platzes. Ohne das Pferd festzubinden, ließ er die Hände durchs Wasser gleiten, zog die Schuhe aus, um hineinzusteigen in die kühlen Wellen, und als er erkannte, wie tief der See war, legte er seine Kleider ab und schwamm durch das durchsichtige, glitzernde Wasser, das ihn berührte wie die Liebe, die er noch nicht kennengelernt hatte. Obwohl er zuvor gar nicht traurig gewesen war, fühlte er sich auf einmal wunderbar getröstet, und zugleich erfaßte ihn die unbestimmte Sehnsucht der Jugend. Alles, was er sich wünschte, ohne es je benannt zu haben, durchströmte seinen Körper und machte ihn leicht und schwer zugleich. Am liebsten hätte er geweint oder auch gelacht oder beides auf einmal. Er war glücklich, ohne zu wissen warum, weil die Jugend die Zeit des namenlosen Glücks ist.

Nachdem er sich in der Sonne getrocknet und wieder angezogen hatte, machte er sich zögernd auf den Rückweg. Wie ein Abschied kam es ihm vor, als er das Pferd am Zügel ins Dickicht zurückführte, das ihn von der realen Welt trennte, in der Menschen sich über Menschen erhoben. Die Gegenwart des Pferdes rührte ihn. Er blieb stehen und legte die Stirn an den Hals des Tieres, dessen fellige Wärme ihm so vertraut war. Er murmelte seinen Namen und lachte auf, als das Tier ihn mit seinem forschenden Pferdeblick von der Seite her ansah.

Sibelle hatte er es genannt von der ersten Begegnung an, als das Tier noch ein Fohlen war, zu jung, um geritten zu werden. Sibelle – weil es ohne Scheu auf ihn zugesprungen war, unbekümmert wie ein unbestraftes Kind, und seine seidigen, zärtlichen Nüstern in Eugènes heiße, einsame Jungenhände geschmiegt hatte. Sibelle – nach einer Erinnerung an seinen Vater und an die betäubend süßen Sommerabende, wenn der Prinz sich die Laute bringen ließ, um seinen Kindern und den Dienstboten hinter den Fenstern vorzusingen. Ein warmer, volltönender Bariton, selbstbewußt und schmelzend, verliebt in den eigenen Wohlklang. Alle Lieder, die Eugène kannte, hatte er von seinem Vater gelernt: derbe Soldatenmärsche, kecke Bauernliedchen, gefällige höfische Canzonen – und das schönste von allen, ein Liebeslied, bei dem der Prinz verstohlen und ein wenig resigniert zu Olympia hinüberschaute, die ihren Kopf senkte, um dem unsichtbaren Vorwurf auszuweichen.

À la claire fontaine
M'en allant promener,
J'ai trouvé l'eau si belle
Que je m'y suis baigné.
Il y a longtemps que je t'aime,
Jamais je ne t'oublierai.

Si belle. Si belle. So schön. So schön. Durch ein kindliches Mißverstehen hatte Eugène geglaubt, das Lied erzähle von einer Quelle mit Namen Sibelle; ein Irrtum, den er nie erkannte, so sehr hatte er ihn verinnerlicht. Sibelle war der Name für alles, was rein war, klar und durchsichtig; was nicht weh tat, sondern erfreute und erquickte. Sibelle – gesungen mit der klangvollen, geliebten Stimme des einzigen Menschen, der immer gut zu Eugène gewesen war. Sibelle: Er konnte das Pferd, in das er sich vom ersten Augenblick an verliebt hatte, nur so nennen, denn die Begegnung mit ihm und später die Freude, es zu besitzen, waren das Schönste und Zärtlichste in seinem kalten jungen Leben.

Eugène schreckte auf. Auch das Pferd spitzte die Ohren. Etwas war anders geworden, obwohl die Sonne noch schien wie zuvor. Ein Geräusch von fern, dann noch eines und immer wieder. Knacken von Zweigen, das Rascheln eines Frauenkleides, leises Lachen, Flüstern und dazwischen immer wieder Sekunden der Stille, als ob alles nur eine Täuschung gewesen wäre.

Eugène bewegte sich nicht. Er wartete. Dann sah er, nur

wenige Schritte entfernt, zwei Menschen zwischen den Bäumen auftauchen. Ein Mann und eine Frau. Und dann genauer: ein junger Mann und ein Mädchen. Zwei, die liefen, als ob sie es eilig hätten, obgleich sie doch eigentlich die Zeit vergessen hatten. Sie hielten sich an der Hand. Der junge Mann schob die Zweige beiseite, damit sie das Mädchen nicht bedrängten. Das Mädchen folgte ihm, schlang den Arm um seinen Hals und warf lachend den Kopf zurück. Ein Bild der Freude und Hingabe. In schwarzen Samt war er gekleidet und in weiße Seide sie. Sie sahen aus, als hätte Eugène sie nur geträumt.

Er wagte nicht, sich zu rühren, und er erschrak mehr als die beiden selbst, als Sibelle laut aufwieherte. Am liebsten wäre er hastig davongestürzt, doch es war zu spät. Die beiden fuhren herum und sahen ihn zwischen den Bäumen stehen. Er spürte, wie Schamröte in seine Wangen schoß. Sein Herz klopfte so heftig, daß es ihn schmerzte.

Der junge Mann, Conti, ließ das Mädchen los und ging langsam und mißtrauisch auf Eugène zu.

»Es tut mir leid!« murmelte Eugène und strich sich über das nasse Haar. »Ich war schwimmen. Ich wollte Sie nicht beobachten.«

Conti blieb vor ihm stehen. Er sah ihm prüfend ins Gesicht. »Soissons!« stellte er dann mit ruhiger Stimme fest.

Eugène verneigte sich in Richtung des Mädchens. »Ma cousine!« grüßte er höflich, als befänden sie sich in einem der Säle von Versailles. »Ich wollte Sie nicht beobachten!« wiederholte er dann. Und danach hastig: »Aber es war schön, was ich gesehen habe. Ich beneide Sie sehr.«

Contis Mißtrauen schwand. Er lachte – ein breites, jungenhaftes Grinsen, das sein Gesicht erhellte. Es mußte leicht sein, ihn zu lieben, dachte Eugène, und er war auf einmal sehr traurig. Noch einmal verbeugte er sich überstürzt, nahm sein Pferd am Zügel und eilte davon, so schnell es in diesem kleinen Dschungel möglich war. Er wagte nicht, sich umzudrehen, obwohl er nichts sehnlicher wünschte, als die beiden noch einmal zu sehen in ihrem gemeinsamen Gefühl, das er auch selbst gern erlebt hätte.

10

Ein Brief aus Wien war eingetroffen. Olympia lief händeringend von einer Ecke ihres Schlafzimmers in die andere. Immer wieder nahm sie das Schreiben zur Hand, las es und las es noch einmal, schleuderte es zurück auf den Tisch, auf das Bett oder auf die Kommode, jammerte, schimpfte, atmete auf, griff erneut nach dem Brief, weinte, lachte verzweifelt und kam nicht zur Ruhe.

»Wie soll ich es dem König erklären?« rief sie ratlos und blieb vor Giannina, ihrer italienischen Zwergin, stehen. »Zu benachrichtigen brauche ihn ihn ja wahrlich nicht. Oder glaubst du vielleicht, er wüßte nicht längst, was hier steht?«

Giannina, klein wie eine Fünfjährige, aber breit und kräftig gebaut, blickte zu Olympia hoch mit ihren schwarzen, undeutbaren Zwergenaugen und schwieg. Manchmal, wenn Olympia von Existenzangst gepackt wurde, half es ihr, Giannina anzublicken, die aus dem Elend ihrer Mißgestalt gehärtet und unverletzbar wie ein Mineral hervorgegangen zu sein schien. Kein weises Kind, wie Olympia zu Anfang vermutet hatte, als sie noch hoffte, durch die seltsame Zwergin Einblick in eine fremde, geheimnisvolle Mystik zu gewinnen, ähnlich jener der Astrologie. Nein: Giannina war nicht weise. Sie war keine Zauberin und keine Priesterin, sondern nur ein zu klein geratener Mensch, der damit um das betrogen war, was ihm nach den Gesetzen der menschlichen Erwartung zustand. Es rührte Olympia, wenn sie Giannina ansah, und sie war immer gut zu ihr. Nie ließ sie ihre Launen an der Zwergin aus. Mit einer ganz anderen Stimme sprach sie zu ihr, und sie vergaß niemals, ins Italienische zu wechseln, wenn sie sich an sie wandte.

Niemand wußte, wie alt Giannina war. Schon vor fünfzehn Jahren, als Olympia sie auf einer Reise nach Neapel auf der Straße entdeckt hatte, hatte sie ausgesehen wie jetzt, zeitlos geworden durch die Verdammnis ihres Andersseins. Olympia hatte sie zu sich in die Kutsche rufen lassen und sie gefragt, was für ein Gefühl es wäre, in dieser gnadenlosen Weise gezeichnet zu sein. Giannina hatte sie lange angesehen, um zu ergründen, warum Olympia ihr diese Frage stellte. Schließlich glaubte sie ein echtes Interesse zu erkennen anstelle der Sensationslust, die ihr sonst entgegenschlug. Interesse, aber kein Mitleid. Und das genau war es, was sich Giannina immer gewünscht hatte.

»Das Schlimmste ist«, antwortete sie – und das war ein Geständnis, das sie noch nie über die Lippen gebracht hatte –, »das Schlimmste ist, daß die Frauen mich als Frau nicht für voll nehmen.«

Mehr sagte sie nicht, aber Olympia verstand, was sie meinte. Sie bot ihr an, mit ihr nach Frankreich zu kommen, und Giannina, die aus einer Kaufmannsfamilie stammte, für die die Ferne nichts Ungewöhnliches war, sagte ohne Zögern ja.

Sie kehrte nie wieder ins Haus ihrer Eltern zurück, denen man nur kurz die Nachricht ihres Fortgehens überbracht hatte, denn sie wußte, ihre Verwandten würden erleichtert aufatmen, daß das Schandmal endlich aus dem Blickfeld verschwunden war.

Nie hatte sie es bereut, Olympia gefolgt zu sein. Stets war sie an ihrer Seite, und wenn ein Mann Olympias Schlafgemach verließ, trat Giannina gleich danach ein und starrte Olympia lange nachdenklich an, als könnte sie aus ihrem Gesichtsausdruck etwas für sich selbst entnehmen. Etwas, das sie sich wünschte und nie bekommen würde und sei es nur eine Sexualität ohne den scharfen Beigeschmack der Perversion.

»Ich dachte schon, die Sache hätte sich von selbst erledigt!« klagte Olympia und setzte sich resigniert auf ihr Bett. »Man hörte nichts mehr von ihm in den letzten Wochen. Es hieß, er habe seinen Vetter in Turin besucht, und genau das habe ich dem König auch gesagt. Es hat ihn beruhigt, glaube ich.« Sie hob den Blick. »Ich kann im Moment nichts weniger brauchen, als daß er sich über mich oder meine Familie ärgert!«

Giannina nickte und hockte sich mit übereinandergeschlagenen Beinen vor Olympia auf den Boden.

»Der König mag Louis«, sagte Olympia leise. »Er hat ihn immer bevorzugt. Um so ungnädiger wird er sein, daß er ausgerechnet zu den Österreichern übergelaufen ist. Er hat zwar damit gedroht, als er wegritt, aber ich habe nicht geglaubt, daß er mir das wirklich antun würde.«

Die Österreicher. Die Habsburger. Dornen im Fleisch der Bourbonen. Einzige Rivalen im Streit um die Vorherrschaft in Europa. Das einstige Reich Karls V., in dem die Sonne nicht unterging . . . Ein Weltreich, das sich ausdehnte bis hinüber auf den anderen Kontinent, den jungen, Amerika, das so dunkel war, so fremd und dennoch so verlockend, so begehrenswert mit seinen süßen Versprechungen von Reichtum und Macht . . . Doch Karl V. war tot, sein Reich geschwächt und geteilt in einen spanischen und einen österreichischen Teil. Dennoch: Habsburg blieb Habsburg. Im Notfall würden sich die beiden zusammentun gegen den französischen König, den Nachkommen Ludwigs des Heiligen, gegen den Allerchristlichsten König, obwohl dieser mit einer spanischen Prinzessin verheiratet war ebenso wie zuvor auch schon sein Vater und wie auch der Kaiser in Wien.

Der König von Frankreich – seit Jahren unterstützte er finanziell und beratend die einzige Macht, die stark und rücksichtslos genug war, die Habsburger das Fürchten zu lehren: die osmanischen Türken, das wüste mongolische Volk aus dem Osten. Vor dreihundert Jahren war es aufgebrochen, die Welt zu erobern. Erst die schwächlichen, zerstrittenen Königreiche im Südosten Europas, die sich mühsam und unsicher aus den Trümmern des Oströmischen Reiches erhoben hatten. Zerschmettert wurden sie ohne Gnade, geplündert, gebrandschatzt, verwüstet, kolonialisiert. Venedig, das Stolze, Goldene, wurde gedemütigt; Ungarn zu einem großen Teil unterworfen. Der Halbmond verdunkelte die Sonne Europas. Ein ständiger Druck nach Westen, der die Habsburger bedrohte, doch zugleich auch anfeuerte. Sie waren das einzige Bollwerk gegen die osmanische Eroberung, und sie waren entschlossen, nicht nachzugeben.

Die Belagerungen, Vorstöße und Kämpfe schwächten sie nicht, sondern bestärkten sie in dem Bewußtsein ihrer Bedeutung. Das Riesenreich der Habsburger sah sich berechtigt, Böhmen und Ungarn zu unterwerfen, denn nur ein starker Kaiser vermochte, die Osmanen zurückzuhalten. Die besiegten Völker aber wählten das geringere Übel und fanden sich mit den Habsburgern ab, um dem qualvollen Untergang im türkischen Feuer zu entgehen. Die Türkennot sicherte den Habsburgern die Wiederwahl zu Deutschen Kaisern. Als Kaiser des Heiligen Römischen Reiches aber waren sie die erwählten Stellvertreter Christi, die sich dem Allerchristlichsten König von Frankreich überlegen fühlten und ihn dies in kalter Arroganz auch spüren ließen.

Der Kampf für eine gerechte Sache. Verteidigung der eigenen Zivilisation gegen das Fremde, Barbarische: Was hätte die gelangweilte, übersättigte Jugend Westeuropas mehr begeistern können? Jede Adelsfamilie in Frankreich hatte ihren eigenen kleinen Rebellen, der davon träumte, dem Sonnenkönig zu entfliehen und zugleich auch dem Abendland zu helfen gegen den schlimmsten Feind. Träume, die meist nur

Träume blieben. Dennoch: Jede Woche flüsterte man sich in Versailles andere Namen ins Ohr. Namen, die zählten in der französischen Geschichte. Kinder, die ausgerückt waren, um zu tödlichen Waffen zu greifen. Kinder von fünfzehn, sechzehn Jahren oft erst, begeistert, abenteuerlustig, idealistisch.

Diesmal war es Louis de Soissons, der Sohn von Madame la Comtesse, der man diese Peinlichkeit von Herzen gönnte. Vielleicht brach es ihr sogar das Genick bei Hofe! War Louis nicht mit großer Wahrscheinlichkeit der Sohn des Königs selbst? Sie hätte besser auf ihre Kinder aufpassen sollen, wenn sie bleiben wollte, was sie war.

Zusammen mit der übrigen Louvre-Clique sahen Olympia und Eugène dem König beim Federballspiel zu. Als Partner hatte SM den Herzog von Vermandois gewählt, seinen eigenen fünfzehnjährigen Sohn mit der la Vallière, Bruder von Françoise de Blois, die ebenfalls in der ersten Reihe der Zuschauer saß und kein Auge für das Spiel übrighatte. Ununterbrochen flüsterte sie mit Conti an ihrer Seite, als hätten sie einander eine Ewigkeit nicht gesehen.

Man spielte Doppel. Ludwigs Gegner waren sein jüngerer Bruder Philippe, Herzog von Orléans, und dessen Favorit, der junge Chevalier de Lorraine.

»Der Kaiser hat Louis ein eigenes Dragonerregiment gegeben!« flüsterte Olympia Eugène zu und hielt sich dabei das grüne, saitenbespannte Schutzschild vors Gesicht, um sich vor verirrten Federbällen abzuschirmen. Hin und her gingen die Köpfe der Zuseher, und bei jedem Ballwechsel hob und senkte man zierlich das rechteckige Schild, das selbst aussah wie ein Federballschläger. »Ich konnte mit dem König noch nicht darüber sprechen!« fuhr Olympia fort und blickte verstohlen um sich, ob auch ja keiner sie belauschte. »Er ist so verschlossen in letzter Zeit. Immer wieder besucht er diese bigotte alte Maintenon, schlürft ihren lächerlichen Eisenkrauttee und hört sich ihr religiöses Gefasel an. Wenn es so weitergeht, erkennen wir Versailles bald nicht wieder. Sie hat die Pfaffen hinter sich, weißt du. Anscheinend ist es keine Sünde, die Mätresse des Königs zu sein, wenn man sich dabei nur oft genug bekreuzigt.«

Eugène blickte hinüber zu Françoise und Conti, die hinter ihren Schildern verborgen die Köpfe zusammensteckten. Schön waren sie und so jung. Jung wie Eugène, der sich nach ihrer Freundschaft sehnte.

Die Spieler tauschten ihre Plätze. Die Zuschauer legten ihre Schilder nieder, um zu klatschen. Der einzige, der darauf vergaß, war Eugène. Mit kaltem Schrecken erkannte er, daß Françoise und Conti seine Blicke bemerkt hatten und nun ebenfalls zu ihm herübersahen. Sie berieten sich, dann neigten sie plötzlich grüßend den Kopf.

Eugène meinte, der Himmel stürze auf ihn nieder. Seine Hände zitterten. Er mußte seine ganze Kraft zusammennehmen, um gleichmütig zu wirken und mit ausgesuchter Höflichkeit den Gruß zu erwidern. Das Klatschen der Zuseher, das dem König galt und seinem wie immer exzellenten Spiel, rauschte in Eugènes Ohren, und er war auf einmal so glücklich, daß er am liebsten aufgesprungen wäre, um irgend etwas Unerhörtes zu tun, er wußte selbst nicht, was.

Olympia, der nie etwas entging, was mit den Beziehungen zwischen Menschen zu tun hatte, starrte Eugène verblüfft an. Ihre Blicke wanderten hin und her zwischen ihm und den beiden. »Die kleine de Blois?« fragte sie dann ungläubig. »Du lieber Himmel, auch das noch!«

An den nächsten Tagen regnete es. Es gab nichts Trostloseres als das halbfertige Schloß von Versailles im Regen, ein schimmerndes, noch ungeschliffenes Juwel, umgeben von bereits prächtigen Gärten, von den noch kleinen, unauffälligen Bäumchen künftiger Alleen und auf der anderen Seite vom

Schlamm der Baustellen. Trotz Sturm und Wassermassen wurde weitergearbeitet. SM, der höchstpersönlich über hölzerne Bretter kletternd und von rutschenden Höflingen beschirmt, den Bau inspizierte, wollte es so. Seine Begleiter folgten ihm durchnäßt, schmutzbespritzt und mißmutig und verbargen ihre üble Laune hinter lautstarker Begeisterung für das göttliche Werk.

Auch Eugène verfluchte den Regen. Er langweilte sich. Es gab niemanden, der für ihn Zeit hatte. Trotz des lähmenden Regens schien alle Welt so beschäftigt zu sein, als stünde ein unerhörtes Ereignis bevor. Wenn wenigstens Joseph Saveur dagewesen wäre, aber der hatte schon zum zweiten Mal darum gebeten, in Paris bleiben zu dürfen. Olympia hatte es ihm gestattet, wurde aber immer mißtrauischer. Joseph Saveur habe eigenartigen Umgang in letzter Zeit, erzählte sie Eugène. Er treffe sich mit jungen Leuten, die sich um den Seigneur de Vauban scharten, der zu Ludwigs fähigsten Feldherren zählte und dessen Befestigungsanlagen als uneinnehmbar galten. Anscheinend habe Vauban aber nicht nur seine militärischen Erfolge im Kopf, sondern neuerdings auch gewisse umstürzlerische Ideen, die er sogar schon beim König vorgebracht habe.

»Wie es ist, so ist es doch wohl richtig!« murmelte Olympia ärgerlich. »Ich verstehe nicht, warum manche Leute das nicht einsehen wollen. Die Erde ist nicht das Paradies. Nicht jeder kann in der Sonne leben. Wenn dieser Saveur das nicht akzeptieren will, werden wir uns von ihm trennen müssen.« Sie mochte Saveur nicht und ebensowenig Vauban, den manche den ehrenhaftesten Mann des Landes nannten, weil ihn das Elend des Volkes rührte und er sich nicht scheute, den König mit ständigen Andeutungen darüber zu belästigen. Bis jetzt hatte ihm Ludwig noch stets ruhig und aufmerksam zugehört, aber alle Welt hoffte, daß er Vauban demnächst mit einer seiner schneidenden Bemerkungen für immer zum Schweigen brachte.

Eugène beschloß zu lesen. Erst seit Saveur ihn unterrichtete, war ihm bewußt geworden, wie lückenhaft seine Bildung war und wieviel an Faszination und geistiger Befriedigung ihm dadurch entging. Nie hätte er gedacht, daß der kühle, trockene Saveur sich so verändern könnte, wie er es tat, wenn er von den großen Werken der Literatur sprach, die ihn erregten wie eine körperliche Leidenschaft. Auch der König liebe die Literatur, erzählte Saveur seinem Schüler, wenn auch die Musik noch viel mehr.

Ehe Eugène noch zu lesen beginnen konnte, klopfte es, und fast gleichzeitig öffnete sich die Tür. Eugène wandte sich um und erstarrte. Vor ihm standen Conti und Françoise, lächelnd und so strahlend und elegant, daß Eugène die Kargheit seines Zimmers und seiner eigenen Kleidung schmerzhaft bewußt wurde. Unbefangen traten die beiden ein, blickten noch einmal vorsichtig auf den Gang hinaus, ob auch niemand sie beobachtet habe und schlossen dann die Tür.

Das erste, was Eugène wahrnahm, war das Parfum des Mädchens, das es ihm noch kostbarer und exquisiter erscheinen ließ.

»Wir wollen Sie besuchen, mon cousin«, sagte Françoise und trat ans Fenster. Sie schob die Vorhänge beiseite und blickte hinaus. »Wir wissen ja, daß Sie zu Mittag ebenfalls nicht schlafen.« Ungeniert setzte sie sich auf Eugènes Bett und streckte den Arm aus. »Komm, Conti!« murmelte sie sanft, und Conti kam.

Eugène blieb einen Augenblick unschlüssig mitten im Zimmer stehen, dann faßte er sich ein Herz und sagte das Unerhörte, das er nie zu sagen gewagt hätte, wenn ihm auch nur ein Augenblick Zeit zum Überlegen geblieben wäre. »Erlauben Sie«, bat er lächelnd, »daß ich mich ebenfalls zu Ihnen setze?«

Françoise lachte überrascht und amüsiert. »Ich bitte Sie

darum!« murmelte sie und wies auf den freien Platz neben sich.

Eugène gehorchte, hielt ausreichend Abstand und war doch im Himmel.

»Ein bißchen kühn für einen Abbé, nicht wahr?« stellte Françoise verschmitzt fest und lehnte sich an Conti. »Aber wir sind ja gewissermaßen Komplizen.«

Eugène schüttelte den Kopf. »Ich habe niemandem etwas erzählt!« beteuerte er.

Conti zuckte die Achseln. »Nicht, daß es darauf ankäme!« sagte er gleichmütig. »Wahrscheinlich hätte niemand etwas dagegen. Es besteht nur die Gefahr, daß man diese Dame hier für zu jung erklären könnte, und das könnte hinderlich werden.«

»Ich bin nicht zu jung!«

»Das wissen wir.«

Sie blieben mehr als zwei Stunden und als sie gegangen waren, hing der Duft des Parfums noch lange im Zimmer – ein Versprechen auf künftige weitere Besuche, auf sanfte Gespräche und auf ein Gefühl, das Eugène bisher nicht kennengelernt hatte. Zuneigung war es, ein unbefangenes Miteinander, das er noch mit keinem Menschen erlebt hatte. Freundschaft, ja Freundschaft! dachte er und strich mit der Hand über den Vorhang, den Françoise berührt hatte.

Erst jetzt merkte er, wie sehr er sich nach Einverständnis und Gedankenaustausch sehnte. Gleichen Sinnes zu sein, die gleichen Träume zu träumen, an der gleichen Sehnsucht zu leiden und an der gleichen Auflehnung: gab es etwas, das Menschen seines Alters fester aneinander binden konnte? Freundschaft, Liebe, Krieg, Heldentum, Ehrgeiz, Hingabe, Inbrunst . . . Sie träumten alle davon, die jungen Menschen am goldenen Hofe der Sonne. Erst wenn sie aufhörten zu träumen, waren sie gezähmt, waren sie tot, waren sie gehorsame Untertanen, arrogant durch ihre Stellung, devot durch ihre Selbstaufgabe.

Sie würden wiederkommen, hatten Francoise und Conti versprochen. Man würde gemeinsam ausreiten, wenn das Wetter es erlaubte, und schwimmen gehen. Man würde einander treffen, wenn sich der Hof in den königlichen Sälen und in den Gärten versammelte. »Du mußt mir von deinem Bruder erzählen!« hatte Conti Eugène aufgefordert, und Eugène sprach über Louis, den die Sehnsucht nach Freiheit und Unabhängigkeit fortgetrieben hatte, und der so leidenschaftlich war und so schön wie Conti. Ganz anders als Eugène, der auf einmal von seinem eigenen Kummer zu erzählen anfing und mit der flachen Hand angewidert über seine Soutane schlug, als lauerte darauf ein ekelhaftes Insekt.

»Jetzt habe ich zwei Verehrer!« hatte Françoise kokett verkündet, als hätte es nicht die vielen jungen und älteren Männer gegeben, die hinter der erfolgversprechenden Heirat mit einer Tochter des Königs her waren.

Eugène hatte gelacht, als nehme er die Bemerkung nicht ernst, aber sie verfolgte ihn bis in den Schlaf hinein.

11

Während für Eugène der süßeste und berauschendste Abschnitt seiner Jugend anbrach und er mit den ersten Freunden seines Lebens die Domäne des Königs durchstreifte, stürzte sich Ludwigs Hofgesellschaft in ein Abenteuer, das aus den Dämpfen der Hölle aufgestiegen schien und nur im Feuer enden konnte.

Mit harmlosen Schönheitsmitteln fing es an. Bald bestritten allein in Paris zweitausend Frauen ihren Lebensunterhalt angenehm damit, Salben zu mischen, die Falten glätteten; Tinkturen, die Wangen belebten und Essenzen, die Brüste und Schenkel strafften. Belladonna für die Augen, Krötenschleim für die Lust. Ja, das war der nächste Schritt, wenn die Resignation sich breitzumachen drohte, weil keines der Mittel mehr anschlug und man fürchten mußte, die wirksamste Waffe aus der Hand geben zu müssen; die einzige, die der Vernunft und der Berechnung widerstand: die Kraft der sexuellen Anziehung.

Keine Ingredienz war ekelhaft genug, um nicht Hoffnung zu erwecken. Je abartiger die Zutaten waren, um so eher glaubten die Gehetzten daran, daß sie wirken müßten. Hinter vorgehaltener Hand flüsterte man sich Adressen zu, Namen von weisen Frauen und zwielichtigen Männern mit lateinisch klingenden Namen. Sie waren die heimlichen Stars von Paris, und es war kein Wunder, daß auch sie wie ihre Auftraggeber verzweifelt darum kämpften, die eigene Stellung zu halten und auszubauen. Man mußte bei der Magie landen!

Auf Schwarzen Messen boten die Damen des Hofes nun ihren weißen Leib dem bocksfüßigen Satan dar. Sogar von Athénaïs de Montespan, der immer-noch Favoritin, erzählte man sich, Hexen hätten ihren süßen Körper mit dem heißen Blut eines eben geköpften jungen Hahns bespritzt und gotteslästerliche Sprüche dazu gemurmelt und geschrien, die die Liegende in eine solche Ekstase versetzten, daß sie sich für die leidenschaftlichste Frau unter der Sonne hielt, der auch der König nicht widerstehen würde.

Der Aberglaube triumphierte, auch wenn der Nachkomme Ludwigs des Heiligen die Seinen jeden Morgen zur Messe führte. Es dauerte lange, bis die Gefoppten zu zweifeln begannen. Doch anstatt sich zu besinnen und die Scharlatane zu ihrem Teufel zu schicken, verlangte man nach immer stärkeren Arzneien und versetzte sich in immer wahnsinnigere Rauschzustände, bis sich das Angebot auf die Nachfrage einstellte und man die Liebespülverchen und den Likör der ungeahnten Leidenschaften als Kinderei abzutun begann. Auch die Schwarzen Messen verloren ihre Anziehungskraft: Die tödliche Zeit der weißen Pulver war angebrochen. Man verzichtete darauf, seine Feinde durch Lust gefügig zu machen. Man besann sich auf die alten, überlieferten Weisheiten, die – wie es hieß – schon Katharina von Medici wohlbekannt gewesen waren.

Die Schlösser des Königs wurden zu Mörderhöhlen, in denen keiner mehr wagte, unbefangen zu essen und zu trinken. Vor niemandem machte die Furie halt. Jeder war irgendjemandem im Wege und mußte sich fürchten. Henriette, die englischstämmige Schwägerin des Königs, wurde ebenso unerklärlich dahingerafft wie Kinder und Greise. Von Erbschaftspülverchen sprach man lächelnd und schaudernd zugleich, und bald war der König der einzige, der das Ausmaß der Verderbnis unterschätzte.

Es konnte nicht lange dauern, bis auch Olympia, die keine Mode ausließ, vom Zeitgeist erfaßt und mitgerissen wurde.

Schon sieben Jahre war es her, daß die elfenhaft zarte, blaßblonde Marquise de Brinvilliers die Phantasie ihrer Standesgenossen und des Pöbels von Paris mit ihrer Gewissenlosigkeit und ihrem unnachahmlich anmutigen Sterben unter dem Beil des Henkers bezaubert hatte. Wie ein Engel vom Himmel sah sie aus, als sie im weißen Büßergewand zur Hinrichtungsstätte gekarrt wurde. Das lange, schimmernde Haar floß ihr in Wellen aufgelöst über die elfenbeinfarbenen Schultern, und als der Henker seine blutgegerbten Hände darin vergrub, um es abzuschneiden, stießen die Damen der Gesellschaft spitze Schreie aus, und mehr als dreißig mußten ohnmächtig aus der Menge davongetragen werden.

Es gab keinen Zuschauer, der nicht vom Taumel erfaßt wurde, als das Haupt der Delinquentin mit einem dumpfen Geräusch in den Korb stürzte, der schon so viele Köpfe von Sündern und Unschuldigen geborgen hatte. Der Henker faßte hinein und hielt das Haupt der getöteten Mörderin in die Höhe, damit alle es sehen konnten. Ein böses Wunder: Bis in den Tod hinein hatte die Marquise ihre engelhafte Maske bewahrt. Ihre sanften Lippen waren kaum geöffnet und ihre zarten Lider geschlossen, als schliefe sie. Kein abstoßender, sondern ein erotischer Anblick für die müden, verwöhnten Augen, und manch einer unter den Zuschauern erinnerte sich süßer Stunden und bedauerte, sie damals nicht bewußter genossen zu haben.

Begehrt und beneidet wurde sie noch im Tode, sie, die jeden Morgen wie eine Heilige in die Krankenhäuser von Paris geeilt war, leichten Schrittes und mit einem Korb voll Biskuits und Leckereien, die sie den Kranken reichte, um an ihnen in aller Ruhe die richtige Dosis für die Giftmorde, die sie plante, auszuprobieren. Auch Tieren reichte sie das Gift, Bettlern und Dienstboten, und alle Welt hielt sie für die barmherzigste Christin.

In einem kleinen Laboratorium im Keller ihres eigenen Schlosses destillierte ihr heimlicher Liebhaber, der Chevalier de Sainte-Croix, im Kerzenschein Nacht für Nacht die Gifte und prüfte und verbesserte sie nach den Anweisungen der Marquise, die ihm genau beschrieb, wie schnell die Mischung jeweils gewirkt hatte. Als die beiden endlich glaubten, die richtige Dosis gefunden zu haben, war es an der Zeit, dem Vater der Marquise liebevoll eine Tasse Bouillon zu kredenzen und ihn danach unter heißen Tränen zu betrauern und zu beerben. Ein Diener, der zu viel wußte, mußte ebenfalls daran glauben, dann der ältere Bruder der Marquise, danach der jüngere und schließlich die Schwester.

Nur beim Gatten der Unglücklichen, die lebhaft bemitleidet wurde, blieben alle Versuche vergeblich, obwohl dies doch die Krönung der Mühen und die letzte Hürde zur Unabhängigkeit bedeutet hätte. Die Ursache lag bei Sainte-Croix selbst, der es plötzlich mit der Angst zu tun bekam. Er schauderte davor zurück, seine heimliche Gefährtin selbst zu ehelichen. So reichte er dem ahnungslosen Ehemann jedesmal ein Gegengift und rettete dem täglich Ver- und Entgifteten das Leben, bis er selbst an seiner verhängnisvollen Liebhaberei zugrundeging, als ihm die Glasmaske, hinter der er beim Destillieren sein Gesicht schützte, entfiel und in tausend Stücke zersprang. Bevor er sich noch in Sicherheit bringen konnte, hatte er den Gifthauch schon eingeatmet und stürzte leblos zu Boden.

Zum ersten Mal verlor die Marquise ihre Kaltblütigkeit. In fieberhafter Eile packte sie die unersetzlichen Essenzen und die Aufzeichnungen, in denen ihre Wirkungsweise beschrieben war, in ein Kästchen und floh damit nach England, wo sie jedoch erkannt wurde.

Inzwischen hatte man einen Teil der vielen Toten, die sie auf ihrem leichtfüßigen, unbarmherzigen Weg hinterlassen hatte, exhumiert und die Gifte entdeckt. Man suchte nach der Mörderin, die sich bald in England nicht mehr sicher fühlte und in einem niederländischen Kloster unterschlüpfte. Dort, in Lüttich, spürte sie der Polizeibeamte Desgrez auf, der berühmteste Kriminalist seiner Zeit. Doch anstatt sie einfach zu verhaften, umschmeichelte er sie, bis sie ihm ein Schäferstündchen gewährte. Erst nach diesem beispiellosen Nervenkitzel zeigte Desgrez triumphierend sein wahres Gesicht und ließ die Betrogene nachFrankreich zurückschleppen.

Das grausige Ende einer Mörderin. Ein Haupt, gewaltsam vom Körper getrennt, ein dumpfer Aufschrei aus tausenden Kehlen und dann die Flammen, die Kopf und Körper verschlangen. »Niemals«, schrieb Madame de Sévigné, die die Hinrichtung vom Pont-Neuf aus beobachtet hatte, »niemals hat man so viele Menschen in Paris so bewegt und aufmerksam gesehen.« Die Abschreckung fand nicht statt.

Auch Olympia war unter den Tausenden, deren Augen sich an dem Schauspiel festsogen. Auch ihr zog sich die Kopfhaut schaudernd zusammen, und auch sie kämpfte mit einer Ohnmacht des Entsetzens. Wie die anderen spürte sie den morbiden Charme, den die blonde Frau da oben ausstrahlte – Zartheit und Grausamkeit zugleich. Die unendliche innere Freiheit der Gewissenlosen.

Trotzdem empfand Olympia keine Gemeinsamkeit mit den Damen und Herren in den vergoldeten Kutschen oder mit dem einfachen Volk, das sich zu Fuß immer näher nach vorne drängte wie die Brandung des ungeduldigen Meeres. Allein kam sie sich vor, unendlich verlassen und gefährdet. Während alle den Atem anhielten, als der Henker sein Beil hob, dachte Olympia mit kaltem Grauen, in das sich seltsamerweise Rührung und Trauer mischten, an ihren Ehemann, der so jung verstorben war, daß nicht einmal er selbst an eine natürliche Ursache glaubte, als er das Ende herannahen fühlte.

Eugène Maurice, Prinz von Savoyen-Carignan, Graf von Soissons. Nie in den Jahren, wo sie wider alle Vernunft glaubte, der König würde sie enger an sich binden, wenn sie nur unabhängig wäre, nie in diesen Jahren wäre ihr der Gedanke gekommen, daß sie diesen allzu duldsamen, liebenswürdigen Gatten jemals vermissen würde. Kein Mann in ganz Frankreich behinderte seine Frau weniger als er. Wenn sie bei ihm war, war er freundlich und fröhlich. Er nahm ihre Zärtlichkeiten entgegen, wenn sie bereit war, sie ihm zu schenken, und manchmal schien es sogar, als ob er sie liebte. Wenn sie dann wieder fortging, ohne sich zu verabschieden, überließ er sich ohne Klage wieder seinen harmlosen Vergnügungen. Er jagte, fischte, spielte Federball und neckte die Kinder, die seinen Namen trugen. Seine Kinder! Nie hätte er eines von ihnen fühlen lassen, daß er es nicht für sein eigenes hielt.

Manchmal, wenn der König Olympia durch Nichtachtung gekränkt hatte, kehrte sie zurück ins Palais Soissons, um sich die Wunden zu lecken. Sie suchte ihren Mann, und wenn er nicht im Felde war, fand sie ihn bei den Pferden oder den Hunden. Erst jetzt, angesichts der hingerichteten Mörderin, kam Olympia zu Bewußtsein, wie wohltuend es gewesen war, auf diesen nach Leder und Tabak riechenden, gepflegten, gut aussehenden jungen Mann zuzugehen in der Gewißheit, daß er keine Fragen stellen würde. Er würde ihr zulächeln – ein wenig überrascht, als hätte er sie gar nicht erwartet. Dann würde er seinen Arm um ihre Schultern legen, und sie würde sich an ihn lehnen, als liebte sie ihn und wäre ihm immer treu gewesen.

Ein paar Tage Gemeinsamkeit, wo sie mit ihren Kindern spielten und lachten, als gäbe es keinen König, keinen Ehrgeiz und keinen ständigen Ehebruch. Ein paar Tage . . . bis Olympia unruhig wurde; bis sie ihren Appetit verlor und nicht mehr schlafen konnte; bis ihr die jungenhaften, unraffinierten Liebkosungen ihres Mannes lästig wurden und sie wieder an den König dachte, der sich nicht bemühte, ihr Vergnügen zu bereiten, sondern der diesen Dienst von ihr erwartete.

Dann ging sie wieder fort. Hinein in den Glanz, den Trubel, die Gefahr. Sie ließ den Mann zurück und die Kinder, die sie geboren hatte. Wie eine Nixe, die das Wasser braucht, so brauchte sie den König und seine Welt. Ohne Ludwig atmete sie nicht. Ohne ihn verwelkte sie. Sie liebte ihn nicht, das hatte sie längst begriffen, aber es war ihr unmöglich, ohne ihn zu leben und ohne das, was er verkörperte.

Es war in Versailles, als man ihr zum ersten Mal berichtete, daß ihr Gemahl erkrankt sei. Sie wußte, daß er sich mit Turennes Armee in Westfalen befand, aber sie wäre nie auf den Gedanken gekommen, zu ihm zu eilen. Ein heftiges Fieber, das man sich nicht erklären könne, habe ihn ergriffen, hieß es, und Olympia besuchte weiter jeden Ball. Man bringe ihn nach Wesel, um ihn dort mit Spa-Wasser zu kurieren, meldete man. Olympia erklärte, ihr Mann sei jung und von kräftiger Konstitution. Ein Fieber würde ihn nicht umwerfen. Er habe verlangt, schnellstens nach Frankreich zurückgebracht zu werden, teilte ihr nun der König persönlich mit. Doch sie reiste ihrem Mann nicht entgegen. Er würde ohnedies bald da sein. Wozu also die unnötigen Strapazen? In Unna habe die Reisegruppe Rast machen müssen. Der Kranke sei nicht mehr transportfähig.

Zum ersten Mal horchte Olympia auf. Sie war ungehalten. Sie wußte, was man von ihr erwartete, und es paßte nicht in ihre Planung. Während sie noch zögerte, kam die Nachricht vom Tode ihres Gatten, der bis zuletzt nach ihr gefragt hatte und in seinem Fieberwahn ständig um ein Gegengift flehte.

Eine Familie in Schmerz erstarrt: die alte Prinzessin Carignan, die seither kaum noch ein Wort an Olympia richtete. Emanuel Philibert, der seine hellen Augen auf Olympias tränenloses Witwengesicht heftete, als könnte er darin einen Beweis für Schuld oder Unschuld finden. Die verängstigten Kinder des Toten, die sich nicht vorstellen konnten, daß dieser lebenssprühende Mann, ihr Vater, in einen schwarzen Sarg eingesperrt werden sollte; er, der sich am liebsten im Freien aufgehalten hatte und die Weite brauchte und den hohen, fernen Himmel über sich.

Ja, der Sarg: Man nagelte ihn zu und versenkte ihn in die Gruft, wo er bleiben sollte bis ans Ende aller Tage. Doch schon nach einer Woche zerrte man ihn wieder hervor. Man brach die Nägel heraus und öffnete den Deckel, während Olympia in ihrem ehelichen Schlafgemach lag und sich die Ohren zuhielt, um den Pöbel nicht hören zu müssen, der unter ihrem Fenster lärmte und sie eine Gattenmörderin nannte.

Man fand kein Gift. Die Ärzte wuschen sich die Hände, setzten achselzuckend ihre riesigen dunklen Brillen ab, und ihre Gehilfen ließen den verfallenden, zerschnittenen Körper in einen neuen Sarg gleiten, da man den ersten beim Öffnen zersprengt hatte. Der Beichtvater der Prinzessin Carignan kämpfte tapfer und wirkungslos gegen seine Übelkeit an und sprach hastig mit einem Tuch vor Nase und Lippen einen letzten, angewiderten Segen vor der zerstörerischen Macht des Todes. Dann hämmerte der Sargtischler erneut seine Nägel ins Holz. Um Mitternacht, als Paris schlief, brachte eine unauffällige schwarze Kutsche den Leichnam des einst so fröhlichen Prinzen, der nie etwas zu verbergen gehabt hatte, verstohlen zur Gruft seiner Väter zurück. Olympia war nicht dabei und auch sonst niemand aus der Familie, die die Exhumierung nicht zur Kenntnis nahm. Für sie alle ruhte Eugène Maurice längst friedvoll an dem stillen Platz, wo alle Wege seiner Familie endeten.

Der Henker hielt noch immer mit ausgestrecktem Arm den blonden Kopf der Brinvilliers in die Höhe. Das Publikum rang nach Atem, fiel in Ohnmacht, übergab sich, weinte vor Rührung und Entsetzen oder lächelte, ohne sich dessen bewußt zu sein.

Olympia in ihrer prachtvollen Kutsche war in Schweiß gebadet. Mitten in die atemlose, drückende Stille hinein dröhnten in ihren Ohren die Schandverse des Pöbels, der alljährlich am Todestag des Prinzen vor dem Hôtel de Soissons aufmarschierte:

> »Olympia Mancini, die Nichte des Kardinals,
> gab ihrem Gatten Strychnini und hatte bequem
> ihn vom Hals.«

Gelacht hatte sie darüber. Verächtlich, denn was sollte man ihr, Madame la Comtesse schon anhaben?

»Der König konnte es besser,
der Mord interessierte ihn nicht.
Sah nur ihren weißen Busen und ihr bemaltes
Gesicht.«

Das Gesicht der Brinvilliers. Zum ersten Mal begriff Olympia, was die Beschuldigung, eine Mörderin zu sein, bedeutete. Dort oben endeten diese Reden, ob Wahrheit oder Verleumdung. Die Zungen, die anklagten, waren blutige Dolche.

Olympia verlor die Besinnung.

12

Je länger Eugènes Freundschaft mit Françoise und Conti währte, um so mehr fühlte er sich in Versailles zu Hause. Er liebte die Alleen und Wege, die ihn dem kleinen Wäldchen näherbrachten, wo er sich mit den beiden traf, um in dem See zu baden, den sie lachend das Auge Gottes nannten.

Stets waren sie zu dritt. Stets: doch nicht an diesem sonnigen Tage, an dem der König seinen alten Feind aus der Zeit der Fronde, den Großen Condé, Contis Großonkel, in Versailles empfing und seine ganze Liebenswürdigkeit aufbot, um den alten Widersacher zu bezaubern. Selbstverständlich mußte auch Conti dabeisein, wenn die Crème des französischen Adels hinter den beiden Erbfeinden hereilte und jede Geste und jeden Blick aufgeregt kommentierte. Auch Françoise hätte den König begleiten sollen, doch sie besuchte frühmorgens wie jeden dritten Monat ihre Mutter im Kloster der Karmeliterinnen. Der König, der feste Termine heiligte, nahm darauf Rücksicht und erließ seinem kleinen

Mädchen die Teilnahmepflicht am Rundgang mit dem alten Fuchs.

Conti wußte, wie unaufmerksam Françoise war. Er fürchtete, sie würde den Besuch des Großen Condé vergessen und allein zum Treffpunkt reiten. Doch auch Eugène würde nicht zum Rundgang und dem anschließenden Gastmahl geladen sein. So sandte Conti ihm ein Billett, in dem er ihn bat, Françoise zu verständigen. Morgen mittag wäre dann alles wieder wie üblich. »Solltet ihr ohne mich zum Auge Gottes reiten, benehmt euch ordentlich und tut nichts, was ich nicht auch tun würde!« schloß er seinen Brief. Eugène glaubte fast, sein Lachen zu hören.

Als Eugène zum Wäldchen kam, war Françoise noch nicht da. Er saß ab und wartete. Er nahm seine gleichmütigste Miene an, klopfte nicht vorhandene Stäubchen von seiner Soutane und gab Sibelle Zucker. Doch der Zucker fiel zu Boden, denn Eugènes Hände zitterten. Sein Herz klopfte, und er verfluchte die geschorene Stelle an seinem Kopf, auf die die Sonne niederbrannte.

Er hatte plötzlich Angst davor, Françoise den umwucherten Pfad daherreiten zu sehen mit ihren goldenen Locken, die auf und niedersprangen, als pulsierte ein eigenes Leben in ihnen. Zugleich aber wünschte er sich nichts so sehr wie eben diese Begegnung, die sich in dieser Konstellation vielleicht nie wiederholen würde. Er würde mit Françoise allein sein. Ihre Augen würden nicht wie sonst immer wieder zu Conti hinübergleiten: fragend, was er wohl meinte; beifallheischend; kokett, herausfordernd – oder schläfrig und träumerisch, wie nur sie blickte und noch eine andere auf der Welt. Allein mit ihr . . .

Da hörte er sie. Ihm war, als bräche schwarze Finsternis über ihn herein und gleich danach ein greller Blitz. Er zog die Hand vom Maul des Pferdes weg und wischte hastig den Speichel an seiner Soutane ab. Er drehte sich nicht um und hoffte fast, es wäre jemand anderer, der da auf ihn zukam, eilig, eilig, um die Verspätung wieder gutzumachen.

Wie immer trug sie ein weißes Kleid, denn der König wollte es so. Ein weißes Kleid aus Seide und Spitzen und weiße Schuhe, die Eugènes schwerfälligen Mönchsschuhen gegenüberstanden, und auf die er starrte, während er mit gespielter Ruhe erklärte, warum Conti nicht da war. »Wenn du willst, können wir gleich wieder zurückreiten!« schlug er bereitwillig vor, und der Zwiespalt zwischen der Angst, daß sie zustimmen oder daß sie ablehnen würde, schnürte ihm die Kehle ab.

Doch Françoise blieb ganz ruhig. »Warum sollten wir?« fragte sie achselzuckend. »Es ist so heiß heute. Ich freue mich schon den ganzen Morgen darauf, endlich schwimmen zu gehen.«

Eugène hob den Blick von ihren Schuhen und sah ihr ins Gesicht. »Wirklich?« fragte er ungläubig.

»Wirklich!« versicherte sie ein wenig ärgerlich. »Warum sollten wir nicht ohne Conti schwimmen gehen, wenn er uns schon versetzt?« Sie wickelte sich die Zügel ihres Pferdes um die Finger und zog es hinter sich her hinein ins Gebüsch auf den gewohnten Pfad.

Eugène folgte ihr. Ein plötzliches Schuldbewußtsein verschlug ihm die Sprache. Als sie den See erreichten, schlug er erneut vor, daß sie umkehren sollten.

»Du hast doch hoffentlich nicht Angst davor, mit mir allein zu sein?« war Françoises einzige Antwort, während sie ihr Pferd an einer jungen Birke festband.

Da wußte er keinen Ausweg mehr. Er sagte sich, daß das Problem allein bei ihm selbst lag; weil er verliebt in dieses Mädchen war, das begriff er plötzlich. Verliebt in die Falsche, was wohl ein Familienproblem der Mancinis war. Es mußte ihm gelingen, dieses Gefühl zu verbergen, dann würde dieser trügerisch strahlende Nachmittag nicht mehr bedeuten als die vielen Nachmittage zuvor: ein freundschaftliches Zusammensein, Zuneigung vielleicht sogar, aber nicht mehr. Um Contis willen, um der Freundschaft willen, die ebenso schwer wog wie die Sehnsucht danach, Françoise zu berühren – ihren jungen, ungeduldigen Körper, dessen Vitalität sie gar nicht erst zu verbergen suchte. Die Tochter des Königs, der die Liebe liebte – mehr noch als die einzelne Frau, die sie ihm schenkte. Françoise, Tochter der Sonne, *amoureuse du soleil*. Françoise, die immer wieder versicherte, daß sie süchtig sei nach Sonnenlicht. Traf sie sich deshalb zur Mittagsstunde mit ihrem Liebsten?

Wie sonst auch verschwand Françoise hinter einem der Weidenbüsche, die das Ufer säumten. Eugène vermied es, ihr nachzusehen, doch gegen seinen Willen wanderte sein Blick immer wieder hinüber zu dem dichten Gebüsch, hinter dem sich das Weiß ihrer Kleidung hin und herbewegte. Er hörte das Knacken eines Zweiges, auf den sie trat; das Rascheln ihrer Kleider, die sie nachlässig über den Kopf streifte und den leisen Fluch, den sie hervorstieß, als etwas zu Boden fiel.

»Ich bin fertig!« sagte sie endlich. Sie trat hinter dem Gebüsch hervor und ging zum See hinunter. Wie immer zum Schwimmen hatte sie ein Leibchen und die langen, weißen Spitzenunterhosen anbehalten, die sie wie eine Puppe aussehen ließen. »Warum kommst du nicht?« rief sie und drehte sich um. »Du bist ja noch nicht einmal ausgezogen!«

Er wagte nicht, an sie heranzuschwimmen. Was tobten sie nicht sonst im Wasser herum wie Kinder; prustend, schreiend, lachend! Eugène glaubte fast, das Kreischen zu hören, mit dem Françoise vor Conti floh, wenn er vorgab, sie untertauchen zu wollen. Das leise Kichern, mit dem sie schließlich ihre Flucht aufgab, schien noch immer über den Wellen zu hängen wie ein Nebelschleier am Morgen.

Doch heute lachte sie nicht, sondern schwamm nur ruhig auf die andere Seite des Wassers und dann wieder zurück.

Auch sie war ernst geworden und vermied es, sich Eugène zu nähern. Viel früher als sonst stieg sie wieder ans Ufer und ging langsam den Weg hinauf, den sie sonst im Laufschritt zurücklegte, weil Conti ihr folgte und auch Eugène, der ihr Glück teilte. Drei Menschen wie einer. Jetzt, da einer davon fehlte, schien diese Einheit aufgelöst. An die Stelle von Glück und Lachen war Befangenheit getreten.

Unter der Birke setzte sie sich nieder, mit dem Rücken am Stamm lehnend. Eugène stand noch immer bis zu den Knien im Wasser und sah zu ihr hinauf. Sie erwiderte seinen Blick mit diesen ungewohnt ernsten Augen, die sie ihm fremd erscheinen ließen und ihm Angst machten. Er dachte nicht mehr an Conti und an die Loyalität unter Freunden. Er wußte nur, daß dies ein entscheidender Augenblick seines Lebens war jenseits einer Beurteilung von gut und böse.

»So komm doch endlich!« sagte sie ungeduldig und tippte mit den Fingerspitzen auf den Platz neben sich.

Eugène stieg aus dem Wasser – dem Auge Gottes, wie er plötzlich denken mußte. Er spürte den warmen Sommerwind, der seine Haut so rasch trocknete, daß sich die Härchen an seinem Körper spürbar aufrichteten. Er setzte sich neben Françoise – ein wenig weiter weg, als sie ihm bedeutet hatte.

»Ich muß oft an deine Mutter denken!« sagte sie plötzlich. »Sie ist so . . . prächtig. Keine Frau hier kann ihr das Wasser reichen.« Sie lächelte. »Ich glaube, ich wäre gern so wie sie.«

»Sei froh, daß du es nicht bist.«

»Warum?«

»Weil sie nicht glücklich ist.« Er fing an, Gänseblümchen zu pflücken. Vorsichtig legte er eines davon auf den Rücken von Françoises Hand, die wie ein weißes Blatt auf dem Gras lag. Mit dunklen, besorgten Augen forschte er in Françoises Gesicht, das blaß geworden war und von einem fast tragischen Ernst, den Eugène noch nie an ihr erblickt hatte. Er legte Blumen in ihren Schoß, auf ihre Arme. Er schmückte ihr

Haar, ihren Hals und ihre Brust. Sogar ihre Füße bedeckte er mit Blumen, sorgfältig und konzentriert, und Françoise sah ihm dabei zu und ließ es geschehen. Ihr Gesicht wurde weich und zärtlich. »Komm doch!« sagte sie sanft, wie er sie noch nie hatte sprechen hören, auch nicht zu Conti, mit dem sie immer nur scherzte, stritt und lachte. »Komm her!« Mit beiden Händen ergriff sie seine Handgelenke und zog ihn näher zu sich heran, bis er neben ihr kniete.

Noch nie hatte er ihr Gesicht aus solcher Nähe gesehen. Alles an ihr schien auf einmal sanft zu sein, weich, liebevoll, nachgiebig. Sie war nicht mehr die amüsante, launische Tochter des größten Königs der Welt. Sie war das Kind der unseligen Louise de La Vallière, zart, verwundbar und voll Vertrauen. Wie gern hätte Eugène jetzt ihren Namen gesagt, den er doch schon hundertmal ausgesprochen hatte. Aber nun wagte er es nicht. Er war sicher, die Stimme würde ihm brechen. Françoise ...

Das Lächeln war aus ihrem Gesicht gewichen. Sie starrte Eugène in die Augen, als wäre der Blick zwischen ihnen eine greifbare Verbindung, so intensiv und beherrschend, daß er alles andere um sich herum auslöschte. Es gab kein Auge Gottes mehr, keine Sonne am Himmel, keinen Wald, keinen Gesang der Vögel, kein Plätschern des Wassers, kein Flüstern des Windes. Allein waren sie in einem großen, undurchdringlichen Dunkel. Allein, wie Eugène noch nie mit einem Menschen allein gewesen war.

Françoise öffnete seine Hände und schob sie unter ihr Leibchen auf ihre Brust. Er spürte die zarte Haut, das dumpfe, schnelle Pochen des Herzens. Ihr Herz oder das seine? Er wagte nicht, sich zu bewegen, aus Angst, das seidene Gewebe seines Traumes zu zerreißen. Er wagte nicht, sie zu küssen, und er wollte es vielleicht auch gar nicht, weil die Berührung seiner Hände ihn schon glücklicher und trauriger machte, als er es jemals gewesen war.

Erst jetzt hob sie ihm das Gesicht entgegen. Sie schloß die Augen und brach das Band der Blicke, weil es nicht mehr gebraucht wurde.

Eugène glaubte auf einmal, alles zu verstehen. Alles war einfach. Es gab keinen Zweifel mehr, kein Zaudern. Hatte er nicht hundertmal angefangen, davon zu träumen, daß dies geschah? Angefangen und sich gezwungen, wieder aufzuhören, weil er zu wissen glaubte, daß seine Wünsche unerfüllbar waren und daß dieses Mädchen ihn nur auslachen würde, wenn es die Wahrheit erfuhr.

Er spürte ihre Lippen unter den seinen und hatte auf einmal keine Angst davor, Françoise mit dem Gewicht seines Körpers zu belasten. »Françoise!« flüsterte er.

Da spürte er, daß sie zusammenzuckte. Sie drückte seine Hände von ihrem Körper weg und richtete sich so hastig auf, daß sie ihm wehtat.

Jetzt hörte auch er es. Schritte den Pfad entlang. Eilige, heitere Schritte, die sie beide so gut kannten. Ein leises Pfeifen zwischen den Zähnen – irgendein frivoles Lied der Gassenjungen von Paris.

Zertretene Zweige. Zertretene Hoffnungen. Die Sonne schien wieder. Die Vögel sangen wieder. Noch nie hatte Eugène sich so vertrieben gefühlt, so niedergeschlagen und ohne Zukunft. Er kniete auf und blickte nach oben.

Conti stand vor ihm. Sein Gesicht war bleich. Er sah zu Eugène hinunter, dann wanderten seine Augen zu Françoise, die sich nicht rührte und auf einmal wieder die Tochter des Königs war und nicht die der armen Louise. »Wir wußten nicht, daß du kommen würdest!« sagte sie mit ruhiger Stimme, und Eugène begriff die Zweideutigkeit ihres Wesens.

Conti rührte sich nicht. »Das sehe ich!« murmelte er dann.

Eugène spürte, wie unschlüssig Conti war, und daß er die Welt nicht mehr verstand.

»Es tut mir leid!« sagte Eugène leise und stand auf.

»Mir auch.«

Françoise preßte trotzig die Lippen aufeinander. »Es ist nichts passiert!« sagte sie aufsässig. »Spiel jetzt bitte nicht den Eifersüchtigen!«

Nichts passiert. Eugène senkte den Kopf und griff nach seiner Soutane. Auch Françoise stand auf, um sich anzuziehen. Die Blumen, mit denen Eugène sie geschmückt hatte, fielen zerdrückt zu Boden.

Schweigend ritten sie zurück zum Schloß: vorne Conti, dann Françoise, dahinter Eugène, der plötzlich an seinen Vater dachte, der zugelassen hatte, daß man ihn einen Hahnrei nannte. Nichts passiert. Eugène war auf einmal ganz sicher, daß er nie wieder hierher zurückkehren würde.

13

Sie hatten ihn hinausgeschickt wie einen Schuljungen. Nun saßen sie nebenan und flüsterten aufgeregt: Olympia und ihr Schwager, der Herzog von Bouillon, Ehemann der blonden Marie-Anne Mancini, Olympias jüngerer Schwester, die ihr so wenig ähnlich sah und im Wesen so sehr glich, daß sie einander seit Jahren aus dem Weg gegangen waren.

Eugène stand in der kleinen Bibliothek neben Olympias Salon und nahm ein Glas Limonade, das Mademoiselle de la Fare, Olympias Kammerfrau, für ihn bestellt hatte. Er hielt es eine Weile, ohne zu trinken und stellte es dann wieder weg. Seit er mit seiner Mutter aus Versailles nach Paris zurückgekehrt war, fühlte er sich wie betäubt. Nichts sei passiert, hatte Françoise gesagt. Und doch war sie so sanft gewesen, so zärtlich und hingebungsvoll! Nichts passiert.

»Wissen Sie, worum es geht?« fragte ihn Mademoiselle de la Fare mit ihrer ruhigen, kühlen Stimme und wies mit dem Kinn nach der Tür, hinter der sich Olympia und ihr Schwager verbarrikadiert hatten.

»Nein«, antwortete Eugène, und es interessierte ihn auch nicht. Er konnte sich nicht vorstellen, daß ihn jemals wieder irgend etwas interessieren würde.

»Ich halte es nicht für richtig, daß Ihre Mutter es Ihnen nicht gesagt hat!« erklärte die de la Fare. »Alle Welt weiß es. Sie brauchen nur auf die Straße hinauszugehen, und schon wird man es Ihnen entgegenplärren.«

»Ach ja?« Eugène setzte sich und nahm nun doch einen Schluck Limonade. Seit zwei Tagen hatte er nichts gegessen und nichts getrunken. Ohne Interesse blickte er der de la Fare ins Gesicht.

»Man hat Ihre Tante verhaftet!« sagte die Kammerfrau leise. »Die Herzogin von Bouillon. Darum ist der Herzog hier, und das versucht Ihre Mutter zu vertuschen, als ob es nicht schon in ganz Paris bekannt wäre.« Sie beugte sich vor und blickte Eugène eindringlich in die Augen. »Wenn Ihre Mutter jetzt nicht all ihr Geschick und all ihren Einfluß aufbietet, wird dieses Haus bald in Flammen stehen.«

Eugène zuckte die Achseln. »Wenn jemand geschickt ist, dann Mama!« murmelte er. Er machte sich keine Sorgen. Wenn man die Herzogin von Bouillon verhaftet hatte, konnte es sich dabei nur um einen Irrtum handeln. Ein Wort davon zum König, und sie war wieder frei, und der Kopf des zuständigen Beamten rollte.

»Wissen Sie, was die *Chambre Ardente* ist?« Die Stimme der de la Fare klirrte vor Kälte.

Eugène runzelte die Stirn. »Natürlich«, sagte er ohne besonderes Interesse. »Wer wüßte das nicht?«

Die de la Fare erhob sich und trat ans Fenster. »Das *Glühende Gericht*!« sagte sie nachdenklich und sah hinunter auf die Straße. »Das Sondertribunal des Königs, das er eingerichtet hat, um endlich wieder Ordnung in sein Haus Frankreich zu bringen.«

»Und was haben wir damit zu tun?« Eugène spürte,

daß sich auf seinen Unterarmen eine Gänsehaut gebildet hatte.

Die de la Fare fuhr herum und starrte ihn an. »Alles!« sagte sie scharf. »Alles!« Sie ging auf Eugène zu und blieb vor ihm stehen. »Das *Glühende Gericht*!« murmelte sie und starrte auf ihn hinunter. »Die Königliche Arsenalkammer. Finstere, niedrige Räume, in die noch nie ein Funken Tageslicht gedrungen ist. Die Fenster schwarz verhängt zu jeder Zeit. Fackeln an den Wänden. Flackernde Fackeln, Abbé, die ihre Schatten über die Gesichter der Delinquenten zucken lassen und auch über das Gesicht dessen, dem alles gehorcht: La Reynie! Der junge, elegante La Reynie! Der ehrgeizigste Mann Frankreichs und vielleicht auch der fähigste. Absolut unbestechlich, weil selbst reich genug, um jeder Versuchung zu widerstehen.«

»Und was will dieser Mann von meiner Tante?«

Mademoiselle de la Fare zuckte die Achseln. »Ein Geständnis!« Sie starrte vor sich hin, als hätte sie Eugène vergessen. »Dieser Mann, Abbé, erfüllt eine Aufgabe. Er selbst hat den König veranlaßt, sie ihm zu stellen. Ich bin sicher, daß er von seiner Mission durchdrungen ist. Man sagt, er verehre den König. Seine Macht, seine Autorität, seinen Anspruch auf Gottähnlichkeit. Der Olymp ist nicht denkbar ohne Zeus, verstehen Sie, und Frankreich nicht ohne Ludwig. Nicht das Frankreich, das La Reynie sich vorstellt. Ein olympisches Reich, das alle anderen Staaten an Glanz und Glorie übertrifft. So sehr, daß alle es beneiden und sich ihm vielleicht eines Tages unterwerfen werden. Die Anmaßung der Könige, Abbé: Im Grunde träumen sie alle von der Universalherrschaft. Wenn sie nur erst wären wie die Götter, bliebe ihnen vielleicht das Schicksal der Sterblichkeit erspart.«

»Und meine Tante? Was hat sie damit zu tun?« Marie-Anne de Bouillon, die an Kleider dachte; an den Sieg der versteckten kleinen Bosheiten; an den Nervenkitzel durch immer jüngere Liebhaber. »Wem schadet sie schon?«

»Dem Ansehen Frankreichs, Abbé.« Mademoiselle de la Fare goß sich aus einer Karaffe Wasser ein. »Der König ist allmächtig in seinem Land. Sein Versailles übertrifft schon jetzt alles andere auf der Welt an Pracht, aber sein Hof ist ein Sumpf des Lasters und der Verkommenheit. Ganz Europa mokiert sich über unsere Ehebrüche, unsere Gaunereien, den Klatsch und die Trunksucht. Frankreich ist anrüchig geworden, und das wird sich der König nicht länger bieten lassen.«

»Und La Reynie denkt genauso?«

»Dessen bin ich sicher. Er wird Ordnung schaffen in Paris und Versailles. Eigentlich tut er das schon seit drei Jahren, und alle wissen davon. Sie erfinden Witze über seine Aktionen und erzählen sie am Spieltisch, auf den Bällen und im Bett. Sie genießen den Nervenkitzel, aber sie haben nicht begriffen, daß er mit jeder Verhaftung mächtiger wird. Es geht nicht mehr um die kleinen Fische des Cour des Miracles. Diebe, Zuhälter, Schieber. Das war nur der Anfang. Jeder hier meinte, er selbst stünde viel zu hoch, um gefährdet zu sein. Mögen die Scheiterhaufen lodern: Man selber wird niemals da oben stehen.«

»Aber doch nicht die Herzogin!«

Mademoiselle de la Fare sah ihm in die Augen. »Schwarze Messen, Abbé, Liebestränke . . . und jetzt auch noch Gift!«

»Gift?«

»Man beschuldigt sie, dem eigenen Gatten Gift verabreicht zu haben.«

Eugène lachte erleichtert auf. »Aber der sitzt doch da drinnen bei Mama und ist absolut lebendig!«

Mademoiselle de la Fare legte die Hände vors Gesicht. »Was verstehen Sie von der Nachsicht eines alten Mannes für seine junge Frau!« murmelte sie so leise, daß Eugène sie kaum verstand. »Von der Dankbarkeit, daß er selbst durch sie noch einmal jung werden durfte. Von der Verachtung des eigenen Lebens, das ohne sie nichts mehr wert wäre . . .« Sie faßte sich und blickte Eugène nun wieder starr in die Augen. »Immerhin lebt er noch, der Herzog. Wahrscheinlich nimmt er es schon als Liebesbeweis, daß ihr der Anschlag mißlungen ist.«

Die Tür zu Olympias Salon öffnete sich. Der Herzog von Bouillon, hochrot im Gesicht, stürzte heraus, eilte durch den Raum und stolperte über die Schwelle hinaus auf den Korridor.

»Wissen Sie jetzt, was ich meine?« fragte Mademoiselle de la Fare. Ihre Augen waren voll Mitleid.

Eugène senkte den Kopf.

»Können Sie sich eine solche Liebe vorstellen, Abbé?«

Eugène sah sie an, und hinter ihrem klaren, blassen Frauengesicht sah er plötzlich die blühenden, kindlichen Züge von Françoise und die weißen Blüten, die noch in ihrem Haar hingen. »Ich weiß es nicht!« sagte er leise und hätte am liebsten geweint. Nichts passiert. Nichts passiert.

Nach der alljährlichen Messe zum Todestag seines Vaters erfuhr Eugène von der bevorstehenden Hochzeit zwischen Françoise und Conti. Olympia selbst sprach darüber, ohne sich an die Blicke zu erinnern, mit denen Eugène beim Federballspiel des Königs die nunmehrige Braut verschlungen hatte. Blicke eines unreifen Jungen, die man nicht ernst zu nehmen brauchte. Olympia hatte sie registriert, kommentiert und wieder vergessen.

Sie hatte andere Sorgen. Den ganzen Morgen schon drängte sich der Pöbel um das Hôtel de Soissons. Immer mehr Menschen strömten herbei, schrien, lachten und tanzten, angefeuert von Trompetern und Ausrufern. Trommler schlugen den Takt zu den Sprechchören, Blechgeschirr klapperte. Ein Wagen fuhr vor, beladen mit Wein, Brot, Speck und Früchten. Dazu immer wieder Trompetenstöße, Trommeln und das

Klirren zerbrochener Fensterscheiben in den unteren Geschossen. Steine wurden geworfen, einmal sogar eine Brandfackel, die jedoch ihr Ziel verfehlte und qualmend auf dem Straßenpflaster verglomm.

»Olympia Mancini, die Nichte des Kardinals,
gab ihrem Gatten Strychnini und hatte bequem
ihn vom Hals.«

Olympia stand am Fenster und blickte hinunter auf die Straße. Sie trug das samtene Trauerkleid, mit dem sie die Messe besucht hatte. Ein schwarzer Spitzenschleier bedeckte ihr Haar. »Man läßt es sich etwas kosten!« murmelte sie und beobachtete einen jungen Mann in zerlumpten Kleidern, der auf der anderen Straßenseite Flugblätter verteilte. Einer von Olympias Dienern trat aus dem Tor und holte sich eines, um es seiner Herrin zu bringen.

Olympia kanntes jedes Pamphlet, das je gegen sie veröffentlicht worden war. In ihrem zierlichen Schreibtisch mit den drei Geheimfächern verwahrte sie in einer kostbaren Schatulle die Texte sämtlicher Liedchen, die man ihr gewidmet hatte – angefangen von einer schwermütigen Serenade, die ihr den Abschied vom Land ihrer Kindheit fast unerträglich gemacht hatte, und die sie auch jetzt noch hin und wieder zur Hand nahm und leise vor sich hinlas. Manchmal versuchte sie, sich die Melodie ins Gedächtnis zurückzurufen, die reine fast noch knabenhafte Stimme des jungen Sängers in der Nacht, den zärtlichen Klang der Laute. Jugend, Unschuld, Hoffnung auf ein wunderbares, reines Leben . . . Seine Stimme war überirdisch schön gewesen. Olympia hatte ihn geliebt, weil er sie liebte und weil sie daran glaubte, daß die Liebe ein Geschenk Gottes sei, das nur einmal vergeben wurde.

Die folgenden Texte waren anderer Art. Je weniger vergilbt das Papier erschien, um so beißender wurde der Inhalt, als ob die Liebe im Leben des Mädchens Olympia Mancini mit den Jahren pervertiert wäre zu Aggressivität und Feindseligkeit. Dirne, Intrigantin, Giftmischerin, Gattenmörderin, Hexe ... und das alles in dieser großen Holzschatulle mit den kostbaren Intarsien, bei deren Anblick niemand auf den Gedanken gekommen wäre, wie viel Schmutz und Bosheit sie verbarg: ganz zuoberst immer noch die zärtlichen Seufzer des unbekannten Geliebten, die dieser ihr nach seinem schmachtenden Vortrag zusammengerollt und mit einer breiten roten Schleife gebunden auf den Balkon geworfen hatte wie einen Strauß Liebesblumen.

Das nächste Papier richtete sich bereits gegen die kühnen Heiratswünsche der Mazarinetten, wie die Franzosen die ehrgeizigen Nichten des Kardinals Mazarin benannt hatten. Der Tonfall war ironisch, herablassend, denn man traute den italienischen Kirchenmäusen nicht zu, in die ersten Familien Frankreichs einzuheiraten, obwohl der Marschall Villerroi, der sie zufällig mit ihrem mageren Gepäck in Paris eintreffen sah, bei ihrem ärmlichen Anblick nachdenklich geäußert hatte: »Achten Sie auf diese kleinen, mittellosen Mädchen! Bald werden sie stattliche Schlösser, ein gutes Einkommen, herrliche Juwelen, schönes, silbernes Tafelgerät und vielleicht hohe Ämter haben.«

Er sollte recht behalten. Nicht weil die Mädchen so schön gewesen wären, so bezaubernd oder so klug, sondern nur, weil ihr Onkel so mächtig und der Hochadel so korrupt geworden war. Contis Vater, der eine der italienischen Nichten heiraten sollte, interessierte sich nicht einmal dafür, welche man ihm geben würde. »Ich heirate nicht eine Frau, sondern den Kardinal!« war seine gleichmütige Antwort, bevor er sich wieder auf Entenjagd begab.

Sie machten ihren Weg, die kleinen römischen Mädchen. Sie klommen empor fast bis zum Gipfel, vor allem Olympia, die lebhafteste von ihnen. Je höher sie aber stieg, um so ablehnender und neidischer wurden die Liedchen auf dem Pont Neuf und vor dem Hôtel de Soissons. Zu Anfang lachte sie darüber, und sie gewöhnte sich so sehr an dieses Lachen, daß sie nie damit aufhörte, auch dann nicht, als die Grenze des Hasses längst überschritten war. Nur wer etwas war, hatte Feinde, und je höher man stieg, um so mehr Feinde fanden sich. Feinde zu haben war eine Auszeichnung, denn es bewies, daß man beneidet und gefürchtet wurde. Auch eine schlechte Nachrede war immer noch besser, als vergessen zu sein. Olympia dachte nicht daran, Erlogenes richtigzustellen. Sie nahm an, jeder wüßte, wie Gerüchte entstanden und hochgespielt wurden. Was sie nicht bedachte, war, daß das Erfundene bei hundertfacher Wiederholung auf einmal von der Wahrheit nicht mehr zu unterscheiden war, und daß sich die Gerüchtemacher und -dulder in der eigenen Falle fingen: Sie wußten nicht mehr, was Tatsache war und was erlogen. Alles war nebulos, vielleicht wahr, vielleicht auch nicht. Was immer Olympia auch sein mochte – die Fama machte sie zu ihrem Geschöpf: zur Hure und Gattenmörderin, zur Intrigantin und Giftmischerin. So lange, bis sie sich damit abfand und uneingestanden fast schon selbst daran glaubte. Die Unmoral im Umgang mit der Wahrheit vergiftete die Urheber. Es gab keine Nachrichten mehr, nur noch Gerüchte. Die Wahrheit hätte keiner mehr geglaubt, weil er ihr blasses Gesicht nicht erkannt hätte.

Jedesmal, wenn Olympia von ihren unzähligen Informanten und Agenten ein neues Pamphlet geliefert bekam, zog sie ihre Schatulle zu sich heran, öffnete sie langsam, überflog die Worte noch einmal und hob dann das gesamte, immer dicker werdende Paket heraus. Sie legte das neue Machwerk hinein und deckte es mit den alten, fast schon vergessenen wieder zu. Ein letzter Blick auf die wunderbaren, süßen Worte des ersten Schriftstücks, das man ihr gewidmet hatte, half ihr, die Schmach von sich abprallen zu lassen. Wenn sich dennoch das Gift in ihrer Erinnerung festsetzen wollte, legte sie beschwörend und zärtlich die Hand auf das oberste Blatt und meinte plötzlich in einer Art kindlicher Gläubigkeit, irgendwann einmal würde der Tag kommen, wo sie geliebt und das Unmögliche wahr wurde. Der Tag, an dem die Steine auf der Straße zu singen begannen.

Vor dem Palast berichtete ein vorgeblicher Augenzeuge von den Festen, die er in den Salons von Madame la Comtesse miterlebt habe. Seine Stimme kippte über, so laut schrie er dabei, damit auch alle ihn hörten, und so sehr erregte er sich über die eigene Erzählung. Immer neue skandalöse Einzelheiten kamen ihm in den Sinn und steigerten sich immer gewagter, je heftiger ihn die Zuhörer anfeuerten und nach mehr verlangten. Nach mehr und noch mehr. Alles, was sich die von Neid, Bestechung und Alkohol entzündete Phantasie nur ausmalen konnte, wurde herausgeschrien. Entfesselt überbot man einander in Scheußlichkeiten und reinigte das eigene Gemüt, indem man die eigenen, uneingestandenen Wünsche und Begierden auf Olympia und ihre Schwestern häufte, die lasterhaften Nichten des lasterhaften Kardinals, die ehrlosen Hexen, Brut der Hölle.

»Kommen Sie weg vom Fenster, Mama!« bat Eugène leise und legte seinen Arm um ihre Schultern. Sie folgte ihm, nachgiebig und willenlos. Müde, traurig und dankbar, daß es wenigstens einen Menschen gab, der sie streichelte, auch wenn er ihr sonst nicht helfen konnte, weil der König sein Auge von ihr abgewandt hatte und sie damit vogelfrei geworden war.

Sie saßen da und redeten nicht. Der Lärm brandete zu ihnen herauf. Draußen auf den Korridoren eilten die Dienstboten hin und her, flüsternd und ängstlich, daß sich die Schande ihrer Herrin auch auf sie übertragen könnte; daß sie bald nicht mehr die Diener der königlichen Intendantin sein würden, sondern das Gescherr einer verachteten Ausländerin.

Mademoiselle de la Fare reichte Olympia ein Glas Weinbrand. Ihr Blick war voll Mitleid, doch ohne Erstaunen. Gehorsam und in langen Schlucken trank Olympia das Glas leer und lehnte sich dann zurück, ohne jemanden anzusehen. Giannina, die die ganze Zeit über in einer Ecke gekniet war, wie es ihrer Gewohnheit entsprach, rutschte näher und barg ihr Zwergengesicht in Olympias Schoß. Gedankenverloren strich ihr Olympia übers Haar.

»Sie wollen mir alles nehmen«, murmelte Olympia dumpf. »Diese Hochzeit seines kleinen Bastards mit deinem Freund Conti: Es wäre meine Aufgabe gewesen, die Festlichkeiten zu arrangieren, aber er, *er* persönlich!, hat mich davon entbunden. Angeblich zu meiner Entlastung!« Sie schwieg verbittert, während sich Eugènes Inneres zusammenkrampfte und er sich am liebsten die Ohren zugehalten hätte, um nichts hören zu müssen von dieser Hochzeit, die ihn ausschloß vom dem Glück, das er in seiner Verblendung für möglich gehalten hatte.

»Wir haben uns alle getäuscht«, fuhr Olympia fort. »Wir waren so sicher, er würde eine von uns wählen, wenn er sich wirklich von Athénaïs trennte. Aber wie es aussieht, ist Ludwig der Große fromm geworden und zieht die schöne Seele der alten Maintenon dem schönen Körper aller anderen vor, die ihm bestimmt mehr zur Ehre gereicht hätten.« Olympia verbarg ihr Gesicht in den Händen. »Seit zwanzig Jahren kommt sie nun an den Hof, einmal pro Woche, immer züchtig und brav in gedeckter Kleidung und jedesmal mit einem neuen Bittschreiben, das sie ihm gesenkten Blickes überreicht. Die heilige Françoise! Es müssen inzwischen mehrere hundert Schreiben sein, vielleicht sogar tausend . . . So wurde die Witwe Scarron zur vornehmen Madame de Maintenon, der er erst ein Zimmer bei Hofe zugestand, dann einen Ohrenstuhl, weil sie fror und in letzter Zeit sogar seine eigene Person.«

»Und die Hochzeit?« hörte sich Eugène gegen seinen eigenen Willen fragen.

»Die darf die Montespan ausrichten als Entschädigung dafür, daß der König sie wegen der Erzieherin ihrer gemeinsamen Kinder sitzenließ. Er hat ein schlechtes Gewissen, darum kann sie sich im Augenblick alles erlauben. Sogar so etwas . . .« Olympia wies zum Fenster, gegen das just in diesem Augenblick ein Stein prallte wie ein verirrter Vogel. »Und das, obwohl gerade Athénaïs selbst nichts ausgelassen hat! Eine Stammkundin der Voisin, wenn dir das etwas sagt, mein Junge.«

Eugène nickte. Alle Welt kannte die Voisin mit ihrer züchtigen Witwenhaube und ihrem frommen Gebaren einer ärmlichen, gottesfürchtigen Frau aus dem Volke, obwohl sie inzwischen ein Vermögen zusammengerafft hatte. Schönheitsmittel vertreibe sie, hieß es. Sie: Cathérine Deshayes, genannt die Voisin, die gute Nachbarin, die jedem helfen konnte und in ihrem Giftschlangennest in der Rue Beauregard für alles Verständnis aufbrachte.

»Wir sind alle zu ihr gegangen«, sagte Olympia nachdenklich. »Sie war in Mode. Ich habe nie einen Menschen getroffen, zu dem man so schnell Vertrauen fassen konnte. Jede von uns meinte, sie allein sei die Lieblingskundin der Voisin. Jeder gab sie für viel Geld ihre Salben, ihre Pflästerchen und die geheimen Pulver, mit denen man die Liebe herbeirufen konnte oder den Tod. Sie war die gute Frau, der man alles Böse anvertrauen durfte, die alles billigte und jede Schmutzarbeit übernahm.« Olympia blickte Eugène in die Augen. »Die Hochzeit soll in drei Wochen stattfinden«, sagte sie, und ihre Stimme klang plötzlich nüchtern und leidenschaftslos. »Soll Athénaïs sie nur vorbereiten! Jeder wird sehen, daß ich darin besser gewesen wäre.« Sie lächelte plötzlich wieder und stand so unerwartet auf, daß Giannina fast das Gleichgewicht verlor. »Bringen Sie mir mein rotes Kleid!« befahl Olympia mit aufsässiger Stimme und wies mit dem Zeigefinger auf Mademoiselle de la Fare. »Ich will denen da unten geben, was sie sich wünschen.«

Sie zog sich um und schminkte sich sorgfältig. Eugène und die Frauen konnten sie nicht davon abhalten. Als sie noch ihren Schmuck angelegt und sich parfümiert hatte, befahl sie Giannina, die große Balkontüre weit zu öffnen.

»Sie wollen ihre Königin des Lasters!« sagte sie aggressiv. »Sie sollen sie haben!«

Aufrecht und flammend trat sie hinaus und wartete darauf, daß der Lärm und der Zorn der Straße über ihr zusammenschlagen würden. Doch nichts geschah. Der Alkohol und die Übersättigung hatten ihre Wirkung getan. Die meisten Demonstranten waren fortgegangen. Zurückgeblieben waren nur ein paar Betrunkene, ein paar Katzen und Hunde, die die Reste auffraßen, und der Gestank nach Pech und Schwefel.

Olympia blickte lange hinunter, als wollte sie den Anblick für immer auf ihre Netzhaut bannen. Dann drehte sie sich ernüchtert um und kehrte ins Zimmer zurück.

14

Olympia saß vor ihrem Spiegel und sah zu, wie Mademoiselle de la Fare ihr das Haar hochsteckte und mit Edelsteinen schmückte. Blasse, weiße Steine; Perlen, Saphire, Brillanten. Nichts Buntes. Seit Ludwig die Maintenon frequentierte, war man dezent geworden in Versailles. Keine gewagten Roben mehr, keine Farben des mutwilligen Frühlings oder des glühenden Sommers. Gedeckt und zurückhaltend kleidete man sich nun, ganz im Stil der halbverblühten einstigen Bittstellerin, deren zwanzigjährige Aufdringlichkeit nun belohnt wurde. So tief waren ihre Knickse gewesen vor jeder der Glücklichen, die dort weilen durften, wohin es die graue Witwe so übermächtig zog! So tief wie jetzt die kühle Verachtung, mit der sie an den einst Hofierten vorbeirauschte, die nun vor ihr in die Knie gingen und hofften, ›*Madame de Maintenant*‹, wie man sie in hilfloser Wut heimlich titulierte, würde sich nicht an die Herablassung erinnern, mit der man sie zwei Jahrzehnte lang gedemütigt hatte.

Jeder, der in Frankreich etwas galt oder zu gelten glaubte, war an diesem Wochenende in Versailles. Auch Olympia hätte sich längst in ihren zugewiesenen Gemächern aufgehalten, wenn sie nicht befürchtet hätte, von Athénaïs für deren Zwecke eingespannt zu werden. Nur ein einziger Aspekt hätte sie dazu bringen können, während der Hochzeitsvorbereitungen in Versailles zu bleiben: die Aussicht, Athénaïs mit falschen Ratschlägen hereinzulegen – was sie andererseits aber nicht wagte, weil der König dies bemerkt hätte. Ihn zu verärgern war jedoch das Letzte, was sich Olympia jetzt erlauben durfte, wo eben noch die eigene Schwester nur durch die Intervention ihres vertrottelten Ehemannes vor einem Prozeß bewahrt worden war, dessen Ende Flammen und Tod für sie bedeutet hätten.

»La Reynie!« murmelte Olympia in Gedanken und wandte den Kopf zu ihrer Freundin Madame d'Alluye, die kerzengerade, um ihr Kleid zu schonen, auf einem Hocker saß und mit steigender Ungeduld den Aufbruch erwartete. Jahrelang war sie schon mit Olympia befreundet, diese hagere, hexenhafte, übertrieben geschminkte Frau, die aussah wie ein Transvestit – Musterbeispiel jener Hofdamen, die nie schön gewesen waren, sich aber immer benommen hatten, als wären sie es. Keine Affäre, die sie ausgelassen hatten; keine Intrige, keine üble Nachrede. Sie kannten die Welt, in der sie sich bewegten, und nutzten den Vorteil ihrer Geburt, ohne etwas zu erreichen außer der Erlaubnis, anwesend sein zu dürfen, mitzulaufen und zu hoffen, daß sich einmal die Chance bot, dem König aufzufallen.

Olympia brauchte eine Begleiterin wie die d'Alluye, die immer verfügbar und der kein Dienst zu schmutzig war. Eine, die bei aller Geschwätzigkeit auch schweigen konnte, wenn es sein mußte und dem eigenen Vorteil diente. Olympia brauchte die d'Alluye, und die d'Alluye brauchte Olympia, um sich an ihr emporzuranken und aus der letzten Reihe ins Parkett vorzudringen. Es kam nicht darauf an, daß sie einander nicht leiden konnten. Sie nützten einander, das zählte. Symbiose im Dschungel der Sonne.

»Er fährt jeden zweiten Tag nach Versailles«, sagte Olympia.

Eugène, der neben der Türe stand, als wollte er möglichst schnell wieder fort, wußte erst gar nicht, wen seine Mutter meinte.

»Er läßt nicht zu, daß Ludwig ihn vergißt. Dieser hinterhältige Bürger hat längst erreicht, daß der König mehr auf ihn hört als auf uns.«

Eugène horchte auf. Er erinnerte sich, wie sich Olympia früher vom Adel distanziert hatte, als wäre sie selbst etwas ganz anderes, Besonderes, das dem König näher stand als seinem Hofe. Nun aber, da ihre Postion erschüttert war, erinnerte sie sich auf einmal, wohin sie gehörte. *›Sie‹* – das waren auf einmal wieder ihre Leute, gefährdet wie sie selbst durch die Schnüffeleien eines Außenstehenden, dem kein Privileg heilig war. Ein Mann aus einer anderen Gesellschaftsklasse. Ein Mann des sogenannten Rechts, der nicht begreifen wollte, daß es Menschen gab, die auf Grund ihrer Geburt über kleinlichen Gesetzen standen.

»Es wird Zeit, daß wir aufbrechen!« sagte Olympia scharf zu Mademoiselle de la Fare, die sich immer noch mit ein paar widerspenstigen Löckchen abmühte. »Beeilen Sie sich endlich!« In ihren Augen stand plötzlich die Angst, der verachtete Bürger könnte vor ihr in Versailles auftauchen und mit dem König über sie sprechen, ohne daß sie Gelegenheit hatte, mit ihrem Lächeln den milden Glanz der alten, besseren Zeiten in Ludwigs Erinnerung aufzurühren.

Für La Reynie war sie nicht das Mädchen mit den Haaren so schwarz wie Vogelschwingen; mit den weißen, zärtlichen Händen, dem verschwommenen Blick und dem weichen Körper, den der König so gut kannte. Für La Reynie war sie Madame la Comtesse, hart, intrigant, zwielichtig. Eine Frau, der man nachsagte, sie habe möglicherweise den eigenen Gatten vergiften lassen. Eine Frau, die unzählige Karrieren vereitelt hatte. Eine Frau, die sich von der Voisin Potenzmittel verschafft hatte, um den König damit anzustacheln und ihn glauben zu machen, sie und nur sie vermöchte es, ihn so stark und begierig zu machen wie einst in den schrankenlosen Zeiten seiner Jugend. Die Voisin selbst hatte dies ausgesagt, als La Reynie ihr lächelnd die Folterwerkzeuge zeigte – die Spanischen Stiefel vor allem –, und La Reynie hatte es umgehend dem König berichtet, der keinen Kommentar dazu gab. Einzig seine Augen verdunkelten sich einen Moment lang vor Entsetzen und Trauer. Doch davon wußte Olympia noch nichts. Es war wahrscheinlich doch ein Fehler gewesen, dem Nabel der Welt fern zu bleiben, wenn auch nur für ein paar Tage. Der Boden unter Olympias Füßen trug nicht mehr.

»Gehen wir!« befahl sie entschlossen und schob Eugène zur Türe.

»Ich komme nicht mit, Mama!« sagte er leise und widerstand dem Druck ihrer Hand. »Ich gehe nicht zu dieser Hochzeit.«

Olympia blieb stehen und starrte ihn an. »Was heißt das: du kommst nicht mit!« rief sie ärgerlich. »Du weißt doch, daß ich dich brauche.« Sie musterte ihn gereizt. Dann erinnerte sie sich wieder an die Blicke, mit denen Eugène Françoise beim Federballspiel des Königs verschlungen hatte. »Dieses Mädchen!« sagte sie verächtlich. »Sie ist es nicht wert, daß du den König ihretwegen durch deine Abwesenheit verärgerst.

Sie ist frivol und haltlos. Wenn du sie wirklich willst, wirst du sie irgendwann auch bekommen. Nicht sofort, denn anscheinend ist sie tatsächlich über beide Ohren in den kleinen Conti verliebt. Aber sie ist jung, und solche Gefühle dauern nicht lange. Vor allem nicht in Versailles. Ein paar Monate, und sie wird sich mit ihm langweilen und er sich wahrscheinlich auch mit ihr. Womöglich ist das schon deine Chance, mein Junge, denn du bist so ganz anders als dieser hinreißende Bursche, den sie sich da ausgesucht hat. Ein guter Freund in einer Soutane der heiligen Kirche. Mitfühlend und uneigennützig. Man kennt das ja. Molière hat es uns allen vorgemacht.« Sie lachte. »Wirklich, Eugène! Du wirst noch bestens bedient werden, wenn du dich nicht allzu dämlich anstellst.« Mit einer zornigen Bewegung stieß sie ihn von sich, daß er gegen den Kamin stolperte. »Ich hätte wirklich nicht gedacht, daß du mich wegen dieser kleinen Gans im Stich lassen würdest!«

Sie rauschte hinaus, ohne ihn weiter zu beachten. Die d'Alluye folgte ihr und lachte.

Die Dämmerung brach herein und ließ die Konturen verschwimmen. Nur das unverhängte Fenster durchschnitt wie ein schmaler, hoher Spiegel die unbeschattete Wand – einzige Realität in der grauen Unwirklichkeit, die von Eugène Besitz ergriffen hatte. Mattes Licht, das von draußen hereindrang, ohne zu verlocken und ohne zu wärmen. Auch da draußen gab es nichts mehr, was ihm Leben und Lachen versprochen hätte. Ein sterbendes Licht nur, das sich bald zu schwarzer Dunkelheit verdichten würde.

Zum ersten Mal in seinem Leben dachte Eugène an den eigenen Tod, der ihm plötzlich wie eine Heimat erschien, die Ruhe versprach und Schutz vor Demütigung, Enttäuschung und Verlassenwerden. Er war kein Kind mehr, das in den Tag hineinlebte und darauf wartete, daß sich alles irgendwie doch noch zum Guten wenden würde. Kein Kind – aber auch kein

Erwachsener, der seinen Platz gefunden hatte. Er war niemand. Einer nur, der allein auf seinem Bett hockte in einem Zimmer, das immer finsterer wurde.

Ja, er dachte an den Tod und ersehnte ihn plötzlich mit aller Kraft. Zugleich aber spürte er, daß er jung war und gesund. Der Tod kam nicht zu den Jungen und Gesunden. Nicht der sanfte, tröstende Tod: Der schenkte sich nur den Alten und den Leidenden. Wenn junge Menschen sterben wollten, brauchte es Gewalt. Krieg, Mord . . . Sterben durch die eigene Hand . . . Selbstmord, der immer ein Tabu gewesen war, auch wenn von Zeit zu Zeit ein Flüstern durch die königlichen Säle eilte, daß dieser oder jene Hand an sich selbst gelegt hätte, obwohl das doch die schwärzeste aller Todsünden war, die absolute Negation des Glaubens.

Aber woran glaubte er noch in diesem Augenblick, wo aus dem süßen Mädchen Françoise de Blois die strahlende Prinzessin Conti wurde, die ihm auf ewig versagt sein würde, was auch immer Olympia behaupten mochte? Wenn Françoise so war, wie er sie erträumte, dann würde sie sich ihm niemals hingeben. Auf immer und ewig würde sie den Traum verkörpern, den alle Jugend träumt: ausschließliche Liebe und niemals endende Treue. Bis in den Tod hinein würden Françoise und Conti ein Paar bleiben, das ineinander verschlungen war, untrennbar und unangreifbar. Er, Eugène, war überflüssig – Opfer eines ungerechten Schicksals, dessen Werkzeug diesmal nicht der König gewesen war. Schuld war die Schönheit eines anderen Menschen, sein Charme, seine klare Intelligenz, seine Liebenswürdigkeit. Schuld war, daß es auf dieser Welt keine Gerechtigkeit gab. Daß immer wieder Menschen geboren wurden, die andere überstrahlten. Denen alles zufiel, ohne daß sie sich anzustrengen brauchten. Menschen, um die herum es lächelte. Menschen, die andere an sich zogen und sie bezauberten. Menschen des Lichts und der Liebe. Unerklärlich, unfaßbar und unerträglich schmerzhaft für alle anderen, die danebenstanden und im Schatten blieben.

Er erhob sich und trat ans Fenster, das zum Hof hinunterblickte, wo erst vor kurzem – oder war es nicht doch schon eine Ewigkeit her? – sein Bruder fortgeritten war, vielleicht auch ein Kind der Sonne, wenn auch weniger glücklich als jene beiden, die geschaffen waren, anderen ihre Grenzen zu zeigen.

Der Hof lag verlassen vor ihm in der Dämmerung, die ins Dunkel der Nacht eintauchte. Eine rechteckige schwarze Grube, deren Grund so hart war, daß ein menschlicher Körper, der sich aus einem Fenster gleiten ließ, nicht unbeschadet bleiben würde. Der Tod auf den Steinen. Erlösung. Ende aller Demütigungen, allen Haderns und aller Verzweiflung.

Eugène öffnete das Fenster. Warme, sommerliche Luft strömte ihm entgegen, als legte sich ein weiches Tuch über sein Gesicht. In Versailles warfen jetzt die Damen mit lässiger Gebärde den Zofen die seidenen Schals über die dienstfertig ausgestreckten Arme, und die Herren erfrischten sich mit eisgekühlten Getränken. Vielleicht hatte das Feuerwerk schon begonnen. Ein Funkeln, Glitzern und Knattern, alles zu Ehren des jungen Paares, das so schön war, wie zwei junge Menschen es nur sein konnten. Den Kopf erhoben standen sie nebeneinander, die angstlosen Hände ineinander verschlungen, während über ihre glatten, ungeprüften Gesichter der Widerschein der Flammen da oben zuckte und sich in ihren seligen Augen spiegelte.

Blumengeschmückte, von hunderten Kerzen beleuchtete Boote, die über den Grand Canal glitten, begleitet von den perlenden Girlandenklängen, die Lulli eigens für diesen Anlaß komponiert hatte. Fächer, die sich vor lächelnden Lippen langsam hin und her bewegten unter Augen, die sich in andere versenkten. Harmonie und Grazie in den wunderbarsten, künstlichsten Gärten der Welt vor dem schönsten aller

Schlösser, das der größte aller Könige erbaut hatte ... und da unten, tief unter Eugènes einsamem Fenster das steinerne Pflaster. Er würde tot sein, wenn er jetzt sprang.

Mit einer fast spielerischen Bewegung zog er sich auf das Fensterbrett hoch. Wie leicht es doch war, sich zu befreien! Er hatte keine Angst. Ganz ruhig fühlte er sich auf einmal. So ruhig, daß ihm der absurde Gedanke durch den Kopf schoß, er brauche sich gar nicht das Leben zu nehmen, weil er in Wirklichkeit schon längst gestorben war. Gestorben in vielen kleinen Etappen, jedesmal ein bißchen mehr bei den unzähligen Gelegenheiten, wo man ihm das Recht eines Menschen vorenthalten hatte, geliebt und respektiert zu werden.

Eigentlich, dachte er, konnte er ebensogut wieder von vorne beginnen. Ein ganz neues Leben, da es den kleinen Abbé in seiner braunen Kutte ja doch nicht mehr gab. Ein unbelastetes Leben, das sich den heimlichen Seelenmördern nicht mehr verpflichtet fühlte. Hatten sie jemals auf ihn Rücksicht genommen? Er konnte auf sie verzichten, brauchte nur weggehen. Sie würden ihn schnell vergessen. Schneller wahrscheinlich als er sie. Irgendwann einmal aber würde er vielleicht wissen, wer er in Wirklichkeit war. Dann würde er nicht mehr tot sein, sondern leben. Leben. Leben!

Er glitt vom Fensterbrett hinunter, zurück in sein Zimmer. Unschlüssig blieb er stehen. Er wußte nicht, was er tun sollte, aber sterben wollte er nicht mehr.

Wie ein schmaler, schwarzer Schatten stand Joseph Saveur im zuckenden Schein der unruhigen Kerze. »Warum sind Sie nicht bei dieser Hochzeit?« fragte er leise. Er trat näher und setzte sich zu Eugène aufs Bett.

Eugène rührte sich nicht. Was sollte er diesem verschlossenen jungen Menschen erzählen, der nur seine Bücher kannte und seine verworrenen politischen Ideale?

»Sie und Ihre Geschwister!« murmelte Joseph Saveur verbittert. »Nichts ist euch recht. Vor vollen Schüsseln seid ihr geboren, und ihr macht euch einen Sport daraus, die Speise zurückzuschicken.«

Die Kerze auf dem Tisch flackerte so heftig, daß Saveur aufstand und eine andere suchte. Die zündete er an und löschte die erste. Erst jetzt schien es im Zimmer still zu werden. Joseph Saveur setzte sich wieder zu Eugène.

»Ich weiß, womit du dich herumschlägst, Eugène!« sagte er, plötzlich sanft geworden. »Du möchtest wissen, wer wirklich dein Vater ist, aber glaube mir, du wirst es nie mit Sicherheit erfahren. Wahrscheinlich gibt es niemanden, der es weiß. Auch nicht deine Mutter. Sieh das endlich ein und finde dich damit ab! Trotz allem hast du Wurzeln, wer auch immer dich gezeugt hat. Hier, im Hôtel de Soissons, bist du zu Hause! Hier bei den Savoyern, nicht im Louvre, wo die Bilder der Bourbonen in ihren goldenen Rahmen hängen. Der Mann deiner Mutter ist dein Vater, denn er hat euch Kinder geliebt. Nur das zählt. Er hat euch vor sich aufs Pferd gehoben. Er hat euch gezeigt, wie man angelt und wie man schießt. Er hat euch Geschichten erzählt und zur Laute mit euch gesungen. Er ist dein Vater, Eugène, nur er. Vergiß den König, und was man dir über ihn und deine Mutter zugeflüstert hat!«

Lassen Sie mich doch mit dem König in Ruhe! wollte Eugène sagen. Er ist nicht mein Problem ... Aber er war zu müde, deshalb schwieg er. Mochte Joseph Saveur denken, was er wollte!

Joseph Saveur erhob sich und trat ans Fenster. Trotz seiner hohen Gestalt sah er vor dem großen Rahmen fast schmächtig aus. »Ihr alle möchtet Kinder des Königs sein!« sagte er ärgerlich. »Du und deine Geschwister. Und da er euch nicht anerkennt, haßt ihr ihn. Dein Bruder ist sogar zum Feind übergelaufen, und deine Schwestern sind dabei, sich selbst zu zerstören, nur um sich zu rächen. Wie armselig ihr seid! Hätte einer von euch sein Genie geerbt, er würde verstehen, wie groß dieser König ist. Seine Jugend ist vorbei. Er ist weise geworden. Er wird dieses Land zum gerechtesten der Welt machen.« Joseph Saveur drehte sich um und umschloß die Kerzenflamme mit seinen Händen. »Wir alle sind aufgerufen, ihm dabei zu helfen. Siehst du nicht, Eugène, wieviel sich schon verändert hat in letzter Zeit? Er ist dabei, uns die Moral wiederzuschenken. Er wird das Land säubern von den Erbschleichern, den Meuchelmördern und den Hurenböcken. La Reynie wird ihm dabei helfen.«

Joseph Saveur trat wieder zu Eugène und legte ihm die Hand auf die Schulter. »Ich weiß, was du jetzt denkst, Eugène!« murmelte er. »Du hast Angst um deine Mutter. Aber hast du nicht bemerkt, wie auch sie sich schon verändert hat? Wie ehrbar ihre Kleidung geworden ist, wie vorsichtig sie taktiert? Der König wird ihr verzeihen. Er ist gütig, auch wenn ihr alle ihm das absprecht.« Joseph Saveur setzte sich wieder neben Eugène.

»Ich bin müde, Monsieur. Können wir nicht morgen darüber reden?«

Joseph Saveur schüttelte den Kopf. »Natürlich weiß auch der Marschall Vauban und wissen auch wir, die wir seine Ideale teilen, daß noch viel zu tun ist. Wir wissen von den Unterdrückten und Hilflosen, deren Gesichter so braun und verdorrt sind wie die Erde, in der sie nach Wurzeln wühlen. Ein Feiertag für sie, wenn in den Schlachthäusern Blut verteilt wird, das sie trinken, um ihrem geschwächten Körper ein bißchen Kraft zuzuführen.« Joseph Saveur setzte sich an Eugènes Schreibtisch und zog ein Papier aus der Tasche. »Der Marschall Vauban hat ein Schreiben verfaßt, das er dem König übergeben will, wenn die Hochzeitsfeierlichkeiten beendet sind. Hören Sie gut zu, Abbé!«

Ja, in Versailles ging jetzt das Fest zu Ende. Die beiden Menschen, an die Eugène immerzu denken mußte, zogen sich zurück. Sie waren allein. Es zerriß ihm das Herz, sich vorzustellen, wie sie aufeinander zutraten und einander ansahen mit jenem tragischen Ernst, den er zum ersten Mal in den Augen des Mädchens erblickt hatte, das nun bei dem anderen war.

Joseph Saveur hielt das Papier ans Licht und fing an zu lesen: »Das Übel ist an der äußersten Grenze angelangt, und wenn man nichts unternimmt, wird das Volk in ein Elend gestoßen, aus dem es sich nie wieder erholen kann.« Er wandte sich zu Eugène um, als erwarte er ein zustimmendes Wort, doch Eugène hatte seine Stirn auf die Knie gelegt.

»Niemals«, las Saveur weiter und unterdrückte seine Enttäuschung über das mangelnde Echo, »niemals nimmt man in Frankreich genügend Rücksicht auf das kleine Volk. Man ruiniert es. Man verachtet es. Und doch sind gerade diese Leute besonders wichtig durch ihre Zahl und ihre echten Dienstleistungen.« Er faltete das Papier wieder zusammen und steckte es in die Tasche. »Dieses Manifest wird der König bekommen, vielleicht schon heute abend. Es wird ihm die Augen öffnen und ihm zeigen, was zu tun ist.«

Was zu tun ist . . . Was blieb noch zu tun, wenn anderswo die Kerzen verlöschten? Die Wärme der Nacht und der Liebe. Zärtlichkeit . . .

Saveur lächelte. »Eigentlich ist es ganz einfach, was Vauban sich ausgedacht hat. Man wundert sich fast, daß bisher noch kein Mensch darauf gekommen ist: Alle Steuern sollen abgeschafft werden, denn sie haben bisher ja doch nur die kleinen Leute gedrückt. Dafür aber wird man einen Zehent einführen, berechnet nach dem Einkommen jedes einzelnen, selbst der König nicht ausgenommen.« Saveur lachte. »Ein Gedanke, der auf den ersten Blick fast umstürzlerisch anmuten mag, aber von einer solchen Klarheit, Einfachheit und Gerechtigkeit, daß Gott selbst ihn ausgesprochen haben könnte. Der König ist groß genug, diese historische Vision zu begreifen. Eine Revolution von oben . . . Nie wird es einen größeren Herrscher geben als ihn. Die Geschichte wird ihn für seine Zustimmung auf alle Zeit rühmen.«

Wie wäre es weitergegangen am Auge Gottes, wenn Conti nicht gekommen wäre? So sanft und nachgiebig war Françoise gewesen! Vielleicht hatte sie ihn sogar geliebt in diesem Augenblick. Vielleicht hätte sie gelernt, ihn auch später noch zu lieben. Vielleicht wären seine Liebkosungen zärtlicher gewesen als die Contis. Vielleicht hätte er, Eugène, sie sogar glücklicher gemacht. Vielleicht wäre jetzt er an Contis Stelle in diesem dunklen Zimmer in Versailles, das nach Rosen duftete und nach Paradies.

Saveurs Wangen hatten sich gerötet. »Wir alle müssen zusammenhelfen, Eugène. Sieh endlich den Tatsachen ins Auge, anstatt immer nur zu hadern! Geh an den Hof, übernimm das Amt, das man dir gewiß zudenken wird! Hilf dem König bei seiner immensen Aufgabe! Diene ihm und deinem Volk! Du bist mein intelligentester Schüler. Ich habe immer Freude an deinem Verstand gehabt. Tu endlich deine Pflicht!«

Eugène blickte zu ihm auf. Noch nie war er so müde gewesen wie jetzt. Wahrscheinlich war es falsch, an das zu denken, was hätte sein können. Vielleicht war es besser, alles Vergangene zu begraben und nur mehr an die Zukunft zu denken, wie Joseph Saveur es verlangte. Joseph Saveur, mit den roten Flecken seiner Ideale im Gesicht. Eugène konnte nicht glauben, was er verkündete. Sein Bild des Königs war anders.

»Denken Sie über meine Worte nach, Abbé!« sagte Saveur versöhnlich. »Wir – ich meine die Männer um den Marschall Vauban – wir wären glücklich, Sie in unseren Kreis aufzunehmen. Der Name Ihrer weitverzweigten Familie würde uns zusätzliches Prestige verschaffen.« Er schüttelte den Kopf, als machte er sich auf einmal über sich selbst lustig. »Mein Gott, was gäbe ich dafür, Ihren Hintergrund zu haben!«

Eugène lachte. Er wußte selbst nicht, warum. Dann schlief er unvermittelt ein. Er hörte nicht einmal mehr, wie Joseph

Saveur hinausging und den Korridor hinunter mit der beunruhigenden Gewißheit, zu viel über sich selbst verraten zu haben.

15

Gegen Mittag kehrten sie aus Versailles zurück. Man hätte meinen können, sie kämen von einer Beerdigung. Sie waren blaß und erschöpft von drei Nächten ohne Schlaf. Sogar Mademoiselle de la Fare, die Ruhige, Besonnene, schien am Ende ihrer Kraft.

Madame la Comtesse gab es nicht mehr, das heißt, es gab sie noch bis zum nächsten Morgen. Dann würden Titel, Amt, Einkünfte, auf denen sich ihr ganzes Selbstverständnis gegründet hatte, auf Athénaïs de Montespan übergehen, die ewige Rivalin, schuldig geworden wie Olympia selbst und verstoßen wie sie. Nie wieder würde Athénaïs die intimen Gemächer des Königs betreten dürfen. Das Recht, in Gegenwart der Hofgesellschaft zu sitzen, war ihr ab sofort entzogen. Nicht einmal ein Taburett stand ihr mehr zu, dieser kleine Hocker in den Sälen von Versailles, für den so manche ihre Seele verkauft hätte.

Beide waren sie gestürzt, Olympia und Athénaïs. Gesiegt hatte endgültig die graue Witwe, Françoise de Maintenon, die ewige Bittstellerin von einst. Sie war *›Madame de Maintenant‹*, und Olympia hätte sich am liebsten die Zunge abgebissen, daß sie diese Verballhornung, die plötzlich Wahrheit geworden war, jemals in den Mund genommen hatte.

Madame de Maintenant. Die Jetzige. Ihr Ruf war makellos. Der Klerus konnte auf sie zählen und sie auf ihn. Sogar die Königin in ihren einsamen Räumen schöpfte neue Hoffnung und meinte in ihrer weltfremden Kindlichkeit, eine fromme Frau wie die Witwe Scarron würde sich niemals auf einen Ehebruch einlassen, auch nicht mit dem König.

Unten auf der Straße platzten die ersten Knallfrösche. Die Demonstranten kehrten zurück, um ihr allabendliches Volksfest wieder aufzunehmen. Eine Lieferung Absinth war eingetroffen, der tägliche kleine Selbstmord. Brot, Speck und Käse wurden ausgegeben, Tabak verteilt. Man gröhlte die üblichen Verse und stellte neue vor, die mit johlendem Geschrei begrüßt und skandierend eingeübt wurden. Madame la Comtesse war die Dirne des Satans. Nie hatte es eine verworfenere Person gegeben als sie. In einer Reihe stand sie mit den Huren Babylons, mit Lukrezia Borgia und der verhaßten Katharina von Medici. Brandfackeln wurden vorbereitet, die man nach Einbruch der Dunkelheit gegen die Fenster schleudern wollte und in das Astwerk der alten Kastanien vor dem Schloß.

Olympia schien nichts zu bemerken. Sie empfing die Schneider, die sie schon vor Wochen beauftragt hatte, ihren Dienern neue Livreen anzupassen. Silbergrau, im neuen, dezenten Stil – nicht mehr giftgrün und gold wie bisher. Jede Livree ließ sie sich einzeln vorführen, befahl kleine Änderungen und Verbesserungen und tat, als wäre dies alles eine Entscheidung fürs Leben. Sie sandte einen Boten zum Bankier Bernard und bat ihn, sie eiligst zu besuchen. Er wisse schon ... Sie ließ Koffer und Reisekisten vom Speicher herunterholen und säubern. Auf alle Eventualitäten schien sie sich vorzubereiten und doch nicht zu wissen, was sie eigentlich tun sollte.

»Zweihunderttausend Taler!« sagte sie plötzlich zu Eugène, als die Schneider endlich fertig waren und unter dem Geschrei der Menge ums Leben zitternd das Schloß verließen. »Zweihunderttausend Taler! Der König läßt sich wahrhaft nicht lumpen.«

Erst jetzt erfuhr Eugène, was geschehen war. Zweihunderttausend Taler: das war die Abfindung, die Ludwig ihr zukommen ließ für dreißig Jahre Ergebenheit. Zweihunderttausend Taler: dafür verlor sie ihre Heimat und hörte auf, Madame la Comtesse zu sein. Für zweihunderttausend Taler wurde sie ein Niemand. Eine reiche, kapriziöse Frau mit bewegter Vergangenheit, die man in eine Stadt wie Brüssel verbannte, das Ende der Welt, von Paris aus betrachtet. Zweihunderttausend Taler . . . und eine verächtliche Bewegung der königlichen Hand, als sollte eine Fliege verjagt werden.

»Er hat mir die Wahl gelassen, entweder für immer nach Brüssel zu gehen oder mich zu widersetzen und hier zu bleiben. Dann allerdings würde man mir den Prozeß machen. Schon morgen früh würde man mich wie eine Verbrecherin in die Bastille bringen und mit den Verhören beginnen.« Die Röte ihrer Wangen nach all der Aktivität und Hysterie wich plötzlich einer erschreckenden Blässe. »Er sagte, er könne mich nicht mehr schützen. Das Gesetz würde seinen Lauf nehmen.«

Mit dumpfen Schlägen prallten die ersten Brandfackeln ans Fenster und fielen dann wieder auf die Straße zurück, als hätten sie nur drohen wollen.

»Ich sagte Ludwig, daß wir doch wie Geschwister seien. Mein Onkel sei sein Pate gewesen. Von Kindheit auf hätten wir zusammengehört. Sein Name werde stets mit meinem verbunden bleiben . . .« Sie schloß die Augen und setzte sich neben Eugène. »Er hörte mir kaum zu. Sein Name sei mit vielen Namen verbunden, sagte er, und jeder glaube, er selbst wäre wichtiger als alle anderen. Diese Wichtigkeit sei aber nur einseitig. Ein Mann der Macht müsse andere an sich fesseln, er selbst aber müsse ungebunden bleiben, jederzeit fähig, sich zu trennen. Nur so bleibe seine Macht absolut . . .« Ihre Stimme wurde so leise, daß Eugène sie kaum noch verstand. »Ich antwortete ihm, dies sei eine tödliche, unmenschliche Einsamkeit, aber er zuckte nur die Achseln und meinte: Unmenschlich? Vielleicht. Aber auch göttlich: die Einsamkeit der Macht. ›Macht ist das einzige, was zählt!‹ . . . ›Sonst nichts?‹ fragte ich ihn, und er schüttelte den Kopf: ›Sonst nichts.‹« Sie schlug die Hände vors Gesicht. »Ich habe keine Chance mehr, Eugène! Er meint es ernst. Er hat seine Hand von mir abgezogen. Ich bin ohne Schutz.«

Erst jetzt schien sie das Geschrei auf der Straße wahrzunehmen. Trompeten und Trommeln waren dazugekommen, und die neuen Spottverse waren nun allen geläufig. Ein Chor des Schreckens, dessen einzelne Worte sie nicht verstand, nur immer wieder ihren eigenen Namen, Olympia, auf den sie einst stolz gewesen war und der nun zum Synonym wurde für Laster und Verworfenheit. Fama hatte gewonnen.

Sie tat, was sie für nötig hielt; ihre alte Tugend, sich mit dem Unabänderlichen erst einmal abzufinden, auch wenn sie in ihrem Inneren nie aufhörte, an ihren Glücksstern zu glauben.

Sie ging zu ihren Töchtern und verabschiedete sich von ihnen, die nichts begriffen und alles nur für eine vorübergehende Laune des Königs hielten. Gehorsam und widerwillig küßten sie die Mutter auf die Wange, knieten nieder, um sich segnen zu lassen, versprachen Tugend und Gottesfurcht und dachten insgeheim schon an die herrliche Freiheit, die ihnen von nun an geschenkt sein würde.

Bei Philibert de Soissons ließ sie sich melden, doch er schlief schon und hatte befohlen, man dürfe ihn auf keinen Fall wecken. Auch die Prinzessin Carignan war für ihre Schwiegertochter nicht zu sprechen. Sie sei nach heftigen Herzbeschwerden endlich eingeschlafen. Man wage nicht einmal, laut zu atmen, um sie ja nicht zu stören – obwohl in ihren Räumen überall noch Licht brannte und der Köter kläffte . . . Olympia stand vor verschlossenen Türen, kehrte um und ging zurück in ihre eigenen Räume, die ihr bald auch nicht mehr gehören würden.

Als sie zurückkam, meldete man ihr die Ankunft ihres Bankiers. Sie zog sich mit ihm und seinem jungen Sekretär, der eine riesige Schatulle mit sich schleppte, in den Salon zurück. Die Türen wurden geschlossen. Kein Geräusch drang in den Vorraum.

Zum ersten Mal hatte Eugène nun Samuel Bernard aus der Nähe gesehen, obwohl er ihn von ferne längst kannte: ein hochgewachsener, eleganter Mann Mitte vierzig, aufrechte Haltung; stahlgraues, festes Haar ohne Perücke und ohne Puder; ein energischer Gang. Es sah aus, als schritte Samuel Bernard immer nur geradeaus, schnell aber nicht eilig, entschlossen und aufmerksam. Nie sah man ihn lachen. Er wirkte kühl und abweisend und erweckte dennoch Vertrauen. Was er anordnete, wurde ausgeführt. Was er empfahl, zweifelte niemand an. Sogar der König und Colbert verließen sich auf ihn. Er war der Bankier der Macht; der einzige, dem es gelang, den König in seiner Bauwut zu bremsen, wenn die Schulden zu hoch wurden, die Grenzkriege zu teuer, und wenn den Bauern nichts mehr geblieben wäre, hätte man sie noch weiter besteuert. Niemand wußte, was Bernard wirklich dachte, ob er ein Freund des Volkes war oder nur ein Realist, der erkannte, wann es genug war und jedes Weitere zu viel. Er beschönigte nichts, verehrte nichts und fürchtete nichts. Er war das Gegenteil eines Narren.

Es dauerte lange, bis Olympia und Bernard ihre Unterredung beendet hatten. Blaß wie der Tod war Olympia, als sie mit dem Bankier durch die Türe trat. Bernards Sekretär folgte ihnen, nun ohne die schwere Schatulle, die er im Salon zurückgelassen hatte.

»Das ist mein Sohn Eugène«, sagte Olympia mit fremder, gebrochener Stimme. »Ich bitte Sie, helfen Sie ihm, wenn es nötig sein sollte! Sie wissen von den finanziellen Ansprüchen, die er ans Stammhaus hat. Es könnte sein, daß er Ihre Fürsprache braucht. Er . . .« Sie zögerte. »Er ist nicht immer fügsam, was die Anordnungen des Königs betrifft.«

Bernard lächelte kaum merklich und nickte Eugène höflich zu. »Ein Sohn seiner Mutter, nicht wahr?« sagte er. Eugène wunderte sich, wie freundlich es klang aus dem Munde dieses kühlen Mannes.

Dann waren sie allein. »Noch vor Tagesanbruch werde ich Paris verlassen!« erklärte Olympia mit ihrer neuen, fast tonlosen Stimme. »Bernard hat mir klargemacht, daß es keinen Sinn hat, auf ein Wunder zu warten. *›Das Exil reinigt‹*, sagte er, *›denn wer fortgeht, unterbricht den Fluß seines Lebens.‹* . . .Weiß der Himmel, was er damit meint.« Sie zögerte. »Ich werde Geld brauchen!« gestand sie dann. »Sehr viel Geld. Es ist unbedingt nötig, daß ich in Brüssel meinen Lebensstil beibehalte. Alle Welt muß von mir sprechen: von meinen Festen, meiner Garderobe, meinem Einfluß. Nur so kann ich Ludwig klar machen, daß es ein Verlust für ihn ist, mich nicht in Versailles zu haben.« Sie winkte Eugène zu sich. »Setz dich zu mir, mein Junge!« sagte sie sanft und legte ihm den Arm um die Schultern. »Ich möchte, daß du mich verstehst. Du wirst wahrscheinlich noch viel Schlimmes über mich hören. Glaube es nicht, ich bitte dich!«

Eugène bewegte sich nicht. Er spürte den warmen Körper seiner Mutter; ihre Arme, die ihn drückten und ihr Haar, das seine Schläfen streichelte. Er wußte, daß dies ein Augenblick war, der niemals wiederkehren würde.

16

Er kam mitten in der Nacht ins Hôtel de Soissons. Die Diener wagten nicht, ihn aufzuhalten. Sie kannten ihn alle. Es war La Reynie, vor dem sich die Türen wie von Zauberhand öffneten – sogar in Versailles. Wo andere warten mußten, trat er einfach ein, und am Ende seines langen Weges durch die Säle hieß ihn der König selbst willkommen und fragte ungeduldig und mit heimlicher Angst – sogar er, der Unantastbare! – nach den neuesten Ermittlungen.

»Monsieur de La Reynie!« sagte Olympia mit fast tonloser Stimme. »Der Mann, der sich nirgends anzumelden braucht.« Jetzt, da er gekommen war, den sie fürchtete, gewann sie an Fassung. Olympia Mancini, die Kämpferin, gab es immer noch, auch wenn ihr der Tod für einen Augenblick die Hand um den Hals gelegt hatte.

La Reynie verbeugte sich höflich. Eugène dachte, daß er aus der Nähe viel weniger bedrohlich aussah als von fern, wenn er in Versailles über Marmorböden eilte, immer in Schwarz, ganz anders als die Höflinge, die ihm nachstarrten und mit nervösem Lachen ein Schaudern vortäuschten, das sie im geheimen auch wirklich empfanden. Wie ein geschickter Schauspieler, sagte man, habe sich La Reynie diesen dämonischen Aspekt angeeignet, um seiner Umgebung Angst einzujagen und sich dem König noch amtstüchtiger darzustellen. Er hatte die Fähigkeit erworben, durch seine bloße Präsenz Unbehagen auszulösen, Unruhe, Angst, Schuldgefühl. Ja, Schuldgefühl!

»Gräfin!« grüßte er, während er sich verbeugte.

Olympias Augen verengten sich. »Noch habe ich meinen Titel, Monsieur!«

La Reynie lächelte kaum merklich. »Ach ja, bis morgen früh, nicht wahr?« Er konsultierte seine Taschenuhr. Sie war aus schwerem Gold. Hier zumindest schien seine Askese ein Ende zu haben. »Heute früh, genaugenommen.« Ironisch wiederholte er seine Verneigung. »Pardon, Madame la Comtesse!«

Ganz offenkundig genoß er die Situation, wußte er doch als einziger, wie sie enden würde. Die späte Stunde schien ihm nichts auszumachen. Man sagte ihm nach, er schlafe kaum. Selbst nachts sei er meistens im Dienst: Verhöre – auch solche der hochnotpeinlichen Art –, Aktenstudium, Verhaftungen.

Gesellschaftliches Leben führte er keines. Auch eine eigene Familie hatte er nicht. Sein Amt war sein Leben.

Dabei besaß er alles, was ihm ein angenehmes, wohlgesichertes Leben ermöglicht hätte. Er stammte aus einer gut situierten Familie: Kaufleute und Juristen. Angesehene Leute von beträchtlichem Einfluß, seit der König den Adel an die Kandare gelegt hatte und die Verwaltung mit Vorliebe ehrgeizigen Bürgern anvertraute.

Sein Äußeres hätte gewinnend sein können, wäre da nicht die eisige Arroganz seiner grauen Augen gewesen und das Lächeln, das denen, die sich fürchteten, so grausam und selbstzufrieden erschien. La Reynie, ein hochgewachsener, schlanker Mann in den Dreißigern, der sich mit angeborener Eleganz bewegte, als hätte er nie etwas anderes getan, als sich in höfischen Sitten zu üben.

»Ist es in Ihren Kreisen üblich, noch nach Mitternacht seine Aufwartung zu machen?« Olympia hatte sich selbst wiedergefunden. Einen Augenblick lang hatte sie gehofft, La Reynie wäre gekommen, um ihr mitzuteilen, daß die Untersuchungen gegen sie eingestellt seien. Sie hatte es gehofft – während sie sich zugleich vor Angst krümmte, er würde sie auf der Stelle verhaften. Sie wagte nicht, ihn geradeheraus zu fragen, aber ihr feines Gespür für die Beweggründe der Menschen meldete ihr, daß dieser Mann sich nur weiden wollte an ihrer Angst. Zittern wollte er sie sehen, flehen, betteln. Der Bürger im Dienste des Königs, der Parvenu: welche Genugtuung mußte es ihm bereiten, die Erste Dame der Königin vor sich im Staub zu sehen!

La Reynie lächelte und setzte sich, ohne aufgefordert worden zu sein. »Ich bin nur ein Polizist«, erklärte er und zupfte ein Fädchen von seinem Ärmel. Er hielt es zwischen Daumen und Zeigefinger, betrachtete es kurz und steckte es dann in die Rocktasche. »Die höfischen Gepflogenheiten sind mir nicht geläufig.«

Olympia blieb vor ihm stehen. »Sie werden es bald sein, wenn Ihre Karriere weiterhin so zügig voranschreitet. Wenn es erst opportun für Sie ist, werden Sie sich sehr schnell einen Tonfall angewöhnen, den Ihre Auftraggeber jetzt noch als Anmaßung empfänden.«

»Wir tun doch alle nur das, was uns nützlich ist.« Er schlug die Beine übereinander und lehnte sich zurück. Wieder fiel Eugène auf, wie elegant La Reynie sich bewegte.

»Nützlich wofür? Den Ehrgeiz zu befriedigen und dazu auch noch – wie man sich von Ihrem Vorgänger erzählt – die Sinnenfreude?« Eugène sah das Glitzern in Olympias Augen, das er nur zu gut kannte. Er hätte sie dafür hassen können und zugleich hätte er am liebsten geweint und sie angefleht, doch nicht so töricht zu sein, so unendlich töricht, wie sie alle es waren, die auf dem weichen Bett ihrer Privilegien verlernt hatten, die eigene Verwundbarkeit zu erkennen.

»Sinnenfreude? Ist es das, woran Sie denken?« La Reynies Gesicht war undurchdringlich. »Perverse kleine Spielchen mit falschen Gefühlen, aber mit dem echten Tod?«

Olympias Lächeln verschwand. »Sie sind verrückt, Monsieur!« Und dann boshaft: »Wissen Sie, ich vermeide alles, von dem ich weiß, daß es mich nur enttäuschen würde.«

»Sie unterschätzen mich, Madame la Comtesse.«

Es war, dachte Eugène, wie beim Federballspiel des Königs: Plop, plop gingen die Bälle hin und her, jeder Schlag nur mit einem Ziel: den Gegner für eine flüchtige Sekunde auszutricksen. Plop: Ich habe dich! Das hättest du mir nicht zugetraut, oder? Plop: Verdammt, ich hätte nicht gedacht, daß du so schnell bist! . . . Hin und her und hin und her, ohne Ernsthaftigkeit – auch jetzt noch, wo der Platz um die Richtstätte nach verbranntem Aristokratenfleisch roch und das Wort Bastille wie eine schmutzige Dunstwolke über allem lastete.

Hin und her und hin und her. Ein Spiel. Ludwig hatte ganze Arbeit geleistet. Seine Aristokratie dämmerte geschäftig durch ihre Tage und Nächte. Schauspieler, die nichts mehr ernstnehmen konnten, nicht einmal den Tod, den Paroxysmus allen Ernstes. Hasardeure, Spieler, Abenteurer, Glücksritter, Rabulisten, Wortverdreher, Spiegelfechter, Sophisten, Poseure, Verschwender, Verschwörer, Verleumder, Spione, Courschneider, Verführer, Wüstlinge, Fresser, Säufer, Schmeichler, Lügner ... Gottlose, die jeden Tag zur Messe eilten: auch dies nur mehr ein Spiel. War es die Sinnlosigkeit ihres Daseins, das sie an nichts mehr glauben ließ?

Hin und her und hin und her: »Ich unterschätze Sie nicht, Monsieur. Außerdem kenne ich das Ende der Affäre Brinvilliers.«

»Ein kleines Spielchen zum Abschluß einer aufregenden Jagd.«

»Ein gefährliches Spielchen, Monsieur.«

»Die Marquise war eine Frau mit Stil. Nicht unbedingt klug, aber interessant. Man konnte sie respektieren.«

»Indem man sie in die Flammen schickte?«

»Die Spannung, die zwischen zwei Menschen aufkommen kann, ist die Grundlage jeden Respekts, Madame la Comtesse.«

»Aber wenn Sie respektieren, hindert Sie das nicht daran, zu vernichten.«

»Steigert die Gefahr nicht das Vergnügen, Madame la Comtesse?«

»Meines nicht, Monsieur.«

»Dann fehlt Ihnen der Jagdinstinkt.«

»Passen Sie nur auf, daß Sie immer der Jäger bleiben, La Reynie!«

»Keine Sorge, Gräfin.« Und dann, als wäre er des Geplänkels müde: »Waren Sie schon einmal in der Bastille, liebe Freundin? Ein faszinierender Ort. Menschen aus allen

Schichten eng beieinander. Die Herzogin neben der Diebin. Der Minister neben dem Bettler. Alle vereint durch den Verdacht, in dem sie stehen wie in Morast. Sie wissen, daß sie versinken werden, aber sie wagen nicht, es sich einzugestehen. Manche kämpfen mit aller Kraft, andere resignieren. Aber untergehen, meine Liebe, untergehen werden sie alle. Ihre verehrte Schwester, die Herzogin von Bouillon, war eine der wenigen, die diesem Schicksal entrinnen konnten. Dank des Herzogs, den sie vorher so wenig zu schätzen wußte. Das Schicksal der meisten Ehemänner. Ich weiß, warum ich nie geheiratet habe. Man findet auch so seine Begleitung, nicht wahr? Sie hätten doch sicher Lust, den exponierten Platz, von dem ich sprach, aus der Nähe kennenzulernen. Ich bin Ihnen gern ein liebevoller Führer.«

Die Bälle flogen nur mehr in einer Richtung. La Reynie stand auf und ging zum Fenster. Er schob die Gardinen zur Seite, um hinunterzuschauen. »Sie können natürlich auch Ihre Koffer packen und von dem großzügigen Angebot Seiner Majestät Gebrauch machen. Brüssel soll gar nicht so übel sein, habe ich mir sagen lassen.«

Olympia wich nicht zurück. Sie starrte La Reynie in die Augen. »Sie drohen mir, Monsieur?«

Er antwortete nicht. Das Ticken der Uhr schien sich in ein Dröhnen verwandelt zu haben. Giannina, die Unbewegliche, fing plötzlich an, leise zu wimmern wie ein Tier, das man verwundet hat.

»Wollen wir unser Rendezvous gleich jetzt vereinbaren, Madame la Comtesse?« La Reynie trat noch einen Schritt näher an Olympia heran. Zu nahe, um noch höflich zu sein. Es war wie eine körperliche Berührung. Es war Gewalt. Trotzdem wich Olympia noch immer nicht zurück.

»Wäre Ihnen morgen nachmittag genehm, meine Liebe? Ich werde selbstverständlich nicht allein hier erscheinen. Ich weiß, was ich einer Dame Ihrer Stellung schuldig bin. Ein zahlreiches Gefolge. Einen imposanten Auftritt. Morgen nachmittag also? Nach dem Tee – oder wollen Sie ihn lieber erst am Ziel unseres Ausflugs einnehmen? Ein Ausflug, von dem ich mir viel verspreche. Sehr informativ und ganz gewiß nicht langweilig. Man langweilt sich ja oft so sehr in Ihren Kreisen!«

»Sie erwarten doch wohl keine Zusage von mir!«

Seine Haltung wurde lässig. »Von Menschen Ihres Standes erwarte ich mittlerweise gar nichts mehr, Madame la Comtesse.« Der Titel klang auf einmal wie eine Beleidigung. »Die Marquise von Brinvilliers wußte ihrer Lage übrigens wesentlich mehr Vergnügen abzugewinnen.«

»Das Vergnügen lag wohl eher auf der Seite Ihres Vorgängers, Monsieur.« Olympia wich nun doch zurück. Sie wandte sich um und nahm nun dort Platz, wo zuvor La Reynie gesessen hatte. »Ich vermute«, sagte sie und strich sorgfältig ihre Röcke zurecht, »daß Sie dieses Vergnügen heute abend in meinem Hause wiederholen wollten. Sie sind umsonst gekommen, fürchte ich. Ist es nicht zum Lachen?«

La Reynies Stimme klang auf einmal fast mitleidig. »Es fragt sich, wer zuletzt lachen wird, Madame la Comtesse.« Er ging zur Tür. »Ach, übrigens, ehe ich vergesse . . . Seine Majestät hat verfügt, daß Ihre Freundin Madame d'Alluye Sie auf der Reise, die Sie ja höchstwahrscheinlich doch bevorzugen werden, begleiten wird. Eine besondere Vergünstigung, finde ich. Sie werden sich nicht so allein fühlen in der Fremde. Die Marquise wird in etwa einer Stunde hier eintreffen, um sich Ihnen anzuschließen.«

Olympia fuhr auf. »Die d'Alluye! Es kann nicht Ihr Ernst sein, mir die aufzuhalsen! Sie wird sich an mich hängen wie eine Klette und mir gleichzeitig von früh bis spät vorwerfen, ich sei schuld daran, daß sie ins Exil mußte.«

La Reynie lächelte gönnerhaft. »Jetzt sehe ich erst, wie weise Seine Majestät entschieden hat. Ihre beste Freundin wird

Ihnen genau die Hölle bereiten, die ich Ihnen gerne angeboten hätte.«

»Sie wird mich bespitzeln und verraten, das wissen Sie genau!«

»Sie werden damit umzugehen wissen, Madame la Comtesse.«

»Fahren Sie zur Hölle, Monsieur!«

»Dorthin will ich nicht, Madame la Comtesse. Ich will überhaupt nirgendwo anders mehr hin. Sie haben mir unterstellt, ich sei ehrgeizig, aber ich will gar nicht höher. Mir gefällt das, was ich tue.« Er war ernst geworden. »Ich säubere ein herrliches, wundervolles Land, das dabei war, im Schmutz zu versinken. Könnten Sie mir eine ehrenvollere und lohnendere Aufgabe nennen?«

Er zog einen versiegelten Brief aus der Brusttasche. »Hier. Warum ich eigentlich kam. Ein kleines Billett, an Sie gerichtet. Persönlich. Von der Markgräfin von Baden, soviel ich weiß.«

»Sie kennen natürlich den Inhalt.«

La Reynie zuckte bedauernd die Achseln. Er hielt Olympia das Schreiben hin, doch sie nahm es nicht an. »Legen Sie es auf den Tisch, Monsieur! Ich werde es später lesen. Ich danke Ihnen für Ihre Botendienste.«

La Reynie ging auf ihre Aggressivität nicht ein. Aller Spott war aus seiner Miene gewichen. Fast behutsam deponierte er den Brief zwischen Konfekt, Wasserkaraffe und Gläsern. »Es gibt nichts zu danken, Madame la Comtesse!« murmelte er. »Glauben Sie mir . . .Im übrigen danke ich Ihnen für die charmante Stunde. Ich weiß die erotische Qualität dieser Situation durchaus zu schätzen, obwohl es mich immer wieder wundert, mit welcher Unbekümmertheit Damen wie Sie Raffinement mit Klugheit verwechseln.« Er verbeugte sich so höflich wie zu Beginn seines Besuchs und ging hinaus. Seine Schritte hallten über den nächtlichen Korridor. Giannina wimmerte.

Die Uhren tickten. Hin und her und hin und her. Wann genau hatte das Spiel aufgehört, ein Spiel zu sein?

17

Joseph Saveur war der einzige, der kam, um Abschied zu nehmen. Hoch und schmal stand er da, beschönigte nichts, tröstete nicht. Er sah blaß aus und müde, und sein Lidschlag war schwer.

Olympia lächelte resigniert. »Sie waren immer so kalt und abweisend, Monsieur«, sagte sie nachdenklich. »Und jetzt merke ich auf einmal, daß Sie doch Anteil an unserem Schicksal nehmen. Das wundert mich, denn manchmal sahen Sie uns an, als wären wir für Sie nur Feinde.«

Joseph Saveur bewegte sich nicht. »Ich glaube nicht an eine Liebe zwischen den Ständen, Madame la Comtesse!« sagte er mit seiner leisen, präzisen Stimme. »Auch nicht an die Freundschaft oder an Zuneigung. Nicht einmal an Vertrauen.«

Eugène stand auf. »Ich habe Ihnen immer vertraut, Monsieur!« widersprach er. Es war ihm, als müßte er diesen jungen Menschen für sich gewinnen, der sich ihm immer entzogen hatte und dennoch der einzige gewesen war, der je an ihn geglaubt hatte.

Joseph Saveur zuckte die Achseln. »Weil man mich dafür bezahlt, daß Sie es können, Monsieur l'Abbé!« erklärte er ohne Schärfe. »Abhängigkeit und Zuneigung vertragen sich schlecht miteinander. Ihr Stand und der meine bilden bestenfalls eine Interessengemeinschaft. Man könnte es auch noch viel finsterer sehen – zumindest von meiner Position aus.«

Olympia schloß die Augen. »Ich hatte recht«, sagte sie müde. »Sie sind ein Lakai. Sie haben sich selbst dazu gemacht.«

»Das ist meine Freiheit, Madame la Comtesse. Wenn ich mich nicht selbst erniedrige, tun Sie es für mich.«

Olympia lächelte. »Vor mir brauchen Sie sich nicht mehr zu erniedrigen, Monsieur.« Sie wies auf das Tischchen neben sich. »Vielleicht sollten wir eine kleine Erfrischung zu uns nehmen. Mademoiselle, bringen Sie uns doch etwas . . .« Der Brief, den La Reynie abgeliefert hatte, fiel ihr in die Hände. Mademoiselle de la Fare sprang bereitwillig auf, erleichtert, endlich etwas tun zu können. »In der Küche . . .«, sagte Olympia langsam, während sie das Siegel brach, »in der Küche wird ja wohl noch eine Kleinigkeit für uns zu finden sein . . .« Sie faltete den Brief auseinander und überflog ihn, ohne ein Wort zu sprechen. Nichts an ihrer Miene veränderte sich, doch das Papier entglitt ihrer Hand und flatterte zu Boden. Mademoiselle de la Fare sprang hinzu und hob es auf. Sie hielt es Olympia hin und sah erst jetzt, da diese durch sie hindurchblickte, als wäre kein Leben mehr in ihr.

»Madame la Comtesse!« rief die Kammerfrau erschrocken. »Was ist mit Ihnen?« Es war zum zweiten Mal an diesem schwarzen Abend, daß die Kälte des Todes in Olympias Augen lag.

»Dieser Teufel!« flüsterte Olympia plötzlich. »Er muß es erlogen haben!«

Eugène nahm ihr den Brief aus der Hand.

»Es ist nicht wahr!« versicherte Olympia wie ein Kind, das noch an Wunder glaubt. »Ich hätte eine offizielle Benachrichtigung erhalten, wenn es wahr wäre.«

Eugène griff nach einer Kerze und hielt sie über das Schreiben. »Meine geliebte Nichte!« las er im flackernden Licht. »Glauben Sie mir, daß wir bei Ihnen sind im Schmerz um Ihren teuren Sohn Louis, der in der vorigen Woche auf dem Feld der Ehre sein Leben gelassen hat.«

Er war gefallen. Louis von Savoyen, Olympias hübschestes Kind, gefallen im Range eines österreichischen Oberst an der

Spitze eines kaiserlichen Dragonerregiments. Gegen die Türken habe er gekämpft, schrieb die Markgräfin. »Seien Sie versichert, liebste Nichte, er war ein Held, der sein junges Leben dafür opferte, Europa, seine Kultur und seine Religion vor der Unterwerfung durch die türkischen Horden zu bewahren.«

Olympias Augen waren ohne Tränen. »Petronell!« murmelte sie ungläubig. »Was für ein seltsamer Name für einen Ort. Petronell ... Dort ist mein Kind gestorben!«

Im Kampf sei er verwundet worden, schrieb die Markgräfin. Nicht einmal besonders schwer. Er hätte es bestimmt überlebt, doch sein Pferd scheute und stürzte mit ihm. Die vordere Capa seines Sattels habe ihm die Brust zerschmettert, eine so schlimme Verletzung, daß er bald darauf starb. Am dreizehnten Juli bei Petronell nicht weit von Wien. In Österreich, diesem fremden Land, dessen Kaiser Ludwigs erbittertster Feind war. Bei Petronell ... Louis von Savoyen, ein französischer Prinz mit dem Blut der gesamten europäischen Aristokratie in den Adern. Olympias hübschestes Kind.

»Was hatte er überhaupt dort zu suchen?« Erst jetzt fing Olympia an zu weinen. »Es kann nicht wahr sein! Die Markgräfin hat diesen Brief niemals geschrieben. La Reynie, dieses Vieh, hat ihn fälschen lassen, um mir den letzten Stoß zu versetzen.« Sie barg ihr Gesicht in den Händen. »Hier in diesem Zimmer stand er und versuchte, sich an mich heranzumachen ... und die ganze Zeit über trug er diesen Brief in seinem Rock! ... Dieser Brief ist gefälscht. Meinem Kind geht es gut. Er ist doch noch so jung: Man kann ihn nicht gleich ins ärgste Getümmel geschickt haben. Vielleicht ist er verwundet. Leicht verwundet. Aber doch nicht tot!«

Mademoiselle de la Fare versuchte, Olympia mit einem Glas Wasser zu beruhigen, doch Olympia stieß es ihr aus der Hand. Es fiel auf den Teppich und zerbrach nicht einmal.

Eugène umarmte seine Mutter. Sein Schmerz war so heftig, daß er nicht sprechen konnte. Louis, den er immer beneidet hatte. Der schöne, heitere Bruder, der eben noch dagewesen war. Fortgeritten in einer kalten Winternacht. Nie mehr wiedergekommen. Gefallen an einem obskuren Ort namens Petronell. Es klang wie Schellengeläut. Man starb doch nicht an einem Ort, der wie Schellengeläut klang!

»Ich war keine gute Mutter, Eugène!« sagte Olympia verzweifelt. »Dabei hätte ich es besser wissen müssen. In meiner Heimat, Eugène, ist man anders zu seinen Kindern. Man liebt sie, ist stolz auf sie, putzt sie heraus, zeigt sie herum. Man lebt mit ihnen und kennt sie. Man bringt Opfer für sie und freut sich an ihnen.«

Eugène zog sie enger an sich. Der Schmerz schnürte ihm die Kehle zusammen, daß er meinte, sein Hals müßte bersten, wenn er nur ein Wort sagte.

»Hier lassen sie die Kinder verwahrlosen!« fuhr Olympia fort. »Die Dienstboten der Dienstboten erziehen sie, nähren sie schlecht und demütigen sie. Als ich Ludwig zum ersten Mal sah, war er neun Jahre alt. Er war bereits zum König gesalbt, aber als ich ihm begegnete, trug er ein Kittelchen, aus dem er schon zwei Jahre zuvor herausgewachsen war. Er war ungepflegt und schmutzig. Nur zu offiziellen Anlässen schmückte man ihn wie ein Zirkuspferd. Ein Kind gilt nichts in unseren Kreisen, und ich war auch nicht besser als die anderen. Man paßt sich schnell den Sitten an, die der Bequemlichkeit dienen.«

Mademoiselle de la Fare in ihrer Hilflosigkeit goß Olympia ein zweites Glas ein. Diesmal gehorchte Olympia wie ein Kind und trank es gehorsam Schluck für Schluck leer, als wäre es eine rettende Medizin. »Verzeiht mir, Eugène!« sagte sie dann, während sie der de la Fare das leere Glas zurückgab. »Wenn ich denke, daß zwei meiner Kinder gestorben sind, ohne daß mir bewußt wurde, wie wenig ich ihnen gegeben habe . . .« Sie fing plötzlich an zu schreien: »O mein Gott, nicht zwei! Er ist der dritte, Eugène! Drei meiner Kinder sind tot! Emanuel, Françoise und jetzt er! Drei Kinder! Emanuel war erst vierzehn, als er die Pocken bekam, und Françoise wurde gerade drei. Ein süßes kleines Mädchen mit einem schwarzen Lockenkopf und Grübchen in den Wangen. ›Mamacomtesse!‹ sagte sie immer zu mir. Sie kannte mich mehr als Madame la Comtesse als als Mama. Ich hatte so viel zu tun damals, zumindest meinte ich das. Und sie war ja noch so klein! Wenn sie erst älter war, wollte ich mich schon mit ihr beschäftigen, nahm ich mir vor . . . Und dann lag sie eines Tages da, die kleinen Hände gefaltet wie ein Engel, Kerzen um sie herum . . . Ich dachte, ich würde nie wieder lachen können. Zwei Monate lang habe ich den König zurückgewiesen . . .« Sie hämmerte mit den Fäusten gegen die Schläfen. »La Reynie!« schrie sie. »Dieser Teufel! Und ich habe einen Augenblick lang sogar mit dem Gedanken gespielt . . .« Sie lachte auf, als reichten Tränen nicht mehr aus für ihren Schmerz und ihre Scham. »Über die Brinvilliers haben wir uns lustig gemacht. Über ihre frivole Dummheit in all dem Unglück. Ich bin nicht besser. Genauso dumm und genauso frivol wie sie.« Sie nahm Eugènes Gesicht zwischen ihre Hände und blickte ihm in die Augen. »Wir sind ihnen nicht gewachsen, den La Reynies, den Aufsteigern aus dem Bürgertum, die unsere Intrigen schon besser beherrschen als wir selbst. Sie werden uns überrennen in ihrem Ehrgeiz und ihrer unverbrauchten Vitalität. Unser Dünkel ist ihre Waffe. Es geht zu Ende mit uns. Nicht heute. Nicht morgen. Aber abzusehen ist es, das Ende.«

Sie wandte sich um zu Joseph Saveur. »Das wünschen Sie sich im geheimen doch auch, Monsieur! Vielleicht müssen Sie es sich auch wünschen nach irgendeiner Gesetzmäßigkeit, die ich nicht durchschaue.« Sie wurde ruhiger. »Tot . . .« , sagte sie leise. »Ich hätte ihn zurückhalten müssen. Ich hätte ihm die Wahrheit sagen müssen, die ganze Wahrheit, die er ohnedies immer ahnte. Dann wäre er geblieben und nicht gestorben im Haß auf den König, der . . .« Es war, als ob sie sich zwingen müßte, nicht weiterzusprechen. Sie griff nach der Hand von Mademoiselle de la Fare. »Er war ein so hübscher Junge, nicht wahr, Mademoiselle?« sagte sie sanft. »Als Kind war er immer freundlich. Ein rundliches, schlaues Bürschchen, das alle zum Lachen brachte.«

Mademoiselle de la Fare nickte hilflos. Olympia lächelte dankbar und gab die Hand ihrer Kammerfrau wieder frei. Dann wandte sie sich zu Eugène und zog ihn erneut an sich, als müßte sie immer jemanden berühren, um am Tod ihres Kindes nicht zu erfrieren. »Was ist das für ein Land, Eugène, daß man seinen Menschen zutrauen kann, sie würden solche Briefe einfach erfinden . . .« , murmelte sie. »Ich kann hier nicht bleiben. Es ist gut, daß ich fortgehe.«

»Nehmen Sie mich mit, Mama!« Er wußte, daß sie es nicht erlauben würde. Nicht einmal jetzt.

Sie strich ihm übers Haar. »Mein zärtlichstes Kind!« sagte sie leise. »Kannst du dich noch an das Begräbnis deines Vaters erinnern? Weißt du, was du damals zu mir gesagt hast?« Sie zog ihn ganz nahe an sich wie früher in den allerschönsten Stunden seiner Kindheit. »Als der Sarg zur Gruft getragen wurde, stolperte einer der Träger, und der Sarg wäre den Männern beinahe entglitten. Wir erschraken alle. Auch du. Ich spüre noch heute deine kleinen, dünnen Arme, die sich um mich schlangen. Ich beugte mich zu dir hinunter, und du sagtest, wenn ich einmal stürbe, würdest du ganz allein meinen Sarg tragen, und du würdest ihn ganz gewiß nicht fallen lassen.« Eugène spürte ihre Tränen. »Erst jetzt weiß ich«, flüsterte sie, »wie kostbar solche Worte aus dem Mund eines Kindes sind.«

Sie stand auf und ging zu Giannina, die auf dem Boden hockte und noch immer leise und stoßweise aufwimmerte. »Ich habe dich aus deiner Heimat fortgeholt, piccolina!« sagte Olympia und strich ihr über den gesenkten Zwergenkopf. »Jetzt nehme ich dich wieder fort, wieder in ein anderes Land. Beim ersten Mal in die Pracht und die Herrlichkeit. Jetzt ins Exil, was immer das bedeuten mag.«

Sie wandte sich um zu Eugène. »Noch vor einer Stunde meinte ich, dies wäre der absolute Tiefpunkt meines Lebens. Ich hätte nicht gedacht, daß ich noch tiefer fallen könnte.« Sie lächelte plötzlich. »Ich frage mich, wann ich eigentlich auf dem Höhepunkt meines Lebens stand. Oder war ich immer nur tief unten und merkte es bloß nicht?«

Die Diener marschierten auf, prächtig anzusehen in ihren neuen, silbergrauen Livreen. Sie schleppten das Gepäck ihrer Herrin in den Hof, wo die Kutsche angespannt wurde, die Olympia ins Exil bringen sollte. Man wagte nicht, das Tor zur Straße schon jetzt zu öffnen, denn immer noch lagerten Demonstranten vor dem Palais, schlafend und im Schlafe murmelnd, schnarchend und rülpsend. Das Feuer, das sie entzündet hatten, war niedergebrannt, nur ein dünner Rauchfaden zog sich noch in die Höhe, und hin und wieder ließ ein Windstoß die Glutreste zwischen der Asche aufglühen.

Als letztes blieben noch zwei Schatullen übrig, die Olympia unter dem Sitz verstauen wollte. Die Kassette mit dem Gold, die Samuel Bernard mitgebracht hatte, und die Giftschatulle mit all den Briefen, guten wie bösen, die Olympia gesammelt hatte, zuoberst immer noch der Brief der Briefe, das einzige Schreiben, aus dem unvermischte Liebe sprach, Begehren, Sehnsucht und Zutrauen; das unvergessene Lied der Jugend und der Reinheit; vertan und verraten durch das, was darauf folgte.

»Warum wollen Sie das alles mit sich schleppen, Mama?« fragte Eugène mitleidig. »Wenn Sie möchten, verbrenne ich es für Sie.« Er wußte, was in den meisten dieser Briefe stand. Olympia selbst hatte ihm einmal erlaubt, darin zu lesen.

Olympia legte schützend die Hände über die Schatulle. »Das ist mein Leben, Eugène!« sagte sie sanft. »So wie es hier steht, so hat man mich gesehen im Laufe meiner Jahre. Wenn ich das vergesse, vergesse ich die Wahrheit. Und die vergesse ich dauernd, weißt du.«

Ein Diener nahm die Schatulle und trug sie zur Kutsche hinunter. Zwei andere griffen nach Samuel Bernards Kassette. Sie war so schwer, daß einer allein sie nicht bewältigen konnte. Als sie hinuntergingen, klirrte das Gold und rutschte nach einer Seite, so daß es den Diener dort fast zu Boden drückte.

Olympia senkte beschämt den Kopf. »Es ist Zeit, daß ich gehe!« sagte sie, als glaubte sie nicht an die eigenen Worte. »Kümmern Sie sich um meine Kinder, Monsieur!« Sie reichte Joseph Saveur die Hand, und er küßte sie. »Versprechen Sie es mir, bitte!« Er gab keine Antwort. Olympia wartete, dann insistierte sie nicht weiter. Sie umarmte Eugène. »Geh nicht mit hinunter, mein liebes Kind!« flüsterte sie. »Ich könnte es nicht ertragen, dich da stehen zu sehen.«

Die Kutsche wurde aus dem Hof auf die Straße gefahren. Zugleich kam eine weitere Kutsche an. »Meine Freundin d'Alluye!« seufzte Olympia. »Meine künftige Hölle auf Erden, wenn ich La Reynie glauben darf!« Olympia lächelte bitter. »Normalerweise läßt sie länger auf sich warten.«

Sie gewann ihre alte Geschäftigkeit wieder. »Ich muß mich beeilen, sonst kommt sie noch herauf. Ich möchte ihre Vorwürfe nicht hören, während ich dich zum letzten Mal umarme!« Sie klammerte sich an Eugène, als wollte sie ihn nie wieder loslassen. »Sag, daß ich bleiben soll!« flehte sie und bedeckte sein Gesicht mit vielen kleinen Küssen wie die Flügelschläge eines Vogels. »Oder nein: Sag zumindest, daß ich bald zurückkommen werde!« Sie gab ihn frei und malte mit dem Daumen das Kreuzzeichen auf seine Stirn. »Gott segne dich, mein Kind!« Sie ging zur Tür. Dort drehte sie sich noch einmal um. »Eugenio!« flüsterte sie. »Eugenio mio!« Dann eilte sie hinaus. Eugène hörte ihre raschen, energischen Schritte durch den Korridor hallen, dann die Treppe hinunter. Das Tor wurde geöffnet.

Eugène rannte ihr nach. Als er auf die Straße trat, stieg sie eben ein. Giannina und Mademoiselle de la Fare standen hinter ihr. Madame d'Alluye sprang aus ihrer Kalesche und wollte mit Olympia sprechen, doch diese wies sie mit einer herrischen Bewegung zurück. Seltsamerweise gehorchte die d'Alluye.

Auch Giannina stieg nun ein. Mit ihren kurzen Beinen hatte sie Mühe, den Tritt zu erklimmen. Mademoiselle de la Fare schob sie nach oben. Bevor sie selbst hinaufkletterte, drehte sie sich um, als wollte sie den Anblick des Schlosses, das so lange ihre Heimat gewesen war, noch einmal in sich aufnehmen.

Olympia blickte nicht mehr zurück. Eugène sah sie von der Seite her, ihr Gesicht blaß wie Schnee unter dem dichten, schwarzen Haar. Der Wagen setzte sich in Bewegung, der zweite, jener von Madame d'Alluye, folgte. Keiner der Menschen, die am Feuer lagen, erwachte.

»Diese Haltung!« sagte Joseph Saveur betroffen. Erst jetzt merkte Eugène, daß sein Lehrer hinter ihm stand. »Niemand in Brüssel wird ihr anmerken, daß ihr das Herz bricht. Sie ist das Leben selbst, das nicht aufgibt und sich immer wieder neu aufrafft. Was sind wir doch für Schwächlinge neben ihr!«

Eugène nickte. »Man könnte glauben, sie führe zu einem Fest!« sagte er leise. »Ob ich sie jemals wiedersehe?«

Joseph Saveur zuckte die Achseln und schob ihn zum Eingang. Ein paar der Schlafenden waren nun doch erwacht und erhoben sich zögernd, als fühlten sie sich bedroht und wollten einem Angriff zuvorkommen. »Ich weiß es nicht, Abbé!« murmelte Saveur. »Was ist schon gewiß in diesen Tagen?«

Eugène folgte ihm. Sie traten ins Dunkel der Eingangshalle, ihre Schritte das einzige Geräusch. Die Wache schloß das Tor hinter ihnen. Am Geländer entlang tasteten sie sich nach oben. Olympia war nicht mehr da, ihre Diener zurechtzuweisen, daß sie schlafen gingen, anstatt für Beleuchtung zu sorgen.

»Der König hat Vaubans Vorschläge zurückgewiesen!« sagte Joseph Saveur plötzlich ins Dunkel hinein, als wäre ihm dieses Geständnis nur möglich, weil er sein zuckendes Gesicht dabei verbergen konnte.

Eugène blieb stehen. »Wann?« fragte er betroffen. Er wußte, was diese Ablehnung für seinen Lehrer bedeutete.

»Vor ein paar Stunden. Das war wirklich nicht unser Tag heute!«

»Eine endgültige Ablehnung?«

»Der Marschall will es später noch einmal versuchen. In ein paar Monaten vielleicht. Wenn ihm der König überhaupt Gelegenheit dazu gibt! Er war sehr ungnädig, wissen Sie.«

»Und wenn er ihn wieder abweist?«

»Dann wird ihn der Marschall ein anderes Mal wieder ansprechen. Immer wieder. Wir wissen, daß wir im Recht sind.«

»Und wenn Ihre ganze Mühe nichts hilft? Es ist doch alles immer nur die Entscheidung eines einzigen Menschen. Wenn er nicht will, ist jeder Versuch vergebens.«

»Dann werde auch ich aus Frankreich fortgehen. So viele verlassen heutzutage ihre Heimat. Ich hätte nie geglaubt, daß ich einmal daran denken würde, aber ich könnte es nicht ertragen, auf meine Träume zu verzichten. Unsere Träume, Abbé, das sind wir!«

Eugène bemühte sich, Joseph Saveur im Dunkeln zu sehen, aber er konte kaum seine Umrisse erkennen. Joseph Saveur mit seinen Visionen, die so wenig Anklang fanden: eine Stimme in der Finsternis; eine Hoffnung, die das Scheitern schon einplante. Gestern war er noch sicher gewesen, daß Vauban den König überzeugen würde.

»Was sollen wir denn noch alles aufgeben?« fragte Eugène leise. Er wußte, daß Saveur verstand, was er meinte. »Ich werde auch fortgehen!« Er war auf einmal ganz sicher, daß dieses Schloß, diese Stadt und dieses Land bald Ferne für ihn sein würden. Eine Erinnerung, sonst nichts. Ein Schmerz in der verletzten Seele, manchmal fast vergessen und dann doch wieder wie eben zugefügt.

Sie stiegen die Treppe hinauf und tasteten sich durch die finsteren Korridore in ihre Zimmer, ohne voneinander Abschied zu nehmen.

Eugène entzündete eine Kerze. Er ging hinüber in die Kammer seines Bruders Louis und holte sich die Kleider, die dieser zurückgelassen hatte. Die besten Stücke fehlten. Wahrscheinlich hatten sich die Lakaien selbst bedient, da niemand da war, sie zu kontrollieren.

Eugène zog seine Soutane aus und streifte die Kleider seines Bruders über. Sie waren ihm viel zu lang. Als er sich im Spiegel ansah, erkannte er sich selbst kaum wieder. Er kämmte sich und bedeckte die Tonsur mit dem Federhut seines Bruders. Wie ein totes Tier lag die Soutane vor ihm auf dem Boden. Er hob sie auf und faltete sie sorgfältig zusammen. Man hatte ihm zu lange eingeschärft, sie sei heilig, als daß er gewagt hätte, sie mit Füßen zu treten.

Er griff nach der Kerze und stieg hinunter zu den Ställen. Der vertraute, warme Geruch nach Pferden schlug ihm entgegen. Eigenhändig sattelte Eugène Sibelle. Er saß auf und ritt zum Hoftor. Seine Augen suchten noch einmal das Fenster seines Zimmers und die vielen Fenster der Gemächer, die seine Mutter bewohnt hatte. Den gleichen Weg ging er nun wie sein Bruder. Wie er hielt er vor dem Tor an. Die Wachen öffneten. Sie erkannten ihn nicht.

»Ich bin der Abbé de Savoie!« sagte Eugène ein letztes Mal. Sie hielten ihm eine Laterne vors Gesicht, schüttelten verwundert den Kopf und salutierten. Eugène ritt hinaus auf die Straße. Die kleine, kalte Gefängniswelt seiner Kindheit lag hinter ihm. Er drehte sich nicht um. Zu viel war geschehen in dieser Nacht, und wenn der Schmerz auch schwieg, so war er doch immer noch vorhanden wie ein böses kleines Tier, das darauf lauerte, sein Opfer anzuspringen.

»Ich bin nicht mehr der Abbé de Savoie!« sagte Eugène plötzlich mit lauter Stimme und als er es ausgesprochen hatte, glaubte er es auch. Niemand war mehr da, der ihn zwingen konnte. Er war frei. Er erlebte das Glück und die Trauer der Freien, aber auch ihre Hoffnung und das Glück, das diese Hoffnung schenken konnte. »Ich bin Eugène de Savoie!« rief er in die Nacht hinein, wieder und immer wieder, bis sich oben in den Häusern Fenster öffneten und aufgebrachte Stimmen ihn beschimpften. »Ich bin Eugène de Savoie!«

Eine dunkle Sommernacht ohne Mond und ohne Sterne. So warm, so samten! Eugène wußte plötzlich ganz sicher, daß dies kein Ende war, sondern ein Anfang. Der Anfang seines Lebens. Seines eigenen Lebens, über das er selbst bestimmen würde. So stark fühlte er sich auf einmal! So zuversichtlich trotz allem, was sich in dieser Nacht ereignet hatte. Er war dabei, endlich er selbst zu werden und den Zwang seines Erbes zu überschreiten.

»An der klaren Quelle, als ich spazierenging, fand ich das Wasser so schön – si belle, si belle! –, daß ich darin badete. Es ist lange her, daß ich dich liebe, niemals werde ich dich vergessen.« Sein Vater hatte es gesungen mit seiner kräftigen, weichen Männerstimme. Eugène Maurice, Prinz von Savoyen-Carignan, Herzog von Soissons, dessen Namen Eugène trug. Es war ein guter Name. Vielleicht war er die Heimat, die Eugène mit sich nahm, wohin auch immer er gehen würde. Ich bin Eugène de Savoie.

Die seidene Stadt

1

Hätte es das Kriegsgetümmel zugelassen – das Schießen, Stechen und Schreien; das Blut, das Sterben und der flüchtige, trügerische Triumph, selbst gerade noch überlebt zu haben; all der Lärm, das Chaos und die Hölle – wäre all das nicht gewesen, wäre es Eugène vielleicht in den Sinn gekommen, daß sich da unten, am Fuße des Berges, nicht eine einzelne Stadt vor ihm ausbreitete, sondern deren zwei: Wien, die Hauptstadt des Deutschen Reiches, das belagerte, geschundene Wien, in dessen zerschossenen Mauern wie Hornissennester Tausende kleiner und größerer Brandherde glosten und aufflackerten – und davor in einem Umkreis von vierundzwanzigtausend Schritten eine zweite Stadt, exotisch und bedrohlich, eine gewebte Stadt: fünfundzwanzigtausend Zelte aneinandergereiht in der Gestalt eines halben Mondes: in der Mitte, wie ein Schloß aus Seide, das grüne Zelt des Großwesirs Kara Mustafa, ein beweglicher Palast, ausgekleidet mit Tapeten aus Silber- und Goldstoffen; Säle und Gemächer voller Luxus, an deren weiche Wände des Nachts von draußen her immer wieder einmal sanft die Nasen von Kamelen, Mauleseln oder Ochsen stießen.

Seit sechzig Tagen, einen ganzen trockenen, höllischen Sommer lang, lagerten die riesigen Heerscharen des osmanischen Sultans nun schon vor Wien. Zweihunderttausend Soldaten, der Troß nicht mitgezählt: die Ingenieure, die Handwerker, die Frauen in den Harems, die schwarzen Eunuchen, die Diener, Gaukler, Dirnen und Zuhälter; die Clowns und die Janitscharen-Sänger, deren Aufgabe es war, die Soldaten mit immer neuen unflätigen Liedern bei Laune zu halten. Eine zusammengewürfelte, hungrige Meute, die nur darauf wartete, daß die Stadt, das verhaßte und begehrte Herzstück der ungläubigen Welt, sich beugte; daß sie sich öffnete und endlich ihre unermeßlichen Schätze preisgab, von denen in Konstantinopel die Sänger berichteten, daß sie mit den Reichtümern des Paradieses wetteiferten.

Immer enger und erstickender zog sich die Schlinge aus Zelten, Waffen und Menschen um die Stadt zusammen. Längst hätte ein einziger, gezielter Sturmangriff genügt, den Widerstand zu brechen. Die Soldaten warteten nur darauf, zornig, ungeduldig und voll Habgier und Auflehnung, weil sie ahnten, warum ihr hoher Herr dieses Ende hinauszögerte: Hungrig nach Gold und Schätzen war er wie sie, und er wußte, wenn er erst zur Attacke blasen ließ, würde es kein Halten mehr geben. Seine Soldaten würden alles an sich reißen, würden plündern und rauben, bis nichts mehr übrigblieb für ihn, der doch alles für sich selbst haben wollte. Seine Leibgarde stand bereit, die eigenen Kameraden niederzumetzeln, sollten sie versuchen, über die Schätze herzufallen, die man ihnen zu Hause in ihren ärmlichen Dörfern als glänzenden Sold versprochen hatte, der sie und ihre Kinder reich machen würde. Als den »*Goldenen Apfel*« hatte man ihnen die Stadt Wien schmackhaft gemacht, und sie konnten es kaum erwarten, ihn zu pflücken.

Es war die erste Schlacht, an der Eugène teilnahm. Er war neunzehn Jahre alt. In den vergangenen Wochen hatte er vieles dazugelernt. Vor allem kannte er nun die unerwartete Macht, die sein Name auf andere ausübte. Als Chevalier de Soissons hatte er beim österreichischem Kaiser in dessen Passauer Fluchtresidenz um Audienz gebeten und sie verweigert bekommen. Erst der spanische Gesandte Borgomanero rettete ihn, indem er den Adjutanten des Kaisers beiseite nahm und ihn mit einem dezenten Augenzwinkern darauf aufmerksam machte, daß dieser schlecht gekleidete Chevalier aus Frankreich in Wirklichkeit ein waschechter Prinz von Savoyen sei, ein Vetter des regierenden Herzogs in Turin, der bekanntermaßen die Alpenpässe kontrollierte, auf deren Zugriff der Kaiser vom militärischen Standpunkt aus doch keineswegs verzichten konnte.

Nun öffneten sich plötzlich alle Türen. Der Adjutant erbleichte, und fünf Minuten später nannte der müde, verängstigte Kaiser den jungen, mittellosen Renegaten seinen lieben Neffen und wies ihn nach weiteren etwa fünf Minuten an, im Gefolge seines badischen Vetters Louis am Entsatz von Wien teilzunehmen und dem Feind mit aller gebotenen Tapferkeit zu widerstehen. »Mein lieber Neffe, jede Hand, die eine Waffe zu halten versteht, wird gebraucht im Kampf ums Überleben.« Der Kaiser war wie versteinert vor Angst und Sorge.
Er hatte allen Grund dazu. Auf ihrem langen Marsch von Konstantinopel bis Wien hatte das Heer Kara Mustafas nur noch verbrannte Erde hinter sich zurückgelassen. Es soff die Gewässer leer, fraß die Felder ab und rottete die Bevölkerung aus. Nur die Festungsstädte Ungarns, die vorher schon in türkischer Hand gewesen waren, blieben erhalten. Ausgeraubt und aus Mutwillen halb zerstört erhoben sie sich wie rauchende Inseln aus einem Meer des Nichts. Die Menschen innerhalb der Mauern verhungerten, weil es draußen kein Land mehr gab, das sie hätte ernähren können.

Auch die Dörfer um Wien wurden ausgeplündert und niedergebrannt.

Die Menschen verkrochen sich zitternd in den Kirchen, zahlten verlangtes Lösegeld und wurden trotzdem niedergemetzelt. Der Alptraum, der das Land erstickte, glich immer mehr einer Apokalypse.

In ihrer Todesangst drängte die Landbevölkerung nach

Wien, wo sie hinter den einst als uneinnehmbar geltenden Mauern Schutz erhoffte von den zehntausend Mann, die einer zwanzigfachen Übermacht trotzen sollten. Die Wiener selbst flohen scharenweise aus der Stadt, um ihrerseits weiter östlich Sicherheit zu suchen. Die Ruhr brach aus. Die Vorräte schmolzen.

Auch der Kaiser verließ seine Residenz und nahm die Hoffnung mit sich. Sein gesamter Hofstaat begleitete ihn. Zweihundert Soldaten sollten die Sicherheit der hohen Herrschaften gewährleisten. Inmitten eines Flüchtlingsstroms rumpelten die vergoldeten kaiserlichen Karossen über die sommerheißen Straßen, die durch die ungezählten Tritt- und Wagenspuren eingesunken waren wie ein ausgetrocknetes Flußbett. So eng drängten sich Menschen, Tiere und Wagen aneinander, daß der Staub nicht aufsteigen konnte und sich die Füße der Fliehenden und der Grund der Räder durch weiße Wolken bewegten. Es sah aus, als hätten die Flüchtlinge die Verbindung mit dem Boden verloren.

Die Proviantwagen der kaiserlichen Familie wurden gestohlen. Es gab nur noch ein paar Eier, die man gegen Juwelen eingetauscht hatte. Trotzdem erlaubte der Kaiser nicht, daß seine Garde gewaltsam requirierte. In Korneuburg wollte man übernachten, doch die Herbergen waren überfüllt, und auch in den Straßen lagerten Flüchtlinge. Auf freiem Feld ließ man sich schließlich nieder. Man war zu müde, um noch weiterzuziehen und um irgendwelche Ansprüche zu stellen, die nicht jede andere Kreatur auch gehabt hätte. Augenzeugen berichteten später, der Kaiser und seine Familie hätten die ganze Nacht geweint.

Sie zogen weiter bis Linz. Dort erfuhren sie, daß man auch hier längst von marodierenden Tatarenbanden überfallen worden war. So reiste der Hofstaat abermals weiter und gelangte schließlich nach Passau. Erst hier kam man zur Ruhe.

Der Kaiser beriet sich mit seinem Beichtvater, betete eine Nacht lang und erklärte am nächsten Morgen – übermüdet, aber mit neu gewonnener Festigkeit – die Stadt zu seiner vorläufigen Residenz. Mit einer Energie und Tatkraft, wie sie bisher noch niemand an ihm beobachtet hatte, versandte er Botschaften an seine Reichsfürsten und an alle befreundeten Mächte. Immer wieder überfiel ihn die Angst, es könnte bereits zu spät sein, und er, Leopold, von Gottes Gnaden Kaiser, der eigentlich lieber Priester geworden wäre, sei vielleicht dazu verdammt, nicht nur die Krone zu verscherzen, sondern auch ganz Europa dem Untergang preiszugeben.
Denn war es nicht stets die Aufgabe seines Landes gewesen, Bollwerk zu sein gegen die ständige Gefahr aus dem Osten? Hatten nicht deshalb die deutschen Fürsten ihn und seine Vorgänger zu ihrem Kaiser gewählt? Von Anfang an hatte Leopold sich zu klein gefühlt für das Amt, das er ererbt hatte. So klein, daß er seine Hofmaler zwang, ihn noch häßlicher und unscheinbarer abzubilden, als er ohnedies schon war, entstellt durch die familientypische Unterlippe, die wie ein Waschbecken von seinen Mundwinkeln hing.

In Gräben und Minen hatten sich die Angreifer an die Stadtmauern herangewühlt. Die Wiener bewachten ihre Keller und hörten hilflos das Hämmern und Schaufeln von draußen, während über ihnen die Häuser brannten. Manchmal gelang es kleineren türkischen Trupps, in die Keller und Katakomben der Stadt vorzudringen, und es kam zu wilden unterirdischen Schlachten, bei denen in der Dunkelheit und in all dem Lärm, Staub und Rauch keiner mehr wußte, ob der, der sich auf ihn stürzte, wirklich ein Feind war oder nicht vielleicht doch ein eigener Kamerad.

Es gab keinen Augenblick der Ruhe. Nach den wenigen Nachtstunden, die immer wieder durch unerwarteten Kanonendonner gestört wurden, sandten die Belagerer einen Feuerregen auf die Stadt, begleitet von einem ohrenbetäubenden Konzert von Schellen, Trommeln, Trompeten, Fanfarenstößen und wilden Schreien. Nie konnte man wissen, was darauf folgen würde. Hilferuf um Hilferuf wurde aus der Stadt herausgeschmuggelt, doch nie erfuhr man, ob die heimlichen Boten ihr Ziel auch erreicht hatten. Ein einziges Mal gab es die traurige Gewißheit, daß der junge Kurier abgefangen worden war, denn das Gelächter und Johlen von draußen schallte noch lauter über die halbzerstörten Stadtmauern. Kara Mustafa ließ sich in seiner erhabenen Heiterkeit sogar herab, einen Pfeil über die Basteien schießen zu lassen, der den Belagerten ein höhnisches Mitgefühl aussprach und mit dem Satz schloß: »Wenn die Bevölkerung von Wien weiterhin an der Milde des Großwesirs zweifelt, wird sie sehr bald die fürchterlichen Folgen seines göttlichen Zorns zu spüren bekommen.« Es konnte nicht mehr lange dauern, und die Osmanen würden den Goldenen Apfel in einen Bratapfel verwandeln.

Als der September kam, hatte die sommerliche Hitze immer noch nicht nachgelassen. Die Hälfte der Besatzung war gefallen, und ein ganzes Drittel der Belagerten, darunter auch der Bürgermeister, war an der Ruhr gestorben. Resignation breitete sich aus. Sogar die Angst schwand. Der Lärm, das Sterben, der Hunger und die quälenden Krankheiten waren zur Gewohnheit geworden, mit der man sich auf einmal abfand. Man horchte kaum noch auf, wenn sich das Kampfgetümmel verstärkte. Die Stadt war reif zur Übergabe, ein geschwächter Körper ohne Widerstandskraft. Sie fühlte sich verlassen von ihrem Kaiser, von ihren Landsleuten, von der fernen Welt da draußen und von Gott selbst. Sie war am Ende, abgeschlossen von allem, in die Enge getrieben, schwach bis auf den Tod, weil alle Hoffnung gestorben war.

Niemand in Wien wußte, daß sich inzwischen im Norden der Donau auf dem Tullner Feld ein Entsatzheer gesammelt hatte. Europa war aufgewacht. Es vergaß die üblichen Zänkereien um Grenzen, Privilegien und Erbansprüche. Was die Vernunft nicht vermocht hatte, bewirkte nun die Angst vor dem gemeinsamen Feind, der nicht zurückschrecken würde vor Kronen, Menschenmassen oder vor dem Recht.

Kein armseliges Heer war es, das Wien zu Hilfe eilte. Die ruhmreichsten Namen des Abendlandes waren vertreten, an der Spitze, vom Kaiser ernannt, Karl von Lothringen und der polnische König Johann Sobieski. Fürstliche Freiwillige in Scharen, eine ungewöhnliche Anzahl von Generälen mit ihren stolzen Pferden, ihrer reichen Kleidung und ihrem prachtvollen Gefolge. Die Stimmung der Kreuzzüge flackerte auf.

Ein Heer von diesem Ausmaß konnte den Belagerern nicht verborgen bleiben. Man rechnete damit, daß die Türken nun sofort ihre gesamte Kraft gegen den neuen Feind einsetzen würden. Doch nichts geschah. Nicht nur die Belagerten in der bedrängten Stadt waren in Lethargie verfallen. Auch die Belagerer hatten durch ihr unentschlossenes Herumlavieren, ihr zielloses Vorstoßen und doch nicht Zupacken, durch die Hitze und durch ungewohnte Zweifel den Sinn für Realität verloren. Fast nachlässig ließen sie die Annäherung der kaiserlichen Truppen geschehen, prahlten träge mit der eigenen Furchtlosigkeit und verlachten die Feigheit der Christenhunde, die man mit ein paar Schwerthieben und einer Handvoll vergifteter Pfeile zur Hölle schicken werde.

Es war der zwölfte September im Jahre des Herrn 1683.

Eugène von Savoyen war noch keine zwanzig Jahre alt, als er zum ersten Mal die Uniform des Kaisers trug und ohne militärische Ausbildung auf dem einzigen Pferd, das er besaß und das er liebte, oben auf dem Kahlenberg über der Stadt

Wien Aufstellung nahm, um mit all den anderen Freiwilligen und Berufssoldaten gegen eine Armee zu kämpfen, der man nachsagte, sie sei des Teufels. Trotzdem hatte er keine Angst. Er dachte an seinen Bruder Louis, der ebenfalls gegen die Osmanen gekämpft hatte und nun in Wien im Dom zu St. Stephan begraben lag. Louis, den Olympia ihr hübschestes Kind genannt hatte. Was ihm nicht gelungen war, würde nun sein jüngerer Bruder vollbringen, der eine Kindheit und eine halbe Jugend lang mit ihm gemeinsam von der unendlichen Lust des Abenteuers Krieg geträumt hatte.

Bevor der Morgen erwachte, stand das Heer bereit. Der Pater Marcus Avianus hielt in der Kapelle des heiligen Leopold auf dem Kahlenberg eine letzte Messe und bat um den Sieg. Dann brach die Morgenröte hervor. Ein kurzer Befehl des Herzogs von Lothringen, und die Trompeten gaben die Aufforderung weiter. Trommeln und Pauken zerschlugen die schläfrige Stille. Die grellen Pfeifen gellten in den Ohren und putschten die angespannten Nerven noch quälender auf zu einer Erregung, die aus Angst bestand und zugleich aus der Gier, endlich etwas zu tun, um sich von dieser Zerreißprobe zu befreien.

Eugène wurde sich plötzlich überdeutlich der Gegenwart des Feindes da unten bewußt und zugleich auch der Anwesenheit der Männer hinter ihm selbst, Dragonersoldaten, die man ihm unterstellt hatte, weil er ein Prinz war, und die doch viel mehr wußten als er. Was er ihnen befahl, würden sie tun, auch wenn sie seine Entscheidungen als falsch erkennen sollten. Er, der Junge von neunzehn Jahren, war verantwortlich für ihre Gesundheit und ihr Überleben. Sie hatten gelernt, gehorsam zu sein, aber das befreite ihn nicht von der Last der Verantwortung, die er mit einem Mal begriff.

Einen Augenblick lang überfiel ihn Panik. Es geht nicht! hätte er am liebsten gerufen. Ihr dürft euch nicht auf mich verlassen! Ich kann nichts für euch tun. Was bin ich denn: ein

Taugenichts aus Frankreich, den man zum Abbé erziehen wollte und der davor ausriß, weil ihn das Abenteuer lockte! Dabei weiß ich doch gar nicht, wie man kämpft, habe nur in Büchern davon gelesen. Wie soll ich ermessen, ob ich geeignet bin, im entscheidenden Augenblick das Erforderliche zu tun? Als Reflex, nicht aus Überlegung oder Träumerei vom Heldentum, denn dazu wird keine Zeit sein, wenn der Feind auf uns zustürmt.

Die Geschütze donnerten. Der ganze Berg über Wien schien plötzlich zum Leben zu erwachen. Die Wälder richteten sich auf wie Gras nach dem Regen und bewegten sich nach unten. Die Waffen blitzten in der aufgehenden Sonne. Eugène wußte, daß er nicht länger warten durfte. Er hob den rechten Arm empor und, wie um diese Bewegung noch zu unterstreichen, bog er mit einer raschen, auffordernden Geste die Hand nach hinten. »Mon Dieu!« sagte er leise. Niemand hörte ihn, aber die Männer folgten ihm.

Was sich nun ereignete, hatte nichts mehr mit Bewußtsein zu tun oder mit kühler Überlegung. Es geschah einfach. Jeder einzelne wurde mitgerissen wie ein Wassertropfen in einem reißenden Strom. In zwei Flügeln umklammerte die christliche Armada das Heer der Belagerer, die nun in Panik zu ihren Geschützen eilten, aufgestört, als hätten sie den nahenden Feind bisher nicht bemerkt. Die kaiserlichen Pikeniere erwarteten in vorbildlicher Schlachtordnung die anstürmende osmanische Reiterei, um sie mit ihren fünf Meter langen Stangen aus dem Sattel zu werfen. Die Musketiere sandten ihre Bleikugeln mitten unter die Masse der Feinde. Die Grenadiere schleuderten mit weit ausholenden, zielsicheren Bewegungen ihre Handgranaten aus Glas, Eisen oder Bronze. Eugène war ein Teil der Kavallerie: Dragoner, Husaren, Kürassiere. Ihre Waffen waren Degen und Pistolen, und wie sein Bruder hätte Eugène seine erste Schlacht nicht überlebt, wäre er mit seinem Pferd nicht so vertraut gewesen und hätte er zu Hause in Frankreich nicht so viele Stunden heimlich den Umgang mit der Waffe geübt.

Trotz der langen Wochen des Wartens war die osmanische Armee nicht ausgeruht und kampfesfroh. Die erzwungene Untätigkeit, unterbrochen nur von wilden Ausbrüchen der Grausamkeit gegen die Zivilbevölkerung in den umliegenden Ortschaften, hatte sie reizbar und nervös gemacht. Einzelne Janitscharen versuchten zu fliehen. Noch kamen sie nicht weit. Sie wurden von den eigenen Kameraden niedergemacht oder einem der Scharfrichter vorgeworfen, deren Aufgabe es war, mitten in der Schlacht abschreckende Schnellgerichtsurteile auszusprechen und unverzüglich zu vollstrecken. Auf je dreihundert Mann kam ein Scharfrichter. Kara Mustafa wußte, wie man Befehle durchsetzte.

Eine Armee, angetrieben von Angst, Beutegier und religiösem Fanatismus. Undiszipliniert und schlecht ausgebildet, aber trotzdem fürchterlich durch die riesige Anzahl ihrer Soldaten; durch die Wut, in die sie sich hineinsteigerten und durch die lähmende Angst, die allein schon ihr Ruf und ihr fremdartiger Anblick auslösten, auch wenn ihre Waffen veraltet waren: Luntengewehre, die oft genug verlöschten, noch ehe der schwelende Brand das Zündloch erreichte – einen Schuß pro Minute lieferten sie, während die christlichen Musketiere mit den neuen Steinschloßgewehren ausgerüstet waren, die doppelt so schnell und viel sicherer zündeten. Mit unhandlichen Wurfspießen kämpften die Türken, mit Lanzen wie zur Ritterzeit und mit Kanonen, die man vor Angst zitternden Kamelen auf den Rücken band, um sie von dort abzufeuern. Man haßte und verachtete den Feind, unterschätzte ihn und versuchte dennoch, seine Waffen zu kopieren. Doch es waren fremde Waffen, die einer anderen Mentalität entsprachen und einer Zivilisation, die sich schon weiter entwickelt hatte. Am liebsten hätten sich die Osmanen immer noch ausschließlich der Waffen von einst bedient, die ihnen als die ehrenvollsten und männlichsten erschienen: edle Krummsäbel aus kostbarem Damaszener Stahl, Pfeil und Bogen. Jedes Zeitgefühl ging verloren. Zu Beginn, als sich die Heere aufeinander zubewegten, hätte ein Beschauer von oben noch einen Eindruck von Ordnung und Maß gewinnen können. Als sie dann aber aufeinanderprallten, vermischten sie sich in einem wirbelnden Getümmel, schienen sich ineinander aufzulösen und gleichzeitig in Rauch und Flammen zu versinken. Mann gegen Mann ging es nun.

Es war das Grausamste und Betäubendste, das Eugène je erlebt hatte. Noch während es geschah, glaubte er zu träumen, so unwahrscheinlich erschien es ihm, daß er, der junge Höfling und Abbé des französischen Königs, in diesen heißen Sommertag hineinritt, umgeben vom Lärm der Kanonen und Pistolen, von Schreien und Stöhnen, von beißendem Rauch und den Leibern von Menschen und Tieren. Es war, als hätte alles um ihn herum nur ein Ziel und eine einzige Bestimmung: hinunter zu gelangen zu der glosenden Stadt, die sterben würde, wenn man sich aufhalten ließ. Hinunter zu gelangen und alles niederzureiten und zu töten, was sich diesem Vorhaben entgegenstellte. Dunkle, fremde Gesichter sah Eugène auf sich zukommen, verzerrt, wie wahrscheinlich auch sein eigenes Gesicht verzerrt war. Alle trugen sie die Fratze des Krieges: die auf der einen Seite wie auch jene auf der anderen, beide überzeugt, im Recht zu sein, denn woher hätten sie sonst die Kraft genommen, die sie brauchten, um mit dem Säbel in die fremden Spiegelbilder ihres eigenen Antlitzes hineinzuhauen und die Kugeln ihrer Pistolen in lebendige Körper zu senden?

Als der Abend anbrach, war die Stadt gerettet.

Eugène dachte, daß er nun eigentlich glücklich sein müßte. Hatte er nicht jahrelang davon geträumt, Soldat zu sein und an einer siegreichen Schlacht teilzunehmen? Hatte er nicht im geheimen sogar gehofft, sich dabei besonders hervorzutun, tapferer zu sein als die meisten, geschickter und schneller, so daß er auffiel und andere dazu veranlaßte, ihm zu folgen? Helden wollten sie alle sein, die verwöhnten jungen Kavaliere des französischen Ludwig, denn ein Held zu sein war die höchste Genugtuung, die man erfahren konnte, beglückender als die schnellen kleinen Eroberungen unter den Röcken der gelangweilten Damen – Erfolge, die nur ein Ersatz waren, über die man zwar prahlte, von denen man aber müde und verdrossen wieder fortging bis zum nächsten Mal.

Müde und verdrossen, ja, genauso fühlte Eugène sich plötzlich,während er sein Pferd neben sich herführte, um es nach den Strapazen des Tages zu schonen. Sibelle. Es war ein Wunder, daß sie diesen Tag überlebt hatte, der so vielen Pferden den Tod gebracht hatte. Erst jetzt verstand Eugène, warum die hohen Herren immer gleich mehrere, vorzüglich geschulte Tiere in die Schlacht mit sich führten, und warum so viele dieser Pferde trotz ihrer Ausbildung den Tod fanden. Es läge an der besonderen Tapferkeit der Kavaliere, hatte ihm sein Vater einmal achselzuckend erklärt, und Eugène hatte die Ironie hinter seinem Lächeln wohl gespürt, aber nicht verstanden. Erst an diesem Tag hatte er begriffen, daß die edlen Tiere ihren Reitern als lebende Schutzschilder dienten. Sogar Eugène in seiner Unerfahrenheit hatte bald durchschaut, wann sich die gegnerische Einheit zum Abfeuern einer Salve bereitmachte. Wenn sich nun kein anderer Ausweg mehr fand, ließen die hochgeborenen Reiter ihre Pferde die Levade machen: Die Pferde hoben die Vorderhand auf und ließen sich auf die Hinterhand zurückfallen. Halb hoch richteten sie sich auf und boten so den Kugeln ihre ungeschützte Brust. Anstelle ihres Reiters fingen sie den Tod auf.

Eugène blieb stehen. Er legte seine Stirn an Sibelles Hals

und dankte Gott, daß sie noch lebte. Zugleich schwor er sich, sie niemals wieder in einen Kampf mitzunehmen.

Als wäre er ganz allein, so schritt Eugène durch den Aufruhr, das Geschrei und Gewimmel nach dem Ende der Schlacht. Ein Rennen und Drängen, Schreien und Lachen. Stöhnen der Verwundeten und dunkles Schweigen der Toten. Dennoch war dies vor allem die Stunde der Lebenden: der Überlebenden und ihrer Retter. Die neuesten Entwicklungen teilte man einander mit, rief sie allen zu, die entgegenkamen und die man in diesem Augenblick liebte, weil man ihr Schicksal teilte. Der Feind war besiegt, war in Auflösung geflohen. Der Großwesir, so berichtete man triumphierend, sei fassungslos in sein Lager zurückgekehrt, doch habe er dort keine seiner Wachen mehr angetroffen. Nur die Frauen des Harems seien noch dagewesen, hatten sich in Todesangst verkrochen in ihren seidenen Zelten, die doch ein einziger Degenhieb öffnen konnte. Als sie ihren Herrn sahen, schrien sie erleichtert auf und meinten, dies wäre die Rettung. Er aber raufte sich den Bart und wälzte sich unter Tränen auf dem Boden. Er verfluchte seinen Gott und flehte gleich danach um Vergebung dieser Lästerung. Mit eigener Hand enthauptete er seine Lieblingsfrau und seinen Lieblingsstrauß, damit beide nicht lebend in die Hände der Christenhunde fielen und ihn damit entehrten. Die anderen Frauen ließ er zurück. Nur die grüne Fahne des Propheten nahm er mit sich in die Schande. Gebrochen und in beschämender Hast folgte er seinem fliehenden Heer, wohl wissend, daß sein Schicksal der Tod war, denn niemals würde ihm der Sultan diese Niederlage verzeihen. Er verfluchte seine Habgier, die ihn um den Sieg gebracht hatte und seine Feigheit, die ihn fliehen ließ, anstatt den schnellen, ehrenhaften Tod zu suchen, der ihm das Paradies gesichert hätte.

Mit Erleichterung und Freude endete der Nachmittag. Mit Rücksichtslosigkeit und Raffgier begann der Abend und versank die Nacht. Nur wenige Stunden genügten, um das gesamte türkische Heerlager dem Boden gleichzumachen. Nur schmutzige Stoffetzen blieben zurück von der verschwenderischen Pracht der seidenen Stadt, und selbst diese Überreste hätte man noch fortgeschafft, hätten dazwischen nicht so viele Leichen gelegen, neben denen sich immer wieder wie zufällig Krähen niederließen, als wollten sie sich vergewissern, daß ihre Zeit bald gekommen sein würde.

Die halbe Nacht war Eugène unterwegs. Er konnte kaum glauben, was er sah. Die kaiserlichen Soldaten, die er in voller Disziplin kennengelernt hatte, stürzten sich in blinder Raffsucht auf das Lager der Feinde. Unmengen von Gold und Juwelen schleppten sie fort: beglückt, nun endlich für die Zukunft vorgesorgt zu haben, unzufrieden und neidisch, weil andere vielleicht noch mehr erbeutet hatten.

Auch die Stadtbevölkerung hastete nach draußen: magere, ausgemergelte Gestalten, die noch vor wenigen Minuten laut den Namen Gottes gepriesen hatten und den ihres heldenhaften Stadtkommandanten Starhemberg, und die nun, da die Hatz eröffnet war, über die Vorräte der Belagerer herfielen. Zwanzigtausend lebende Büffel, so erzählte man später, habe man vorgefunden; zehntausend Schafe; tausendvierhundert Tonnen Getreide sowie riesige Mengen von Mehl, Öl, Zucker und Kaffeebohnen. Ochsen, Kamele und Maultiere zerrte man in die Stadt, ohne zu wissen, wie man sie füttern und wo man sie unterbringen sollte. Man fraß sich satt nach dem langen Hunger, erbrach sich und fraß dann erschöpft weiter. Gier, Hysterie und Ekstase machten sich breit und gewannen die Oberhand . . .

Eugène ging weiter und immer weiter, als müßte er alles sehen, um es endlich zu verstehen. Er dachte an seine eigene Armut. An die paar Louisdor, die ihm sein Freund Conti beim

Abschied mitgegeben hatte und an den Ring, der ihn an die gemeinsame Jugend erinnern sollte. Der Ring, das Geld und das Pferd: mehr besaß Eugène nicht. Es fiel ihm ein, daß dies doch eigentlich die Stunde sein könnte, sich aus dem Elend zu befreien. Warum rannte er nicht mit den anderen? Warum plünderte er nicht mit ihnen? Keiner hätte es ihm verargt. Man hätte es nicht einmal bemerkt, da jeder doch mit sich selbst beschäftigt war ... Doch er tat es nicht. Er ging immer nur weiter und schaute. Ein Fremder, der nicht dazugehörte. Der nirgends dazugehörte, obwohl er sich doch sehnte ... wonach eigentlich? Freundschaft? Anerkennung? Sicherheit? Reichtum? Ruhm und Ehre? Liebe? – Er wußte es nicht. Er fühlte nur, daß ihm etwas fehlte, und er erschrak bei dem Gedanken, daß er es vielleicht niemals finden würde.

Der polnische König Johann Sobieski hatte sich die Zelte des Großwesirs vorbehalten. Seine Soldaten bildeten einen Ring um die prunkvolle Anlage aus seidenen Schlößchen und kleinen Gärten, in denen noch die Springbrunnen plätscherten und verschreckt ein paar weiße Kaninchen umherhoppelten. Ihre Aufgabe war es gewesen, die Damen des Harems zu ergötzen.

Gegen Mitternacht traf der König mit seinem Gefolge ein. Erfrischt sah er aus, als käme er eben von einem Jagdausflug, hätte ein Bad genommen, eine neue Uniform angezogen und ein köstliches Mahl genossen. Eugène, der zufällig vor den Zelten stand, sah zu, wie der König im Schein der Fackeln absaß, einer Wache die Zügel zuwarf und sich dann niederbeugte, um in das Zelt seines glücklosen Feindes einzutreten. Einige seiner Begleiter klatschten. Eugène erkannte unter ihnen den spanischen Gesandten Borgomanero, Italiener von Geburt, der ihm den Weg zum Kaiser geebnet hatte. Olympia hatte oft von ihm gesprochen, und immer tat sie es mit seinem Lächeln. Eugène wußte, was dieses Lächeln bedeutete.

»Nonchalance«, hatte Olympia einmal versonnen gemurmelt, während sie ihren Arm um Eugènes Schultern legte. »Von allen Eigenschaften habe ich sie immer am meisten bewundert. Die wenigsten besitzen sie, obwohl jeder hier sie vortäuscht. Was dabei herauskommt, ist aber bestenfalls affektierte Arroganz. Wie sollte es auch anders sein, da sie alle doch nur Sklaven des Königs sind. Die Nonchalance aber ist das Merkmal der Unabhängigen, der innerlich Freien.«

Eugène hatte sie gefragt, wer von allen, die er kannte, diese von ihr so hoch geschätzte Eigenschaft denn besäße. Sie hatte lange nachgedacht und dann zögernd geantwortet: »Der König ... natürlich. Der Bankier Bernard. Und Borgomanero.«

Eugène blickte hinüber zu ihm, der mit zur Seite geneigtem Kopf einem dicken jungen Mann zuhörte, der sich offenkundig bemühte, ihn mit einem heiteren und aufregenden Bericht zu beeindrucken. Der junge Mann lachte laut und hektisch auf, und Borgomanero lachte ebenfalls. Er gab eine kurze Antwort, von der sich der junge Mann sichtlich geschmeichelt fühlte.

Neugierige hatten die Anwesenheit des Königs und seiner Begleitung bemerkt. Sie drängten näher, mit ihren Armen das geraubte Gut umklammernd. Einige riefen Bravo, andere murrten verstohlen untereinander, daß sich Sobieski, der selbst doch reich genug sei, nun auch noch einen Anteil an der Beute unter den Nagel reißen wolle.

Immer näher schoben sich die Schaulustigen an die Zelte heran. Die polnischen Wachen hatten Mühe, sie zurückzuhalten. Es war Eugène plötzlich peinlich, hier zu stehen und wie ein Lakai hinüberzustarren zu den hohen Herrn, die zum Teil wohl sogar mit ihm verwandt waren. Du befindest dich auf der falschen Seite, mein Lieber! hätte Olympia jetzt zu ihm gesagt. Dabei hätte sie vielleicht gelächelt: halb spöttisch, halb ärgerlich, weil sie selbst doch immer ganz genau wußte, wo sie zu stehen hatte, und nichts so sehr verachtete wie gesellschaftliches Ungeschick.

Eugène drehte sich um und versuchte, sich mit Sibelle einen Weg durch die Menge zu bahnen. Es gelang ihm nicht, und man beschimpfte ihn, weil das Pferd einigen Nebenstehenden auf die Füße getreten war. Der Ärger, den die meisten gegen die wohlgenährte, vor Sauberkeit duftende Hofgesellschaft empfanden, die etwas fortnahm, was man selbst gerne gehabt hätte, entlud sich plötzlich gegen Eugène.

Ein kleiner Tumult entstand, den Eugène nicht beruhigen konnte, weil er nicht verstand, was man ihm zurief. Er versuchte, seine Angreifer auf Französisch zu beschwichtigen, aber sie lachten ihn nur aus. Auch Italienisch schien niemand zu verstehen oder verstehen zu wollen. Da spürte Eugène zum ersten Mal, daß er seine Heimat unwiderruflich verlassen hatte und sich nun in der Fremde befand.

Seine Situation hätte bedrohlich werden können, hätten Sobieskis Begleiter den Aufruhr nicht bemerkt. Ein paar knappe Befehle, und die Wachen wandten sich gegen die Menge. Noch ein paar Rufe, die Eugène wieder nicht verstand, und die Menge zog sich zurück und zerstreute sich. Eugène wollte sich ebenfalls entfernen, doch ein junger polnischer Offizier trat an ihn heran, salutierte, nannte ihn »mon prince« und bat ihn, ihm zu folgen.

Eugène atmete erleichtert auf, als man ihn zu den Zelten führte. Er erinnerte sich plötzlich an die vielen sehnsuchtsvollen Gespräche mit seinem Freund Conti, als sie davon geträumt hatten, einst die väterlichen Beschützer der Soldaten zu sein, die ihnen anvertraut waren. Treue, verwegene Gestalten, die das Leben kannten, den Tod und vor allem den Krieg. Ihrem Feldherrn vertrauten sie blind. Sie verehrten ihn und gehorchten jedem seiner Worte. Soldaten eben oder – wie Eugène nun begriff: das was sich ein paar ahnungslose Aristokratenkinder unter Soldaten vorstellten. Schablonen von Soldaten, Klischees, denen es niemals eingefallen wäre, einem König seine Beute zu mißgönnen und ihren dumpfen Ärger an einem adeligen Offizier auszulassen.

Eugène wandte sich um und blickte zurück auf die Menge, die sich entfernte. Immer wieder blieben ein paar Leute stehen und bückten sich, um zu prüfen, ob das, was vor ihnen auf dem Boden lag, vielleicht von Wert sei. Eugène schämte sich. Er begriff, daß die Träume seiner Jugend nur ein Spiel gewesen waren, dem der wichtigste Bestandteil fehlte: das Leben – im Guten wie auch im Schmerzlichen und Gemeinen.

Ein Arm legte sich um seine Schultern. »Es war Ihre erste Schlacht, nicht wahr, mein Junge?« Borgomanero sprach französisch mit einem leichten südlichen Akzent. Wie Olympia.

Jemand nahm Eugène die Zügel des Pferdes aus der Hand. Borgomanero schob ihn vor sich her in das Zelt Kara Mustafas, wo die Wachen des polnischen Königs die Beute zusammenhäuften: Teppiche mit Fäden aus Gold und Silber; schimmernde Zobelpelze, so leicht und weich, wie Eugène sie nicht einmal am Hofe des Sonnenkönigs gesehen hatte; Schatullen, die überquollen von Diamanten, Rubinen, Saphiren und Perlen. Seidene Gewänder; Flacons mit duftenden Essenzen; Käfige aus Gold mit Nachtigallen und einem Papagei, der Worte kreischte, die ihm vielleicht die Lieblingsfrau des hohen Herrn beigebracht hatte, nicht ahnend, daß dieses schimmernde Haus aus Seide ihr Grab sein würde.

2

Die letzten Toten waren gerade begraben, da warfen die Belagerten und ihre Retter schon die Steine der zerstörten Stadtmauern gegen den Himmel, um laut schreiend und lachend zu triumphieren, weil das Ende der Welt nicht eingetreten war und man überlebt hatte. Nach den Wochen des Hungers ein Überfluß an Köstlichkeiten aus den Beständen des verdammten, besiegten, vertriebenen, gedemütigten Feindes, den man so gefürchtet und gehaßt hatte, und über den man auf einmal lachen konnte, weil man ihn schmählich fortgejagt hatte aus seinen seidenen Zelten. Endlich aß man sich wieder satt – am Fleisch seiner Tiere –, trank seinen Kaffee, füllte die Vasen mit seinen Tulpen, hüllte sich in seine bestickten Gewänder und bestaunte seine verängstigten Frauen. Es war der Sieg der fast schon Besiegten, die sich bereits aufgegeben hatten und die nun ihre Erschöpfung und Müdigkeit vergaßen und sich in einen Rausch der Wiedergeburt hineinsteigerten. Ausgehungerte, von Angst, Krankheit und Hunger ausgezehrte Sieger, die sich vor den gesprengten Stadttoren drängten, um die Rückkehrer zu empfangen: die Flüchtigen, die nicht durchgehalten hatten, und denen man nun zeigen konnte, was man im Überlebenskampf geleistet hatte. Jede Episode der Schreckenszeit wurde hundertfach und tausendfach wiederholt und blies sich dabei auf zum Mythos, zur unerhörten Heldentat, die niemals vergessen werden würde. Man hatte den Drachen getötet, das Ungeheuer aus der Hölle, Satan selbst. Es war ein Sieg des Guten, und man selbst war das Gute.

Als auch der Kaiser zurückgekehrt war, feierte man ein Hochamt im Stephansdom. Die ganze Stadt beteiligte sich. Der Kaiser und seine Paladine durchschritten das brodelnde, hurraschreiende Spalier der Bürger und Soldaten. Die Kirche entfaltete allen Prunk, der ihr zu Gebote stand. Es war, als ob erst durch dieses Ritual wieder eine Ahnung von Ruhe über die Menschen käme. Langsam versank das Geschrei im Läuten der Glocken. Erste Tränen wurden als stolze Rührung gedeutet und waren doch nur verspätete Zeichen der überstandenen Anspannung und Verzweiflung. Als sie im Dom knieten und der Kaiser vor allen anderen die Hostie empfing, beugte sich Borgomanero zu Eugène und sagte leise, der dort vorne, das sei ein Mensch, der vor Scham fast ersticke.

Borgomanero behandelte Eugène wie einen Sohn. Er nahm ihn in der spanischen Botschaft auf, zeigte ihm die Stadt und führte ihn in die Hofburg.

Der Kaiser erkannte Eugène gleich wieder. »Ich habe viel von Ihnen gehört seit unserer Begegnung in Passau«, sagte er mit seiner schnarrenden Stimme. »Sie haben sich tapfer geschlagen, mein lieber Neffe. Brav, brav!«

Eugène verbeugte sich. Die absurde Vorstellung schoß ihm durch den Kopf, der König von Frankreich würde jemals zu irgend jemandem in dieser Weise sprechen: Brav, brav . . .

Der Kaiser nahm sich Zeit für Borgomanero, den er schätzte und für den ›lieben Neffen aus Savoyen‹. Von Frankreich wurde nicht gesprochen. Es gefiel Leopold, daß Eugène jahrelang die Soutane getragen hatte, so wie er selbst auch, der doch nie Kaiser werden wollte und nur durch den vorzeitigen Tod seines älteren Bruders in dieses Amt gelangt war. Es hatte ihm immer eine Last bedeutet. Leopold hatte nie die Lust an der Macht kennengelernt wie sein Rivale in Frankreich. Nie hatten seine Hände zugepackt. Statt zu entscheiden, betete er. Er pries den Frieden und führte dennoch ständig Kriege, die er nicht verhindern konnte und vielleicht auch nicht verhindern wollte, weil er sie für gerecht hielt.

Er war ängstlich und konnte sich nicht freuen. Dem Wesen nach war er ein einfacher Mönch, ein wahrhaft demütiger Mensch, ganz so, wie seine ›gute Mutter, die Kirche‹, ihre Kinder liebte. Das Bonmot vom ›Klösterreich‹, das während seiner Herrschaft die Runde machte, traf ins Schwarze. Leopold vertraute nur dem Klerus, besonders aber den Jesuiten, denn sie erlaubten ihm, nach seinem Phlegma zu leben, das an Trägheit und Lethargie grenzte. Er ließ zu, daß sie ihn ›Leopold den Großen‹ nannten, und zu besseren Zeiten demonstrierte er seine scheinbare Größe in bombastischen Audienzen, die nach strengster spanischer Etikette abliefen mit unzähligen Verbeugungen und Demutsgebärden und einer Pracht, die ihm wohl als Beweis dafür erschien, daß er seine Pflicht als großer Herrscher erfüllte.

Zart, fast ein Zwerg, auf dünnen, schwachen Beinen, so schritt er unter seiner riesigen, wallenden Perücke durch die schattigen Säle der Hofburg, immer gleich gekleidet: streng in Schwarz nach spanischer Sitte, nur Strümpfe und Schuhe in kräftigem Rot und als einzigen Schmuck die Kette des Ordens vom Goldenen Vlies um den Hals. Jede Entscheidung und jede Tätigkeit schienen ihm Mühe zu bereiten. Sogar das Sprechen fiel ihm schwer durch die wulstige Unterlippe, die so tief herabhing, daß die Eckzähne ständig zu sehen waren.

»Vergessen Sie die französische Sprache, mein Neffe!« sagte er mit einer Strenge, die grotesk wirkte. »Bis Sie ausreichend Deutsch können, empfehle ich Ihnen das Italienische.« Eine kurze, fast ungeduldige Handbewegung: Man war entlassen.

Als sich die Türe hinter ihnen geschlossen hatte, lachte Eugène. »D'accordo!« sagte er und schlug die Hacken zusammen. »Parliamo italiano!«

Borgomanero schüttelte den Kopf. »Lern lieber deutsch!« antwortete er. Er lächelte plötzlich. »Manchmal erinnerst du mich sehr an deine Mutter, weißt du das?«

Je besser Eugène Borgomanero kennenlernte, um so mehr liebte er ihn.

Jeden Morgen trafen sie sich in der Bibliothek zum Frühstück. Borgomanero hatte keine Familie in Wien. Seine Frau war in Spanien geblieben, weil sie meinte, in der Kälte des Nordens erfrieren zu müssen. Sie stellte sich Wien als eine Stadt in ewigem Winter vor, Eis und Schnee sogar im Sommer, heftige Stürme, Hagel und nie, niemals die heiße, glühende Sonne Spaniens, vor der sie hinter verriegelten Fensterläden Zuflucht suchte und ohne die sie dennoch glaubte, nicht leben zu können.

Borgomanero ließ ihr ihren Willen, machte ihr in jungen Jahren bei seinen Urlauben zu Hause fünf Töchter, schrieb ihr alle vier Wochen einen Brief und empfing in der Zeit dazwischen einen von ihr, der von dem seinen schon wieder überholt war. So korrespondierten und lebten sie aneinander vorbei, zwei Fremde, jeder in seiner eigenen Welt. Isabella sorgte für Schloß und Landbesitz. Sie überwachte Erziehung und Tugend der Töchter und kümmerte sich um die Armen. Dreimal am Tag ging sie zur Messe und verfaßte mit größter Sorgfalt und Gewissenhaftigkeit ihre monatlichen Briefe. Alles deutete darauf hin, daß sie zufrieden war, und auch ihr Ehemann im arktischen Norden fand an dem Arrangement nichts auszusetzen.

Wien: Ein Gewirr aller europäischen Sprachen und Dialekte erfüllte die engen Straßen und Gassen. Lachen und Lebensfreude aller möglichen Temperamente vom Norden bis in den fernsten, überschwenglichsten Süden. Musik von überallher. Neue, bisher nie gesehene und gehörte Tänze. Bunte Kleider wie Opernkostüme, die dennoch irgendwo zu Hause waren und deren stolze Träger mit ihrer Fremdartigkeit die Blicke auf sich zogen. Wer hier nicht war, stand außerhalb. Wer hier nicht war, wußte nicht, was Jugend bedeutete, denn die Jugend Europas drängte nach dieser Stadt, die beinahe untergegangen war und deshalb auch wiederauferstehen konnte.

Die größten Namen eines jeden Landes prallten aufeinander, verkörpert durch ihre jüngsten Söhne, die gegen den Willen ihrer Eltern in die Freiheit geflohen waren und sich an ihr berauschten. Prinzen von überall her. Commercy und Vaudémont aus Lothringen. Eugènes Cousin Turenne aus Frankreich. Aus England der spätere Herzog von Berwick, ein natürlicher Sohn des Königs. Der Conte Antonio Carafa aus Neapel, dessen Tapferkeit alle rühmten und der entsetzliche Verheerungen in den Herzen der jungen Wienerinnen anrichtete. Der König von Polen als Ranghöchster und der Herzog von Lothringen – die Retter der Stadt. Ludwig von Baden, der im Elternhaus Eugènes in Paris geboren worden war und den alle nur den ›Türkenlouis‹ nannten, als hätte er allein schon genügt, den Feind zu vertreiben. Max Emanuel von Bayern, einer der Reichsten und Lebenshungrigsten, der sich den anderen überlegen fühlte, weil er darauf hoffen konnte, dereinst den spanischen König zu beerben.

Arroganz, Sinnlichkeit, Lust und Triumph, der sich an immer neuen Meldungen entzündete. Kara Mustafa, der Großwesir des Sultans, hatte seinen obersten Berater eigenhändig erdrosselt. Zwei Monate später ereilte ihn selbst der gleiche Tod in Konstantinopel, wo ihm sein erzürnter Herr die seidene Schnur schickte – just als die Christenhunde im fernen Wien die Weihnachtsglocken läuten ließen und das lauteste, ausgelassenste, zügelloseste Christfest feierten, das die Stadt jemals erlebt hatte.

»Es muß berauschend sein, in eurem Alter eine solche Zeit zu erleben!« sagte Stratmann und beugte sich ein wenig zur Seite, um dem Diener Platz zu machen, der aus einer silbernen Kanne Kaffee einschenkte, das neue Modegetränk in der Stadt, seit man im erbeuteten Zeltlager vor Wien die fremdartigen, würzigen Bohnen gefunden hatte. »Der Aufbau nach einer drohenden Apokalypse: Ihr müßt euch vorkommen wie am Tag nach der Schöpfung.«

Sie saßen auf der Terrasse im ersten Stockwerk der spanischen Botschaft. Es war noch nicht Herbst, aber vielleicht der letzte Tag des Sommers, warm, reif und mild. Ein Tag, der nichts zu wünschen übrig ließ, vor allem auch, so dachte Eugène, weil Menschen um ihn waren, die seine Seele zu berühren vermochten.

In späteren Jahren rief er sich manchmal die Reihe der glücklichen Stunden seines Lebens ins Gedächtnis zurück, so wie die alten Männer im sonnigen Land seines fernen und immer weniger gehaßten Feindes eine Perle nach der anderen durch ihre wehmütigen Finger gleiten ließen. Eine Perle nach der anderen . . . Dieser Tag im Spätsommer war eine von Eugènes Lebensperlen, auch wenn ein Abschied bevorstand.

Wien war befreit, doch damit war der Krieg nicht zu Ende. Nach hundertfünfzig Jahren osmanischer Herrschaft hoffte man, die besetzten ungarischen Gebiete zu befreien. Der Kaiser fieberte bei dem Gedanken, das altehrwürdige kirchliche Zentrum Gran zurückzuerobern, die Residenz des Primas. Erst damit würde der Kriegsgang den Nimbus eines Kreuzzuges erlangen, gesegnet vom Heiligen Vater und selbst auch heilig.

Seit zwei Tagen wußte Eugène, daß der Kaiser beabsichtigte, ihn für seine Tapferkeit zu belohnen. Eugène hatte gehofft, die Dragoner seines Bruders übertragen zu bekommen, doch sie waren bereits vergeben. Nun schien es, als ob ein anderes Dragonerregiment bald frei werden würde. Graf Kuefstein, dem Eugène nie begegnet war, war schwer erkrankt. Man rechnete mit keiner Genesung mehr. Sollte Kuefstein sterben, wollte der Kaiser Eugène das Regiment verleihen. Bis dahin sollte Eugène seinem Cousin Louis von Baden direkt unterstellt sein.

Eugène war wie benommen vor Glück, seit er von den Absichten des Kaisers wußte. Ein eigenes Regiment würde er haben! Er würde Verantwortung tragen, kein Schlachtenbummler mehr sein, von dem man annahm, daß er nur den Nervenkitzel suchte, das Abenteuer ohne mittelbare Gefahr; der sich zurückzog, wenn es brenzlig wurde und der abreiste, wenn Hunger und Krankheit drohten.

»Dieses Land wird einen Aufschwung erleben wie nie zuvor«, fuhr Stratmann fort. »Keine leichte Zeit, aber eine Zeit der Bewegung. Eine Zeit der Jugend.« Er lächelte und blickte hinüber zu seiner kleinen Tochter, die vor der Balustrade hockte und mit Borgomaneros Hund spielte, einem zotteligen Tier, das er aus Ungarn mitgebracht hatte. Seit dem Tod seiner Frau nahm Stratmann das Kind überallhin mit. Es stand ihm näher als seine fünf Söhne und viel näher als die Adelsgesellschaft am kaiserlichen Hofe, die mißbilligend auf den bürgerlichen Advokaten und Diplomaten blickte, den Leopold aus dem Rheinland nach Wien geholt hatte, als ob es hier keine fähigen Köpfe gäbe.

Stratmann sei unzeitgemäß ehrenhaft, mokierte man sich. Das komme wohl daher, daß seine Großeltern noch Bauern gewesen waren, wie man hörte ... Ins Gesicht war man allerdings freundlich zu ihm, zumindest höflich, da Stratmann sich aus allen Hofkabalen heraushielt und keinen gesellschaftlichen Ehrgeiz zeigte. Er war unbestechlich und allein dem Kaiser verbunden. Die Hofgesellschaft war ihm gleichgültig. Niemals ging er so weit, einen der Höflinge nach seinem Befinden zu fragen, und auch über sich selbst sprach er nicht. Als seine Frau Mechthild starb, wußte außer der Familie nur Borgomanero, sein einziger Freund in Wien, wie sehr sie ihm fehlte. Alle anderen wagten nicht einmal, ihm zu kondolieren. Mit Stratmann verhandelte man, aber man unterhielt sich nicht mit ihm.

Eugène hatte Stratmann im privaten Kreis bei Borgomanero kennengelernt und er erlebte ihn anders: aufmerksam, herzlich, selbstlos. Zu Anfang hatte Eugène sich gewundert, wie zwei so verschiedene Männer wie Borgomanero und Stratmann sich anfreunden konnten. Borgomanero, der Weltmann, kultiviert, ironisch, verwöhnt – und daneben Stratmann: penibel, gewissenhaft, uneigennützig. Trotzdem waren sie Freunde.

Das Kind erhob sich und trat an den Tisch. »Darf ich?« fragte es und zeigte auf das Gebäck. Borgomanero lächelte und hielt ihm das Kuchentablett hin. »Bitte sehr, mein Fräulein!« sagte er und deutete eine Verneigung an. Das Mädchen wählte aus, überlegte dann kurz, blickte fragend auf den Vater und nahm danach noch ein zweites Stück. »Vielen Dank, Marchese!« sagte es höflich, machte einen Knicks und ging zu dem Hund zurück. Eugène fiel auf, daß es dabei nicht lief, sondern ganz aufrecht und mit erhobenem Kopf dahinschritt – ohne Eile und mit großen Selbstbewußtsein, das vielleicht von der Aufmerksamkeit herrührte, mit der sein Vater es behandelte. »Wie heißt du denn?« fragte Eugène. Das Mädchen kaute einen Bissen zu Ende. »Eleonore«, sagte es dann.

Sie tranken den Kaffee, aßen den Kuchen und sprachen kaum. Eugène schien auf einmal alles unwirklich, was sich außerhalb dieses kleinen Rahmens befand. Es kam ihm plötzlich vor, als wäre er in eine Familie aufgenommen worden.

Als Stratmann und seine Tochter aufbrachen, reichte ihm Eleonore die Hand und knickste wieder. »Au revoir, Altesse!« sagte sie, als wollte sie ihm eine Freude bereiten, indem sie ihn in seiner Muttersprache anredete. Ihr Gesicht war blaß und herzförmig, eingerahmt von zwei langen, dunklen Zöpfen, aus denen einzelne widerspenstige Löckchen herausgeschlüpft waren. Als sie zu Eugène hochblickte, schien es ihm, als hätten ihre Augen etwas unkindlich Konzentriertes, eine Folge von Kurzsichtigkeit vielleicht oder eines leichten, fast unmerklichen Schielens. Hexenaugen hätte Olympia es genannt und sie hätte, je nach Opportunität, einen Makel darin gesehen oder einen zusätzlichen Reiz.

Die Kutsche fuhr vor. Stratmann half seiner Tochter beim Einsteigen. Als der Schlag zugefallen war, steckte das Mädchen den Kopf aus dem Fenster und winkte. Die Kutsche verschwand hinter den Bäumen.

3

»Wir haben sie!« sagte Max Emanuel. »Sie haben keine Chance mehr. Es ist nur noch eine Frage der Zeit, wann wir Belgrad erobern werden.« Er ließ sich auf das Feldbett fallen und streckte seinem Burschen die Beine entgegen. »Die Stiefel!« murmelte er ungnädig.

Sie waren zu dritt, der Bursche nicht mitgezählt: Max Emanuel, Louis von Baden und Eugène, alle drei fast im gleichen Alter, Vertreter jener neuen Generation von Offizieren um die Zwanzig, deren Karriere begonnen hatte, noch ehe sie wirklich erwachsen waren. Keine einschläfernde Ausbildung oder Amtstätigkeit und keine demotivierenden Manöver hatten ihre Kräfte verbraucht. Aus der väterlichen Reithalle und dem Fechtsaal heraus galoppierten sie direkt in den Krieg und setzten dort ihre sportlichen Übungen aus der Knabenzeit am lebenden Objekt fort – zu Männern geworden, ohne je Zeit zum Überlegen gehabt zu haben. Männer der Tat.

Louis von Baden und Max Emanuel waren bereits verheiratet, Max Emanuel sogar mit einer Tochter des Kaisers. Fünfzehn Jahre war sie alt, und sie langweilte ihn zu Tode. Selbst während der Wintermonate, in denen nicht gekämpft wurde, traf er nur bei offiziellen Anlässen mit ihr zusammen, behandelte sie mit ausgesuchter Höflichkeit und wunderte sich im geheimen über ihr ratloses kleines Gesicht, das er vom einen zum anderen Mal fast vergaß. Louis von Baden, der Türkenlouis, war trotz seines kriegerischen *nom de guerre* der sanftere Ehemann, überschwenglich verliebt in seine ebenfalls erst fünfzehnjährige Ehefrau, die kindlich genug war, von allem, was ihr begegnete, begeistert zu sein.

Eugène war ledig: noch – wie seine Freunde und auch der Kaiser immer wieder betonten, denn ein Mann hatte verheiratet zu sein, auch wenn die Ehe zu den dunkleren Pflichten des Lebens gehören mochte, ein Vabanquespiel, bei dem meistens nur die Bank gewann, aber auf die kam es ja auch an, denn wozu heiratete man, wenn nicht um seinen Besitz zu sichern und zu vermehren und natürlich auch um Erben zu zeugen, die ihn – so Gott wollte – noch vergrößerten.

»Wir haben sie!« wiederholte Max Emanuel und rieb sich die befreiten Füße. Der Bursche goß Rotwein in die zinnernen Feldbecher, und sie leerten sie ohne Trinkspruch. In einer Stunde würden sie sich mit Karl von Lothringen treffen, der den Oberbefehl übernommen hatte. Er würde eine Rede halten, in der er die Tapferkeit eines jeden von ihnen hervorhob, denn als tapfer hatten sie sich erwiesen. Er würde die Beute verteilen und die hochrangigen Gefangenen vorführen lassen. Vielleicht würde er mit seinen engsten Vertrauten noch einmal durch die glosenden Straßen der eroberten Stadt reiten, Ofen, das spätere Generationen Budapest nennen würden.

Wir haben sie. Es klang so zuversichtlich, so selbstbewußt. Worte eines Siegers, der es sich leisten konnte, nur auf Hauptwegen zu denken. Ja oder nein. Schwarz oder weiß. Sieg oder Niederlage. Triumph oder Depression. Wir haben sie ... Er wahrte die Unversehrtheit seines militärischen Weltbildes, Max Emanuel der Zweite, Kurfürst von Bayern seit seinem siebzehnten Lebensjahr. Jetzt war er vierundzwanzig, und immer noch schien ihm nichts erstrebenswerter als jene Klarheit der Vorstellung, die immer ganz genau weiß, wer der Gute ist und auf welcher Seite der Feind des Menschen steht. Wir haben sie. Sie: die Leute von Ofen. Türken natürlich, denn ihre Vorfahren hatten die Stadt überfallen, besiegt, ausgeraubt und übernommen. Türken. Jetzt lebten sie hier seit Generationen, befanden sich plötzlich in der gleichen Situation wie einst die früheren, die ungarischen Bewohner dieser Stadt und warteten darauf, daß ihnen ihr Herr in Konstantinopel Entsatz schickte, auch wenn es hieß, daß er selbst in Bedrängnis sei, weil er sich wieder einmal übernommen hatte.

Außer mit dem Kaiser hatte er sich auch mit dem Zaren angelegt, ganz zu schweigen von seinem mächtigen persischen Nachbarn, der nur darauf wartete, ihn an einer schwachen Stelle zu erwischen.

Wir haben sie. Wirklich, denn nach zwei Monaten der Belagerung brannte nun endlich die stolze Festung, zersiebt von der Artillerie der Belagerer, im Stich gelassen vom viel zu schwachen Entsatzheer. Als dann auch noch das Pulvermagazin explodierte, schien das Schicksal Ofens endgültig besiegt. Allein: der Kommandant beharrte auf seinem Stolz. Entschied: Nein, wir weichen nicht! und sandte Eugène, dessen Tapferkeit seine Achtung erweckt hatte, durch einen Unterhändler ein samtenes Beutelchen mit einer unreifen Zitrone darin und der spöttischen Bemerkung, die Not bei den Kaiserlichen müsse schon sehr groß sein, daß sie so sehnlich die Kapitulation herbeiführen wollten.

Eine Zitrone aus dem fernen, sonnenwarmen Land des Feindes. Eugène nahm sie in die Hand und wog sie, wie um ihr Gewicht und ihre Form zu prüfen. Noch vor Wien hatte niemand ihn gekannt. Der hochmütige Kommandant der Festung Ofen hätte ihn, wäre er ihm begegnet, nicht einmal eines Blickes gewürdigt. Jetzt, drei Jahre später, wieder im September, wußte jeder bei den ›anderen‹, wer Eugen von Savoyen war. Den Mann von morgen nannten sie ihn und verglichen seine Kühnheit mit ihrer eigenen. Von allen Prinzen des Kaisers erschien er ihnen als der, den sie am besten verstanden. Sie erzählten einander, daß sie ihm das Pferd unter dem Leib weggeschossen hatten und er zu Fuß weitergekämpft hatte; daß vor dem Schloß von Ofen ein Pfeil seine Hand durchbohrt hatte und er ihn brach, herauszog, sein Halstuch um die Wunde wickelte und auf die Verletzung vergaß, bis am Abend der Kampf ruhte. Erst da wurde er sich ihrer wieder bewußt.

Er hieß Charles Herbel. Maler. Schlachtenmaler. Karl von Lothringen nahm ihn überallhin mit. Herbel war sein Schatten, sein Auge, sein Gedächtnis, und ohne daß der Herzog darüber nachgedacht hätte, sein heimliches Gewissen. Herbel – viel zu lang, viel zu dünn und viel zu schweigsam – ritt oder ging neben Karl her, die dunklen, fein gezeichneten Brauen ständig mißmutig gerunzelt, als wollte er seine Augen davor bewahren, noch mehr zu sehen. Am Abend dann, wenn die anderen sich unterhielten, tranken, spielten oder schliefen, zog sich Herbel in sein Zelt zurück, das neben dem seines Herrn stand, und fing an zu zeichnen – ganz anders als die anderen Maler, die die Heere begleiteten und danach das wohlgerahmte Loblied ihrer Brotgeber anstimmten: Helden sie alle in prächtiger Gewandung, unbefleckt von Schmutz und Blut, auf einem stolzen Zelter thronend, mitten in einem Gefolge, das in seiner Gepflegtheit jedem Hofball zur Ehre gereicht hätte, während die besiegten Feinde sich mit aufgerissenen Mündern verwundet im Schlamm wälzten, Menschen und Pferde durcheinander und übereinander, ein Sinnbild der Niederlage. Rauch und Flammen überall – nur nicht im Zentrum des Bildes, dort, wo die Sieger ihren Nacken reckten und den Schwertarm triumphierend hoben.

Herbel verachtete diese Bilder. Hätte Karl von ihm verlangt, ihn in dieser Weise darzustellen – Herbel hätte ihn ohne Zögern verlassen. Er war frei genug dafür, denn er brauchte nicht viel. Zu malen war seine Nahrung und seine Droge. Der Inhalt seines Schaffens war die Wahrheit: das, was er sah, nicht das, was die Sieger sehen wollten. Ofen – der Sieg von Ofen, der Triumph von Ofen! – war für ihn ein Gemetzel, eine Schande. Noch während er mit Karl und seiner Begleitung durch die glosenden Straßen ritt, sah er schon die Bilder, die aus diesem Anblick entstehen würden. Jedes Detail prägte er sich ein, als würde es in die Netzhaut seiner Augen geätzt, so daß er es später nur noch aufzuzeichnen brauchte, seine rechte Hand die gehorsame Dienerin seiner Erinnerung.

»Störe ich?« Eugène schob die Zeltleinwand zur Seite und blickte in das Halbdunkel, das nur von ein paar Kerzen auf einem Feldtisch erhellt wurde. Er bekam keine Antwort und trat zögernd ein. Erst als er sich schon im Zelt befand, sah er, daß Herbel vor einer Blechschüssel stand und sich wusch. Sein weißer, unbehaarter Oberkörper wirkte kränklich und in seiner Magerkeit im flackernden Licht auf eine seltsame Weise obszön. Eugène hatte das Gefühl, in die verbotene Sphäre eines anderen Menschen einzudringen. Herbel war kein Soldat. Er stand außerhalb der Schamlosigkeit eines allzu engen Gemeinschaftslebens, ein Einzelgänger, der Distanz brauchte, um unversehrt zu bleiben.

Eugène wandte sich um. »Pardon, Monsieur!« murmelte er und wollte das Zelt wieder verlassen. Doch Herbel hielt ihn zurück. »Was wollen Sie?« fragte er mit seiner ruhigen, sachlichen Stimme. Erst jetzt wurde Eugène bewußt, daß er Herbel zum ersten Mal sprechen hörte. »Ich wollte Sie bitten, mir Ihre Skizzen zu zeigen«, sagte er.

Herbel zog sich sein Hemd über den Kopf und trat näher. »Warum?« fragte er mißtrauisch. Eugène sah ihn an. »Es sind gute Bilder!« antwortete er, obwohl ihm dieser Gedanke bisher nicht gekommen war. »Es sind wahre Bilder!« erwiderte Herbel. Noch immer musterte er Eugène. Dann zog er eine Mappe, die auf dem Tisch neben den Kerzen lag, näher heran und öffnete sie mit einem raschen, widerwilligen Handgriff. Es sah aus, als zerrisse er einen Vorhang.

Eugène beugte sich vor, um besser sehen zu können. Erst jetzt spürte er, daß er zu viel getrunken hatte. Er machte sich nichts aus Alkohol, aber an diesem Abend des Sieges hatte man ihm immer wieder nachgeschenkt. Ohne den Blick von den Zeichnungen zu wenden, zog er einen kleinen, runden Stuhl zu sich heran und setzte sich. Was er sah, war das andere Gesicht des Krieges, nicht das, von dem er als halbes Kind noch geträumt hatte und das die Berichterstatter in der Heimat rühmten.

Soldaten sah er da, die in blinder Wut Menschen aus brennenden Häusern rissen, nicht um sie zu retten, sondern um sich an ihnen zu rächen für zwei endlos scheinende Monate der Belagerung. Der Nachschub hatte auf sich warten lassen. Die Belagerer hungerten nicht weniger als die Eingeschlossenen in der Festung. Krankheiten brachen aus. Kameraden starben im Feuer und vor Schwäche. Der Haß auf den Feind, dem man dies alles verdankte, wuchs ins Unermeßliche, wurde immer mehr zum Lebenssinn. Tagelange Hitze ließ die Körper austrocknen, und in den darauffolgenden Regengüssen, die nicht enden wollten, wuchsen Überdruß und Aggression bis zur Mordlust. Als die Stadt endlich dahinsank, gab es kein Halten mehr. Sogar die Besonnensten wurden von blinder Wut erfaßt, Wölfe, die ein paar Stunden später nicht mehr begriffen, was mit ihnen geschehen war, und die nichts wollten, als vergessen. »Das«, sagte Herbel plötzlich mitten in die Stille hinein, »das ist das eigentliche Verbrechen des Krieges: daß er dies hier aus den Menschen macht!« Dies hier . . . Und dann die Opfer. Viele, viele Zeichungen von den Opfern.

»Und wenn wir diesen Krieg nicht führten?« fragte Eugène bedrückt und fast zornig, weil er auf einmal nicht mehr wollte, daß Herbel ihn beeinflußte. »Die Türken hätten uns längst überrannt, und *wir* lägen jetzt hier. So!« Er zeigte auf eines der Bilder, auf dem nackte, mißhandelte Körper wie verwelkte, weggeworfene Pflanzen auf einer Straße lagen, die vielleicht einmal die Prachtstraße dieser Stadt gewesen war.

Herbel blickte Eugène ohne Sympathie an. »Ja«, sagte er dann und drehte sich um.

4

Eugène war ärgerlich, und seine Irritation nahm zu, je länger er an der Seite dieser jungen Frau saß, die ihn mit Worten zudeckte, als wollte sie ihn darunter begraben. Franziska von Sachsen-Lauenburg, in der Familie ›Fränzchen‹ gerufen – beschrieb man sie nach den Einzelheiten ihrer Erscheinung, so hätte man ein anziehendes junges Mädchen von achtzehn Jahren erwarten können: dunkles, naturgelocktes Haar, ein längliches, ebenmäßiges Gesicht, etwas blaß, aber nicht ungesund; fein gezeichnete schwarze Brauen über schwerlidrigen dunklen Augen; die Nase lang aber schmal und gerade und ein hübscher kleiner Mund . . . wie bei einer Puppe – hätten sich die Mundwinkel nicht gar so entschlossen gegen die Zähne gepreßt, so daß der Eindruck einer beständigen Mißbilligung entstand; die Gestalt zart und mädchenhaft mit einem energischen, mitunter etwas schwankenden Gang, so als wäre sich Franziska bei aller Resolutheit doch der eigenen Position nicht ganz sicher.

Schloß Raudnitz in Böhmen, ein altmodischer, wenig einladender Bau mit endlosen, kalten Räumen, die nach Eingesperrtsein rochen; nach Wintern, in denen niemand sich hier aufhielt außer ein paar unterforderten Dienstboten und nach Sommern, in denen keiner daran dachte, die Fenster zu öffnen, um die reine Luft der Wälder ringsum einzulassen und die Sonne, der man vorwarf, die kostbaren Teppiche auszubleichen.

Zum großen Mahl hatte man geladen. Die unwilligen Diener deckten den langen Tisch mit damastenen Tüchern, mit dem schweren, gravierten Familiensilber, dem zarten chinesischen Porzellan und den schimmernden Trinkgefäßen aus den Glashütten der Umgebung. Hunderte von Kerzen tauchten den Saal in flackernden, leuchtenden Nebel. Kein Aufwand wurde gescheut, um den Ansprüchen der hohen Gäste gerecht zu werden. Das beste Essen, die edelsten Weine, die teuersten Roben – und doch kam kein Lächeln auf, keine freudige Erregung. Alles wirkte provinziell, bieder und unfreundlich, vor allem das junge Mädchen an Eugènes Seite, das ihm mit jedem Wort und jedem Blick zu verstehen gab, daß er ihr nicht gefiel, das eigentlich überhaupt nichts ihr gefiel, weil sie zu gut war für alles, was man ihr anzubieten wagte.

Besonders der Anblick ihrer jüngeren, fünfzehnjährigen Schwester schien sie zu quälen und zu beleidigen, Sybille, die ihr so ähnlich sah und die doch ganz anders war: heiter, ausgelassen, ein wenig albern und vor allem wie verrückt verliebt in ihren jungen Ehemann, Louis von Baden, der vor einigen Monaten nach Raudnitz gekommen war, um eigentlich Franziska kennenzulernen und nach geziemender Zeit um ihre Hand anzuhalten. Schon am ersten Abend wußte er, daß er Sybille wollte und nicht Franziska. Er sah mit an, wie Sybille, das Kind, frühzeitig zu Bett geschickt wurde, und während sich Franziska einen Abend lang darüber beklagte, wie langweilig das Leben in Raudnitz doch sei, wie borniert der Großvater und wie schwachsinnig die Diener, dachte Louis ständig nur an das Glockenlachen der kleinen Schwester, an ihren hüpfenden Gang und an die kecke, aufreizende Art, wie sie ihn von der Seite her angesehen hatte, den Kopf ein wenig schief geneigt, der kleine Mund so heiter und entspannt; eine Aufforderung und ein Versprechen, als wüßte Sybille schon jetzt genau, daß er nach dieser Begegnung ihre Schwester nicht einmal mehr sehen würde; daß er nicht mehr hören würde, was sie sagte und daß er in der Nacht keinen Schlaf finden würde, zerrissen zwischen den Signalen seines Körpers und den ernsthaften, verzweifelten Überlegungen, wie er sich aus der unliebsamen Verpflichtung Franziska gegenüber herauswinden könnte, um – am liebsten gleich morgen früh! – die kleine Sybille, für die er der strahlendste aller Ritter war, vor sich auf sein weißes Pferd zu setzen und mit ihr davonzugaloppieren, während sie sich warm und kichernd an ihn schmiegte.

Auch Franziska wünschte sich wohl einen Märchenprinzen. Vielleicht hätte Louis von Baden, der gestohlene Bewerber, ihren Vorstellungen in vielem sogar entsprochen. Eugène allerdings tat es nicht, obgleich sie wußte, daß der Kaiser selbst diese Verbindung favorisierte, weil es für ihn billiger war, Eugène reich zu verheiraten, als ihn für seine Dienste angemessen zu bezahlen. Nach jedem Sieg gegen die Türken überreichte er ihm ein kostbares kleines Geschenk: ein Bild von sich selbst in einem goldenen Rahmen; einen Degen; ein Schmuckstück. Lauter Dinge, die als Auszeichnung gedacht waren, die Eugène aber fast wie Hohn erschienen, da sie ihn von seinen Geldnöten nicht befreiten. Den Ring, den ihm sein Freund Conti zum Abschied geschenkt hatte, hatte er längst verkaufen müssen. Ein Präsent des Kaisers zu veräußern, war undenkbar. Eher hätte man von ihm erwartet, daß er verhungere.

Schon ein Vierteljahr nach dem Entsatz von Wien hatte ihm der Kaiser ein eigenes Dragonerregiment übertragen, um ihn finanziell zu sanieren, denn die Einkünfte eines Obersten waren nicht gering. Das Regiment galt als sein Eigentum und brachte ihm im Jahr bis zu zwölftausend Gulden ein. Außerdem standen ihm ein Anteil an der Kriegsbeute zu und die Ausgaben für alle Beförderungen und Ernennungen. Was Leopold nicht bedachte und nicht bedenken wollte, war, daß die Soldaten des Regiments seit langem keinen Sold mehr erhalten hatten und nun von ihrem neuen Herrn erwarteten, daß er ihnen die Ausstände umgehend nachzahlte.

Wie die meisten Soldaten des Kaisers kämpften sie unter kaum erträglichen Bedingungen. Ihre Uniformen waren verschlissen und viel zu dünn für kalte Tage. Die Stiefel fielen ihnen fast von den Füßen, und es war ein Fest für jeden, wenn er einem Toten – sei es Freund oder Feind – die Schuhe ausziehen konnte und sie ihm paßten. Das Essen war karg. Die tägliche Ration bestand aus Brot, Salz und einem Getränk, so daß die Männer ständig unter Skorbut litten und keine Widerstandskraft gegen Epidemien aufbrachten. Im Spätsommer und Frühherbst starben sie zu Hunderten an Ruhr und Typhus, weil sie ihre leeren Mägen mit unreifem Obst vollstopften. Obwohl es verboten war, die Zivilbevölkerung zu bestehlen, konnten die Soldaten nur überleben, indem sie den Bauern heimlich oder mit Gewalt das Vieh wegtrieben und die Felder und Vorratskeller plünderten.

Verhaßt und verachtet waren die Soldaten. Ausgestoßene, die man als halbe Kinder während der langen Winterzeit angeworben hatte. Landarbeiter waren die meisten von ihnen gewesen; Zweitgeborene, die keinen Hof geerbt hatten oder erben würden. Im Winter waren sie arbeitslos und eine leichte Beute für den Alkohol, mit dem man sie verlockte und benebelte, und für die süßen Versprechungen von Abenteuer, Liebe, Freiheit, Ruhm und reicher Beute. Ihre Familien sahen die meisten niemals wieder. Ihre neue Familie war das Militär, und ihr Wert lag weit unter dem eines Pferdes. Später, als die Kriegsherrn dazu übergingen, sich von befreundeten Fürsten deren Landeskinder für den Krieg auszuleihen, setzte man die Preise fest. Der Tarif für einen toten Soldaten betrug zwanzig Taler, für ein verendetes Pferd vierzig.

Eugène schwor sich, die Zustände zu ändern, aber er wußte nicht wie. Er warf sich vor, seine eigene Mittellosigkeit sei verantwortlich für das Elend dieser Männer, und es schien ihm keine Entschuldigung, daß es den anderen Regimentern nicht besser ging, und daß die Soldaten selbst zwar murrten und sich ständig beklagten, daß sie sich innerlich aber längst mit ihrer Lage abgefunden hatten. So war das Soldatenleben nun einmal. Wer idiotisch genug gewesen war, sich anwerben zu lassen, hatte nichts Besseres verdient. Von Patriotismus war keine Rede mehr.

So stürzte Eugène in noch tiefere Bedrängnis, was ihn eigentlich hätte retten sollen. Es blieb ihm nichts anderes übrig, als das Oberhaupt des Hauses Savoyen, seinen Vetter Victor Amadeus in Turin, um Geld zu bitten. Fünfundzwanzigtausend Lire hatte ihm der Herzog im Laufe der Jahre zukommen lassen, stolz darauf, daß Eugène seiner Familie so viel Ehre einbrachte, hoffend aber auch, ihn damit in Abhängigkeit zu halten und am Wiener Hof einen Vertreter zu haben, der wußte, wes Brot er aß, und wessen Interessen er deshalb zu begünstigen hatte.

Eugène verabscheute seine Abhängigkeit, und da er von allen Seiten gedrängt wurde, erschien ihm nach und nach der Gedanke an eine Geldheirat weniger bedrückend. Franziska von Lauenburg war nicht sein erster Versuch. Schon lange vor dem Kaiser hatte sich Olympia bemüht, ihren jüngsten Sohn, der sich so unerwartet günstig entwickelt hatte, an der richtigen Stelle unterzubringen.

Olympia. Während Fränzchen, die Ungeliebte, niemals Liebende, in ihrem Französisch, das direkt aus Sachsen stammte, mit lauter, verächtlich klingender Stimme über Menschen redete, denen Eugène nie begegnet war und nie begegnen wollte, trat *sie* plötzlich in seine Gedanken. Olympia, aus einer anderen Welt; keiner, die besser war, denn was war schon gut? Aber anders, so ganz anders als dieses dumpfe Schloß mit seinen dumpfen Bewohnern, die nur aufblickten, wenn ihr Ehrgeiz angesprochen wurde, ihre Habgier oder ihre Schadenfreude. Olympia. Wäre sie in diesem Augenblick in diesen Saal getreten, die Kerzen hätten aufgeleuchtet! Der feine Rauch über den Flammen hätte sie umstrahlt. Nur sie. Olympia. Auf der Schwelle hätte sie innegehalten, wie sie es immer tat, als wollte sie sich erst umblicken, während es ihr in Wirklichkeit nur darum ging, sich darzustellen: Hier bin ich, Olympia Mancini, die Gräfin Soissons, Madame la Comtesse! Schaut mich nur an! Ich bin es gewöhnt, angestarrt zu werden ... Olympia, so elegant, so überlegen, so spöttisch. Es war unvorstellbar, daß sie hier erschiene. Den Atem würde sie allen rauben mit ihrer Arroganz und ihrem Lächeln, das so viel versprach und so wenig bedeutete.

Olympia. War es zwei Jahre her oder schon drei, daß sie ihn in ihren Briefen beschworen hatte, sie in Brüssel zu besuchen? – »Weihnachten, Eugène! Wir werden Weihnachten mitsammen verbringen. Ich verspreche dir, es wird das schönste Weihnachten deines Lebens sein. Ich werde mich um dich kümmern. Nur um dich!«

Olympia. Eine Stimme aus der Vergangenheit. Hatte er sich nicht seine ganze Kindheit lang danach gesehnt, solche Worte von ihr zu vernehmen? Wann hatte sie je Zeit für ihn gehabt? Wie ein Traumbild war sie immer nur an ihm vorbeigeeilt. Ein Luftzug, der einen schwachen Duft von Rosenparfüm zurückließ und die Sehnsucht eines Jungen nach seiner schönen Mutter, die allzu viele begehrten.

Olympia. Natürlich war er zu ihr gefahren. Auch Borgomanero hatte ihm zugeredet, es zu tun. Es war nicht schwer gewesen, Eugène zu überzeugen. Weihnachten mit ihr. An nichts anderes konnte er mehr denken, wenn er nachts in seinem Zelt lag, über dem sich der endlose schwarze Himmel wölbte. Millionen Sterne über den Steppen Ungarns, die nichts so gut kannten wie Krieg und Verzweiflung. Olympia: Natürlich kam er, wenn sie ihn rief.

Er war ihr Sohn. Zum ersten Mal in seinem Leben war er ihr einziges Kind. Es wurde das schönste Weihnachten seines Lebens, und er vergaß fast, daß es außerhalb dieses Zauberschlosses, in das ihn seine Mutter gelockt hatte – Tervueren, wo sie residierte wie eine Königin – noch eine andere Welt gab, in der man nicht erst gegen Mittag erwachte, in der man nicht launisch wie ein verwöhntes Kind vor viel zu vielen gefüllten Schüsseln und Gläsern saß, beobachtet und bedient von satten, glattgesichtigen Lakaien in Uniformen wie von Generälen. Spiel, Musik und Tanz bis weit nach Mitternacht. Ein Leben wie auf der Bühne. Kostbare Kleider und Schmuck. Parfums und Schminke. Gespräche über alles und nichts. Frivolität und Treulosigkeit nach den Gesetzen von Egoismus und Langeweile.

Doch dann, vor dem Schlafengehen, wenn die letzten Gäste sich zurückgezogen hatten und die Diener müde und übernächtig darauf warteten, die Kerzen löschen zu dürfen, dann konnte es vorkommen, daß Olympia sich an ihn lehnte, seinen Arm fröstelnd um ihre weichen Schultern zog und von Frankreich sprach. Von Frankreich und davon, daß man an die Zukunft denken müsse. »Dein Kapital sind dein Name und deine Erfolge!« sagte sie leise, schläfrig und ein wenig traurig, weil sie über vierzig war, wo man eigentlich schon wissen sollte, wohin man gehörte, und weil sie nicht dorthin gehörte, wo sie war. Ein neuer Anfang – und nur durch Eugène würde er möglich sein.

Als der Winter zu Ende ging, machten sie sich von Rotterdam aus auf die lange Reise nach Spanien. Es war das erste Mal, daß Eugène ein Schiff betrat, und er war froh, daß die Reise ruhig verlief und ohne die heftigen Frühlingsstürme, die man ihnen angekündigt hatte. Es war ein spanisches Schiff, auf dem sie reisten, und es trug den Namen »Cartagena«, der Eugènes Phantasie anreizte. Nach Wärme klang er, nach Sonne, nach weißgekalkten Häusern unter einem stahlblauen Himmel. Cartagena. Die Musik Spaniens zuckte auf bei diesem Namen; die morbide Faszination des Todes; unterdrückte Gefühle und vermodernde Macht. Spanien, wohin Olympia ihn führen wollte, als wäre es das Paradies – wenigstens der zweiten Wahl – mit Aussicht, vielleicht doch noch nach Frankreich zurückzukehren, dem *paradis absolu.*

»Erzähl mir von dir!« bat sie und stützte sich mit den Händen auf die Reling, während der lange, seidene Schal, der ihr Gesicht und ihr Haar vor der Witterung und der Sonne schützen sollte, sich im warmen Märzwind sanft bewegte wie die Wellen des Atlantik, der kein Ende zu nehmen schien, als wären Mutter und Sohn ganz allein auf der Welt. Sie nahmen sich Zeit füreinander, lernten, einander kennen. Zum ersten Mal im Leben. Nichts lenkte sie voneinander ab, und so kam es, daß sie meinten, einander ganz zu verstehen; zum wahren Selbst vorgedrungen zu sein ohne Einflüsse und Ablenkungen von außen. Ein tiefes Gefühl von Frieden und Ruhe erfüllte sie, wenn sie nebeneinander standen und der Stimme des anderen zuhörten. Sie meinten, gleicher Meinung zu sein, die gleichen Ziele zu haben, die gleichen Träume, und sie bedachten nicht, daß sie dieses Schiff bald wieder verlassen würden, und daß dann die Welt sie wieder vereinnahmen würde und die Erinnerungen, Verletzungen und das Streben von einst. Nur ein Intermezzo würde diese Reise bleiben und doch schloß sie die Wunden über Eugènes vernachlässigter Kindheit.

Von den Feldzügen gegen die Türken erzählte er ihr, von Ofen und von seinem Entsetzen über die Hölle in den Herzen. Von den langen Abenden mit den anderen Offizieren sprach er. Piquet hatten sie gespielt. Manche betranken sich. Manche ließen sich aus dem Troß Frauen kommen, um mit ihnen die Nacht zu teilen ... Einmal hatten Eugène und seine beiden Cousins Louis von Baden und Max Emanuel von Bayern ein nächtliches Bad in der Donau genommen und wären dabei fast von den Wachen des Herzogs von Lothringen erschossen worden, die sie für türkische Spione hielten ... Von Freundschaft erzählte er. Von den vielen französischen Prinzen, die auch Olympia selbst von früher her kannte – Kinder damals noch – und die ihn manchmal glauben ließen, immer noch Franzose zu sein und im Heer des Sonnenkönigs zu dienen ... Über Borgomanero fragte sie ihn aus, und ihre Augen leuchteten zärtlich, als sie sagte, er sei einer der wenigen, die sie nie verraten hätten.

Sein ganzes Leben und seine Träume breitete er vor ihr aus. Er dachte nicht mehr an die Enttäuschungen, die sie ihm in der Vergangenheit bereitet hatte. Nur die Stille zählte noch, die sie umschloß, das Meer und der Himmel. Klarheit. Reinheit. Es gab keinen Anfang und kein Ende. Wenn Olympia ihn ansah und lächelte, war er bis in die Seele hinein zufrieden.

In dieser Stimmung gingen sie Mitte März in Bilbao von Bord.

Draußen vor dem Palast war es Frühling, so warm und sonnig wie in Paris oder Wien nur im Sommer. Ein Tag, um ein fremdes Land lieben zu lernen. Sogar der Escorial schien die Wärme der Sonne zumindest zu reflektieren.

»Was immer du siehst«, raunte Olympia, als sie durch das Portal traten, »und was immer dir zu Ohren kommt: nimm es einfach hin! Widersprich niemals! Lege alles günstig aus! Das kann dein Tag sein, wenn du dich geschickt anstellst.« Sie sah ihn nicht an, während sie sprach. Hoch aufgerichtet, den Kopf fast zurückgeneigt, schritt sie neben ihm her, in tiefes Schwarz gekleidet, wie man es hier von einer Dame ihres Ranges erwartete. Schon in Brüssel hatte sie sich dieses Kleid anfertigen lassen: weicher, kostbarer Samt, bestickt mit einzelnen weißen Saphiren, die wie versteckte Sterne aufblitzten, wenn sie sich bewegte. Zum ersten Mal seit langem hatte sie auf ein Decolleté verzichtet. Eugène lächelte bei der Erinnerung an die Seelenqualen, die Olympia jedes Mal befallen hatten, wenn die Rede auf die Halskrause kam, die für die Angehörigen des spanischen Hofes obligatorisch war, weil der König sie trug. Nur ausländische Besucher durften darauf verzichten, und obwohl Olympia entschlossen war, für eine Karriere in Madrid fast alles zu tun, konnte sie sich zu diesem Opfer nicht aufraffen.

Auch Eugène war in strenges Schwarz gekleidet mit roten Strümpfen und Schuhen, was ihn an ein Faschingsfest in München erinnerte, bei dem der junge Kurfürst Max Emanuel zu später Stunde und in kleiner, reichlich aufgelockerter Runde in eben dieser Tracht erschienen war, um mit beachtlichem schauspielerischem Talent den Kaiser zu imitieren.

Das Portal schloß sich hinter ihnen. Im ersten Augenblick hatten sie das Gefühl, vom hellen Frühlingsmorgen in einen winterlichen Spätnachmittag überzuwechseln. Noch war die Wärme, die in der Karosse geherrscht hatte, in ihnen und in ihren Kleidern. Noch spürten sie das Streicheln der Sonne auf der Haut. Trotzdem glaubten sie plötzlich zu frösteln. Es war kein kühler Hauch, der sie traf, denn die Luft hier bewegte sich nicht. Noch warm und lebendig von der Welt da draußen, tauchten sie ein in ein Meer von Kälte.

»Der Palast der Könige von Spanien!« sagte Olympia feierlich, wie um Eugène zu beruhigen und auch sich selbst.

Als Gäste des Königs waren sie nach Spanien gekommen, eingeladen und, wie man annehmen durfte, auch erwünscht. Trotzdem hatte man von ihnen verlangt, daß sie ihre persönliche Begleitung draußen vor dem Palast zurückließen. Schutzlos sollten sie sich dem Machtbereich Seiner Katholischen Majestät preisgeben, wo sie durch jede Geste und jedes Detail darauf hingewiesen wurden, daß sie klein waren im Vergleich zum Herrn dieses Hauses und daß Ehrfurcht und Angst die Gefühle waren, mit denen sie sich diesem König zu nähern hatten.

Sie hätten glauben können, allein zu sein in dem riesigen Empfangssaal, in den die königlichen Gardisten sie eiligen Schrittes führten. Ihre Tritte hallten wider als einziges Geräusch. Dennoch waren sie in Wahrheit keineswegs allein. An den Wänden aufgereiht standen dicht, einer neben dem anderen, unbeweglich und stumm Damen und Herren des Hofes, alle einheitlich schwarz gekleidet, ohne sichtbares Leben wie aufgespießte, glänzende Fliegen. Keiner von ihnen schien Olympia und Eugène auch nur anzusehen. Alle starrten geradeaus vor sich hin. Dunkle, südländische Augen in weißen Gesichtern, weiß wie die Golille, die jedem von ihnen wie das Eisen eines Folterinstruments die Kehle zuzuschnüren schien. Erst wenn Olympia und Eugène vorübergeschritten waren, folgten ihnen die Augen, wachsam und bar jeder Sympathie, ohne daß die Köpfe sich bewegt hätten.

»Laß dich nicht einschüchtern!« sagte Olympia leise, ohne die Lippen zu bewegen. »Genau das wollen sie erreichen. Vergiß nicht, wer wir sind! Wir haben es nicht nötig, uns klein zu machen.«

Als sie am Ende des Saales angelangt waren, öffnete sich eine weitere Türe. Sie erwarteten, nun den Thronsaal erreicht zu haben, doch was folgte, war ein weiterer Saal, in dem wieder eine schillernde Hecke von Höflingen wachte. Sie gingen weiter und immer weiter durch endlose Zimmerfluchten. Eine Türe nach der anderen, die sich vor ihnen öffnete und hinter ihnen schloß, bis sie ihr Zeitgefühl verloren und meinten, immer schon hier gegangen zu sein, geradeaus, auf kostbaren Steinböden, bis ihnen die Ohren weh taten vom Geräusch der eigenen Schritte. Resignation überkam sie. Wenn sie sich einer weiteren Türe näherten, erwarteten sie nun nicht mehr, dahinter den König und die Königin vorzufinden. Die Welt schien nur mehr aus einer endlosen Abfolge von riesigen Räumen zu bestehen, in der wächserne Figuren standen, die vielleicht lebten, auch wenn nichts darauf hindeutete.

Die Gardisten des Königs beschleunigten ihre Schritte. Sie gingen nun so schnell, daß Olympia außer Atem geriet und in ihren hochhackigen Schuhen Mühe hatte, ihnen zu folgen. Sie hätte laufen müssen, um nicht zurückzubleiben. Eugène sah, daß ihr Gesicht gerötet war vor Anstrengung und vielleicht auch vor Ärger. Als ihre Begleiter zur nächsten Türe kamen, blieb Olympia abrupt stehen. Eugène folgte ihrem Beispiel. An ihren Augen sah er, wie wütend sie war. Olympia Mancini, Madame la Comtesse, die keinem erlaubte, sie zu demütigen: Sie war nicht länger bereit, sich einschüchtern zu lassen. Mit einem feindseligen, spöttischen Lächeln ließ sie ihre Blicke über die aufgereihte Schar der Spanier schweifen. Einen nach dem anderen fixierte sie und neigte dann mit ihrer arrogantesten Miene fast unmerklich den Kopf zum Gruße.

Die Türe stand offen. Die königlichen Gardisten, verwirrt und plötzlich ohne die Kaltblütigkeit, mit der sie die beiden Gäste bisher vorangetrieben hatten, blieben ratlos stehen.

»Ein warmer Tag heute!« sagte Olympia mit lauter, klirrender Stimme und öffnete mit einem klackenden Geräusch den Fächer, der an ihrer Taille hing. »So sonnig, nicht wahr? Man fühlt sich neu belebt.« Sie fächelte sich das Gesicht und lächelte.

Die Zeit stand still. Die Wachsfiguren an den Wänden blickten nun nicht mehr geradeaus vor sich hin, sondern starrten entsetzt auf die Frau, die sich über das lustig machte, was schwerer wog als Tod oder Leben: die unantastbare Würde des Königs.

»Condesa!« drängte plötzlich einer der Männer an der Wand, als ginge es darum, vor einer tödlichen Gefahr zu warnen.

Olympia blickte ihn an und lächelte fragend und mit unverhohlener Aufsässigkeit. »Monsieur?«

Der Mann wies mit dem Kinn verstohlen zur Türe, die nun

mit beiden Flügeln offenstand. Erst jetzt bemerkte Eugène, daß sie den Thronsaal erreicht hatten.

Unter einem Himmel aus Goldstoff thronte Seine Katholische Majestät Karl II., König dieses Landes, Herr von Mailand, Neapel, Sizilien, Sardinien, den sonnigen Inseln der Balearen und den kühlen, widerstrebenden Ebenen der Spanischen Niederlande. Um den ganzen Erdball gürtete sich seine Herrschaft, in der die Sonne nicht unterging: die Philippinen – so weit im Osten! – waren sein Besitz; die Kanarischen Inseln; Kuba, das Blühende; Mexiko, goldenes Beutegut; Florida, Panama und fast der ganze riesige südamerikanische Kontinent mit Ausnahme Brasiliens. Ein Reich, maßloser und unbeherrschbarer als selbst Rom auf dem Gipfelpunkt seiner Macht. Ein menschlich-unmenschlicher Traum von Göttlichkeit, der dem vermessenen Träumer zum Alptraum wurde. Karl II., so mächtig, so besitzend – und so krank an Körper und Geist! Er ahnte, wer er war und was er darstellte, doch sein armes, gequältes Gehirn war nicht in der Lage, sich das Ausmaß seines Reichtums vorzustellen. Er begriff, daß die halbe Welt ihm gehörte, aber er wußte nicht, wo seine Länder lagen.

Ein großer Herr war Karl II., zugleich aber auch das erbärmliche Opfer der Hybris seiner Vorfahren, die den Inzest der Herrscherhäuser zum göttlichen Willen erhoben hatten und Karl neben seinem Schwachsinn, der Hinfälligkeit seines Körpers und der von Zeit zu Zeit aufflammenden sexuellen Überspanntheit auch noch die heimliche, die wahre Geißel des Habsburgergeschlechts vererbt hatten: ein Pflichtbewußtsein, das stärker war als die Kraft und das Talent, ihm zu gehorchen. Immer wieder trieb es den König nachts aus dem Bett. Er schrie nach seinen Dienern, schrie nach Licht und nach Gott, der ihn hinunterbegleiten sollte in die finsteren Grüfte des Escorials, wo Karls Vorfahren ruhten, Gebeine nur mehr in prächtigen Sarkophagen, aber dem König in seiner Verzweiflung über das eigene Ungenügen näher als jeder lebendige Mensch. Im Flackern der Kerzen ließ er die Särge öffnen: den seines Vaters und den seiner Mutter, der einzigen Menschen, die ihn geliebt hatten, auch wenn Verzweiflung sie packte, wenn sie ihn ansahen. Er betete, flehte um Hilfe und um Erleuchtung und küßte die kalten Gebeine, bis ihn die Erschöpfung übermannte und er inmitten der toten Ahnen zusammensank, als wäre er schon einer von ihnen. Er hörte nicht mehr, wie die Diener die Särge hastig wieder schlossen, und er spürte nicht, wie sie ihn packten und nach oben schleppten, Überdruß und Verachtung im Gesicht. Karl von Spanien, Seine Katholische Majestät – schon als Kind war er ein Greis gewesen, verbraucht geboren mit erloschenem Blick und der hängenden Unterlippe seiner Familie. Spätgeborener Erbe seines Vaters, der ihn erst vier Jahre vor seinem Tode gezeugt hatte. Epileptiker von Kindheit an. Es war ein Wunder, daß er immer noch lebte. Der Reichste von allen und auch der Armseligste. Der Maler Carreño weinte, als er sein Porträt beendet hatte.

Vor der Leere seines Blickes fühlten sie sich wie ertappte Kinder. Sie wußten, wie es um ihn stand. Die ganze Welt wußte es, und Olympia hatte während der Seereise unzählige kleine Anekdoten über den *dégénéré* auf dem Königsthron zum besten gegeben. Doch jetzt, wo sie ihn vor sich sahen, überwältigte sie die beklemmende, mystische Ausstrahlung, die von diesem gequälten Geschöpf ausging, das ständig an die Grenzen der eigenen Kraft rührte, nur um einer unnennbaren, dumpf geahnten Pflicht zu genügen: die Würde und Autorität der Monarchie von Gottes Gnaden zu wahren.

Olympia klappte ihren Fächer zusammen. Eugène nahm seinen Hut ab. Er fragte sich, ob die Befangenheit, die ihn auf einmal erfaßte, von dem Bewußtsein herrührte, daß dieser

Mann vor ihm der König von Spanien war, oder ob sie nicht vielmehr auf die Ehrfurcht vor dem Leid zurückzuführen war, das jeden Menschen treffen konnte. Karl II. war immer ein Sterbender gewesen. Seine Autorität war die Autorität des Todes und der Furcht der anderen vor der eigenen Sterblichkeit.

Sie taten, was das Protokoll von ihnen verlangte, schritten mit gesenktem Kopf auf den Thron zu und blieben davor stehen. Eugène ließ sich auf die Knie nieder, Olympia versank in einen tiefen Knicks. Sie warteten, ohne aufzublicken. Die Luft im Raum war dumpf und roch nach verwelkten Rosen. Aus den Augenwinkeln erkannte Eugène, daß der Saal voller Menschen war, die sich wie in den anderen Räumen an der Wand drängten, als wäre es ihnen verboten, sich in die Mitte zu wagen. Den Kopf noch immer gesenkt, schaute Eugène zu Olympia neben sich und begegnete ihrem verstohlenen Blick. Sie gab ihm kein Zeichen, sondern senkte rasch und abwartend die Lider. Wie schon vorher schien es Eugène, als wären in diesen Mauern die Gesetze der Zeit aufgehoben, denunziert als unwesentliche Erfindung der Menschen. Die Könige von Spanien befanden sich jenseits dieser Begrenzung. Zeit war für sie kein Faktor.

Mitten hinein in die dumpfe Stille, in der trotz der vielen Menschen nicht einmal ein Atmen zu hören war, drang plötzlich ein seltsamer, fremdartiger Singsang, leise, rauh und immer wieder unterbrochen von langen Pausen. Es war die Stimme des Königs, der zu sprechen begonnen hatte.

Eugène hob den Kopf – gerade so weit, daß er Karl sehen konnte, der mühsam aufgerichtet in seinem riesigen Thronsessel kauerte wie ein kleiner schwarzer Vogel in einer Schatzhöhle, Popanz und Reliquie zugleich. Seine matten, wie von einer milchigen Haut überdeckten Augen begegneten Eugènes Blick ohne eine Verbindung herzustellen. Er sprach, als hätte er die Worte auswendig gelernt, und als müsse er seine ganze Kraft aufbieten, um für jeden einzelnen Satz genug Atem aus seiner schwachen Brust zu pressen. Er sprach spanisch. Zwischen den Pausen redete er so hastig und undeutlich, daß Eugène nicht verstand, was er sagte. Er hörte nur immer wieder vier Namen: den Olympias, seinen eigenen und die Namen der großen spanischen Könige Karls V. und Philipps II. Eugène glaubte zu wissen, worauf der König hinauswollte: Borgomanero hatte Eugène schon in Wien geraten, in Madrid auf seine direkte Abstammung von diesen beiden Herrschern hinzuweisen und darauf seine Karriere in Spanien aufzubauen. »Ich habe dem König die Bitte unterbreitet, dich zum Granden von Spanien zu ernennen. Wenn er darauf eingeht und auch der Staatsrat keine Einwände hat, hast du dein Glück gemacht. Natürlich wird alles seine Zeit brauchen, aber Spanien braucht gute Feldherrn mehr als alles andere. Man wird dich wahrscheinlich ein wenig schmoren lassen, aber im Grunde wird man froh sein, dich zu bekommen.«

Der König hatte aufgehört zu reden. Seine blassen Augen richteten sich auf Eugène, als erwarte er etwas von ihm. Dann erhob er sich langsam, indem er sich auf den viel zu hohen Armlehnen abstützte und nach vorne rutschte. Klein wie ein zehnjähriges Kind schritt er die Stufen zu Eugène und Olympia hinab. Vor Eugène blieb er stehen und legte ihm die Hand auf die Schulter. Eugène zuckte zusammen. Befangenheit, Ekel, Scham, Mitleid und eine unbestimmte Furcht überfluteten ihn.

Der König ließ seine Hand für einen Augenblick auf Eugènes Schultern ruhen. Dann zog er sie zurück. »Cubrios!« sagte er mit seiner leisen, heiseren Stimme.

Eugène hob den Kopf und blickte den König verwirrt an. Karl sah auf ihn herunter, zögerte ein wenig und wies dann mit dem Kinn auf Eugènes Hut. »Cubrios!« wiederholte er ausdruckslos.

Erst jetzt begriff Eugène, daß man ihn in Madrid nicht – wie Borgomanero erwartet hatte – schmoren lassen wollte. Obwohl er auf seinem Weg durch die Säle des Escorial gemeint hatte, man wolle ihn hier nur demütigen, kam ihm dieser König viel weiter entgegen, als Eugène es jemals erhofft hatte. *Cubrios!* – Das war nicht das Spiel, das Mächtige spielten, um denen, die von ihnen abhingen, zu zeigen, wer der Herr war. *Cubrios!* – Das bedeutete, daß der König ihm schon zum Empfang das gab, was Eugène erst als mögliche Belohnung am Ende seines Besuchs erwartet hatte. Nach Tagen, Wochen oder vielleicht noch später. *Cubrios*: die Aufforderung, sich zu bedecken; in Gegenwart des Königs den Hut aufzusetzen, wie es nur den Granden Erster Klasse gestattet war. Eugène von Savoyen, den man ihn Paris mißbraucht und einen Hurensohn genannt hatte; der sich in Österreich für alle unerwartet einen Namen gemacht hatte – einen eigenen, nicht nur den seiner Vorfahren: ihm wurde erlaubt, dem König von Spanien, dem Herrn der halben Welt, mit bedecktem Haupt entgegenzutreten.

Eugène spürte, wie ihm die Röte ins Gesicht schoß. Er wußte nicht, ob er hier in Madrid bleiben würde, ob diese düsteren Säle jemals für ihn zur Heimat werden konnten, aber er wußte auch, daß man ihm hier weit, sehr weit entgegengekommen war und daß er dieses Entgegenkommen zur Hälfte sich selbst verdankte. Er war dreiundzwanzig Jahre alt, und der Weg, den er in den letzten sechs Jahren gegangen war, schien ihm so lang wie ein ganzes Leben.

Mit einer langsamen, vorsichtigen Bewegung und ohne dabei den König aus den Augen zu lassen, setzte er seinen Hut auf. Der König drehte sich um und schritt die Stufen zum Thron wieder empor. Wie zuvor stützte er sich mit den Händen auf die Armlehnen und ließ sich dann mühsam niedergleiten. In der Stille, die nun wieder herrschte, war sein rascher, angestrengter Atem zu hören, und sein mageres Gesicht war noch blasser als zuvor. Mit einer kaum erkennbaren Bewegung des Mittelfingers wies er Eugène und Olympia an, sich zu erheben. Sie gehorchten. Eugène hörte, wie Olympia erleichtert aufatmete. Sie blickten um sich und sahen nun auch die anderen Anwesenden, die ebenfalls erleichtert schienen, als wäre eine Last von ihnen genommen. Erst jetzt bemerkte Eugène auch die Königin, die neben Karl auf dem Thron saß. Sie lächelte und nickte Eugène mit einer fast unmerklichen Neigung des Kopfes zu. Er erkannte sie wieder, und die Tragik, sie an diesem Ort an der Seite dieses Mannes wiederzusehen, benahm ihm fast den Atem.

Marie-Louise von Orléans: die Nichte des Sonnenkönigs, Tochter seines Bruders Philippe, den in Paris alle nur Monsieur nannten, und der sich nur aus Pflichtgefühl und mit Hilfe von Alkohol und den Bildern griechischer Jünglinge dazu aufgerafft hatte, dieses Kind zu zeugen. Die körperliche Neigung zu Frauen hatte man ihm längst ausgetrieben.

Trotzdem liebte er seine Tochter, die ihm so ähnlich sah und dazu die graziösen Gesten ihrer Mutter Henriette Stuart geerbt hatte. Als Ludwig verkündete, Marie-Louise habe die große Ehre, den König von Spanien heiraten zu dürfen, lehnte sich Philippe zum ersten Mal gegen seinen übermächtigen Bruder auf. Unter den fassungslosen Blicken seiner Höflinge packte er ihn an den Schultern, schrie ihn an, nannte ihn einen Teufel, der allen nur Unglück bringe und verlangte, daß man seine Tochter in Ruhe lasse. Ein halbes Jahr später wurde die Trauung vollzogen.

Eugène konnte sich noch gut an Marie-Louises Verlobungszeit erinnern, in der aus dem rosenwangigen, übermütigen Mädchen, das unsterblich in den Dauphin verliebt war, eine bedrückte, blasse Frau wurde, der man von früh bis spät vorbetete, welches Glück sie habe, da es für eine Frau doch die zweitgrößte Ehre der Welt sei, Gemahlin des Königs von Spanien zu werden. »Sie wissen sehr gut«, hatte ihr der Sonnenkönig selbst erklärt, »daß Persönlichkeiten wie wir für den Staat da sind.« Wer Bescheid wußte, fragte sich, ob SM dabei an die eigenen Tränen dachte, als man ihn mit der braunzahnigen Tochter des spanischen Königs verheiratete, wie es sich so gehörte im spanisch-französischen Königsspiel Zug um Zug und Opfer gegen Opfer.

Man hatte ihr die Freuden der Macht angepriesen, die süßer seien als jene der Liebe, und sie bemühte sich gehorsam, daran zu glauben. Als man ihr aber das neueste Porträt ihres königlichen Bräutigams überreichte, ließ sie es fallen und brach wortlos zusammen. Ihr Vater hob sie hoch und legte sie auf ihr Bett. Er tröstete sie nicht mehr, weil ihm nichts einfiel, was sie hätte trösten können.

Neunzehn Jahre war sie alt, als sie herausgeputzt, geschmückt und geschminkt Paris verließ und genau wußte, daß sie nie wieder zurückkehren würde. Der ganze Hofstaat hatte sich versammelt, um dabeizusein, wie sie von ihrem Vater und ihrem Onkel unter erdrückendem Pomp zur Kutsche geführt wurde. Ihre Mutter war schon seit sieben Jahren tot, aber auch sie hätte ihr nicht helfen können. Bedauert und beneidet zugleich ging Marie-Louise fort, um Königin zu werden.

Er liebte sie, und er erwartete sie mit solcher Ungeduld, daß sein empfindlicher Kreislauf zusammenbrach, als sie vor ihm stand und sich zitternd bemühte, ihren Abscheu zu verbergen. Sein Leben lang war er kränklich gewesen, schwach und ungenügend für sein hohes Amt. Nun meinte er, mit Hilfe dieses hübschen, gesunden Mädchens die Pflicht erfüllen zu können, die wichtiger war als alles andere: einen Nachkommen zu zeugen, damit sein Reich ungeteilt weitervererbt werden konnte.

Mit einer Lebhaftigkeit und Galanterie, wie sie noch nie jemand bei ihm gesehen hatte, zeigte er ihr seinen Palast und die Menschen, die ihn umgaben. Er wünschte sich, daß sie sich wohlfühlte, daß alles hier ihr gefiele. Am meisten wünschte er ihr das Gefühl, das er selbst nie kennengelernt hatte: Glück. Wie ein Wesen aus dem Paradies kam sie ihm vor: so jung, so frisch und so gesund. Er zitterte, als sie ihn zum ersten Mal höflich anlächelte, weil er ihr leid tat in seinem Bemühen und als er sie eines Nachmittags mit ihren Kammerfrauen lachen hörte, glaubte er, ihre Liebe nun bald gewonnen zu haben.

Er ließ sie nicht mehr aus den Augen. Keinen Augenblick durfte sie allein bleiben. Sogar in den Toilettenraum folgte er ihr, und er betrachtete es als ein Geschenk Gottes, daß in seinem welken, ausgemergelten Körper mit einem Mal eine fieberhafte Sinnlichkeit aufflackerte, die ihn Tag und Nacht nicht zur Ruhe kommen ließ. Jedesmal, wenn er von seiner jungen Frau abließ, die sich schweigend die Tränen vom Gesicht wischte, meinte er, nun sei es geschehen und der Himmel werde ihm bald einen Sohn schenken, einen Erben und Nachfolger.

Nach drei Monaten brach er zusammen. Alle meinten, er würde sterben. Die Mönche, die ihn umgaben, flüsterten ihm zu, der Teufel selbst sei schuld an seiner Schwäche. Satan habe ihm diese Frau geschickt, so süß und verführerisch wie Honigseim, aber im Herzen bitter und sündhaft wie alle Franzosen. Man wisse mit Sicherheit, daß die Diener der Königin versucht hätten, ihn, den König von Gottes Gnaden, zu vergiften.

Er wollte es nicht glauben. Er ließ Marie-Louise zu sich kommen. Sie wußte, daß er der einzige Mensch war, der sie noch retten konnte. Sie hörte seinen rasselnden Atem. Sie sah, daß er ihr etwas sagen wollte, doch sie verstand ihn nicht, und es widerstrebte ihr, ihr Ohr seinem Mund zu nähern. Trotzdem betete sie um sein Leben, denn sein Leben war das ihre.

Man folterte ihre Diener. Sie gestanden alles, was man von ihnen verlangte und wurden hingerichtet. Marie-Louises Amme wurde ebenfalls gefoltert, aber sie fiel früh genug in Ohnmacht. Ihre Herrin warf sich nun doch dem König zu Füßen und flehte um die letzte Gefährtin aus ihrer Kindheit. Die Amme wurde begnadigt, und der König erholte sich. Er ließ Teufelsaustreiber kommen und unterwarf sich ihren Ritualen. Auch Marie-Louise wurde behandelt und erlebte mit kaltem Grauen, wie die Dämonen keuchend und grunzend aus ihrer Seele wichen, während ihr der Exorzist in Ekstase die Hände auf die Brust drückte.

Der König atmete auf. Demütig näherte er sich wieder seiner Frau und gestattete ihr sogar, von nun an jeden Morgen eine Stunde lang im Park auszureiten. Erst als ein halbes Jahr später das Pferd scheute und Marie-Louise abgeworfen wurde, wußte sie, daß damit auch diese Freiheit wieder verscherzt war. Das Pferd war ebenfalls gestürzt und lag auf ihrem ausgestreckten Arm. Sie hatte sich den Brustkorb geprellt und fürchtete, zu ersticken. Die Soldaten der Garde standen um sie herum und blickten entsetzt auf sie hinunter. Trotzdem halfen sie ihr nicht. Es war bei Todesstrafe verboten, die Königin zu berühren. Man eilte nach Ärzten, aber die Wege im Palast waren so weit, daß Marie-Louise nicht überlebt hätte, wenn ihr nicht doch ein beherzter Mann zu Hilfe gekommen wäre. Er zerrte ihren Arm unter dem Leib des Pferdes hervor und schob sie vorsichtig zur Seite. Dann rettete er sich in hastigem Galopp und kehrte nie wieder nach Spanien zurück.

Sieben Jahre waren vergangen, seit Marie-Louise zum ersten Mal das Land betreten hatte, in dem sie die süße Lust der Macht kennenlernen sollte. Sieben Jahre, in denen sie sich schließlich mit ihrem neuen Leben abgefunden hatte. Sie wußte, daß die Spanier sie haßten, so wie sie alle anderen französisch-stämmigen Königinnen gehaßt hatten. Sie schuf sich eine eigene kleine Traumwelt, in der der Dauphin, die Liebe ihrer Jugend, sie jede Nacht in die Arme schloß, und sie verbrachte Stunden hinter den schweren Vorhängen des Palastes, vor dem die Menschen wie kleine Insekten auf und abmarschierten, redeten, gestikulierten, lachten und stritten ... eben: lebten. Marie-Louise war ihre Königin. Vor ihr knieten sie, und beugten sie den Nacken. Sie selbst beugte ihren Nacken nicht, denn er steckte in der Golille, die nicht einmal das Beugen mehr gestattete, und nach den raschelnden, frivolen Kleidern ihrer Jugend schnürte sich ihr sehnsüchtiger junger Körper nun in tiefes, schweres Schwarz.

Eugène begegnete ihrem Blick. Man hatte ihm erzählt, wie traurig sie sei, wie blaß und hoheitsvoll. Heute aber leuchteten ihre Augen, und ihre Wangen waren rosig wie früher. Sie atmete tief vor Aufregung und Freude. Sie wandte sich zu Olympia und lächelte. Der König sah es und schwieg. Erst jetzt begriff Eugène, daß Olympia und er für diese Frau Hoffnung bedeuteten, gemeinsame Erinnerungen an eine unbeschwerte, goldene Zeit. Er lächelte zurück, und die große Königin von Spanien, die Nichte seines Feindes Ludwig, errötete vor Glück.

Olympia war in Hochstimmung. Nach sechs Jahren luxuriösen Exils im provinziellen Brüssel war sie endlich wieder in eine Metropole zurückgekehrt, wo die Macht residierte, wo die Fäden gezogen wurden, an denen die Völker hingen.

»Ich hätte nicht gedacht, daß es mir hier so gut gefallen würde!« schwärmte sie und küßte Eugène flüchtig auf die Wange. Sie hatte nicht mehr viel Zeit für ihn. Sie, die in Brüssel bis in den Nachmittag hinein geschlafen hatte, stand nun zeitig auf, um nur ja nicht zu spät zur Königin zu kommen, die sie schon mit Ungeduld erwartete. Als wären sie gleichen Alters, steckten sie beieinander, lachten, klatschten und spotteten. Marie-Louise, der Spanien bisher als eine Hölle erschienen war, sah auf einmal alles nur mehr durch die ironische Brille ihrer neuen, ihrer einzigen Freundin, die ihr in Frankreich so arrogant und herablassend vorgekommen war, die hier aber als einziger Mensch Verständnis für sie zeigte. Olympia kannte keinen Respekt vor den schwarzen Herren mit ihren Halskrausen und den riesigen dunklen Brillen und vor den strengen Damen in ihren weiten, starren Gewändern. Sie verglich sie mit schwerfälligen alten Barkassen, die an den Wänden des Palastes vor Anker lagen, um nach der Audienz hoheitsvoll wieder fortzusegeln.

Marie-Louise lachte, und unter ihrem Lachen schmolz der Gram von sieben Jahren. Noch war sie jung und von der seelischen Robustheit der Bourbonen. Sie spürte auf einmal, daß sie immer noch in der Lage war, sich zu erholen. Vielleicht war ihr Leben doch noch nicht vertan. Vielleicht genügte es, diesen Hof und das eigene Schicksal weniger ernst zu nehmen. Wie lächerlich sie doch alle waren in ihrer wächsernen Würde! Bedauernswerte, komische Kreaturen, die nicht wußten, wie fröhlich das Leben sein konnte. Paris war weit, aber in ihrem Herzen war Marie-Louise immer noch Französin. Warum sollte sie das Lachen nicht einfach aus sich selbst hervorholen, aus den Erfahrungen ihrer Kindheit in Frankreich, wo alle wußten, wie man sich das Leben angenehm machen konnte, und aus dem Charakter ihres Volkes, das für Schwerfälligkeit und Stumpfheit nie etwas anderes übriggehabt hatte als Spott und Verachtung!

Olympia war wieder Favoritin, diesmal nicht eines Königs, sondern einer Königin, und da Karl nichts einwandte gegen die neue Brise, die plötzlich wehte, schien einer zweiten Karriere von Madame la Comtesse nichts mehr im Wege zu stehen. Erste Dame am Hofe des Sonnenkönigs war sie gewesen: Intendantin der Königin von Frankreich. Was sollte sie jetzt daran hindern, Camarera Mayor, Intendantin der Königin von Spanien, zu werden?

Es war wieder wie früher in Paris. Sie spann Fäden, organisierte, intrigierte, bezauberte und beleidigte. Sie glaubte, alles zu durchschauen, spannte ihre ganze Umgebung für sich ein und ließ sich dann doch immer wieder zu taktlosen Bemerkungen hinreißen, die ihre früheren Bemühungen mit einem Schlage zunichte machten und im Handstreich gewonnene Freunde wieder in Gegner verwandelten. Sie vergaß, daß dies hier nicht Frankreich war und daß den schwarz gewandeten Damen und Herren die Leichtigkeit und Respektlosigkeit der Franzosen fehlte. Autoritätshörig und ängstlich ertrugen sie es kaum, wenn in ihrer Gegenwart Hierarchien in Frage gestellt oder Würdenträger in ihrer Fehlbarkeit und Umständlichkeit denunziert wurden. Olympias Sarkasmus, der ihr in Paris so viel Ärger, aber noch mehr Bewunderung eingebracht hatte, prallte ab von diesen Menschen, denen alles ernst und schwer war, und die sie verachteten für ihre innere Freiheit, die ihnen als tödliche Gefahr erschien in diesem Land, in dem die Feuer der Inquisition noch nicht erloschen waren. Olympia kannte die Mechanismen der Macht und der Manipulation, die überall die gleichen sind, aber sie war nicht empfindsam und wachsam genug, zu begreifen, daß ein anderes Land auch einen anderen Bewußtseinszustand bedeutete.

Trotzdem schien nichts ihr im Wege zu stehen. Die rosigen Wangen der Königin und ihr wiedergewonnenes Lachen schützten sie. Der König glaubte, seine Gattin wäre nun endlich so glücklich, wie er es sich für sie vor sieben Jahren gewünscht hatte. Olympia schien die Medizin zu sein gegen Marie-Louises Schwermut und ihre Kälte ihm gegenüber. Wann immer einer der Granden wagte, in verschlungenen Andeutungen den Einfluß der italienischen Französin anzuzweifeln, die immerhin in ihrem eigenen Land als Giftmischerin verdächtigt worden war, antwortete Karl nur mit einem ausdruckslosen Blick und einem Schweigen, das das Gesagte ungesagt machte und unwiederholbar. Seine Duldung schützte Olympia wie ein Mantel. Das wenigstens war ihr bewußt, und es wäre ihr nie in den Sinn gekommen, ihre Respektlosigkeit auch an ihm zu erproben.

Sie liebte Spanien, weil sie es liebte, wenn alles nach ihrem Willen ging. »Wir müssen hier Wurzeln schlagen!« beschwor sie Eugène an einem der wenigen Abende, an denen sie noch Zeit für ihn fand. »Selbst wenn wir nicht bleiben sollten, wird es unseren Einfluß anderswo stärken.« Sie streichelte zerstreut seine Wange. »Du bist Grande Erster Klasse, Eugène, verwandt mit dem Königshaus. Gut genug für jede. Daß du kein Vermögen hast, ist nicht von Bedeutung. Deine Erfolge sprechen für dich, und dein Name zählt. Er wird uns helfen, eine reiche Erbin für dich zu finden. Ich habe in Turin anfragen lassen, ob man dir erlauben würde, eine spanische Linie des Hauses Savoyen zu gründen. Victor Amadeus hat nichts dagegen.« Sie lachte. »Ich kann dir versichern, keine einzige gute Partie wird meinem wachsamen Auge entgehen.« Und sie nannte Namen, Zahlen und Stammbäume. Sie wußte genau, wovon sie redete, kannte jedes Für und Wider, wog Schönheit auf gegen geringere Mitgift und schwächliche Gesundheit gegen Einfluß des Vaters.

»Die Infantin von Portugal!« schlug sie vor, und ihre Stimme zitterte vor Begeisterung. »Isabella. Ihr Vater ist Pedro II. Ihre verstorbene Mutter kam aus Savoyen: eine Schwester deiner Tante Giovanna Battista. Unter Umständen hätte Isabella sogar Aussichten auf den portugiesischen Thron.«

Eugène schwieg. Es kam ihm plötzlich vor, als wäre er nicht in Madrid, sondern wieder in Paris. Die Zeit wäre zurückgelaufen. Er wäre wieder der kleine Junge, dem man gegen seinen Willen eine Tonsur geschoren hatte und dem sein Leben vorgeschrieben wurde, ob er es wollte oder nicht.

»Auch die Tochter des Vizekönigs von Neapel käme in Frage!« fuhr Olympia fort, ohne zu bemerken, daß die Liebe und

Vertrautheit, die auf der Seereise zwischen ihnen geherrscht hatte, auf einmal nur mehr eine Erinnerung für ihn war. »Du weißt schon: der Marqués del Carpio. Sie soll sehr mütterlich sein. In jeder Hinsicht, wenn du verstehst, was ich meine.« Dann die Tochter des Condestable von Kastilien und die des Staatsratsmitglieds Herzog von Fues. Olympias Phantasie kannte keine Grenzen mehr: War Victor Amadeus, das Familienoberhaupt, nicht im Vorjahr ziemlich lange krank gewesen? Gewiß, er war noch jung, aber was, wenn er starb? Mit dem nötigen pekuniären Hintergrund hätte Eugène beste Chancen, sein Nachfolger zu werden, nicht wahr? Oder die Statthalterschaft der Niederlande: Nun ja, Olympia hatte Brüssel nie geliebt, aber wenn ihr eigener Sohn dort Statthalter wäre, sähe alles wohl ganz anders aus.

Schloß Raudnitz in Böhmen. Das Diner ging zu Ende. Franziska, seine Vielleicht-bald-Braut, redete noch immer über Menschen, die er nicht kannte, und die sie nicht liebte.

»Ich habe doch recht, oder?«

Er nickte, obgleich er nicht wußte, was sie gesagt hatte. Wie um sich zu entschuldigen, daß er, der neben ihr saß, auf sie vergessen hatte, griff er nach ihrer Hand und küßte sie. Franziska ließ es geschehen, machte sich dann aber ungeduldig wieder los. »Nicht wahr, ich habe recht?«

Eugène nickte zum zweiten Mal und murmelte etwas Zustimmendes. Es gelang ihm nicht, sich von seinen Gedanken an Olympia zu lösen. Fassungslos war sie gewesen, als er ihr sagte, daß er zurück nach Österreich wolle und daß keine der jungen Erbinnen, die sie ihm ins Bett legen wollte, für ihn in Frage käme.

»Magst du keine Frauen?« hatte sie ihn plötzlich gefragt, mißtrauisch und besorgt. »Nicht, daß es darauf ankäme. Halb Versailles weiß nicht genau, was es eigentlich will, obwohl ich gestehen muß, daß mir diese Art der – nun ja, sagen wir trotzdem: Liebe – immer ein wenig suspekt ist. Wahrscheinlich kommt sie von unserer degenerierten Lebensweise.« Sie zuckte die Achseln. »Zumindest habe ich nie von homosexuellen Bauern gehört.«

»Ich bin nicht homosexuell!« Er war nicht zornig gewesen oder beleidigt. Eigentlich kam es ihm nach der Vertrautheit der vergangenen Wochen verständlich vor, daß sie ihm diese Frage gestellt hatte. Hatte er selbst nicht oft genug darüber nachgegrübelt, wer er eigentlich war, und wie er sich sein Leben vorstellte? Hatte er sich dabei nicht oft verglichen mit anderen, die außer Krieg, Spiel und Alkohol von früh bis spät nichts weiter im Kopf zu haben schienen als Frauen, nochmals Frauen und immer wieder Frauen?

Den vergangenen Karneval hatte er mit Max Emanuel und den anderen in Venedig verbracht, wo sich die schönsten Frauen Europas trafen, ehrbare und Kokotten, jede von ihnen bereit, sich den Siegern über die türkischen Teufel mehr oder weniger subtil an den Hals zu werfen. Die jungen Offiziere zählten ihre Eroberungen nach dem Dutzend, und selbst wenn die Hälfte davon Prahlerei gewesen sein mochte, war immer noch offenkundig, daß bei der Reichhaltigkeit des Angebots keiner zwei Abende mit der gleichen Frau verbracht hatte, und daß auch die Tage nicht ereignislos vergeudet wurden.

Eugène hatte sich fremd gefühlt in all dem Trubel. Eine schlecht verheilte Wunde an der Schulter bereitete ihm noch immer Schmerzen und hinderte ihn daran zu tanzen. Dazu kam sein Geldmangel. Keine der Schönen, die der *jeunesse dorée* nachliefen, verlangte etwas, aber jede erwartete Geschenke als Anerkennung dessen, was sie Liebe nannte. Nicht, daß Eugène nicht beachtet worden wäre. Er galt bei weitem als der tüchtigste unter den Offizieren; das größte Talent im Felde, nicht wahr? Wetten wurden indes heimlich abgeschlossen, wem es gelingen würde, ihn vom lächerlichen

Pfad der Tugend abzubringen. Aber er ging allein nach Hause, weil es ihm peinlich gewesen wäre, die Käuflichen nicht zu bezahlen. »Man hat mir von Ihrem vorbildlichen Lebenswandel berichtet, mein lieber Neffe!« schrieb ihm der Kaiser anerkennend und meinte wohl, Eugène würde sich darüber freuen. »Seien Sie stolz auf Ihre Selbstbeherrschung! Sie ist das Kostbarste, was uns Menschen von Gott geschenkt wurde.«

Doch Eugène war nicht stolz. Während er allein in seinem riesigen Prunkbett lag, dachte er daran, daß seine Freunde nun keineswegs allein waren. Er verwünschte sich selbst, daß er nicht einfach genommen hatte, was sich bot – leichten Herzens nur auf das eigene Vergnügen bedacht. Die Dame mochte selbst sehen, wie sie mit einer Enttäuschung fertig wurde. Keine würde wagen, sich zu beklagen, denn wenn sie hundertmal käuflich sein mochten: Zugegeben hätten sie es niemals.

Er fand keinen Schlaf. Immer wieder flogen seine Gedanken fort aus Venedig, fort von all den prächtigen, willigen Geschöpfen, fort nach Versailles zu dem kleinen See, den sie das Auge Gottes genannt hatten, und wo er die Tochter des großen Ludwig selbst berührt hatte. Wäre sie jetzt hier bei ihm gewesen, hier in Venedig – ein Blick aus ihren Sonnenaugen hätte genügt, ihm den Boden unter den Füßen wegzuziehen. Keine Strafe der Welt und des Jenseits hätte ihn davon abhalten können, ihr zu folgen, wohin auch immer sie wollte. Françoise ... Und er hielt sich die Ohren zu, als könnte er damit seine Sehnsucht und seinen Schmerz aussperren.

Ich bin nicht homosexuell. War man homosexuell, wenn man in der Kindheit mißbraucht worden war? In dunkle Ecken gezerrt, die nächtlichen Winkel des Hoflebens. Diener, die mit der Scham und dem Schweigen der Kinder rechneten, die später ihre Herrn sein würden, für die jetzt aber niemand Zeit hatte, vor allem nicht ihre Eltern, deren Lebens- und

Überlebenssinn darin bestand, dem König zu gefallen. War man homosexuell, wenn man damals geschwiegen hatte, obwohl man sich davor fürchtete, daß sich das Unsagbare wiederholen könnte? Die unbarmherzigen Hände, das Keuchen, die Besudelung und der Ekel über den anderen und über sich selbst. Kinder, die plötzlich erröteten, ohne daß ein Grund dafür vorhanden schien. Kinder, die nicht reden wollten oder die aufdringlich waren, allzu vertraulich, weil sie sich nach und nach an die Demütigungen gewöhnt hatten. Je öfter ihre eigenen Grenzen verletzt wurden, um so mehr verlernten sie es, die Grenzen anderer zu erkennen. Kinder, die heranwuchsen und sich in Frivolität und Zynismus flüchteten, in den Spott über das Leid von einst, als ihre Seele noch rein war. Taugenichtse mit geschminkten Gesichtern, die keiner achtete, und die nur nicht zerbrachen, weil sie sich und einander immer wieder versicherten, sie selbst seien eigentlich die Klügeren, die Aufgeklärteren; Weltmänner unter lauter Provinzlern. Wie sollte es da eine Schande oder ein Verbrechen sein, den jetzt Schwächeren anzutun, was man früher selbst erlebt hatte?

Ich bin nicht homosexuell. Er war dem allen entronnen. Rechtzeitig, auch wenn er die Hilflosigkeit von damals nie vergessen würde. Ausgeliefert zu sein, nur weil man körperlich schwächer war. Um Schonung zu flehen und nicht gehört zu werden. Benutzt zu werden. Ein Gegenstand, in dem Blut floß; ein junger Körper, der gezwungen wurde, Lust zu spenden, sonst nichts. Nein, er hatte es nicht vergessen, er würde es nie vergessen, und er wollte es auch nicht vergessen. Es war ein Teil seines Lebens, aber er wußte, daß er damit fertig war. Verloren allerdings hatte er die Unbefangenheit, sich Menschen einfach zunutze zu machen, wie es seine Freunde mit Frauen taten, die ganz sicher nicht um Schonung flehten und doch auch nur Werkzeuge waren wie die Kinder des Louvre. Zu lieben, zu begehren und beieinander zu sein, ohne daß einer mehr nahm als er gab – wie sehr hätte er es sich gewünscht mit Françoise! Ich bin nicht homosexuell!

Einmal noch war er verliebt gewesen, wenn auch nur für wenige Stunden. Er war nicht darauf gefaßt gewesen, weil er meinte, nach seiner Trennung von Françoise nie wieder lieben zu können. Noch in späteren Jahren dachte er immer wieder an das junge Mädchen, das ihm Max Emanuel in Venedig in seine Suite geschickt hatte. Wahrscheinlich hatten sie eine Wette abgeschlossen, Max Emanuel und seine Freunde, ob es der kleinen Fiammetta gelingen würde, den »Mars ohne Venus«, wie jemand Eugène genannt hatte, aus der Reserve zu locken. Ein gut bezahltes Geschäft für die junge Frau, aber sie erfüllte es mit Grazie und der feierlichen Würde einer kleinen antiken Priesterin.

Fiammetta. Plötzlich stand sie in seinem Zimmer, eingelassen von einem bestochenen Diener. Dunkle Augen, nachtschwarzes Haar. Wie Vogelschwingen . . . Ganz anders als Françoise war Fiammetta, sanft, nachgiebig und ernst. Während der ganzen Nacht, die sie bei ihm verbracht hatte, hatte sie niemals gelacht, und doch war sie voll Freundlichkeit, Aufmerksamkeit und Ruhe. Eine venezianische Kokotte, eine von vielen, aber eine von der nobelsten Sorte, die nur mit dem Adel verkehrte, die im Luxus lebte und vielleicht darauf hoffen konnte, mit Hilfe reicher Verehrer noch rechtzeitig der Gosse zu entgehen.

Wie eine vornehme Venezianerin sah Fiammetta aus. Sie erzählte ihm, ihr Vater sei ein hoher Beamter der Republik. Erst später, gegen Morgen, als die ersten Boten des Tages das Schwarz der Nacht in Grau milderten, sagte sie leise, sie wisse nicht, woher sie stamme. Sie sei als Kind eine Kriegsbeute gewesen. Türkin. Ihre Stimme klang verächtlich, obwohl sie von sich selbst sprach. Ein wohlhabender Venezianer habe sie aus Moräa mitgebracht, taufen und mit seinen eigenen kleinen Töchtern erziehen lassen. Erst als sie älter wurde, habe seine Frau plötzlich darauf bestanden, daß sie den Palazzo am Canale Grande verließ. Ihr Herr habe ihr geholfen, eine Unterkunft zu finden. Er habe ihr Geld gegeben und sie danach noch mehrmals besucht. Erst da habe sie begriffen, warum seine Frau sie aus dem Hause haben wollte.

»Ich kann mich nicht beklagen«, sagte sie leise. »Es geht mir sehr gut.« Sie trug echte Perlen, und ihr Kleid war aus schwerer Seide. Ihre Augen und ihr Haar waren wie Olympias Augen und Haar, ihre Gestalt so zart wie die von Françoise, und ihre Jugend so ungeordnet wie die Eugènes. Für wenige Stunden war er sicher, noch nie einen Menschen so geliebt zu haben.

Er wollte nicht heiraten. Er wußte es plötzlich ganz genau. Keine Spanierin, keine Italienerin, keine Österreicherin und auch keine Sächsin wie Franziska, die ihm der Kaiser so warm ans Herz gelegt hatte. Noch vor wenigen Tagen war ein Brief aus Wien überbracht worden, in dem Leopold versicherte, er hoffe sehr, die ›Marriage‹ käme zustande und der liebe Neffe vermöge die ›Affection der Prinzessin zu acquirieren‹. »Möge Cupido Gewalt üben!« schloß er sein kaiserliches Schreiben und garantierte Franziska im Nachwort eine Witwenversicherung von zwölftausend Gulden, was ihr die Heirat sicher noch verlockender erscheinen lassen werde. Eugène selbst empfahl er, ›empressement walten zu lassen‹, dann werde sich bei der jungen Frau die ›nötige inclination‹ ganz von selbst einstellen.

Doch Eugène wollte nicht heiraten. Er ließ kein *empressement* walten. Cupido sparte seine Pfeile, und bei Franziska stellte sich die nötige *inclination* nicht ein. Eugène befahl zu packen, bestellte den Wagen und dankte Franziskas Großvater für die Gastfreundschaft. Er gab keine Erklärungen ab, und man erwartete auch keine von ihm. Jeder der Beteiligten wußte Bescheid. Es genügte, höflich zu sein. Er hielt seine kalten Lippen über Franziskas kalte Hand und blickte ohne Bedauern in ihre dunklen Kieselaugen ohne Wärme und Sympathie. Wahrscheinlich würde man noch in dieser Stunde den nächsten Gast und Heiratskandidaten ins Schloß laden. Es hieß, die Briefe an den Prinzen von Salm und an Philipp von Neuburg seien längst geschrieben. Man brauche nur noch das Datum einzusetzen. Die Zeit verstrich schnell für eine junge Frau, die wie Franziska den Ehrgeiz hatte, es weit zu bringen. Mit jedem zusätzlichen Lebensjahr und jedem Bewerber, der das Schloß verließ, ohne sich erklärt zu haben, sank der Marktwert der Braut.

»Ich wünsche Ihnen eine angenehme Reise!« sagte Franziska mit ihrer kühlen, sächsischen Stimme. Noch ehe Eugène sich bedanken konnte, drehte sie sich um und ließ ihn stehen. Er sah ihr nach und hatte für einen Augenblick die Vision, sie wäre seine Frau geworden, und er zöge jetzt fort in irgendeinen Krieg, den der Kaiser zu führen gedachte. Ich wünsche Ihnen eine angenehme Reise ... Und dann – im Feld – die Erinnerung an sie, die ihm Kraft einflößen sollte und das Verlangen, bald wieder bei ihr zu sein. Und dann: die Rückkehr und wieder ihre Stimme: »Ich hoffe, Sie hatten eine angenehme Reise.«

5

Er sandte seine Begleitung voraus nach Mähren, wo die Savoyendragoner überwintert hatten, und bestieg selbst eine Postkutsche in Richtung Wien. Nur sein zehnjähriger italienischer Page Vittorio Philippi kam mit ihm und redete sich während des ganzen ersten Reisetages die Erleichterung von der Seele, daß man dieses schreckliche, finstere Raudnitz verlassen und daß Seine Hoheit diese fürchterliche Dame mit

Gottes Hilfe nun doch nicht geheiratet hatte. »Als Page erfährt man so manches«, erklärte er bedeutungsvoll und berichtete von Franziskas zahlreichen Heiratskandidaten, die nach und nach aufgetaucht und fluchtartig wieder verschwunden waren, obgleich das edle Fräulein vom Aussehen her eigentlich nicht einmal so abstoßend sei. Dennoch habe sie Haare auf den Zähnen, hätten ihm die Dienstboten erzählt, und den Teufel im Leibe. Mit ihr sei nicht gut Kirschen essen, und sie sei eine Mahlzeit, an der man sich gleich beim ersten Mal für immer den Magen verderbe ... Vittorio genoß es, mit seinen neuerworbenen Deutschkenntnissen zu prahlen. Er nahm jede Redewendung wörtlich. Die Metaphern der fremden Sprache waren für ihn überraschend und unverbraucht. Mit der neuen Sprache entdeckte er eine neue Welt. Besonders die Haare auf den Zähnen entzückten ihn.

Er habe erfahren, berichtete er vertraulich, daß die Prinzessin Franziska vom Prinzen von Savoyen nicht besonders angetan gewesen sei. Am meisten habe sie gestört, daß er ein jüngster Sohn und damit kein regierender Fürst war. Außerdem mochte sie keine dunkelhaarigen Männer. Sie seien ihr zu welsch. Am liebsten wäre ihr ein kräftiger, hochgewachsener Deutscher gewesen mit blonden Haaren, von möglichst hohem Rang und mit möglichst viel Besitz. Zudem fühle sie sich immer ganz besonders geborgen, wenn ein Mann den Dialekt ihrer Heimat Sachsen spreche. Aber man könne natürlich nicht alles erwarten. Eugènes französischen Akzent mochten manche Damen ja schätzen, aber sie, Franziska, fände alles Französische immer ein wenig parfümiert. Daß Eugènes Mutter von Geburt her bürgerlich war, machte Franziska ebenfalls zu schaffen, denn ihren späteren Söhnen würde damit eine eventuelle einträgliche Karriere als Stiftsherr verschlossen bleiben. Um in die Domkapitel aufgenommen zu werden, mußte man mindestens sechzehn adelige Ahnen nachweisen.

Trotzdem habe Franziska schließlich nachgegeben, denn ihr entnervter Großvater habe ihr verständlich gemacht, daß dieser junge Mann nicht mit den üblichen Maßstäben zu beurteilen sei. Seine militärischen Talente seien so außerordentlich, daß ihm aller Voraussicht nach eine Karriere bevorstehe, wie kaum einer sie jemals gemacht habe. Die Dame, die er zur Frau nahm, komme wahrscheinlich einmal einer Königin gleich, und die Witwenrente, die der Kaiser in Aussicht gestellt habe, sei ebenfalls nicht zu verachten. Tot oder lebendig sei Eugène jedenfalls eine weitaus bessere Partie, als es auf den ersten Blick den Anschein habe. Was die schwarzen Haare und den nicht vorhandenen Dialekt anbelange, so sei das nicht von Bedeutung. Es sei erwiesen, daß sich die Liebe in der Ehe automatisch einstelle, so daß nach ein paar Jahren keine vernünftige Ehefrau mehr bemerke, wie ihr Mann aussah, oder wie er sprach.

Diese Vorhaltungen hatten Franziska wohl überzeugt und – so erfuhr Eugène zu seinem nachträglichen Schrecken – einen Tag länger in Raudnitz und ihm wäre klar gemacht worden, er habe sich durch seinen ausgedehnten Besuch in einer Weise festgelegt, daß nur mehr eine sofortige Verlobung denkbar sei.

»Wir sind noch einmal davongekommen, Hoheit!« seufzte Vittorio erleichtert und nahm im nächsten Augenblick das unerschöpfliche Thema von neuem auf.

Eugène ließ ihn reden und antwortete kaum. Die meiste Zeit waren sie allein in der Kutsche, nur hin und wieder stiegen Fahrgäste zu, doch alle blieben nur ein paar Stationen lang.

Die Reise von Böhmen nach Wien dauerte mehrere Tage. Das einschläfernde Rumpeln der Kutsche, die muffige Wärme und die Erleichterung über sein Raudnitzsches Entkommen versetzten Eugène nach und nach in einen wohligen Halbschlaf. Er nickte ein, döste eine Weile und schreckte dann wieder hoch. In den wachen Phasen sann er nachlässig und ohne Methode über die eigene Lage nach. Sein Hauptproblem war noch immer der Geldmangel, den auch seine spektakuläre Karriere nicht behoben hatte. Er war längst kein Schlachtenbummler mehr. Schon unmittelbar nach der Befreiung von Wien hatte ihn der Kaiser zum Obersten ernannt. Ein Jahr später wurde er Generalmajor und wieder ein Jahr danach Feldmarschalleutnant. Sogar den Orden vom Goldenen Vlies hatte man ihm verliehen. Trotzdem war er immer noch darauf angewiesen, daß Borgomanero ihn beherbergte. Das Leben bei Hofe war teuer. Hätte ihn sein Turiner Stammhaus nicht unterstützt, hätte er längst sein Regiment aufgeben müssen. Fast jede Woche schrieb er einen Brief an seinen Vetter Victor Amadeus, um ihn daran zu erinnern, wie günstig es sich für Savoyen auswirken konnte, einen Vertreter der Familie am kaiserlichen Hofe zu wissen. Doch Victor Amadeus war sparsam und hielt Eugène an der Grenze des Existenzminimums. Gerade wenn Eugène dann aufgeben wollte, traf wieder eine Geldanweisung ein, die ihn doch noch bei der Stange hielt, und wenn er sich beklagte, vertröstete man ihn auf später.

Keiner seiner Verwandten und Freunde wußte, wie arm er war. Sie luden ihn ein auf ihre Schlösser, und er hatte Mühe, das Geld für die Gastgeschenke zusammenzukratzen. Als er den Fasching in München als Ehrengast von Max Emanuel verbrachte, mußte er die Abreise immer wieder aufschieben, weil er die Trinkgelder nicht aufbringen konnte. Zuletzt blieb ihm nichts anderes übrig, als in aller Heimlichkeit den Ring zu verkaufen, den ihm sein Jugendfreund Conti zum Andenken geschenkt hatte. Nun konnte Eugène abreisen, wie es sich für einen Prinzen von Savoyen gehörte. Max Emanuel, der so reich war, wäre es nie in den Sinn gekommen, in welcher Bedrängnis sich sein Cousin, dessen Courage und Lässigkeit er bewunderte, befand. Mit großzügiger Hand schenkte er Eugène zum Abschied drei Pferde, von denen jedes einzelne viel wertvoller war als der Ring, den Eugène so schweren Herzens geopfert hatte. Drei Pferde, wunderbare, vorzüglich geschulte Tiere, die ihm erlaubten, sein viel weniger kostbares, viel weniger trainiertes Pferd aus Frankreich nicht mehr in den Krieg mitnehmen zu müssen: Sibelle, die in Versailles dabeigewesen war, wenn er mit dem Mädchen, das er liebte und dessen Namen er später nie mehr nannte, ausritt. Sibelle, das Symbol seiner vertanen Jugend, seiner enttäuschten ersten Hoffnungen und des neuen Anfangs in der Fremde.

Die Kutsche fuhr in den Abend hinein. Vittorio hatte längst die dumpfe Enge des Fahrgastraums verlassen und den luftigen Platz vorne neben dem Kutscher eingenommen. Eugène wachte auf. Er war hungrig, doch weit und breit war keine Ortschaft zu sehen. Die Gegend war hügelig-lieblich mit Mischwäldern und dazwischen ein paar Wiesen und Feldern. Eine Zeitlang gesellte sich die Straße einem gewundenen Bach zu, dann quälte sie sich wieder in die Höhe in den Wald hinein. Der Kutscher trieb die Pferde an. Es war höchste Zeit, daß man die Poststation erreichte, sonst würde man womöglich noch in die Dunkelheit geraten.

Ein Gefühl der Fremdheit bemächtigte sich Eugènes, wie es ihm oft erging, wenn er in der Dunkelheit noch unterwegs war. Eine seltsame Verlassenheit wie bei einem Kind, das nachts aufwacht und merkt, daß es allein ist. Ein Gefühl, vor dem er sich fürchtete und das ihm dennoch vertraut war. Sogar in Wien, in dem prächtigen Appartement, das ihm Borgomanero in der spanischen Botschaft zur Verfügung gestellt hatte, befiel es ihn manchmal wie die Attacke einer unheilbaren Krankheit. Dann hielt er eine Kerze an den Spiegel, betrachtete ganz aus der Nähe das eigene Gesicht, und es war ihm fremd, als hätte er es nie gesehen. Fremde Augen, die dunklen, italienischen Augen, die er von Olympia geerbt hatte und ihr schwarzes Haar; fremd nach den vielen blonden, rosahäutigen Menschen, mit denen er tagsüber umgegangen war. Bei Tage glaubte er oft, erfolgreich und glücklich zu sein, doch wenn die Lichter erloschen, erfaßten ihn Verlassenheit und die Finsternis der eigenen Seele, die noch keine Heimat gefunden hatte. Dann ging er schnell zu Bett, preßte die Lider aufeinander und versuchte, den Schrei seiner Gedanken im Schlaf zu ersticken. Er stürzte sich ins Vergessen, weil er meinte, alles würde sich schon von selbst erledigen. Hatte er nicht Freunde gewonnen in seiner neuen Welt? Wurde er nicht geachtet wie nie zuvor? Warum dann diese Fremdheit in der Nacht? Fremdheit nicht seiner Umgebung, sondern Fremdheit seiner selbst. Er zwang sich in den Schlaf und erwachte doch schon vor Ende der Nacht, weil er aus dem Bett gefallen war, als stünde es ihm nicht zu, darin zu liegen.

Es dauerte lange, bis ihn sein Spiegelbild im Kerzenlicht nicht mehr erschreckte. Noch lange wußte er nicht, wer er war und wer er in Wahrheit sein wollte, aber er fing an, die Äußerlichkeiten zu akzeptieren: sein Gesicht, seinen Körper, seine Talente, seine oberflächlichen Wünsche und unfertigen Träume. Er fing an zu akzeptieren, daß er keine Heimat mehr hatte, aber er begriff auch, daß niemand ihm je eine anbieten würde, wenn er selbst sie sich nicht nahm. Er begriff, daß er zwar arm war, daß er sich aber nicht damit abfinden mußte. Er akzeptierte, was er war, und daß er die Kraft hatte, sein Leben zu gestalten. Die Entfremdung der Emigration hatte ihn zum Realisten gemacht.

Die Kutsche hatte die Anhöhe erreicht. Der Kutscher ließ die Pferde ein paar Minuten verschnaufen. Es war inzwischen fast ganz dunkel geworden. »Der junge Herr schläft!« rief der Kutscher Eugène, der aus dem Fenster blickte, zu. Vittorio schreckte hoch. »Non è vero! Non dormo!« – Und dann tapfer und mit einem Akzent zum Zerschneiden: »Ich schlafe doch nicht!«

Erst jetzt sah Eugène zwischen den Baumstämmen hindurch, weit unten am Fuße des Berges, die kleine Ortschaft, in der sie die Nacht verbringen würden. Sie verhieß Wärme und Sicherheit. Der Kutscher trieb die Pferde wieder an für das letzte Teilstück dieses Tages. In engen Serpentinen wand sich die Straße den Berg hinunter. Immer wieder verschwanden die freundlichen, warmen Lichter aus Eugènes Blickfeld, und er beugte sich aus dem Fenster, um sie wiederzufinden. Borgomanero fiel ihm plötzlich ein, und daß er ihn in spätestens zwei Tagen wiedersehen würde.

6

Während die Diener sein Gepäck ausräumten, nahm er ein Bad und trank dabei den schweren, kühlen Wachauer Wein, den man ihm auf Borgomaneros Anweisung hingestellt hatte. Er kämmte sein nasses Haar zurück, ließ sich rasieren und zog die frischen Kleider an, die bereitlagen. Vittorio war auf der Stelle eingeschlafen und hing mit dem Gesicht nach unten im großen Lehnsessel neben dem Fenster. Eugène zog ihm die Stiefel aus, trug ihn wie ein kleines Kind auf das Sofa im Ankleidezimmer und befahl den Dienern, den jungen Herrn schlafen zu lassen, solange er wolle. Danach sollten sie ihm ebenfalls ein Bad richten und ihm saubere Kleider und etwas zu essen geben.

Er ging hinunter zur Terrasse im ersten Stockwerk. Die Tür stand offen. Ein warmer Luftzug bewegte die Vorhänge. Borgomanero stand mit dem Rücken zu Eugène an der Brüstung und blickte hinunter in den kleinen Park. Er mußte gehört haben, wie Eugène näherkam, aber er drehte sich nicht um. Eugène trat an seine Seite. Sie schauten hinunter in den Park auf die Kastanienbäume, die blühenden Rabatten und die fein gerechten Kieswege.

»Es ist Frühling!« stellte Eugène fest und lächelte. Es war dies der Beginn eines Spielchens, mit dem sie sich, seit sie einander kannten, immer wieder unterhielten: Eugène machte eine Bemerkung der besonders aufschlußreichen Art wie etwa eben »Es ist Frühling!« oder »Die Vögel singen!«, und Borgomanero wandte den Kopf ab und sagte mit angewiderter Stimme: »Du stellst das Offenkundige fest, mein Lieber!«

Sie hatten dieses Spiel begonnen, als Eugène Borgomanero zum ersten Mal traf, in Passau, der Fluchtresidenz des Kaisers. »Meine Lage ist etwas kompliziert!« hatte Eugène damals erklärt, als er Borgomanero Olympias Empfehlungsschreiben überreichte, und Borgomanero hatte mit dem besagten Satz geantwortet, nur daß er Eugène damals noch nicht duzte. »Sie stellen das Offenkundige fest, mein Lieber!« hatte er danach noch öfter bemerkt, bis Eugène, inzwischen übersensibilisiert, Offenkundiges bald nur noch in ironischem Tonfall aussprechen konnte. Er scheute Borgomaneros verschleierte Kritik, forderte sie aber im Spiel immer wieder heraus.

»Du stellst das Offenkundige fest, mein Lieber!« sagte Borgomanero tatsächlich. Er drehte sich um und umarmte Eugène. »Außerdem singen die Amseln, und die Blüten duften.« Er lachte. »Du hast recht: Es ist wirklich Frühling!«

»O mein Gott!« seufzte Eugène.

Sie setzten sich an den Tisch, der mit Kaffee und Kuchen gedeckt war und auf dem sich mehrere Briefkuverts und Aktenmappen türmten.

»Es ist also nichts geworden mit dem sächsischen Prinzeßchen«, sagte Borgomanero, während er mit einer Handbewegung den Diener wegschickte und den Kaffee selbst eingoß. »Und auch nichts mit der großen Mitgift.«

»Jetzt stellen Sie das Offenkundige fest, Marchese.«

»Keine Milch, kein Zucker, nicht wahr?«

»Schwarz, bitte.«

»In Wien weiß man bereits Bescheid«, fuhr Borgomanero fort und reichte Eugène die Tasse. »Kein *empressement* und keine *inclination*.«

»Und Cupido hat keine Pfeile ausgesandt.«

»Du rechnest fest damit, daß ich alle Schreiben Seiner Majestät kenne, nicht wahr?«

»Seit wann entginge dem spanischen Geheimdienst auch nur das privateste Briefchen unseres hohen Herrn?«

Borgomanero nippte in der unvergleichlich arroganten Art, die darauf hindeutete, daß er sich bestens amüsierte. »Du schmeichelst mir, Eugène, aber natürlich gibt es in Wien gar keinen spanischen Geheimdienst. Wir sind befreundete Länder. Da spioniert man doch nicht! Man erfährt höchstens rein zufällig hin und wieder eine Kleinigkeit.«

»Aber ja, Marchese!«

»Siehst du.« Borgomanero schob die Kaffeetasse zur Seite und zog die Aktenmappen zu sich heran. »Ich sehe, du bist in guter Stimmung. Wir können also ernsthaft werden.« Er öffnete eine Mappe und entnahm ihr ein Schriftstück. »Wie du weißt, hat sich dein Cousin in Turin für dich beim Papst eingesetzt und ihn gebeten, dir zwei Abteien in Savoyen-Piemont, die nach dem Tod des Prinzen Antonio freigeworden sind, zuzusprechen.« Borgomanero hielt das Schriftstück mit ausgestreckten Armen von sich weg, um besser lesen zu können: »San Michele della Chiusa und Santa Maria di Casanova.«

Eugène zuckte die Achseln. »Die eine Abtei ist vor einem Jahr halb abgebrannt, und außerdem hat der Papst das Gesuch abgelehnt.«

Borgomanero lachte. »Der Heilige Vater ist ein frommer Mann, der genau weiß, was für seine Kirche gut ist, und wo ihre Feinde sitzen: außer in Rom vor allem in Konstantinopel.

Gegen die römischen Widersacher muß er sich selbst helfen, aber gegen die Türken braucht er Verbündete. Ihm ist klar: Wenn die Türken Europa erobern, ist die katholische Kirche am Ende. Wer den Türken schadet, muß also ein Liebling des Papstes sein, nicht wahr?« Borgomanero legte beide Handflächen auf das Dokument, als wollte er sich das Vergnügen vorbehalten, seine Mitteilungen langsam, Schritt für Schritt, zu enthüllen. »Während du dich in Böhmen um charmante Damen bemüht hast – oder nicht genug bemüht hast? – müssen dir eigentlich ununterbrochen die Ohren geklungen haben. Jedenfalls ist der Heilige Vater deines Namens schon etwas überdrüssig geworden. Menschen, die dir nahestehen, mein Lieber, haben nämlich einen Generalangriff zu deinen Gunsten gestartet: Gubernatis, der Vertreter Savoyens in Rom, wie du weißt, sprach mehrere Male deinetwegen vor und bat darum, dir auf Grund deiner militärischen Verdienste um den Glauben die beiden Abteien zuzusprechen. Natürlich erwähnte er jedesmal ganz am Rande auch deine hohe italienische Abstammung. Der Papst ist Italiener, wie dir bekannt sein dürfte.« Borgomanero schenkte sich umständlich Kaffee nach, trank, beugte sich vor, um den Gesang einer Amsel besser zu hören und sprach dann weiter. »Danach folgte der Sturmangriff aus Österreich: Kardinal Carlo Pio meldete sich beim Heiligen Stuhl und überbrachte Papst Innozenz einen Brief unseres geliebten Kaisers Leopold. SM bat Papst Innozenz mit allem Nachdruck um Gunst für dich. Dein Bruder sei im Kampf gegen die Ungläubigen gefallen, und du selbst habest unzählige Male dein Leben und deine Kräfte für Kirche und Glauben eingesetzt . . . Soweit Österreich. Man hat mir versichert, der Heilige Vater war schon ziemlich mürbe, fand dich aber immer noch zu jung für eine so große Ehre. Also mußte weitergekämpft werden: Voilà, großer Auftritt für den Vertreter Spaniens! Deine bezaubernde Mama muß Seine Exzellenz, den Herrn Botschafter, sehr beeindruckt haben, denn er war unvergleichlich: Eugenio de Sabaudia, Spanischer Grande Erster Klasse, Träger des Ordens vom Goldenen Vlies, gläubiger Christ, Vorbild für unsere irrende Jugend und so weiter.« Borgomanero lehnte sich zurück. »Kurz und gut: auch ein Nachfolger Petri kann es sich nicht leisten, nach allen Seiten hin immer nur nein zu sagen. Außerdem liegt es in der Natur der meisten Menschen, sich selbst für gütig und konziliant zu halten. Nein zu sagen ist auf jeden Fall unangenehmer als ein warmherziges, hoheitvolles Nicken. Ein Nein mußt du erklären, ein Ja spricht für sich selbst.«

Der Diener brachte frischen Kaffee und teilte mit, der junge Herr schlafe noch immer.

»Lassen Sie ihn schlafen, so lange er will!« Borgomanero blätterte in den Akten. »Hör gut zu, Eugène!« Er suchte nach der entsprechenden Seite. »Ich habe mir Aufstellungen über sämtliche Güter schicken lassen, die zu den Abteien gehören. Außerdem eine Liste der Pöstchen, die bereits besetzt sind oder erst noch besetzt werden müssen. Dazu noch Informationen über sonstige Benefizien, die sich aus dem Besitz der Abteien für dich ergeben würden.« Er hatte die Seite gefunden und strich sie sorgfältig glatt. »Ich habe deine Finanzen schätzen lassen für den Fall, daß sich der Heilige Vater für dich entscheiden sollte.« Er lächelte zufrieden. »Es ergibt sich ein Jahreseinkommen von zweitausend Doublonen, das heißt also etwa zwanzigtausend Livres! Dazu kannst du damit rechnen, daß man dich sofort nach deiner Ernennung mit Gesuchen um freigewordene Posten überhäufen wird, was ebenfalls zum Ende deiner Misere beitragen dürfte.« Borgomanero führte zierlich die Kaffeetasse zum Mund und nippte.

Eugène hatte ein Gefühl der Unwirklichkeit. Er spürte den Wein, den er beim Baden getrunken hatte, und dessen Wirkung sich mit der des starken Kaffees verband. »Ich verstehe nicht ganz«, sagte er zögernd. »Es war doch allgemein bekannt, warum ich nach Raudnitz gereist bin. Soviel ich weiß, kann nur ein Abt einer Abtei vorstehen. Das bedeutet Ehelosigkeit. Hätte ich mich entschlossen, die Prinzessin von Lauenburg zu heiraten, wären doch alle Bemühungen umsonst gewesen, und bis vor ein paar Tagen wußte ich nicht einmal selbst, was ich tun sollte.«

Borgomanero hob den Kopf und blickte Eugène nachdenklich an. Dann lächelte er plötzlich und zuckte die Achseln. »Um beim Offenkundigen zu bleiben: Es ist immer besser, auf zwei Beinen zu balancieren als nur auf einem, nicht wahr? Für die Abteien stehen die Bewerber Schlange, für die Prinzessin nicht so ganz. Hättest du dich für die Prinzessin entschieden, wäre in Italien schnell ein anderer für dich eingesprungen.« Er lächelte. »In Raudnitz übrigens auch. Gerade vorhin war ein Eilbote bei mir, der mir berichtete, daß sich der junge Neuburg geopfert hat. Immerhin ein Bruder der Kaiserin! Prinz Salm wäre dem Großvater angeblich willkommener gewesen, aber der wollte nicht. So hat es also Philipp von Neuburg getroffen. Er fand es nicht einmal der Mühe wert, in Raudnitz anzureisen. Wahrscheinlich hat er nur abgewartet, wie du dich entscheiden würdest und sich dann in sein Schicksal ergeben . . . Übrigens: für die Amtsübergabe müßtest du dir eine Tonsur scheren lassen. Um ein letztes Mal das Offenkundige festzustellen: Man bekommt nichts umsonst. Das Erbe derer von Raudnitz nur über das Bett der scharfzüngigen Franziska und die Pfründen des Papstes nur über den Verzicht auf Weib und Kind.«

Das Blut wich aus Eugènes Gesicht. »Unmöglich!« sagte er heiser. Sein Herz klopfte so heftig, daß es ihm in den Ohren dröhnte. »Ich bin Soldat! Für keinen Reichtum der Welt lasse ich mich scheren und setze mich in ein Kloster. Ich will leben, nicht mich vollfressen!«

Borgomanero lehnte sich zurück. Er schwieg eine Weile. »Ich hätte nicht gedacht, daß du so reagieren würdest, Eugène!« sagte er dann. »Niemand erwartet von dir, daß du dich für immer in einer dieser langnamigen Abteien vergräbst. Selbstverständlich wirst du einen Generalvikar ernennen, der dich vertritt. Soviel ich weiß, hat dein Cousin bereits San Tommaso beauftragt, einen geeigneten Mann für diesen Posten zu finden.«

Eugène versuchte, sich zu beruhigen. »Die Tonsur!« sagte er leise. »Sie war das Kreuz meiner Jugend. Das Symbol für Unfreiheit und Unterwerfung.« Und er hörte Olympia, wie sie ihm mundgerecht machen wollte, was ihm nicht schmecken konnte. »Eine Domherrenstelle in Köln oder Lüttich, mein Liebling! Du wirst ein wundervolles, leichtes, gesichertes Leben haben. Ein jüngster Sohn: was willst du mehr? Du müßtest dem König dankbar sein, daß er so für dich sorgt.« Nun, immerhin waren es jetzt zwei Abteien. Er hatte sich verbessert.

Borgomanero beobachtete ihn. »Ein Symbol für Unfreiheit und Unterwerfung . . .«, murmelte er. »Du hast nicht unrecht. Genaugenommen ist die Tonsur das wohl.« Er befahl dem Diener, frisches Trinkwasser zu bringen. »Aber in deinem Fall bedeutet sie doch nur eine Geste. Du läßt sie dir scheren, um dein Amt zu übernehmen. Danach vergißt du sie wieder. Vielleicht wird sich dann und wann ein offizieller Anlaß ergeben, sie wieder zu tragen, aber nicht einmal das ist sicher. Ich könnte dir eine ganze Reihe geistlicher Würdenträger nennen, die ihre Amtssitze nur ein einziges Mal besucht haben: bei der Investitur. Vielleicht später noch einmal: um dort zu sterben und beigesetzt zu werden. Eine bemerkenswerte Sentimentalität, über die man einmal nachdenken sollte . . . Wie auch immer: Du wirst dir wegen einer Kindheitserinnerung doch nicht deine Zukunft verbauen, Symbol hin, Symbol her!«

Eugène antwortete nicht. Borgomaneros Stimme wurde sanft. »Der Kummer sitzt tief, nicht wahr?« Eugène drehte das Gesicht weg. »Du bist mittellos, Eugène!« beharrte Borgomanero. »Der Kaiser macht seinen Feldherrn zwar hin und wieder Geschenke, aber er erwartet nicht, daß sie Sold von ihm brauchen. Wenn du dich weiterhin auf deinen Cousin in Turin verläßt, wird er bald die Geduld verlieren und seine spärlichen Zahlungen einstellen. Dann wirst du auch dein Regiment aufgeben müssen und wirst nie werden wie dein Vater. Ein strahlender Held auf einem schimmernden Rappen – auch eine Kindheitserinnerung, nicht wahr? Talent und Träume ohne Geld sind nicht mehr wert als das . . .« Er goß den Inhalt der Wasserkaraffe auf den Boden und reichte sie dann dem Diener, der verschwand, um nachzufüllen. »Verzeih mir die harten Worte, Junge, aber wie unsere klarsichtigen Freunde in England zu sagen pflegen: *Beggars can't be choosers.* Du bist Soldat, also abhängig. Du kannst es dir nicht leisten, nach Symbolwert und verjährten Enttäuschungen zu urteilen. In deiner Lage überlebt nur, wer realistisch denkt.«

Eugène stand auf und trat an die Brüstung. Er blickte hinunter auf den kleinen Park. Ein Park im Frühling. Nichts hatte sich verändert. Doch alles umgab ihn nur. Es erreichte ihn nicht.

»Selbstverständlich kannst du jederzeit auf die Abteien wieder verzichten«, hörte er Borgomaneros Stimme. »Solltest du dich später einmal doch verheiraten wollen, genügt ein Schreiben an den Papst. Solltest du es nicht vorhaben, bleibt dir die Pfründe ein Leben lang erhalten. Du wirst immer eine Sicherheit haben, die dich so gut wie unerpreßbar macht.« Borgomaneros Stimme klang auf einmal unsicher. »Du wirst niemals einen Menschen heiraten müssen, den du nicht lieben kannst.« Eugène errötete. Er drehte sich um, doch Borgomanero hatte das Gesicht abgewandt. Er hatte seine Stimme wieder in der Gewalt. »Der Papst verleiht dir seine Abteien nicht, um dich zu unterwerfen oder aus väterlicher Liebe, sondern nur, um der Kirche dein Talent und deine Dienste zu erhalten. Außerdem hat niemand die Absicht, sich in deine Angelegenheiten zu mischen. Du wirst dein Leben gestalten können, ganz wie du möchtest. Wenn du verstehst, was ich meine.«

Eugène hatte auf einmal das Gefühl, als hätte sich die ganze Welt um ihn herum verändert. Ihm war, als hätte man ihm eine unerträgliche Last von den Schultern genommen. Die Last der Armut in einer reichen Umgebung, die erwartete, daß auch er reich war. Die Last der Armut angesichts eines Regiments, dessen Männer hungerten und froren. Sie, sie vor allem! teilten seine Mittellosigkeit und waren die unschuldigen Opfer. Zwanzigtausend Livres Jahreseinkommen und noch mehr!

Er stand auf und fing an zu rechnen, was er damit alles kaufen konnte. Geld als Symbol für ein menschenwürdiges Leben vieler: das war die eine Seite der Waage. Auf der anderen: ein Kindheitstrauma; Erinnerung an Demütigungen und an heimliche Schwüre, sich nie, nie wieder zu beugen. Widerwillen gegen eine Kirche, die mit erstickend gütiger Hand nach ihm griff, obwohl er es nicht wollte. »Ich könnte den gesamten Sold für das letzte Jahr nachzahlen!« sagte er fast ungläubig.

Borgomanero nickte. »Tu das, mein Lieber!« sagte er. »Und von jetzt an möchte ich, daß du mich beim Vornamen nennst und mich duzt. Als Vater war ich nie der Begabteste und mich einen väterlichen Freund zu nennen, dafür bin ich zu eitel. Vielleicht bin ich aber nicht schlecht einfach als Freund.« Er hob die Hand, um Eugène an einer Antwort zu hindern.

7

Er war Mitte Zwanzig, als er nach und nach seine militärische Unschuld verlor. Der Feldzug gegen die Türken war zu gefühlsbeladen gewesen, um kühle Überlegungen auszulösen. Eine lebensnotwenige, berauschende Aktion, ein klar definierter, tödlicher Feind: Zweifel waren unangebracht und nicht erwünscht. Erst als der Kaiser die blumigen Friedensangebote des gedemütigten Sultans unchristlich schroff ablehnte, fing Eugène an zu grübeln. »Insgeheim träumt er davon, seinen Jesuiten ein Tedeum in der Hagia Sophia zu bieten!« sagte Borgomanero achselzuckend, als Eugène ihn auf die mangelnde Friedensbereitschaft des gütigen Kaisers ansprach. »Außerdem haben die Ostgebiete bei den Habsburgern immer gewisse räuberische Instinkte geweckt. Selbst bei den frömmsten unter ihnen. Landerwerb und Erfüllung der Christenpflicht in einem: Unser guter Kaiser müßte schon ein Heiliger sein, wenn er da nicht ins Träumen käme!« Der Friedensschluß mit den Türken blieb also in der Schwebe. Der nebulose Waffenstillstand konnte jederzeit gebrochen werden.

Zum ersten Mal zweifelte Eugène an der Kompetenz des Kaisers. Jedes Kind in Europa wußte bereits, daß Österreich nicht nur vom Osten her bedroht wurde, sondern daß auch der Westen gefährdet war. Ein Zweifrontenkrieg kündigte sich an, denn der französische König war entschlossen, seinem Rivalen Habsburg die stolzen Adlerflügel zu stutzen.

Als die Kaiserlichen in Ungarn noch siegten und den Doppeladler auf der Zitadelle von Belgrad aufpflanzten, setzten sich Ludwigs Truppen in Frankreich in Bewegung mit Stoßrichtung Pfalz, und während man in Wien noch ausgelassen den Triumph von Belgrad feierte, nahmen die Franzosen bereits Heidelberg ein, zerstörten es und zogen dann nach Art der Axt im Walde weiter nach Mannheim, Speyer und

Worms, hinter sich eine Spur aus Blut und Asche zurücklassend. Als den *›allerchristlichsten Türken und allerchristlichsten Brandschatzer‹* beschimpfte Europa wieder einmal den Sonnenkönig, dessen glorreiche Soldateska in der Pfalz mit Kinderköpfen kegelte, Frauen verfügbar an Scheunentore nagelte und in Hochstimmung Greise auf Ofenplatten röstete.

Gerade vierzig Jahre waren vergangen seit dem Ende des Dreißigjährigen Krieges, und mancher fragte sich, ob es nicht ein verhängnisvoller Irrtum gewesen sei, anzunehmen, die Menschen wären ernsthaft bestrebt, in Frieden miteinander zu leben. Die einzelnen vielleicht – aber die Völker? England vertrieb seinen König, Frankreich seine Protestanten. Die Türken schworen Österreich den Krieg und Österreich den Türken. Dazwischen immer wieder Anläufe von Versöhnungsbereitschaft: Frankreich und Spanien versuchten es für sehr kurze Zeit wieder miteinander, Rußland und Polen desgleichen. Die Ungarn krönten Josef, den jungen Bruder des Kaisers, zu ihrem König, und die Engländer wagten den Parlamentarismus. Europa gärte und suchte nach Gleichgewicht. Keiner sollte mächtiger sein als die anderen, und doch schwankte das Schiff hin und her, ständig vom Untergang bedroht durch einen noch größeren, sich noch weiter ausdehnenden, unbeherrschbaren Krieg. Die Verwüstung der Pfalz wühlte eine neue Woge auf, unter deren Ansturm sich das übrige Europa gegen den Aggressor zusammenschloß.

Ja, auch Eugène veränderte sich, wie sich die Welt um ihn her veränderte, die der Kriege müde wurde nach einem Jahrhundert der Waffen, und die dennoch keinen gemeinsamen Weg fand. »Sie haben immer noch nicht genug!« sagte ein altgedienter Soldat kopfschüttelnd zu Eugène, der sein Enkel hätte sein können. »Vielleicht kriegen sie den Hals überhaupt nie voll, zumindest nicht, solange sie leben.«

Sie. Wer war das: sie? Es genügte Eugène nicht mehr, sich

hierhin und dorthin schicken zu lassen und gegen diesen oder jenem Feind zu kämpfen, je nachdem, wie sie – ja, wer war das wirklich? – es verfügten. Sie: war das in seinem Fall der Kaiser, der meinte, es reiche schon aus, den Heiland zu lieben, täglich die Kommunion zu empfangen und jeden Morgen ab sechs Uhr am Schreibtisch zu sitzen? Oder waren es die Aristokraten, die zwischen Jagden und Bällen hin und hertanzten, bis ihr Blick sich wie im Schwindel getrübt hatte? »Wenn Gott mich fragt«, hatte der alte Graf Czernin im Angesicht seines Todes gemurmelt, »was ich mit meinem Leben angefangen habe, muß ich antworten: O Herr, ich habe Hasen geschossen, Hasen geschossen und nochmals Hasen geschossen. Es war wirklich sehr wenig.«

Ohne daß jemand es beabsichtigt hätte, war alles zur Geste geworden, hinter der kein Sinn mehr stand. Auch der Krieg, der nur in der bequemen Jahreszeit geführt wurde und nicht, um ein Ende herbeizuführen, sondern um die eigene aristokratische Existenz zu rechtfertigen, die aus dem kämpferischen Ideal der Kreuzritter stammte. Zu einer Art Ballett war er geworden, in dem die Offiziere dem Feind mit ausgesuchter Höflichkeit begegneten, vielleicht sogar kultiviert mit ihm speisten und seine Festungen belagerten, als wären es schöne Frauen. Nach festen Regeln wurde er geführt, die beide Seiten kannten und beachteten . . . beachten sollten . . . hätten beachten sollen. Denn auf einmal, zu einem Zeitpunkt, den keiner vorhergesehen hatte, kippte er plötzlich um. Das Ballett verlor seine Anmut, und aus dem Jagdausflug wurde ein Kreuzweg, als gelte es zu beweisen, daß es das Geschäft der Menschen sei, die eigene Art nicht zu zahlreich werden zu lassen.

Keiner durchschlug den Knoten. Der Krieg wurde mehr denn je ein fester, akzeptierter Teil des menschlichen Lebens ebenso wie die Seuchen, die Europa in Abständen von ein paar Jahren immer wieder überzogen. Krieg und Krankheiten färbten das Denken der Menschen, die nicht damit rechnen konnten, ein langes Leben vor sich zu haben. Freunde und Geliebte waren immer nur Wegbegleiter auf Zeit. Entweder ging man selbst oder der andere. Man war dem Schicksal unterworfen, dem Zufall. Kinder starben und Menschen in blühendem Alter und bester Gesundheit. Heute rot, morgen tot. Wenn Eugène in späteren Jahre auf sein Leben zurückblickte, wurde ihm staunend bewußt, mit wie vielen Menschen er befreundet und verfeindet gewesen war, und wie kurz ihn die meisten nur begleitet hatten.

Sein Nachdenken fing an, als er in Italien kämpfte. Hier, in der Heimat seiner Vorfahren, verhärteten sich seine weichen, fast noch kindlichen Züge. Seine Stimme wurde schärfer, ungeduldiger. Die sieben Jahre Krieg, die ihn dem Kaiser unentbehrlich und seinen Namen zum bekanntesten in ganz Europa machten, veränderten ihn und brannten ihm trotz seines Aufstiegs ein Gefühl der Vergeblichkeit ein, das ihn nie mehr verließ, auch wenn er in glücklichen Augenblicken darauf vergaß. Er war noch keine dreißig Jahre alt.

»Ich weiß nicht, was du willst!« sagte Eugène widerstrebend. Übertrieben beugte und streckte er sein rechtes Knie mehrere Male, um dessen Funktionstüchtigkeit zu demonstrieren. »Ich habe längst vergessen, daß ich jemals Beschwerden hatte.«

Victor Amadeus legte ihm beide Hände auf die Schultern und drückte ihn auf die Parkbank. »Du läßt dich jetzt untersuchen, Eugenio!« befahl er wie einem Kinde. »Ich habe nicht umsonst unseren kostspieligsten Chirurgen eigens nach Wien geschickt. Du hättest die Rechnung sehen sollen, die er mir für die Reise und die Operation präsentiert hat, dann würdest auch du darauf bestehen, daß er sich noch einmal vergewissert, ob alles perfekt geheilt ist.«

Der Chirurg beugte sich würdevoll nieder, betastete Eugènes Waden und Oberschenkel und bewegte das Knie, bis Eugène aufschrie. »Die Verletzung ist geheilt!« verkündete er dann feierlich, erhob sich und wischte sich umständlich die Hände an einem Spitzentaschentuch ab. »Meine Hosen färben nicht ab, signore!« sagte Eugène. Der Arzt verneigte sich ernst. »Sie können ihr Bein jetzt wieder ungehindert belasten, Altezza!« sagte er. Eugène nickte. »Vielen Dank, signore. Das tue ich schon seit Monaten.« Der Arzt verneigte sich noch einmal und entfernte sich.

Es war Eugènes dritte Verwundung gewesen, doch viel schwerer als die früheren. In den Laufgräben vor Belgrad hatte ihn eine Musketenkugel oberhalb des Knies getroffen. Sämtliche Regimentsärzte stocherten gewissenhaft in der Wunde, konnten die Kugel aber nicht finden. Sie befürchteten, der Knochen könnte verletzt sein, und noch mehr fürchteten sie, Eugène könnte am Wundfieber sterben, noch ehe der Wunderchirurg, den sein Cousin Victor Amadeus aus Turin schicken wollte, eintraf. Jedenfalls transportierten sie Eugène trotz seiner Schmerzen und des hohen Fiebers mitten durch das Kriegsgebiet nach Wien. Eugène erinnerte sich später nur dunkel an die endlose Fahrt auf morastigen Straßen, in denen der Wagen immer wieder steckenblieb. Er träumte, ein vom Schicksal eingesetzter Oberster Richter habe ihn auf Grund einer Untat, die er vergessen hatte, zu ewigem Reisen verurteilt und zu immerwährenden Schmerzen. Auch als er längst in Wien war, glaubte er immer noch, unterwegs zu sein und flehte Borgomanero, der an seinem Bett saß, an, ihn zu begnadigen. Als der italienische Arzt endlich eintraf und ihn operierte, war Eugène bereits nicht mehr bei Bewußtsein. Seine erste Erinnerung war erst wieder, daß ihm der soignierte Herr mit der riesigen Doktorenbrille die Kugel mit einer kleine Zange vors Gesicht hielt und triumphierend »Ecco!« sagte. In seiner Benommenheit glaubte Eugène, dies wäre eines seiner Augen, das man ihm als Teil der Strafe nun auch noch entfernt habe, und er bat, man möge ihm doch wenigstens das zweite lassen.

Sie befanden sich in Turin im Park des herzoglichen Schlosses La Venerie. Vor vielen Jahren hatte man hier den glanzvollsten Ball des Jahrhunderts gefeiert für einen Ehrengast aus Frankreich, Olympia de Soissons, geborene Mancini, Madame la Comtesse. Eugène war damals noch ein Kind gewesen, aber er erinnerte sich als wäre es heute an seine Mutter, wie sie ihm damals erschienen war: schön wie der Sternenhimmel, strahlend und auf dem Höhepunkt ihres Glücks. Sogar die Herzoginmutter Giovanna Battista, die für ihren kindlichen Sohn Victor Amadeus Savoyen regierte, war Olympias Charme erlegen und schenkte ihr zum Abschied einen prächtigen Diamantschmuck, den Olympia später in Brüssel unter Wert verkaufte, um sich über Wasser zu halten.

Eugène war gern in Turin. Auf eine seltsame, unübliche Weise bedeutete es Heimat für ihn, auch wenn es keinen speziellen Platz hier gab, der seinem Herzen besonders nahe stand. Vielmehr war Turin Heimat für ihn, weil es der Stammsitz seiner Familie war, seines Geschlechts, dessen einer Zweig nach Frankreich ausgewandert war, um sich mit den Bourbonen zu verbinden. Eugènes Familie gehörte zur französischen Linie, aber ihr Ursprung blieb Savoyen. Wenn Eugènes Vater nach Turin reiste, sagte er, er fahre heim, auch wenn er im übrigen ständig in Paris lebte und sich in der Stadt Turin nicht einmal auskannte. Frankreich war die faktische Heimat, Savoyen die genealogische; eine Art Mutter, die sich um ihre in der Welt verstreuten Kinder kümmerte, sie unterstützte, wenn sie Hilfe brauchten, ihre Heiraten beeinflußte und sie ermahnte, wenn sie aus den Zügeln tanzten – was häufig genug geschah. Nur ein paar Mal in ihrem Leben kamen die französischen Savoyer nach Turin, aber zu jeder Zeit wußten sie, daß dies der einzige Ort auf der ganzen Welt war, von dem nie jemand sie vertreiben würde. Der Fixpunkt ihrer Welt als Aristokraten, dort, wo die Ahnen unvergessen in ihren Särgen ruhten, und wo die Lebenden niemals erklären mußten, wer sie waren. Heimat.

Von diesen atavistischen Gefühlen abgesehen, gefiel Eugène die Stadt Turin auch um ihrer selbst willen. In ihrer Wohlbemessenheit erinnerte sie ihn an Versailles: gerade Straßen, die sich rechtwinklig schnitten wie um das Rechteck herum, das einst ein augustäisches Legionsstandlager gewesen war. Schöne, abgeschlossene Plätze und regelmäßige Bauten, von denen keiner viel prächtiger war als die übrigen, da die Savoyer dafür sorgten, daß sich auf ihrem Gebiet kein gefährliches Patriziat entwickelte wie in Florenz oder Venedig. Alle Macht ging vom Fürsten aus. Was nicht zu seiner unmittelbaren Familie gehörte, war Mittelstand. Dafür traf man in Turin aber auch kaum auf Elend. Keine Hütten neben den Palästen. Die Herzöge folgerten praktisch, und praktisch war es, darauf zu achten, daß niemand zu reich und aufmüpfig wurde, aber auch niemand zu arm und aufrührerisch.

Victor Amadeus, drei Jahre jünger als Eugène, dachte wie seine Vorfahren, und seine Vorfahren dachten wir ihr Volk: Alpenmenschen, mehr nordisch als mediterran. Die Landschaft ihrer Seele war nicht das üppige, palmenumsäumte Mittelmeer, sondern waren die kargen, abweisenden Alpen. Bergbewohner waren sie, vorsichtig, mißtrauisch, zäh und sittenstreng; dabei fleißig und gastfreundlich in den seltenen Fällen, wo sie bereit waren, einen Fremden zu akzeptieren. Keine künstlerischen Menschen, aber geschickte Organisatoren. Ein Volk, das durch die Lage seines Landes ständig gefährdet war und gelernt hatte, nur noch sich selbst zu trauen. Victor Amadeus war ein Kind seines Landes und seines Volkes. Auch jetzt schon, Anfang zwanzig, war ihm klar, daß Savoyen etwas besaß, das alle wollten: die Alpenpässe, die Westen und Osten verbanden und trennten. Sie waren sein

Kapital, mit dem er wuchern konnte, doch sie machten sein Land auch zur Zielscheibe ständiger Angriffe. Den *›Januskopf Europas‹* hatte der Sonnenkönig Savoyen einmal genannt, und er traute den Savoyern nicht, die nach beiden Seiten schielten, um zu sehen, wo ihr Vorteil lag, und mit wessen Hilfe sie überleben konnten. Das *›Barometer Europas‹* nannten andere das Land, denn wenn Savoyen sich entspannte, waren die Krieger des Kontinents wohl gerade dabei, sich die Wunden zu lecken und Ruhe zu geben. Den Januskopf und das Barometer hätten sie alle gern geschluckt, denn wer die Alpenpässe kontrollierte, kontrollierte den Frieden. Oder den Krieg.

»Ich habe Angst um mein Land, Eugenio!« sagte Victor Amadeus und wandte den Kopf ab. Eugène sah ihn im Profil. Die langen, hellblonden Locken – wie bei einem sehr schönen Mädchen – verdeckten seine glatten Wangen. Vor Jahren, beim Karneval in Venedig, hatten sich die Damen um ihn gerissen, obwohl er fast noch ein Kind war. Ein sanft lächelndes Kind, das die Schmeicheleien zuließ, ohne sie zu glauben. Ein viel zu ernstes Kind, hell wie die Sonne und voll der dunklen Warnungen aus dem Munde seiner Mutter. »Un angelo!« hatte Fiametta liebevoll gesagt, als sie mit Eugène über ihn sprach in jener einzigen Nacht.

»Wenn meine Mutter wüßte, wie es jetzt hier aussieht!« Er wandte den Kopf noch weiter ab. »Wir waren immer bedroht. Das war ihr klar, und sie schärfte mir jeden Tag ein, daß unsere einzige Berechtigung im Leben und hier auf dem Thron darin besteht, dafür zu sorgen, daß es dem Land gut geht. Daß Frieden ist.« Plötzlich fuhr er herum und starrte Eugène ins Gesicht. »Und was haben wir jetzt, wo sie tot ist? – Das ganze Land wimmelt von fremden Soldaten, französischen, österreichischem, spanischen, englischen und weiß Gott noch welchen! Glaubst du, daß mein Volk noch unterscheidet, ob es Befreier sind oder Feinde? Wer dir dein Vieh davontreibt und deinen Wein aussäuft, kann nicht dein Freund sein, auch wenn er angeblich gekommen ist, deine Feinde zu verjagen. Wie die Heuschrecken fallen sie über unser schönes Land her und tragen ihre verdammten Streitigkeiten auf unseren Feldern aus und in unseren Städten und Dörfern!«

»Aber du bist doch der Oberbefehlshaber, Vittorio!«

Victor Amadeus machte eine abfällige Geste. »Von der Großen Allianz ernannt, nicht wahr? Oberbefehlshaber! Ich kann doch keinen Schritt tun, ohne daß ihr mich bespitzelt, du und deine Generäle! Wenn ich mich zurückhalte, sagt ihr, ich sei schwach, und wenn ich einmal vorpresche, stürmt ihr mir nach und fallt mir in den Arm. Wenn du ehrlich bist, geht es dir doch auch nicht besser. Die Wahrheit ist: dem Namen nach habe ich den Oberbefehl, faktisch gesehen hast du ihn, und wirklich frei entscheiden kann keiner von uns, weil uns der Kaiser diese alte bronchitische Schlafmütze Caprara als Aufpasser vor die Nase gesetzt hat. ›Zwischengeschaltet‹ nennt ihr es. Angeblich, um uns zu entlasten und mit dem Kaiser ständig Verbindung zu halten, in Wahrheit aber, weil sie uns nicht trauen. Für die Österreicher sind wir Ausländer, Eugenio, und wenn wir nicht achtgeben, werden wir es bald auch im eigenen Land sein.«

»Caprara stört mich auch, aber vorläufig können wir nichts gegen ihn unternehmen.«

Victor Amadeus schüttelte den Kopf. »Das ist auch garnicht das wahre Problem, Eugenio!« sagte er müde. »Ich kann nur nicht mehr mitansehen, wie meine eigenen Bauern verhungern, weil sie von den Soldaten ausgeplündert werden, die ich ins Land gelassen habe.«

»Aber diese Soldaten schützen euch, Vittorio! Die Franzosen hätten Savoyen längst annektiert, wenn wir nicht eingegriffen hätten. Sieh dir doch an, was in der Pfalz passiert ist!«

Victor Amadeus stand auf. Eugène folgte ihm. An einem Seerosenteich entlang gingen sie über den Kiesweg. Victor

Amadeus hob ein Steinchen auf und warf es ins Wasser. »Vielleicht wäre es nicht so weit gekommen, wenn meine Politik geschickter gewesen wäre!« murmelte er. »Zur Zeit meiner Mutter gab es jedenfalls keine Kriege hier.«

Eugène beobachtete die Wellen, die sich kreisförmig auf dem Wasser ausbreiteten. »Der feine Herr in Versailles ist auf Beutezug, Vittorio!« sagte er. »Erst hat er es in Holland versucht, dann kam die Pfalz, und jetzt ist Savoyen-Piemont an der Reihe. Mit keiner Politik der Welt hättest du ihn daran hindern können, Turin zu begehren. Ich kenne ihn: Er sieht eine Frau und will sie für sich, ganz gleich, ob sie zu jemand anderem gehört oder nicht. Und Länder sind für ihn wie Frauen. Am liebsten hätte er ganz Europa und noch mehr.«

Victor Amadeus lächelte bitter. »Wir wollten doch alle einmal sein wie Alexander der Große!« Er warf einen zweiten Stein. »Ich selbst bin da auch keine Ausnahme. Als die Franzosen in Nizza einmarschierten, habe ich mich insgeheim gefreut. Ich dachte, jetzt wäre endlich die Gelegenheit gekommen, meine militärischen Fähigkeiten zu beweisen.« Er errötete plötzlich. »Irgendwie hatte ich die Vorstellung, ich wäre geschickter als die anderen. Schlauer. Ich bin ein guter Schachspieler, weißt du, und ich dachte, als Stratege wäre ich mindestens ebenso talentiert.« Seine Stimme wurde leise. »Alle Welt hat dich gerühmt, meinen leiblichen Cousin. Warum sollte ich nicht ebenso tapfer und siegreich sein wie du?«

Eugène blickte ihn überrascht an. »Du hast mich beneidet, Vittorio? Ich habe doch nicht einmal ein eigenes Heim!«

Victor Amadeus schüttelte den Kopf. »Ein Heim hatte ich immer. Das wußte ich nicht zu schätzen. Wenn ich damals geahnt hätte, was ich jetzt weiß, hätte ich bei Nizza nicht an Alexander den Großen gedacht, sondern daran, was meine Mutter wohl getan hätte, um den französischen König an der Ehre zu packen oder an einer anderen seiner vielen Schwächen. Schlauheit und Menschenkenntnis – das hätte meine Politik sein sollen, Eugenio, nicht kindische Ruhmsucht. Kein Wunder, daß das Volk mir die Schuld an allem gibt. Sogar eine Art Untergrundbewegung hat sich inzwischen gebildet, meldet man mir. Wir wissen nicht, was ihre Ziele sind, aber hat England nicht auch seinen König verjagt?« Er ging weiter. »Ein Krieg, der kein Ende nimmt, Eugenio. Ich will ihn nicht mehr, aber ich weiß auch nicht, was ich tun soll, um ihn zu beenden!«

Eugènes Herz war schwer. In dieser friedlichen, luxuriösen Umgebung schien der Krieg kaum vorstellbar, und doch trafen nur wenige Meilen entfernt die Heere aufeinander. Ein endloses Hin- und Herwogen. Eine endlose Vergeudung. Einmal siegte diese Seite, dann wieder die andere, und der Kaiser und seine Beamten verließen sich darauf, daß die braven Leutchen da unten ihre Pflicht schon erfüllen würden, so wie die braven Leutchen an der ungarischen Front, wo der protestantische Adel seine katholischen Herren loswerden wollte und die Türken wieder mit den Säbeln rasselten – und wie die braven Leutchen an der Westfront, wo man Festungswälle errichtete und auch keine Entscheidung herbeiführte.

»Du hast recht. Nichts geht weiter!« sagte Eugène verbittert. »Stratmann ist der einzige, der dem Kaiser immer wieder zuredet, uns entweder besser zu versorgen oder Friedensverhandlungen einzuleiten. Manchmal gelingt es ihm, dem Kaiser Angst einzujagen, aber dann zieht wohl wieder draußen eine heilige Prozession vorbei und Leopold ist tief gerührt und vergißt, daß wir hier stehen und in einem Krieg ohne Ende versumpfen.« Er hielt abrupt inne. »Ich fahre nach Wien, Vittorio!« sagte er entschlossen. »Ich fahre hin und sage ihnen meine Meinung, und wenn sie nicht auf mich hören, quittiere ich den Dienst!«

Victor Amadeus nickte. »Vielleicht hast du Erfolg«, sagte er. Es klang mutlos. »Ich wünsche es dir.« Eugène hatte ihn noch nie so niedergeschlagen gesehen. »Sie hassen mich, Eugenio! Meine eigenen Leute hassen mich. Und dich hassen sie auch. Sie hassen alles, was fremd ist, und ich kann sie verstehen. Ich möchte nur nicht auch ein Fremder für sie werden ... Vielleicht bin ich es schon.«

Er reiste nach Wien, und er reiste wieder zurück. Als seine Kutsche vor dem Palast der Savoyer haltmachte, war es, als wäre er niemals fortgewesen. Das einzig Konkrete, das er mitbrachte, war seine Ernennung zum Feldmarschall. Noch vor kurzer Zeit hätte er sich darüber gefreut wie ein Kind, aber jetzt fühlte er sich nur abgespeist. Er dankte dem Kaiser und dem Hofkriegsrat. Von beiden hielt er nicht mehr viel und er hätte ohne Zögern den Marschallstab gegen eine Ladung Getreide eingetauscht. Gespräche mit diesem Beamten und mit jenem, höfliche, unverbindliche Antworten hier wie dort, alles liebenswürdig und vage – vor allem die Versprechen und Versicherungen, die nur Wortgeklingel waren. Mehr Waffen, bessere Versorgung, mehr Geld. Nervus rerum. Geld, das sie alle nicht gern herausrückten, die Beteiligten. Am bereitwilligsten noch die Engländer, die sich dafür Söldner kauften, um die eigenen Soldaten zu schonen. England ist tapfer, sagte man in Wien, Brüssel und Madrid. Es kämpft todesmutig bis auf den letzten Deutschen ... Und doch konnte es sich aus dem Krieg nicht heraushalten und verlor im französischen Kanonenfeuer vor Beachy Head beinahe seine stolze Flotte.

Eugène ließ sich bei Victor Amadeus melden, doch man erklärte ihm, er sei nicht anwesend. Auch wisse man nicht, wo er sich aufhalte. Im Lager, oder in der Stadt, oder vielleicht ... Es gäbe viele Möglichkeiten.

Eugène fuhr in sein Quartier. Nach der langen Fahrt war er müde und hungrig. Trotzdem konnte er nicht schlafen. Am Abend versuchte er nochmals, seinen Cousin zu erreichen. Er habe das Schloß soeben verlassen, erklärte man ihm. Auch jetzt wisse niemand, wo er sei. Ein kurzes Lächeln, das Eugène vielleicht auf den Gedanken bringen sollte, Victor Amadeus wandle auf amourösen Pfaden, machte ihn eher mißtrauisch, als daß es ihn beruhigte. Auch die Herzogin sei nicht zu sprechen.

Eugène kehrte in sein Quartier zurück und ging zu Bett. Schon lange hatte er sich nicht mehr so deprimiert und hilflos gefühlt. Bis zum Morgengrauen lag er wach. Erst dann fiel er in einen unruhigen Schlaf, aus dem er mehrmals hochschreckte, weil er glaubte, die Franzosen wären in Turin einmarschiert.

Seit er in Wien mit Borgomanero gesprochen hatte, war er überzeugt, daß auch König Ludwig den Krieg nicht mehr lange durchhalten konnte. Durch die Kriegslasten stand die französische Wirtschaft vor dem Zusammenbruch. Um noch mehr Geld aus dem Volk herauszupressen, führte der König die unpopulärste aller Steuern ein: die Kopfsteuer. Sie trug ihm den Haß fast aller Franzosen ein. An allem gaben sie nun dem König die Schuld, sogar an Seuchen und Mißernten. Er war ein vom Schicksal Gezeichneter, der seinem Land Unglück brachte. Der Dieudonné, das Gottesgeschenk, einst von allen geliebt, war nun im eigenen Land der verhaßteste Mann. Auch er mußte jetzt den Frieden wollen.

Erst am nächsten Morgen erfuhr Eugène, warum ihm Victor Amadeus so beharrlich auswich: Schon seit Wochen hatten die Kaiserlichen die Festung Casale belagert, in der sich der französische Marschall Catinat verschanzt hatte. Immer wieder hatte man geplant, die Festung zu stürmen, doch vor allem Victor Amadeus hatte sich dagegen gewehrt. Eigentlich brauche man doch nur abzuwarten, dann würden sich die Franzosen schon ergeben, erklärte er. Auf ein paar Tage komme es doch wohl nicht an. Ein Kriegsrat nach dem anderen wurde abgehalten – die beste Methode, wie Eugène zu sagen pflegte, wenn man beabsichtigte, eine Sache zu verschleppen.

Als Eugène Savoyen verlassen hatte, wurde Victor Amadeus plötzlich aktiv. Trotz der Regengüsse, die es den Angreifern schwerer machten als den Belagerten, ließ er die Festung stürmen. Er schien recht zu behalten, denn die Franzosen wehrten sich nicht. Schon beim ersten Angriff kapitulierten sie und hatten sogar schon einen beiderseitigen Vertrag vorbereitet, den Victor Amadeus und Catinat unterzeichneten, ohne auf Eugène zu warten. Es war ein sehr günstiger Vertrag. Günstig für die Franzosen.

»Du hast uns verraten, Vittorio!« Bis jetzt hatte Eugène den Gedanken verdrängt, Victor Amadeus könnte sich tatsächlich mit Frankreich geeinigt haben. In Wien hatten alle diesen Verdacht geäußert, doch Eugène hatte heftig widersprochen. »Ich kenne meinen Cousin!« hatte er versichert, hitzig und ungeduldig, wie es in letzter Zeit immer öfter bei ihm vorkam. »Er sorgt sich um sein Land, aber wenn wir ihn genügend unterstützen, wird er ein treuer Verbündeter bleiben.«

»Ich hoffe, wir haben ihn genügend unterstützt!« hatte Stratmann trocken geantwortet, und Borgomanero hatte Eugène geraten, die Augen offen zu halten und nur dem eigenen Urteil zu vertrauen.

Von einem Augenblick zum anderen hatte sich für Eugène die Welt verändert. Victor Amadeus empfing ihn nicht in seinen Privatgemächern, sondern im Audienzsaal. Er eilte ihm nicht wie sonst entgegen. Er umarmte ihn nicht und reichte ihm nicht einmal die Hand. Aufrecht und unzugänglich thronte er hinter seinem vergoldeten Schreibtisch, ein Herrscher, bereit zu einem offiziellen Gespräch aber zu keinen Zugeständnissen. Vielleicht war es dafür auch schon zu spät.

»Ich dachte, du hättest mich nach unserer letzten Unterredung verstanden«, sagte er, ohne sich zu bewegen. Seine Hände lagen nebeneinander auf dem Tisch, als gehörten sie gar nicht zu ihm, sondern hätten nur die Aufgabe, seine Entschlossenheit und seinen Gleichmut zu demonstrieren. Er forderte Eugène nicht auf, sich zu setzen. »Wir ziehen doch beide am gleichen Strang. Du bist ein Savoyer, oder hast du das vergessen?«

»Das vergesse ich nie.«

»Und?« Victor Amadeus sah ihn fast feindselig an. »Was bedeutet deine Herkunft für dich? Wirst du jetzt nach Wien galoppieren, um deinem Kaiser brühwarm Bericht zu erstatten?«

»Ist es wirklich schon zu spät, Vittorio?« Eugène spürte, daß seine Hände zitterten. Sein Herz schlug so heftig, daß es ihm in den Ohren dröhnte.

Victor Amadeus schwieg eine Weile. Dann wandte er den Kopf nach hinten und winkte mit dem Zeigefinger. Erst jetzt sah Eugène, daß die Tür zum Nebenzimmer halb offenstand. Nun wurde sie zur Gänze geöffnet, und ein Mann in Generalsuniform trat ein. Eine französische Uniform. Ein eleganter, großer, schlanker Mann um die Vierzig. Gepudert und geschminkt, wie Eugène es so gut kannte aus der Zeit, da er noch in Paris gelebt hatte. Auch den Mann kannte er. »Tessé!« stellte er fest wie zu sich selbst. Ihm war, als spräche er damit ein Urteil.

»Monsieur le Comte de Tessé!« bestätigte Victor Amadeus mit ausdrucksloser Stimme. »General Seiner Allerchristlichsten Majestät des Königs von Frankreich.«

Tessé verneigte sich. Seine Miene war kalt und undurchdringlich. Eugène erwiderte den Gruß in gleicher Weise. Er hatte Tessé schon in ganz anderer Laune erlebt. Wie oft war der Graf nicht Gast bei Olympia gewesen, ein begeisterter Spieler wie sie und auffallend häufig vom Glück begünstigt, wie Eugène sich erinnerte. Olympia hatte Tessé immer zu ihren Verehrern gezählt, und wenn er auch für kurze Zeit zu ihrer Rivalin Montespan überlief, so kehrte er doch immer wieder in die Salons des Hôtel de Soissons zurück, als wäre nichts geschehen und Olympia für ihn immer noch die Allerschönste und Begehrenswerteste. Mit seiner Ironie, die Olympia besonders schätzte, nahm er sie immer wieder für sich ein, denn sie liebte nichts mehr als amüsante Gesellschafter. Witz und Ironie bis zum Zynismus – Tessé besaß dies alles, doch jetzt war er nur kalte Höflichkeit.

»Was ist Ihre Aufgabe hier, mon général?« fragte Eugène.

Tessé blieb neben dem Schreibtisch des Herzogs stehen.

»Der Comte wird für einige Zeit hier bei uns leben«, erklärte Victor Amadeus mit kühler Stimme. »Er ist ein kostbarer Gast. Seine Anwesenheit hier garantiert uns, daß König Ludwig zu seinem Wort steht.« Zum ersten Mal lächelte Victor Amadeus, auch wenn dieses Lächeln kaum zu erkennen war. »Im Spaß nennen wir ihn unsere Geisel.«

Eugènes Augen waren dunkel vor Zorn. »In Wirklichkeit müßten wir ihn wohl als Aufpasser bezeichnen, nicht wahr?« Auch er sprach sehr leise, weil er befürchtete, wenn er die Stimme auch nur ein wenig erhöbe, würde er anfangen, Victor Amadeus anzuschreien. Er fühlte sich gedemütigt, zum Narren gehalten und vor aller Welt bloßgestellt. Wer würde ihm glauben, daß er vom Verrat seines Vetters nichts gewußt hatte? »Du hast uns verraten, Vittorio!« wiederholte er.

Victor Amadeus wandte sich zu Tessé und neigte den Kopf. Tessé verbeugte sich stumm und ging wieder hinaus. »Kannst du mich wirklich nicht verstehen?« lenkte Victor Amadeus ein. »Bitte nimm Platz!«

Eugène setzte sich zögernd.

»Schon seit zwei Jahren versucht der König, mich auf seine Seite zu ziehen. Ich habe immer abgelehnt, aber jetzt kann ich es nicht mehr. Du nennst mich einen Verräter, und alle anderen in Wien, London, Brüssel, Mailand und wer weiß wo noch, werden es auch tun. Aber glaube mir, ich habe alles bedacht. Ich habe mich gefragt, wem ich meine Loyalität schulde: meinen Verbündeten oder meinem Land. Ich habe versucht, beiden gerecht zu werden, aber das ist unmöglich. Treue ist unteilbar, Eugenio. Und was ist ein Bündnis wert, verglichen mit der Pflicht eines Souveräns?« Seine Hände verkrampften sich. »Nennt mich einen Verräter, wenn ihr wollt! Ich selbst fühle mich zum ersten Mal seit Jahren wieder frei.« Er merkte, daß er die Hände zu Fäusten geballt hatte, öffnete sie schnell und legte sie sorgsam wieder nebeneinander auf den Tisch. »Nicht ganz frei vielleicht, denn wer läßt sich schon gern als Schurken hinstellen?«

»Wie weit bist du gegangen, Vittorio?« Eugènes Stimme zitterte.

Victor Amadeus zögerte. »Erst habe ich mich zur Neutralität bereit erklärt. Ich habe euch nicht ausgeliefert, aber ich habe auch nichts mehr gegen Frankreich unternommen. Ich kenne dich: Du wirst sagen, ich hätte wieder einmal alles verschleppt.«

Eugène zuckte zusammen. Der Kaiser fiel ihm ein, der ihm bei Wien eingeschärft hatte, er solle nur nichts aufs Spiel setzen und bloß seine »schöne Armada konservieren». Wollten sie nicht alle bereits das gleiche? Der Verrat des Herzogs war nur ein Verrat, weil er jetzt vollzogen wurde und nicht in ein paar Monaten. Borgomanero hatte Eugène angedeutet, daß sogar der englische König insgeheim Briefe mit Ludwig wechselte. Sein Preis für den Frieden sei wohl, daß Ludwig ihn als rechtmäßigen Souverän anerkenne.

Victor Amadeus senkte den Blick. »Während du in Wien warst, bin ich noch weiter gegangen«, gestand er. Seine Worte bereiteten ihm Mühe. »Ich habe zugelassen, daß man mir den Oberbefehl über die französischen Truppen übertrug.«

Eugène fuhr auf. »Aber du bist doch immer noch unser Oberbefehlshaber!« rief er. »Wie stellst du dir das vor? Willst du gegen dich selbst Schach spielen?«

Victor Amadeus stützte den Kopf in beide Hände. »Da ich

dir jetzt Bescheid gegeben habe, verzichte ich damit ja wohl auch offiziell auf den Oberbefehl über die kaiserlichen Truppen.«

»Aber du kennst jedes Detail unserer Taktik, Vittorio! Ist dir klar, daß du damit der gigantischste Spion bist, den sich je ein Herrscher an Land gezogen hat?«

Victor Amadeus verbarg sein Gesicht. »Ich werde nichts gegen euch unternehmen, das verspreche ich!« sagte er so leise, daß Eugène ihn kaum verstand. »Auch Ludwig will den Frieden. Es ist nur noch eine Frage von Wochen, bis wir mit den Verhandlungen beginnen werden. Vielleicht habe ich durch meinen Schritt das Kriegsende sogar beschleunigt.«

Eugène stand auf. »Und die Bedingungen, unter denen die Verhandlungen stattfinden?« fragte er. »Denk einmal nach, wie du die für deine jahrelangen Verbündeten beeinflußt hast!« Er wartete auf eine Antwort. Sie kam nicht. »Ich muß mich verabschieden!« sagte er müde. »Es hat keinen Sinn, weiterzureden.« Er hatte auf einmal das Bedürfnis, allein zu sein. Lange allein zu sein und nachzudenken über das Undenkbare.

»Ich hatte gehofft, daß du vielleicht bei mir bleiben würdest!« gestand Victor Amadeus und nahm die Hände vom Gesicht. »Wenn du befürchtest, daß man dir in Wien mein Verhalten verübeln könnte, möchte ich dir etwas mitteilen. Man hat mich darum ersucht. Ich muß vorausschicken, daß ich dir nicht unbedingt dazu rate. Wie gesagt, mein Wunsch wäre, daß du bei mir in Turin bleibst.«

»Was möchtest du mir mitteilen?« Eugène war mißtrauisch. In diesem Augenblick haßte er seinen Cousin. Vielleicht hatte ihm Victor Amadeus die Zukunft zerstört.

»Folgendes: Ludwig will ebenfalls den Frieden, wie ich schon sagte . . .« Victor Amadeus zögerte. »Außerdem hat er längst bereut, dich schlecht behandelt zu haben. Er weiß, daß er dich unterschätzt hat. Tessé erzählte mir, daß Ludwig dich für den begabtesten Feldherrn unseres Jahrhunderts hält. Es wäre ihm eine Freude, wenn du in deine Heimat zurückkehren würdest.«

»Meine Heimat?«

»Frankreich.« Victor Amadeus war in sich zusammengesunken. Während er sprach, sah er Eugène nicht an, sondern starrte auf die Mappen, die vor ihm auf dem Tisch lagen. »Du kannst dir aussuchen, was immer du willst – er ist bereit, es dir zu geben: den Marschallstab von Frankreich; den Posten eines Gouverneurs der Champagne, oder was auch immer du dir aussuchst; eine Jahresrente, deren Höhe du selbst bestimmen kannst . . . Ich glaube, noch nie ist der König einem Menschen so weit entgegengekommen.«

»Um ihn zum Verrat zu bewegen?«

»Aber du bist Franzose, Eugenio! Deine Muttersprache ist Französisch. Deine Bildung. Dein ganzes Denken. In Wien wirst du immer ein Fremder sein. Es ist nicht deine Heimat!«

Eugène stand vor seinem Vetter und blickte auf ihn hinab. »Ich fürchte, ich weiß gar nicht, was Heimat ist!« sagte er langsam. »Bisher dachte ich immer, sie wäre hier, aber ich hatte wohl unrecht. Irgendwie meine ich, ich müßte sie vielleicht in mir selbst finden.«

Victor Amadeus schüttelte den Kopf, aber er antwortete nicht.

»Ich möchte ein ehrlicher Mensch sein, Vittorio!« sagte Eugène leise. »Das, was man in Frankreich einen *honnête homme* nennt. Ich möchte in den Spiegel schauen und mir sagen können: Das ist ein Mann von Anstand. Berechenbar insofern, daß er seine Ehre niemals verletzen wird.«

»Kein Verräter: das meinst du doch damit?«

»Ja.«

Victor Amadeus war blaß wie der Tod. »Meine Mutter hat oft vom *sacro egoismo* gesprochen«, sagte er wie zu sich selbst. »Die heilige Selbstsucht . . . Sie meinte, uns Savoyern stünde sie gut an. Wir sollten keinem die Treue versprechen, weil keiner uns die Treue halten würde. Mein Fehler war, daß ich das vergessen habe.«

»Du hast dich ja rechtzeitig wieder darauf besonnen!« Eugènes Stimme klang bitter.

»Ja. Aber um welchen Preis! Bei Machiavelli heißt es doch, man solle gute Dinge wohl dosieren und die schlechten auf einmal loswerden. Nun gut, ich will dir gleich alles sagen: Ich habe meine Tochter verlobt. Marie Adelaide. Sie wird den Herzog von Burgund heiraten. Ludwigs ältesten Enkel.«

Eugène schwieg. »Sie ist noch ein Kind . . .«, sagte er dann und dachte plötzlich an Franziska und an Marie Louise auf dem spanischen Thron.

»Sind wir jetzt Feinde, Eugenio?«

Eugène zuckte die Achseln. »Ich weiß es nicht!« gestand er.

»Vielleicht wird alles wieder wie früher zwischen uns, wenn erst dieser Krieg zu Ende ist«, sagte Victor Amadeus erschöpft. »Ich nehme dir nicht übel, daß du nach Wien zurückgehst. Ich poche nicht darauf, daß du ein Savoyer bist. Poche du später einmal nicht darauf, daß ich in deinen Augen ein Verräter war!«

Eugène schlug die Hacken zusammen. »Darf ich mich verabschieden?« fragte er.

Victor Amadeus antwortete nicht. Er senkte den Kopf und stützte ihn wieder in die Hände. Als Eugène hinausging und von der Tür aus noch einmal zurückblickte, sah er, daß Tessé wieder in den Saal trat und Victor Amadeus eine Hand auf die Schulter legte. Der Herzog zuckte zusammen, als wäre die Hand aus Blei. Für einen Moment sahen Eugène und Tessé einander in die Augen, dann verließ Eugène den Saal und seine Jugend.

8

Als er nach Wien kam, war er niedergeschlagen und bedrückt. Zum ersten Mal in seinem Leben hatte er Angst davor, einem Menschen entgegenzutreten. Wie würde der Kaiser auf den Verrat des Herzogs reagieren? Würde er nicht ihm, Eugène, zumindest einen Teil der Schuld anlasten? Waren die letzten Jahre umsonst gewesen? Würde man ihn wieder fortjagen, so daß ihm womöglich kein anderer Ausweg blieb, als das verhaßte Angebot des verhaßten Ludwig anzunehmen, um wenigstens dem Elend zu entgehen? Wenn man ihn jetzt aus Österreich vertrieb, hatte er keine Wurzeln mehr: ein Söldner bestenfalls, der sich dem Meistbietenden andienen mußte – oder nun doch ein Abt, der sich zweimal die Woche die Tonsur nachscheren ließ und hinter den Mauern seines Klosters von dem Leben träumte, das ihm ohne eigene Schuld entgangen war? Feldmarschall des Kaisers – noch war er es, aber wie lange noch?

Zu allem Überfluß erreichten ihn schon während der Fahrt nach Österreich dunkle Nachrichten aus Spanien, die ihn noch tiefer in Verzweiflung stürzten. Er überlegte sogar, ob es überhaupt einen Sinn habe, weiterzureisen. Womöglich würde man ihn schon vor der Stadt zurückweisen. Schimpf und Schande. Nach all den Erfolgen und all den Hoffnungen war er erneut der Hurensohn, der Abtrünnige; Komplize eines Verräters; Kind einer zügellosen Mutter, die sich wieder einmal auf der Flucht befand.

Olympia. In den letzten Jahren hatte sie es erreicht, am spanischen Hof die heimliche Königin zu werden. Marie Louise vertraute ihr blind, obwohl fast täglich Briefe aus Frankreich eintrafen, in denen man sie vor Madame la Comtesse und ihren finsteren Machenschaften warnte. Für Marie Louise war Olympia Frankreich, das pulsierende Leben, das Lachen an diesem Königshof der Schatten und Leiden. Sogar Karl, der König, ließ zu, daß Olympia die starren Hofschranzen durcheinanderwirbelte und mit einem einzigen, ungeduldigen Aufstampfen Hierarchien zerstörte, die Jahrhunderte Bestand gehabt hatten. Er ließ es zu, weil er seine Frau liebte und sah, daß sie glücklich war, seit der Paradiesvogel aus dem Norden bei ihr lebte und sie mit seinem respektlosen Spott und seinen vergnüglichen Einfällen jeden Tag aufs neue erstaunte und erfreute. Man lebe, um sich zu amüsieren, wozu sonst? hatte Olympia Seiner Katholischen Majestät von Spanien lächelnd erklärt. Wem aber stünden Glück und Freude zu, wenn nicht den Königen? – Er hatte geschwiegen, als sie es wagte, so zu ihm zu sprechen. Noch nie hatte sich jemand erdreistet, ihn mit Leichtfertigkeiten zu beschmutzen, und er wußte nicht, wie er darauf antworten sollte. Doch als sie fort war – er hörte die Hufe ihres Pferdes aufreizend über den Hof klappern! – ließ er einen Priester rufen und beichtete ihm die Sünde, solche Worte ungestraft gestattet zu haben.

Der Dominikaner verurteilte ihn zu zwanzig Peitschenhieben, die er sich selbst über die nackten Schultern ziehen sollte. Erst dann würde er wieder von der gottlosen Frivolität gereinigt sein und freien Herzens als Kind des Heilands darüber nachdenken können, ob es die Katholische Majestät mit ihrem Gewissen vereinbaren könne, die eigene, züchtige Gemahlin den Fängen des Gottseibeiuns auszuliefern.

Karl zog sich in sein Schlafgemach zurück. Er entblößte die ausgemergelten Schultern und unterwarf sich der Buße. Danach rief er seine Diener. Mit Essig kühlten sie die roten Striemen auf der schneeweißen Haut ihres Herrn. Dabei wechselten sie heimliche Blicke und lächelten, weil sie wußten, daß dies wieder ein Nagel zum Sarg der verhaßten Französin sein würde.

Ausgelassene Feste, Theater, Spiel, Tanz und ein Umgangston wie in Versailles, der für die in der Golille gedrosselten Spanier aus dem Vorhof zur Hölle zu stammen schien ... Karl fand keine Ruhe mehr. Jedes Geräusch aus den Gemächern seiner Gattin ließ ihn zusammenzucken. Jedes Lachen. Jedes Klirren von Gläsern oder Würfelklappern. Die Mönche legten ihm nahe, an seine dynastischen Pflichten zu denken. Noch immer habe Spanien keinen Erben. Doch Karl zitterte vor Unruhe und Sorge, immer mehr davon überzeugt, unter seinem Dach den Satan selbst zu beherbergen.

Es war nur noch eine Frage der Zeit, wann die Inquisition zuschlagen würde, doch Olympia merkte nichts von dem kalten Luftzug in den endlosen Gängen des Escorial. Sie hatte es geschafft. Sie war wieder dort, wohin sie gehörte: ganz oben, bei den Allermächtigsten, den Herren der Welt. Sie war wieder Madame la Comtesse, bei deren Ankunft sich die Rücken beugten und die Augen der Männer aufleuchteten. Sie war unantastbar – solange die Königin sie stützte.

Eines Tages aber – o Gott, eines schwarzen, unseligen Tages! – erwachte Marie Louise und konnte nicht aufstehen. Ihr Mädchengesicht glühte vor Fieber, und alle Welt schrie auf: Die Königin habe die Grippe, die in der Stadt wüte! Eine Entzündung der Lungen! Fieber jedenfalls, so hoch, daß sie nichts mehr verstand und nur noch vor sich hinwimmerte wie ein sterbendes Kätzchen. Die Ärzte kamen und hielten Abstand, um sich nicht anzustecken. Die Diener wagten sich nur bis zur Türe. Nur Madame la Comtesse setzte sich aufs Bett (Weil sie schuldig war, was sonst? Sie hatte keine Angst, weil sie selbst die Krankheit verursacht hatte!). Mit einem kühlen, feuchten Tuch wischte sie den Schweiß von Marie Louises Stirn und redete sanft auf die Kranke ein, die immer wieder nach Milch verlangte. Kalter, ganz kalter Milch!

Die Diener brachten das Getränk. Olympia nahm es an der Tür entgegen und hielt der Königin die Schale an die ausgetrockneten Lippen. Marie Louise aber stieß das Gefäß von sich, daß sich die Milch über das Bett und den Teppich ergoß. Kalte Milch habe sie verlangt! Kalte! Nicht dieses warme Gesöff, das schmecke, als habe man es eben erst gemolken! Kalte Milch! Nur Eis könne noch die Flamme löschen, die sie innerlich versenge!

Man wußte nicht, wo man Eis auftreiben sollte. Für die Kranke aber war ihr Wunsch zur fixen Idee geworden, an die sie ihr Leben oder Sterben knüpfte. Kalte, eiskalte Milch! Schnell! »Sonst sterbe ich!«

Auch der König wagte nicht, den Raum zu betreten. Mit atemloser, kaum noch verständlicher Stimme befahl er Olympia, dafür zu sorgen, daß die Königin wieder gesund werde. Erst jetzt merkte er, daß er inzwischen schon die Meinung der Mönche übernommen hatte, Olympia sei eine Abgesandte des Satans. Der Gedanke tröstete ihn sogar, denn er meinte, wenn er sie nur genügend einschüchterte, würde sie ihre teuflischen Kräfte anwenden und seine Gemahlin retten. Seine junge, geliebte Gemahlin, deren herrlichster Besitz ihre Gesundheit war! Für ihre Gesundheit hatte er sie bewundert und angebetet. Es durfte nicht sein, daß sie auf einmal dalag und mit dem Tode rang! »Wenn die Königin stirbt, sterben Sie auch!« sagte er und holte rasselnd Atem. Dann drehte er sich um und ging in sein Schlafgemach, um Buße zu tun und damit beim Heiland das Leben der Königin zu erkaufen.

Olympia ließ die Kutsche vorfahren. Sie befahl den Ärzten, mit allen Kräften und all ihrer Kunst für die Königin zu sorgen. Dann begab sie sich in die österreichische Botschaft. Von ihren Besuchen dort wußte sie, daß der Gesandte, Graf Mansfeld, in seinem Keller Eisblöcke aufbewahrte. Sie ließ sich einzelne kleine Stücke heraushacken und füllte sie eigenhändig in eine große Schüssel. Zurück im Palast, befahl sie, Milch darüber zu gießen. Dann eilte sie zu Marie Louise, füllte eine Tasse der Kranken mit der kalten Milch und flößte sie ihr ein.

Marie Louise nahm einen vorsichtigen Schluck. Sie öffnete die Augen und sah Olympia an. Olympia lächelte aufmunternd. »Eiskalt, Majestät!« Marie Louise trank gierig die ganze Tasse leer. »Ich danke Ihnen!« flüsterte sie und lächelte trotz ihrer Schwäche. »Jetzt fühle ich mich wieder wohl!« Sie schloß die Augen. Olympia atmete auf, doch dann sah sie, daß Marie Louise gestorben war.

Man sagte, es sei Mord gewesen. Der König stürzte sich auf Olympia, packte sie an den Schultern und schüttelte sie. Dabei versuchte er, sie anzuklagen, doch aus seinem krampfhaft aufgerissenen Mund drang kein Laut. Er hörte nicht auf, Olympia hin und herzustoßen. Sie wagte nicht, sich zu wehren. Sie rief nur ununterbrochen, niemand habe die Königin so geliebt wie sie, Olympia. Was sollte ihr Marie Louises Tod nützen? War die Köngin nicht der einzige Mensch hier in Spanien, der sie unterstützte? »Ich hätte mein eigenes Leben für die Königin gegeben, Majestät!« – Da ließ Karl sie los, so unerwartet, daß sie zu Boden stürzte. Der König humpelte zum Bett seiner toten Gemahlin und fiel auf die Knie. Weinend rief er ihren Namen und beschwor sie, dem grausamen Scherz ein Ende zu machen und die Augen wieder zu öffnen. Als nichts geschah, verfiel er in Krämpfe und mußte hinausgetragen werden.

Man holte den Rest der Milch und gab ihn den beiden Pekinesen der Königin zu trinken. Die Tiere nahmen keinerlei Schaden. Trotzdem lebten die Gerüchte von einst wieder auf. War nicht auch Marie Louises Mutter an Gift gestorben? – Henriette Stuart, Prinzessin von England, erst beste Freundin Olympias, später ihre erklärte Feindin. Und der Graf von Soissons, Olympias Ehemann? Hatte er nicht selbst vor seinem Tode den Verdacht geäußert, man habe ihm Gift ins Essen gemischt?

Nur die Uneinigkeit am spanischen Hofe rettete Olympias Leben. Jeder versuchte, den eigenen Intimfeind in Verdacht zu bringen. Vor allem auf den unerträglich mächtigen Minister Oropesa schoß man sich ein, der aus dem portugiesischen Königshaus Braganza stammte. Vielleicht, so hieß es, wollte er die Königin loswerden, um an ihrer Stelle dem König eine portugiesische Infantin ins Bett zu legen, die ihrem Land nach Karls jederzeit möglichem Tode das Weltreich Spanien als willkommenes Erbe mitgebracht hätte. Auch die österreichische Partei unter Mansfeld wurde verdächtigt und schließlich sogar die Königinmutter, die ihre Schwiegertochter von Anfang an gehaßt habe. Die Lieblingsverdächtige allerdings blieb Olympia mit ihrem unruhigen Schicksal, ihrem hochfahrenden Wesen und der Ohnmacht und Schutzlosigkeit, in die sie auf einmal gestürzt war. Man genoß das Gefühl, die Freche von einst mit Füßen zu treten.

Olympia floh aus Madrid. Der König ließ die Flucht zu, ohne die einsame Kutsche verfolgen zu lassen, deren Achsen unter der Last von Olympias Gepäck fast zerbrachen. Nur drei Frauen begleiteten die große Dame von einst, die wieder einmal so tief gefallen war: ihre Kammerfrau de la Fare, ihre italienische Zwergin Giannina und Madame d'Alluye, die seit der Vertreibung aus Frankreich bei ihr lebte – ununterbrochen und so eng, daß die beiden gar nicht anders konnten, als einander zu hassen.

In Badajoz, einem armseligen Städtchen, nahmen sie Wohnung in der einzigen Herberge, wo sie ihre Mahlzeiten zusammen mit Viehhändlern und Soldaten einnahmen. Olympia, gekleidet und zurechtgemacht wie für einen Spaziergang im Park des Sonnenkönigs, saß den ganzen Tag an einem kleinen, wackeligen Holztisch unter einer Kastanie und schrieb Brief um Brief. Bittschreiben. Zuerst an den König von Frankreich – an ihn vor allen anderen, o ja! Warum, warum nur verzieh er ihr nicht endlich und nahm sie wieder auf? Frankreich war ihre Heimat. Hatte sie nicht genug gebüßt? – Ludwig wies sie ab und riet ihr, damit aufzuhören, in Ländern zu leben, die seine Feinde seien. Sie solle sich doch endlich ein neutrales Land suchen und ihn nach einer Bewährungszeit von neuem bitten.

So versuchte sie es mit Portugal, doch dorthin war die Fama längst gedrungen. Die Sänger auf den Straßen und in den Schenken erzählten in ihren Balladen von der flammenäugigen Hexe aus Frankreich, die die engelsgleiche, goldhaarige Königin von Spanien hinterhältig ermordet habe. Die Inquisition polierte die Folterinstrumente und wartete darauf, das infame Weib in die Hände zu bekommen, um es zusammen mit allen anderen Zauberern und Feinden des Herrn und des Menschengeschlechtes für immer zu vernichten.

Es gab keinen Platz mehr für Olympia. Schließlich bat sie den portugiesischen König, man möge sie doch wenigstens durchs Land reisen lassen, damit sie vom Hafen Setubal aus mit einem Schiff nach England segeln könne, wo ihre Schwester Hortense am Hofe eine wichtige Rolle spiele. Der König schlug die Bitte zuerst ab und ließ ihr raten, vom spanischen Cadix aus aufzubrechen.Dann gestattete er ihr die Durchreise aber doch, um den leidigen Fall und das Gerede um Oropesa endlich aus der Welt zu schaffen.

So rumpelten die vier Frauen bei glühender Sommerhitze in einer dunkelgrünen Kutsche durch das staubige, ausgedörrte Portugal, begleitet und bewacht von finster blickenden, bis an die Zähne bewaffneten portugiesischen Soldaten, die in ihren Taschen Rosenkränze trugen zum Schutz vor der flammenäugigen Hexe. Sie vermieden es, die Frauen anzusehen und redeten nicht mit ihnen. Madame d'Alluye jagten sie eine solche Angst ein, daß sie Herzbeschwerden bekam und nicht mehr aufrecht sitzen konnte. So beanspruchte sie in der Kutsche eine ganze Seite für sich allein, während Olympia – nun wirklich Mord im Auge – und die beiden Bediensteten in der glühenden Sonne fast aufeinandersaßen.

Doch auch in England gab man Olympia schon beim Empfang zu verstehen, daß ihr Besuch zu diesem speziellen Zeitpunkt ungünstig sei. Natürlich könne sie sich in London ein paar Tage ausruhen, aber danach würde es wohl besser sein, wieder nach Brüssel zurückzukehren, wo ihr doch immer noch das prächtige Schloß Tervueren zur Verfügung stehe, ein Heim wie für eine Königin, nicht wahr?

Brüssel. Anfang und Ende des Exils. Jener Platz von ganz Europa, der für Olympia übriggeblieben war. Der Mittelpunkt ihrer zusammengeschrumpften Welt. Der Ort, an dem sie nicht leben wollte. Ludwigs strafende Hand hatte ins Herz getroffen.

»Ich muß Sie bitten, Abstand zu halten!« sagte der Kaiser und drückte sich ein essiggetränktes Tuch vor Lippen und Nase. »Wir leben alle in Sorge, seit hier in Wien schon wieder Fälle von Pocken aufgetreten sind. Wie Sie wissen, haben wir bereits einen schweren Verlust erlitten.«

Er meinte Stratmann. Schon vor der Stadt hatte Eugène erfahren, daß der Hofkanzler vor einer Woche den Pocken erlegen war. Noch traten sie vereinzelt auf. Erst auf wenigen Toren wies das verhängnisvolle Kalkzeichen darauf hin, daß in diesem Hause ein Opfer der Krankheit lag. Bittgottesdienste wurden abgehalten, bei denen sich die Gläubigen in ängstlicher Vorsicht voneinander abwandten. Die Straßen waren leergefegt. Noch bestand Hoffnung, daß die Krankheit wieder erlosch. Es war nicht das erste Mal, daß sie sich drohend regte und dann doch nicht mit voller Kraft zuschlug.

Eugène hatte keine Kraft, Stratmann zu betrauern. Zu bedrängt war seine eigene Lage. Während der ganzen Fahrt hatte er über sein Schicksal und das seiner Familie nachgegrübelt und dabei jede Hoffnung aufgegeben. »Ich weiß, was Sie von mir denken müssen, Majestät!« sagte er niedergeschlagen. Er stand an der Tür und wagte nicht, weiterzugehen.

»Ein paar Schritte näher können Sie schon kommen, mein

Neffe!« sagte der Kaiser und räusperte sich, als wollte er prüfen, ob seine Atemwege angegriffen seien.

Eugène trat in die Mitte des Audienzsaals und blieb stehen.

»Ein politischer Spieler, der Herzog, Ihr Vetter!« sagte Leopold und runzelte die Stirn. »Spiegelfechterei! Schaukelpolitik! Die reinste Tragikomödie – und das sieben Jahre lang! Aber so war es ja immer in Turin. In jeder Generation haben die Herzöge von Savoyen französische Prinzessinnen geheiratet. Dann sind sie früh gestorben, und ihre Nachfolger waren noch nicht mündig. Wer hat also regiert: die französischen Mütter! Die haben natürlich getan, was ihr jeweiliger König ihnen flüsterte. Wenn die Thronfolger dann alt genug waren und die Mütter nach Gottes Ratschlag vielleicht schon gestorben, folgte die kleine Revolution der Söhne, die sich nun mit uns zusammenschlossen, bis sie sich wieder auf Maman besannen, wie Papa und Grandpapa eine Französin heirateten und vor dem französischen König kuschten.« Er nickte salbungsvoll. »Man muß nur brav die Geschichte studieren, lieber Neffe, dann wundert man sich über nichts mehr.«

»Ich wußte nichts von diesem Verrat, Majestät!« versicherte Eugène erschöpft. Er hatte während der ganze Reise kaum etwas gegessen und meinte auf einmal, ihm müßte jeden Augenblick schwarz vor Augen werden.

»Natürlich nicht!« Der Kaiser lächelte. »Aber wir!« Er lehnte sich zurück. »Sie sind Soldat. Ein großartiger Soldat. Aber wie alle Soldaten verstehen Sie nichts von Politik. Das Wichtigste in der Politik ist die Information. Ein guter Geheimdienst, den hatten wir Habsburger immer. Das Private, Sie verstehen? Wir haben Ihrem Herrn Vetter schon seit Jahren nicht mehr getraut. Offengestanden: Wirklich vertraut haben wir ihm nie, und das wußte er auch. Wenn Sie nicht gewesen wären, hätte er uns schon viel früher im Stich gelassen. Wir verdanken Ihnen viel.«

Eugène traute seinen Ohren nicht. War doch noch nicht alles für ihn verloren? – Er wollte nachfragen, aber er konnte es nicht. Trotzdem wagte er nicht, um ein Glas Wasser zu bitten oder darum, sich setzen zu dürfen.

»Sie sind ein braver Charakter!« sagte der Kaiser und nickte. »Loyal. Das habe ich von Anfang an gewußt. Ein anständiger Mensch. Religiös – das sind Sie doch? Kein Spieler, kein Säufer, kein Hurenbock. Ein braver Mensch und ein guter Soldat.« Der Kaiser stand auf und trat ans Fenster. »Keine Seele da unten!« murmelte er. »Hoffentlich geht der Kelch an uns vorüber!« Er bekreuzigte sich und wandte sich wieder zu Eugène. »Warum sind Sie bloß so Hals über Kopf aus Turin abgereist? Auf einmal waren Sie verschwunden. Wir hatten eigentlich vor, Sie gemeinsam mit Ihren Dragonern direkt nach Ungarn zu schicken. Nun ja, die Dragoner werden auch ohne Sie ankommen.«

»Ungarn?« Der Saal vor Eugènes Augen schien zu schwanken.

»Ja, wirklich, eine seltsame Situation, in die Sie mich da bringen!« beschwerte sich der Kaiser. »Aber so ist das wohl im Krieg: lauter seltsame Situationen. Mit einem Wort: Es ist noch nicht offiziell, aber August von Sachsen ist zum polnischen König gewählt worden. Meine Berichterstatter in Turin haben mir gemeldet, daß Sie sich zu einer solchen Wahl auch schon mehrmals geäußert haben. Positiv, nicht wahr?« Er lachte plötzlich. »Haben Sie eigentlich geahnt, wie sehr Sie von dieser Wahl profitieren würden?«

»Ich weiß nicht, was Sie meinen, Majestät?«

»Mein Gott, Prinz, stellen Sie sich nicht dümmer, als Sie sind! Wenn August nach Polen geht, haben wir in Ungarn keinen Oberbefehlshaber. Genug Anwärter wären ja da, aber wir können uns keine Experimente mehr leisten. Der Beste muß her.« Er zuckte die Achseln. »Selbst wenn der Beste ausgerechnet auch der Jüngste ist und eine Familie hat mit einem

Ruf wie Donnerhall. Trotzdem haben Sie die gewichtigsten Fürsprecher, mein lieber Neffe. Stratmann war für Sie, und Starhemberg, zum Beispiel, sagte, Sie seien der einzige, der überhaupt in Frage stünde. Dazu kommt, daß auch Wir, Leopold von Gottes Gnaden . . ., keinen wüßten, dem wir mehr zutrauen.« Sein Gesicht wurde ernst. »Wahrscheinlich sind Sie wirklich der einzige, der unsere erschöpften Truppen da unten noch in Schwung bringen kann. Sie wollen nicht mehr, wissen Sie. Aber die Türken wollen um so mehr. Das Osmanische Reich ist am Absterben, das sagen mir alle meine Berater. Aber es hat sich noch einmal aufgerafft. Sie haben Belgrad zurückgewonnen und marschieren in Richtung Siebenbürgen. Ihre Armee ist doppelt so stark wie die unsere. Auf eine Schlacht können wir uns gar nicht einlassen, aber wir müssen sie wenigstens aufhalten, bis die Herbstregen kommen. Über den Winter können wir uns vielleicht regenerieren.« Er ging auf Eugène zu, das Tuch schützend vor Mund und Nase. Ein verbrauchter Mann, alt und kränklich, obgleich er noch keine Fünfzig war. Er erinnerte Eugène an Karl von Spanien. Die gleiche schwächliche Gestalt, die gleiche hängende Unterlippe, der gleiche müde Blick. Trotzdem war in Leopold wenigstens noch Kraft genug, die ungeliebte Krone zu tragen. »Die Soldaten in Ungarn reden nur von Ihnen!« sagte er sanft und legte eine Hand auf Eugènes Schulter. »Bei jedem Mißerfolg – und wir hatten eine ganze Reihe davon in letzter Zeit – heißt es: Wenn Prinz Eugen jetzt hier wäre, sähe es anders aus! – Die Soldaten wissen immer ganz genau, was Prinz Eugen in dieser oder jener Situation gesagt oder getan hätte. Prinz Eugen . . .« Er klopfte Eugène väterlich auf die Schulter. »Ich wünsche Ihnen Glück, mein lieber Neffe! Wir alle können es brauchen, daß Sie Glück haben . . . Mein Gott, was sind Sie blaß!«

»Kann ich ein Glas Wasser haben, Majestät?«

Leopold schüttelte den Kopf. »Soviel Sie wollen. Wasser

wenigstens haben wir genug ... Und dann gehen Sie heim und schlafen sich aus! Morgen früh wird man Ihnen die Ernennungsurkunde überreichen. Ich habe sie bereits unterschrieben. Jetzt muß sie noch Starhemberg als Präsident des Hofkriegsrates gegenzeichnen. Danach brechen Sie am besten gleich auf, sonst sind Ihre Dragoner noch eher in Ungarn als ihr Kommandant. Wir haben keine Zeit zu verlieren. Ich möchte nicht noch einmal in Passau landen.« Er lächelte und schüttelte den Kopf. »Da stehen Sie: verhungert und voll Staub und wahrlich kein Siegfried. Dazu noch dieser grauenvolle französische Akzent ... Was ist bloß an Ihnen, daß die Soldaten so verrückt nach Ihnen sind?«

9

»Du kennst doch Eleonore von Stratmann!« hatte Borgomanero zu ihm gesagt. »Sie wohnt in der Botschaft, bis ...« Er hatte nicht zu Ende gesprochen. Eugène hatte ihn trotzdem verstanden: bis das Palais Stratmann desinfiziert ist. Bis die Krankheit aus dem ganzen Haus herausgebrannt und herausgeätzt ist. Bis man keine Angst mehr haben muß, sich dort aufzuhalten, wo der Vater, den man liebte, starb. Starb an der Krankheit, die sich in den Laken einnistete. In den Teppichen. In allem, was mit ihm in Berührung kam. Ein Mensch, der geliebt wurde und der selbst noch mehr liebte, weil gute Eltern selbstloser lieben als ihre Kinder, und der diesen Kindern trotzdem den Hauch des Todes zurückließ. Was jetzt, unmittelbar nach seinem Sterben, zählte, war nicht die Erinnerung an seine Güte, an sein Lächeln oder an seine Arme, die sich schützend um die Schultern seiner Kinder legten. Was jetzt zählte, war die Gefahr, die seine Spuren ausströmten. Unsichtbare Todesdrohungen. Angst stärker als Trauer.

Du kennst doch Eleonore von Stratmann ... Wenn Borgomanero sie anredete, sagte er Lori, als sei sie noch ein kleines Mädchen. Aber sie war kein kleines Mädchen mehr. Eugène erinnerte sich, sie in den letzten Jahren mehrmals gesehen zu haben. Ihr Vater war stolz auf sie gewesen und ließ sich oft von ihr begleiten. Sie war Eugène aufgefallen mit ihrem seltsam intensiven Blick aus den dunklen Augen. Waren sie braun? Als er sich später, auf der Fahrt nach Ungarn, darauf zu besinnen versuchte, wußte er es nicht. Wahrscheinlich waren sie braun.

Du kennst doch Eleonore von Stratmann ... Sie trug Trauerkleidung. Die dunkle Farbe stand ihr. Eugène glaubte sich zu erinnern, daß sie auch früher meist gedeckte Farben getragen hatte und niemals Rüschen oder Schleifchen, wie es in Wien doch Mode war. Sie gab sich nicht als hilfloses kleines Mädchen, auch nicht an jenem Abend bei Borgomanero, wo sie allen Grund gehabt hätte, sich beschützen zu lassen. Ruhig, fast gelassen, stellte sie Fragen nach der Situation in Italien und nach Eugènes Einschätzung. Sie wußte genau Bescheid über die Verhältnisse in Savoyen. Offensichtlich hatte sich ihr Vater oft mit ihr besprochen. So ausgeglichen kam sie Eugène vor, daß er es wagte, sie nach der Krankheit ihres Vaters zu fragen. Wo hatte er sich angesteckt? Wie war die Krankheit verlaufen? Hatte er leiden müssen?

Eleonore beantwortete seine Fragen ohne Zeichen der Erschütterung. Erst als sie erzählte, daß ihr Vater sich bei seinen Kindern dafür entschuldigt hatte, sie in so unsicheren Zeiten allein zu lassen, traten plötzlich Tränen in ihre Augen. Sie senkte den Kopf und rang nach Fassung. Sie griff nach dem Weinglas und trank einen Schluck. Dann hob sie den Kopf und sah Eugène an. »Ich glaube, Sie hat er sehr gern gehabt!« sagte sie mit fester Stimme. Mit einem Gefühl, das an Entsetzen grenzte, bemerkte Eugène, daß auf einer ihrer Wangen eine Träne hing. Ihm war, als hätte er sich wie ein Tölpel in die Privatsphäre dieses stolzen Mädchens eingedrängt, und er wunderte sich, daß sie ruhig weitersprach, als wäre nichts geschehen, und als hätte nicht eine kleine Ewigkeit lang die Stille wie eine unerträgliche Last über dem abendlichen Tisch gehangen. Ein Mädchen im Schein der Kerzen und zwei Männer, ein junger und einer, der ihr Vater hätte sein können. Beide wie betäubt vom Anblick eines Schmerzes, der sich verbarg und dennoch offenkundig war.

Eugène konnte die Augen nicht von ihrem Gesicht wenden. Sie wischte die Träne nicht fort. Als Borgomanero den Abend beendete, und Eugène für einen Augenblick, den er nie vergaß, die Hand des Mädchens hielt, um sich in förmlicher Weise zu verabschieden, sah er eine glänzende Spur auf den weichen, blassen Wangen. Er hätte nie gewagt, diese Spur einer beherrschten Trauer mit seiner Hand – wie ungeschickt sie auf einmal war! – zu verwischen, aber in den langen, unruhigen Nächten unter dem schwarzen ungarischen Kriegshimmel rief er sich diesen Anblick immer wieder in Erinnerung, und er errötete in der Dunkelheit, als ihm zum ersten Mal der Gedanke kam, ihre Wangen hätten unter seinen Lippen nach Salz geschmeckt.

Zenta. Ein kleines, verwahrlostes Dorf. Alle Dörfer waren verwahrlost in diesem gottverlassenen Land, das so viele wollten und so wenige liebten. Armut. Elend. Menschen, die schon froh waren, wenn bei Einbruch der Nacht ihr Haus noch stand und kein Familienmitglied zu Schaden gekommen war. Menschen, die froh waren, wenn die Soldaten vorübergezogen waren und sogar schon froh, wenn sie die Vorräte davonschleppten, aber das wunderbare, herrliche Schwein nicht fanden, dem man unten im Keller den Rüssel zugebunden hatte oder das letzte Huhn, das die Bäuerin unter ihrer Wolljacke an den Leib preßte und ihm den Schnabel zuhielt, während sie spürte, daß das Tier sie in seiner Panik beschmutzte. Essen und überleben, nur darum ging es noch, und essen war eigentlich schon überleben, so wie überhaupt jede Verhaltensweise nur noch das Überleben zum Ziel hatte. Unterwürfigkeit – sie vor allem! – gegenüber den verhaßten Soldaten gleich welcher Nationalität. Unterwürfigkeit, weil auch die Soldaten Angst hatten und jedes Zeichen von Stärke liquidiert hätten. Sich stark zu zeigen, konnte den Tod bedeuten. Nur wer schwach war und nachgiebig, war in Wirklichkeit der Starke, wenn es ein Zeichen von Stärke ist, übrigzubleiben im Feuer kollektiven Wahnsinns . . . Ein kleines, verwahrlostes Dorf in einem verwahrlosten Land. Ein Nichts auf der Landkarte großer Generäle. Ein Wunder, daß es überhaupt einen Namen hatte: Zenta.

Am 11. September 1697 wurde es von den Türken niedergebrannt.

Man hatte einen Spion gefangen und brachte ihn zu Eugène. Ein türkischer Pascha, sehr jung, bestimmt noch nicht zwanzig, mit goldblonden Haaren und blauen Augen. Wahrscheinlich war er eines der vielen Kinder gewesen, das die Türken aus den Schlössern ihrer christlichen Väter verschleppt und nach Konstantinopel gebracht hatten. Dort zog man sie groß in dem Glauben, Türke zu sein. Ein ehemaliges Christenkind bringe Glück in eine Familie, so meinte man und behandelte den sonnenhaarigen Fremdling wie einen eigenen Sohn.

Eugène war erst wenige Wochen bei der Truppe in Ungarn. Nie würde er vergessen, wie man ihn in Peterwardein empfangen hatte, als er in großer Begleitung vor der Festung erschien. Die Garnison und die Flottille begrüßten ihn mit Salven. Die Soldaten jubelten ihm zu, überzeugt, daß durch ihn das erfolglose Herumlavieren endlich aufhören würde. Man führte ihn durch die Unterstadt von Peterwardein, zeigte ihm das Kernwerk und die Festung. Er besichtigte die Flottille und nahm einen hastigen Imbiß auf dem Admiralsschiff.

Dann bezog er Lager an den Römerschanzen und ging an die Arbeit.

Sein Auftrag lautete, die Türken zu behindern, sich aber auf keine Schlacht einzulassen. Wien hatte kein Vertrauen mehr in seine verelendeten, energielos gewordenen Truppen, die nur mehr Hohn und Haß auf ihre Offiziere kannten, weil sie sich von ihnen im Stich gelassen fühlten. Nicht einmal Brot wurde mehr gebacken im kaiserlichen Lager mit seinen fünfzigtausend Soldaten. Eine Armee fast ohne Geld, dafür aber, als Eugène kam, plötzlich wieder mit Hoffnung.

Der junge Pascha war blaß vor Angst, aber er bewahrte Haltung. Jeder in der türkischen Armee wußte, wer der Prinz von Savoyen war, und daß ein geheimer Zauber ihn und seine unvorhersehbaren Handlungen schützte. Wahrscheinlich war er grausam wie alle großen Herren.

»Fragen Sie ihn, was er von den Plänen des Sultans weiß!« befahl Eugène dem jungen Dolmetscher, einem gewissen Alexandre de Bonneval.

Bonneval verneigte sich höflich und wandte sich dann dem Gefangenen zu, der nicht wagte, die Augen zu erheben. Bonneval zog seinen Degen und hob mit dessen Spitze das Kinn des Paschas hoch. Der Pascha legte den Kopf in den Nacken und starrte krampfhaft nach unten auf die eigene Nasenspitze, um nur ja nicht das todeswürdige Verbrechen zu begehen, dem hohen Kriegsherrn direkt ins Auge zu blicken. Mit leiser, aber scharfer und fauchender Stimme redete Bonneval auf den Pascha ein, dessen Stirn sich mit Schweiß bedeckte. Mit jedem Satz trat Bonneval näher an den Gefangenen heran, bis er den Degen fast senkrecht an dessen Körper entlang gegen sein Unterkinn hielt. Die Haut des Paschas spannte sich unter dem Druck der Waffe. Manchmal, wenn Bonneval ein Wort besonders betonte, drückte er die Degenspitze noch fester in die sich rötende Haut, und der Gefangene stöhnte auf. Als Eugène schon eingreifen wollte, stieß der Pascha plötzlich ein paar Worte hervor, die ihn offensichtlich seine ganze Kraft kosteten, denn plötzlich brachen Tränen aus seinen Augen. Er fing an zu schluchzen, den Kopf noch immer nach hinten gelegt.

»Ich habe die Übersetzung eines einzigen Satzes angeordnet!« sagte Eugène scharf. »Ist das Türkische so kompliziert, oder können Sie die Sprache so wenig, daß Sie dafür eine ganze Rede brauchen?«

Bonneval drehte sich nicht um. Auch sein Gesicht war nun rot angelaufen, und einzelne Löckchen aus seiner eleganten weißen Perücke klebten ihm an den Wangen. »Verzeihung, Hoheit!« preßte er hervor. »Bitte lassen Sie mich! Gleich habe ich ihn so weit.« Und wieder fing er an, den Pascha zu bedrängen. Seine Stimme erhob sich. Er schrie den Gefangenen, der wahrscheinlich das gleiche Alter hatte wie er selbst, drohend an und hielt ihn nun zusätzlich mit der freien Hand an der Schulter fest. Eugène hörte immer wieder seinen eigenen Namen aus Bonnevals Redeschwall heraus, und jedes Mal stöhnte der Pascha entsetzt auf. Er zitterte vor Angst, wehrte sich aber offenkundig immer noch dagegen, die Pläne seines Herrn preiszugeben. Da ließ Bonneval ihn plötzlich los, steckte langsam den Degen in die Scheide zurück und trat dann so nahe an den Pascha heran, daß ihre Körper einander berührten. Mit beiden Händen umfaßte er das Gesicht des Gefangenen, daß es aussah, als wollte er ihn küssen. Er starrte ihm durchdringend in die hellen Augen, wies mit dem Kinn kurz auf Eugène und sagte dann leise ein paar Worte, die dem Gefangenen den Rest gaben. Er schrie verzweifelt auf, riß sich von Bonneval los und warf sich dann vor Eugène auf den Boden. Immer wieder stieß er mit der Stirn gegen Eugènes Stiefel, schluchzte und flehte mit atemloser Stimme. Danach brach er zusammen und blieb liegen, das Gesicht auf dem Boden.

Als hätte sich seine Stimme von ihm gelöst, gab sie kurze

Sätze preis; tonlos, lange Pausen, in denen die kleine Pendeluhr auf dem Schreibtisch tickte. Ein Bericht, der Verrat war. Verrat – der Tod der Selbstachtung. Das geraubte Christenkind verriet seine Räuber an die, zu denen es eigentlich gehörte. Feigheit, Selbstekel und Verzweiflung. Als der Bericht beendet war, grub der Gefangene das Gesicht noch fester in den Boden und bat um den Tod.

Bonneval atmete auf und lächelte. »Der Sultan selbst führt den Oberbefehl!« erklärte er befriedigt. »Mustafa der Zweite. Sein Heer lagert knapp vor uns an der Theiß in der Nähe eines kleinen Dorfes namens Zenta. Sie haben es dem Erdboden gleichgemacht. Auch der Großwesir Mustafa Pascha befindet sich dort.« Bonneval lachte amüsiert. »Wissen Sie übrigens, Hoheit, daß man ihn in Konstantinopel ›Fazil den Tugendhaften‹ nennt? Ich konnte bisher nicht herausbekommen, ob dieser Beiname wirklich ernstgemeint ist. Wahrscheinlich ist er es aber. Diese Burschen hier haben nämlich absolut keinen Sinn für Ironie.« Er stieß den Pascha mit dem Fuß aufmunternd in die Seite. Der Pascha rutschte von ihm weg, ohne den Kopf zu heben.

»Sie hatten ursprünglich vor, bis Szegedin zu marschieren, aber seit sie erfuhren, daß Sie, Hoheit, jetzt in Ungarn sind, befinden sie sich offenkundig in Panik.« Bonneval schüttelte den Kopf. »Es ist faszinierend, Hoheit, aber immer öfter stelle ich fest, daß der Ruf eines Menschen alles ist. Bevor mich die Armee des Allerchristlichsten Königs aussonderte, habe ich das Buch eines Engländers gelesen. Er heißt Hobbes – ja, solche Namen gibt es in England tatsächlich! – und er schrieb, daß mächtig sei, wer in dem Ruf stehe, Macht zu haben . . . Das läßt natürlich auch den Umkehrschluß zu, daß ohnmächtig ist, wer macht- und kraftlos wirkt. Ihr Ruf bei den Türken ist anscheinand so fulminant, daß allein schon Ihr Auftauchen genügt, um Panik auszulösen.«

»Womit haben Sie ihm gedroht?«

Bonneval lächelte. Er sah hübsch und harmlos aus. »Oh, mit nichts Speziellem, Hoheit. Ich habe ihm nur ausgemalt, was sein eigener Herr jetzt mit ihm machen würde an Ihrer Stelle. Und dann habe ich ihm gesagt, daß Sie noch wesentlich einfallsreicher seien und sich schon allerhand Freuden für ihn ausgedacht hätten. Sie haben es mir ja nicht ganz leicht gemacht mit Ihrer sachlichen Miene, aber es gelang mir, ihm klarzumachen, daß Sie genau dann Ihre kreativsten Gedanken hätten.«

»Und das nennen Sie dolmetschen!«

»Sind Sie nicht zufrieden mit mir, Hoheit?«

Eugène schwieg.

»Nun gut!« fuhr Bonneval fort. »Auf jeden Fall wissen wir jetzt Bescheid: Der Sultan will möglichst schnell aus Ihrer Nähe. Er möchte aber auch unbedingt nach Siebenbürgen, denn das fehlt ihm noch zu seinem Glück. Er ließ also bei Zenta eine Brücke aus sechzig Schiffen über die Theiß schlagen, um über sie sein Heer ostwärts nach Siebenbürgen zu führen. Fast die ganze Kavallerie hat den Fluß schon überquert. Janitscharen, Hoheit! Aber der Rest der Janitscharentruppe und die gesamte Infanterie befinden sich noch auf unserem Ufer.«

»Wie lange wird es dauern, bis alle drüben sind?«

»Mehrere Stunden, Hoheit.«

Eugène setzte sich an den Schreibtisch und stützte den Kopf in die Hände. Mehrere Stunden. Es war später Nachmittag. In zwei Stunden würde die Sonne untergegangen sein. Wahrscheinlich würden die Türken die ganze Nacht damit beschäftigt sein, ihre Armee über die enge Brücke zu schleusen. Sie anzugreifen war nicht möglich. Die kaiserliche Armee hatte einen Tagesmarsch von zehn Stunden hinter sich, und die Sonne ging in zwei Stunden unter. Zwei Stunden nur, und morgen früh waren die Türken außer Reichweite . . .

Ein Offizier kam herein und legte eine Depesche des Kaisers auf den Tisch. Fast jeden Tag erreichten Eugène solche Nachrichten. Er wußte bereits, was darin stehen würde: Auf keinen Fall etwas riskieren! Unter keinen Umständen auf eine Konfrontation einlassen! Kein Angriff! Wir sind nicht stark genug! . . . Und in zwei Stunden war es Nacht!

»Wie war dieser Spruch Ihres Engländers?« fragte er Bonneval.

»Mächtig ist, wer in dem Ruf steht, Macht zu haben, Hoheit.«

»Und vice versa.«

»Und vice versa, Hoheit.«

Eugène stand auf. »Lassen Sie den Gefangenen hinausbringen, und sorgen Sie dafür, daß man ihn gut behandelt! Lassen Sie ihm Essen geben und eine ordentliche Unterkunft! Immerhin ist er ein Pascha, und er hat uns sehr geholfen.«

Bonneval salutierte. Eugène nickte ihm gedankenverloren zu und steckte die Depesche des Kaisers in die Rocktasche. Ungeöffnet.

Später nannte man es die Schlacht von Zenta, auch wenn es das Dörfchen Zenta schon nicht mehr gab. Eugène behielt den Brief des Kaisers in der Rocktasche und entschloß sich, ihn zu vergessen. Wenn es je eine Chance gegeben hatte in diesem verdammten Krieg, so war es diese. Seine Soldaten würden ihn verstehen, wenn er ihnen sagte, daß die Müdigkeit eines zehnstündigen Fußmarsches nicht zählte gegenüber einer solchen Gelegenheit. Daß sie ihren Körper vergessen mußten und seine Erschöpfung. Daß der Geist mächtiger war für kurze Zeit, wenn man es nur wollte. Daß weder er noch sie es sich je verzeihen würden, diese Chance vertan zu haben, die vielleicht einen Krieg beenden würde, der sonst noch Jahre dauern konnte. Jahre, in denen immer wieder elende kleine Dörfer wie dieses glosende Zenta dem Erdboden gleichgemacht wurden. Jahre, in denen Soldaten verhungerten und nicht heimkehren durften, während sie nach einem Sieg endlich gesichert wären und stolz nach Hause zurückkommen konnten zu ihren Familien. Nicht mit leeren Händen, sondern mit der Versorgung für ihr späteres Alter.

Eine Entscheidung war nötig. Kein Kriegsrat mehr. Dafür war es zu spät. Nur noch zwei Stunden, dann ging die Sonne unter.

Eugène trat vor das Heer. Er vergaß alles andere. Er schilderte die Lage und gab Anweisungen. Er wußte, was zu tun war, und daß er dafür einstehen würde, ganz gleich, wie man später darüber urteilte.

Dann ließ er zum Angriff blasen.

Die Theiß fließt von Norden nach Süden in Richtung Donau. Die Absicht der Türken war es, sie von Westen nach Osten zu überqueren. Zenta, das es nicht mehr gab, lag im Westen. Nur zweitausend Schritte weiter südlich hatten die Türken ihre Brücke geschlagen und auf der anderen Seite des Flusses begonnen, ein Lager zu errichten. Unaufhörlich strömten die Massen der Soldaten und Tiere über die schmale Passage. Ein Großteil der Artillerie und der Bagage befanden sich bereits im jenseitigen Lager. Nun war die Kavallerie in dichten Kolonnen unterwegs. Die Infanterie sollte später folgen. Man rechnete nicht damit, daß die Kaiserlichen eintreffen würden, ehe die gesamte osmanische Armee den Fluß überschritten und die Brücke wieder aufgelöst hatte. So beschäftigt war man, und so sicher fühlte man sich, daß man versäumte, Patrouillen auszusenden. Man begnügte sich damit, den Übergang durch eine Wagenburg zu sichern, die den Zugang zur Brücke halbkreisförmig umschloß.

Der Sultan, sein Großwesir Elmas Mohammed Pascha und die Wesire von Adana, Anatolien und Bosnien hatten mit dem Harem die Brücke als erste überschritten und ruhten sich nun im jenseitigen Lager von den Beschwernissen aus. Sie befahlen Eile. Keine Nachtruhe für die Truppe. Bis zum Morgen sollte der Übergang abgeschlossen sein. Trotz des ohrenbetäubenden Lärms und des Geschreis, die die Aktion begleiteten, schliefen die hohen Herrschaften schon am Nachmittag. Sie waren es gewöhnt, Minderes aus ihrer Wahrnehmung auszuschließen.

Den Soldaten flößte der Gleichmut der Oberen Zuversicht ein. Wenn der Sultan schlafen konnte, konnte auch ein Spahi beruhigt sein. So beruhigt, daß die Aktion zwar befehlsgemäß abrollte, niemand aber merkte, daß im Westen, gerade noch außer Sichtweite, das Heer des Prinzen Eugen von Savoyen Aufstellung genommen hatte. Eine schnurgerade Aufmarschlinie: der linke Flügel mit sechzehn Bataillonen und neunundfünfzig Schwadronen unter Starhemberg. Im Zentrum, dem Corps de bataille, Commercy und Rabutin mit einundzwanzig Bataillonen. Der rechte Flügel unter Heister mit vierzehn Bataillonen und dreiundfünfzig Schwadronen. Eugène selbst führte das Heer im Zentrum mit seinen Dragonern an, um von dort aus überallhin galoppieren zu können, wo man ihn brauchte.

Er gab den Befehl zum Vormarsch. Die Verbände der Kaiserlichen schlossen sich in einem weiten Halbkreis um das osmanische Lager. Die Türken waren eingeklemmt zwischen dem Fluß und den feindlichen Truppen, doch immer noch bemerkten sie es nicht. Erst als Eugène dem linken Flügel unter Starhemberg die Order erteilte, über die ungeschützten Sandbänke des Flußufers bis zur Brücke vorzudringen und damit den Feind auch vom Fluß her zu umklammern, schreckte die Armee des Großherrn wie vom Blitz getroffen auf.

Man stürzte zu den Waffen, um sich zur Wehr zu setzen, doch die obersten Befehlshaber befanden sich bereits auf der anderen Seite und wurden erst geweckt, als man drüben erkannte, daß der listenreiche Wesir des Kaisers den Befehlen seines Herrn in Wien – die man durch geschickte Spione mit Genugtuung vernommen hatte – nicht gehorchte. »Er tut, was er will!« schrie der Sultan. »Ich würde ihn mit eigener Hand erwürgen, wenn er mein Wesir wäre!« Dann befahl er Mohammed Pascha und den Wesiren, die bevorstehende Schlacht um jeden Preis zu gewinnen und begab sich selbst mit größter Hast auf die Flucht nach Osten in Richtung Temesvar. Nur der Harem und die Leibwache durften ihn begleiten. Allen anderen befahl er unter Androhung der Todesstrafe, den endgültigen Sieg über den Christenhund aus Savoyen oder Frankreich oder Österreich oder welches verfluchte Land auch immer ihn ausgespien haben mochte.

Der Nachmittag ging zur Neige. Die Sonne hätte lange Schatten über das Uferland geworfen, wenn auch nur eine Handbreit Bodens unbedeckt geblieben wäre. Doch auf einmal drängte sich alles zusammen. Das Corps de bataille stürmte vor, und Heister jagte mit seiner linken Flanke die ersten Fliehenden zurück zur Brücke. Die Türken warfen ihre Feuerwaffen fort und wehrten sich erbittert mit ihren Krummsäbeln. Als sie keinen Ausweg mehr sahen, versuchten sie, über die Brücke zu entkommen, die unter der Last der Hunderten beinahe zusammenbrach.

Nun nahmen Heister und Starhemberg die Brücke von beiden Seiten her unter Beschuß. Die Schlacht wurde zum Blutbad. Die bedrängten Osmanen stürzten sich ins Wasser, um vielleicht schwimmend das andere Ufer zu erreichen. Der Großwesir, der wider besseres Wissen versucht hatte, das Schlachtengeschick herumzuwerfen und im Gegenstrom der Fliehenden mit einem Boot ans westliche Ufer zu gelangen, fand den Tod, den er in seinem letzten Gedanken vielleicht als gnädig empfinden mochte angesichts dessen, was ihn erwartet hätte, wenn er nach verlorener Schlacht seinem tapferen Herrn unter die Augen gekommen wäre.

Um die Brücke herum staute sich der Fluß. Wäre nicht das Geschützfeuer gewesen, hätte man ihn auf den Leichen der Getöteten überqueren können. Die Infanterie des Sultans war vernichtet. Ein Teil der Kavallerie verließ das Lager im Osten und floh dem Sultan nach. Als die Sonne unterging, waren fünfundzwanzigtausend Osmanen gefallen, darunter auch die drei Wesire. Nur zweitausend Türken, so schätzte man, waren entkommen. Die Kaiserlichen hatten vierhundertfünfzig Mann an Toten zu beklagen und vierzehnhundert an Verwundeten.

An der Theiß war es Nacht geworden. Fast unvermittelt ging die Schlacht zu Ende. Es gab keinen lebenden Osmanen mehr am westlichen Ufer. Ein paar ungezielte Schüsse verloren sich in der Stille, die plötzlich hereinbrach, fast zugleich mit der Dunkelheit. Man hörte die Klagen der Verwundeten und das Rauschen des aufgestauten Flusses. Ein paar Soldaten stiegen mit langen Stangen auf die Brücke und stocherten die Leichen im Wasser auseinander, damit sich die Strömung wieder ihren Weg bahnen konnte. Pferde wieherten. Sie waren hungrig und durstig nach dem langen Marsch und dem unvorhergesehenen Kampf. Die kaiserlichen Soldaten hielten inne und wurden sich auf einmal bewußt, wie still es war, und daß niemand sie mehr bedrohte. Sie hatten gesiegt. Niemand würde sie mehr verhöhnen, und drüben am anderen Ufer wartete das üppige Lager des Sultans mit seinen unermeßlichen Schätzen, die ihnen endlich ermöglichen würden, wieder zu leben, wie Menschen leben sollten.

Sie dachten, daß sie sich jetzt freuen müßten. Jubelten Sodaten nicht nach einem Sieg? Warum standen sie jetzt da und spürten nur noch, wie schmutzig und besudelt sie waren und vor allem, wie müde und ausgelaugt, obwohl ihre Herzen noch von der Anstrengung des Kampfes rasten? Warum erfüllten sie nicht ihre Pflicht, hurra zu rufen in diese schweigende, sternlose, unbehauste Nacht hinein, durch die der

Feind entsetzt floh und doch wissen mußte, daß man ihn schon am nächsten Morgen verfolgen würde, um das geschundene Land endlich von jahrhundertelanger Besatzung zu befreien?

Auch Eugène war müde. Er ließ die Brücke und das Ostufer sichern, damit sich während der Nacht niemand im feindlichen Lager bediente. Dann ritt er langsam zu seinem Zelt. Es gab keine Möglichkeit, sich zu waschen. Vielleicht entdeckte man morgen früh landeinwärts ein Gewässer, in dem man wenigstens die Tiere tränken konnte. Danach würde man die toten Kameraden beerdigen, das Türkenlager übernehmen, die Beute verteilen und fortziehen, ehe der Verwesungsgestank das Land zudeckte und für Menschen unerträglich machte. Zurückbleiben würde ein Fluß rot von Blut, das sich nach und nach im klaren Wasser, das aus dem schuldlosen Norden nachströmte, verlor. Zurückbleiben würden viele Hunderte Toter, deren Seelen man zur Belohnung ihres heldenhaften Sterbens die Freuden des Paradieses versprochen hatte. Und zurückbleiben würden die glosenden Reste eines harmlosen Dorfes namens Zenta. Es war ein großer Sieg. Morgen, wenn der Schlaf die Entfremdung verscheucht hatte, würde man die Kraft haben, sich zu freuen.

10

Man hatte allen Grund zur Freude: Eugen von Savoyen kehrte zurück mit seiner glorreichen Armee, die die Osmanen bei Zenta geschlagen und danach Bosnien zurückerobert hatte. Fast im Handstreich war es dem Prinzen gelungen, die Türken zu einem Waffenstillstand zu zwingen, den sie diesmal offenkundig einhalten wollten, denn der Sultan selbst hatte Eugène vorschlagen lassen, in der fast gänzlich zerstörten Stadt Karlowitz in Friedensverhandlungen einzutreten. Einen Tag später rangelte man am Wiener Hof bereits heftig darum, wer den Kaiser in den Konferenzzelten von Karlowitz – Häuser gab es nicht mehr – als Delegierter vertreten sollte. Da sich auch der Sonnenkönig zum Frieden durchgerungen hatte, schien plötzlich ein Goldenes Zeitalter bevorzustehen, dessen Held und erklärter Liebling der ehemalige mittellose Flüchtling aus Frankreich war.

Von einem Tag zum anderen liebten ihn alle. Von den Zeichnungen auf den Titelblättern des *Diariums* kannte jeder sein junges, schmales Gesicht mit den dunklen Augen. Man rühmte seine vornehme Herkunft – zumindest die von väterlicher Seite – und seinen charmanten französischen Akzent. Anekdoten tauchten auf von Begegnungen mit ihm, die bisher niemand bemerkenswert gefunden hatte, und man amüsierte sich köstlich über die Beweise seines trockenen Humors, den man plötzlich ebenfalls entdeckte. Vor allem aber zerbrach sich *tout Vienne* den Kopf darüber, wie der Kaiser seinen nunmehr Ersten Feldherrn für die Beendigung dieses längsten, lästigsten, kostspieligsten und auf die Dauer wohl auch zerstörerischsten Krieges der Monarchie belohnen würde.

Schon einen Tag nach Zenta – im Jargon der neuesten, siegestrunkenen Zeitrechnung – hatte sich der Kaiser aus dem Dörfchen Pocs in Oberungarn das wundertätige Gnadenbild der Madonna nach Wien in sein Schloß Favorita bringen lassen. Seit man denken konnte, flossen aus den Augen der Maria von Pocs Tränen über das Geschick des schönen, gemarterten Landes. Am Abend des Zenta-Tages, genauer gesagt, als die Sonne eben untergegangen war, versiegten plötzlich die Tränen der Heiligen Jungfrau, obwohl zu diesem Zeitpunkt noch niemand in dem abgelegenen Gänsedörfchen vom Triumph des Kreuzes über den Halbmond wissen konnte. Es war ein Wunder Gottes, das bewies, daß der Herr selbst dem Prinzen Eugen die Entscheidung eingegeben hatte, sich über die ausdrücklichen Befehle seines weltlichen Herrn hinwegzusetzen. Dem Kaiser erleichterte das Mirakel von Pocs, sich damit abzufinden, daß sein Verbot übergangen worden war. Stundenlang lag er vor dem ›*Gnadenbild Maria Pötsch*‹ auf den Knien und flehte um Einsicht und Weisheit. Als seine Armee österreichischen Boden erreicht hatte und ihr Lager vor Wien aufschlug, hatte der Kaiser endlich seinen Frieden gefunden und konnte sich von den Knien erheben. Er wußte nun, daß der Prinz ein Werkzeug des Herrn selbst gewesen war und man deshalb seinen Angriff auf die Türken nicht als Insubordination auslegen durfte. Ferner hatte die Maria von Pötsch dem Kaiser eingegeben, in welcher Weise er seinen Feldherrn zu belohnen habe: Da der Sieg von Zenta den Habsburgern das ganze Ungarland sicherte, war es nur billig – so verstand Leopold die stummen Winke der Madonna – den Prinzen Eugen mit Grundbesitz daselbst zu entlohnen. Achtzehn Dörfer mit allen Liegenschaften in der Gegend von Liklos zwischen Donau und Drau würden dem Prinzen endlich ermöglichen, seine Uraltschulden zu begleichen und sich in Wien eine eigene, anständige Bleibe zuzulegen . . . Leopold seufzte resigniert-ärgerlich, bekreuzigte sich mehrmals und dankte der Heiligen Jungfrau. Er versenkte seine bitteren Gedanken für immer in der Tiefe seines kaiserlichen Vergessens, nämlich, daß es eine unerhörte Dreistigkeit, Majestätsbeleidigung und eigentlich sogar Hochverrat gewesen war, entgegen seinem ausdrücklichen Kampfverbot den Feind anzugreifen.

In einem Zelt in der Nähe von dem Eugènes hatte man die Trophäen, die man dem Kaiser überreichen wollte, kunstvoll arrangiert. Vierhundertdreiundzwanzig türkische Fahnen, sieben Roßschweife und als kostbarstes Beutestück in einem geschmückten Lederbeutelchen, der Tughra, das Großsiegel des Sultans, Symbol seiner absoluten Machtvollkommenheit.

Die Siegelfläche aus Messing trug den kunstvoll verschlungenen Namenszug des Sultans und die Worte »Mustafa, Sohn des Mehmed Han, immer siegreich«. Darunter das Jahr der Thronbesteigung »1106 der Higra«. Noch nie zuvor war das Großsiegel in Feindeshand gefallen, aber sein Träger hatte es wohl abgelegt, als er sich am Nachmittag von Zenta zur Ruhe legte und es dann in der Panik der Flucht vergessen. Keinem seiner Vorgänger war dieses Sakrileg jemals unterlaufen, und vielleicht krampfte sich im fernen Stambul sein Herz zusammen vor Scham und aus Angst vor der sich erfüllenden Macht der Symbole.

Jeder Offizier und danach auch jeder gemeine Soldat durfte den Altar des Triumphes besichtigen. Schon seit Stunden zogen lange Schlangen durch das geräumige Zelt, um die sterblichen Überreste der Größe des Feindes zu besichtigen. Eigentlich fehlte nur noch ein Kondolenzbuch, dachte Eugène, und spürte zugleich, daß seine Ironie nur an der Oberfläche seiner Seele kratzte, während ihm in Wirklichkeit jedesmal eine ungewohnte, ihm fast peinliche Rührung auf die Kehle drückte, wenn er aus seinem hochgeschlagenen Zelteingang hinausschaute zu den siebentausend Soldaten, die er über unwegsames Gelände, über hohe Berge bedeckt von dichten Wäldern, durch tiefe Schluchten und über die endlose, kahle Steppe heil nach Österreich zurückgebracht hatte, und die sich nun lachend freuten, wenn ihre suchenden Blicke die seinen trafen. Eigentlich hätte er glücklich sein müssen, und er war es wohl auch, doch es war die Art von Glück, die immer auch weh tut, als fürchte man, zu klein dafür zu sein.

Gegen Mitternacht hielt er es nicht mehr aus in seinem Zelt. Er wußte, was ihn am nächsten Morgen erwarten würde. Der Ablauf des Zeremoniells und die Begeisterung der Wiener würden ihn auffressen . . . Plötzlich sehnte er sich danach,

Borgomanero wiederzusehen, ihm alles zu erzählen und seine Meinung anzuhören. Wie still und friedlich es doch immer gewesen war in der Bibliothek der Spanischen Gesandtschaft! *Du sagst das Offenkundige, mein Lieber!* . . . Eugène merkte, daß er lächelte. *Ich bin ziemlich sachlich geworden, Marchese! Viel zu direkt und ungehobelt – das hat mir sogar SM der Kaiser gesagt.*

Fast Mitternacht. Wahrscheinlich hatte sich Borgomanero noch nicht zurückgezogen. Er brauchte wenig Schlaf, auch wenn er jeden Morgen beim Frühstück klagte, es sei barbarisch, so zeitig aufzustehen und genau an diesem Abend werde er damit beginnen, etwas für seine Gesundheit zu tun und früher zu Bett zu gehen. Fast Mitternacht. Auch bei Eugènes letztem Aufenthalt in Wien hatten sie noch lange nach Mitternacht beisammen gesessen. Eugène, Borgomanero und das Mädchen. Eleonore. Mit den dunkelbraunen Augen. Silberglanz auf den Wangen. Silber mit salzigem Geschmack.

In den letzten Wochen hatte er die Gewohnheit der Soldaten angenommen, vor dem Einschlafen noch lange wach zu liegen und daran zu denken, wie es sein könnte, wenn man jetzt nicht hier wäre, sondern an einem ganz anderen Ort. Mit ganz anderen Menschen. Mit einem ganz anderen Menschen. Vielleicht war es kein Zufall, daß er für die Zuneigung der Soldaten so empfänglich war.

Er war außer Atem, als er die spanische Botschaft erreichte. Die Stadt träumte den Herrlichkeiten des kommenden Tages entgegen. Kaum ein Haus, in dem noch eine einsame Kerze flackerte. Paris fiel ihm ein, nach dem Willen seines königlichen Herrn die Lichterstadt der Welt mit tausenden Laternen, die zu dieser späten Stunde wohl immer noch ihren milchigen Schein über die ruhenden Straßen breiteten. Eine andere Welt als diese hier, aber nicht mehr die seine.

Vor der Botschaft mußte er sein Pferd selbst anbinden. Die Wache gestattete ihm den Eintritt erst, als er die Kapuze abnahm und sich zu erkennen gab. Danach ließ man ihn schweigend ein, ohne ein Zeichen der Freude über den Sieg, den er mit sich brachte. Er stieg die unbeleuchteten Stufen hinauf zur Bibliothek. Aus dem Spalt über der Schwelle drang ein schwacher Lichtschein. Eugène lächelte. Wie gut, daß er seiner Laune nachgegeben hatte! Borgomanero war noch auf. Sie würden ein, zwei Stunden miteinander reden können, und dann war immer noch Zeit genug, ins Lager zurückzukehren.

Er öffnete die Tür und trat ein. Der Boden tat sich unter ihm auf: Vor ihm, am Ende des Saals verschmolzen die Lichterketten halb niedergebrannter Kerzen zu einem einzigen, diffusen Licht, das sich um eine Totenbahre schloß, vor der auf jeder Seite zwei Kapuzinermönche knieten und beteten. Hätte Eugène nicht ihre monotonen Stimmen gehört, er hätte geglaubt, seine überreizte Phantasie spiele ihm einen Streich und dies alles sei nur ein Bild aus einem Traum.

Die Mönche beachteten ihn nicht. Es war, als ob sie schliefen und nur ihre schmalen Lippen noch der Pflicht der Totenwache gehorchten. Eugène war auf einmal ganz sicher, daß dieser Anblick der Preis war, den er für seinen Sieg zu zahlen hatte, und daß hier vor ihm in diesem hölzernen, reich geschnitzten Sarg seine Träume von Liebe und Beständigkeit endeten. Wahrscheinlich hatte sie sich noch im Hause ihres Vaters angesteckt, und während er nichtsahnend durch Ungarn zog und meinte, endlich sein Ziel erreicht zu haben, hatte sie ihn verlassen, ohne überhaupt erfahren zu haben, daß er zu ihr kommen wollte. Eine Hand, die er nur einmal gehalten hatte. Eine silberne Spur auf einer Wange, die er niemals berühren würde.

»Es kam alles so plötzlich!« Borgomaneros Sekretär, ein junger Spanier, der Eugène immer an seinen eigenen Lehrer in Paris, Joseph Saveur, erinnerte. »Die Krankheit war schon fast erloschen. Man hörte bereits auf, sich vorzusehen.«

»Pocken?« Wie war es möglich, daß ihm seine Stimme überhaupt gehorchte?

Der Sekretär nickte. »Gott sei Dank hatte die Comtesse uns bereits wieder verlassen, als er erkrankte. Es wäre zu viel für sie gewesen, wo doch kurz vorher ihr eigener Vater auch daran gestorben war.«

Als er erkrankte? Er?

Der Sekretär legte die Hand auf Eugènes Arm und führte ihn zum Sarg. »Wir haben den Sarg sofort geschlossen. Es tut mir leid, daß Sie ihn nicht mehr sehen können.«

Ihn? Ihn!

»Möchten Sie, daß ich Sie allein lasse, Hoheit?«

Eugène nickte.

»Soll ich die Mönche hinausschicken, während Sie Abschied nehmen?«

Die Kapuziner blickten auf. »Könnten wir etwas zu trinken haben?« fragte einer von ihnen. »Es ist so stickig hier.« Der Sekretär erklärte ihnen den Weg zur Küche. Sie gingen mit gefalteten Händen hintereinander hinaus. »Er wollte, daß wir ihn hier aufbahren«, sagte der Sekretär. »Nicht drüben im großen Saal. Das hier war immer sein Lieblingszimmer, und da keine Besuche zu erwarten sind, ist die Größe ausreichend ... Man macht keine Kondolenzbesuche in einem Haus, in dem es die Pocken gab.«

»Mußte er leiden?«

»Nicht mehr als andere.«

»Hat er eine Nachricht hinterlassen?«

»Für Sie, Hoheit?«

»Ja.«

Der Sekretär schüttelte bedauernd den Kopf. »Keine Nachricht, Hoheit. Als er merkte, wie es um ihn stand, verbrannte er seine privaten Briefe und gab dann den Auftrag, seine Gemahlin zu verständigen. Er machte sich von Anfang an keine Illusionen.«

Eugène nickte. »Vielen Dank, Señor!« sagte er müde. »Ich würde wirklich gern allein mit ihm sein.«

Der Sekretär verbeugte sich und ging zur Tür. Plötzlich fiel ihm etwas ein. »Doch!« sagte er und erschrak über die eigene Stimme. »Doch!« wiederholte er gedämpft. »Aber ich glaube, es war nur eine Fieberphantasie. Es ging ihm schon sehr schlecht.«

Eugène fuhr herum. »Was hat er gesagt?« rief er und hatte plötzlich die Hoffnung, aus einer letzten Nachricht seines Freundes eine hilfreiche Weisung für sein ganzes späteres Leben zu empfangen.

Der Sekretär sah ihn bedauernd an. »Seine Worte waren: ›Sagen Sie dem Prinzen Eugène, daß ich ihm keine letzte Nachricht zu geben brauche. Er weiß auch so, was er für mich war. Sagen Sie ihm: Ich habe nicht die Absicht, das Offenkundige festzustellen . . . Vielleicht wird er lachen, wenn Sie ihm die Nachricht übermitteln. Aber zitieren Sie mich wörtlich!‹« Der Sekretär zuckte kleinlaut die Achseln. »Das war alles, Hoheit! Er war nicht mehr bei sich. Er meinte wirklich, Sie würden lachen.«

Eugène kämpfte gegen den Schmerz. »Ich lache ja . . .« murmelte er.

Er wußte nicht, wie lange er vor dem Sarg gekniet war. Ein paar Mal hatte sich die Tür geöffnet, und die Mönche hatten nachgesehen, ob er immer noch da sei. Dann hatten sie die Tür leise wieder geschlossen. Vielleicht hockten sie jetzt draußen im dunklen Flur auf den Wartesesseln und dösten vor sich hin wie große braune Nachtvögel.

Nach einer Weile ermattete sein Schmerz. Die verdrängte Müdigkeit der letzten Wochen und die Erschöpfung der Trauer betäubten ihn. Er versuchte, sich Borgomaneros zu erinnern von dem Augenblick an, als er ihm in Passau zum ersten Mal gegenübergetreten war. »Ein großer Herr!« hatte Olympia über ihn gesagt. Ein Freund, der sie nie verraten habe. Vielleicht der einzige.

Er nickte ein wie zuvor die Mönche. Er wußte nicht, wie spät es war, aber bevor es hell wurde, mußte er zurück ins Lager. Er stand auf und bewegte seine steifen Knie. Die Kerzen waren fast zur Gänze niedergebrannt. Er trat ans Fenster und blickte hinaus. Eine enge, dunkle Straße in einer engen, dunklen Stadt, die ihm auf einmal wieder fremd war. Jeder Ort sei so viel wert wie die Menschen, mit denen man ihn erlebe, hatte Borgomanero einmal gesagt. Borgomanero! Eugène wollte weinen und wagte es nicht, weil er fürchtete, nicht mehr zurückzufinden, wenn er sich erst im Schmerz verlor.

Erst jetzt sah er, daß es zu schneien begonnen hatte. Schnee im Oktober. Ein Wetter wie im April. Hoffentlich hörte es auf bis morgen früh! Die Soldaten hatten sich ihr Quantum Sonne verdient für den Einzug daheim.

Immer dichter fielen die Flocken. Eugène öffnete das Fenster. Die kühle Nachtluft drang ins Zimmer. Ein Windstoß wehte Eugène den Schnee ins Gesicht. Die Kerzen flackerten. Eine erlosch.

In diesem Augenblick fuhr unten auf der Straße eine Kutsche vor. Der Schlag wurde geöffnet. Eugène hörte eine energische Frauenstimme. Dann stieg eine hochgewachsene Dame aus. Ihr folgten zwei andere Personen, die Eugène in der Dunkelheit nicht erkennen konnte. Der Kutscher leuchtete der Dame mit der Laterne. Mit eiligen Schritten stiegen sie die Treppe hoch. Ein kurzer Wortwechsel mit der Wache, dann hörte Eugène, wie das Tor geöffnet wurde. Rasche Schritte zur Bibliothek herauf, dann sprang auch hier die Türe auf. Der Luftzug riß die Fensterflügel auseinander, und der Schnee brach in den Raum. Hastig schloß Eugène die Läden und wandte sich um.

An der Tür stand die Dame. Sie trug Trauerkleidung. Sie hob den schwarzen Schleier von ihrem Gesicht. »Ich bin die Marquesa de Borgomanero!« sagte sie in spanischer Sprache. »Ich bin gekommen, meinen Gatten heimzuholen.«

Als sie wegfuhr, schneite es noch immer. Der Kutscher und ein Bediensteter hatten den Sarg auf das Verdeck geladen und mit dicken Seilen, die die Marquesa aus Spanien mitgebracht hatte, festgebunden. Sie hatte an alles gedacht, und sie wollte keinen Augenblick länger als nötig in dem Hause verweilen, das ihr ihren Gatten so viele Jahre lang entzogen hatte. Sie fragte nicht, wer Eugène sei, und sie beachtete kaum den Sekretär. Ihre einzige Frage galt den Briefen, die sie in all den Jahren an ihren Mann geschrieben hatte. Als sie hörte, er habe sie vor seinem Tode verbrannt, nickte sie nur. Sie wirkte nicht müde, obwohl sie mehrere Tage und Nächte unterwegs gewesen sein mußte. Jetzt würde es wieder mehrere Tage und Nächte dauern, bis sie ihren Gatten dorthin gebracht hatte, von wo er ihrer Meinung nach nie hätte fortgehen dürfen. Er hatte sie betrogen mit diesem eiskalten Land des Nordens, wo schon im Oktober der Schnee fiel, wenn in Spanien noch die Gärten blühten.

Die Kerzen verlöschten nach und nach. Die Mönche standen ratlos und übernächtigt im Flur.

»Wollen Sie hier übernachten, Hoheit?« fragte der Sekretär.

Eugène schüttelte den Kopf. »Ich muß zurück ins Lager, bevor man mich vermißt!« antwortete er. Er nahm den Umhang und ging hinab zu seinem Pferd, das sich an die Hauswand drängte, um dem Schnee auszuweichen. Eugène zog die Kapuze über den Kopf und ritt durch die stillen Straßen hinaus aus der Stadt. Als er freies Feld erreicht hatte, hörte es auf zu schneien. Er schlug die Kapuze zurück. Ein warmer, angenehmer Luftzug traf ihn. Aprilwetter im Herbst. Vielleicht würde morgen doch noch die Sonne scheinen. Borgomanero würde dann schon sehr weit fort sein, und die Marquesa hatte ihn für sich allein. Erst jetzt wurde Eugène bewußt, daß sie Spanien schon verlassen haben mußte, als ihr Gemahl noch am Leben war. Zugleich fiel ihm ein, daß er vergessen hatte zu fragen, wohin Eleonore gegangen war. Er hatte plötzlich Angst und wußte nicht, wovor.

Die Büchse der Pandora

1

Vier Lakaien schleppten eine mächtige Standuhr in die Mitte des Paradesaals. Sie hängten das Pendel und die Gewichte wieder ein und richteten unter den spöttisch-aufmunternden Zurufen der Gäste die Zeiger. Es war sechs Minuten vor zwölf. Im Gänsemarsch, und ohne zur Seite zu blicken, verließen die Lakaien den Saal. Den Gästen hatte man inzwischen Champagner serviert. Jeder hielt ein Glas in der Hand und wartete darauf, daß es Mitternacht wurde. Unter der weißen Schminke waren die Gesichter gerötet von den schweren Weinen aus Tirol und Ungarn und von den erlesenen und reichlichen Speisen des Diners – Krebse, Tauben, Kapaune, Wild und Hähnchen, begleitet von köstlichen Saucen und Beilagen. Danach hatte man getanzt, geflirtet und gelästert, alles ein wenig lauter als sonst, ein wenig lustiger und ein wenig hektischer. »Es ist beinahe wie zu Hause in Paris!« sagte Villars, der französische Botschafter, zu Eugène. Man durfte damit rechnen, daß er es mehrdeutig meinte.

Die Gäste starrten auf die Uhr, deren Zeiger sich nicht zu bewegen schienen. »Mein Champagner wird schon ganz warm!« sagte die Gräfin Thürheim und lächelte erst Eugène zu und dann ihrem Gatten. Sie stand zwischen den beiden, was ihrer persönlichen Stellung entsprach, wie man sich in Wien zuflüsterte. Schon seit einem Jahr berichteten die ausländischen Geschäftsträger in ihre jeweiligen Hauptstädte, daß sich der Prinz von Savoyen regelmäßig mit Liane von Thürheim treffe. Ihr Mann müsse blind und taub sein, wenn er nichts davon merke, aber offenkundig fühle er sich durch den Umgang seiner Gattin geschmeichelt. Es gebe sogar Stimmen, hieß es, die behaupteten, Liane von Thürheim sei mit dem Prinzen Eugène schon vor ihrer Heirat liiert gewesen, damals noch Comtesse Salburg. Allerdings wisse niemand Genaueres. Liane schweige sich trotz ihrer sonstigen Aufgeschlossenheit aus, und aus dem Prinzen sei ohnedies nie etwas Privates herauszukitzeln. Es sei mehrere Male versucht worden, die Gräfin mit Hilfe kostbarer Geschenke zum Reden zu bringen, doch sei dies stets mißlungen. Mit lächelnder Eleganz habe sie sämtliche Geschenke angenommen und dann freundlich versichert, sie verehre den Prinzen zutiefst, er sei ein wunderbarer Freund – auch ihres Gatten! Aber sonst? *Fi donc!* . . . Man müsse sich, so meldeten die Geschäftsträger, zumindest vorläufig damit abfinden, daß die Gräfin als Informationsquelle nicht zu gebrauchen sei.

Eugène war im Gespräch. Er war nun sechsunddreißig Jahre alt, Feldmarschall des Kaisers und dank seiner militärischen Erfolge ein reicher Mann. Mit den Zuwendungen nach dem Sieg von Zenta hatte er als erstes seine Schulden beglichen, auch jene, die in Frankreich noch offenstanden, und für die die Gläubiger nicht einmal mehr die Belege aufgehoben hatten.

Danach hatte er Borgomaneros Rat befolgt und mitten in der Stadt in unmittelbarer Nähe des Stephansdoms ein baufälliges Bürgerhaus erworben, das während der Türkennot so weit heruntergekommen war, daß sich seine Besitzer nur mehr in der Waschküche im Hinterhof aufzuhalten wagten und froh waren, als sich wider Erwarten ein Verrückter fand, der bereit war, für die Bruchbude und den angrenzenden Stadel sage und schreibe dreiunddreißigtausend Gulden auf den Tisch zu legen. Man sagte, er habe die Absicht, das Haus vollständig abzureißen und an seiner Stelle ein Winterpalais zu errichten. Die Besitzer, zwei Brüder von nicht ganz einwandfreiem Ruf, beeilten sich mit der Unterschrift, rafften die Kaufsumme an sich und verschwanden hastig auf Nimmerwiedersehen, bevor ihr Opfer wieder zur Vernunft käme.

Eugène war glücklich über den Kauf. Er beauftragte seinen Sekretär Koch, nun auch an den Nachbarn heranzutreten und dessen Haus und Garten zu erwerben. Der Kauf verzögerte sich, denn der Besitzer der Liegenschaft lehnte ab. Er sei fünfundachtzig, rief er Koch mit durchdringender Fistelstimme aus der Tiefe seiner Daunenkissen entgegen, sei halb taub und habe die Gicht. Außerdem habe ihn seit seinem Schlaganfall vor dreiundzwanzigeinhalb Jahren der Orientierungssinn verlassen. Wenn er anderswo wohnen müßte, würde er von der Messe im Dom nicht mehr nach Hause zurückfinden, und das sei sowieso schon der einzige Weg, den er noch schaffe. Weiters dürfe man einen alten Baum nicht verpflanzen. Der hohe Herr müsse sich also gedulden, bis ihm der Sensenmann den Weg freimähte. Das würde aber – hoffentlich! – noch sehr lange dauern, denn man habe nicht die Absicht, den Mistkerlen von Erben früher als unbedingt nötig die mühsam ersparten Kreuzer in den gierigen Rachen zu werfen.

Eugène drängte den Mann nicht. Er beauftragte den Architekten Fischer von Erlach, dem sämtliche Bauherrn der Stadt demütig zu Füßen lagen, mit der Planung für das Winterpalais – eine Planung in mehreren Schritten, entsprechend der Verkaufswilligkeit und -fähigkeit der Nachbarn. Fischer war nicht begeistert von dem Auftrag. Die Straße – mit dem hellen, hoffnungsträchtigen Namen Himmelpfortgasse – schien ihm zu eng für ein Palais, wie Eugène es sich wünschte, und nur auf Grund von Eugènes Stellung wagte Fischer nicht, nein zu sagen. »Es soll also ein wachsendes Haus werden, wenn ich das richtig verstehe!« murmelte er skeptisch. »Alle paar Jahre ein bißchen breiter.« Eugène stimmte ihm zu.

Drei Jahre baute man an dem ersten, siebenachsigen Abschnitt und vollendete auch schon die Freskierung des Audienz- und Paradesaals. Nun schüttelte niemand mehr den Kopf über die Idee des Prinzen, ausgerechnet in der Himmelpfortgasse einen Palast hinstellen zu wollen. Vielmehr pilgerte halb Wien sonntags nach der Zehnuhrmesse vom Dom zur Baustelle, um den Fortgang zu begutachten, und rühmte mit einer Mischung von Anerkennung und Neid die unerwartete Pracht, mit der der Prinz, der selbst doch so bescheiden auftrat, sein künftiges Heim gestaltete. Vor allem die Prunkstiege benahm den Schauern und Abschauern den Atem, und als der Bau so weit gediehen war, daß die Tore geschlossen werden konnten, hatten die Wiener Mühe, sich mit ihrem nunmehr verkürzten Sonntagvormittagsprogramm abzufinden.

Als der vorläufige Bau vollendet war, starb der störrische Greis. Vor seinem letzten Atemzug saßen die Erben schon ungeduldig an seinem Bett und hielten die Federn zur Unterschrift des Kaufvertrags bereit, was den Alten in doppelter Weise erzürnte, denn allein der Triumph, einem sogenannten Sieger und noch dazu Ausländer Prügel in den Weg zu werfen, hatte ihm die letzten Jahre versüßt und ihn wahrscheinlich überhaupt noch am Leben gehalten.

Jetzt konnte Eugène den Bau fortsetzen. Diesmal wandte er sich nicht mehr an Fischer von Erlach, sondern an den neuen Stern am Architektenhimmel der Monarchie: Lukas von Hildebrandt, der als Ingenieur am Italienfeldzug teilgenommen hatte. Sohn deutscher Eltern, in Genua geboren. Gianluca. Eugène hatte ihn nach Wien mitgenommen. Er ahnte sein Talent und mochte seine direkte, derbe Art. Hildebrandt erweiterte das Gebäude von sieben Achsen auf zwölf und fügte der Symmetrie wegen ein zweites Portal ein. Von nun an gehörte das Palais in der Himmelpfortgasse zu den Sehenswürdigkeiten der Stadt. Eugène war nicht mehr heimatlos, nicht mehr nur geduldet oder nur Gast, und seine Feste im

Winterpalais gehörten zu den stimmungsvollsten und prächtigsten der Stadt.

Der große Zeiger näherte sich der Zwölf. Eine Stunde ging zu Ende. Ein Tag ging zu Ende. Ein Jahr. Ein ganzes Jahrhundert. Seit Zenta hatte man drei Jahre lang in Frieden gelebt. Dennoch machte der Wechsel von einer Jahrhundertzahl zur anderen Angst. Ein Jahrhundert der Kriege hatte die Menschen geprägt; Kriege, so weiträumig und lang andauernd, wie es sie noch nie zuvor gegeben hatte. Kriege immer nur um Besitz und Macht, auch wenn sie im Zeichen der Gerechtigkeit oder einer Religion geführt wurden. Ein ständiges Ringen um Gleichgewicht. Keiner sollte zu mächtig werden, keiner sich auf Kosten anderer bereichern an Land und Leuten. Keiner – das hieß immer nur: der andere. Für sich selbst nahm sich jeder jedes Recht. Das Leben war zu bedroht, der Tod zu präsent, als daß man sich den Luxus der Selbstlosigkeit erlaubt hätte. Selbstverleugnung und Verzicht predigten nur ein paar versponnene Pfaffen, denen dann das Volk zulief, weil es der Seele wohltat, eine Predigt lang so richtig gut und demütig zu sein. Mit Tränen der Zerknirschung in den Augen hörte man die Warnungen des guten Pater Aviano, und wie zu einem Volksfest drängte man sich zu Pater Abraham, ließ sich erschrecken und mit ewigem Feuer bedrohen, das man anschließend auf dem Heimweg im *›Grünen Baum‹* am Neutor oder im *›Hühnerloch‹* am Schottentor wieder löschte, bis der Wirt die Stadtguardia und die Rumorsoldaten zu Hilfe rufen mußte, weil sich die betrunkenen Gäste sonst gegenseitig totgeschlagen hätten.

Man liebte das Leben, weil es so kurz sein konnte. Man schäumte über vor lauter Leben, und man zerstörte es mit der gleichen blinden Leidenschaft. Das Antlitz der Schönheit und die Fratzen der Grausamkeit, der Krankheit und des Todes – so nahe kamen sie aneinander, daß ihr Atem sich vermischte. Lichte, goldene Bauten wie dieses Palais, in das Eugène seine sehnsüchtige Seele gelegt hatte – und zugleich auch das Feuer, das es jederzeit zerstören konnte und das Schwert, das es veröden ließ . . . Auf kostbaren Tischen standen silberne Leuchter neben Spielkarten und einem Totenkopf und vervielfachten sich in hundert Spiegeln an den Wänden im Schein von tausend flackernden Kerzen.

Liane schauderte und drängte sich näher an Eugène. Auch die übrigen Gäste rückten nun näher an ihn heran, als wollten sie Zuflucht suchen, und je näher sie kamen – ihm und dem neuen, dem fremden Jahrhundert –, um so rascher und flacher ging ihr Atem, und um so künstlich lebhafter leuchteten ihre sterblichen Augen. Man war die Crème der Monarchie, mächtig, einflußreich und vermögend. Man wußte zu leben und zu genießen. Jedes Wort, jede Geste, jedes Lachen eine Demonstration. Man gab sich verliebt – Oh, nirgends waren die Menschen so ständig verliebt wie in Wien! –, weil die Liebe eine Währung war und wie jede Währung käuflich: für Titel, Ämter und Mitgiften. Und nebenher: für ein hübsches kleines Gesicht und einen schönen Körper; für ein bißchen Zärtlichkeit, die aber oft auch Angst machte, weil sie der Seele zu nahe kam und an die versteckte Wunde der Einsamkeit rührte.

Eugène liebte Liane nicht, und sie liebte ihn nicht. Bei den Feiern nach Zenta hatten sie einander kennengelernt, als man Eugène ganz nebenher und ahnungslos erzählte, die kleine Lori Stratmann habe eine ausgezeichnete Partie gemacht: den Grafen Batthyány, der immerhin Banus von Kroatien sei. Ein reicher Mann, dazu noch charmant – wenn man diesen Typus Mann mochte – und mit dem romantischen Flair eines glutäugigen Ungarn, was den Damen ja immer ganz besonders naheging. Zu allem Überfluß sei er noch auf eine geradezu plebejische Weise verliebt in dieses Mädchen, das seine Werbung mit freundlichem Gleichmut angenommen hatte, als wäre es nicht die Tochter eines zugereisten Advokaten, der erst vor ein paar Jahren in den Adelsstand erhoben worden war. Man durfte sich wirklich fragen, woher die Kleine ihr Selbstbewußtsein bezog, aber sie hatte es nun einmal, und ihr Mann war so verrückt nach ihr, daß er schon seine Pusztaaugen rollte, sobald sich einer der gelangweilten Wiener Aristokraten auch nur einen Moment länger als nötig über die Hand der ehemaligen Comtesse Stratmann beugte. Es mußte schon etwas an ihr sein, daß es ihr gelang, den eigenen Ehemann so sehr zu faszinieren. Vielleicht war er aber auch nur ein bißchen pervers und liebte das Ausgefallene, denn man mußte nicht allzu genau hinschauen, um zu bemerken, daß die Schöne ein wenig schielte.

Niemand wäre auf den Gedanken gekommen, daß der Sieger von Zenta den Klatsch auch nur zur Kenntnis nahm. Man wußte nicht einmal, daß er der Gräfin jemals begegnet war. In seinen Ohren aber dröhnte es. Während alle Welt ihn rühmte und der Kaiser ihm einen reich mit Edelsteinen besetzten Degen überreichte und eine Medaille, die zu seinen Ehren geprägt worden war, fiel ihm ein, wie Eleonore als Kind auf der Terrasse der spanischen Botschaft mit dem Hund gespielt und Kuchen gegessen hatte, und als der Kaiser ihm die Schenkungsurkunde übergab, die ihn zum Eigentümer stattlicher Besitzungen und mehrerer Dörfer erklärte, hörte er erst nur heraus, daß diese Ländereien in Ungarn lagen, wo auch Eleonore leben würde.

Zweimal begegnete er ihr noch während dieser Tage. Beim ersten Mal gelang es ihm, seine Gemütsbewegung zu verbergen. Keinen Atemzug länger als erwartet sah er sie an. Auch sie blieb höflich und kühl, als wäre er für sie ein fast Fremder. Beim zweiten Treffen, während eines Diners beim Römischen König Joseph, dem Sohn des Kaisers, ertappte sich Eugène dabei, wie er Eleonore anstarrte, die weit weg von ihm saß.

Niemand bemerkte es, weil alle den jungen König beobachteten und seine um fünf Jahre ältere Frau, eine Prinzessin aus Hannover, die so häßlich und unfreundlich war wie er schön und liebenswürdig. Man konnte ihm ansehen, wie unglücklich ihn diese Heirat machte und der Zwang, hier sitzen zu müssen, während seine eigentliche Liebe, die sanfte Marianne von Pálffy, nicht dabeisein durfte und allein auf ihn wartete.

Eugène betrachtete Eleonore, die sich mit einem Geistlichen unterhielt, und sie kam ihm so vertraut vor, als wäre sie seine eigene Schwester oder vielmehr: die Frau, die zu ihm gehörte. Weiter wagte er nicht zu denken. Plötzlich spürte sie seinen Blick und sah zu ihm herüber. Diesmal wandte er sich nicht ab. Es war ein Moment der Agonie für ihn, und während sie einander anstarrten ohne den Schutz konventioneller Höflichkeit, hatte er zwei Gedanken: daß er ihr vielleicht – vielleicht nur! – auch etwas bedeutete, das über das Gezeigte hinausging und zweitens, daß sie, die Tochter eines so ernsten und geradlinigen Vaters, sich niemals auf eine heimliche Beziehung einlassen würde. Was er fühlte, stand in seinem Gesicht, Geständnis und Resignation zugleich.

In dieser Nacht schlief er nicht allein. Die ehrgeizige kleine Comtesse Salburg war bei ihm mit Billigung ihrer verwitweten Mutter, die ihn am nächsten Morgen zur Rede stellte und in aller Sachlichkeit von ihm verlangte, ihre kompromittierte Tochter entweder selbst zu heiraten oder ihr durch eine angemessene Mitgift einen standesgemäßen Ehemann zu verschaffen.

Die Hochzeit mit dem bereitwilligen jungen Thürheim war eine Formsache, aber der anpassungsfähigen Liane gelang das Kunststück, ihren gekauften Gatten zu beglücken und sich zugleich auch in den Gewohnheiten ihres hochgestellten Liebhabers einzunisten. Sie war fröhlich, unkompliziert und von sich selbst begeistert. Hatte sie nicht das Unmögliche fertiggebracht, sich von der Tochter einer ständig bankrotten Mutter in die höchste Gesellschaft hinaufzukatapultieren? Sie beabsichtigte, dort auch ein Leben lang zu bleiben, und sie wußte, daß Eugène sie nicht im Stich lassen würde, solange sie sich diskret verhielt.

Seit drei Jahren besuchte sie ihn, und da offiziell niemand davon Kenntnis hatte, konnte sie Eugène zusammen mit ihrem Gatten innerhalb einer Clique ganz offen auf alle Feste und zur Jagd begleiten – im Frühling auf die Reiherbeize nach Laxenburg, im Herbst nach Schloß Ebersdorf zur Hirschjagd und einmal sogar nach Böhmen, um Bären zu schießen. Die Thürheims waren dabei, als der Kaiser den russischen Zaren empfing, und sie spielten mit dem Thronfolger Piquet und Trictrac – immer im Schlepptau des Prinzen von Savoyen.

»Ich liebe dich!« versicherte Liane jedes Mal pflichtbewußt, bevor sie zu ihrem Gatten zurückging. Ich liebe dich: Eugène wußte, daß es nicht stimmte, und er antwortete nicht darauf, aber wenn er vom Fenster aus ihre Kutsche wegfahren sah, fand er, daß er es schlechter hätte treffen können, und daß es zumindest nett war, mit Liane beisammenzusein. Nett. »Irgendwann einmal verraten wir alle die Ideale unserer Jugend!« hatte Borgomanero einmal gesagt. »Und wenn wir es getan haben, ist die Jugend vorbei.« Liane von Thürheim war eine nette Frau.

Manchmal kam es Eugène vor, als hätte sich in den letzten Jahren ein wohlgesonnenes Schicksal darum bemüht, die Flauten und Beulen seiner frostkalten Jugend wettzumachen und ihn dafür zu belohnen, daß er nicht aufgegeben hatte: Sein Bruder Thomas war gekommen! Thomas, ganze sechs Jahre älter als Eugène. Thomas, groß und stattlich, ein würdiger Erstgeborener, der sich seiner Verantwortung früh bewußt gewesen war. Nie war er als Kind dabeigewesen, wenn sich seine Geschwister in den Straßen von Paris herumtrieben und taten, was sie nicht sollten. Immer war er ernst und überlegt gewesen, ein wenig träge vielleicht, aber das verstärkte nur seine Aura von Reife und Anstand. Thomas wird einmal das Familienoberhaupt! hieß es immer. Thomas wird der Nachfolger seines Vaters. Er wird eine reiche Erbin heiraten, vielleicht sogar die Tochter eines Fürsten oder eines Königs. Er wird Schlachten führen, und er wird siegen. Die Verwandtschaft in Turin wird stolz auf ihn sein. Vielleicht – wer weiß? – bleibt Cousin Victor Amadeus kinderlos. In diesem Falle könnte Thomas sein Nachfolger werden. Man sollte nicht darüber sprechen, aber vielleicht war sein Vater auch gar nicht sein wirklicher Vater. Warum sonst hätte es der König so eilig gehabt, seine Patenschaft zu übernehmen und hatte sogar der eigenen königlichen Mutter, Anne d'Autriche, die zweite Patenstelle zugewiesen? Thomas. *Louis* Thomas: zur Größe geboren.

Als sein Vater starb, erbte Thomas seinen hohen Rang und den Titel eines Grafen von Soissons. Seine einträglichen Ämter erbte er nicht, doch schien er ihrer auch gar nicht zu bedürfen, denn der Sonnenkönig betrieb seine Kandidatur für den polnischen Königsthron. Thomas von Savoyen-Carignan Graf von Soissons, Olympias Ältester auf dem Throne Polens!

In dieser Zeit traf er Uranie de la Cropte, Hoffräulein bei Ludwigs Schwägerin Liselotte. Schön wie der junge Morgen sei Uranie, hieß es, und absolut tugendhaft. Sie hatte alles, was ein idealistischer, feuriger junger Mann wie Thomas bei einer Frau erträumen konnte. Alles – außer der richtigen Abkunft. Ihr Vater war Stallmeister des Prinzen von Condé, was für die Hofgesellschaft so viel bedeutete wie gar nichts. Als bekannt wurde, daß Thomas ihr den Hof machte, drohte ihm seine Großmutter mit Enterbung, und als er sich nicht beirren ließ, zog der König seine Protektion von ihm ab. Keine polnische Krone mehr, und als Thomas gestand, dem Mädchen bindend die Ehe versprochen zu haben, auch kein Erbe.

An seinem fünfundzwanzigsten Geburtstag, dem Zeitpunkt seiner Großjährigkeit, heiratete er das ›kleine Fohlen aus Condés Stall‹, wie man Uranie in Versailles maliziös betitelte. Damit demonstrierte er vor aller Welt seine Liebe, seine Rechtschaffenheit und seine Naivität. Es gelang ihm zwar noch, mit Uranie bei Hofe empfangen zu werden, doch als sie die kaum verhohlenen, mehr beleidigenden als schmeichelhaften Annäherungsversuche des Königs schroff und ohne elegante Geschmeidigkeit zurückwies, lächelte man sich im Ballsaal nur noch verständnisinnig und befriedigt zu, bewegte die Fächer ein wenig schneller und raunte, damit sei Olympias Ältester so gut wie gestorben.

Es war ein langsamer Tod, Thomas' Leben, das nun folgte. Von einem Hof zum anderen reisten sie, jahrelang, von Paris nach Turin, von Turin nach Venedig. Von dort nach Madrid, dann in die Niederlande und weiter nach Mailand. Immer wieder Gesuche, Bittschriften, Abweisungen. Sie prozessierten um Thomas' Erbe und flehten um eine Chance. Ihre vier Kinder wurden unterwegs geboren, eines davon in einem armseligen Gasthaus für Bauern und Handwerksburschen.

Als Thomas es in letzter Verzweiflung mit Glücksspiel versuchte, verlor er das letzte Geld, das sie noch hatten. Es gab keinen Platz mehr in Europa, wo der ehemalige Thronanwärter Polens noch Zuflucht hätte finden können und keinen Menschen, den er noch um Hilfe bitten konnte. Keinen – außer Eugène, den Thomas in seiner Jugend kaum bemerkt hatte und der nun so hoch gestiegen war, daß es für den tief Gefallenen die größte Schande bedeutete, ihm so armselig gegenüberzutreten.

Trotzdem mußten sie es. Sie verkauften Uranies Verlobungsring und fuhren mit ihren vier Kindern in einer Postkutsche nach Wien. Es war Thomas' schlimmste Demütigung, als der Postillion nach dem Abladen des Gepäcks mürrisch und enttäuscht, weil er kein Trinkgeld erhalten hatte, sofort weiterfuhr und Thomas mit seiner erschöpften kleinen Schar inmitten der abgewetzten Koffer und Taschen auf dem Gehsteig vor Eugènes prächtigem Palais stehenließ wie Flüchtlinge und Bettler, die sie ja auch waren.

Die Demütigung wuchs ins Unerträgliche, als just in dem Augenblick, da die Postkutsche davonratterte, Eugènes wappengeschmückte Karosse um die Ecke bog. Diener, die vorher nicht zu sehen gewesen waren, eilten herbei, um dienstfertig den Wagenschlag aufzureißen und das Treppchen herunterzuklappen. Einer der Lakaien herrschte Thomas mürrisch an, er solle seine Bagage nicht ausgerechnet vor dem Portal seiner Hoheit abstellen. Es gebe andere Straßen in Wien, wo seinesgleichen besser hinpasse.

Uranie fing an zu weinen. Sie zog den Schleier über ihr erschöpftes Dianengesicht und drehte sich zur Wand. Auch die Kinder weinten nun und verlangten zu trinken. Sie zerrten an ihrer Mutter und am Ärmel ihres Vaters.

Eugène war nicht allein. Villars begleitete ihn, der – das war Thomas' erster und tödlicher Gedanke – noch am gleichen Abend brühwarm von dieser Szene nach Versailles berichten würde. Wie würden sie lachen über ihn hinter ihren Fächern oder – was noch tiefer ins Herz stach – wie würden sie ihn bedauern in falschem Mitleid gewürzt mit den Wonnen der Schadenfreude! »Warum haben wir uns nicht selbst getötet?« flüsterte Uranie gegen die Wand des Palastes. »Alles wäre leichter zu ertragen gewesen als dies hier!«

Eugène ging vorbei. Er hörte Villars zu, der über Vorfälle nach dem letzten Ball des Thronfolgers redete und die kleine, zigeunerhafte Gruppe ebenfalls nicht bemerkte. Als Eugène schon am Tor stand, zuckte er plötzlich zusammen, als träte eine Wahrnehmung erst nachträglich in sein Bewußtsein. Mit der raschen, unerwarteten Bewegung eines Feldsoldaten wandte er sich um. Thomas hatte keine Zeit mehr, den Kopf wegzudrehen, um seine Schamröte zu verbergen und lieber auf Hilfe zu verzichten, als die eigene Schande einzugestehen. Als erwarte er einen Urteilsspruch, so starrte er ins Gesicht seines jüngeren Bruders, der ihm so fremd vorkam, so unerwartet vornehm und bedeutend im Vergleich zu früher, wo er in seiner lächerlichen braunen Abbékutte durch Paris gestreift war.

»Soissons!« rief Villars, der Thomas nun ebenfalls erkannte, verblüfft. »Wo kommen Sie denn her?«

Thomas wartete auf das Verdikt in den Augen seines Bruders: Mitleid zuerst und dann Verachtung. Was sonst. Doch was er entstehen sah, so schnell und spontan, wie er es bei seinem Bruder nicht in Erinnerung hatte, das war kein Gefühl, das ihn hätte beleidigen können. Es war Freude. Die unvermischte Freude eines Menschen, der seine Heimat wiedersieht. Das, was zu ihm gehört. Einen Teil seiner selbst.

»Thomas!« sagte Eugène leise und breitete die Arme aus. Die wenigen Schritte, die sie voneinander entfernt standen, schienen Thomas endlos lang zu sein, während sein Bruder auf ihn zuging und ihn mit leuchtenden Augen ansah. Thomas erinnerte sich auf einmal, daß er Eugène nie geliebt hatte. »Thomas!« wiederholte Eugène und schloß ihn in die Arme.

Sie waren keine Flüchtlinge mehr. Eugène selbst führte sie in die prächtigen Gemächer, die sie nun bewohnen sollten, und die schöner waren, viel schöner, als die Räume im Hôtel de Soissons. Sie badeten, zogen neue Kleider an, die von wer weiß woher plötzlich da waren. Sie bekamen zu essen, und sie wurden behandelt, als gehörten sie hierher.

»Ich glaube, er freut sich wirklich, uns bei sich zu haben!« sagte Uranie ungläubig und ein wenig verlegen, als käme ihr dieser Empfang nicht zu. Thomas nickte und wußte, daß sie an das gleiche dachte wie er: an die vielen Bemerkungen, die er über Eugène gemacht hatte, immer ein wenig neidisch und ärgerlich, weil Eugènes Feindschaft mit Ludwig ihm, Thomas, vielleicht schadete in seinem Bemühen, in die französische Heimat zurückzukehren und dort die Größe wiederzufinden, der er für eine kurze, berauschende Zeit so nahe gewesen war.

Sie blieben im Palais in der Himmelpfortgasse und ruhten sich aus von den Jahren des verschämten Exils. Uranie spielte die Dame des Hauses, wenn Gäste kamen, und Thomas bemühte sich mit Eugènes Hilfe um ein Regiment. Ein kaiserliches Regiment – auch wenn er dabei meinte, sich selbst zu verraten. Die Wiener Gesellschaft nahm sie auf. Man sagte, Thomas sei nicht so brillant wie sein Bruder, dafür aber hübscher, und sein Akzent sei ebenso charmant. Die jungen Damen bemerkten seine melancholischen Augen und die älteren seine Ausstrahlung von Anstand und Verläßlichkeit. Der Kaiser beriet sich mit seinem Beichtvater Bischoff und erklärte Thomas dann, er könne sich beruhigen. Man werde schon sehen. »Sie sind doch ein braver Mensch, nicht wahr, mein lieber Neffe?«

»Wenn du willst, kann Wien deine zweite Heimat werden!« sagte Eugène, als das Jahrhundert zu Ende ging. Thomas nickte, als wäre er dankbar.

Seit er berühmt war, war es leicht für Eugène, Freunde zu gewinnen. Er hatte die Auswahl und stellte mit Staunen fest, daß er seine eigenen Neigungen falsch eingeschätzt hatte. In Frankreich war sein Umgang aus zufälligen Gemeinsamkeiten entstanden und wieder erloschen, sobald sich die Umstände veränderten. Freunde auf Zeit und auf Pump. Nun aber beobachtete er an sich selbst, daß es die unterschiedlichsten Eigenschaften waren, die ihn an Menschen faszinierten. Vor allem rasche Intelligenz und Schlagfertigkeit amüsierten ihn, so daß sich bei seinen Soireen immer wieder auch Personen einfanden, die man ihrer Geburt und ihrem Rang nach am Hofe eines Prinzen von Savoyen nicht erwartet hätte.

Da war Alexandre de Bonneval, der Eugène während des letzten Feldzugs als Dolmetscher gedient hatte. Er war anfang zwanzig, hatte aber schon ein Leben voller nebuloser Tiefen hinter sich. In Frankreich war ihm der Boden zu heiß geworden, nachdem er sich in der Armee mit sämtlichen Vorgesetzten angelegt und schließlich sogar den Kriegsminister beleidigt hatte. Nur durch überstürzte Flucht entging er der lebenslangen Festungshaft und wurde in Paris in Abwesenheit zum Tode verurteilt. Er floh nach Österreich und bot Eugène seine Dienste an. Eugène akzeptierte ihn. Bonneval war mutig, hungrig nach Abenteuern, skrupellos und hoch gebildet. Während der langen Abende in Ungarn führten die beiden jungen Männer lange Gespräche, und als Eugène nach Wien zurückkehrte, befand sich Bonneval in seiner Begleitung. Innerhalb weniger Wochen machten ihn seine Intelligenz und sein rücksichtsloser Charme zum despotischen Löwen der Wiener Salons, in deren biederen Lebenshunger er verführerisch einbrach wie ein kleiner, sehr irdischer Luzifer. Eugène ließ ihn gewähren, obwohl er seine Schwächen kannte: seinen Egoismus, seine Arroganz und erste Anzeichen von Menschenverachtung, die er mit einem raschen Lächeln vorerst noch schnell wieder vergessen ließ. Trotzdem hatte Olympias Sohn ihn gerne um sich.

Im Palais in der Himmelpfortgasse trafen sich die interessantesten Menschen von Wien. Innerhalb weniger Monate war es zu einem der drei gesellschaftlichen Zentren der Stadt geworden. Das eine war der Kaiserhof, Herzstück der Monarchie, wo Macht und Demut aufeinanderprallten, wo Kaiser Leopold sein gesalbtes Haupt vor den Jesuiten beugte und ihnen sein gehorsames Ohr entgegenneigte. Eine Komposition des Kaisers selbst sollte an diesem letzten Abend des Jahrhunderts geboten werden. Danach wollte man sich in die Hofkapelle zurückziehen, um nach einer kurzen Messe das Vergangene zu überdenken und Weisheit für das Künftige zu erflehen. Die offiziellen Feiern sollten erst am Neujahrstag stattfinden.

Auch der Thronfolger würde an diesem Silvestergottesdienst teilnehmen, aber es war so gut wie sicher, daß er danach außerhalb des Palastes weiterfeiern würde. Um ihn, Joseph, König von Rom, der so schön und strahlend war wie noch nie ein Habsburger zurvor, scharte sich ein weiterer Teil der Wiener Gesellschaft. Es waren die ganz Jungen, die ganz Lebenshungrigen, die es satt hatten, von Krieg und Türkennot zu hören. Sie waren zu spät geboren, um sich noch daran zu erinnern. Was sie bewußt erlebt hatten, war ein ständiger Aufschwung. Sie waren die Kinder der Blüte und des Frühlings, und sie drehten gelangweilt die Augen zum Himmel, wenn von den Flammen auf dem Balkan und von der Gefahr aus dem Westen die Rede war. Sie wollten sich amüsieren, und sie sammelten sich voll Frohsinn und Unwissenheit um den jungen Thronfolger, der so war wie sie. Neben Joseph hatte Eugène zum ersten Mal das Gefühl, der Ältere zu sein.

Manchmal, auf der Jagd, ritten sie nebeneinander und redeten. Joseph war voll guten Willens. Er war überzeugt, daß er später ein guter Kaiser sein würde. Einer, den das Volk liebte, weil er ihm die Armut nahm und die Angst. »Und ihr werdet mir dabei helfen!« sagte er gut gelaunt und lächelte Eugène an und den jungen, reichen Grafen Wratislaw aus Böhmen, der inzwischen auch Eugènes Freund geworden war. Erst vor einer Woche hatte ihn der Kaiser zu seinem Botschafter in London ernannt. In Wien hieß es, Wratislaw sei einer der fähigsten Köpfe der Monarchie. Er habe das kostbare Talent, offen zu sprechen und den Adressaten dabei doch nicht vor den Kopf zu stoßen. Ein Mann, der durch seine Korrektheit und seinen Gerechtigkeitssinn bestach, und der zugleich durch seine mächtige Statur auffiel. »Mein Dicker!« nannte ihn der Thronfolger manchmal, aber er hätte nie gewagt, es herablassend klingen zu lassen, und als er es zum ersten Mal sagte, bot er Wratislaw zugleich auch das freundschaftliche Du an.

Auch Wratislaw war zu Gast bei Eugènes Silvesterball, und während der große Zeiger der Pendeluhr nur noch einen Fingerbreit von der Zwölf entfernt war, bemerkte Eugène zum ersten Mal in den Augen seines Freundes, die sich auf das Zifferblatt hefteten, die tiefe, versteckte Resignation der Fettleibigen. Als Wratislaw spürte, daß Eugène ihn beobachtete, lächelte er und sah mit einem Schlag wieder heiter und gelassen aus wie auch sonst immer.

Mit einem mühsamen, rasselnden Geräusch setzte sich das Schlagwerk der Pendeluhr in Bewegung. Es hörte sich an, als wollte es ins neue Jahrhundert hinüberhinken und hätte am liebsten ganz vermieden, die zwölf entscheidenden Schläge zu bilden.

Die Gäste schrien in wollüstigem Schrecken auf und drehten ihre Gläser handlich zurecht, um einander in dem neuen Jahrhundert, das so nahe bevorstand, zuzutrinken. »Ich liebe dich wirklich!« sagte Liane zu Eugène, so leise, daß nur er es hören konnte. Ihre Schultern berührten einander, und Eugène wurde sich zum ersten Mal der Bedeutung bewußt, die er für diese junge Frau haben mußte, deren Aufstieg und Geltung von seinem Wohlwollen abhing. »Du brauchst dir keine Sorgen zu machen!« antwortete er ebenso leise wie sie. Er erschrak, als sich ihre Augen mit Tränen füllten. Dankbarkeit? Lebensangst? Er wußte es nicht. Er begriff nur, daß er sie bisher nicht verstanden hatte, und daß sie sich hüten würde, zuzulassen, daß dies je geschah – ein bunter Vogel, der zwitscherte und Amüsement um sich verbreitete. Das war ihr Kapital, und das gab sie freiwillig nicht aus den Händen. Einen Augenblick lang legte er den Arm um ihre Schultern. Sie lächelte. Der junge Thürheim lächelte ebenfalls und blickte diskret zu Boden.

Es war Mitternacht. Das neue Jahrhundert hatte begonnen. In nüchternen, unparteiischen Schlägen verkündete die Uhr die Zukunft. Sie waren auf einmal das einzige Geräusch in diesem Saal aus Luxus und Schönheit. Wie eine Mahnung und ein Trost legten sie sich über die von der Vergangenheit und der Sünde des Tuns und Unterlassens verletzten Seelen. Als der letzte Schlag verhallt war, herrschte für einen Augenblick betroffene Stille. Das Nichts der Zukunft benahm den Atem, der Abgrund zwischen dem Nicht-mehr und dem Noch-nicht, als wäre man gestorben und dürfe gleich darauf wieder weiterleben.

Dann setzte der Tumult ein. Man prostete einander zu, stieß die Gläser aneinander, bis sie fast zerbrachen und der Champagner überschwappte. Nur die Kostbarkeit der Seidentapeten hinderte die Gäste daran, ihre geleerten Gläser nach ungarischer Sitte an die Wand zu schmettern. Die Musiker spielten einen Tusch und danach die ausgelassensten Tänze, die sie kannten. Es ging auf einmal zu wie im *›Grünen Baum‹*. So laut. So lustig. Jeder küßte jeden. Alle waren trunken. Eintausendsiebenhundert. Das neue Jahrhundert hatte begonnen.

2

Es ging um eine Erbschaft. Die gewaltigste, überwältigendste Erbschaft, die es je gegeben hatte. Wem sie zufiel, dem gehörte die halbe Welt, und wenn er es geschickt anstellte, vielleicht bald die ganze. Der größte Coup in der Geschichte der Könige. Der einmalige Lottogewinn von einer Monstrosität, die die gewagtesten Träume der gefräßigsten Landräuber aller Zeiten übertraf. Es ging um den Thron von Spanien mit allem, was dazugehörte – ererbt, erheiratet, erkämpft, erschlichen und geraubt von unzähligen Generationen, die von der

Rechtmäßigkeit ihrer Expansionsgelüste tief überzeugt waren. Herrscher von Gottes Gnaden. Gesalbt und gekrönt von seinen irdischen Stellvertretern. Macht euch die Erde untertan: der vieldeutigste aller Aufträge.

Es war kein neuer Traum der Mächtigen, noch mächtiger zu werden. Heimlich hatten sie immer gehofft zu erben, und als von Tag zu Tag sicherer wurde, daß Karl von Spanien nicht in der Lage war, einen Sohn zu zeugen, konnten der Kaiser und der Sonnenkönig ihre gegenseitige Abneigung überwinden und setzten einen Vertrag auf, in dem sie das Erbe untereinander aufteilten – mit jeweils einzelnen besänftigenden Leckerbissen für England und für Holland, für den Herzog von Savoyen und schließlich für den Kurfürsten von Bayern.

Nach dem Tode der unglücklichen Marie Louise hatte sich Karl wieder verheiratet, diesmal mit einer Prinzessin aus Bayern: Anna von Bayern-Neuburg, die wie ihre Vorgängerin ihre Tage hinter zugezogenen Gardinen verbrachte und entgegen der strengen Etikette durch einen schmalen Spalt hinausspähte auf das Leben, das draußen unerreichbar vorbeizog. Einzigen Trost boten die feurigen Blicke der französischen Diplomaten, flüchtig und verstohlen, und die Gespräche in der Muttersprache mit der neuen Camarera Mayor, einer Baronin Berlepsch, die trickreich ihr Schäfchen ins trockene brachte, so geschickt und rücksichtslos, daß ganz Europa sie fast anerkennend das ›gefräßige Rebhuhn‹ nannte, bis sie schließlich bei Nacht und Nebel mit der Kriegskasse aus Spanien verschwand.

Als Karl erfuhr, daß man sein von Gott geschenktes Reich aufteilen wollte, brach er zusammen. Wie immer in seiner Qual ließ er sich in die Gruft seiner Väter einsperren. Er öffnete den Sarg Marie Louises, die sich in seiner Erinnerung zur Heiligen verklärt hatte. Er küßte ihre bleichen Gebeine, legte sich neben sie und beschwor sie, seinen Geist zu erleuchten, daß er einen Weg fände, seine Pflicht als König zu erfüllen: das, was ihm durch Gottes Willen anvertraut war, ungeschmälert weiterzureichen. Er ahnte nicht, daß sich Ludwig und Leopold inzwischen längst nicht mehr einig waren.

Karl schlief ein. Als er erwachte, fühlte er sich wunderbar getröstet und gestärkt. Gab es nicht für sein Problem die einfachste, natürlichste, menschlichste und zugleich von Gott gewollte Lösung? War es nicht die Pflicht der Könige, Söhne zu zeugen? Jeder Bauer, jeder Handwerker, ja jeder Bettler hatte Söhne. Warum dann nicht er, Karl, die Katholische Majestät? Wenn ER jetzt sah, was seinem armen Kinde auf dem Thron drohte, mußte er Erbarmen haben und die Prüfung endlich beenden. Gott war gut! So gut ...

Es folgte eine Zeit des Rausches. Ein Alptraum für Anna, die nicht mehr wußte, wer verantwortlicher war für ihr Unglück: ihr Gatte, der sich an sie klammerte und jedesmal fast auf ihr starb oder ihre eigene Familie, die sie in diese Hölle geschickt hatte.

Als nichts sich veränderte und der Herr sein Haupt verhüllte vor dem Flehen des Bettlers auf dem goldenen Thron, wurde Anna durch Karls körperlichen Zusammenbruch aus ihrer Agonie erlöst. Mutlos und ernüchtert erklärte ihr der König, er habe die Hoffnung aufgegeben. Um eine Teilung seines geliebten Spanien zu verhindern, werde er ein Testament verfassen, in dem er ausdrücklich ihr, Annas, Stammhaus zum Erben erklärte. Dadurch würde ein Krieg zwischen Österreich und Frankreich verhindert werden, da keiner von beiden den anderen mehr zu fürchten brauche als bisher. Bayern war klein und schwach verglichen mit den beiden Giganten. Wenn Bayern erbte, konnte alles beim alten bleiben.

Anna schwieg, und während nichts in ihrem Gesicht sich veränderte, enthüllte sich ihr die niederschmetternde Wahrheit über sich selbst: In den schattigen Sälen des Escorial hatte sie gelernt, ihre frühere, einst so geliebte Heimat und ihre

Familie auf ewig zu hassen, weil man sie ohne Erbarmen fortgeschickt hatte. Ausgesetzt. Aufgegeben. Sollten sie jetzt dafür belohnt werden und die halbe Welt erben – wie unorganisiert und herabgewirtschaftet auch immer sie sein mochte? Sollte Bayern gewinnen, wofür sie, Anna, mit der schmerzlichsten und erbärmlichsten aller Währungen bezahlt hatte?– Mit Selbstaufgabe, Demütigung und Verachtung, Ekel und Selbstekel. Bis zu seiner letzten Stunde würde sich ihr verkaufter Körper erinnern an die widerwärtige Last jenes anderen Körpers – so abstoßend leicht dem Gewicht nach und so schwer wie ein ganzer Felsbrocken nach dem Widerwillen, den er in ihr erregte!

Anna lief in ihr Schlafgemach. Sie griff nach einer Statue des Heiligen Sebastian, die der König ihr geschenkt hatte und zertrümmerte damit erst die Spiegel an den Wänden und dann den Zierrat auf Tischen und Konsolen. Zuletzt zerkratzte sie mit dem kleinen Kopf des Heiligen die Bilder ihrer Eltern und sank dann vor ihrem Bett in die Knie.

Sie hörte, daß ihr Gatte ihr gefolgt war. Hörte es an seinem leise rasselnden Atem von der Tür her. Sie blickte auf und ließ den Heiligen los, um den ihre Hand sich gekrampft hatte. Erst jetzt bemerkte sie, daß der Kopf abgebrochen war. »Es tut mir leid!« sagte sie mit tonloser Stimme. »Ich weiß nicht, was in mich gefahren ist. Verzeihen Sie mir bitte!« Sie wandte sich um und sah Karl an.

Er antwortete nicht. Sein magerer kleiner Körper zitterte kaum merklich. Da tat er ihr plötzlich leid. Zum ersten Mal in ihrem Leben. Sie stand auf, nahm die Statue behutsam wieder an sich und hob den abgebrochenen Kopf vom Teppich auf. »Vielleicht kann man es wieder kitten!« sagte sie hilflos. Sie hatte das Gefühl, daß auch Karl Mitleid empfand. Er mit ihr wie sie mit ihm. »Vielleicht«, antwortete er kaum hörbar und versuchte ein Lächeln, das ihr das Herz zerriß. König und Königin der halben Welt.

Der in Frage kommende bayrische Erbe war ein Kind, Joseph Ferdinand, der Sohn von Eugènes lebenslustigem Cousin Max Emanuel. Vor sieben Jahren hatte Max Emanuel die Tochter des Kaisers geheiratet. Nur wenige Male traf er mit ihr zusammen, schwängerte sie pflichtschuldig und in Eile und verließ sie dann, um als Statthalter der Niederlande nach Brüssel zu gehen. Jedes Mittel war ihm recht, die Begegnung mit seiner kindlichen, verstörten Gattin zu vermeiden, die sich nicht erklären konnte, was ihn an ihr so sehr abstieß. Mit Entsetzen erfuhr sie aus den Klatschereien ihrer Kammerzofen das, was auch Eugène nicht glauben wollte: Vom ersten Tag seines Aufenthalts in Brüssel an, hieß es, habe der bayrische Kurfürst jeden Tag und fast jeden Abend die Gräfin Soissons besucht, Madame la Comtesse, die ja nicht ungeübt sei im Umgang mit hohen Herren. Anscheinend mache es weder ihr noch Max Emanuel etwas aus, daß er kaum älter sei als ihr Sohn Eugène.

Ein einziges Mal trafen Eugène und Marie Antonie von Bayern am kaiserlichen Hof zusammen. Eugène verneigte sich und suchte nach Worten, als trüge auch er Schuld an ihrer Einsamkeit. Vor ihm stand eine kleine, schmächtige Frau, fast noch ein Kind, aber schon mit den müden, alten Augen ihrer Familie und der Würde, die sie alle ausstrahlten gerade durch ihre Schwäche. In ihren matten Körpern dämmerte das Kaisertum von Jahrhunderten und die Aufopferung von Generationen, die die eigene Erfüllung hinter das vage, vielgesichtige Gesetz der Staatsräson gestellt hatten. Ihr Unglück, ihre Erschöpfung und ihre Trauer schufen die Distanz, die sie über die anderen erhob: die bleiche, in die Knie zwingende Autorität des Märtyrertums.

»Wie schön, Sie zu sehen, Durchlaucht!« sagte Marie Antonie mit ausdrucksloser Stimme, und durch sie hindurch glaubte Eugène Olympia zu erblicken, mit ihren blitzenden Augen und ihrem spöttischen Lächeln. Und er glaubte Max

Emanuel zu erkennen, der besitzergreifend auf Olympia zutrat, als wäre er ihr Sohn und ihr Liebhaber zugleich. Eugène fragte sich, wo er selbst nun eigentlich hingehörte, und wie sich die blasse, winzige Frau da vor ihm in dieses Bild einfügte. Er hätte sie gern gefragt, ob er ihr in irgendeiner Weise helfen könne, und er wußte zugleich, daß es für sie keine Hilfe gab.

Sie gebar das Kind, Max Emanuels Sohn, während jener in Brüssel mit Olympia dinierte. Und während er von Olympias Schloß Tervueren nach Hause fuhr und in der Kutsche ermüdet einnickte, starb Marie Antonie. Durch ihre Abstammung verschaffte sie Max Emanuels Sohn einen berechtigten Anspruch auf das spanische Erbe. Ein Jahr später heiratete der Kurfürst die Tochter des Königs von Polen, die er ebenso wenig liebte wie Marie Antonie, durch die er aber von nun an auch in der polnischen Erbfolge mitmischen konnte.

Man taufte das Kind Joseph Ferdinand und verlieh ihm den bedeutungsvollen Titel eines Prinzen von Asturien. Der Kaiser weinte vor Freude und vor Trauer und nannte den Kleinen seinen ›lieben Ferdl‹. Da Max Emanuel keine Anstalten machte, nach Bayern zurückzukehren, wuchs Ferdl in München unter der kühlen Obhut eines ganzen Hofstaats auf, in dem alle für ihn zuständig waren und sich keiner verantwortlich fühlte. Hin und wieder setzte man Ferdl in eine Kutsche und brachte ihn für ein paar Wochen zu seinem Großvater nach Wien, wo die Lakaien in den Gemächern des Kaisers zum ersten Mal in ihrem Leben ein Geräusch hörten, das bisher noch nie jemand vernommen hatte: neben der bayrisch plappernden Kinderstimme des Prinzen von Asturien plötzlich ein Lachen des Großvaters! Niemand hatte geahnt, daß Leopold überhaupt lachen konnte. Die Höflinge fragten sich, ob es nicht angeraten sei, den Leibarzt zu rufen.

Ferdl geriet nach seinem Vater, den er immer noch nicht

kannte: ein hübsches, blondes, charmantes Kerlchen, das in kürzester Zeit mühelos Spanisch lernte und jedem erzählte, daß es bald König von Spanien sein werde. Als Karl, der wirkliche König von Spanien, wieder einmal auf den Tod krank darniederlag, feierte Ferdl eben seinen siebten Geburtstag. Sein Großvater hatte ihm eine Spieluhr geschickt. Ferdl ließ sie den ganzen Nachmittag lang laufen. Als man ihn zu Bett bringen wollte, wehrte er sich heftig dagegen, fing an zu weinen und übergab sich plötzlich. Erst da merkten die vielen, denen er anvertraut war, daß er fieberte. Drei Wochen lang unterzogen ihn die Ärzte allen Torturen, von denen sie sich Heilung dessen versprachen, was sie als Gehirnhautentzündung diagnostizierten. Dann starb das ›bayrische Kind‹, wie Ferdl in ganz Europa genannt wurde. Man munkelte von Mord, und auf einmal gab es wieder zwei Anwärter auf den spanischen Thron. Die beiden Riesen, vor deren Machtzuwachs Europa zitterte. Frankreich und Österreich. Bourbon und Habsburg. Ludwig und Leopold, von dem sich nun niemand mehr vorstellen konnte, daß er einmal gelacht hatte.

Karl im fernen Spanien erholte sich. Wie nach jeder seiner unzähligen Krankheiten war er ein wenig schwächer als zuvor. Als er vom Tod des bayrischen Kindes hörte, weinte er. Seine Frau trat ans Fenster und schwieg.

Am 1. November 1700 starb Karl II. von Spanien nach einem Todeskampf, der sieben Tage gedauert hatte. Immer wieder hatte man geglaubt, er sei bereits tot, und immer wieder hatte er doch noch die Augen geöffnet und gefragt, wo seine geliebte Gemahlin sei. Dann trat Anna an sein Bett und nahm seine Hand. Er küßte die ihre und flüsterte: »Marie Louise!« Auch nach seinem Testament erkundigte er sich, und ob mit Sicherheit geregelt sei, daß Spanien ungeteilt vererbt werde. Mit zitternder Hand kritzelte er sein »yo el rey« und den Schatten seines Namens auf ein Dokument, das Erzherzog

Karl, den zweiten Sohn Kaiser Leopolds, zu seinem Nachfolger bestimmte. Eine Stunde später wiederholte er auf Weisung des Erzbischofs von Toledo halb bewußtlos das gleiche, nur war diesmal der Erbe der Enkel des französischen Königs, Philipp von Anjou.

Als sich endlich der Spiegel, den man ihm immer wieder vors Gesicht hielt, nicht mehr beschlug, hob in der allgemeinen Verwirrung und Hilflosigkeit der Erzbischof von Toledo, Kardinal Portocarrero, den letzten, allerletzten Willen des Verstorbenen hoch, und fünf Granden aus dem obersten Rat erklärten umgehend Philipp von Anjou zum König von Spanien. Sie informierten das Volk und sandten Boten nach Frankreich.

Eine Woche später traf die Nachricht in Fontainebleau ein. Ludwig erschrak wie noch nie in seinem Leben. Er wußte, daß das Geschenk, das ihm so unerwartet zufiel, vergiftet war, und daß das Grab des letzten spanischen Habsburgers der Büchse der Pandora glich. Trotzdem nahm Ludwig das Testament an. Nach einem Leben von zweiundsechzig Jahren, das bestimmt gewesen war von dem Ehrgeiz, den Ruhm und die Macht seines Landes zu mehren, hatte er nicht die Kraft, auf die Verwirklichung eines Traums zu verzichten, auch wenn er den kalten Hauch spürte, der ihn plötzlich umgab.

»Sehen Sie, Monsieur!« sagte er zu dem spanischen Gesandten Castel dos Rios und führte ihn zu seinem siebzehnjährigen Enkel Philipp. »Hier steht der König, den Spanien wünscht!«

Castel dos Rios senkte den Kopf, kniete nieder und küßte die unsichere Hand der neuen Katholischen Majestät. »Seien Sie ein guter Spanier«, sagte Ludwig mit seiner unvergleichlichen Grazie, »doch vergessen Sie nie, daß Sie als Franzose geboren wurden, um die Einigkeit der beiden Nationen zu erhalten!« Er schwieg eine Weile, dann setzte er leise hinzu: »Und hängen Sie niemals Ihr Herz an einen Menschen!« Nur

Philipp konnte es hören, und seine Hand wurde plötzlich eiskalt.

Es gab Krieg. Natürlich gab es Krieg, da das bayrische Kind Ferdl von Asturien nicht mehr lebte als Puffer zwischen den beiden Giganten, von denen jeder insgeheim alles wollte, das ganze, unermeßliche spanische Erbe. Ein Wunsch, so sündhaft und gefräßig, daß selbst die beiden Kontrahenten davor zurückschreckten. Jeder von ihnen, Leopold wie auch Ludwig, wäre bereit gewesen, sich mit der für ihn günstigsten Hälfte zu begnügen. Günstig – das hieß, den eigenen Besitzungen am nächsten, so daß das jeweilige Herrschaftsgebiet sich ausweitete – entsprechend dem überlieferten göttlichen Auftrag der Souveräne, ihren Landbesitz nach Kräften zu mehren. Günstig – das hieß auch: günstig für den Frieden, denn so lange das Gleichgewicht zwischen Habsburg und Bourbon gewahrt blieb, brauchte keiner den anderen über Gebühr zu fürchten. Eine Teilung des Erbes, das ohnedies über die ganze Welt verstreut war, hätte den Haß und die Zerstörungen eines mörderischen Krieges verhindert. Wäre Karl gestorben, ohne ein Testament zu hinterlassen, hätten die Erben sich einigen können. Einigen müssen – um der Vernunft und der Selbsterhaltung willen. So aber stand ausdrücklich dargelegt, daß die spanischen Besitzungen niemals – niemals! – geteilt werden dürften . . . wasserdicht formuliert mit den stolzen Worten des Erzbischofs von Toledo und der vergangenheitsverliebten Granden, die die trügerische Größe ihres morschen, verfallenden Weltenpalastes Spanien nicht aufgeben wollten. Ein Riesenreich ohne Geld, ohne funktionierende Organisation und ohne Enthusiasmus – aber vereint unter einer einzigen Krone. Darauf kam es an – wie zerstückelt es auch sein mochte und wie rebellisch auch die einzelnen Teilgebiete.

Am 1. November war Karl gestorben. Am 16. November

wurde Philipp von Anjou in Versailles offiziell zum König von Spanien ausgerufen. Am 17. erst erreichte die Nachricht vom Tode und vom Testament des letzten spanischen Habsburgers das ferne Wien ... und schon einen Tag später übertrug Leopold Eugène den Oberbefehl über die kaiserlichen Truppen. Noch nie zuvor hatte sich Leopold zu etwas so schnell entschlossen. Aber noch nie zuvor auch war ein Preis so schmerzhaft hoch gewesen und Leopolds Angst so quälend, seine Pflicht als habsburgischer Monarch zu versäumen.

3

Es war wie ein Rausch, dem plötzlich alle verfielen: Österreicher, Franzosen, Savoyer, Engländer, Holländer, Spanier ... sie alle, die in den höllischen Wirbel hineingerieten, bis er sie immer schneller fortriß und ihnen das Gesetz des Handelns entwand und bis auch jene mit versanken, die erst noch versucht hatten, sich herauszuhalten. Ganz Europa zitterte in Fieberkrämpfen. Selbst die Länder, die nicht in das Gezerre und Geschlage verwickelt waren, ließen sich anstecken und suchten sich ihren eigenen aufregenden Krieg, der nun auch den Norden niederwalzte und dessen strahlende Leitfiguren der Zar und der schwedische König waren, Heils- und Unglücksbringer zugleich.

Prediger zogen durch die Lande und schrien mit verwüsteter Stimme in die Menge, der Untergang der Welt stehe bevor. Das Jüngste Gericht. Eintausendsiebenhundert Jahre habe Gott den Menschen geschenkt seit der Geburt seines Sohnes. Nun habe er endgültig genug von ihnen. »Die Sterne am Himmel sind nicht mehr wie früher! Seht ihr es denn nicht?« Die Menschen blickten nach oben, und meinten tatsächlich, eine Veränderung festzustellen. »Tut Buße!« befahlen die Prediger, und ein paar gehorchten, während die meisten davoneilten, um vom Rest des Lebens wenigstens noch ein wenig Lust und Freude zu ergattern. »Ihr seid wahnsinnig!« schloß der Prediger erschöpft. »Alle. Ihr seid verdammt. Habt ihr es wirklich noch nicht bemerkt?«

Vielleicht hatten sie es bemerkt, aber etwas in ihrem Inneren weigerte sich, zu Ende zu denken, wo der Anfang der Gedankenkette doch so viel berauschender war als ihr Schluß. Krieg? – Wenn schon – war man doch im Recht! Wie kam Philipp von Anjou dazu, sich großspurig Philipp V. von Spanien zu schimpfen? Wie kam der Herzog von Savoyen dazu, Philipp und den Franzosen die Alpenpässe zu öffnen? – Weil seine Tochter mit Philipp verheiratet war und damit die sogenannte Königin von Spanien? Oder weil seine andere Tochter den Herzog von Burgund geheiratet hatte, den mutmaßlichen Erben Frankreichs? Wo blieben Treu und Glauben, wenn Victor Amadeus schon wieder einmal den Kaiser verriet?

»Wir dürfen uns nichts vormachen, Majestät: Mein Vetter ist für Österreich verloren!« sagte Eugène zum Kaiser, und hatte wider alle Vernunft das Gefühl, als trüge auch er selbst Schuld daran.

Leopold thronte hinter seinem Schreibtisch, hochaufgerichtet und selbstbewußt, wie Eugène ihn noch nie zuvor gesehen hatte. »Wir brauchen ihn nicht!« erklärte Leopold mit ungewohnt klarer Stimme. »Es ist nicht mehr wie früher. Wir haben Frieden im Osten. Dank Zenta und dem Friedensschluß von Karlowitz können uns die Türken nichts mehr anhaben. Wenn die Franzosen nach Mailand marschieren, werden wir sie wie räudige Hunde verjagen. Mailand ist ein Reichslehen. Es gehört uns. Nach dem Tod des Königs von Spanien fällt es ans Reich zurück.« Sein Blick verklärte sich. »Italien: Mailand, Neapel, Sizilien . . . Wir werden nicht darauf verzichten. Es steht uns zu. Wir werden es uns holen.« Seine schlaffe Unterlippe bebte, und auf seinem mageren Hals glühten dunkelrote Flecken. »Wir haben *Sie*, mein lieber Neffe. Sie werden unser Alexander sein und unser Cäsar. Wir brauchen keine Sorge zu haben!«

Eugène erschrak. Er kannte die öffentliche Meinung. Die Lobeshymnen seiner Soldaten und des Diariums hatten dazu geführt, daß man ihn in Wien für einen Halbgott auf dem Schlachtfeld hielt. Keine verfahrene Situation, die er nicht spielend meistern würde. Keine zahlenmäßige Unterlegenheit, die er nicht mit seinen unvorhergesehenen Schachzügen und Husarenritten und seiner mitreißenden Präsenz ausglich. Wir haben Prinz Eugen, hieß es, was soll uns da noch passieren?

»Ich kann keine Wunder wirken, Majestät!« sagte er und fühlte sich plötzlich beklommen.

Der Kaiser lächelte. »Die Franzosen fürchten Sie mehr als den Gottseibeiuns, mein lieber Neffe!« stellte er zufrieden fest. »Sie brauchen in Italien nur aufzutauchen, und schon bekommt Catinat vor lauter Angst keine Luft mehr.«

Eugène hatte das Gefühl, in Gefahr zu sein. Er wußte, was Gefahr bedeutete, wußte, wie es war, in das schwarze Mündungsloch einer Pistole zu blicken oder den blitzschnellen Schatten eines Säbels auf sich niedersausen zu sehen, während der tödliche Luftzug wie ein Abschiedsstreicheln die Wange berührte. Er kannte den kreiselnden Tod vor sich auf dem Boden kurz vor der Explosion. Er wußte von der Erbarmungslosigkeit in den Augen des Feindes, der ihm so nahe gekommen war, daß sie einander hätten umarmen können.

Die Gefahr, die vom Kaiser ausging und von so vielen anderen, war nicht körperlich. Es war die Gefahr der Naivität, der Bequemlichkeit und des blinden Vertrauens, das nicht mehr sah und nicht mehr sehen wollte. Das Vertrauen von Erwachsenen, die lieber Kinder geblieben wären. Die einen Vater suchten, dem sie sich und das Ihre überantworten konnten. Wehe, ihr Vertrauen wurde enttäuscht! Und enttäuscht mußte es werden, irgendwann, denn was sie sich wünschten, war ein Sieger auf Lebenszeit. Einer, dem alles gelang und zu jeder Stunde. Eine Art Heiland, der alle Lasten und Entscheidungen von ihnen nahm und sie beschützte, so daß sie selbst nichts mehr dazu tun mußten.

»Bleibe immer nüchtern im Denken!« hatte Borgomanero zu ihm gesagt. »Du bist begabt. Du hast Charisma. Weißt du, was die schlimmsten Feinde von deinesgleichen sind? – Die Selbstüberschätzung. Der Größenwahn. Hör nicht auf, in dich hineinzuhorchen. Hör nicht auf, dich selbst zu beobachten und zu beurteilen. Niemand sonst kann es. Höre den anderen zu, wenn sie dich loben oder tadeln, aber entscheide immer selbst,ob sie recht haben. Sei streng zu dir selbst. Nimm keine Rücksicht auf deine heimlichen Eitelkeiten, die du hast wie jeder Mensch. Sage dir: Hier war ich im Recht, auch wenn die andern es abkanzeln. Ich habe nach Treu und Glauben gehandelt. Ich kann mich immer noch im Spiegel ansehen, denn ich habe meine Ehre bewahrt . . . Oder sage dir auch: Alle jubeln, aber hatte ich das Recht, dies oder jenes zu tun oder zu unterlassen? War mein Handeln wirklich so honorig und großartig? Oder war es nur rücksichtslos und ehrvergessen? Nicht immer zählt der Effekt, Eugenio. Sieh zu, daß du bei all dem Erfolg, den du vielleicht haben wirst, ein Ehrenmann bleibst!«

Ein Ehrenmann. Durfte er zulassen, daß man ihn überschätzte? War es nicht Sünde an sich selbst, sich der Verderbnis des Vertrauens auszuliefern? »Das französische Heer ist uns überlegen!« sagte er zum Kaiser. »Wir haben mindestens zehntausend Mann weniger. Außerdem haben wir viel zu spät vom Einmarsch der Franzosen in Oberitalien erfahren. Catinat hat längst das Etschtal zwischen Rovereto und Verona blockiert. Ich weiß gar nicht, wie wir überhaupt nach Italien kommen können.«

Der Kaiser erhob sich, Zeichen, daß die Audienz beendet

war. Um den Schreibtisch herum trat er auf Eugène zu und klopfte ihm auf den Oberarm. »Sie werden schon einen Weg finden, mein lieber Neffe!« sagte er zuversichtlich und mit der Gönnerhaftigkeit eines Mannes, der sich in Sicherheit fühlt.

War es Pflichtbewußtsein? Lust am Abenteuer? Berufsmäßige Routine? Machertum eines militärischen Ausnahmetalents, das immer wieder einen Weg fand, den Gegner zu überrumpeln und auszutricksen? Nichts ist unmöglich. Kein Problem unlösbar. Kein Berg zu hoch, kein Strom zu breit. Rasche Entschlüsse, blitzschnell artikuliert und weitergegeben in einem französisch-deutschen Stakkato, das jeder Soldat kannte und das alle mißriß, weil er selbst nach jeder Entscheidung alle Zweifel von sich stieß und nur noch nach vorne stürmte. Es war ein Fieber, in das er sich versetzte, und in dem er sich selbst vergaß, so daß nur noch zählte, was in diesem Augenblick zweckmäßig war. Hellwach war er und zugleich in Trance. Alles sah er und nahm doch nur wahr, was dem unmittelbaren Zweck diente. Er spürte keine Verwundung und kannte kein Mitleid. Erst wenn alles vorbei war und der Abend auf die Müden und Beladenen – denn das waren sie alle, ob Sieger oder Besiegte – niedersank, erwachte er aus seinem Taumel und kam zur Ruhe. Er spürte den Schmerz und die Erschöpfung und weinte um die, deren Augen gebrochen waren.

Seine Soldaten sahen es, und sie glaubten, ihn zu verstehen. Alles, was er tat, war ihnen recht. Kein spielerisches Herumlavieren und den Gegner umschleichen, während man in den Gefechtspausen mit ihm in seinem Zelt dinierte. Ein Feind war ein Feind, und vom Prinzen wußte man, was er für den anderen da drüben in Versailles empfand. Klare Gefühle, allen begreiflich, so meinten sie, und sie erkannten sich in ihm wieder. Ein einfacher Mann und doch durch seine Geburt weit genug entrückt, um keinen scheuen zu müssen. Ein Mann wie sie selbst: ohne Familie, in gewisser Weise ein Gestrandeter. Treuer Freund seiner Freunde und trotz seiner Jugend für die Soldaten in ihren ausgefransten Uniformen so etwas wie ein Vater, an den sie sich wandten, wenn sie für das Heer zu alt waren oder zu verstümmelt. Er hatte ein Dach über dem Kopf für jeden, daheim in Wien, am Ende ihres ungewissen, gefährlichen Weges. Daheim in Wien – auch wenn sie außer den Kasernen bisher nichts von der Stadt kennengelernt hatten. Daheim: weil ihnen dort die Schande erspart blieb, als Bettler von Haus zu Haus ziehen zu müssen. Daheim: weil er ihnen dort die Selbstachtung rettete, indem er ihnen Arbeit gab. Arbeit und Lohn auf den Baustellen seiner Schlösser. Erst das Winterpalais und nun auch der Sommerpalast draußen vor der Stadt mit Blick auf Stephansdom und Kahlenberg. Herrliche Paläste, wie außer dem Kaiser und Eugène sie sonst keiner zu bauen wagte. Paläste, die auch ihnen, den Soldaten selbst, zu gehören schienen, denn unter ihren Händen, die sonst keiner mehr wollte, waren sie emporgewachsen. Hände, die langsam zugriffen und rasch ermüdeten. Hände alter Männer und solcher, die den Jahren nach jung waren, doch im Krieg ihre ganze Kraft gelassen hatten. Ausgesogene, Invalide. Für jeden gab es zu tun nach seiner Möglichkeit. Der Krieg hatte sie ausgespien, doch die Arme des Renegaten aus Frankreich nahmen sie auf.

Sie liebten ihn. Und auch jene liebten ihn, die noch im Feld standen. Wenn sie verwundet waren, ließ er sie pflegen, bis sie wenigstens so weit wieder zu Kräften gelangt waren, daß sie einfache Dienste in der Garnison leisten konnten. Bisher hatte man sie, sobald sie sich auch nur aufrecht halten konnten, in die Kampfverbände gepreßt, in die vorderen Linien als fleischgewordene, halb ohnmächtige Schutzschilde für die Gesunden, Schnelleren. Er verbot, Verbrecher und Vagabunden in die Armee aufzunehmen, die ja doch bei der erstbesten

Gelegenheit desertierten und es als Schmach erscheinen ließen, dem Kaiser zu dienen. Am meisten aber liebten sie ihn, weil er sie amüsierte und mit seinen Husarenritten ihren paradoxen Sinn für Abenteuer und Spektakel befriedigte.

Kanonenfutter zu spielen war die eine Seite der abgegriffenen Blechmünze Soldatenleben. Sie hatten sich damit abgefunden – immer in der Hoffnung, unter jenen zu sein, an denen die auslöschende Glut vorüberzischte. Die andere Seite war das listige Unterlaufen der Bedrohung: dem Schicksal die Entscheidungen zu entwinden und nicht einfach hinzunehmen, was unabänderlich erschien. Nun ja, der Franzmann Catinat hatte die Alpenpässe abgeriegelt und spottete, wenn die Armee der großen Kaiserlichen Majestät sich nicht schnellstens Flügel zulege, werde sie ganz gewiß niemals mehr ins Welschland gelangen. Unüberwindliche Steilhänge, Schnee bis zum Mai, reißende Wildbäche: Nicht einmal Hannibal hätte um diese Jahreszeit auch nur eine einzige Kompanie nach Süden gebracht. Nicht einmal Hannibal . . . Den nach Respekt und Glanz hungernden Soldaten des Kaisers begann das Herz zu klopfen, als ihr General in der braunen Felduniform den angefangenen Satz nicht zu Ende sprach und sie ihn, jeder für sich, selbst fortsetzten. Nicht einmal Hannibal – aber wir schon. Wir könnten es schaffen.

Zwischen Monte Baldo und Monte Pasubio suchten sie sich ihren Weg in zwölfhundert Meter Höhe, während der andere Teil der Armee geschäftig und lärmend am Gardasee aufmarschierte und alles tat, um die Franzosen glauben zu machen, der Prinz hätte die Absicht, von dort aus nach Süden durchzubrechen. Catinat lachte und ließ den beunruhigenden Hintergedanken, der ihn beim Aufwachen bedrängte, nicht aufkommen: daß nämlich der Sieger über die Türken, dessen Listen inzwischen berüchtigt waren, nicht so einfältig sein konnte, mit seiner Armee durch ein befestigtes Nadelöhr marschieren zu wollen.

Eine Armee, sechzehntausend Soldaten und sechstausend Pferde, überquerte mit der gesamten Artillerie die Alpen auf einem Weg, den bisher noch kein Mensch passiert hatte, und den man erst in den Fels sprengen mußte. Vor jede Kanone hatte man fünfzehn Paar Ochsen gespannt. Immer wieder mußten die Bagagewagen auseinandergenommen und ihre gesamte Ladung auf den Schultern weitergeschleppt werden. An den steilsten Stellen zerlegte man das grobe Geschütz und die viele tausend Pfund schweren Rohre, um sie mit Stricken und Kloben in die Höhe zu ziehen oder abzuseilen. Ebenso verfuhr man mit Lafetten und Rädern. Menschen stürzten in die Tiefe und Pferde. Ganze Wagenladungen verschwanden für immer in schwarzen Schluchten. Und dennoch: Nach drei mühevollen Tagen stand die Armee des Kaisers auf venezianischem Boden und marschierte unter dem Schall von Pfeifen und Trompeten, von Trommeln und Pauken auf die Lager des Allerchristlichsten Königs von Frankreich zu.

Fuchs und Löwe. Listen und Kämpfe. Zwei Armeen, die einander umschlichen und aufeinanderprallten. Ein französischer General, der Oberbefehlshaber in Person, den Eugène bei Nacht und Nebel entführen ließ, worüber ganz Europa lachte. Bravourstücke. Die Soldaten waren stolz auf ihn, auch wenn sie seit einem Jahr keinen Sold mehr erhalten hatten und anstelle von Schuhen nur noch Stoffetzen an den Füßen trugen. Bei Luzzara kämpften sie für ihn gegen die Franzosen und sahen mitan, wie er am Abend nach der Schlacht über den Tod seines Jugendfreundes Commercy weinte, der an seiner Seite gefallen war. Einer der letzten der lebenshungrigen, strahlenden jungen Prinzen, die vor einer kleinen Ewigkeit nach Wien gezogen waren, um die Stadt vor den Türken zu retten.

Gegen wen kämpft ihr? hätte man die Soldaten fragen können. Sie hätten die Achseln gezuckt und gesagt: Gegen die Franzosen. Oder: Gegen die Welschen ... Gegen die Türken

... Gegen die Ungarn ... Gegen die Bayern ... Es kam nicht darauf an. Wer ihr Feind war, das wurde ihnen von anderen gesagt. Sie suchten ihn sich nicht aus, und sie haßten ihn nur bedingt und gerade genug, um sich nicht selbst in Gefahr zu bringen. Hätte man sie aber gefragt, für wen sie kämpften, so wäre ihre Antwort viel einfacher gewesen. Für Kaiser und Reich! hätten sie geantwortet und später, nach ein paar Jahren, vielleicht nur noch: Für den Prinzen Eugen . . . Immer mehr wurde er die Autorität, der sie sich anvertrauten. Wien war fern, der Kaiser noch ferner und am fernsten die Beamten, die den Krieg dirigierten und den Nachschub verschlampten.

Wofür kämpft ihr? hätte einer, der nichts von ihnen wußte, auch fragen können, aber darauf hätte er keine Antwort bekommen. Kaum einer der Soldaten, der seinen Kopf in den Kugelregen hielt, wußte von der Großen Allianz zwischen seinem Kaiser, England und Holland. Gerade von Preußen hatten sie noch gehört, und daß der Kurfürst von Brandenburg dem Kaiser den Königstitel abgepreßt hatte für die vierzigtausend Soldaten, die er dafür ins Feld schickte. Für Spanien – hätten einige Soldaten vielleicht zögernd geantwortet. Es steht uns zu ... Und vielleicht hätten sie auch gewußt, daß das Land südlich der Alpen, für das sie bluteten, ein Teil des nebulosen spanischen Erbes war. Daß die Große Allianz inzwischen aber längst wieder ihre Ziele geändert hatte, davon hatten sie keine Ahnung. Philipp, Ludwigs Enkel, sollte Spanien ruhig behalten, hatte man entschieden. Karl, der Sohn des Kaisers, sollte dafür mit Italien und den Spanischen Niederlanden entschädigt werden. Für England und Holland blieben die kostbaren Handelsrechte nach Übersee. Das Wichtigste aber war, daß Frankreich und Spanien sich niemals vereinigen durften. So wollte es die Große Allianz, und ihre Krallen schärften sich von neuem, als Ludwig das Asiento beanspruchte, das heißbegehrte Recht auf den Handel mit Negersklaven nach Amerika. Als er seinen Enkel dann auch noch daran erinnerte, daß er wohl spanischer König, in erster Linie aber Franzose sei und mit seinem Großvater zu kooperieren habe, da war an ein Ende des Krieges nicht mehr zu denken, und in den Schenken von Wien hörte man die ersten Rufe: Kein Friede ohne Spanien! ... Drei Jahre Krieg hatten nichts geändert. Wofür kämpft ihr? – Es gab so viele Gründe. Jeder hatte andere. Jeder verteidigte die ureigensten, heiligsten Rechte und die Sicherheit seines Landes und seiner Bevölkerung. Wofür ... Und: um welchen Preis?

4

»Sie sind kein guter Kellner, mein lieber Neffe!« sagte der Kaiser aufgeräumt und tätschelte Eugène am Arm. »Ein aufmerksamer Kellner kümmert sich um alle Gäste, nicht nur um einen.«

Es war nicht zu übersehen, daß Leopold, der Abstinenzler, mehr Tokajer getrunken hatte, als ihm guttat, und es gab niemanden, der diesen kleinen Fauxpas nicht bemerkt hätte. Man lächelte erstaunt und verständnisvoll, tuschelte darüber und erfreute sich diebisch am Anblick der Kaiserin, deren schon von Natur aus mißbilligende Lippen nun noch schmaler wurden.

Es war ein gelungenes Fest, das glanzvollste in einer schier endlosen Kette von Bällen, Maskeraden und Redouten. Wien feierte Fasching. Kein venezianischer *carne vale* eines morbiden Flirts mit dem Tode. Nein, Fasching: ausgelassen und naiv wie Kinder, die noch nie etwas verloren haben und das Ende allen Lebens nicht einmal vom Hörensagen kennen. Fasching: Natürlich wußte man, daß sich im Süden die eigenen Soldaten und die des französischen Königs gegenseitig die Köpfe einschlugen; daß die Ungarn den Aufstand nicht nur probten, und daß Max Emanuel von Bayern auf Passau zumarschierte, obwohl das doch eigentlich Hochverrat war. Man wußte es, aber irgendwie war bisher doch alles immer wieder in Ordnung gekommen. Possierlich, wie Prinz Eugen in den letzten Tagen von Amt zu Amt gezogen war wie ein Hausierer, um Geld für seine armselige Armee da unten aufzutreiben! Sehr lieb – aber doch auch ein wenig lästig und unfein so mitten in den tollen Tagen. Hätte das nicht Zeit gehabt wenigstens bis zum Aschermittwoch? Man hatte es auch so schon schwer genug, und wenn man bedachte, daß der Bankrott des kaiserlichen Bankiers Oppenheimer den Staat angeblich dem Ruin nahebrachte, so durfte man sich doch wenigstens die paar unbeschwerten Tage gönnen, die der Fasching bot – noch dazu wo die Affäre des Thronfolgers Joseph mit der hübschen kleinen Marianne Pálffy das schlaffe Klosterfleisch der kaiserlichen Damen so erfreulich zornig erbeben ließ. Ja, genau genommen war dieser Fasching sogar ganz besonders amüsant, man mußte bloß zu leben verstehen – nicht wahr? – eine Kunst, die man nirgendwo so gut beherrschte wie in Wien, der goldenen Insel der leichtfüßigen Heiterkeit und Anmut.

»Kein guter Kellner!« wiederholte der Kaiser und zog sich lächelnd zu seinen Damen hinter den riesigen Schanktisch zurück, den man im großen Ballsaal des Lustschlosses Favorita aufgestellt hatte. Das ganze Schloß war in eine einzige Schenke verwandelt worden mit bäuerlichen Tischen, Lauben, Lampions und Girlanden. Der Kaiser selbst spielte den Wirt, Kaiserin Eleonore die Wirtin. Eugène und dem Thronfolger war die ehrenvolle Rolle der Kellner zugefallen.

Die Gäste fanden es ungemein lustig. Einfachheit war in Mode. Auch in der Kleidung richtete man sich an diesem Abend nach den kleinen Leuten, denen man sich damit besonders nahe fühlte. Die Kapellen in sämtlichen Sälen spielten nur Lieder und Tänze des gemeinen Volkes, und wer sie kannte, summte mit oder sang die zärtlichen kleinen Melodien seiner Partnerin ins wohlparfümierte Ohr. Wie eine süße Näherin war sie gekleidet oder eine Hutmacherin, wie ein Wäschermädl aus der Vorstadt oder eine Obstverkäuferin, und der, mit dem sie kokettierte, war seiner wappengeschmückten Karosse als Schankbursch entstiegen oder als bunt gewandeter Bauer. Am meisten Furore machte Alexandre de Bonneval als braungebrannter Jäger mit roter Hahnenfeder am grünen Hut, so wie in den alten Geschichten aus den Kinderstuben der Gottseibeiuns aufgetreten war auf der Jagd nach allzu begierigen Seelen. »Ich war immer schon ein Freidenker!« bekannte er unbekümmert und schockierte damit die älteren Damen aus dem Gefolge der Kaiserin, während die jüngeren aufhorchten und sich heimlich fragten, was wohl die praktische Konsequenz dieser Weltanschauung sein mochte.

»SM hat mich an die Londoner Botschaft versetzt!« sagte Wratislaw zu Eugène. »Eigentlich freue ich mich darüber. Ich mochte London schon immer. Du kannst dir nicht vorstellen, Eugène, wie sich diese Stadt herausgemacht hat seit dem großen Brand und der Pest! Außerdem interessiert mich, wie sie ihre Wirtschaft ankurbeln. Hätten wir hier in Österreich ein Instrument wie die Bank von England, wäre uns das Debakel mit Oppenheimer nicht passiert, und unsere jüdischen Kaufleute müßten sich nicht Nacht für Nacht in ihren Häusern verbarrikadieren.«

Langsam schritten sie durch die Säle. Mitternacht war fern, und der Wein aus den Provinzen hatte seine Wirkung noch nicht getan. Um der Authentizität willen verzichtete man an diesem Abend auf Champagner. Man war ganz Volk.

»Ist dir klar, daß unsere Monarchie auf dem letzten Loch pfeift?« sagte Wratislaw, während er, wie auch Eugène, immer wieder nach allen Seiten hin grüßte. Mehrere Male blieben sie zu einem kurzen Gespräch stehen, und Eugène hatte

Mühe, sich der überschwenglichen Komplimente der anwesenden Damen zu erwehren, die die Gelegenheit nutzten, daß Liane von Thürheim im Kindbett lag, wobei der Vater des neugeborenen Knaben anscheinend sogar der eigene Ehemann war, denn – man mochte rechnen, wie man wollte – Prinz Eugen war zur fraglichen Zeit in Italien gewesen. Es hieß, daß er Liane sofort nach seiner Ankunft in Wien besucht und dem Kind ein ungemein großzügiges Geldgeschenk mitgebracht habe. Nun ja, alte Liebe rostet nicht, aber Liane war in letzter Zeit doch etwas mütterlich geworden. Nicht mehr so spritzig und frivol wie früher. Wahrscheinlich würde sie den Prinzen bald langweilen. Eine gute Chance für eine andere, wer auch immer sie sein mochte. Eine wahrlich gute Chance, denn wenn es so weiterging, gelang es den neuen Strömungen bei Hofe tatsächlich, die alte Garde um den Kaiser herum nach und nach auszubooten und an ihre Stelle Leute wie Prinz Eugen zu setzen. Sogar der Beichtvater des Kaisers machte sich – wie man flüsterte – dafür stark, den altgedienten – wenn auch nicht gerade altverdienten – Mansfeld auf die einflußlose Glanzstelle eines Hofkämmerers hochzuloben und statt seiner den Prinzen Eugen zum Präsidenten des Hofkriegsrates zu ernennen. Mächtige Männer, die für ihn votierten. Daß Wratislaw ein Intimus des Prinzen war, wußte inzwischen jeder, und auch daß der Thronfolger Joseph sich von Erfahreneren nichts sagen lassen wollte, war nicht neu. Sogar der Schwager des Kaisers, Johann Wilhelm von der Pfalz, übte Druck aus und blies den deutschen Fürsten die Ohren voll, wenn in Wien nicht endlich Leute von Talent und Tatkraft zum Zuge kämen, wäre die Hofburg bald entweder französisch oder türkisch. Als ob es tatsächlich so schlimm bestellt wäre! War man bisher nicht immer noch heil aus jedem Schlamassel herausgekommen? War es wirklich nötig, einen Ausländer an eine so hohe Position zu setzen? Ihm als Feldherrn zuzujubeln, ging ja noch an. Ihm aber die gesamte Heeresleitung zu übertragen, war bestimmt zu viel der Ehre, noch dazu wo er sich ganz offenkundig kaum bemühte, sich dem Wiener Adel gefällig zu zeigen. Sein Ton wurde immer schärfer. Er redete von Unfähigkeit, Faulheit und Schlendrian. Mußte man sich das gefallen lassen? »Es muß endlich Schluß sein mit der Käuflichkeit militärischer Ränge!« hatte er dem Kaiser dreist ins Gesicht gesagt. Mut, Begabung, Geschick und Engagement sollten die Kriterien sein, nach denen Offiziersränge besetzt wurden. – Mein Gott, wo blieb da die Tradition? Wo blieben die wohlverdienten Privilegien der alten Familien? Sollte der Sohn eines Grafen vielleicht als einfacher Rekrut anfangen, nur weil er in seiner jugendlichen Verantwortungslosigkeit erst noch dabei war, sich die Hörner abzustoßen? Oder weil er von seiner Anlage her von der etwas gemütlicheren Sorte war? Sollte er sich vielleicht von einem ehrgeizzerfressenen Bürgersöhnchen Befehle erteilen lassen? Waren nicht Grazie, Leichtigkeit und Mühelosigkeit immer schon ein Signum des Adels gewesen? Nur wer es nötig hatte, strengte sich an. Was für einen Bürger Tugend sein mochte, entehrte den Adel. Ein Aristokrat hatte über den Dingen zu stehen. Sich wegen ein paar Fuhren Getreide, die bei der Truppe nicht ankamen, zu echauffieren, war unter der Würde seines Standes. Unangenehm natürlich für die Soldaten, wenn es mit der Verpflegung Diffikultäten gab, aber das waren die armen Burschen ja eigentlich gewöhnt. Der Soldat war aus anderem Holz geschnitzt als man selbst. Er hatte gelernt, wie man von dem Lande, in dem man sich aufhielt, lebte. Es ließ tief blicken, wenn ein Mann von der exquisiten Geburt eines Prinzen Eugen das nicht verstehen wollte. Wahrscheinlich spielte da doch noch das Blut seiner Mutter mit herein. Noblesse mußte alt sein wie edler Wein, und wenn sie sich unziemlich vermischte, verlor sie ihre Distinktion.

Sie traten hinaus auf einen der Balkons und schlossen die Doppeltüre hinter sich. Durch die spaltbreit geöffneten Fenster wehten die Musik und das Stimmengewirr heraus in die winterliche Nacht, die aus all dem *pêle-mêle* einer eifersüchtigen, ehrgeizigen Gesellschaft nur die süßen, beschwingten Tonfolgen filterte, das Lachen und das kristallene Klirren der Gläser. Wer draußen stand, ohne geladen zu sein, mußte meinen, da drinnen wäre das Paradies. Nur hin und wieder, wenn sich das Lachen ganz plötzlich verstärkte und den halben Saal erfaßte, nicht langsam anschwellend, sondern mit einem Schlag hervorbrechend wie ein unerwarteter, dröhnender Donner, klang es fremd und bedrohlich, und wer es hörte, wußte nicht, ob es heiter war oder böse.

»Ich habe mich nicht danach gedrängt«, sagte Eugène leise. »Eigentlich wollte ich immer nur Soldat sein.«

»Wie dein Vater!« Wratislaw lächelte, das wußte Eugène, obwohl sich seine Augen noch nicht an die Dunkelheit gewöhnt hatten.

»Ja, wie mein Vater . . . « Er wischte mit der flachen Hand über den Schnee auf der Brüstung. »Du müßtest erleben, Wenzel, was in Italien vor sich geht! Noch nie wurden Soldaten so schmählich im Stich gelassen. Da unten habe ich gelernt, die Beamten zu hassen, die nach dem Frühstück für ein, zwei Stunden ins Amt gehen und sich dann großspurig Staatsdiener nennen. Die Salaburgs und die Mansfelds und wie sie alle heißen! Alte Esel. Senil und verbohrt.«

»Sie sind nicht die einzigen, Eugène. Jede Monarchie ist so jung oder so alt wie ihr Herrscher. Unter guter Kaiser ist seit vierzig Jahren an der Regierung und mit ihm seine besten Freunde: wahrhaft ein Rat der Alten. Müde sind sie alle und lethargisch. ›Gott, wie ich es hasse, Entscheidungen zu fällen!‹ sagte SM zu mir, als er mir mitteilte, es bliebe ihm nichts anderes übrig, als dich möglichst schnell zum Präsidenten des Hofkriegsrats zu ernennen.«

»Es ist also definitiv!« Eugène fröstelte. Ihm war plötzlich klar, wie sehr er sich dieses Amt gewünscht hatte während der ganzen letzten Monate, obwohl er offiziell jede Bestrebung dementiert hatte. Seit fast einem Jahr schon hatten die unterschiedlichsten Interessenvertreter bei ihm vorgesprochen und ihn gedrängt, seine Bereitwilligkeit zu demonstrieren. Bei den ersten Malen hatte er nur darüber gelacht. Zu absurd erschien es ihm, daß ausgerechnet er, der Praktiker, nun plötzlich in die Verwaltung gehen sollte. Büroarbeit, die sie alle, die die eigene Haut zu Markte trugen, doch immer nur verachtet hatten. ›Tintenpisser‹ nannten die Soldaten die Beamten in Wien, ganz gleich welchen Ranges, und auch Eugène hielt mit seinem Urteil nie zurück. Brief um Brief, Eingabe um Eingabe, Bittgesuch um Bittgesuch . . . Und als Antwort: Vertröstungen; Zusagen, die nicht eingehalten wurden; herablassende Abspeisungen. So hatte er die Hilflosigkeit kennengelernt. Den Zorn. Und nach und nach kam er zu dem Schluß, daß es so nicht weitergehen durfte, und daß jene recht hatten, die ihn bedrängten, seine praktische Erfahrung Wien zur Verfügung zu stellen. Sein Organisationstalent. Sein Temperament und sein Pflichtbewußtsein.

»Hör sie dir an!« sagte Wratislaw und wies mit dem Kopf nach hinten zur Saaltüre, aus der eben wieder ein allgemeines, hektisches Auflachen drang. »Anfangs dachte ich immer, sie begreifen nicht, wie prekär unsere Situation ist. Aber jetzt bin ich zu dem Schluß gekommen, sie wissen genau, daß sie auf glühenden Kohlen tanzen. Sie sagen sich nur: Die Kohlen sind vielleicht gar nicht so heiß, und unsere Sohlen dick genug. Wenn wir das Feuer nicht beachten und die Hitze leugnen, verlöschen die Flammen bestimmt von selbst.« Er legte seine Hand auf Eugènes Arm. »Eugène, mein Freund, glaub mir, seit der Belagerung durch die Türken war die Monarchie in keiner so verzweifelten Lage mehr. Max Emanuel sitzt praktisch schon in Passau, und die aufständischen Ungarn marschieren auf Wien zu. Wenn der Winter noch kälter wird und die Donau zufriert, werden sie einfach über das Eis stürmen, und wir werden sie nicht zurückhalten können. Sie werden sich mit Max Emanuel und seinen Bayern vereinen, die Franzosen überqueren ungehindert die Alpen, und die Habsburger Monarchie kann das Kreuz schlagen.«

»Ich bin erst seit heute nachmittag in Wien«, sagte Eugène. »Ich wußte nicht, daß es so schlimm steht.«

»Von jetzt ab wird dir jede Information zur Verfügung stehen. Morgen früh wird Mansfeld seinen Schreibtisch räumen, desgleichen Salaburg. Gundaker von Starhemberg wird die Hofkammer übernehmen. Wenn euch beiden nicht schnellstens ein Trick einfällt, der uns aus der Bredouille rettet, wird Leopold wieder einmal seine Koffer packen müssen. Dann aber zum letzten Mal. Passau kommt diesmal ja nicht mehr in Frage. Es heißt, die Kaiserin würde im Notfall Klagenfurt bevorzugen. Sie hält dich übrigens immer noch für einen französischen Spion.« Aus einem goldenen Döschen tupfte Wratislaw eine Prise Tabak auf seinen Handrücken und schnupfte sie ein. Er sprach nicht weiter, sondern wartete auf das unumgängliche Niesen, das er in eleganter Weise fast lautlos vollzog. »Ist dir klar«, fuhr er fort, »daß die Einkünfte des Kaisers auf weniger als ein Fünftel jener Ludwigs geschätzt werden? Dazu jetzt noch der Bankrott unseres Heereslieferanten. Das Loch in der Kassa wird immer größer. Trotzdem wollte SM Salaburg auf seinem Posten halten. Er ist ein ›braver alter Freund‹, verstehst du? Erst als Salaburg vorige Woche vor dem versammelten Rat in Tränen ausbrach und rief ›Ich häng mich auf!‹, fing der Kaiser wohl an, sich mit dem Gedanken zu befassen, seine Regierung auszuwechseln. Trotzdem hätte er sich wahrscheinlich immer noch geweigert, einen jungen Spund wie dich zu ernennen, wenn ihn nicht Pater Bischoff von früh bis spät bekniet hätte. Die Jesuiten haben ein ziemlich vitales Interesse daran, daß sich unsere Lage rasch bessert. Beim Volk hier in Wien bläst ihnen der Wind ganz tüchtig ins Gesicht. ›Die Jesuiten sind an allem schuld!‹ heißt es. Eine Stunde später sind es natürlich wieder die Juden. Im Unterschied zum Adel sagt das Volk recht deutlich, daß wir im Dreck stecken. Es macht es sich nur mit den Ursachen ein wenig einfach. Jedenfalls schilderte Bischoff dem Kaiser in aller Eindringlichkeit, daß wir dich brauchen und daß der Sonnenkönig, Max von Bayern und dein mobiler Cousin in Turin dir jeden Tag ein neues, verlockendes Angebot unterbreiten lassen, um dich auf ihre Seite zu bringen.«

»Davon wißt ihr?«

Wratislaw lachte bitter. »Wenn etwas ausgezeichnet ist in dieser Monarchie, dann der Geheimdienst. Sei froh darüber, denn dich zu verlieren, davor hatte Leopold schließlich doch Angst. Morgen früh wird er dir die überraschende Ernennung mitteilen.«

»Und Mansfeld weiß davon?«

»Natürlich weiß er es. Man wird seine Bezüge drastisch erhöhen und ihn zum Hofkämmerer hochloben. Absolut glanzvoll und absolut machtlos. Aber Glanz hat ihm ohnehin immer viel mehr bedeutet als Macht oder Verantwortung. Käme er aus kleineren Verhältnissen, wäre aus ihm ein hinreißender Tanzlehrer geworden.«

»Und ich soll nun den Krieg leiten!« Eugène fror in der winterlichen Kälte, aber seine Wangen waren plötzlich heiß.

»Ich fürchte, dieser Krieg hat noch gar nicht richtig begonnen. Wirklich ernst war er bisher doch nur uns, den Franzosen und den Ungarn. Für die anderen war er nicht viel mehr als ein Spiel für Kavaliere. Sie haben ihre Soldaten beigesteuert und in unzähligen Geheimverhandlungen den Mehrfachverrat geübt. Gibst du mir das, laß ich dafür jenen im Stich. Verweigerst du es mir, wirst du es bereuen ... Dazu noch der Nervenkitzel! Alles ist so schön weit weg. Was macht es einem Engländer schon aus, wenn in Italien ein Däne fällt? Er freut sich nur diebisch, wenn ein Prinz Eugen eine ganze Armee bei Sturm und Schnee über die Alpen führt und mit der ersten Frühlingssonne auf die überrumpelten Gegner niederstürmt. Oder wenn es ihm gelingt, den feindlichen Oberbefehlshaber aus dem warmen Bett heraus zu entführen. Ein sportliches Großereignis für unseren Londoner Kaufmann, Hutmacher oder Gärtner. Du bist ihr Held, Eugène. Alexander oder Cäsar sind nichts neben dir. Die Engländer beten dich an. In meinem Büro liegen einige Testamente, die ich dir in den nächsten Tagen vorlegen werde. Eine alte Jungfer hat dir ihre gesamten Ersparnisse vermacht, über zweihundert Pfund, glaube ich. Was mußt du ihre Träume bereichert haben! Und besagter Gärtner überschreibt dir seinen Betrieb. Wer weiß, in wie vielen Nachttischschubladen noch solche Testamente herumliegen. Glaub mir, wenn sich die Kämpfe ausweiten – und das werden sie! –, werden alle nach dir rufen wie nach der Feuerwehr, und du wirst gar nicht anders können, als wieder hinauszuziehen, ob es dir gefällt oder nicht.«

»Was soll ich dann überhaupt hier im Hofkriegsrat?«

Wratislaw nieste ein zweites Mal. »Dir alles so richten, wie du es brauchst, um die Armee effektiv führen zu können! Leopolds Tattergreise werden sich nie wirklich um die Truppe kümmern. Ihr Mittagsschläfchen und ihr Kaffeetscherl um vier Uhr sind ihnen wichtiger.«

»Ich glaube auch, daß der Krieg eskalieren wird!« murmelte Eugène. »Auch wenn alle noch meinen, sie hätten ihn in der Hand und könnten ihn jederzeit beenden. Der Einsatz, den wir alle inzwischen erbracht haben, ist schon zu hoch. Geld, Truppen, Verrat. So viel Verrat . . . « Er dachte an Victor Amadeus und an Max von Bayern. Beide seine Vettern. Beide einst seine Freunde. Beide nun auf der anderen Seite. Und auch an Thomas dachte er, seinen Bruder, der auf seiner Seite kämpfte und doch mit dem Herzen auf der anderen stand. An der bayrischen Front lag er auf eigenen Wunsch.

Angeblich, weil er es für besser hielt, nicht unter dem eigenen Bruder zu dienen, um nicht bevorzugt zu werden. In Wirklichkeit, weil ... Ja, warum? Seit Wochen hatte er nicht mehr geschrieben, obwohl Eugène ihm regelmäßig Briefe schickte. Auch Uranie ging Eugène aus dem Weg, und wenn ein Zusammentreffen nicht zu vermeiden war, antwortete sie nur kurz und schroff und schützte eine dringende Verabredung vor, um einem längeren Gespräch aus dem Wege zu gehen.

Wratislaw schüttelte sich, als wollte er sich damit von den Problemen befreien. »Weißt du übrigens, daß der Batthyány ganz überraschend gestorben ist? Vorige Woche schon, aber die Nachricht hat Wien erst heute nachmittag erreicht.« Wratislaw lächelte. »Die schöne Lori ist also Witwe. Das wird so manchen aufhorchen lassen. Ich war seinerzeit auch ziemlich begeistert von ihr, und ich war ganz gewiß nicht der einzige, obwohl sie ziemlich einschüchternd sein konnte. Und jetzt ist sie noch dazu reich. Eine Partie von der absolut exquisiten Sorte, wenn man Qualität zu schätzen weiß und keine Angst vor Intelligenz hat.«

»Ist sie hier in Wien?« Eugène versuchte, seiner Stimme einen gleichmütigen Ton zu verleihen.

»Nein. Aber ich nehme an, sie wird bald wieder herkommen. Was soll sie allein in Ungarn? Kennst du sie persönlich?«

»Flüchtig.« Eugène war froh, daß es auf der Terrasse dunkel war, und daß Wratislaw sein Gesicht nicht sehen konnte.

Das Fest ging zu Ende. Der Kaiser begleitete Eugène und Wratislaw zur Tür. Als sie sich verneigten, veränderte sich plötzlich Leopolds Miene. Er sah verloren aus, müde, alt und traurig. »Ein schönes Fest!« murmelte er trostlos. »Im Festefeiern sind wir groß.« Seine kalten, trockenen Finger klammerten sich um Eugènes Handgelenk. »Ist es nicht so, lieber Neffe: Alles wäre anders, wenn mein armer Ferdl nicht gestorben wär!«

Eugène sah ihn betroffen an. »Ganz sicher, Majestät!« pflichtete er ihm bei. »Es tut mir leid! Auch für Sie als Großvater. Man sagte mir, er war ein sehr liebes Kind.«

Leopold ließ Eugènes Hand los und nickte. »Ja, das war er!« sagte er leise. »Und eine so schöne Singstimme hat er gehabt! Wie ein Glöckerl. Sein Vater hat es bestimmt nicht gewußt. Es hätte ihn auch nicht interessiert. Er war bei den Franzosen und in Brüssel, und meine arme Antonie war immer nur hier in Wien. Daß so etwas sein darf!« Er starrte Eugène an, als könnte dieser ihm helfen. »Wie ein Glöckerl!« wiederholte er dann kaum hörbar. Er drehte sich um und ging zu seinem Schanktisch zurück. Von hinten sah er aus wie Karl von Spanien.

5

Es war die Stunde des Pan, wie Joseph Saveur, Eugènes Lehrer in Paris, es immer genannt hatte, wenn sich an heißen Sommertagen die hohen Herrschaften im Hôtel de Soissons nach dem Mittagstisch zur Ruhe begaben; wenn die Diener die Fensterläden klappernd schlossen und draußen im Park die Grillen sangen. Die stillste Stunde des Tages, rosenduftend, matt und sehnsüchtig. Eugène hatte diese Stunde immer geliebt und zugleich auch gefürchtet, weil es ihm weh tat, in Paris zu sein, während das Mädchen, das mit seinem Verlangen spielte, vielleicht eben jetzt draußen in Versailles aus dem Schloß des Königs schlüpfte, um heimlich hinauszureiten zu dem kleinen Wald mit dem blanken See, den sie das Auge Gottes nannten.

Die Stunde des Pan. Wie weit das alles zurücklag in der schattenhaften Ferne von Zeit und Raum! Manchmal kam es ihm vor, als hätten die kalten Marmorsäle, in denen er nun lebte, auch ihn selbst in kalten Marmor verwandelt. Es tat nicht gut, sich immer nur zwischen Steinen aufzuhalten, bis auch Herz und Hirn sich verhärteten und sachlich wurden. Praktisch. Nüchtern. Realistisch. Berechnend. Kalt. Mitleidlos. Menschen, die sich in Amtsinhaber verwandelten. In Ordensträger. In Nehmer, die sich so hoch und erhaben dünkten, daß sie nur noch eines geben konnten: Anweisungen und Befehle. Sehnsucht höchstens nach noch mehr Macht und noch mehr Ehren. Nach noch mehr Ruhm und noch mehr Besitz. Die Sehnsucht des Eisens, des Marmors und des Goldes. Sehnsucht des winterlichen Schattens, nicht der sommerlichen Sonne, des Fleisches und der Liebe.

Die Stunde des Pan. Versailles war so fern, daß sich Eugène kaum noch vorstellen konnte, wie das goldene Schloß des Königs für kurze Zeit in Schlaf versank, während die Sonne, Göttin des Goldes und Schutzherrin des Palastes, ihre warme Hand über die duftenden Gärten legte. Vielleicht schlüpfte eben jetzt ein Mädchen mit Lichthaaren durch eine Hintertür, um sich mit dem zu treffen, den es begehrte. Vielleicht ritten sie heimlich durch die Alleen und versteckten sich in einem der atmenden Wäldchen. Vielleicht. Vielleicht aber blieb die Tür auch verschlossen, und das Mädchen verkroch sich in seinem seidenen Zimmer, weil der junge Mann, von dessen warmer, fester Haut es träumte, in den Krieg gezogen war, dem wildesten aller Vergnügungen für die Paladine des Königs. Vielleicht nannte es just in diesem Augenblick seinen, Eugènes Namen: Eugène de Savoie, Name des Feindes, weil er als einziger den großen, unbesiegten Ludwig gedemütigt hatte. Eugène de Savoie: Nur seine Feinde prononzierten seinen Namen in der gleichen Weise wie er selbst. Eugène de Savoie – nicht *Prinz Eugen von Savoyen*, wie man ihn hier in Wien nannte, oder *Eugenio von Savoy*, wie er selbst seine offiziellen Schreiben unterzeichnete in einem hilflosen Versuch, seinen zerrissenen Lebenslauf dreisprachig-unkorrekt zusammenzufassen. Manchmal, wenn er müde war, kam ihm seine Unterschrift vor wie ein Karnevalskostüm, dessen Träger vergeblich versucht, sich seinen Traum im Gestus der Verkleidung zu erfüllen.

Versailles war fern. Die Grenzenlosigkeit des Fühlens, die manche Menschen Liebe nannten, war fern und auch der Schmerz, den sie bereitet hatte. Ihren Platz hatten kurzlebige, unverbindliche Vergnügungen eingenommen, die nicht viel mehr bedeuteten als zu essen und zu trinken, und die ebensowenig in der Erinnerung haften blieben. Nette, gefällige Frauen wie Liane von Thürheim. Neugierige Frauen, die wissen wollten, wie es so sei mit ihm. Gefallsüchtige, die sich seiner rühmen wollten. Ehrgeizige, die die Macht anbeteten ... Ja, dachte er, Macht zu haben, das hieß wohl auch schon wieder: nicht mehr jung zu sein, denn die Jugend kennt nur ihre eigene Macht.

In den letzten Wochen hatte er die *Selbstbetrachtungen* des Marc Aurel gelesen und manchmal gemeint, sich selbst darin wiederzufinden. Die eigene Lebenslüge erkannte er wieder, wenn der römische Kaiser die Tugend seiner Mutter rühmte, als habe man ihm nie zugeraunt, die halbe Stadt wisse Bescheid darüber, wie es sich anfühlte, von der Witwe des Prätors Annius Verus umarmt zu werden. »Von der Mutter habe ich den religiösen Sinn und die Freude am Geben, auch die Scheu vor bösem Tun und schlechtem Denken, Einfachheit in der Lebensführung und Ekel vor der Üppigkeit der Reichen.« Olympia ... Immer noch ein Schmerz in seinem Herzen. Gerade heute, gerade an diesem warmen, gottgesegneten Nachmittag.

Alle Gefühle seines Lebens stürzten wie ungeheure Wellen eines aufgewühlten Ozeans über ihm zusammen. Überschwemmten ihn, begruben ihn und nahmen ihm den Atem. Warum heute? Warum gerade jetzt? »Das freie Denken lernte ich bei Apollonius, das unerschütterlich grundsatztreue, das sich nach der Vernunft richtet ...« Eugène dachte an

Marc Aurel und wußte zugleich, daß alle seine Überlegungen nur ein Ausweichen waren, um sich nicht mit dem beschäftigen zu müssen, was ihn in Wahrheit aufrührte. »Sextus war mein Lehrer in der Kunst der Güte ... « Der letzte Abend mit Borgomanero. Die stumpfe Spur einer Träne auf blassen Wangen.

Die Stadt döste unter der heißen Sommersonne. Ein Nachmittag allein inmitten der Weinberge vor der Stadt, wo seine Sommerresidenz entstand, ein Palast des Lichtes wie Versailles. Sonntag. Keine Arbeiter heute, kein Architekt, der ihm Pläne unter die Nase hielt. Gianluca aus Genua. Lukas von Hildebrandt, wie man ihn in Wien nannte. Alle Namen klangen anders hier. Auch aus Eugène war Eugen geworden. Eugenio – so hatte Olympia ihn genannt, wenn sie einander nahe waren. Waren sie es je wirklich gewesen?

So einfach war sein Leben einst in Frankreich gewesen, obwohl er doch meinte, damit nicht fertig zu werden. Jetzt war es vielschichtig und kompliziert, und doch bewältigte er, was auf ihn zukam. So viele Menschen waren von ihm abhängig, und für alle war er wichtiger als sie für ihn – auch ein Aspekt dessen, was Macht bedeutete.

Er war allein aus der Stadt herausgeritten zur Baustelle des wunderbarsten Schlosses, das je in Wien errichtet worden war. Zwei Schlösser eigentlich: eines unten, hinter hohen Gittern am Fuße des sanften Hanges; das zweite oben, als gelte es, dem Himmel entgegenzustreben. Das Paradies am Ende eines geschmückten Weges. Wie eine Fata Morgana würde es einst aufsteigen aus den spiegelnden Wassern des Teiches. Grüne Dächer wie die seidenen Zelte des Großwesirs, als er vor Wien lagerte und in ungezügelter Hybris davon träumte, seinem Herrn die Welt zu erobern und Unsterblichkeit zu erlangen. Wenn man sich umwandte, hatte man die Stadt zu Füßen und mittendrin den Stephansdom, wo Louis begraben lag, Olympias hübschestes Kind. Dahinter der Kahlenberg, von wo Eugène heruntergeritten war auf das Lager des Feindes zu. So viel verband ihn schon mit dieser Stadt, und trotzdem tat ihm das Herz weh. Gerade heute: Er war überzeugt, daß sie nicht kommen würde, auf die er wartete, weil sie ihm versprochen hatte, sie werde zu ihm herausreiten und sich von ihm die Baustelle seines Traumes zeigen lassen.

Ein Traum war es immer nur gewesen, auch damals schon, vor Jahren, als Oppenheimer ihn auf die Weinberge am Stadtrand aufmerksam gemacht hatte. »Sie stehen zum Verkauf, Hoheit. Ich möchte Ihnen raten, schnell zuzugreifen. Alle Welt möchte sich da draußen ansiedeln, seit sich der Graf Batthyány dort dieses prächtige Palais hat hinstellen lassen. Wirklich sehr schön, für meinen Geschmack allerdings ein bißchen modern. Nun, Sie werden es ja kennen.«

Der Name Batthyány hatte den Ausschlag gegeben. Noch ehe Eugène die Weinberge gesehen hatte, wußte er insgeheim schon, daß er sie kaufen würde. Vier Jahre, so rechnete er nach, war Eleonore nun verheiratet. Vierundzwanzig war sie, und ihr Mann knapp zehn Jahre älter. Es war lächerlich, sich jetzt noch Hoffnungen zu machen. Und doch: Er hatte gekauft und hatte sich verliebt in dieses bezaubernde Stück Land und den Blick auf den Kahlenberg, wo alles begann. Nach und nach fing der Bau an zu leben, verselbständigte sich, und eines Tages gelang es Eugène, den Gedanken an seine unsprünglichen Beweggründe zum Schweigen zu bringen. Bis heute.

Er wollte nicht mehr an sie denken. Über hundert Dinge sann er nach, über tausend, doch immer wieder bedrängten ihn alle Enttäuschungen seines Lebens, aller Schmerz, alle Hoffnung und alles vereitelte Glück. Stellvertreter, weil er doch wußte, daß keines dieser Gefühle mächtiger war als das, was ihm jetzt widerfuhr. O diese Sorge, enttäuscht und abgewiesen zu werden! Gerade jetzt, wo es darauf ankam, weil er eine Chance hatte, den Menschen für sich zu gewinnen, an dem ihm lag. Die seltenste, kostbarste Chance im Leben – das hatte er inzwischen erfahren – und die schlimmste, törichteste Verschwendung, wenn sie nicht wahrgenommen wurde; wenn die eigene Entfaltung versäumt wurde, weil man den nicht festhielt, an dem man wachsen konnte.

Sie würde nicht kommen. Vielleicht war es sogar besser, wenn sie nicht kam. O Gott, hoffentlich kam sie!

Er wußte längst, wie man es in Wien anstellte, um einer Frau zu demonstrieren, daß man sie begehrte. Nur hier, in Versailles und vielleicht noch in Venedig hatte man die Kunstgriffe der Verführung zu einer solch makellosen Perfektion entwickelt; makellos, weil beide Seiten nach den gleichen Regeln spielten. *Savoir vivre*, Raffinesse, Taktik: ein prickelndes Gefühl, den Einsatz zu wagen, weil er sich immer in Grenzen hielt und die Substanz nicht anrührte. Spiel blieb Spiel. Es ernst zu nehmen, wäre naiv gewesen und unfair.

Eugène nahm es ernst. Er hatte immer alles ernst genommen, was mit dieser Frau zusammenhing. Schon als sie noch ein Kind war, hatten ihre schwarzen Wimpern seine Seele geritzt, und jede der wenigen Begegnungen mit ihr hatte ihn erschüttert. Er, der gerne mit seinen Freunden lachte und die derben Scherze der Soldaten goutierte, der Wortspiele genoß, die nicht immer seriös zu sein brauchten, hatte plötzlich Angst davor, sich vor dieser Frau bloßzustellen. »Sie konnte ziemlich einschüchternd sein!« hatte Wratislaw von ihr gesagt, und Eugène dachte mit einem Mal, daß keiner seiner bisherigen Erfolge an den Triumph heranreichen würde, von ihr akzeptiert zu werden. An Liebe wagte er nicht zu denken, und er betäubte seine Sehnsucht danach mit der Erinnerung an jedes einzelne Debakel seines Lebens.

Einen Tisch hätte er auf der halb vollendeten Terrasse aufstellen lassen sollen, wunderbar gedeckt und geschmückt. Champagner und köstliche Leckereien. Eine schmachtende

Kapelle hinter den Büschen – verbundene Augen, eine Rose zwischen den Zähnen. So machte man es in Wien, wenn man eine Frau hofierte. Doch was hatte er getan? – Er hatte seinem Adjutanten Vittorio Philippi freigegeben, hatte auf jede Begleitung verzichtet und streng befohlen, daß niemand – absolut niemand! – zur Baustelle kommen dürfe. Kein Champagner, keine Blumen. Keine Lieder, die an Liebe gemahnten. Es machte ihm Angst, an Liebe zu denken.

Vielleicht würde sie ihn für einen Tölpel halten, unmanierlich und grob. Vielleicht aber – und daran glaubte er in seinem Innern – hätten die frivolen Finessen, so üblich sie auch sein mochten, sie nur abgeschreckt. Eleonore von Batthyány war kein Wäschermädel und kein Komteßchen aus der Provinz. Sie wollte nicht verführt und in eine Affäre hineingesäuselt werden, die so einfach zu wiederholen war, daß die Partner von Mal zu Mal austauschbarer wurden. So viele Bezeichnungen kannte man in Wien, der Stadt der spitzmündigen kleinen Küsse, für diese Beziehungen, die mit Champagner und Rosen anfingen und mit einem resignierten Achselzucken endeten: Affäre, Romanze, Gspusi, Amour, Techtelmechtel, Liaison, Episode, Abenteuer, Bandelei, Pantscherl . . . So viel und doch so wenig.

Eleonore von Batthyány kam nicht. Eugène wartete über zwei Stunden. Dann band er Sibelle los, die er sonst kaum noch ritt, um sie zu schonen, die er aber diesmal gerne dabeigehabt hätte als Zeugin seines – vielleicht? – Glücks. Sentimentalität eines kühlen Realisten, der den vergeblichen Versuch unternahm, aus der üblichen Nüchternheit aufzutauchen. Der meinte, seine Lebensuhr zurückdrehen zu können, und der sich jetzt, wo er sich mit Einfluß und Geld fast alles verschaffen konnte, auch die romantische Liebe herbeiorganisieren wollte, die er schon in seiner Jugend verpaßt hatte. *J'ai perdu mon amie sans l'avoir mérité . . .* Das Lied des Vaters. Lebenslied eines Sohnes, der alles gewann und nichts.

Er führte Sibelle neben sich her. Als er am Palais Batthyány vorbeikam, wandte er den Blick ab. Der Gedanke, *sie* könnte da oben am Fenster stehen und ihn sehen, trieb ihm die Schamröte ins Gesicht. Er wußte selbst nicht, wie er schließlich das Zentrum der Stadt erreicht hatte, wo immer mehr Entgegenkommende ihn erkannten und grüßten. Erst jetzt saß er auf. Er spürte, daß das Tier Mühe hatte, ihn zu tragen. Eine Welle von Mitleid und Liebe überflutete ihn. Er hätte weinen mögen, weil er plötzlich wußte, warum seine bisherigen Beziehungen zu Frauen so leer geblieben waren: Er hatte nichts von sich selbst verschenkt. Seine Seele war stumm geblieben. Niemals hatte er sich wirklich hingegeben, hatte es auch niemals gewollt. Seine Kraft zu lieben war zerschellt an Françoises verschleiertem Lächeln und an Olympias zwiespältiger Mutterliebe . . . Nur bei Eleonore hätte es anders sein können. Sie hätte er lieben können. Nein: Sie liebte er bereits! Es war sein Pech, daß sie es nicht der Mühe wert gefunden hatte zu kommen, als er so sehnsüchtig auf sie wartete.

6

Als er in die Himmelpfortgasse einbog, sah er Uranies Kutsche vor dem Portal. Diener waren dabei, mit viel Mühe und Palaver Reisekoffer aufs Dach zu schnallen. Der zehnjährige Eugen, Thomas' jüngster Sohn, stand daneben und sah zu. Sein kleines, sonst so lebhaftes Gesicht war blaß und ratlos, als wüßte er genau, daß alle ihn vergessen hatten und er nun warten mußte, bis sie sich wieder an ihn erinnerten. Erst jetzt merkte Eugène, daß der Junge schwarz gekleidet war wie ein Spanier.

»Was ist denn los?« fragte ihn Eugène, während er Sibelle einem Knecht übergab.

»Papa ist tot!« antwortete der Junge mit einer Stimme, die viel heller klang als sonst. Glas, nahe daran, zu zersplittern.

Einen Augenblick lang hatte Eugène Mühe, das Gleichgewicht zu halten. Er starrte auf den Jungen hinunter. Der Junge erwiderte seinen Blick ohne Tränen und ohne erkennbare Trauer, und doch konnte nichts ernster und einsamer sein, dachte Eugène, als das Gesicht eines Kindes, das darum kämpft, die Wahrheit zu verleugnen, obwohl es sie längst begriffen hat.

Eugène legte die Hände um die Schultern des Knaben und zog ihn an sich. Leicht und zerbrechlich lehnte sich der Kinderkörper an ihn, dann schoben ihn die kleinen Hände von sich, und der Junge blickte Eugène wieder so unverwandt an wie zuvor.

»Wo ist deine Mutter?« fragte Eugène mit erstickter Stimme.

»Drinnen.«

Uranie trug ein Trauergewand. Erst später erfuhr Eugène, daß ihre ersten Worte auf die Nachricht vom Tode ihres Mannes der Befehl gewesen war, ihr die Trauerkleider zu bringen. Alles hatte bereitgelegen, als hätte sie seit langem damit gerechnet, daß diese Stunde kommen würde. Sie fragte nicht, wie Thomas gestorben sei und ob er vor seinem Tode noch eine Botschaft für sie und die Kinder hinterlassen habe. Mit starrer Miene klammerte sie sich an die äußerste Schale der Konvention, gegen die sie einmal in ihrem Leben verstoßen hatte und nie wieder verstoßen wollte. Wenn ein Mann starb, trug seine Witwe Schwarz. Sie und seine Kinder, denen sie ebenfalls sofort Trauerkleider bringen ließ. Erst dann kehrte sie zu dem Unglücksboten zurück und forderte ihn zur Berichterstattung auf. Danach befahl sie ihrer Kammerfrau, der Gouvernante und den Dienern, all ihre Habe zusammenzupacken und das Nötigste sogleich auf die Kutsche zu schnallen. Keine Stunde länger wolle sie in dieser Stadt bleiben, die ihr den Ehemann gestohlen habe.

»Er war mit dem Markgrafen von Baden unterwegs«, sagte sie mit ausdrucksloser Stimme, als ginge sie das alles gar nichts mehr an. Sie blickte hinunter in die Enge der Himmelpfortgasse mit ihrem sommerlichen Gewirr von Menschen, Pferden und Fuhrwerken. »Euer sogenannter Türkenlouis, dieser primitive Schlagetot, der nichts im Kopf hat als den Krieg und seine infantile Ehefrau! Er hat für euren Kaiser die Festung Landau belagert. Thomas war bei ihm . . . «

Als sei sie Teil eines düsteren spanischen Gemäldes, sah sie aus, dachte Eugène fast verwundert, während der Schmerz ihn daran hinderte, etwas zu sagen. Groß und sehr schlank war Uranie, blaßblonde Haare wie Nebelfäden in der Sonne, geschlungen zu einem makellosen Knoten tief im Nacken. Alles glatt, fehlerlos und ohne die chaotische Schlaffheit der Trauer. Indem sie sich abwandte, schloß sie ihn aus. Ihn, aber auch ihre Kinder, die sich um den Lehnstuhl drängten, in dem früher Thomas zu sitzen pflegte.

»Es war wohl schon Abend und noch immer sehr warm. Thomas hatte eine leichte Verletzung am Fuß von einer Minensprengung in der Vorwoche. Jemand bemerkte eine verdächtige Bewegung oben auf der Festung und schrie eine Warnung. Alles ging in Deckung. Thomas mit seiner Verletzung war zu langsam. Aus der Festung wurde eine Bombe geworfen. Sie zerstörte seine linke Hand und seinen linken Fuß. Das war am sechzehnten August, und niemand fand es der Mühe wert, mich zu benachrichtigen! Acht Tage später ist er gestorben. Ich habe nachgerechnet: Während es mit ihm zu Ende ging, habe ich für Sie hier in Ihrem Palais Ihre Gäste empfangen. Ich habe pflichtschuldig gelächelt und getan, als amüsierte ich mich. Und ich habe gehaßt, was ich tat, wie ich alles hier immer nur gehaßt habe

– und manchmal auch ihn, weil er uns in diese Lage gebracht hat.«

»Das wußte ich nicht.«

Sie drehte sich um und warf ihm einen kurzen, feindseligen Blick zu. Dann wandte sie sich wieder zum Fenster. »Ihr wißt nie etwas, ihr großen Leute aus den regierenden Familien! Ihr kennt nur ein Interesse: euch selbst. Ihr nehmt, was euch gefällt und haltet das für die selbstverständlichste Sache der Welt. Alle Rechte für euch, keine Gerechtigkeit für die anderen, die unter euch stehen. Oben und unten: nur so funktioniert euer Denken, und ihr selbst fühlt euch immer ganz oben, selbst dann noch, wenn ihr in Wirklichkeit auf der Erde liegt und die anderen euch in den Magen treten. Ich habe es miterlebt auf meinem langen, zweifelhaften Weg an der Seite Ihres Bruders: Sogar die Pferdeknechte in den Schenken spuckten hinter ihm aus, weil nichts von ihm zu holen war, und er sich trotzdem immer noch gebärdete, als wäre er der künftige König von Polen.«

»Ich dachte immer, Sie liebten ihn.«

Emanuel, der Fünfzehnjährige, fing plötzlich an zu weinen, ohne sein Gesicht zu bedecken, ja ohne sich seiner Tränen überhaupt gewahr zu werden. Seine Schwester Viktoria stieß ihn ärgerlich zur Seite und ließ sich in die Mitte des Lehnstuhls fallen, als stünde er ihr allein zu.

»Viktoria sitzt auf Papas Platz!« klagte ihr jüngster Bruder Eugen. Erst jetzt brach auch er in Tränen aus.

»Vier Kinder!« sagte Uranie leise. »Er mußte unsere Bürde ja immer noch vergrößern! Dabei war ich doch selbst noch ein Kind, als ich ihn traf! So alt wie sie jetzt ist, Viktoria!« Uranies Stimme klang ärgerlich. Schon früher war Eugène aufgefallen, wie schwer es Uranie fiel, ihre halbwüchsige Tochter zu ertragen, an der niemand je etwas Liebenswürdiges entdeckt hatte. Auch er selbst hatte sich manchmal gefragt, wie zwei so ansehnliche Menschen wie Thomas und

Uranie ein so farblos-zerknittertes und noch dazu taktloses Kind hatten zeugen können.

»Ich habe an ihn geglaubt!« sprach Uranie weiter, als sei dies die erste und letzte Beichte ihres verkehrten Lebens. »Seine Versprechungen waren mein Evangelium. Zur Königin wollte er mich machen! Er hatte keinen Sinn für Realität. Woher hätte er ihn auch nehmen sollen bei dieser Familie, die von der Selbsttäuschung lebt!« Sie lachte bitter auf. »Sie dabei natürlich ausgenommen, lieber Schwager! Sie wußten immer, wo Ihr Weizen blüht.« Sie stützte sich mit beiden Händen auf das Fensterbrett. »Ist es nicht die größte Ironie, daß ausgerechnet er dauernd von Vernunft faselte? Scharfsinn, Klarsicht – das imponierte ihm. Insgeheim hielt er sich für einen verhinderten Philosophen. Wenn das Schicksal ihn nicht ausersehen hätte, am Ende aller Widrigkeiten doch noch ein regierender Fürst zu werden oder zumindest ein genialer Feldherr, so hätte er sich seinen geheimen Wunsch natürlich erfüllt, der bedeutendste Philosoph aller Zeiten zu werden . . . Ja, das war das Bild, das er von sich hatte, mein Freund! Er war wie seine Mutter, die sich nicht nur ihres Namens wegen immer nur im Götterhimmel sah und jeden Sturz einfach negierte.«

»Ist es wirklich wahr? Kommt Papa niemals wieder?« Eugen, das Kind, stand an der Grenze, hinter der die Wahrheit nicht mehr zu verleugnen war.

»Die Kinder lieben ihn«, sagte Uranie leise und blickte ohne Hoffnung auf ihre niedergeschlagene kleine Schar. »Sie haben ihn immer verehrt. Sie wissen nicht, was ihnen durch seine Naivität entging.« Sie sank auf einen Stuhl neben dem Fenster und stützte die Stirn auf die Fäuste. »Wenn er Glück gehabt hätte, wäre er vor aller Welt als ein guter Mensch dagestanden, als einer, der dazu geboren ist, Bedeutung zu haben und andere zu führen. Wahrscheinlich ist es immer nur eine Frage des Glücks und der Umstände, ob wir als gut und wichtig gelten oder nicht. Thomas, Ihr Thomas und mein Thomas und der Vater dieser unseligen Kinder da, war ein Pechvogel. Er machte fast alles richtig: behandelte die Menschen halbwegs höflich, gewann einige Herzen, bewährte sich im Kampf. Nur dann, wenn sein Schicksal auf der Kippe stand und es wirklich darauf ankam, sich richtig zu entscheiden, da griff er nach der falschen Karte. Wählte die falsche Frau und die falschen Herren, bis er am Schluß zwischen allen Stühlen saß und niemand mehr etwas von ihm wissen wollte. Sie vielleicht ausgenommen, obwohl gerade Sie wenig Grund hatten, ihn zu lieben. Wahrscheinlich war Ihre Liebe die größte Demütigung von allen für ihn.«

»Sie unterschätzen ihn, Uranie. Hier in Wien war er sehr angesehen. Er hätte noch viel erreichen können.«

»Als Feldzeugmeister des Kaisers, wo er doch eben noch Maréchal de camp des Königs von Frankreich gewesen war! Die Karriere eines Versagers, mein lieber Eugène, und eines Verräters – aber das Wort Verrat existiert ja nicht für die internationale Gesellschaft des europäischen Hochadels, nicht wahr? Für Thomas allerdings schon. Er sah sich immer nur als Franzose oder Savoyer. Ich bin sicher: wäre er auf französischer Seite vor Landau gelegen, hätte er sich rechtzeitig geduckt, und keine Bombe hätte ihn getroffen.«

»Das ist absurd!«

»Ein Augenblick der Unachtsamkeit, aber entscheidend über Leben und Tod. Ich habe ihn gekannt, Eugène! So gut! Besser als die meisten Frauen ihre Ehemänner kennen. Ich habe ihn geliebt, gehaßt, bewundert, verachtet, geschmäht und angebetet. Es gibt kein Glücksgefühl, das ich nicht seinetwegen oder durch ihn erlebt hätte und keine Hölle der Schande, der Scham und des Hasses. Ich habe mich ihm hingegeben und ihn geschlagen. Ich habe für ihn gelogen, betrogen und mich selbst verleugnet. Ich habe ihm alles gegeben, was ich zu geben hatte, und ich habe triumphiert, als es mir gelang, ihm zur Rache seine Selbstachtung zu nehmen. Das Beste und das Schlimmste – wir haben es miteinander erlebt. Wie könnte ein Mensch wie Sie verstehen, was es heißt, die ganz große, die einzige Liebe seines Lebens gefunden zu haben und trotzdem das Glück haarscharf zu verfehlen! Man fällt tief, wenn man in den Abgrund gerät zwischen einem Traum und seiner Erfüllung.«

Eugène wollte ihr die Hand auf die Schulter legen, aber sie schob ihn weg. »Gehen Sie noch nicht fort!« bat er. »Bleiben Sie hier, bis alles geregelt ist. Ich werde dafür sorgen, daß Ihnen der Kaiser eine Abfindung zuspricht.«

»Abfindung?« Uranies Stimme, die eben noch sanft und traurig geklungen hatte wie eine Erinnerung an die Mädchenstimme von einst, war nun wieder kalt und bitter. »Abfindung? Erzählen Sie mir doch nichts! Ich kenne das: das bisher ausständige Gehalt plus einem Almosen für Witwe und Nachkommen. Drei weitere Monatsgehälter! Zu mehr hat sich euer guter Kaiser Leopold bisher noch nie durchgerungen. Sie sehen, ich weiß Bescheid. Gelernte Bittsteller wissen ihre Chancen zu kalkulieren. Genau besehen: Ich habe noch Geld für etwa ein halbes Jahr, wenn ich sparsam haushalte. Und danach? Soll ich mich dann Ihnen zu Füßen werfen oder Victor Amadeus oder dem großen Ludwig oder womöglich gar dem Teufel selbst in Gestalt der vornehmen Dame in Brüssel, die mich mit besonderem Genuß Condés Bastard genannt hat?«

»Ich werde Ihnen eine Rente aussetzen, Uranie. Sie werden nie wieder finanzielle Sorgen haben, das verspreche ich.«

Uranie erhob sich, als hätte sie gar nicht zugehört. »Ich gehe nach Turin!« sagte sie entschlossen. »Ich lasse die Kinder bei Victor Amadeus. Er soll für ihre Erziehung sorgen. Er wird es nicht gerne tun, aber es wird ihm nichts anderes übrigbleiben. Ich selbst werde mich in einen Konvent zurückziehen. Ich habe genug von dieser Welt. Ich bin ihrer müde.

Ich bin die Müdigkeit selbst. Ich habe genug gekämpft und mich genug demütigen lassen.« Sie lächelte ironisch. »Besser eine Magd des Herrn als ein Protegé der gnädigen Verwandtschaft!«

Sie verweigerte Eugène den Abschied. Er umarmte die Kinder. Viktoria stand nicht einmal auf. Der dreizehnjährige Moritz drehte den Kopf zur Seite. Nur Emanuel und Eugen erwiderten den Druck seiner Arme.

»Ihr könnt jederzeit zu mir zurückkommen!« sagte Eugène leise zu Uranie. »Ihr würdet mir eine Freude damit machen.«

Durch den langen Korridor ging er hinüber in sein Schlafzimmer. Er zog seine Jacke aus und öffnete den Hemdkragen. Es kam ihm vor, als wäre er auf einmal wieder bei Null angelangt. Ein reicher Mann im prächtigsten Palais der Stadt. Der mächtigste Mann des Reiches nach dem Kaiser selbst ... Ein armer Hund! dachte er, und jedes Mal, wenn unten eine Kutsche vorbeifuhr, meinte er, das könnte Uranie sein mit ihren Kindern. Eine Witwe, die fortging. Eine gekränkte Frau. Wo nur hatte er ähnliches schon miterlebt?

Die Diener brachten ihm einen Abendimbiß. Er merkte es kaum und ließ das Tablett unberührt stehen. Die Dunkelheit fiel ein, und er saß immer noch da. Thomas war bei ihm. Thomas als das, was sein Bruder Eugène für ihn empfand. Keine Episoden, nur die Summe der Gefühle, die er ausgelöst hatte. Ein dumpfer Schmerz ohne Gestalt. Abgebröckelte Bewunderung. Mitleid. Einsamkeit. War je eines von Olympias Kindern glücklich gewesen?

Er hörte, daß die Tür hinter ihm geöffnet wurde. Ein leises Flüstern und der flackernde Widerschein einer Kerze an der Wand. »Laßt mich allein!« sagte Eugène und hob abwehrend die Hand. Die Tür schloß sich wieder, doch der Schein der Kerze blieb. Noch immer blickte Eugène nicht auf. Leise

Schritte tappten hinter ihm durchs Zimmer, und nach und nach wurde es hell im Raum. Eine Kerze nach der anderen flammte auf und vereinte ihr Licht mit den übrigen. »Ich sagte doch, ich will allein sein!« beharrte er, doch er fühlte sich besser. Die tappenden Schritte kamen näher. Stoff streifte seinen Arm. Dann beugte sich jemand nieder und entzündete den dreiarmigen Leuchter auf dem Tischchen vor Eugène. Eugène hob den Kopf. Er wußte auf einmal, wer da bei ihm war. Wußte es, obwohl jede Wahrscheinlichkeit gesellschaftlichen Umgangs dagegen sprach: Vor ihm stand, den Kerzenhalter noch immer in der Hand, Eleonore von Batthyány . . . Eleonore Stratmann, die in den langen ungarischen Kriegsnächten so oft in seinem Zelt bei ihm gewesen war, herbeigerufen durch seine Gedanken und seine Sehnsucht. So oft, daß es ihn jetzt nicht wunderte, sie hier zu sehen.

»Mein Sohn Karl ist am Nachmittag vom Pferd gefallen«, sagte sie mit einer leisen Stimme ohne Panzer und Vorbehalt. »Ich habe unsere Verabredung versäumt. Als ich hinkam, waren Sie bereits fort.« An ihrer Stimme konnte er hören, daß sie plötzlich lächelte. »Dabei hatte ich mich wirklich beeilt!«

Er sah ihr ins Gesicht. »Haben Sie schon gehört, was mit meinem Bruder geschehen ist?« Sie zog einen Sessel zu sich heran und setzte sich Eugène ganz nahe gegenüber. »Deshalb bin ich doch gekommen!« sagte sie sanft und griff nach seinen Händen.

Sie redeten die ganze Nacht. Sie redeten und schwiegen. Die Kerzen brannten nieder. Sie holten sich neue, weil alles im Hause schon schlief. In plötzlichem Heißhunger machten sie sich über das Tablett her, das die Diener für Eugène hingestellt hatten. Sie tranken Wasser, weil niemand da war, ihnen Wein aus dem Keller zu bringen. Sie waren zu müde, um aufzuhören miteinander zu sprechen.

»Erzählen Sie mir von sich!« bat er, und sie zeichnete ihm

das Bild ihres Lebens . . . »Und Sie?« – Er brauchte nichts mehr zu verschweigen. Er war nach Hause gekommen. Der Friede und die Ruhe, die er bisher immer nur für wenige Augenblicke kennengelernt hatte, blieben auf einmal bei ihm, eingehüllt in den sanften Klang der Stimme dieser Frau, die ihm erzählte, er habe ihr damals, als sie erst vor kurzem mit ihrem Vater aus Deutschland gekommen war, einen Teller mit Kuchen hingeschoben. »Sie werden es sicher schon vergessen haben. Es war in der spanischen Botschaft. Die Sonne schien, und der Marchese hatte einen großen, zotteligen Hund, mit dem ich spielen durfte.« »Ich habe es nicht vergessen. Ich weiß noch genau, daß Sie Kuchen aßen. Ich kann mich nur nicht daran erinnern, daß ich Ihnen den Teller hingeschoben hätte.« Er lächelte. »Das habe ich ganz bestimmt nicht getan, sonst wüßte ich es noch. So etwas Wichtiges würde ich niemals vergessen!«

Die Dämmerung brach hervor. »Ich muß gehen!« sagte Eleonore und stand auf. »Bleiben Sie sitzen! Ich möchte nicht, daß Sie mich hinunterbegleiten. Ich werde mir den Schleier übers Gesicht ziehen, und niemand wird auf die Idee kommen, das sei die Gräfin Batthyány, die sich so schrecklich vergessen konnte, eine ganze Nacht bei einem fremden Mann zu verbringen. Wenn ich allein hinausgehe, wird niemand sich viel dabei denken.«

Er begleitete sie zur Tür. Ganz nahe trat sie an ihn heran. Sie berührten einander nicht, aber er spürte die Wärme, die von ihrem Gesicht ausging. Eine Andeutung von Parfum, dunkle Augen, die ihn unverwandt ansahen und ein Mund, der nicht mehr lächelte.

Mit einer raschen Bewegung drehte sie sich um und ging hinaus. Er hörte ihre Schritte auf dem Korridor und auf der Treppe. Ein Tor fiel zu, und noch ehe er die Vorhänge zurückgezogen hatte, um auf die Straße hinauszublicken, fuhr die Kutsche davon und überließ ihn einer merkwürdigen Dankbarkeit, die er bisher niemals gekannt hatte. Ihm war, als habe ihm jemand oder etwas beschützend die Hand auf den Scheitel gelegt.

7

Sie schlief. Lag auf der Seite, ihm zugewandt, eine Hand unter der Schläfe, die andere auf den gestärkten Spitzen seiner Decke ganz nahe vor seinem Gesicht; die Finger leicht geöffnet, von aller Schwere losgelöst wie ein Blütenblatt im Frühling. Dichte, lockige Haare, die sich ausbreiteten, wie um einen König zu erfreuen. Haare, dunkel wie Vogelschwingen, nicht wahr? Aber der König hieß nicht Ludwig, und die Locken gehörten nicht jener anderen. Olympia und Ludwig spielten keine Rolle mehr. Der schläfrige, sanfte Blick, der den Sohn aus der Fassung gebracht hatte, war für immer hinabgesunken in ein vergangenes, fast schon vergessenes Leben.

Im matten Licht zwischen Nacht und Morgen sah er sie an. Beobachtete ihren Schlaf und schauderte, als ihm der Gedanke kam, irgendein mißgünstiges Geschick oder ein Kopfschütteln Gottes hätten verhindern können, daß diese Frau jetzt so selbstverständlich neben ihm lag und schlief. Voll Vertrauen schlief, weil sie sich eins mit ihm fühlte.

Wenn er die Augen schloß, sah er Bilder von ihr. Ihr Körper über ihm, den Kopf zurückgeworfen, ihre Hände auf seinen Schultern. Was hätte er sich noch mehr wünschen sollen? Ihr Traumbild immer bei ihm, auch wenn er seinen Amtsgeschäften nachging und scheinbar nicht an sie dachte: Wie sie zu ihm emporlächelte und mit beiden Händen seine Wangen umschloß. Ihre Beine um seine Hüften. Ihre warmen Tränen auf seinen Wangen. Keine Tränen der Trauer. War er überhaupt jemals traurig gewesen?

Mit den Fingerspitzen berührte er die Blütenblatthand vor seinem Gesicht, und er sah in die Augen, die sich öffneten und seinen Blick erwiderten. Er war endlich daheim in dieser Welt. Kein Junge mehr, der seinen Vater nachahmen wollte in einem erregenden Spiel von Krieg und Tod. Eugène spielte nicht mehr. Er lebte. Das Gefühl, das diese Frau in ihm wachgerufen und erwidert hatte, hatte ihn erschüttert und verwundbar gemacht und seine Sinne dafür geschärft, wie großartig und wunderbar das war: ein Mensch . . . und zugleich auch: wie armselig, klein und verletzlich. Kühne Träume, grandiose Pläne, herablassende Worte und Gesten. Und dann: Eine einzige Krankheit genügte, um den stolzen Nacken zu beugen und alle Überheblichkeit in Scham und Angst zu verwandeln. Zurückweisungen, Mißerfolge, der Verlust einer Liebe, eines Menschen . . . So viel Leid für jeden, mit dem er fertigwerden mußte, wenn er nicht zerbrechen wollte. Und zerbrechen würde er schließlich doch, wie alle zerbrochen waren, die vorher lebten und alle zerbrechen würden, die später kamen. Das Ende war allen gemeinsam. Warum liebten sie einander nicht wenigstens ein bißchen, allein schon um dieser unentrinnbaren Endlichkeit willen?

Eugène dachte an seine Geschwister, seine Eltern und an die Soldaten, die ihm anvertraut waren. Ihm und so vielen anderen, die Entscheidungen fällten und Befehle ausgaben. Wie stand es mit ihnen? Wie wach waren ihre Sinne für die Folgen ihrer Anordnungen? Ein Krieg war leicht angezettelt, und Gefallene schnell begraben. Verwundete konnte man vergessen. Sie mochten selber sehen, wie sie zurechtkamen. Dachten sie so, die Dekretveröffentlicher und Erklärungsabgeber? War ihr Innerstes jemals angerührt worden, so wie es Eugène nun ergangen war? Wußten sie, was Mitleid war? Oder schliefen ihre Seelen oder waren vielleicht sogar längst schon tot?

Die Hand vor seinem Gesicht kam näher. Dunkle Augen in der Dämmerung . . . Das hier ist das Leben! dachte er . . . Zum ersten Mal hatte er einem Menschen seine Seele hingegeben. Sein Alles. Und zum ersten Mal war dieses Geschenk angenommen und erwidert worden. Keine Amour. Kein Pantscherl. Kein Techtelmechtel. Körper und Seele. Erst jetzt wußte er, wer er war.

Wie eine sanfte Brise glitten warme Finger über seine Brauen. Ein Lächeln, erst noch halb ernst, dann plötzlich übermütig. Herausfordernd. Ein Fuß, der mit spitzen Zehen über sein Schienbein strich und es antippte . . . Ja, Eugène lebte! Er lebte, wie man nur leben konnte.

8

Er hörte, wie die Schritte näherkamen und vor dem Zelt innehielten und wie die Wache die Hacken zusammenschlug. Die Kerze auf dem Tisch flackerte auf und beruhigte sich wieder. Marlborough trat ein. Mit dem Rücken zum Ausgang blieb er stehen, leicht vorgebeugt, als wäre das Zelt zu niedrig für seine hohe Gestalt. Eugène, am Schreibtisch, erhob sich nicht. Dies war nicht die Zeit für Artigkeiten, und es war auch nicht nötig zu fragen, warum der Herzog zu ihm gekommen sei und wie ihm zumute war.

Marlborough kam näher. Er zog einen Sessel an den Schreibtisch heran und setzte sich so, daß er Eugène nicht direkt ansah, sondern ihm nur die Schulter zuwandte und den Ellbogen auf den Schreibtisch stützte, dies vielleicht, um reden zu können, ohne den anderen dabei anblicken zu müssen; nicht allein zu sein und doch ins Leere schauen zu dürfen und das eigene Gesicht abzuwenden, damit der andere darin nicht das lesen konnte, was ihn selbst ebensosehr bedrückte.

Es war lange nach Mitternacht. Im Lager war es ruhig. »Haben Sie immer noch Kopfschmerzen?« fragte Eugène auf französisch.

Marlborough zuckte die Achseln. »Morgen um diese Zeit werden sie aufgehört haben«, murmelte er und lächelte nachträglich über die ungewollte Zweideutigkeit dieser Bemerkung.

Eugène wies auf ein niedriges Tischchen in der Ecke mit Flaschen und Gläsern. »Darf ich Ihnen etwas zu trinken anbieten, Monsieur?«

Marlborough schüttelte den Kopf und stützte die Stirn auf die Hand. Seit Tagen schon litt er an immer wieder aufflammenden Kopfschmerzen, die ihm die Stirn zerrissen. Keiner der Ärzte konnte ihm helfen. »Es gibt keine Medizin gegen Angst!« sagte sein Beichtvater, Francis Hare, den er ins Lager mitgebracht hatte. »Vielleicht versuchen Sie zu beten, Mylord!« Marlborough blickte ihn zweifelnd an und sah in seinen Augen die Spuren der gleichen Angst, die ihm selbst die Brust zusammendrückte.

Angst hatten sie alle, die wußten, daß die Entscheidung nahe bevorstand, und daß es an ihnen lag, sie herbeizuführen. »Und wenn wir alles falsch gemacht haben?« fragte Marlborough und zuckte zusammen, weil ein neuerlicher Blitz durch seinen Kopf schoß. »Die Tories warten nur darauf, daß wir einen Fehler machen, Sie und ich!« Er ächzte und griff nach dem Glas Wasser, das Eugène ihm hinhielt. »Haben Sie einmal von Sir Edward Seymour gehört? Nein? Nun, kein Verlust für Sie, obwohl er schon ein imponierender Anblick ist, wenn er sich im Morgennebel mit seinen Tory-Kumpanen vor seinem Schloß zur Fuchsjagd versammelt. Hundegebell, Hifthörner, Atemfahnen von Menschen und Tieren in der weißgrauen Luft. Das Rot der Jacken als einzige Farbe ... Man kann sich Sir Edward ohne Pferd überhaupt nicht vorstellen. Ein echter englischer Landedelmann: arrogant und mit einem riesenhaften Brett vor dem Kopf. Dieses Brett sind die weißen Klippen von Dover. Sie sind das einzige, was ihn bis zu Tränen rühren kann. Alle, die jenseits von Dover vegetieren, sind Kannibalen. Der einzige Platz auf der Welt, der bewohnt zu werden lohnt, ist England, und die einzigen Menschen, die diese Bezeichnung überhaupt verdienen, sind die Engländer. Die allerdings auch erst vom Lord aufwärts.« Er trank das Glas mit einem einzigen Schluck leer. »Daß wir unsere Soldaten auf den Kontinent geschickt haben, um hier zu kämpfen, werden uns Seymour und seine feinen Gentlemen niemals verzeihen:

The illustrious youths
That left their native shore,
To march where Britons
Never marched before . . .

Es gibt hier wenig zu holen, wissen Sie. Hätten wir nicht solche Angst davor, daß die Franzosen zu stark werden und uns in der Neuen Welt in die Quere kommen, könnten Sie und Ihr Kaiser mit unserer Hilfe ganz bestimmt nicht rechnen. Aber wir brauchen das Reich als Gegengewicht, damit sich Ludwig nicht zu hoch erheben kann.«

»Ich habe von Anfang an gelernt, daß der nationale Egoismus das einzige ist, worauf man sich in dieser Allianz wirklich verlassen kann!« murmelte Eugène. »Und warum auch nicht? Vielleicht gibt es gar nichts Legitimeres.« Er dachte an Victor Amadeus, der gerade wieder einmal die Seite gewechselt hatte, weil ihm der Kaiser im Falle eines Sieges der Alliierten Mailand und Mantua versprochen hatte, wohingegen sich die Franzosen in Piemont benahmen, als wäre es erobertes Feindesland.

Marlborough nahm eine Prise Schnupftabak. »›Wir werden ihm das Genick brechen wie die Hunde dem Hasen!‹ – Das hat Seymour vorige Woche in Gegenwart meiner Frau bei Hofe verkündet. Ich kann seine Whiskystimme hören, als wäre ich dabeigewesen. Er meinte natürlich mich – im Fall, daß wir hier mit den *bloody Frenchmen* nicht fertigwerden.« Er lächelte plötzlich. »Wissen Sie, was meine Frau ihm geantwortet hat? – ›Oh, Sir Edward, wir wissen doch alle, daß Hasen die einzige Kategorie sind, in der Sie zu denken pflegen!‹« Er lachte, ohne die Hand von der Stirn zu nehmen. »Eines Tages müssen Sie sie kennenlernen, mein Freund. Sie ist das Hübscheste, Boshafteste und Bezauberndste, das sie sich denken können. Ich müßte Sie und Ihren Freund Wratislaw eigentlich verfluchen. Ohne Sie beide und Ihr ständiges Gedränge und Gezerre läge ich jetzt daheim in Holywell House und schliefe. Ich hätte keine Kopfschmerzen und keine Angst. Morgen früh würde ich mich lange ausruhen und mit Sarah im Bett frühstücken.« Er lachte und schüttelte den Kopf. »Was soll ich überhaupt hier?«

Eugène lächelte. »Das fragen wir uns wohl alle manchmal!« murmelte er. Dunkle Haare. Dunkle Augen. Hexenaugen. Halb geschlossen. Anders, ganz anders, als alle Welt sonst sie kannte. Ein bißchen einschüchternd? Nicht bei ihm. Nicht bei ihm . . . Was soll ich überhaupt hier?

Marlborough hob den Kopf und sah Eugène aufmerksam an. »Ich weiß Bescheid über Ihr Privatleben, mein Freund. Der Geheimdienst Ihrer Majestät ist hervorragend. Darf ich Sie bitten, der Gräfin in Ihrem nächsten Brief meinen Respekt und meine Bewunderung auszudrücken?«

Eugène stand ebenfalls auf und verneigte sich. »Wie Sie der Herzogin von meiner Seite!« erwiderte er höflich und lächelte. »Wir sehen uns in zwei Stunden, nicht wahr?«

Marlborough reichte ihm die Hand. »Wie gesagt: Francis Hare sagte, ich solle beten. Ich fürchte aber, das hilft mir nicht viel. Ich werde mich mit den neuen Plänen für Holywell House befassen. Diesmal geht es um die Stallungen. Ich habe da so einige Ideen, die ich dem Architekten mitteilen möchte.« Er wies mit dem Kinn auf Eugènes Schreibtisch, wo die Gartenpläne für das Wiener Sommerschloß ausgebreitet lagen.

»Woher kommt es denn nur, daß wir Soldaten nur so gerne bauen?«

Seine Schritte entfernten sich kaum hörbar. Der Boden vor dem Zelt war aufgeweicht vom Regen der letzten Wochen. Eugène dachte an die heißen, trockenen Sommer auf dem Balkan, wo die erschöpften, staubbedeckten Soldaten und die Pferde des Kaisers und des Sultans die Bäche und Flüsse leergetrunken hatten. Hier in Bayern war es anders. Ein ganz anderer Krieg und doch mit einemmal ebenso bedrohlich wie jener im Südosten. Der Sonnenkönig auf dem Höhepunkt seiner Macht ... und Wien lag ungeschützt da. Wer sprach noch von dem verwachsenen, unseligen Geschöpf im Escorial, das mit zwei zittrigen Federstrichen die Bestie dieses Krieges geweckt hatte?

England, das reiche, tüchtige England, bestimmte nun den Gang der Ereignisse. Eine neue Macht im großen, gewinnträchtigen Brettspiel auf der europäischen Landkarte. England und sein gefeierter, umstrittener Premierminister und oberster Feldherr: John Churchill, Herzog von Marlborough – Mann von Ehre, treuer Diener seiner Königin, geschmeidiger Höfling und Diplomat, hin und hergeworfen im jahrzehntelangen Strudel des Machtkampfes um den englischen Thron. Katholiken, Protestanten – einmal die am Ruder, dann wieder jene. Es war gefährlich, sich offen zu einer Seite zu bekennen. Auch Marlborough hatte schon in den Kerkern des Tower gelegen. Sechs Wochen lang hatte er um seinen Kopf gefürchtet. Trotzdem beharrte er darauf, Protestant zu sein, und als Prinzessin Anna, der er die Treue gehalten hatte, wider alles Erwarten doch noch Königin von England wurde, öffneten sich für Marlborough die Tore des Kerkers und danach die von St. James: die Tore zur Macht.

In Mündelsheim, auf halber Strecke zwischen Donau und Rhein, war Eugène Marlborough zum ersten Mal begegnet. Der Regen, der während der ganzen letzten Wochen kaum ausgesetzt hatte, hörte plötzlich auf, und als dann auch noch die Sonne zwischen den schweren Wolken hervortrat, schleppten Soldaten eilends einen Tisch und mehrere Stühle heran und stellten sie unter einer mächtigen Eiche auf. Marlborough, Eugène, Wratislaw und der Türkenlouis nahmen Platz, von ferne gespannt beobachtet von jedem, der es geschafft hatte, sich in die Nähe der Feldherrnzelte zu schleichen. Aus den Blättern der Eiche tropfte das Regenwasser, und immer noch schien die Sonne. Es war ein Augenblick des Innehaltens und der Sympathie. Ein friedlicher Moment inmitten des Unfriedens. Eugène war glücklich, Wratislaw wiederzusehen. Glücklich und dankbar, denn ohne Wratislaws unablässiges Bemühen hätten die englischen Truppen immer noch in Holland gestanden, an der Grenze, um die die Franzosen angeblich am meisten bangten. Die Holländer wollten auf keinen Fall, daß Marlborough nach Bayern zog, und für England wäre es weniger riskant gewesen, seine Armee am Niederrhein zu belassen. Doch Wratislaw, der so rund und gemütlich aussah und so energisch und unnachgiebig handelte, hatte nicht aufgehört, wie ein Yoyo hin und herzureisen zwischen der Königin und Marlborough und dem Großpensionär Heinsius in Den Haag und sie zu beschwören, daß Österreich unterstützt werden müsse, wolle Europa nicht französisch werden.

»Du bist dicker geworden!« sagte Eugène und lächelte. Wratislaw lächelte ebenfalls: »Ich würde das alles nicht durchstehen, wenn ich mich nicht sattessen könnte.«

Sie hatten Grund, diesen Augenblick zu lieben. Noch während sie ihn durchlebten, waren sie sicher, daß sie ihn niemals vergessen würden. Es gab keine Rivalität zwischen ihnen, auch wenn Eugène auf einen großen Teil seiner Machtbefugnisse hatte verzichten müssen. Sein Amt war das Präsidium des Hofkriegsrates. Hier, im Feld, wohin man ihn nun doch wieder geschickt hatte, stand der Türkenlouis als Generalleutnant über ihm, und über diesem noch als Oberbefehlshaber der Allianz der Herzog von Marlborough. Es hätte ein Triumvirat werden können wie einst unter Cäsar. Aber auch damals hatte es den zögernden, unrühmlichen Lepidus gegeben.

Schon beim ersten Zusammentreffen nach zwei Jahren war Eugène aufgefallen, daß Louis von Baden sich verändert hatte. Seine Züge waren schwer geworden, seine Bewegungen langsamer und behäbiger. Er wirkte unzufrieden, mürrisch und angespannt, mißtrauisch sogar, als hätte er Angst, von Eugène verdrängt zu werden. Er wußte, daß er ins Gerede gekommen war, und daß man ihn einen Versager nannte, seit es ihm nicht gelungen war, den französischen Marschall Tallard daran zu hindern, zehntausend Mann unmittelbar an den österreichischen Truppen vorbei durch den Schwarzwald zu schleusen als Verstärkung für den Kurfürsten von Bayern vor Ulm. Versager – oder noch schlimmer: Verräter – nannten ihn seine Soldaten hinter vorgehaltener Hand, und erst durch einen Brief seiner entsetzten jungen Frau hatte er erfahren, daß man ihm sogar einen Spitznamen angehängt hatte, der ihn entstellte wie ein furchtbares Brandmal: Louis d'Or nannten sie ihn nach der französischen Geldeinheit, mit der er sich angeblich hatte kaufen lassen.

Wer wußte schon, wie es wirklich gewesen war? Eugène und Marlborough verteidigten ihn nach außen hin und schoben ihn zugleich mit Komplimenten und fünfzehntausend Mann nach Ingolstadt ab, damit er dort die Donaufestung belagere. Noch bevor er abmarschierte, versuchte er in langen, beschwörenden Gesprächen Eugène und Marlborough davon zu überzeugen, wie sinnlos es sei, sich mit der Großen Armee des Sonnenkönigs und der des Kurfürsten anzulegen. »Keine Schlacht, um Gottes willen! Darauf muß ich bestehen!« beharrte er, der eigentlich oberster Feldherr des Kaisers war und nicht ahnte – oder vielleicht doch? –, daß ihn

Leopold für einen unsicheren Kantonisten hielt und die wahre Entscheidungsgewalt inoffiziell längst Eugène übertragen hatte.

Zwei Cousins, die ihre Kindheit im gleichen schattigen Palais in Paris zugebracht hatten. Zwei, die Freunde gewesen waren; jeder zu einer Zeit seines Lebens ganz oben in der Hierarchie des Heeres, wenn auch nicht gleichzeitig. Immer würde Eugène dankbar dafür sein, daß Louis ihn protegiert hatte, als er als halbes Kind nach Wien gekommen war. Dankbarkeit: das bedeutete, ihn jetzt nicht bloßzustellen, sondern ihn nur daran zu hindern, daß er Schaden anrichtete. Daß seine Seele vielleicht irgendwann einmal verunglückt war, das mußte er mit sich selbst abmachen.

Die Nacht war kühl und ruhig. Eugène lehnte sich zurück und schloß die Augen. Eine Stunde nach Mitternacht. Noch zwei Stunden bis zum Wecken, wenn auf einmal alles möglich sein würde: höchster Triumph und tiefste Not. Freude, Verzweiflung, Verstümmelung, Tod, Überdruß und Reue. Es hätte keinen Sinn gehabt, sich jetzt niederzulegen und nach Schlaf zu suchen, der sich ja doch entziehen würde. Ein General vor der Schlacht: gab es eine schwärzere Einsamkeit, eine bohrendere Sorge und quälendere Zweifel?

Die Franzosen rechneten nicht mit einem Angriff, dessen war sich Eugène sicher. Sie verließen sich auf ihre zahlenmäßige Überlegenheit und die Vorteile des Geländes. Schon seit Wochen war es Eugène und Marlborough gelungen, sie zu täuschen: Immer wieder hatten sie mit ihren Truppen die Richtung geändert. Einmal schien es, als wollten sie an die Mosel, dann wieder zum Niederrhein. Ein ständiges Zickzack von Norden nach Süden und von Westen nach Osten, das schließlich aber das eine, klare Ziel verbarg: die Vereinigung der kaiserlichen Truppen und ihrer Alliierten an der Donau bei zwei kleinen, harmlosen Ortschaften mit unbekannten, heimeligen Namen – Höchstädt und Blindheim. Ebenes Gelände, von vier Bächen durchschnitten, zum Teil unwegsam und morastig durch die anhaltenden Regenfälle. Ein niedriger Bergrücken dahinter, im Süden die Donau.

Vor zwei Tagen waren Eugène und Marlborough in einem der zwanzig winzigen, auseinandergestreuten Dörfer auf einen Kirchturm gestiegen. Tapfheim hieß der Ort. Marlborough bemühte sich vergeblich, den Namen auszusprechen. Sie hatten hinuntergeblickt über die Ebene bis hinüber zu den Stoppelfeldern um Höchstädt und Blindheim, wo die Franzosen lagerten und zu ihrer eigenen Genugtuung immer wieder herumstreunende Soldaten aus dem österreichischen Lager einfingen, manchmal auch angebliche Überläufer, die alle das gleiche erzählten: Prinz Eugen und der schöne Engländer hätten erkannt, wie sinnlos es wäre, die Grande Armée anzugreifen. Jeden Tag rechneten die Soldaten im alliierten Heer damit, wieder nach Norden aufzubrechen, zum Niederrhein, von wo man dann in Richtung Paris vorstoßen würde, um den Feind in seinem innersten Herzen zu treffen.

Tallard, Marsin und der Kurfürst glaubten, was Eugène sie glauben machen wollte. Es entsprach ihren eigenen Wünschen und Kalkulationen. Noch am heutigen Abend, so hatte man Eugène hinterbracht, hatte Tallard einen Eilboten nach Versailles gesandt, der Seiner Allerchristlichsten Majestät mitteilen sollte, der Feind werde wahrscheinlich schon morgen früh abziehen: Das Tor zur Kaiserstadt werde sich bald öffnen.

Eine kühle, ruhige Nacht. Sie hätte ruhig bleiben können bis zum nächsten Morgen eines ebenso ruhigen Tages. Wie sähe die Welt wohl aus, dachte Eugène, wenn jeder einzelne Mensch immer nur seinen eigenen kleinen Betätigungen nachginge, für seine eigene Familie sorgte und nach Glück strebte? Wenn keiner versuchte, das Schicksal zu zwingen und den stillen Ablauf des Lebens zu verändern? Und war nicht genau das sein, Eugènes, Beruf und Lebensinhalt: immer wieder hineinzugreifen in das riesige, unsichtbare Rad, es anzuhalten oder voranzutreiben? Hätten nicht Männer wie er und Marlborough beschlossen, daß am nächsten Morgen ein Waffengang stattzufinden habe, könnte in der Frühe die Sonne aufgehen und auf eine friedliche Welt blicken.

Friedlich? Was wäre, wenn die Schlacht morgen ausbliebe? – Der Sonnenkönig würde sich Europas bemächtigen. Die österreichische Monarchie würde untergehen ebenso wie die holländische Republik. Das Ende der Religionsfreiheit wäre gekommen. Die Völker Europas würden zu französischen Vasallen werden, die nur darauf lauerten, sich des unerwünschten Jochs wieder zu entledigen. Neue Kriege, neue Revolutionen.

Konnte die Schlacht morgen dies alles verhindern? Und was, wenn das Unfaßbare eintrat und die Franzosen den Sieg davontrugen? Waren sie nicht ebenso sicher, die Stärkeren zu sein? Und wie kam er, der ungeliebte Junge aus dem Hôtel de Soissons, dazu, sich eine solche Verantworung auf die Seele zu laden?

Eine kühle, ruhige Nacht, obwohl die Welt doch zum Zerreißen angespannt war. Sie würde es immer wieder sein, solange es auch nur einen einzigen Menschen gab, der sich für einen Macher hielt, dessen Bestimmung es sei, die Grenzen seines eigenen, engen Bereichs zu überschreiten. Es war kein Wunder, dachte Eugène, daß Marlborough Kopfschmerzen hatte.

9

Sie betranken sich. Alle, nicht nur die Soldaten. Sogar Marlboroughs Gentlemangesicht war rot vom Wein. Sein Bruder Churchill, der General, war im Lehnstuhl eingeschlafen. Sein

Kopf lag seltsam verdreht auf der Schulter, als hätte man ihm das Genick gebrochen. Sein Mund stand offen. Er sah aus wie einer der Gefallenen da draußen auf dem abgeernteten Feld zwischen Oberglau und Blindheim. So viele Tote lagen da: Franzosen, Bayern, Österreicher, Preußen, Holländer, Engländer, Dänen . . . Zwölftausend Tote auf alliierter Seite, vom Gegner mehr als doppelt so viele. 13. August 1704 zwischen Morgengrauen und Abenddämmerung: eine Front an der Donau, nicht breiter als sechs Kilometer. »Eine größere Kavallerieschlacht hat es noch nie gegeben!« murmelte Leopold von Anhalt-Dessau, als spräche er über einen Vorfall, der sich vor langer Zeit ereignet hatte und mit ihm selbst gar nicht in Verbindung stand.

Sie waren müde, aber sie hatten nicht die Energie, sich voneinander zu trennen und jeder ins eigene Zelt zurückzukehren, um allein zu sein mit seinen Gedanken und den Erfahrungen und Erschütterungen dieses glorreichen, apokalyptischen Tages. Der einzige, der wirklich allein war, war Marschall Tallard, der noch vor zweimal zwölf Stunden so siegesgewiß gewesen war und seinem König einen überschwenglichen Brief geschickt hatte. Ein weiteres optimistisches Schreiben war inzwischen unterwegs, und der Kurier, der es nach Versailles tragen sollte, ließ auf der Straße zwischen Lorch und Waiblingen sein schweißbedecktes Pferd für ein paar Minuten verschnaufen, als der Wind den Donner der Kanonen herüberwehte wie die Ahnung eines Gewitters, so fern, daß der Bote es kaum beachtete.

»Der Feind«, so hatte Tallard noch im Dunkel der endenden Nacht eigenhändig geschrieben, als Eugène und Marlborough schon über die Brücken des Nebelbaches vorrückten, »der Feind hat schon um zwei Uhr Reveille geschlagen. Zwar hat er sich in Schlachtordnung vor seinem Lager aufgestellt, doch zieht er, wie das Gerücht behauptet, noch heute gegen Nördlingen ab.«

Der Kurier setzte seinen Weg fort, und der Brief reiste weiter nach Frankreich, wo er eine kurzlebige Freude auslöste. Triumph, weil dies vielleicht sogar die endgültige Kapitulation des Feindes bedeuten konnte. Die nächste Nachricht, die allzubald folgte, war blutbefleckt. Die eleganten Damen und Herren in Versailles brachen in Tränen aus, legten Trauerkleider an, schminkten sich auf blaß, sammelten sich vor dem Altar und tauschten flüsternd tadelnde Worte über den unseligen Tallard, der alles verdorben hatte und dann noch ungeschickt genug gewesen war, sich gefangennehmen zu lassen, weil er, bereits zweifach verwundet und kurzsichtig noch dazu, die feindliche Abteilung des hessischen Barons Boyneburgk für eine eigene gehalten hatte. Der Baron erkannte ihn am Heiligengeistorden, den er trug, und machte ihn sofort zum Gefangenen.

Eugène hatte Tallard ein Zelt zugewiesen und einen Leibdiener zur Pflege. Er besuchte ihn für ein paar Minuten und lobte höflich die Tapferkeit der französischen Soldaten. Tallard erwiderte die Artigkeiten, unterdrückte den Schmerz, den ihm seine Wunden, gleich welcher Art, bereiteten und fragte dann mit gepreßter Stimme, was nun mit ihm geschehen werde. – London? Um ihn Königin Anna vorzuführen und dem englischen Volk? Mit gebührendem Respekt natürlich, wie es einem französischen Aristokraten zukam? . . . Tallards Gesicht verzerrte sich. Eugène war froh, daß man ihm die Waffen abgenommen hatte. Er dachte daran, daß alles auch umgekehrt hätte ausgehen können . . . Versailles. Wieder in Versailles zu sein. . . »Nur mit dem Degen in der Hand!« hatte er geschworen, als er aus Frankreich floh. Versailles . . .

»We've got him at his balls!« sagte Churchill mit lauter Stimme und fuhr hoch. Er öffnete die Augen.

»Wen?« fragte der alte Dessauer und schenkte sich nach. »Ludwig?«

Churchill ließ sich wieder zurückfallen. »Who else?« murmelte er und schlief erneut ein.

Sie hatten alle ihr Leben aufs Spiel gesetzt, einer wie der andere, obgleich sie in den Augenblicken der Panik, die jeden von ihnen mehrmals ergriffen hatte, am liebsten das Pferd gewendet hätten, um davon zu galoppieren, hinaus aus diesem entgleisten Turnierspiel eines organisierten Hasses. »Sir! Sie irren. Der Feind steht dort! Sie brauchen ihm nur von Angesicht zu Angesicht gegenüberzutreten, und der Sieg ist Ihrer!« hatte Marlborough einem seiner Generäle zugerufen, dessen Kavallerieabteilung sich aufzulösen drohte, und der auf einmal alles vergaß, was militärische Erziehung ihm eingeimpft hatte. Soldatenehre versus Todesangst. Der General machte kehrt und versuchte zu fliehen. Als Marlborough ihn anschrie, zuckte er zusammen und stürzte sich zurück in den Kampf. Er überlebte, doch am Abend, als alles vorbei war, wußte er, daß sein Leben nie wieder sein würde wie zuvor. Auch wenn es nur wenige Zeugen seiner kurzen Schande gab – er selbst wußte, daß er versagt hatte. Todesangst? – Zivilistischer Euphemismus! Feigheit war Feigheit und blieb Feigheit. Ein Mann von Ehre hätte wenigstens jetzt zur Waffe gegriffen. Aber er tat es nicht. »You bloody coward!« sagte er zu seinem Spiegelbild.

Gegen sechs Uhr abends drohte die alliierte Front zusammenzubrechen. Zum dritten Mal schon attackierte Eugène mit seiner Kavallerie die Dragoner des Kurfürsten. Mitten in die Schüsse der Handfeuerwaffen, in das Donnern der Kanonen und das Geschrei der Kämpfenden und der Verwundeten drang ein schriller, lang anhaltender Laut, der stetig anschwoll und zusätzliche Angst auslöste. Erst später erfuhr Eugène, daß dies die *Wildgänse* waren, eine irische Brigade, die auf französischer Seite kämpfte und in einem Gegenangriff von neun französischen Bataillonen die Angriffsspitze bildete. Ihr Ziel war es, die Armeen der Alliierten auseinanderzuspalten und Eugène und Marlborough voneinander zu trennen.

Eugène merkte, daß seine Front wankte. Er sah, daß zwei seiner Reiter in Panik umkehrten, um aus dem Kampfgetümmel zu entfliehen. Er schrie sie an. Wenn andere ihrem Beispiel folgten, bedeutete dies den Untergang der kaiserlichen Armee. Sie hörten ihn, hielten kurz inne und flohen dann weiter. Da griff Eugène zur Pistole, zielte und schoß. Einmal und noch einmal. Er traf beide. Alle sahen es. Keiner dachte mehr an Flucht.

Ein Bote kam und blieb erschöpft vor Eugène stehen. Sein Pferd blutete aus mehreren Wunden. Der Herzog, stieß der Bote atemlos hervor, sei in ärgster Bedrängnis. Er bitte Eugène, flehe ihn an, ihm schnellstens eine Brigade zur Hilfe zu schicken. Er sei wirklich in allerhöchster Not!

Eugène spürte ein Schluchzen in seiner Kehle. Am liebsten wäre er selbst umgekehrt wie die beiden Soldaten, die von ihren Pferden gestürzt waren. Bestraft. O mein Gott!

In dem bellenden Stakkato, das er selbst nie bewußt wahrnahm, schrie er seine Befehle heraus. Eine Brigade zum linken Flügel! Ich übernehme jetzt die Infanterie.

Er ritt nach vorne, wohin sonst keiner der Feldherrn sich wagte. Er dachte nicht an das Risiko, das er einging und daß sein Tod dem Heer einen viel größeren Schaden zufügen würde, als seine Vorsicht es je gekonnt hätte. Es ging nicht mehr darum, zu überlegen und auch nicht darum, sich als tapfer zu erweisen. Es ging nur noch um eines: den Sieg. Das gleiche Feuer brannte in ihm, dessen Olympia fähig war, wenn sie ein Ziel verfolgte: kein Denken mehr, nur noch blinde Wut, die ihren Zweck verfolgte wie ein Geschoß; eine Maschine; ein Schwert, das zuschlug oder ein Mensch in höchster Leidenschaft. Waren Soldaten deshalb in der Lage, mit ihren Todesbegegnungen fertig zu werden, weil sie in diesen Augenblicken aus sich heraustraten, oder sich vielleicht – im Gegenteil dazu – ganz tief in ihr Innerstes zurückzogen, dorthin wo alles Denken aufhörte und die Seele in Betäubung lag?

Auf einmal aber war der Moment gekommen, wo Eugène aufschreckte und sich seiner selbst und der Vorgänge um ihn herum mit quälender Deutlichkeit bewußt wurde. Ihm war, als hätte ein Blitz die Szene auf einer Bühne beleuchtet. Ein lebendes Bild, in dem nur der Ton fehlte, denn Eugène hörte nichts – und auch später noch, wenn in seinen Träumen die Erinnerung an dieses Ereignis zurückkehrte, war er sicher, daß genau bei diesem Aufleuchten des Blitzes eine tiefe Stille geherrscht habe. Kein Mensch schrie, keine Waffe wurde abgefeuert. Alle, die da waren, hielten inne.

Ein bayrischer Dragoner, ganz jung noch, höchstens achtzehn, stand ihm zu Fuß gegenüber. Ein zartes Kindergesicht, rot vor Anstrengung unter all dem Ruß, Staub und Schweiß. Die Augen weit aufgerissen. Vor Haß? – Nein. Vor Zorn? – Auch nicht. Wahrscheinlich vor Angst und Entsetzen, weil seine Hand, seine blasse, schmutzige Knabenhand, sich um die ungewohnte Pistole klammerte und plötzlich die mächtigste Kraft auf diesem ganzen Schlachtfeld von eineinhalb Stunden Breite war. Sie brauchte nur zu zielen und aus nächster Nähe den zu treffen, ohne den der Feind allen Mut verlieren würde. Prinz Eugen von Savoyen! Er war es doch!

Die Hand des Jungen bebte. Sein Finger krümmte sich um den Abzug. Langsam, ganz langsam in dieser tödlichen Stille zwischen den beiden, während in Wirklichkeit ringsumher die Schlacht raste und wirbelte.

Das ist also das Ende! dachte Eugène, und er war auf einmal ganz ruhig. Es gab kein Ausweichen mehr. Der junge Mann stand zu nahe vor ihm. Ausgerechnet jetzt! dachte Eugène... Ausgerechnet jetzt, wo der Sieg wieder möglich war. Ausgerechnet jetzt, wo in Wien diese Frau auf ihn wartete!

Kein Mensch ist unersetzlich! hatte Olympia manchmal achselzuckend gesagt, obwohl sie doch wissen mußte, daß es

Menschen gab, die für andere nicht zu ersetzen waren. Wer hätte in ihrem sehnsüchtigen Herzen und ihren gierigen Plänen die Stelle Ludwigs einnehmen können? Und wer konnte seinen, Eugènes, Platz ausfüllen im Leben der Frau in Wien? Ein Mensch, der geliebt wird, ist unersetzlich! dachte er, und plötzlich fiel ihm auch Marlborough ein, der in den wenigen Tagen, die sich sich erst kannten, sein Freund geworden war. Kastor und Pollux hatte der alte Dessauer sie genannt, nicht spöttisch, sondern verwundert, weil er den zerbrechlichen Wert der Freundschaft begriffen hatte. Liebe und Freundschaft... Und jetzt dieses aufgeregte Kindergesicht unter der angesengten Dragonermütze und diese Hand, die zitterte und immer heftiger zitterte!

Und da! Ganz plötzlich das Gesicht von Vittorio Philippi, der hinter dem jungen Sensenmann aus Bayern auftauchte! Vittorios Mund war weit aufgerissen. Eugène hörte nicht, daß er schrie. Er sah es nur. Noch immer waren seine Ohren taub im Angesicht des zögernden Todes. Dann, auf einmal, stürzte sich Vittorio mit seinem ganzen Körper nach vorne und bohrte seinen Säbel durch den Leib des Dragoners. Mit voller Wucht trat die Waffe an der Brust des Jungen wieder heraus. Er schwankte nach vorne wie auch Vittorio, mit ihm verbunden durch die Waffe, die er noch immer festhielt. Die Finger krümmten sich. Der Schuß löste sich, aber er verfehlte sein Ziel.

Erst jetzt gewann Eugène seine Hörkraft zurück. Er vernahm das entsetzliche Brüllen aus Vittorios aufgerissenem Mund, das sich kaum von dem langgezogenen Schrei unterschied, den der junge Soldat ausstieß, während er entsetzt an sich hinunterblickte und mit blutigen Händen versuchte, die Spitze des Säbels durch den eigenen Körper wieder zurückzudrängen, den Fremdkörper aus sich heraus... Dann war es zu Ende. Der Schrei verstummte. Der Junge stürzte zu Boden.

»Ich bin sehr müde!« sagte Eugène zu Marlborough und legte ihm die Hände auf die Schultern. »Ich werde jetzt schlafen gehen.«

Marlborough nickte. »Gute Nacht, mein Freund!« sagte er leise. Auch die anderen erhoben sich und gingen zurück in ihre Zelte. Es war ein großer Sieg. Österreich war wieder einmal gerettet. Bayern, tags zuvor noch souverän, war nun ein besetztes Land. Ja, ein großer Sieg.

Kaiser Leopold ordnete ein Tedeum im Stephansdom an. Er dankte der Madonna in inbrünstigen Gebeten. Danach, allein in seinem Schlafgemach, vergoß er Tränen der Erleichterung, weil der Herr ihm das finsterste Geschick erspart hatte, das einem Kaiser zustoßen konnte: das Erbe seiner Dynastie zu verspielen.

Tränen der Erleichterung. Und dann: Tränen des Schmerzes und der Trauer um jene, die er verloren hatte. Antonie, die so jung schon gestorben war. Antonie, so zerbrechlich und unscheinbar. Ungeliebt von ihrem Gatten. Vernachlässigt, betrogen... Und Ferdl, der kleine, goldlockige Ferdl mit der Engelsstimme! Das Friedenskind: auch tot. Alle tot. Nur einer lebte noch. Und wie er lebte! Max Emanuel, der Hurenbock, der Rabenvater, der Verräter, den Gott strafen sollte! Gott? Warum immer nur warten auf die ewige Gerechtigkeit? Gott war gut und verständnisvoll. Gott konnte es nur recht sein, wenn die Frechen und Sittenlosen nach ihren Verdiensten entlohnt wurden.

Tränen des Zorns. Kalte Tränen. Noch am heutigen Tag würde er dafür sorgen, daß die Reichsacht über Max Emanuel verhängt wurde. Über den Verräter, der er war! Ein Kurfürst des Deutschen Reiches, der mit den Franzosen gegen den eigenen Herrn das Schwert erhoben hatte! Die Reichsacht würde ihm den Todesstoß versetzen.

Tränen der Genugtuung. Verzeih mir, Herr, aber es ist richtig, was ich tue. Es entspricht den Gesetzen des Reiches und deinem himmlischen Gebot. Das weißt du, Herr. Ich tue nur, was dein Wille ist.

Tränen der Erschöpfung. Tränen, die nur langsam trockneten auf dem kalten, matten Gesicht. So alt, so abgelebt. So ungeliebt wie das blasse Kindergesicht seiner toten Tochter und so vieler anderer Habsburger. Nicht geliebt zu werden: war das das Kreuz, das der Herr ihnen allen auferlegt hatte als Preis der Macht, die zu gewaltig war für ihre müden Schultern?

Augen ohne Tränen. Wie die hellen Augen der kleinen Madonna von Pocs. Nein: von Pötsch! Was dem Reich gehörte, sollte auch in der Sprache des Reiches benannt werden. So groß, das Reich. So übergroß. Karl, mein Sohn! Es ist schon recht, daß du in Spanien bist. Aber Spanien ist so weit weg! Und du Joseph: immer diese Weibergeschichten! Willst du etwa auch so enden wie der Max? Der Herr straft die Sünder und liebt die Tugendhaften. Reichsacht? – Gut so!

Am 5.Mai 1705 starb Kaiser Leopold in Wien. Als er aufgebahrt lag, nahm sein winziger Körper nur ein Drittel der Länge der Bahre ein, auf die man ihn gebettet hatte. In seinen schwarzen Gewändern und mit seinem wächsernen, friedvollen Antlitz sah er aus wie Karl von Spanien. Nicht wie Karl, sein Sohn, der dort König werden wollte, sondern wie Karl der Zweite, der Gottgeprüfte. Aber waren sie das nicht alle, um die nie ein Mensch trauerte?

Die Mühen des Krieges

1

»Komm!« hatte sie ihm geschrieben in ihrer weit ausholenden, heftigen Handschrift mit den beherrschenden Anfangsbuchstaben, die in den Text hineinwucherten. »Komm, wenn dir etwas daran liegt, mich noch einmal zu sehen!«

Es war der vierte Brief dieser Art, aber der drängendste von allen. Der erste hatte ihn in Turin erreicht, als die Stadt vor Begeisterung und Glückseligkeit taumelte und Victor Amadeus unter Tränen den heiligen Schwur ablegte, er werde zum Dank für die Befreiung seiner Hauptstadt von französischer Belagerung oben auf dem Superga-Hügel eine Gedächtniskirche errichten. Eine riesige Basilika, so inbrünstig und überwältigend wie seine Freude und seine Dankbarkeit.

Es war ein knappes Entrinnen gewesen. Eugène wußte, daß Victor Amadeus sich schon verloren gegeben hatte. »Cugino!« flüsterte der Herzog und zog Eugène an sich. »Sie haben uns belagert, und sie hätten uns geschluckt, wenn du nicht gekommen wärest. Allein hätten wir nicht mehr die Kraft gehabt, uns noch weiter zu wehren.«

Eugène erwiderte die Umarmung, doch er dachte voll Bitterkeit daran, daß dieser Feldzug in Oberitalien der Grund dafür sein würde, daß der gesamteuropäische Krieg weiterging und immer weiter, obwohl es doch nach Höchstädt ausgesehen hatte, als brauchten die alliierten Truppen nur noch nach Paris zu marschieren, und der Sieg wäre ihrer. Der Sieg und damit der Friede. Wollten Sie ihn nicht schon alle, diesen Frieden? Sehnten sie sich nicht alle danach, endlich wieder heimzukehren? Heim. In ihre Städte, ihre Dörfer. Heim zu ihren Familien, denen sie entfremdet waren.

»Ein Ablenkungskrieg!« hatte Eugène zu Eleonore gesagt. »Das ist es, was die Franzosen in Oberitalien betreiben. Sie zwingen uns, hier eine Armee zu unterhalten, die wir im Norden dringend brauchen würden, und Vittorio läßt sich immer wieder von neuem mit ihnen ein. Entweder verbündet er sich mit ihnen, oder er benimmt sich so ungeschickt, daß sie ihn wieder in die Zange nehmen können und wir dann die Feuerwehr spielen müssen.«

Marlborough siegte in Flandern, und Eugène zog auf allerhöchsten Befehl der alliierten Herrscher nach Toulon. Widerwillig. Erschöpfende Märsche unter glühender mediterraner Hitze, und dann eine Belagerung zugleich vom Land her und von der See, für die die Armee nicht gerüstet und ausgebildet war. Es konnte nicht gelingen. Als Eugène den Rückzug befahl, überbrachte man ihm Olympias zweiten Brief: »Komm zu mir, mein Sohn, sobald du kannst!«

Er trug alle ihre Briefe bei sich. Wenn er die Hand auf die Brusttasche legte, konnte er das Papier durch den Stoff hindurch spüren. Hätte er allein in der Kutsche gesessen, hätte er das Bündel längst hervorgeholt, um die Briefe noch einmal zu lesen, obwohl er sie auswendig kannte. Kurze Briefe. Olympia hatte nie die Geduld aufgebracht, mehr zu schreiben als das Nötige. »Ich möchte, daß du endlich zu mir kommst!«

Die Junihitze lastete auf der Kutsche. Eugène hatte alle Fensterscheiben geöffnet, doch der Luftzug brachte wenig Erleichterung. Ihm gegenüber saß Alexandre de Bonneval und schlief. Er wirkte frisch und entspannt.

Olympias dritter Brief erreichte Eugène einen Tag, bevor man ihn zum Generalgouverneur des Herzogtums Mailand ernannte. Er trug das knisternde Papier bei sich, als er die Huldigung der Stadt entgegennahm. Ein langer Prunkzug durch die Straßen, die mit Teppichen und Blumen geschmückt waren. Vorneweg die Herolde, dahinter Eugène auf seinem Schimmel, umringt von der Generalität in ihren prächtigen Uniformen. Die Menschen in den Straßen schwangen Fähnchen. Sie nahmen Eugènes Ernennung als Vorboten eines baldigen Friedens.

Vom Herzogspalast begab sich der Zug zur Porta Romana. Man begrüßte Eugène und überreichte ihm den Schlüssel der Stadt und zwei Gefäße: das eine gefüllt mit Wasser, das andere mit Erde. Beide streute er aus und nahm damit symbolisch den Staat Mailand in Besitz. Danach bestieg er eine sechsspännige Karrosse und fuhr zum Dom, wo der Erzbischof Kardinal Archinto ein Hochamt mit Tedeum zelebrierte. Auch beim Festmahl danach trug Eugène Olympias Brief noch bei sich. »Ich fühle mich nicht gesund. Wann wirst du kommen?«

Er stand auf dem Höhepunkt seiner Karriere und seine Ruhms. Die Krone Polens trug man ihm an. Er lehnte sie ab, weil der Kaiser es so wollte. »Eigentlich ist es gegen die Natur, eine Krone auszuschlagen!« sagte Eugène zu Eleonore. Sie zuckte die Achseln und erwiderte, die polnische Krone sei eine windige Kopfbedeckung, die nur dann nicht weggeweht werde, wenn ein Mächtiger sie noch zusätzlich von außen festhielt. Außerdem sei sie blutbefleckt.

»Meine Mutter hat wieder geschrieben!« wechselte er das Thema. »Sie sagt, wenn ich jetzt wieder in die Niederlande gehe, hätte ich keine Ausrede mehr, sie nicht zu besuchen. Wahrscheinlich sei dies meine letzte Gelegenheit, noch einmal bei ihr zu sein.«

Er glaubte Olympia nicht. Er konnte sie sich nicht erschöpft vorstellen oder gar dem Tode nah. Madame la Comtesse, die immer so stark gewesen war, so kämpferisch und ehrgeizig! Sie war nicht alt. Wenn sie sich darauf berief, dann war das nur wieder einer ihrer Tricks. Wunderbare Tricks, amüsante Tricks. Oh, niemand war so trickreich wie die Gräfin Soissons! Und niemand hatte ihn mit irgendeinem Trick jemals so tief verwundet wie sie ... Alt und krank? Wie hätte sie altern können in dieser kurzen Zeit!

Und dann, o Gott, ihr fünfter Brief! Vier Wörter nur in einer kleinen, zittrigen Schrift, die ihr nicht ähnlich sah: »Komm endlich, mein Sohn!« ... Wieder ein Trick? – Noch am gleichen Tag machte sich Eugène auf den Weg zu ihr.

In der Kutsche wurde es immer heißer und drückender. Eugène überlegte, ob er anhalten lassen sollte. Ein paar Atemzüge an der frischen Luft ... Seit Turin hatte er fast täglich Kopfschmerzen. Für einen Augenblick nickte er ein und befand sich plötzlich wieder mitten im Getümmel vor der Stadt seiner Vorfahren. Ein wildes Handgemenge, in das er sich auf einmal verstrickt sah. Ein Diener und ein Page stürzten schreiend neben ihm zu Boden. Eugène wußte, daß sie tot waren. Gestorben für die Befreiung von Turin. Oder wofür sonst?

In dem kurzen Moment, da er innehielt, wurde sein eigenes Pferd von einer Kugel getroffen. Ein letztes, empörtes Aufbäumen, und es plumpste mit einem grotesken Aufprall auf die Seite. Eugène wurde in die Luft geschleudert und blieb dann neben dem leise röchelnden Tier liegen. Er hörte, wie die Männer in seiner Umgebung entsetzt aufschrien, und er sprang auf, um ihnen den Mut nicht zu nehmen. »Ich bin unverletzt!« rief er in falscher Munterkeit und stieg hastig auf das Ersatzpferd, das man ihm eilends zuführte.

In diesem Augenblick streifte eine Kugel seine Schläfe. Ihm war, als würde ihm das Gesicht weggerissen. Das warme Blut rann ihm über die Wangen und besänftigte den Schmerz. »Ich bin unverletzt!« wiederholte er laut und hob den Arm zum Angriff. Jemand rief ihm zu, der Marschall Marsin sei gefallen, und noch während Eugène erneut nach vorn stürmte, dachte er daran, daß man ihm erzählt hatte, Marsin sei vom Anfang dieses Feldzugs an davon überzeugt gewesen, daß er vor Turin den Tod finden werde. Seit er wußte, daß Eugène sein Gegner sein würde, war er in Angst erstarrt und wie hypnotisiert, und er übertrug diese Furcht auch auf die anderen Generäle.

»Der Tod drängt sich mir in jedem Augenblick auf und hält mich Tag und Nacht umfangen!« schrieb er an seine Frau, die den Brief aus den Händen gleiten ließ und wußte, daß sie bald Witwe sein würde. Ein Tod, herbeigerufen durch die eigene Todesangst. Thomas . . . Warum fiel Eugène ausgerechnet jetzt sein Bruder ein? Und warum waren es immer die Schwächen einzelner, die andere ins Verderben stürzten? Ob sich die Franzosen geschickter auf die Schlacht vorbereitet hätten, wenn ihr General bessere Nerven gehabt hätte? Ob sie entschlossener gekämpft hätten?

Schon bei seiner Ankunft vor Turin war Eugène zusammen mit Victor Amadeus auf den Superga-Hügel geritten, um von dort oben die feindlichen Linien abzuschätzen. Was er sah, war Verwirrung. Nicht einmal die Schanzlinien im Nordwesten der Stadt waren fertiggestellt. »Ich denke, diese Leute sind schon halb besiegt!« sagte Eugène achselzuckend zu seinem Cousin. Halb besiegt: weil ein verängstigter, übermüdeter General die Niederlage herbeiphantasierte, die das Schlimmste war, was er sich vorstellen konnte, und weil er meinte, Frieden zu finden, wenn er erst dieses Schlimmste hinter sich gebracht hatte?

Eugène schreckte auf. Er sah, daß auch Bonneval aufgewacht war und ihn betrachtete. »Ich habe nicht geschlafen!« sagte Bonneval, als wüßte er genau, was Eugène dachte. »Ich habe nur die Augen geschlossen und die Hitze genossen. Sie gibt mir die Illusion, noch immer dort zu sein.«

Eugène wußte, was Bonneval meinte. Vor drei Wochen erst

war Bonneval aus Konstantinopel zurückgekehrt, das er als Mitglied einer kaiserlichen Delegation besucht hatte. Bonneval war unverzichtbar bei einer solchen Mission durch seine Sprachkenntnisse und seine Leidenschaft für den Orient, die sich den Gastgebern mitteilte und gesprächsfördernde Sympathie schuf.

»Alles ist anders dort!« sagte Bonneval nachdenklich. »Wenn dich die Menschen ansehen, dann blicken sie dir nicht nur ins Gesicht, wie wir es tun. Nein. Sie tauchen ein in die Tiefe deiner Augen bis auf den Grund deiner Seele. Zu Beginn tat es mir fast weh, ihrem Blick standzuhalten. Er kam mir zu nahe. Ich fand es anmaßend von ihnen, mir ihre Blicke aufzunötigen. Ich: ein französischer Aristokrat, aufgewachsen am Hof des glanzvollsten Königs aller Zeiten, kultiviert, verfeinert – und sie: halbe Wilde mit einem blutrünstigen Hang zur Grausamkeit. Wie durften ihre blauschwarzen Augen es wagen, in mich einzudringen! Ich war empört und zugleich machte es mir Angst. Erst als ich anfing, sie anzusehen, so wie sie mich ansahen, waren wir plötzlich gleich stark, und es kam mir auf einmal vor, als wären sie nicht meine Feinde, sondern meine Brüder, und ich hätte sie immer schon gekannt. Ihren Stolz, ihre Würde, ihre Rücksichtslosigkeit, ihre kindliche Lebensfreude und ihre Unberechenbarkeit. Ich hatte das Gefühl, irgendwann einmal schon hier gelebt zu haben und nun endlich heimgekehrt zu sein. Nichts störte mich. Nicht einmal der Gestank des Eselsdrecks auf den Straßen oder der Geruch nach Schweiß und Blut in der Ladenzeile der Fleischhauer. Du kannst zusehen, wenn sie den Hühnern und Tauben den Hals durchschneiden und sie dann kopfunter in einen Wassereimer stecken, oder wie sie die Hasen an den Hinterläufen hochhalten und ihnen mit einem einzigen Knüppelhieb das Genick brechen. Eine einfache Welt. Rigoros und sachlich.« Er schüttelte den Kopf. »Eine ganze Kindheit und Jugend lang hat man versucht, einen französischen

Kavalier par excellence aus mir zu machen, aber ein Tag in Konstantinopel genügt, und ich habe alles vergessen, was man mir eintrichtern wollte.«

Eugène strich sich über die schmerzende Schläfe. »Die Türken sind nicht unsere Freunde!« murmelte er. »Und schon gar nicht sind sie unsere Brüder. Auch sie selbst sehen sich nicht so. Irgendwann einmal werden sie sich stark genug und gelangweilt genug fühlen, uns wieder anzugreifen. Mein lieber Alexandre, Sie sollten Ihr Herz besser festhalten, sonst geraten Sie eines Tages noch in einen schlimmen Konflikt!«

Bonneval lachte. »In dem bin ich doch längst!« sagte er achselzuckend. »Aber keine Angst, Hoheit! Ich weiß schon, wo mein Brot gebacken und mein Wein gekeltert wird. Auf meine Loyalität können Sie sich verlassen.« Er schloß die Augen und lehnte die Wange an die Samtbespannung. »Diese Sonne dort!« sagte er fast flüsternd. »Ein nicht enden wollender Blitz, der das Auge quält und das Gehirn und der dich in den Schutz der Häuser treibt . . . Und dann die Nächte, so schwarz und so duftend! Die Sterne lächeln auf dich herab, oder sie weinen mit dir und mit den Frauen, nach denen du dich sehnst, weil sie dir verborgen bleiben.« Er öffnete die Augen. »Können Sie sich noch an die Frauen in Versailles erinnern, Hoheit? . . . Und dann jene . . .« Er wandte das Gesicht ab und kehrte in seinen Traum zurück.

Jene . . . Eine Welle der Sehnsucht überflutete Eugène. Jene . . . Nicht jene in Versailles und auch nicht jene fernen, fremdartigen aus Bonnevals fiebrigen Träumen. Schwarz umschminkte Augen, ein stolz geneigter Nacken unter seidenen Schleiern . . . Nein, sie nicht! – Jene: jene andere in Wien. Eleonore . . . Lori nannten sie die Wiener. Auch er selbst redete sie so an, wenn er mit ihr allein war, mit dem einzigen Unterschied, daß er den Kosenamen auf dem letzten Buchstaben betonte. Einmal hörte es ein Diener. Er erzählte es weiter, und mit gewohnter Promptheit übernahm ganz Wien die neue

Version. ›Lorí!‹ murmelten sie maliziös, wenn sie von Eleonore sprachen. ›Lorí!‹ Vor allem Josephs ehemaliger Erzieher, Fürst Salm, und seine Clique, die sich durch Eugènes Einfluß beim Kaiser bedroht sah, ergingen sich in täglich neuen Wortspielen über die Gräfin Batthyány – pardon: ›Lorí!‹ – die den Prinzen Eugen ganz offensichtlich unter dem Pantoffel hatte, so daß man sich fragen mußte, wer eigentlich das Reich regierte: der Kaiser? der Prinz? oder sie: ›Lorí‹?

In Gesellschaft duzte er sie niemals. Er nannte sie Gräfin, und sie sagte Hoheit. Trotzdem wußte jeder Bescheid. Von Anfang an wurden Wetten abgeschlossen, ob er sie heiraten werde. Er: Sproß aus königlichem Geblüt. Sie: Tochter eines geadelten Advokaten. Verwitwete Gräfin Batthyány? – Nun ja, nicht schlecht, vor allem auch millionenschwer, aber doch wohl nicht standesgemäß für einen Bourbonenenkel! Würde sie sich damit abfinden, immer nur seine Mätresse zu sein? Jede Witwe, sofern sie nicht alt oder häßlich war, hatte einen Liebhaber. Er trug bei zu ihrem Ansehen als Frau. Wenn dieser Liebhaber aber Prinz Eugen von Savoyen war, war die Witwe auf einmal nicht mehr der dominierende Part. Nicht er war ihr Geliebter, sondern sie seine Geliebte. Eine feine aber wesentliche Nuance, die darüber entschied, ob man die betreffende Dame weiterhin als wirkliche Dame betrachten durfte – oder nicht doch als so etwas wie eine ausgehaltene Frau – wenn auch im vorliegenden Fall nicht gerade in finanzieller Hinsicht . . . Die Wiener Kuppelbörse genoß es, sich echauffieren zu können. Es war eben doch ein bißl indezent, wenn zwei sich zusammentaten, deren herkunftsmäßiger Abstand zu groß war.

Er hatte mehrmals um sie angehalten. Vorsichtig erst, nur Andeutungen, weil er plötzlich Angst hatte, sie abzuschrecken; dann mit zunehmender Gewißheit immer offener, bis er sie eines Tages präzise fragte, ob sie seine Frau werden wolle.

Sie tranken Kaffee in Loris Salon. Eugène war müde und nervös von einer langen, unbefriedigenden Sitzung. Gerade an diesem Nachmittag hatte er nicht geplant, von einer Heirat zu sprechen. Er wollte nur vergessen, daß er bald wieder fortmußte; daß Salm und Konsorten ihn anfeindeten, wo sie nur konnten, und daß der junge Kaiser eine Enttäuschung für ihn war.

Eugène wollte nichts anderes, als die Welt draußen lassen und sich zurücklehnen wie der biedere Bürger, der er nie gewesen war und nie sein würde. Er wollte, daß Lori ihm den Kaffee eingoß: die große Kanne in der rechten Hand, das Milchkännchen in der linken. Mit beiden Händen zugleich füllte sie die Tasse – genau in der Mischung, die Eugène gerne hatte. Er fühlte sich geborgen und kam nach und nach zur Ruhe.

»Etwas Süßes?« fragte Lori und wies zur Kuchenplatte auf dem runden Tisch. Eugène schüttelte den Kopf und trank einen Schluck. Lori griff nach der Silberzange und holte sich zwei Törtchen auf den Teller. Ohne die Gabel zu benutzen, nahm sie einen großen Bissen, lachte ein wenig und fegte mit der Handfläche die Krümel von ihrem seidenen Rock.

Das Déjà-vu traf Eugène ins Herz. Er hätte aufschreien mögen vor Glück. Diese Frau hier mit ihren seltsamen dunklen Augen und der fast kindlichen Heiterkeit, die sie nur ihrer Familie und ihm enthüllte – sie war seine Heimat. Bei ihr wollte er bleiben; mußte er bleiben, weil er sich auf einmal gar nicht mehr vorstellen konnte, nach Wien zu kommen, ohne sogleich zu ihr zu eilen. Bei ihr zu sein. Sie zu halten und von ihr gehalten zu werden in jeder Hinsicht. Wie ein Schlag traf ihn das Bild der Erinnerung, wie sie vor ihm lag und ihn ansah. Noch nie hatte er ähnliches empfunden. Es war ihm, als hätte sie sich in das Gedächtnis seines Körpers eingenistet wie ein Teil von ihm selbst und brächte sich ihm immer wieder in Erinnerung – selbst in den unpassendsten Momenten, daß er meinte, die anderen müßten merken, woran er dachte und was jetzt mit ihm geschah.

»Ich würde dich gern um deine Hand bitten!« sagte er fast beiläufig. Ihm war, als hörte er sich selber zu.

Loris Miene veränderte sich nicht. Mit konzentrierter Sorgfalt spießte sie eine kandierte Kirsche auf ihre Gabel, betrachtete sie kurz und führte sie dann zum Mund. Sekundenlang kaute sie darauf herum. »Tu's bitte nicht, Eugène!« sagte sie dann leise.

Er wollte fragen, warum sie es nicht wollte, aber da hatte er auf einmal das Gefühl, Zeit zu haben, unendlich viel Zeit, bis Lori eines Tages vielleicht doch noch ja sagte – oder es möglicherweise auch nicht tat. Sie würde entscheiden. Sie ganz allein. Ungebunden wie eine Schwalbe im Sommer. Kein Zwang sollte sie bedrücken, da sie die Freiheit doch so sehr liebte. Keine Konvention, die sie ja doch nur mit dem nüchternen Blick ihres Vaters sah. Zeit. Ja, er hatte Zeit, weil er ganz sicher war, daß immer nur er es sein würde, dem sie ihre Freiheit schenkte. Großzügig und rückhaltlos. Voller Liebe und Hingabe und einer Treue, die nichts versprach und alles hielt. Tränen der Ergriffenheit in dunklen Augen. War sie denn in Wahrheit nicht längst seine Frau? Die einzige Frau, die jemals wirklich zu ihm gehört hatte!

»Wäre ja doch nur eine Formalität!« sagte sie und lächelte, als hätte sie seine Gedanken erraten. »Weißt du: Ich komme gern freiwillig zu dir. Es ist immer wie ein Aufatmen.«

Später dann, als es Nacht geworden war und die große Stadt sich wie ein schlafwarmes, leise atmendes Tier an die Schultern der Donau schmiegte, erzählte Lori Eugène von einer Phantasie, die sie als junges Mädchen immer wieder herbeigeträumt hatte, wenn sie allein im Liegestuhl in dem kleinen Park des väterlichen Stadthauses ruhte, wo die Sommersonne durch die Blätter der Kastanien hindurch den Rasen sprenkelte und die Schatten sich im Wind kaum merklich bewegten, als wäre alles um das junge Mädchen herum nur Leben, pulsierend, sehnsüchtig und doch voll Ruhe.

»Irgendwann einmal sah ich im *Diarium* ein Bild«, erzählte Lori leise und küßte Eugène auf die Schulter. »Es ließ mich nicht mehr los, und ich mußte immer wieder daran denken, obwohl es sicher kein besonders gutes Bild war. Keines jedenfalls, das du in deine Sammlung aufnehmen würdest. Eine ganzseitige Federzeichnung, die ich ausschnitt und selbst mit Farbstiften kolorierte. Sie zeigte einen großen Ball in einem fürstlichen Schloß. Elegante Herren, kostbar geschmückte Damen. Zu Anfang glaubte ich fast, die Musik zu hören, nach der sie bald tanzen würden. Noch aber standen sie da und blickten zum Eingang des Saals. Drei breite Stufen führten zur Tür hinauf fast wie zu einer Bühne. Livrierte Diener waren eben dabei, die beiden Türflügel zu schließen. Vor ihnen betrat der letzte Gast die Treppe, eine junge Frau, den einen Fuß schon auf der zweiten Stufe. Alle sahen sie an. Sie war eine Fremde hier, das spürte man. Ihr langes, welliges Haar hing offen über ihre Schultern. Anstelle eines Ballkleides trug sie ein einfaches, dünnes Gewand, durch das sich ihre Brust und ihre Schenkel abzeichneten und das ihre Knöchel freigab. Sie war barfuß. Kein Schmuck, keine Schminke. Sie lächelte nicht, aber sie war auch nicht traurig. Sie sah niemanden an, sondern blickte konzentriert auf die Stufen, als könnte sie fallen, wenn sie nicht achtgab. Wenn man sie betrachtete, war es, als ob alle anderen um sie herum unwichtig würden, Zuschauer nur, die sie nicht beachtete. Man fragte sich, weshalb sie überhaupt hier war. Was ein Mädchen wie sie, so einfach und klar wie ein Wassertropfen, an diesem Ort der Künstlichkeit zu suchen hatte. Wen sie treffen und was sie tun würde, wenn sie erst die argwöhnische, weite Gasse durchschritten hatte, die sich bildete, um sie vorbeizulassen. Stille breitete sich aus. Ganz sicher verstummte sogar die Musik. Zwei Welten trafen sich und paßten nicht zueinander. Auf dem ganzen Bild war keine einzige Person zu erkennen, die dem Mädchen in irgendeiner Weise entgegengekommen wäre. Alle starrten sie nur an, doch sie blieb von den Blicken unberührt.« Lori suchte Eugènes Augen. »Ich konnte mich an dem Bild nicht sattsehen. Ich meinte, die junge Frau müßte ich sein, aber ich wußte nicht, woran es lag, daß sie mir so nahe war. Erst viel später, als ich schon mit meinem Mann in Ungarn lebte und die beiden Kinder bereits geboren war, begriff ich es. Die zahlreichen Feste; die vielen Menschen, die sich um mich bemühten; mein Mann auch, der so verliebt in mich war: Sie nahmen mir das, was die Frau auf dem Bild in so reichem Maße besessen hatte: Einsamkeit.«

»Du liebst die Einsamkeit.« Er hatte es längst gewußt.

Lori lächelte. Er sah es kaum in der Dunkelheit.

»Ich erinnerte mich auf einmal an meinen zwölften Geburtstag. Mein Vater hatte alle Mädchen aus der Verwandtschaft und aus unserem begrenzten Bekanntenkreis eingeladen, damit sie mit mir feiern sollten. Er hatte wohl ein schlechtes Gewissen, weil er mich immer mit sich nahm und damit dem Kontakt mit Gleichaltrigen entzog. Jedenfalls war unser Salon plötzlich voller wohlerzogener kleiner Mädchen in Spitzenkleidern und mit riesigen Haarschleifen. Ich kannte sie alle nur flüchtig, und wir wußten nicht recht, wie wir uns unterhalten sollten, nachdem jede ihr Stück Torte verzehrt und ihren Kakao getrunken hatte. Schließlich kamen wir auf die Idee, den Götterhimmel für uns zu okkupieren: Jede einzelne sollte Göttin von irgend etwas werden nach dem Muster der griechischen Mythologie, die wir alle bestens kannten. Da ich das Geburtstagskind war, wollte man mir den begehrtesten Göttinnenposten zuerkennen. Ich hätte Aphrodite werden können. Aber das wollte ich nicht – zum Erstaunen aller, denn die Göttin der Liebe war das begehrteste olympische Amt. Auch Hera und Athene wollte ich nicht sein. Ich merkte, daß ich mit meiner Verweigerung das Spiel zum Stillstand brachte und forderte meine Gäste auf, die himmlischen Pfründen einfach untereinander zu verteilen, ohne weiter auf mich Rücksicht zu nehmen. Mir würde schon etwas Passendes einfallen.« Lori lachte. »Du kannst dir nicht vorstellen, Eugène, wie sie sich herumstritten! Am Schluß aber hatten sie alle ihr göttliches Amt, nur ich war noch übrig. Erst da fiel mir plötzlich ein, was ich sein wollte. Ich wußte es auf einmal ganz genau: Ich wollte die Göttin der Einsamkeit sein.«

»Nicht vielleicht doch die Göttin der Liebe?«

Sie ging auf seinen scherzhaften Ton nicht ein. » Ohne Einsamkeit ist Liebe für mich nicht denkbar. Aber das verstand ich erst viel später, als die Einsamkeit zu meinem größten Luxus geworden war und alle meinten, mich unterhalten, verwöhnen und bedienen zu müssen.«

»Und jetzt?«

Sie sprach an seinem Mund. »Durch dich habe ich beides, Eugène.«

»Aber die Einsamkeit steht immer noch an erster Stelle?«

»Ohne sie kann ich nicht lieben. Ohne sie bin ich nicht ich selbst.«

»Also ganz sicher keine Heirat?«

Sie antwortete nicht, und er fragte nicht weiter.

2

Es war nicht mehr weit nach Tervueren. Nicht mehr weit bis zu Olympia. »Komm endlich, mein Sohn!« . . . Was, wenn dies nun doch kein Trick war, und er sie krank antraf, schwach, an ein Lager gefesselt, das nie mehr ein Platz süßer Leidenschaft sein würde? Graues, trockenes Haar; zittrige Hände mit hervorstehenden Aderknoten; ein müder Blick ohne Feuer und ohne Hoffnung; der einst begehrte Körper vom Alter gebeugt . . . War das die Frau, die er in Brüssel treffen würde? »Die letzte Gelegenheit, noch einmal bei mir zu sein . . . « O mein Gott!

Aus dem Rattern der Räder glaubte er plötzlich ihre Stimme zu vernehmen, ein wenig heiser und spöttisch, als gäbe es nichts, worüber man sich nicht lustig machen sollte. Leise immer nur, wenn es um Frankreich ging, das verlorene Paradies, und um den allzu frühen Tod ihrer nachlässig geliebten Kinder. Wie ihre Stimme wohl geklungen hatte, wenn sie sich selbst vergaß? Sie war immer so geschickt gewesen im Lügen und Vortäuschen, die Gräfin Soissons! Hinter Schminke, Fächern und Schleiern hatte sie ihre Gefühle versteckt. Sie hatte ihre Schultern gestrafft und den Kopf stolz erhoben, wenn sie in Wahrheit besiegt auf dem Boden lag. Sie hatte gelacht, wenn sie weinen wollte und umgekehrt. Von Liebe hatte sie gesprochen und Vorteil gemeint und Gleichgültigkeit simuliert, wenn es ihr in Wahrheit das Herz zerriß. Nur von ihrer Stimme war sie manchmal verraten worden mit einem leisen, unpassenden Zittern, einer überraschenden Atemlosigkeit oder einem schrillen Timbre, das nicht zu den sanften Worten paßte, die sie sprach. Eine Stimme, die nicht stimmte. Stimme, Ausdruck der Seele mehr noch als der Blick der Augen, so wie Eugènes Stimme sich veränderte, wenn er mit Lori sprach. Ein weicher, zärtlicher Ton, der streichelte und fragte, wo er sonst zuschlug und befahl. Wie würde seine Stimme klingen, wenn er zum ersten Mal wieder mit Olympia redete? Eugène blickte hinüber zu Bonneval, der immer noch die Augen geschlossen hielt, und er wußte plötzlich, daß er fürchtete, seine Stimme könnte ihn verraten.

Die Kutsche fuhr langsamer und blieb stehen. Bonneval öffnete träge die Augen. »Sind wir angekommen?« fragte er und griff nach seinem bunten, federgeschmückten Hut. Eugène nickte, ohne hinauszublicken. »Ja«, sagte er leise. »Ja, ich glaube.«

Der Kutscher öffnete die Tür und klappte das Treppchen

herunter. Eugène stieg aus. Nach der stickigen Luft in der Kutsche traf ihn die sanfte Brise heraußen wie eine Befreiung, auch wenn die Sonne gnadenlos herniederbrannte und ihn blendete, daß er die Augen zusammenkneifen mußte. »Fast wie bei Ihnen in Konstantinopel, nicht wahr?« sagte er zu Bonneval, der das Treppchen heruntersprang und sich neugierig umblickte. Immerhin stand ihm eine Begegnung mit Madame la Comtesse bevor, dachte Eugène bitter, einer der begehrtesten Frauen ihrer Zeit. Hatte es jemals einen Mann gegeben, dessen Neugier durch Olympia nicht angereizt worden wäre? Zumindest die Neugier.

Der heiße Kies knirschte unter seinen hohen Absätzen. Langsam wandte er sich um zu der weitläufigen Fassade des Schlosses. Für einen Augenblick kam es ihm vor wie vor kurzem in der Schlacht gegen Max Emanuel, als der junge Soldat zitternd auf ihn anlegte und die Welt um ihn herum versank. Um ihn und um jenen. Er selbst und der andere als Mittelpunkt der Welt. Das Bewußtsein angespannt wie eine Saite vor dem Zerreißen. Er selbst und sein Tod. Und jetzt: er selbst und sie. Olympia.

Sie stand vor dem Portal, dessen einer Flügel geöffnet war. Eine schlanke Gestalt, viel schmaler, als Eugène sie in Erinnerung hatte, aber ungebeugt. Ungebeugt, dem Himmel sei Dank! Eugène starrte sie an wie damals den jungen Tod. Das Schloß spendete ihr Schatten. Erst einen Schritt vor ihr fing wie abgezirkelt das Terrain der Sonne an. Das Reich der Sonne! dachte Eugène. Des Sonnenkönigs?

Sie kam ihm nicht entgegen; trat nicht heraus aus dem auferlegten Schatten. Eugène machte sich auf den Weg zu ihr, als ging es um eine weite Reise. Langsam, den Blick wie unter Zwang auf das Ziel geheftet. Er hörte die eigenen Schritte und einmal kurz das Aufwiehern eines Kutschpferdes. Dann das Klappern seiner Schuhe, als er die Stufen zu ihr emporstieg. Zu ihr in den Schatten. Mein Gott, wie er sie liebte!

»Eugenio!« sagte sie leise und ein wenig atemlos. Sie streckte ihm die Hand entgegen, doch noch ehe er sie küssen konnte, zog sie ihn liebevoll zu sich heran. »Eugenio mio!«

Er war wieder im Sehnsuchtsland seiner Kindheit. Nach ein paar Augenblicken – zu kurz! viel zu kurz! – schob sie ihn sanft wieder von sich fort. Ihre Augen durchforschten sein Gesicht. »Du hast dich verändert, mein Kind!« flüsterte sie. »In meiner Erinnerung sahst du immer noch aus so wie damals in Spanien: viel zu dünn und unerhört jung.« Sie lächelte in einer melancholisch-nachsichtigen Weise, die er an ihr noch nie registriert hatte. »Es ist, als ob du mir einen Teil deines Lebens vorenthalten hättest.«

»Vielleicht habe ich das auch, Mama!« Warum hatte er sie nicht längst nach Wien geholt? Warum nicht?

Er stellte ihr Bonneval vor, der sie verstohlen-auffällig musterte. »Monsieur de Bonneval kommt direkt aus Konstantinopel. Ich fürchte, er hat eine Vorliebe für die orientalische Lebensart entwickelt.«

Olympia lächelte. »Auch für die orientalischen Frauen?« Sie hatte sich nicht geändert. Mit ungläubigem Staunen stellte Eugène fest, daß sie mit dieser einzigen, beiläufigen Bemerkung etwas erreicht hatte, was die gesamte Wiener *monde* und *demi-monde* an Bonneval bestimmt noch nie erlebt hatte: Er errötete.

Auf einer schattigen Terrasse nahmen sie eine kleine Erfrischung ein: Limonade und Gebäck. Drinnen in den Korridoren eilten zahllose Diener hin und her, schleppten Leuchter, Vasen, Geschirr und Tischwäsche und bemühten sich mit durchdringendem Flüstern vergeblich, keinen Lärm zu machen.

»Es ist für den Ball morgen«, lächelte Olympia. »Ich möchte, daß du meine Freunde kennenlernst und die Brüsseler Gesellschaft. Diese winzige Freude mußt du mir schon machen. Ich bin stolz auf dich, weißt du.« Und dann stirnrunzelnd und plötzlich ganz nüchtern: »Es ist nicht leicht für eine Frau ohne Familie, sich ihre gesellschaftliche Position zu erhalten.«

Sie verabredeten sich für den Abend zu einem frühen Diner. Olympia selbst zeigte Eugène sein Appartement. Bonneval wurde im gleichen Trakt untergebracht. Eugène nahm in Ruhe ein Bad, ließ sich rasieren und die Perücke pudern. Er zog frische Kleider an und überlegte sich, ob er seine Mutter nicht jetzt schon aufsuchen sollte. Er war aufgeregt wie als Kind. Nach den ängstlichen Vorstellungen, die er sich auf der Fahrt von Olympias Zustand gemacht hatte, hätte er aufjauchzen mögen vor Erleichterung, daß sie immer noch sie selbst war, ja mehr noch: daß sie ihm sogar zugänglicher erschien als früher, weniger egozentrisch, distinguierter, liebevoller. Konnte es möglich sein, daß die Jahre gerade jene Verhaltensweisen in ihr verstärkt hatten, die ihn am meisten zu ihr hinzogen: die lächelnde, warme Zuwendung, träge fast und verführerisch, als wäre er nicht ihr Sohn, sondern ihr Freund oder gar noch mehr. Ihre heitere Sanftheit, unterbrochen von kleinen Bosheiten, die die Unterhaltung mit ihr so amüsant gestalteten. Keine alte Frau. Kein Verfall. Keine entstellenden Krankheiten. Ein glattes, perfekt geschminktes Gesicht mit lebhaften dunklen Augen, dichten, weit ausholenden schwarzen Brauen und einem Mund ohne Bitterkeit. Kaum Falten in der Haut, nur beim Lachen ein schmaler Strahlenkranz in den äußeren Augenwinkeln. Die teuren Schönheitsmittelchen hatten sich gelohnt.

Er trat ans Fenster und blickte auf den Park hinunter. Auf einem kleinen, gepflasterten Rondell stand eine silberne Voliere. Eugène kannte sie noch aus Paris.

Das quäkende Gekläff von Hunden drang zu ihm herauf; eine ganze Meute winziger Köter, wie Eugène sie immer verabscheut hatte, wenn sie Olympia umsprangen und umschwänzelten – bunte Seidenschleifchen im ondulierten Fell, das nach dem Parfüm ihrer Herrin duftete. Auch jetzt sah er als erstes die Tiere und danach erst sie selbst mit einem silbernen Behälter voll Körner, die sie mit einer kunstvoll ziselierten Kelle in die Voliere streute. Die Vögel, kleine farbenfrohe Exoten, flogen ihr zwitschernd entgegen. Eugène hörte, wie Olympia leise lachte und mit ihnen sprach, als wären sie Kinder. Dabei bückte sie sich immer wieder und liebkoste ihre Schoßhündchen, die wie verrückt um sie herum- und an ihr hochsprangen. Wie oft hatte Eugène Olympia genau so in Paris gesehen, und doch erschien sie ihm plötzlich so fremd, als liefe da unten nicht das wirkliche Leben ab, sondern nur ein beliebiges Spiel auf irgendeiner Sommerbühne, das ihn langweilte und in seiner Künstlichkeit und Oberflächlichkeit fast abstieß. Jemand spielte eine Rolle, log das Leben und erlaubte, daß es ihm zwischen belanglosen Gesten entglitt. Sie ist meine Mutter! sagte er sich. Ich habe sie jahrelang nicht gesehen. Sie liebt mich, und ich liebe sie trotz aller Mißverständnisse. So ist es doch, oder?

Olympia reichte die Körnerschale an eine dürre alte Dame mit Witwenbuckel und tizianroter Perücke weiter und wischte sich die Hände aneinander ab. Dann gingen die beiden Frauen ins Haus zurück. Die Hunde umringten sie wie Kinder.

»Das gesamte Abendland – Frankreich einmal ausgenommen! – hat eine absolut antiquierte Einstellung zur Türkei!« dozierte Bonneval, während er mit Genuß seine Schildkrötensuppe schlürfte. Eugène fragte sich, woher sich Olympia in der Eile die Zutaten dafür beschafft hatte, da sie doch erst seit zwei Tagen von seinem bevorstehenden Besuch wußte. Aber war die Küche der Comtesse de Soissons nicht schon in Paris berühmt gewesen?

»Es kommt mir vor, als ob wir uns danach sehnten, einen Feind zu haben, der uns den Teufel ersetzt und ihn womöglich sogar übertrifft«, fuhr Bonneval fort und lächelte. »Der erzböse Feind – so nennen die braven deutschen Pastoren doch den Satan . . . Aber er reicht uns nicht mehr aus. Er ist zu listig. Zu verstohlen und versteckt. Wir möchten das Böse gern ein wenig deutlicher haben, handfester, blutiger. Der böse Feind: Wie gut, daß es die Türken gibt! Wir müssen sie hassen, weil wir ohne Feindschaft nicht leben könnten. Die Kriege untereinander reichen uns nicht aus.«

»Sie sind ein sehr negativer junger Mann!« lächelte Olympia. »Haben Sie das aus Konstantinopel mitgebracht?« Die Diener servierten ab und brachten den nächsten Gang. »Ich dachte immer, die Menschen im Orient wären sinnlich und lebensfroh.« Der Schimmer des Kerzenlichts bewegte sich über ihr Gesicht wie eine weiche Hand. Eugène beteiligte sich nicht am Gespräch. Er beobachtete seine Mutter und verglich ihren Anblick mit seiner Erinnerung. Er war froh, Bonneval mitgenommen zu haben und Olympia für kurze Zeit einfach nur ansehen zu können.

»Das sind sie, Madame la Comtesse!« versicherte Bonneval und hob sein Glas. »Sinnlich und lebensfroh, o ja. Aber wir sehen nur eine Bedrohung in ihnen. Die blutrünstigen Horden, die über den Balkan stürmen und unsere Städte niederbrennen.«

»Haben sie das nicht getan?«

Bonneval leerte sein Glas. Ein Diener schenkte sofort nach. »Weil auch sie ihren Feind brauchen!« sagte Bonneval, plötzlich ernüchtert. »Auch sie brauchen ihre Glaubenskriege. Die Theologie des Krieges beherrscht die ganze Menschheit, Madame la Comtesse. Sie ist ein Hunger unserer unseligen Natur. Die Osmanen dienen Gott, wenn sie uns Christenhunde bekämpfen, und wir dienen ihm, wenn wir die niederträchtigen Heiden besiegen. Und alle, die für ihren Gott töten und getötet werden, sind Helden und kommen direkt ins Paradies. Sie in ihres und wir in unseres.«

Olympia sah ihn lange an. »Und Ihr Lösungsvorschlag, Monsieur?«

Bonneval zuckte die Achseln. »Vielleicht sollte man nicht den Feind per se verteufeln, sondern nur den Glaubenskrieg: das Wort Glaubenskrieg am besten irgendwo ganz tief in der Erde vergraben und verbieten, daß es jemals wieder ausgesprochen wird! Das ist es auch, was mir an der französischen Haltung gefällt: Der große Ludwig mag die Türken ebenso wenig wie der Kaiser, aber er badet trotzdem nicht in negativen Glorifizierungen. Für ihn sind die Türken kein Erzfeind mit religiösem Beigeschmack, sondern eine Nation wie jede andere. Wenn man will, vielleicht auch ein Feind wie jeder andere.«

»Er wohnt auch ein Stückchen weiter weg von Konstantinopel, nicht wahr?«

»Sicher, Madame la Comtesse, aber während die Habsburger noch von einem Tedeum in der Hagia Sophia schwärmen, überlegt sich Ludwig, wie er sich die Feindschaft zwischen Wien und Konstantinopel nutzbar machen kann. In Versailles liebt man das Wort Realpolitik, in Wien hat man Angst, sich den Mund daran zu verbrennen, weil es nicht schon meilenweit nach Moral oder Religion riecht. Ludwig ist ehrlich genug, den eigenen Vorteil zu suchen. Er sagt sich: Das Osmanische Reich ist natürlich gefährlich für Europa, aber für mich – den Allerchristlichsten König der Franzosen – sind im Augenblick die Habsburger noch unangenehmer, weil ihr kaiserlicher Adler das Deutsche Reich in den Klauen hält und weil der Habsburger Kaiserbruder Karl meinem bourbonischen Enkel Philippe die spanische Krone wegnehmen möchte. Es ist immer klug, den Feind des Feindes zum Freund zu haben. Also tue ich mich vorübergehend mit der Macht zusammen, die den Kaiser ebensowenig leiden kann wie ich: mit ebendiesen Türken. Wenn wir den jungen Joseph von zwei Seiten her piesacken, haben wir beide unseren Nutzen . . . Keinerlei religiöse Bedenken, Madame la Comtesse! Man ist vernünftig in Frankreich. Eine absolut praktisch denkende Nation. Nüchtern und kühl.«

Über Olympias Gesicht glitt ein Schatten. »Wem sagen Sie das, Monsieur! Wer wüßte besser als ich, wie nüchtern und kühl Seine Majestät zu denken versteht!«

Für eine Weile schwiegen sie. Man hörte nur das Ticken einer Uhr, das leise Klappern des Bestecks und die gedämpften Schritte der Diener, die hin und hereilten. Olympia unternahm nicht die Anstrengungen einer konventionellen Gastgeberin, das Gespräch in Gang zu halten. Vielleicht war das immer eines ihrer Geheimnisse gewesen, dachte Eugène: inmitten einer Unterhaltung plötzlich die Stille zuzulassen. Einem jeden zu erlauben, für kurze Zeit einsam zu sein. Die andern zu vergessen und der Seele zu gestatten, sich von der Last der Gemeinsamkeit auszuruhen. Nur eine Frau, die so lebhaft und anregend war wie Olympia, konnte sich eine solche Nachlässigkeit erlauben, ohne dafür mit dem tödlichen Ruf einer langweiligen Gastgeberin bestraft zu werden.

»Sie wollten uns von den orientalischen Frauen erzählen, Monsieur!« sagte Olympia plötzlich mit leiser, fast zärtlicher Stimme. Die Diener gossen Kaffee ein, das Getränk des Landes, von dem Bonneval sich nicht lösen konnte. Er führte die Tasse zum Mund, sog den Duft ein und stellte die Tasse dann wieder zurück, ohne getrunken zu haben. »Ihre Haut riecht nach Ambra!« sagte er, ohne den Blick zu heben. »Manchmal auch nach Moschus. Ein fremder Duft, den man nicht mehr vergißt. Der Duft fremder Haut. Eines fremden Landes. Die poetische Ahnung einer fremden Welt. Einer fremden Philosophie, die anders wertet, als man selbst.«

Olympia starrte ihn an. »Ich verstehe!« flüsterte sie.

»Es ist der Duft der Sehnsucht, Madame la Comtesse!« Bonneval nahm die Tasse wieder auf und trank sie nun doch langsam leer. »Diese Frauen wissen voller Schmerz, was Sehnsucht heißt! Noch ehe sie die Liebe kennen, zwingt man sie zur Treue, indem man dafür sorgt, daß ihre Gefühle auf halbem Weg abbrechen und ihr Ziel nie erreichen. Eine lebenslange, unerfüllte und unerfüllbare Sehnsucht, Madame! Und ist die Liebe, die wir uns alle wünschen, nicht das Kind der Sehnsucht? Wie müssen diese Frauen lieben können! Und mit welcher Verzweiflung!«

Olympia antwortete nicht. »Ja ...«, sagte sie dann zögernd und senkte den Kopf. »Mit welch köstlicher Verzweiflung, nicht wahr? Männer glauben an so etwas ...«

Bonnevals Worte waren kaum noch zu verstehen. »Sie trinken Tee, um ihre Sinne zu erwärmen – Fleur de figue, Cantharide ... Aber die Sehnsucht bleibt, da man nie wissen wird, wie es hätte sein können.«

»Haben Sie viele Frauen kennengelernt, Monsieur ... dort?«

Bonneval schwieg. Dann schüttelte er den Kopf. »Nein!« sagte er barsch und stand auf. »Würden Sie mir erlauben, mich zurückzuziehen, Madame la Comtesse? Hoheit?«

Olympia nickte sanft. »Aber ja, Monsieur! Gehen Sie nur!« Und als Bonneval ihr die Hand geküßt und sich vor Eugène verneigt hatte und zur Tür ging: »Es war ein schöner Abend mit Ihnen, Monsieur de Bonneval. Ich danke Ihnen.«

Sie waren allein. Olympia fröstelte. Auf einen Wink hin entfachte ein Diener vom Korridor aus das Kaminfeuer. Eugène sah nur seine weißbehandschuhten Finger, die den brennenden Span unter das Holz hielten.

»Ein gefährlicher junger Mann, den du da mitgebracht hast!« murmelte Olympia nachdenklich. Das aufflackernde Feuer spiegelte sich in ihren Augen. »Er hat seine eigenen Wurzeln ausgerissen. Solche Menschen lieben den Haß. Sie genießen ihn wie ein berauschendes Getränk.«

Eugène lächelte. »Man sollte Alexandre nicht dämonisieren, Mama!« widersprach er. »Ich würde sagen, er hat ein Faible für alles Exotische und übertreibt es etwas.«

»Weil es das Gegenteil von dem zu sein scheint, wovon er

sich getrennt hat, und was er nun mit seinem Haß verfolgt. Hüte dich vor ihm, Eugène!« Sie erriet seine Gedanken. »Er mag ja ein interessanter Gesellschafter sein. Amüsant, sensibel, gebildet, nachdenklich – vielleicht sogar mit einer gewissen Tiefe. Aber er ist auch emotional und unberechenbar, und du bist ein erfolgreicher Mann. Jetzt gefällt es ihm vielleicht noch, sich von dir protegieren zu lassen, aber je mehr er selbst an Boden gewinnt, um so eher wird er anfangen, dich zu beneiden. Er wird nur noch das Negative in dir suchen und dich hassen, weil er dich nicht übertreffen kann. Freundschaft ist nur unter Gleichrangigen möglich. Laß diesen Menschen nicht zu nahe an dich heran, Eugenio! Niemand hat mit Neid und Intrige besser Bekanntschaft gemacht als ich. Ich erkenne einen Neider auf den ersten Blick, mag er noch so verwundbar erscheinen und noch so liebevoll von Sehnsucht reden.«

»Sie waren so freundlich zu ihm, Mama. Ich dachte, er wäre Ihnen sympathisch.«

Olympia starrte ins Feuer, das nun hellauf loderte. »Das ist er auch!« sagte sie achselzuckend. »Muß ich aber deshalb meine Urteilskraft einbüßen?«

Sie tranken Champagner. »Es ist gut, daß du doch noch gekommen bist, tesoro!« sagte Olympia plötzlich leise und senkte den Kopf. »Ich bin sehr krank. Ich weiß, man sieht es mir nicht an. Zumindest meistens nicht, vor allem wenn ich gut geschminkt bin. So wie jetzt. Die Ärzte können mir nicht helfen. Manchmal meine ich sogar, sie glauben mir nicht, wenn ich erzähle, wie es mich oft nachts überfällt, als spränge ein riesiges Tier aus ungeheurer Höhe direkt auf meine Brust herab, um mir die Lunge zu zerdrücken und das Herz. Es geht alles so schnell! Meistens habe ich nicht einmal Zeit, nach Hilfe zu rufen: Ich schlafe und bin mir plötzlich ganz deutlich bewußt, daß ich schlafe. Ich fühle mich sogar ganz besonders wohl. So wohl, daß ich davon aufwache. Und genau in diesem Augenblick geschieht es: Dieses schwarze Ungeheuer stürzt sich auf mich herab wie ein Bär oder ein Adler. Ein Tier jedenfalls. Nicht ansprechbar. Ohne Mitleid. Es drückt mich mit aller Kraft nieder. Immer fester und fester, und ich bin sicher, daß es der Tod ist.« Sie schlug die Hände vors Gesicht. »Du kannst dir diese Angst nicht vorstellen, Eugenio! Sie ist so überwältigend, daß ich den wirklichen Tod sogar herbeisehne als Erlösung von ihr. Tot zu sein würde bedeuten, diese Angst endlich nicht mehr spüren zu müssen. Frei zu sein von ihr für immer.«

Sie fing an zu weinen. Eugène sprang auf und trat zu ihr. Wie ein gehorsames Kind saß sie vor ihm und blickte zu ihm auf. Er wollte sie umarmen und trösten, aber er wußte nicht, wie er es anstellen sollte. Linkisch kniete er sich vor sie hin. Er schloß die Arme um sie und sah zu ihr auf. Olympia beugte sich ihm entgegen und legte ihre Stirn an die seine. Er spürte ihre Hände um seine Wangen. »Es tut so gut, daß du da bist, mein Liebling!« flüsterte sie. »Warum hast du mich so lange warten lassen?« Das Feuer im Kamin knisterte, die Kerzen flackerten, eine Uhr schlug, und die Zeit stand still.

Nach und nach kamen sie zur Ruhe. Eugène kehrte in seinen Sessel zurück, Olympia nippte an ihrem Glas. »Wenn der Druck dann nachläßt, bin ich ohne jede Kraft!« sprach sie weiter. »Ich kann nicht einmal mehr glauben, daß ich wieder atmen kann. Ich sehe mich in meinem Zimmer um und erkenne es kaum wieder. Es erscheint mir unvorstellbar, daß sich hier in diesem Raum noch vor wenigen Augenblicken etwas so Entsetzliches, Zerstörerisches abgespielt hat. Etwas, das keine Spur hinterließ außer meiner Mattigkeit. Nichts Greifbares. Kein Blut, keine Wunde.« Sie legte ihre Hände auf die Brust, eine demütige, resignierende Gebärde, die Eugène ins Herz traf. Märtyrerhände. »Alles ist nur hier drinnen!« flüsterte Olympia. »Unsichtbar. Aber es wird mein Tod sein. Vielleicht schon bald.« Sie schwieg eine Weile und fuhr dann mit veränderter Stimme fort (Verändert? War es einer jener Mißklänge, die Eugène in Paris so oft herausgehört hatte?): »Deshalb, nun ja, deshalb habe ich Jean Philippe auch gebeten, mit Monsieur de Vendôme über meine letzte Ruhestätte zu sprechen.«

Eugène zuckte zusammen. »Jean Philippe?« fragte er verständnislos. *Jean Philippe* mit spitzer Stimme gesprochen, wie früher einmal *Louis – Seine Majestät, meine ich natürlich!* oder *Monsieur de Vardes – ein wirklich guter Freund!* oder oder oder ...

Olympia lächelte. »Der Graf de Mérode-Westerloo!« erklärte sie, als müßte alle Welt Bescheid wissen. »Ich dachte, man hätte dir von ihm erzählt. Er ist eine Art Sekretär für mich. Er berät mich in finanziellen Angelegenheiten. Ich bin doch so ungeschickt mit Geld!« Dieser falsche Unterton! Eugène hörte ihn ganz genau. Es war wieder wie in Paris, wie in Versailles, wie in Madrid. Es war wie immer mit Olympia. O mein Gott, warum hatte sie ihn überhaupt hergerufen? Sie brauchte ihn doch gar nicht. Jean Philippe. Der Sekretär. Der Gigolo.

Er zwang sich zur Ruhe, aber der Zauber war verflogen. Olympias Gesicht war immer noch alterslos schön, ihre Kleidung hinreißend elegant. Das Feuer im Kamin knisterte wie zuvor. Das Kerzenlicht huschte flackernd über die seidenen Tapeten. Die Uhr tickte. Und alle Hoffnung und alles Vertrauen hatten Eugène verlassen.

»Du erhebst dich zum Richter über mich!« sagte Olympia bitter. »Alle Welt hat sich mein Leben lang zum Richter über mich gemacht. Dabei geht es hier um mein Grab, Eugène! Meine letzte Ruhestätte! Darum kümmert sich dieser junge Mann, obwohl es eigentlich die Aufgabe meiner Kinder wäre, für mich zu sorgen und für das, was einmal aus meinem Leichnam wird. Ja, ich gebe zu, es tut mir wohl, Jugend um mich zu haben und zu sehen, daß ein junger Mensch mich verehrt und bewundert. Irgendwann einmal wird der Tag kommen, wo du das verstehst.« Ihre Stimme brach. Eugène senkte den Kopf. »Verzeihen Sie mir, Mama!« sagte er leise, aber der Name des fremden jungen Mannes hatte sich in sein Herz gebohrt.

»Ich möchte, daß mein Leichnam nach Frankreich gebracht wird!« fuhr Olympia fort. »Ich möchte neben meinem verstorbenen Gatten zur letzten Ruhe gebettet werden: in der Chartreuse von Gaillon im Mausoleum des Hauses Soissons. Das ist mein Recht. Auch wenn sie mich im Leben ausgestoßen haben: im Tod müssen sie mich auf meinen Platz zurückkehren lassen.« Sie stand auf, trat ans Fenster und rieb die Hände aneinander. »Weiters wünsche ich, daß mein Herz entnommen wird und in den Pariser Karmelitenkonvent gebracht wird: zum Herzen meines Gatten. Erst dann wird alles seine Richtigkeit haben.«

»Und dafür soll dieser junge Mann sorgen?«

»Er ist zu Vendôme gefahren und wird ihn bitten, mit dem König darüber zu sprechen. Vendôme ist immerhin der Sohn meiner eigenen Schwester. Dein leiblicher Cousin, Eugène! Auch wenn du das zuzeiten gern vergessen möchtest. Nun, wie auch immer: Er wird mir diesen Dienst nicht verweigern.«

»Vendôme ist mein Gegner im Feld, Mama!«

Olympia wandte sich um. Ihre Augen blickten kalt. »Was bedeutet das schon im Vergleich zur Ewigkeit?«

»Wir haben Krieg, Mama! Vendôme und ich stehen auf feindlichen Seiten. Wie können Sie ihn da um einen Gefallen bitten?«

Olympia drehte sich wieder zum Feuer um. »Ich kann es, weil für mich Vendômes Seite nicht feindlich ist. Ich bin Französin, Eugène, auch wenn der König mir das abspricht. Auch wenn meine eigenen Kinder ihre Heimat verraten haben. Sogar Thomas. Und der Himmel hat ihn dafür bestraft.«

»Ist das Ihre ehrliche Meinung, Mama?«

Sie nickte in die Flammen. »So wahr mir Gott helfe!«

Eugène stand auf. »Warum wollten Sie mich dann überhaupt wiedersehen?« Seine Stimme gehorchte ihm kaum. Olympia wandte sich langsam um und ging zu ihm. »Weil du mein Kind bist, Eugène!« sagte sie und fing an zu weinen. »Weil ich dich liebe, obwohl du mir so geschadet hast. Weil alle meine anderen Söhne gestorben sind, und ich meine Enkel nie sehen werde. Dafür wird dieser unselige Bastard aus Condés Haushalt schon sorgen.« Sie legte ihre Hände auf Eugènes Schultern. »Ich bin allein, Eugenio! Ich lebe in diesem riesigen Schloß mit ein paar Dienstboten, die ich kaum bezahlen kann und mit dieser alten Hexe d'Alluye. Nicht einmal meine Kammerfrau hat dieses Leben länger ertragen wollen. Sie hat sich vor zwei Jahren erhängt.«

»Mademoiselle de la Fare?«

»Du kannst dich an ihren Namen erinnern? Wie seltsam! Sie war doch so unauffällig.«

»Sind Sie wirklich so krank, Mama?«

Olympia zog ihre Hände zurück. »Nicht einmal du glaubst mir!« Ihre Stimme war voll Bitterkeit.

Eugène versuchte, sie zu umarmen, aber sie entzog sich ihm.

»Es tut mir leid, Mama! Ich wollte Sie nicht beleidigen. Ich hatte mir diesen Besuch nur ganz anders vorgestellt.«

Olympia war sehr blaß. »Ich auch!« sagte sie mit kalter Stimme.

»Ist es Ihnen recht, wenn ich morgen nach dem Frühstück abreise?«

»Selbstverständlich. Die Brüsseler Gesellschaft wird zwar bedauern, wenn der Ball für den großen Prinzen aus Österreich ausfällt, aber was soll's!«

»Ich muß ins Lager zurück. Eine Auseinandersetzung steht bevor.«

»Mit Vendôme?«

»Möglicherweise.«

»Wie apart! Ich hoffe, es gelingt Jean Philippe, ihm noch vor dieser Auseinandersetzung das Versprechen abzunehmen, daß er mir helfen wird.«

»Kann ich noch etwas für Sie tun, Mama?«

»Du kannst mir eine gute Nacht wünschen.« Ihre Stimme log nicht: Sie war hart und enttäuscht. »Eine Nacht, in der ich atmen darf . . . Eugen.«

Er wachte auf, weil er fror und merkte, daß er im Schlaf aus dem Bett gefallen war. Er stand auf und schob die Gardinen zurück. Draußen dämmerte es. Schmale, weiße Nebelschleier hingen über den Wegen und den Alleen des Parks und zwischen den hohen Bäumen. Wahrscheinlich stand wieder ein heißer Tag bevor. Es würde wohl am besten sein, jetzt schon abzureisen, um von der morgendlichen Kühle zu profitieren. Eugène machte sich fertig und zog sich an. Dann läutete er einem Diener und befahl ihm, Bonneval zu wecken.

»Soll ich auch Madame la Comtesse Bescheid sagen, Hoheit?« fragte der Diener. Er starrte Eugène voller Neugierde an.

»Ist es nicht noch zu früh für sie?« Olympia, die immer bis Mittag schlief!

»Madame la Comtesse steht gewöhnlich sehr früh auf. Ich bin sicher, sie ist schon in ihrem Salon.« Wie seltsam. Oder hatte sie Angst vor dem, was mit ihr geschehen konnte, während sie sich dem Schlaf auslieferte? Kannte er seine Mutter überhaupt noch?

Er ließ sich zu Olympias Räumen führen. Olympia saß vor dem gedeckten Frühstückstisch, neben ihr die buckelige Alte mit der Tizian-Perücke. Erst jetzt begriff Eugène, daß dies Madame d'Alluye war, deren wendiges Liebesleben und exorbitante Spielschulden seinerzeit die Pariser Klatschmäuler in Gang gehalten hatten. An ihrer Seite saß ein übernächtig aussehender junger Mann, der nervös aufsprang, als Eugène eintrat.

»Der Graf de Mérode-Westerloo!« stellte ihn Olympia vor. »Er ist eben von seiner Mission zurückgekehrt.«

Eugène begrüßte die kleine Gesellschaft. Höflich, kühl, fast unpersönlich. Es war ihm, als hätte dies alles mit ihm selbst überhaupt nichts zu tun. Sein Kopf schmerzte zum Zerspringen. Eugène dachte an Marlborough und wieviel es noch zu besprechen und zu veranlassen gab für die bevorstehende Schlacht. Wenn es nur endlich zu einer Entscheidung käme! Zu einem Éclat. Zum Sieg der Siege, der den Krieg beendete. Und dann: zurück nach Wien. Zurück zu Lori, die er immer nur alleinließ. Zurück zu ihr, deren Stimme ihre Worte niemals Lügen strafte.

»Es tut mir so leid, Madame la Comtesse!« Das Gesicht des jungen Mannes war blaß und unglücklich. Erst jetzt begriff Eugène, was der Graf eben berichtet haben mußte: daß es ihm nicht gelungen war, zu Vendôme vorgelassen zu werden – obwohl er doch alles versucht hatte!

Olympia senkte den Kopf und schwieg. Die Diener trugen Kaffee auf, Kuchen, duftende Brötchen und eisgekühlte Obstsäfte. Das Gespräch erlahmte, doch niemand machte den Versuch, es wieder in Gang zu bringen. Erst als Bonneval eintrat, schreckten sie auf und tauschten Artigkeiten. Fremde auf einer Reise. Eine kurze gemeinsame Rast.

»Werden Sie wiederkommen, Hoheit?« Die schrille Stimme der d'Alluye. Ein kalkweiß gepudertes Gesicht; blasse, wäßrige Trinkeraugen; dunkelrote, gefräßige Lippen. Bisher hatte Eugène vermieden, sie anzusehen, als wollte er sie nicht beschämen, indem er ihre Häßlichkeit wahrnahm. Diese Frau war das Alter, das er in Tervueren anzutreffen befürchtet hatte. Das Alter ohne Würde, ohne Einsicht und ohne Trost. Das Alter, o Himmel, das er auch seiner Mutter zugetraut hatte!

Seine Blicke wanderten zu Olympia. Auch sie sah ihn an.

Auf dem Grund ihrer Augen erkannte er ihre Angst. Angst wovor? Er spürte, daß seine Hände kalt und feucht wurden. Olympia. Seine Mutter. Seine wunderbare, verehrte, geliebte Mutter! Eugenio! Eugenio mio! Warme weiche Arme, die ihn so liebevoll umschlungen hatten. Ein Lächeln, das ihm das Herz zerriß und jedes einzelne Stückchen davon zum Himmel fliegen ließ. *Chante, rossignole, chante, toi, qui ai le coeur gai, toi, qui ai le coeur à rire, moi, je l'ai à pleurer . . .* Olympia und sein Vater. Neben ihm wollte sie ruhen. Ihr Herz neben dem seinen. Ihr Herz zum Lachen, ihr Herz zum Weinen. Sie wollte nach Hause. Alle Menschen wollten nach Hause. Er selbst doch auch!

Mit beiden Händen ergriff er ihre Hand. Er küßte sie und hielt sie fest. Olympia starrte ihn fassungslos an. Ihre Augen füllten sich mit Tränen. Ohne das Gesicht zu bedecken, weinte sie wie ein Kind vor sich hin. Schluchzte schutzlos ohne Stolz und ohne Scham. Sah ihm in die Augen und hörte nicht auf zu weinen. Ihre Hand war kalt wie die seinen, doch nach und nach wärmten sie sich aneinander.

»Wollen Sie nicht doch bis zum Ball bleiben, Hoheit?« Auf der gepuderten Stirn der d'Alluye standen Schweißperlen. »Es wird so peinlich sein, den Gästen zu erklären, daß Sie frühzeitig abgereist sind!«

»Seien Sie still!« Mit einer abrupten Bewegung stand Olympia auf und zog ihre Hand zurück. Sie blickte auf Eugène hinab. »Die Diener haben wahrscheinlich dein Gepäck schon verstaut«, sagte sie leise. »Laß uns hinuntergehen!«

Eugène zögerte, doch Olympia schob ihn am Arm zur Tür. »Sie bleiben hier, Madame!« befahl sie mit kühler Stimme und dann – freundlich, nachsichtig, fast zärtlich – »Sie auch, Graf!« Mérode-Westerloo verbeugte sich. Eugène blieb vor ihm stehen, verneigte sich ebenfalls – »Monsieur!« – und lächelte höflich. Olympia blickte zwischen den beiden hin und her, und als Eugène mit Bonneval den Salon verließ, murmelte sie einen leisen Dank. »Ich bin froh, daß du seinen Stolz nicht verletzt hast!«

Sie traten vor das Portal. Diesmal stieg auch Olympia die Treppe hinunter und ging mit bis zur Kutsche. Eugène umarmte sie und hatte plötzlich nur noch den einen Wunsch: bei ihr zu bleiben, sie nicht zu verlassen. Sie zu trösten, wenn ihre Anfälle kamen. Ihr zu helfen. Sie zu lieben und zu verwöhnen. Er: nicht dieser andere!

Er wartete darauf, daß sie seinen Namen aussprach, so wie nur sie es tat. Eugenio. Auch ein Stück Heimat. Eugenio mio! Wenn Olympia einmal nicht mehr war, würde niemand mehr ihn so nennen. Kosenamen – glänzende, bunte Steine der Kindheit, kostbarer als Juwelen. Ohne sie war die Kindheit zu Ende, die wahre, die einzige Heimat.

Er wollte sie Mutter nennen, Mama, so wie sonst auch, aber er konnte es nicht, und auch sie schwieg. Doch er wußte, daß ihr sein Name die Kehle fast versprengte.

Langsam und vorsichtig ließ er sie los. Sie wies mit dem Kinn zur Kutsche. Er lächelte gehorsam und stieg ein. Olympia sah ihm nach. Bonneval folgte ihm. Der Kutscher schloß den Schlag. Eugène schob das Fensterchen zur Seite und blickte hinaus. An seinem Körper war noch die Erinnerung an Olympias Umarmung.

Blaß und verloren stand sie vor der Kutsche. So mußte sie ausgesehen haben als junges Mädchen, das seine italienische Heimat verließ, um zum mächtigen Onkel nach Paris zu reisen, ein Weg in den Glanz, in den Ruhm und ins Verderben. Die kleine Olympia Mancini, eine von Mazarins koketten Nichten. So hübsch, so frivol, so gescheit und so unvernünftig. So viel Lebenslust, so viel Ehrgeiz, so viel ungläubige Verzweiflung. Und Mut. So viel Mut, auch wenn alles schon verloren schien. Ein stetiger Kampf bis zum Ende. Bis zum Ende.

Ein kurzer Ruck, und die Kutsche setzte sich in Bewegung.

Wie in Trance nahm Eugène das Bild seiner Mutter wahr, wie sie dastand und zu ihm aufsah. Ein sanfter Morgenwind sprang auf und bewegte ihr Haar. Langsam hob sie die Hand. Einen Augenblick lang blitzten die Juwelen an ihrem Hals auf. Durch das geöffnete Fenster hindurch spürte Eugène an seiner Schläfe die Finger des gleichen Luftzugs, der Olympias Haarlocke hob. Ein Gefühl von Verlust und Verhängnis überwältigte ihn. Etwas war unwiederbringlich verloren. Aber was?

3

»Was liest du da?«

Lori hob den Kopf. »Ein Buch von einem Philosophen. Er heißt Leibniz. Wratislaw hat es mir geschenkt.«

»Und wie heißt das Buch?«

»Théodicée.« Sie vertiefte sich wieder in ihre Lektüre. Nach einer Weile blickte sie auf und lächelte. »Soll ich dir daraus vorlesen? Ich glaube, es würde dich interessieren.«

Eugène nickte, und Lori fing an zu lesen. Eugène drehte sich zur Seite, um sie besser sehen zu können. Er haßte es, am hellichten Tag im Bett zu liegen, aber nachdem er zweimal beim Versuch aufzustehen fast ohnmächtig geworden war, hatte er sich schließlich den Ärzten, die ihm der besorgte Kaiser geschickt hatte, gefügt. Eine Woche Bettruhe. Mindestens und strengstens.

Seit fast zwei Monaten quälte er sich nun schon mit dieser Krankheit, die er anfangs als simple Erkältung abgetan hatte, wie er sie doch jeden Winter in Wien bekam vom schneidenden Wind in den engen Gassen, der nie aufzuhören schien, als wäre die Stadt ohne ihn nicht denkbar. Von Tag zu Tag hatte sich Eugènes Zustand verschlechtert. Nur mit äußerster Kraftanstrengung erhob er sich am Morgen und fuhr zu den endlosen Sitzungen des Hofkriegsrates und der Geheimen

Konferenz: ein gereizter, kurz angebundener Gesprächspartner, der jedem Widerspruch barsch begegnete und ihn als unqualifizierten Angriff von Personen abtat, die seine wohlbedachten, gut gemeinten Vorhaben aus eigennützigen Gründen torpedieren wollten. Sogar dem Kaiser war er einmal mitten in einer Konferenz mit schneidender Stimme über den Mund gefahren, als Joseph – in bester Liebeslaune und eben aus dem Bett seiner süßen Geliebten Marianne Pálffy zur Pflicht zurückgekehrt – die angespannte Stimmung durch ein paar gutmütige Scherzchen aufzulockern suchte.

»Auf den Feldern faulen die Toten, Majestät. Nicht überall lebt man so vergnügt wie hier in Wien. Wir haben keine Zeit mehr für Witzeleien.«

Ein Wunder, daß Joseph die Zurechtweisung so sanftmütig aufgenommen hatte, aber wahrscheinlich fühlte er noch immer die weichen, beweglichen Finger der kleinen ungarischen Comtesse in seinem Haar und ihren warmen, weißen Körper an dem seinen. Friedfertig sind die Liebenden. Und gedankenlos. Eugènes Rivalen allerdings – Salm, Mansfeld und die Ihren – warfen einander verstohlen vielsagende Blicke zu und nickten in sich hinein, zufrieden und hoffnungsvoll, weil der Herr aus Savoyen ganz offenkundig dabei war, sich sein eigenes Grab zu schaufeln.

Eugènes Krankheit besserte sich nicht. Die Ärzte verordneten eine strikte Milchkur, die ihn noch zusätzlich schwächte. Trotzdem stand er weiterhin jeden Morgen pünktlich um sieben Uhr auf und versäumte keine Sitzung. Sein Husten verschlimmerte sich. Die Schmerzen beim Atmen wanderten tiefer. In der Nacht plagten ihn heftige Schweißausbrüche und Alpträume. Auch tagsüber rasselte sein Atem hörbar. Die Opposition bei Hofe hatte immer mehr Grund, sich zu freuen und in Hoffnungsträumen zu baden.

»Soll ich weiterlesen?«

Eugène schreckte auf. Er hatte kein Wort verstanden.

Trotzdem war es ihrer klaren Stimme gelungen, ihn zu beruhigen. Es gelang ihr immer. Fast verwundert sah er zu Lori hinüber, wie sie zurückgelehnt in seinem hohen Ohrensessel saß, die Hände mit dem Buch auf die Oberschenkel gestützt wie ein braves Schulmädchen, das seine Lektionen vorträgt. »Soll ich?«

»Ja, lies bitte weiter!« Ermüdet drehte er sich auf den Rücken. Loris Stimme hüllte ihn ein.

Ich bin wirklich krank! dachte er ungläubig. Krank und müde. So müde wie dieses unselige Jahrhundert, das noch keine zehn Jahre alt ist und sich doch schon aufgerieben hat in einem Krieg, der keinem mehr nützt, den keiner mehr will, den wir endlich beenden müssen und anscheinend nicht beenden können, weil keiner bereit ist, seine eigene Position aufzugeben. Lieber sterben als verzichten. Die eigene Müdigkeit als Hoffnung, daß der andere vielleicht ebenso müde sein könnte oder vielleicht sogar noch müder und damit bereit nachzugeben, um endlich wieder in Ruhe schlafen zu können.

Schlafen. Ein ganzer Kontinent wollte endlich schlafen. Was ihn daran hinderte, war der Einsatz, der so hoch gewesen war, daß nur ein Sieg ihn rechtfertigen konnte. Wofür hätte man sonst seine jungen Söhne geopfert? Die vielen blühenden Städte? Die köstlichen Fluren? Die eigene Unschuld ... Gott mußte sich längst abgewandt haben. Es konnte nicht sein, daß er seine Kinder noch sehen wollte, die seinen Befehl, den Nächsten zu lieben, vergessen hatten.

Das spanische Weltreich ungeteilt in einer einzigen Hand: War das den Einsatz wert gewesen? Und war es überhaupt möglich, einen Preis dieses Ausmaßes zu vergeben und anzunehmen? War es nicht sogar lästerliche Anmaßung, ein solches Reich beherrschen zu wollen?

Ich bin krank! dachte Eugène. Wie käme ich sonst dazu, die Prinzipien meines Lebens in Frage zu stellen? Ich bin ein Diener meines Kaisers, was auch immer ich persönlich von ihm halten mag. Seine Macht ist mein Ziel. Muß mein Ziel sein. Sollte mein Ziel sein . . . Was will ich überhaupt hier in Wien, wo man es mir so schwer macht? Hat meine Mutter nicht vielleicht doch recht gehabt, als sie sagte, dies hier könnte niemals meine Heimat sein?

Olympia! Wie lange war es her, seit er sie zum letzten Mal gesehen hatte – blaß und verlassen vor diesem Schloß, dessen Pracht sie für sich beanspruchte und das dennoch auf einmal viel zu gewaltig erschien für die einsame Frau, die das Alter verleugnete und das eigene Scheitern?

Drei Monate nach seinem Besuch war sie gestorben. Nachts. Allein. Das seidene Nachthemd an der Brust gewaltsam auseinandergerissen im verzweifelten, gierigen Kampf um Atem. Der einst so süße Mund weit offen, die Arme ausgebreitet, um den verkrampften Lungen Raum zu schaffen. Mérode-Westerloo hatte Eugène davon berichtet, und noch Nächte danach erwachte Eugène mit einem Aufschrei, weil er geträumt hatte, er selbst sei es gewesen, der sich im herbstlichen Morgengrauen über Olympias kalten Körper beugte und den Blick der nachtschwarzen Augen suchte, die an ihm vorbei erstaunt zur Decke starrten.

Nach wem hatte sie gerufen in den letzten Sekunden ihres Seins? An wen hatte sie gedacht? Wen hatte sie wirklich geliebt in ihrem ungeordneten Leben zwischen Glanz und Demütigung, Hoffnung und Selbsttäuschung? Madame la Comtesse. Hatte es je eine Frau in seinem Leben gegeben, die ihm so viel Entzücken geschenkt und ihn zugleich so schmerzhaft gequält hatte? War es ein Glück gewesen, ihr Sohn zu sein oder eine unverdiente Strafe? Wer war sie gewesen? Olympia Mancini, Gräfin Soissons. Mitleidlose Mörderin? Zärtliche, ungeschickte Mutter? Leidenschaftliche, wahllose Liebhaberin? Hure oder entwurzeltes Kind? Intrigantin oder Opfer? Oder jeweils beides?

Was war an ihr gewesen, daß alle Männer in ihr die Geliebte zu entdecken glaubten, nach der sie sich schon immer gesehnt hatten? Nicht die Geliebte des Herzens, sondern die des Körpers, der Sinne, die sich mit Überdruß und Enttäuschung rächten, weil sie sich ohne die Mitwirkung des Herzens auf die Dauer nur noch verhöhnt fühlten?

Und Olympia selbst? Hatte sie sich nicht willig gesonnt in dem Verlangen, das sie erregte? Hatte sie jemals versucht, mehr zu verschenken als ihren schönen Körper und seine süßen, oft geübten Künste? Hatte sie wenigstens Ludwig geliebt, der ihr Streben doch beherrschte bis zum Tode? Oder galten auch ihre überschwenglichen Gefühle für ihn gar nicht ihm selbst, sondern nur der berauschenden Idee des Königtums, das er verkörperte und das ihr all das bieten konnte, was sie benötigte, um sie selbst zu sein?

Madame la Comtesse: Was hätte sie gesagt oder getan, wenn Ludwig eines Tages seine Macht verloren hätte und zu ihr gekommen wäre? Wenn er sie dann an ihre Liebe erinnert hätte, die doch angeblich so groß und endlos war? Hätte sie ihn unter diesen Umständen überhaupt noch lieben können? Oder hatte Olympia immer nur sich selbst geliebt? Oder nicht einmal das: Hatte sie nur geliebt, was zu verkörpern sie imstande war, wenn der Abglanz der strahlendsten Macht ihrer Zeit sie schmückte und schützte? Ein goldener Strahl im heißen Atem der Sonne – das war sie gewesen in den wenigen, funkelnden Jahren ihres Glücks, und als die Schatten auf sie fielen, erstickte sie. Langsam und qualvoll. Hoffend bis zuletzt.

Eugenio mio! Mérode-Westerloo hatte von den Briefen berichtet, die Olympia seit ihrer Jugend in einer Schatulle gesammelt hatte. Von einem besonders, der obenauf über den anderen lag.Ein zusammengerolltes, knisterndes Pergament, mit einer blutroten Schleife gebunden. Ein Brief der Liebe. Das Lied eines jungen Mannes aus ihrer Heimat. Was hatte dieser Mann oder vielleicht auch nur sein zärtliches Lied ihr bedeutet, daß sie dieses Dokument ihrer Jugend bis zum Tode aufbewahrt und wie ein Schutzschild über die anderen Briefe ihres Lebens gelegt hatte voll von Anschuldigungen, Drohungen, Schmeicheleien und Flehen um eine Hingabe, die ganz anders war als die Selbstvergessenheit jenes halben Kindes aus dem verlorenen Land der Sonne?

Schönheit, Zärtlichkeit, Charme, Intelligenz – so vieles gab es, was gut an ihr gewesen war und außergewöhnlich! Aber so vieles auch, was zweifelhaft war, gefährlich, undeutlich und zerstörerisch. Olympia. Seine Mutter, die nun tot war wie so viele andere, denen er begegnet war, die für kurze Zeit seinen Weg begleitet hatten und dann wieder verschwanden, als hätte es sie nie gegeben. Was sie zurückließen, war ein vages Gefühl von Beraubtsein, Bedauern und Einsamkeit. Ein Gefühl, das anwuchs mit jedem neuen Verlust, jedem neuen Toten. Als er ein Kind war – hatte er ihr da nicht versprochen, ihren Sarg zu tragen?

An einem Spätnachmittag kurz nach Eugènes letztem Besuch bei Olympia hatten Eugène und Marlborough die Franzosen in Oudenaarde in den Morästen an der Schelde besiegt. Sie hatten Lille belagert und genommen, den Eckstein der französischen Verteidigungsfront, und bedrohten damit Paris selbst, die Hauptstadt der Sonne. Von einem Entscheidungsjahr sprach man und betete um baldigen Sieg. Selbst der Himmel schien plötzlich Partei zu ergreifen mit jenem Winter, der sogar die Rhône zufrieren ließ. Die Weizensaat im Boden erfror ebenso wie die Nußbäume ganz Frankreichs, die Olivenbäume der Provence und des Languedoc und die Kastanien des Limousin. Das Getier kam um und bald auch die Menschen.

»Unsere Erde trägt nichts mehr!« schrieb verzweifelt die heimliche Königsgemahlin Madame de Maintenon, und eine andere große Dame, Ludwigs Schwägerin Liselotte: »Ich habe in meinem Leben noch nicht solche traurige Zeit erlebt, das arme Volk stirbt wie die Fliegen.« Ja, die Armen starben, und die Reichen nahmen ihren Platz ein und wurden arm. Der Brotpreis stieg ins Unerschwingliche. Die Schuldgefängnisse reichten nicht mehr aus. Die Marktfrauen aus Paris zogen nach Versailles und riefen nach Brot. Brot und Frieden! Brot und Frieden!

Der König hörte sie. Er weinte. Der Gottgesandte, der große Löwe auf dem erlauchten Throne Frankreichs, weinte . . . Um Gott im Himmel, den erbarmungslosen Gott der Schlachten, eine Freude zu machen und ihn damit gnädig zu stimmen, ließ er das jansenistische Nonnenkloster Port-Royal-des-Champs bis auf die Grundmauern zerstören. Kein Stein blieb auf dem anderen, sogar die Gebeine riß man aus den Gräbern. Die unbelehrbaren alten Frauen in Nonnentracht wurden vertrieben. Wohin? Wohin gehen Vertriebene? Welcher Gott half dem großen König zum Lohn dafür, daß er ihn vor der Ketzerei derer bewahrte, die vorgaben, ihn ebenfalls anzubeten? »Denkt denn Gott nicht an alles, was ich für ihn getan habe?« sollte Ludwig später ausrufen, als Todesfurcht ihn streifte.

Nach einer schlaflosen Nacht ließ der König den Alliierten die Nachricht zukommen, er sei bereit, im Namen seines Enkels auf Spanien zu verzichten.

Eugène, Marlborough und der Holländer Heinsius verhandelten in Den Haag mit Ludwigs Abgesandten Torcy. Eugène wollte Frieden. Für ihn schien dieser Krieg zu Ende. Doch die Beamten in Wien stellten sich plötzlich quer. Ähnliches geschah in London. Zu berauschend der Gedanke, den Pharao von Versailles in die Knie gezwungen zu haben. Besiegt war er. Zu Kreuze gekrochen kam er. Welche Lust, ihn nun auch noch zu demütigen! Ein Thronverzicht in Spanien? – Worte nur, da der Enkel Philippe, Seine Königliche Katholische Majestät, sich doch weigerte, sein Land Spanien zu verlassen: »Eher will ich sterben als abdanken!« . . . Die Furien der Rachsucht rieben sich die Hände: Ludwig, ja, Ludwig selbst habe seinen Enkel vom Thron zu reißen, auf den er ihn gesetzt hatte! Er habe ihn festzunehmen und nach Frankreich zurückzuschaffen. Hybris der Sieger.

Frankreich, das ausgehungerte, zitternde Frankreich, horchte auf und hielt den Atem an. Den eigenen Enkel vertreiben? . . . Es ging auf einmal nicht mehr darum, den Bourbonen ihr Imperium zu retten. Es ging darum, die eigene Ehre zu bewahren. Der Krieg um Spanien wurde zum nationalen Anliegen. Die Massen des Volkes, die bisher nur an das eigene Elend gedacht hatten, verfielen in einen revolutionären Taumel, einen mörderischen Haß auf die Demütiger, die Beleidiger. Man nahm willig hin, daß ein allgemeiner Zehent als Steuer eingeführt wurde. Man schickte sein Tafelgeschirr, so man solches noch besaß, in die Schmelzöfen und meldete sich freiwillig zu den Waffen. Der Krieg erhob von neuem sein blutiges Haupt.

Und dann jene Schlacht. Jenes Gemetzel. Malplaquet. Das totenblasse Malplaquet mit seinen sechsunddreißigtausend Toten, zwölftausend auf französischer Seite, vierundzwanzigtausend bei den Alliierten. »Eine herrliche Victoria!« belogen sich die Alliierten selbst und verdrängten den Gedanken, daß sie die Franzosen zwar in die Flucht geschlagen aber nicht mehr die Kraft aufgebracht hatten, sie zu verfolgen. Man hatte immerhin ein Schlachtfeld gewonnen: Hekatomben von Leichen an einem einzigen Tag für ein paar Wiesen und Felder. Brandopfer für so gut wie nichts . . . Und die Franzosen spotteten: »Noch ein solcher Kampf, und sie haben sich zu Tode gesiegt!«

Zu teuer erkauft! dachte Eugène. Viel zu teuer. Viel zu teuer und viel zu pompös! . . . Die mächtigsten Fürsten des Reiches hatten ihre Söhne gesandt: Der preußische Kronprinz sollte lernen, wie man eine Schlacht plante und führte; ebenso der Erbprinz von Hessen-Kassel und der Sohn Augusts des Starken. Goldene Söhne für einen goldenen Sieg.

Auf der anderen Seite kämpfte Villars, Eugènes Freund aus Jugendtagen. Man sagte, kaum einer verstehe die Soldaten so anzustacheln wie er, der General mit der Seele eines Helden und der Sprache eines Prahlers. Malplaquet kostete ihn ein Knie.

Ob er und Eugène jemals wieder beisammensitzen und sich mit der Selbstverständlichkeit von Jugendfreunden unterhalten würden? Oder hatte dieser Krieg für immer alles zerrissen, was an Eugénes Kindheit erinnerte und die verträumten, ungeduldigen Tage seiner Jugend?

Wie lange war es her, dachte Eugène, seit diesem Pyrrhussieg, seit dieser Schlacht, die noch weniger hätte sein müssen als je eine andere zuvor? Fünf Monate? Fünf Monate – und bald würde wieder Frühling sein, die Gegner würden ihre Wunden geleckt und neue Pläne ausgearbeitet haben. Die Mühen des Krieges würden von neuem beginnen.

Die Mühen des Krieges: Vor kurzem erst hatte Wratislaw ihm die Kopie eines Bildes gezeigt, das diesen Namen trug. *»Les fatigues de la guerre«* des Meisters Watteau, der sonst doch die Anmut rühmte, die Schönheit und die Sanftmut . . . Keiner in Europa war mehr der gleiche wie zuvor. Was wohl aus Herbel geworden war, dem Chronisten des Leids auf dem Balkan?

»Ich bin schon ganz heiser!« beklagte sich Lori und räusperte sich. »Dabei habe ich den Eindruck, daß du mir gar nicht zuhörst.«

Eugène wandte ihr den Kopf zu. »Aber natürlich tue ich das!« versicherte er. Lori lächelte zweifelnd und schloß das Buch. »Trotzdem!« bestimmte sie. »Ich brauche eine Pause!«

Sie rieb sich den Rücken, setzte sich auf die Bettkante und befühlte Eugènes Stirn. »Mir kommt vor, du hast kein Fieber mehr!« stellte sie erfreut fest. »Vielleicht hat es dir doch gut getan, einmal an etwas anderes zu denken als immer nur an all das Elend.« Sie streichelte seine Hände. »Der Zwist der Menschen ist gleich Null gemessen an der unvorstellbaren Harmonie, die im Kosmos herrscht!« zitierte sie.

Eugène blickte erstaunt auf. Lori lehnte sich zurück. »Siehst du!« sagte sie ärgerlich. »Du hast mir doch nicht zugehört!« Sie goß Tee in eine Tasse und bot sie Eugène an. Er setzte sich auf und richtete sich die Kissen. Lori nahm sich ebenfalls eine Tasse. »Weißt du, was mir meine Schwägerin gestern erzählt hat?« murmelte sie und nahm einen Schluck. »Sie hat sich eine Abschrift der Leichenrede schicken lassen, die der Jesuitenpater Usleber – so hieß er wohl, glaube ich – bei der Bestattung deines Cousins Ludwig von Baden hielt. Der Pater meinte, man habe dem Markgrafen gegen Ende seines Lebens bitter unrecht getan, als man ihm Untätigkeit zugunsten Frankreichs vorwarf. Sei ehrlich, Eugène: Wir waren doch alle ziemlich sicher, daß er von Frankreich bestochen war. Wie es scheint, haben wir ihn aber vielleicht doch verkannt: Der Pater berichtete, man habe dem Leichnam das Herz entnommen, um es in einer silbernen Kapsel in der Fürstenkapelle des Klosters Lichtental vor dem Altar unter Platten aufzubewahren. Daneben hat man die Eingeweide beigesetzt. Die Ärzte, die sie entnommen hatten, erklärten, sie hätten die Eingeweide und die Organe des Toten völlig vereitert und zerfressen vorgefunden. Seit mindestens vier Jahren müsse der Markgraf ein todgeweihter Mann gewesen sein und unfaßbare Schmerzen gelitten haben. Es grenze an ein Wunder, daß er überhaupt aufstehen konnte.«

Eugène stellte die Tasse auf den Nachttisch. Seine Hände zitterten so heftig, daß sie klirrend umfiel. Es war ihm, als hätte man ihm einen Stoß vor die Brust versetzt.

»Der arme Hiob!« fuhr Lori leise fort. »Der arme Hiob: So nannte ihn der Pater.«

Eugène starrte vor sich hin. Seine Augäpfel brannten vor Trockenheit, und er hatte das Gefühl, sich nie mehr bewegen zu können. »Schick mir den Langetl!« sagte er schließlich mit ausdrucksloser Stimme. »Er muß dafür sorgen, daß alle erfahren, was du mir eben erzählt hast.«

Lori nickte und erhob sich. Sie setzte ihre Tasse und ging zur Tür, ohne Eugène aus den Augen zu lassen. Sie wollte etwas sagen, aber als sie den Schmerz in seinem Blick sah, schwieg sie und ließ ihn allein.

»Die Mühen des Krieges ...«, murmelte Eugène. Eine heftige Wut erfaßte ihn plötzlich, und er hieb mit der flachen Hand auf die brennende Kerze neben seinem Bett. »Der Fluch des Krieges!« Er stieß mit den Füßen die Decke zurück und sprang aus dem Bett. Ihm wurde schwarz vor den Augen, aber er merkte es nicht einmal. Mit hastigen Bewegungen zog er sich an. Als Lori mit dem Sekretär zurückkam, war Eugène fertig angekleidet. Sein weißes Hemd war beschmutzt vom Ruß an seiner Hand.

4

Er hörte Schüsse von Musketen und den Donner von Kanonen in der Ferne. Zugleich wußte er, daß er schlief und keine Lust hatte, aufzuwachen. War er nicht eben erst ins Bett gekommen nach der endlosen Sitzung in der Geheimen Konferenz? Halb drei Uhr nachts war es gewesen, als er die Kerze auf seinem Nachttisch löschte, während sein Kammerdiener wie ein schlafender Uhu im Vorzimmer hockte, die Knie breit, das Kinn auf die Brust gesunken, die Arme neben dem Körper schlaff herunterhängend. Die halbe Nacht hatte er auf Eugène gewartet und war nun doch eingenickt. Eugène tappte an ihm vorbei und weckte ihn nicht.

Das Getöse hörte nicht auf. Eugène vergrub sich tiefer in die Kissen und zog sich die Decke über die Ohren. Dabei wußte er selbst im Schlaf genau, daß es keinen Sinn hatte, sich zu verstecken. Jede Minute, die er das Aufwachen hinauszögerte, war nur geliehen. Entkommen würde er dem fordernden Lärm ja doch nicht.

»Hoheit! Hoheit!« hörte er plötzlich eine aufgeregte Stimme, und jemand rüttelte an seiner Schulter. »Hoheit, bitte wachen Sie auf!«

Eugène resignierte. Er schob die Decke von seinem Gesicht und öffnete die Augen. Sein Kammerdiener – die Perücke schief auf dem Kopf, die Augenlider verquollen vom unbequemen Schlaf – stand vor ihm und hielt ihm einen Kerzenhalter vors Gesicht. Instinktiv zuckte Eugène zurück und brachte sich in Sicherheit. Erst jetzt bemerkte er, daß hinter dem Kammerdiener im Dunkel halb verborgen eine zweite Person stand. Eugène kannte den Mann nicht.

Mit einem Schlag war er hellwach. Er erinnerte sich der Situationen, in denen versucht worden war, ihn umzubringen: mit vergifteten Briefen oder Speisen oder durch Anschläge aus dem Hinterhalt. Wie einfach und wirksam, ihn ausgerechnet in seinem eigenen Schlafzimmer zu überfallen! Warum aber hatten sie ihn geweckt, da es doch wesentlich ungefährlicher gewesen wäre, ihn im Schlaf zu ermorden?

»Die Comtesse fleht Sie an, sofort zu ihr zu kommen! Sofort, Hoheit, ohne Verzögerung! Es geht um Leben und Tod!«

»Die Comtesse?« Eugène entspannte sich und hörte auf zu überlegen, wie er an seine Nachttischschublade kommen könnte, in der sich eine Pistole befand.

»Pálffy, Hoheit. Die Comtesse Marianne. Man tut ihr Schreckliches an, Hoheit!«

»Wer?«

»Die Kaiserinnen, Hoheit! Bitte kommen Sie!« Anscheinend merkte der Mann nicht, daß er in seiner Aufregung wie verrückt an Eugènes Arm zerrte. Sein ungarischer Akzent wurde nach und nach so breit und blökend, daß man die Worte kaum nocht verstand.

»Sie erlauben doch wenigstens, daß ich mich anziehe?« brummte Eugène gereizt und machte sich los.

Der Mann atmete erleichtert auf. »Sie kommen also mit, Hoheit? Der Jungfrau sei Dank!«

Eugène zuckte die Achseln. »Gehen Sie jetzt hinaus! Unterwegs können Sie mir dann ja erzählen, was passiert ist.«

Die Stallknechte schliefen in ihren Boxen neben den Tieren. Eugène wollte sie nicht wecken, um die Kutschpferde anzuspannen. Er sattelte eigenhändig seinen Isabellschimmel und galoppierte mit dem Boten durch die leeren Gassen zum Palais Pálffy. Schon von ferne sah er mehrere Karossen, darunter auch eine mit dem kaiserlichen Wappen. Zu seinem Erstaunen stand ein paar Schritte entfernt auch Wratislaws Kutsche. Livrierte Bedienstete bildeten wartende Gruppen und steckten die Köpfe zusammen. Aus einigen Fenstern der Nachbarhäuser blickten unter weißen Nachtmützen neugierig verschreckte Gesichter. Am Ende der Straße bellte ein Hund.

Das Eingangstor wurde von zwei kaiserlichen Garden bewacht. Sie versperrten Eugène den Weg. »Kein Eintritt!« schnarrte einer der beiden. »Befehl Ihrer Majestät!«

»Und das gilt auch für mich?«

Erst jetzt erkannte ihn die Wache. Verwirrt starrte der Mann Eugène ins Gesicht. »Eigentlich für jeden, Hoheit ...«, murmelte er ratlos, gab aber dann ehrerbietig den Weg frei und salutierte.

Eugène und der Bote traten ein. Neben dem halbdunklen Treppenaufgang stand schluchzend ein verängstigtes Kammermädchen. Über dem Nachthemd trug es nur einen dünnen Häkelumhang. Mit zitternder Hand wies es nach oben. Eugène stieg hinauf. Der Bote blieb bei dem Mädchen zurück und berichtete ihm mit atemlosen Flüstern.

Beide Türflügel zum Schlafzimmer der Marianne Pálffy standen weit offen. Das erste Grau des Aprilmorgens füllte den Raum, der von ein paar hastig angezündeten und ohne Überlegung im Raum verteilten Kerzen spärlich erhellt wurde. An einem Schrank hinter der Tür lehnte Wratislaw. Er war bleich und übernächtig. »Sieh dir das an, Eugène!« murmelte er. »Es ist eine Schande! Man könnte vor Scham in den Boden versinken.«

Es war Eugène, als stünde er vor einer Theaterbühne, auf der ein Stück abrollte, dessen Hintergrund er genau kannte. Jede einzelne Person war ihm vertraut mitsamt ihren Beweggründen und Hemmungen. Jeden Augenblick konnte sich eine von ihnen zu ihm wenden und ihn in das Geschehen einbeziehen. Er meinte sogar, eigentlich selbst eingreifen zu müssen, um zu beenden, was hier geschah. Daß er es nicht tat, lag an zwei der Hauptpersonen, deren Rang ihm verbot, sie einfach anzusprechen: die beiden Kaiserinnen – Eleonore, Witwe Kaiser Leopolds und ihre Schwiegertochter Amalie, bis gestern noch die ungeliebte Gemahlin des jungen Kaisers Joseph.

Die Kaiserinnen trugen Schwarz; Eleonore schon seit Jahrzehnten, längst bevor ihr Gemahl gestorben war, und auch Amalie hatte Schwarz immer bevorzugt. Es mußte schon ein Maskenball sein, daß sie sich an gedämpftes Violett heranwagten oder gar an sündiges Dunkelbraun. Beide brauchten sie ihre Garderobe nicht umzustellen nach dem Entsetzlichen des gestrigen Tages: Joseph war gestorben, der junge Kaiser, der so viele Hoffnungen geweckt und so wenige davon erfüllt hatte. Dreiunddreißig Jahre waren ihm gewährt worden, und er hatte sie zur eigenen Freude voll genossen, als ahnte er, daß

Eile geboten war. Nun hatten auch ihn, wie so viele andere, die Pocken dahingerafft, und als traurige Ironie in der gleichen Woche in Frankreich den Dauphin, Ludwigs einzigen legitimen Sohn. In Wien und Versailles nahm man die Spiegel ab und verhängte die Wände schwarz. In den Kirchen wurde für die armen Seelen gebetet, in den Salons tupfte man sich die Augen und trauerte den fröhlichen Zeiten nach, und in den Beratungszimmern herrschten Entsetzen, Ratlosigkeit und Angst vor der Zukunft.

Daß Joseph tot war, bedeutete, daß sein Bruder Karl, der immer noch um das spanische Erbe rang, nun die österreichischen Länder erben würde samt den Königreichen Böhmen und Ungarn; dazu womöglich noch die deutsche Kaiserkrone. Wenn es ihm jetzt gelang, seinen Rivalen Philipp auszumanövrieren, würde ihm auch Spanien mit seinen überseeischen Besitzungen gehören, dazu noch die Niederlande und weite Teile Italiens. Karls V. Weltreich, in dem die Sonne nicht unterging, würde neu erstehen und die Habsburger zu den Herren Europas und der halben Welt machen.

»Das ist das Ende der Allianz!« war das erste, was Eugène zu Wratislaw sagte, als er erfuhr, daß Joseph die Krise seiner Krankheit nicht überlebt hatte. Niemals würde England zulassen, daß die Habsburger eine solche Macht auf sich vereinten. Kein Schmerz um den Tod seines Sohnes würden den verwundeten alten Löwen Ludwig daran hindern, seine letzten Kräfte zusammenzuraffen, um den frechen Aufstieg des österreichischen Adlers in solche Höhen zu unterbrechen. »Wir sind jetzt nur noch von Feinden umgeben!« hatte Wratislaw geantwortet. »So groß zu sein, wird zur Sünde.«

Beide, Eugène und Wratislaw, waren sich einig, daß sofort gehandelt werden mußte. Schon während Josephs Krankheit hatten Eugènes Spione berichtet, daß eine englische Geheimdelegation in verhängten Karossen in Versailles eingetroffen war, und daß sogar die ehrbaren Holländer besorgte

Kuriere nach London sandten, die Königin Anna daran erinnern sollten, daß England bei einem eventuellen Richtungswechsel auf die holländischen Interessen nicht vergessen sollte. Victor Amadeus von Savoyen meldete sich in Wien und schlug vor, seinen ältesten Sohn mit einer Habsburgerin zu verheiraten und ihm selbst dafür Spanien zuzusprechen. Im Gegenzug wollte er Karl die italienischen Besitzungen überlassen – eine Lösung, die den Engländern nicht unlieb gewesen wäre und die auch Eugène und Wratislaw für bedenkenswert hielten.

Doch Karl weigerte sich, auf Spanien zu verzichten. Von allen Provinzen hatten ihm die Katalanen als einzige unbeirrt die Treue gehalten, und er wollte sie nicht im Stich lassen. Er hatte noch nicht begriffen, daß Undank die Münze war, in der Könige oft genug bezahlen mußten, um einen noch höheren Preis zu vermeiden. In den Jahren des Krieges um das Erbe von Gold und Blut war Karl selbst zum Spanier geworden ebenso wie sein Konkurrent Philipp. Beide klammerten sich an eine Identität, die ihnen nicht gehörte. Jeder wußte, daß nur einer von ihnen gewinnen würde, aber keiner wollte daran glauben, daß er selbst der Verlierer sein könnte.

Nun, nach dem Tod des jungen Kaisers, schien es plötzlich, als ob Karl zugleich gewinnen und verlieren sollte. Gewinnen: die österreichische Krone mit ihren gefährlich blitzenden Juwelen ringsum; verlieren hingegen: das spröde Spanien, das sich seiner Werbung mit einem verächtlichen Achselzucken entzog und ihm nur spöttisch die lockende, blutrote Rose Katalonien zuwarf . . . Eine Liebschaft, auf die er verzichten sollte! dachte Eugène . . . Aber welche Liebe ist schon austauschbar? Mochte Italien noch so nahe am Kaiserreich liegen, so daß es sich ohne bedrohlichen Zwischenraum dem bestehenden Machtblock angegliedert hätte; mochte Spanien hingegen fern und kaum zu beherrschen sein – Karls Entschluß stand fest: Er wollte Spanien, und er war der Kaiser.

Wer die Macht hat, hat das Recht. Im Deutschen Reich stand im Augenblick das Recht auf seiten der Kaiserinwitwe. Der älteren Kaiserinwitwe, Eleonore, der nach einstimmigem Beschluß der Großen Konferenz die Herrschaft übertragen worden war, bis Karl aus Spanien zurückgekehrt sein würde.

Eleonore hatte die Jahre seit dem Tode Leopolds in der kühlen Abgeschiedenheit der von ihr besonders geförderten Klöster zugebracht, denn es quälte sie, hinter dem eigenen Sohn zurückzustehen und hinter dessen unseliger Gemahlin, gegen die persönlich sie nichts hatte, der sie aber dennoch den Vortritt nicht gönnte. Hin und wieder zeigte sie sich in der Öffentlichkeit, um darauf hinzuweisen, daß immer noch mit ihr zu rechnen sei. Jeder dieser Auftritte kam einer Demonstration gleich, bei der sie mit Herablassung belohnte oder mit Nichtachtung bestrafte. Kaiserin von Gottes Gnaden.

Die Luft im Raum war stickig. Es roch nach Parfum, Kerzenrauch, verwelkten Rosen und nach dem Schweiß der Rachsucht und der Demütigung. Eugène trat an ein Fenster und schob den Vorhang zurück. Graues Morgenlicht drängte sich ein und legte sich über die eine Hälfte des Raumes, wo Eugène und Wratislaw standen, während die andere Seite im ungewissen Halbdunkel des Kerzenlichts blieb. Eleonore drehte sich um und starrte Eugène für einen Augenblick gereizt in die Augen. Eugène verneigte sich förmlich, doch sie beantwortete seinen Gruß nicht. Mit einer heftigen, abweisenden Bewegung wandte sie sich ab. »Machen Sie weiter, Comtesse!« befahl sie mit der kalten Stimme einer tugendsamen Frau, die den Sünder mehr haßt als die Sünde.

Eine kleine Ewigkeit lang hielt Marianne Pálffy dem Blick der Kaiserin regungslos stand, dann wandte sie sich mit herausfordernder Langsamkeit zu ihren Kleiderschränken, deren Türen weit offenstanden und den Blick auf ein Blütenmeer buntschimmernder Stoffe freigaben. Auch die Schubladen der Kommoden waren herausgezogen. Seidene, spitzenbesetzte Wäschestücke hingen bis zum Boden.

Marianne griff nach einem Bügel und hob ein Kleid heraus, ein duftiges, rosenfarbenes Gewölk, an das sogar Eugène sich noch erinnerte. Marianne und der junge Kaiser auf einem Jagdball in Laxenburg. Beide auf dem Höhepunkt ihrer Verliebtheit und ihres Glücks. Der Kaiser zum ersten Mal treu nach den vielen wilden, wahllosen Jahren mit Hoffräuleins, Kammerzofen und allem, was sonst noch Röcke trug. Treu, weil diese eine hier alles hatte, was er erträumte. Marianne in rosenfarbener Seide. Marianne im Jagdgewand wie Diana selbst. Marianne auf einer Schlittenfahrt in Böhmen, eingehüllt in zärtlichen, weichen Hermelin. So hell, so strahlend. Ein lachendes Kind des Lichts. Eine Göttin der Liebe und der Hingabe. Was er wollte, das wollte sie auch, und er wollte nur, was ihr Freude machte.

»Erst den Schmuck!« Die schneidende Stimme der Betrogenen. Amalie aus dem Norden des Reichs. Hannover. So weit weg, so ganz anders als das frivole Wien des blonden Lichtkaisers, in dessen Bild sie sich so sehr verliebt hatte, daß sie nicht mehr schlafen konnte und immer nur davon träumte, ihn sagen zu hören, daß er sie liebe. Von Berührungen und Liebkosungen wagte sie nicht zu träumen, weil sie fürchtete, seine Achtung zu verlieren, wenn sie ihm gestattete, was einer Kaiserin nicht würdig war. Achten mußte er sie. Ehrerbietung, das war die Liebe der Monarchen!

O das Glück, als sie vor nunmehr zwölf Jahren mit ihrer Mutter in einer goldenen Karosse in Wien eingezogen war, durch drei prunkvolle Triumphbögen hindurch, inmitten einer jubelnden Volksmenge zum Ziel ihrer Sehnsucht: zur Trauung in der Augustinerkirche mit dem schönsten Fürsten der Welt! Fünf Jahre jünger war er als sie, und sie erschrak, als sie sein glattes Gesicht zum ersten Mal sah. Aber auf

Schönheit kam es nicht an. Sie würde seine Kaiserin sein. Die geachtetste, verehrteste Kaiserin, die Wien je gesehen hatte. Dafür allein würde er sie lieben und alles andere vergessen.

Nach der Trauung dann ein Ball im Großen Saal der Burg. Fünfhundert Kerzen und draußen für das tanzende, singende Volk ein Feuerwerk bis tief in die Nacht. Dreizehn Triumphwagen, auf denen verkleidete Sänger ihr und Joseph eine Serenade darbrachten, ›*Le triomphant Hyméné*‹, die sie zu heißen Tränen rührte, die ihr junger Gatte nicht trocknete. Der Gesang sollte den Vollzug der Ehe begleiten. »Die Braut sah sehr häßlich aus«, meldete Villars nach Versailles, »und der Bräutigam sehr niedergeschlagen.«

Amalie bewahrte sich ihre Würde und verlor ihre Träume und ihre Arglosigkeit. Sie lernte einsehen, daß für ihren Gemahl die kaiserliche Unantastbarkeit durchaus nicht das kostbarste Gut war, und daß das einzige, was er an ihr zumindest ein wenig schätzte, ihr Verstand war, aber Verstand war es nicht, was ihn zu Frauen hinzog.

Sie gebar ihm zwei hastig gezeugte Töchter und hoffte auf einen Sohn, obwohl ihr die Ärzte zu verstehen haben, daß der Lebenswandel des Kaisers ihn möglicherweise in seiner Zeugungsfähigkeit beeinträchtigt haben könnte. »Es gibt da gewisse Krankheiten – Majestät verstehen?«

Majestät wollten nicht verstehen. Majestät weinten jede Nacht, bis plötzlich wie ein giftiges Insekt der Name Marianne Pálffy auftauchte. Einmal, noch einmal und dann immer wieder. Ununterbrochen. Marianne Pálffy. Marianne Pálffy. Marianne Pálffy . . . Ein ganzer Schwarm von Insekten, der über Amalie herfiel und auf sie einstach . . . Da wollten Majestät plötzlich verstehen, und Amalie hoffte inbrünstig, daß die Ärzte recht behielten und daß die beiden Frevler ihre Sünden bitter büßen mußten. Sogar auf den Sohn, den sie brauchte, wollte sie verzichten, wenn nur die beiden Gottlosen ihrer Strafe nicht entgingen.

Die Strafe ließ nicht auf sich warten. Joseph erkrankte. Der erste Gedanke, der Amalie durch den Kopf schoß, war: Es gibt noch eine göttliche Gerechtigkeit! . . . Sie hoffte, daß auch die Rivalin dem Leiden zum Opfer fiel. Vielleicht hätte das allein schon genügt, die Waage von Verfehlung und Sühne wieder ins Gleichgewicht zu bringen. Der Kaiser hätte dann genesen und reuevoll zu seiner untadeligen Gemahlin zurückkehren können. Hätte sie ihn denn wieder aufgenommen? Aber ja, da doch das Verzeihen die christlichste aller Tugenden war!

»Erst den Schmuck!«

Marianne zögerte, blickte dann Amalie hochmütig in die Augen, hob das rosenfarbene Kleid ihrer glückseligen Tage mit ausgestrecktem Arm so hoch sie konnte und ließ es dann mit einem lässigen Öffnen der Finger zu Boden fallen. Als wäre Leben und Atem in ihm, blieb das Kleid auf dem Teppich liegen.

Amalie errötete und wurde dann ohne Übergang so blaß, daß Eugène meinte, sie würde umsinken. Ohne Amalie aus den Augen zu lassen, trat Marianne an einen Sekretär neben dem Fenster und zog mehrere Schmuckschatullen heraus. Sie öffnete die größte und entnahm ihr ein Diadem aus Rubinen und Brillanten. Als krönte sie sich selbst damit, setzte sie es in ihre dichten, blonden Locken, die noch zerzaust waren vom Schlaf. »Das Diadem meiner Mutter, Majestät!« sagte sie mit höflicher Stimme. »Ich hoffe, es gefällt Ihnen.« Zum ersten Mal, seit er sie kannte, fiel Eugène auf, daß Marianne im gleichen Tonfall und mit der gleichen, nasal-arroganten Artikulation sprach wie der Kaiser.

Amalie konnte nicht antworten. Die Kaiserinmutter kam ihr zu Hilfe. »Wir sind nicht interessiert an Ihrem Familienschmuck!« sagte sie kalt. »Wir verlangen nur die Juwelen, die aus der kaiserlichen Schatzkammer stammen. Ferner jene

Stücke im Wert von siebzigtausend Gulden, die Sie meinem Sohn abgeschmeichelt haben. Sie sind Eigentum der Dynastie.«

Marianne errötete. »Nehmen Sie am besten gleich alles mit, Majestät!« sagte sie. Ihre Stimme zitterte. »Ihre Ratgeber können dann in Ruhe auswählen, was Sie mir gütigst lassen wollen.«

Eleonore war kalt wie Eis. »Eine gute Idee, Comtesse!« lobte sie und hob das Kinn. »Ich sehe, Sie verstehen zu organisieren.«

»Und jetzt die Kleider!« Amalie hatte sich wieder gefaßt. »Holen Sie alles aus dem Schrank, was er für sie bezahlt hat!«

Marianne schob die Schmuckkassetten zur Seite. »Der Kaiser hat viel für mich bezahlt, Majestät. Nicht weil meine Familie zu arm wäre, mich auszustatten, sondern aus Liebe. Es entzückte ihn, mich in schönen Kleidern zu sehen und sie für mich auszusuchen.« Sie lächelte. »Und dann hat er bezahlt. So wie jetzt ich bezahle, nicht wahr?« Rasch und nachlässig riß sie die Kleider aus dem Schrank und warf sie zu einem Haufen auf den Boden.

»Majestät!« sagte Eugène mit lauter Stimme. »Sollten wir nicht ein Ende machen?«

Salm unterbrach ihn. »Dazu besteht keine Veranlassung, Hoheit. Wir können uns nicht erinnern, Sie und den Grafen hergebeten zu haben.«

»Salm und Mansfeld! Ohne die beiden geht es ja wohl nicht!« murmelte Wratislaw. »Laß sie in Ruhe, Eugène! Ich werde sofort an Karl schreiben, daß er eingreift.«

»Wien–Madrid und zurück!« sagte Eugène leise. »Wer weiß, was sie inzwischen mit ihr anstellen!«

Eleonore fuhr herum. »Glauben Sie, ich höre nicht, was Sie da flüstern, meine Herren?« sagte sie mit klirrender Stimme. »Sie brauchen sich nicht zu bemühen. Ich kann Ihnen sagen, was geschehen wird. Nackt und bloß wird sie dastehen, die junge Dame mit dem gefügigen Körper! Keine der Hofdamen wird mehr mit ihr sprechen dürfen, und es wird auch gar keine Gelegenheit mehr zu solchen Gesprächen geben, da die Heirat mit dem Grafen – wie hieß er doch gleich, mein Freund . . . ?«

»Przchorzonsky!« sprang Mansfeld hilfreich ein.

»Ja, richtig . . . da diese Heirat in den nächsten Tagen stattfinden wird. Der junge Ehemann – nun ja, so jung ist er nun auch wieder nicht! – der künftige Ehemann also liebt jedenfalls das zurückgezogene Landleben. An einem Aufenthalt in Wien ist er nicht interessiert. Man sagt, er züchtet die prächtigsten Gänse, und seine Fischteiche sind legendär. Eine echte Lebensaufgabe, die jedenfalls keinen Schaden anrichtet und niemanden unglücklich macht.«

Amalie fing plötzlich an zu beben. Sie atmete schwer.

»Und nun die Wäsche!« fuhr Eleonore fort.

Auch Mariannes Hände zitterten nun. Sie beugte sich über die Kommode und zerrte ein spitzenbesetztes Wäschestück nach dem anderen heraus. Bei einem Nachthemd zögerte sie. Sie strich zärtlich darüber und hielt es sich dann vor den Körper. »Dieses Nachthemd müssen Sie mir unbedingt wegnehmen, Majestät!« sagte sie mit leiser, zitternder Stimme zu Amalie. »Es hat ihrer Ehe besonders geschadet. Ihr verstorbener Gemahl hat die Spitzen in Brüssel selbst für mich ausgesucht. Er liebte dieses Kleidungsstück.« Sie trat auf Amalie zu. »Wollen Sie es gleich haben, Majestät?«

Amalie zuckte zurück. »Bleiben Sie, wo Sie sind!« rief sie drohend. »Wagen Sie nicht, näherzukommen!«

Marianne lächelte. »Wie Sie wünschen, Majestät. Dann lege ich es eben zu den anderen.« Mit einer vorsichtigen, liebevollen Bewegung breitete sie das Gewand auf dem Boden aus, band die Schleife des Mieders und drapierte sie wie bei einem Ausstellungsstück. Dann wandte sie sich wieder an Amalie. »Noch etwas habe ich für Sie, Majestät!« Sie öffnete eine Schranktür, die bisher verschlossen geblieben war.

Eugène hielt den Atem an. Ganz offensichtlich enthielt dieser Schrank Kleidungsstücke des Kaisers selbst.

»Das alles gehörte ihm!« sagte Marianne leise und streichelte über die Stoffe. »Sie können es gleich mitnehmen, wenn Sie wollen. Sie sind doch seine Erbin, nicht wahr? Alles gehört Ihnen. Jetzt...« Vorsichtig hob sie einen Morgenrock aus roter Seide aus dem Schrank. »Den trug er nur in diesem Haus!« sagte sie und legte ihn sich um die Schultern. Sie sah aus, als schmückte sie sich mit einem Krönungsmantel. »Der Pelzkragen ist aus Zobelfell!« erklärte sie und schmiegte die Wange daran. »Im Winter sind unsere Räume ziemlich zugig, und er erkältete sich doch so leicht. Aber das wissen Sie ja selbst, Majestät.«

Als Marianne dastand mit dem Morgenrock des Kaisers um die weichen Schultern und dem Diadem ihrer Mutter im Haar, begriff Eugène, daß keine Macht der Welt Joseph von dieser Frau hätte trennen können. Sanftes Rot war in ihre Wangen gestiegen, als ginge aus der Kleidung ihres Geliebten auch dessen Kraft und Autorität auf sie über. Sie war geliebt worden, wahrhaft geliebt und begehrt, und sie hatte selbst ebensosehr geliebt und nach ihm verlangt. Ihre Identität bestand aus ihrer kreatürlichen Vollkommenheit als Frau. Zärtlichkeit und sexuelle Perfektion – mehr hatte sie nie gewollt, aber auch nicht weniger.

»Es macht mich traurig, mich von diesem Mantel zu trennen, Majestät!« sagte Marianne saft und lächelte. Eugène wurde klar, daß sie es bei allem Schmerz genoß, Amalie zu quälen. Sie hüllte sich fester in den Mantel.«Es ist, als wäre er selbst noch hier . . . Joseph . . . «

Amalie schrie leise auf. In ihrem blassen, mageren Gesicht mit den eingefallenen Schläfen zuckte es. Sie raffte ihre Röcke zusammen und hastete an Eugène und Wratislaw vorbei aus dem Zimmer. Mit stolpernden Schritten lief sie die Treppe hinunter und fauchte unbeherrscht die Wache an, die ihr das Tor nicht schnell genug öffnete.

Eleonore zögerte einen Augenblick, dann folgte sie ihr. Als sie an Eugène vorbeieilte, sah er, daß ihr Gesicht rot war vor Zorn, und daß auf ihrer Stirn eine dicke Ader hervortrat und pulsierte.

Salm und Mansfeld stürzten ihr verstört nach. Eugène und Wratislaw blieben zurück. Marianne rührte sich nicht. Das Lächeln in ihren Augen und um ihre Lippen war verschwunden. Sie weinte nicht, aber es schien, als wäre sie der einsamste Mensch auf der Welt. Wratislaw zog die noch geschlossenen Vorhänge zurück und löschte die Kerzen.

»Sie brauchen keine Angst zu haben, Comtesse!« sagte Eugène leise. »Ich werde mich sofort mit Ihrem Vater in Verbindung setzen. Er hat diesem Land über dreißig Jahre treu gedient. Sein Name wird Sie schützen.«

Erst jetzt traten Tränen in Mariannes Augen. Als hätte sie nicht mehr die Kraft, sich aufrecht zu halten, sank ihr Kopf zur Seite. Eugène streckte die Arme aus, um sie zu trösten, ließ sie dann aber wieder sinken. Marianne konnte nicht getröstet werden.

»Er war noch so jung!« sagte sie mit kaum hörbarer Stimme. »Viel zu jung, um schon zu sterben!«

Eugène nickte. »Ja . . . «, sagte er leise. »Viel zu jung.« Er sah sie an, und sie erinnerte ihn plötzlich an Françoise, die er geliebt hatte. Françoise, das Sonnenkind, so lieblich und so verantwortungslos. Auch sie war nicht glücklich geworden.

Der Morgen brach an. Ein heller, freundlicher Aprilmorgen. Marianne ging zum Bett und setzte sich darauf. Sie beugte sich über das zerdrückte Kissen und legte beide Handflächen darauf. Hätte sie nicht so geliebt, dachte Eugène, wäre sie jetzt noch am Leben.

Durch das Fenster drang der Gesang einer Amsel unten im Park. Marianne hörte es. Sie hob den Kopf und blickte Eugène in die Augen. Plötzlich lächelte sie und zuckte hilflos die Achseln. Eugène verstand erst gar nicht, was sie flüsterte: »Der Mantel riecht noch nach seinem Parfüm!«

5

Die Königin stand tief in ihrem Herbst. Das endlose Ringen um die Verteidigung einer Krone, die zu schwer für Annas unterwürfigen Scheitel war, hatte sie mürbe gemacht, ruhebedürftig, gereizt gegenüber jeder Anforderung, die sie zwang, Haltung zu bewahren, ihr Amt auszuüben und eine Majestät zu repräsentieren, die ihrer geheimen Sehnsucht, sich zu demütigen, widersprach.

»Wir haben viele Tränen vergossen«, sagte sie in Anspielung auf den Tod Kaiser Josephs. »Als hätten wir ein Mitglied Unserer eigenen Familie verloren.« Ihre Würde wirkte schwerfällig und gespielt, als wollte eine einfache Frau aus dem Volk eine Herrscherin mimen – nicht aus Vergnügen an der Verkleidung, sondern weil niemand sonst für die Rolle zur Verfügung stand.

Eugène verneigte sich tief zum Dank. Als er sich wieder aufrichtete, bemerkte er, daß sich durch die weiten Röcke Annas hindurch deutlich ihre Knie abzeichneten, die sie breit auseinandergestellt hatte, um ihre durch Wassersucht angeschwollenen Beine und Füße zu entlasten.

Eugène verneigte sich erneut und gratulierte Anna zu ihrem Geburtstag – in seinem eigenen Namen, vor allem aber im Namen seines Herrn, der ihr Wohlergehen und Gesundheit wünsche. Anna nickte dankend und ließ sich ein Schwert reichen, ganz aus Gold und mit durchsichtigen Diamanten besetzt. Eugènes Gegner aus der Tory-Partei schätzten seinen Wert auf viertausend Pfund Sterling. Kein schlecht angelegtes Geld, wie sie fanden, denn nach einem so kostbaren Geschenk konnte der Prinz aus Österreich nicht behaupten, man hätte ihn ungnädig empfangen. Gold und Juwelen als glitzerndes Mäntelchen für einen schwarzen Verrat.

Nach über zehn Jahren gemeinsamer Politik mit Österreich war England auf Frankreich-Kurs umgeschwenkt, seit

Joseph tot war und seit Karl nach langem Zögern Spanien verlassen hatte, um sich die Krone Österreichs und des Deutschen Reiches aufs Haupt setzen zu lassen. Seine junge Gemahlin Elisabeth Christine war in Barcelona geblieben als beruhigendes Faustpfand für die Katalanen, die ihm als einzige stets die Treue gehalten hatten.

Als Eugène in Innsbruck zum ersten Mal mit Karl zusammentraf, war Karls Regentschaft bestens vorbereitet. Von einem deutschen Fürstenhof zum anderen war Eugène gereist, um sich der Gefolgschaft der Vasallen zu versichern, nicht zuletzt auch der Zustimmung des preußischen Königs, der insgeheim selbst mit der deutschen Krone liebäugelte, aber wußte, daß die hohe Zeit seiner jungen Dynastie noch nicht gekommen war.

England hatte sich immer als Zünglein an der Waage der europäischen Politik betrachtet. Zu Beginn des Krieges war sein einziges erklärtes Ziel gewesen, Karl von Habsburg als König in Spanien zu etablieren und damit zu verhindern, daß durch Ludwigs Enkel Philipp von Anjou die Kronen Spaniens und Frankreichs vereinigt würden.

Doch Philipp hatte sich nicht vertreiben lassen, und die Spanier akzeptierten ihn, während Karl immer weiter zur Ostküste zurückgedrängt wurde, ein Prätendent, für den der halbe Kontinent blutete, den das spanische Volk selbst aber ablehnte. Nun hatte er plötzlich eine der beiden mächtigsten Kronen der Welt geerbt. Ihm jetzt auch noch Spanien zu geben, wäre Dummheit gewesen. Das sagte man sich in England, und das sagte sich insgeheim auch Eugène, der sich nicht vorstellen konnte, daß das ursprüngliche Kriegsziel jetzt noch durchsetzbar sein würde. Worauf es nun ankam, das war ein günstiger Friedensvertrag, der dem Reich vielleicht sogar mehr Vorteile einbringen konnte als der Erwerb des fernen, unwilligen Spanien. Ein gemeinsamer Friedensvertrag der Allianz mit Frankreich. Wenn England aber absprang und sein eigenes Süppchen kochte, konnte das Frankreich nur stärken und seinen Gegnern schaden.

Karl wollte davon nichts hören. Sein Herz war für immer gefangen von der unendlichen Bläue des spanischen Himmels; von seinen Menschen, deren strenge Moral seinen eigenen Idealvorstellungen so nahe kam; von der heißen Sonne über dem glitzernden Meer, das sich der Welt öffnete, und von der Unterwürfigkeit der wenigen, die ihn anerkannten. »Gehen Sie nach England, und gewinnen Sie die Königin für eine Weiterführung unseres gemeinsamen Kampfes!« befahl er Eugène in jenem Tonfall, der in Spanien niemals Widerspruch gefunden hatte. Was ein Herrscher befahl, hatte zu geschehen, was immer es auch war. Keiner von Eugènes Einwänden wurde auch nur angehört. Absolute Regentschaft ... und dazu noch das kindliche Vertrauen in die Fähigkeiten des Prinzen von Savoyen. Wie Leopold! dachte Eugène bedrückt. Er glaubte nicht an den Erfolg seiner Mission.

Eugène nahm dankend das Schwert aus Annas Hand entgegen und reichte es mit unergründlicher Miene weiter an seinen Neffen Eugen, Thomas' jüngsten Sohn, Chevalier von Savoyen, der ihn als Adjutant nach London begleitet hatte, um an seinem Beispiel die Diplomatie zu erlernen. Uranies Sohn als Kindersatz für ihren gehaßten Schwager. Der junge Chevalier hatte erzählt, daß seine Mutter ihn kaum beachtet hatte, als er zum Abschied in das Kloster kam, in dem sie sich vergrub. Sie war fertig mit allem, sogar mit ihren Kindern. Als man ihr ein paar Monate zuvor mitgeteilt hatte, ihr Sohn Maurice sei gefallen, hatte sie nur gleichmütig bemerkt, dies sei wohl der Lauf der Welt, in der hauptsächlich die Jungen starben, weil nur sie in den Krieg zogen, und weil nur sie gegen die Seuche der Pocken nicht immun waren. Wer erst ein höheres Alter erreicht habe, könne sich glücklich schätzen, soweit es überhaupt ein Glück sei, leben zu müssen.

Der junge Eugen hielt das Schwert waagrecht auf den Armen. Sein hübsches Gesicht war blaß und angestrengt. Seit er sich in London aufhielt, hatten sich tiefe Ringe unter seine schwarzen Mancini-Augen gegraben, Narben eines hektischen Lebens, das er genoß, als könnte jede Nacht seine letzte sein. Die Damen der englischen Gesellschaft rissen sich um ihn wie um eine Trophäe, die von Bett zu Bett ging. Man suchte seinen kontinentalen Charme und die erregende Dekadenz seiner Liebesspiele, die er sich nicht im nüchternen Savoyen angeeignet hatte, sondern in Wahrheit erst in seinen Londoner Nächten als zuvorkommende Antwort auf die überreizten Phantasien seiner englischen Partnerinnen. Neunzehn Jahre war er alt. Triumphierend glaubte er zu genießen und zu nehmen und war doch nur das anziehende Spielzeug der erotischen Träume jener, die er zu benutzen meinte. Er hatte keine Zeit und wohl auch keine Lust, über sich nachzudenken, aber hätte man ihn gefragt, so hätte er wahrscheinlich nur gelacht und geantwortet, daß es doch sehr vergnüglich sei, in dieser Weise als Spielzeug zu dienen.

Eugène spürte die Reserve der Königin, doch er merkte auch, daß es ihr peinlich war, ihn so zu behandeln. Sie war nicht gerne unfreundlich und abweisend. Die *gute Königin Anna* ließ sie sich gerne nennen. Ein schöneres Kompliment gab es nicht für sie, die von Kindheit an an sich selbst gezweifelt hatte. Hübsch wäre sie gern gewesen wie ihre spätere Busenfreundin Sarah, die den Herzog von Marlborough geheiratet hatte. Sarah Jennings – rotblondes Haar; kornblumenblaue, flammende Augen und ein voller kleiner Mund, so spöttisch, daß Anna – die junge Anna – Angst davor hatte, ihn lächeln zu sehen. Trotzdem konnte sie ihre Augen nicht lassen von der Gleichaltrigen, die man ihr als Großmeisterin der Garderobe beigegeben hatte. Zitternd vor Hingabe und Verehrung beobachtete sie Sarah und verglich deren sprühende Unterhaltungsgabe mit der eigenen Schüchternheit und Unterwürfigkeit. Sie erlebte, wie Sarah die Liebe des schönsten Mannes der Nation gewann und ihn heiratete, während sie selbst, Anna Stuart, ihre Nächte mit einem Trunkenbold von Ehemann verbrachte, Georg von Dänemark, dessen radebrechendes Englisch sie kaum verstand. Eine ganze Schar von Kindern hatte er ihr gezeugt, und sie hatte sie geboren, jedesmal am Rande des Todes. Sie hatte sie im Arm gehalten, von Anfang an zweifelnd, ob sie überleben würden, weil sie so klein waren. So winzig. Häßlich wie uralte Männer, die kein Morgen mehr zu erwarten haben. Und alle waren sie gestorben, von Krämpfen zerrissen oder vor Schwäche erloschen, noch ehe sie das Wiegenalter überschritten hatten. Lauter kleinwinzige Särge, die die Bestatter ohne Anstrengung unter einem Arm forttragen konnten . . .

Anna hatte aufgehört, daran zu glauben, daß ihr erschöpfter Körper, den frühzeitig die Gicht zu plagen begann, Leben schenken könnte. Trotzdem wurde sie wieder schwanger und immer wieder. Es kam ihr vor, als wäre sie ihr ganzes Leben lang schwanger gewesen. Ihr Ehemann konnte stolz auf sich sein. Ihm durfte keiner einen Vorwurf machen. Das sagte er ihr auch oft und mit grausamer Lust, vor allem, wenn der Alkohol ihn beherrschte. Dann weinte Anna und flüsterte, sie sei wohl die unglücklichste Fürstin auf dieser Welt. Zugleich aber fühlte sie sich durch die eigenen Tränen getröstet und bestätigt. So war es nun einmal: Sie war eine Königin. Eine Stuart . . . Und sie war ein Nichts. Es tat gut, diese Wahrheit ins Gesicht geschleudert zu bekommen.

In den ersten Jahren ihrer Ehe hatte Anna bei Sarah Trost gesucht. Obwohl Sarah den ganzen Tag um sie war und die Geheimnisse der königlichen Ehe kannte wie niemand sonst, hatte Anna ihr täglich lange, von Fehlern strotzende Briefe geschrieben, oft sogar während Sarah bei ihr im Zimmer war. Zu schreiben tröstete mehr als nur zu reden und zu weinen.

Wenn Anna schrieb, klärten sich ihre Gedanken, und sie wagte Geständnisse, an denen ihr – hätte sie sie ausgesprochen – die Lippen verbrannt wären. »Dear Mrs. Freeman«, begann jeder dieser Briefe, denn kein Mensch auf der Welt war in Annas Augen so frei wie ihre geliebte Sarah. Dear Mrs. Freeman – und am Ende der seitenlangen Epistel in viel kleineren, demütigen Buchstaben die eigene Unterschrift: »Forever Yours, Mrs. Morley«. Der reizloseste, trübsinnigste, dumpfste aller Namen war gerade häßlich genug für die Königin des britischen Imperiums.

Sarah wußte, was Anna brauchte, und sie gab es ihr mit boshafter Bereitwilligkeit. Keine Demütigung, die sie ausließ, keine Beleidigung. Anna weinte und schluckte alles. Nur Sarah war ehrlich zu ihr. Nur Sarah sagte, was sie wirklich dachte, und was auch die anderen dachten, während sie heuchlerisch ihre Rücken vor ihr krümmten. Sarah ließ sich dazu nicht herab. Sie war frei, Mrs. Freeman, Annas zweites Ich, mit dem sie sich in glücklichen Augenblicken heimlich identifizierte. Trotz allem mußte Sarah sie doch lieben! Wäre sie sonst bei ihr geblieben, da ihr doch die ganze Welt offenstand? Alle taten, was Sarah sagte, und Sarah fühlte sich als Herrscherin der Welt. Sie machte Politik, nein, sie *war* Politik, die englische Politik. Sie war das Aushängeschild der Partei der Whigs, die das Parlament beherrschten, und sie vermittelte Anna deren Ziele, so daß kein Außenstehender eine Chance hatte, seiner Königin seine abweichende Meinung zu unterbreiten.

Den Herzog von Marlborough zu heiraten, war Sarahs Meisterstück gewesen. Das Unfaßbare daran war, daß sie einander wirklich liebten. Wieder einmal konnte Anna es sehen: Sarah erreichte alles, was ein Mensch sich erträumen konnte. Sarah war perfekt . . . Und wieder schrieb Mrs. Morley ergebene Briefe an Mrs. Freeman und flehte sie an, den Saum ihres Kleides küssen zu dürfen. »Ich werde mich opfern, um Ihnen auch nur den geringsten Dienst zu leisten!« versprach sie. »Nur der Tod könnte mich von Ihnen trennen. Ich bin alle Tage mehr die Ihre.«

Sarah hatte ihren Höhepunkt erreicht. Die Königin, Herrscherin über alle, zu beherrschen, machte Sarah mächtiger als jeden anderen Menschen des Landes. Mächtiger und unvorsichtiger. Maßloser. Ganz Europa zerriß sich den Mund über die beiden Frauen, als sie an einem strahlenden Sommersonntagmorgen St. Paul's Cathedral betraten, und Sarah bemerkte, daß die Königin entgegen ihren Instruktionen keinen Schmuck angelegt hatte.

Mit lauter Stimme tadelte Sarah ihre Herrin-Dienerin, der das Blut in die Wangen schoß. Annas erste Reaktion war, sich für das Versäumnis zu entschuldigen, doch dann blickte sie sich um und sah die blassen Gesichter ihres Hofstaats und der Parlamentarier mit ihren Familien. Drängend, so kam es ihr auf einmal vor, starrten sie sie an und erwarteten von ihr, daß sie als Königin reagierte. Als Königin von England, nicht als die wertlose Enkelin der Wäscherin Anna Hyde – Annas heimlichster und beschämendster Kummer. Aber war sie denn nur das? War sie nicht auch, und das vor allem, die Tochter Jakobs II.? Die Tochter eines Königs und selbst nun doch ebenfalls Königin? Die Gute Königin Anna! Der gute Mensch, der von Schreibkrämpfen erfaßt wurde, wenn er ein Todesurteil unterzeichnen sollte. Ein mildes Herz zu haben, war eine Tugend. Aber: Gut zu sein – hieß das auch: schwach zu sein?

Königin. Zum ersten Mal in ihrem ängstlichen Leben begriff Anna, wer sie war. »Schweigen Sie!« sagte sie scharf. Alle hörten es, auch sie selbst. Die Stimme einer Fremden.

Sarah zuckte zusammen, faßte sich rasch und setzte sich demonstrativ, ohne Anna den Vortritt zu lassen. »Schweigen Sie selbst!« antwortete sie mit kalter Stimme. »Oder möchten Sie, daß ich der Nation Ihre Briefe zur Kenntnis gebe?«

Wieder einmal hatte Sarah das letzte Wort behalten, aber in diesem Fall war es einmal zu viel gewesen. Bleich wie eine Sterbenskranke, mit einem Alp auf der Brust, aber fest entschlossen kehrte Anna nach dem Gottesdienst in den Palast zurück, enthob Sarah unverzüglich aller Ämter und übergab sie Sarahs grämlicher Nichte Abigail Hill, einer Tory-Anhängerin, die seit zehn Jahren geduldig wie ein Maulwurf auf diese Gelegenheit hingearbeitet hatte. Wieder war Anna dabei, zum Werkzeug einer Partei zu werden, aber diesmal wenigstens zu einem, das seinem Rang entsprechend behandelt wurde. Sie spürte es, und sie weinte und verlangte niemals von Sarah den Schlüssel zu ihren Gemächern zurück.

An manchen Abenden, wenn Abigail Anna rühmte und ihr erzählte, wie sehr das Volk sie liebe und verehre, fühlte Anna sich belogen und verlassen und sehnte sich danach, das zu hören, was die Wahrheit sein mußte, und was nur ein einziger Mensch auf der Welt ihr zu sagen gewagt hatte: Mrs. Freeman, die keine Siegerin mehr war, wie Anna sehr wohl wußte. Sarah . . . mit ihren roten Locken und den Augen wie der Himmel am allerschönsten Sommertag! Mit wem konnte man sich jetzt noch identifizieren, da sie doch so tief gefallen war?

»Mrs. Freeman!« flüsterte Anna und sah Abigail an, die zu ihr ins Zimmer getreten war. »Majestät?« fragte Abigail verständnislos. »Ich glaube, Sie sind eine sehr langweilige Person!« sagte Anna mit ruhiger Stimme. Abigail starrte sie betroffen an. »Aber Majestät! Was habe ich getan?«

Anna zuckte die Achseln und lächelte. Sie stellte sich die Beleidigungen vor, mit denen Sarah sie überhäuft hätte, hätte sie derartiges zu ihr gesagt. Zugleich zerriß es ihr das Herz vor Liebe und Sehnsucht.

Eugène spürte, wie er zornig wurde. Wie er sich schämte, daß er hier stand und um eine Gefolgschaft flehte, die man ihm ja doch versagen würde. Er spürte die tiefsitzende Schwäche dieser Frau, die die Macht hatte, alle seine Pläne zu durchkreuzen, und er spürte zugleich das Verlangen, diese Schwäche auszunutzen, um sich zumindest mit Worten zu rächen für den Verrat, den man ihm angetan hatte, ihm, seinem Freund Marlborough und der Allianz. Heimliche Verhandlungen der Engländer mit Frankreich. Ein Vertrag, der nur noch unterzeichnet zu werden brauchte und die Interessen des Bündnispartners Österreich ausklammerte. Heimlichkeiten über Heimlichkeiten. Auch die Holländer hatte man betrogen, die sich aus Bündnistreue geweigert hatten, den Friedensschalmeien aus Versailles Gehör zu schenken.

Lag all das an Annas zwiespältigem Verhältnis zu Sarah? Das beschämende Ende einer politischen Partnerschaft als Folge einer krankhaften Beziehung zweier Menschen? – Sarah war entlassen worden und bald darauf auch ihr Gatte, der Motor des Bündnisses zwischen England und Österreich. Noch während Eugène auf dem Weg nach London war, hatten die Tories eine riesige Propagandaschlacht entfesselt, die darin gipfelte, daß Marlboroughs Ministerium gestürzt wurde und er selbst in Ungnade fiel. Er und seine Frau, die flammenhaarige Hexe, so hieß es, wollten London niederbrennen, die Königin ermorden lassen und die Macht im Staate an sich reißen. Sie seien das Haupt einer Räuberbande, die sich Morhocks nannten und die Londoner Bevölkerung terrorisierten. Eine Privatarmee von Kriminellen, bezahlt aus Unterschlagungsgeldern!

Kaum einer glaubte die Räubergeschichen, aber es war amüsant, sie zu wiederholen, und irgendwie gab es da doch das alte Sprichwort, daß wo Rauch sei, auch Feuer sein mußte.

Man entkleidete Marlborough aller Würden und verklagte ihn wegen Unterschleife. Man beraubte ihn seines Barvermögens und verbannte ihn nach Holywell-House, einem schmucklosen Anwesen bei St. Albans in der Grafschaft

Hertfordshire. Sarah hatte es einst von ihrem Vater geerbt. Damals, vor vielen Jahren, am Beginn ihrer funkelnden Karriere.

Jetzt kehrte sie zurück. Ärmer, viel ärmer als damals, weil ohne Zukunft. In einem Palais, wert einer Königin, hatte sie residieren wollen. Blenheim Palace, Geschenk der Königin an ihren siegreichen Paladin nach der Schlacht von Höchstädt-Blindheim. Die Bäume des Parks gepflanzt in der Anordnung der Armeen . . . Nun ruhte der Bau. Von einem Tag zum anderen hatte das Schatzamt seine Zahlungen eingestellt. Eine Königin nahm ungnädig ihr gnädiges Geschenk zurück. Die Arbeiter packten ihre Bündel und verließen die glücklose Baustelle, eine tiefe Wunde in der grünen Parklandschaft und in der Ehre eines Landes.

»Die ruhmreichen Taten unserer gemeinsamen Armee werden nie vergessen werden, Majestät!« War das wirklich er, Eugène von Savoyen, der so sprach? Er, dem jedes Pathos suspekt war? Aber er wollte eindringen in diese biedere Maske aus Gereiztheit, Qual und Scham. »Vor allem nicht der Name von Mylord Duc de Marlborough!«

Die Königin holte tief Atem. Es klang wie ein Schluchzen. Wie um sich in sich selbst zu verschließen, zog sie ihre schmerzenden Knie aneinander, so hastig und unvorsichtig, daß sich die weiten Röcke über ihren Oberschenkeln bauschten. Mit der ängstlichen Bewegung eines Vogels riß sie hilfeheischend den Kopf herum zu ihren Ministern Harley und St. John, die an der Seite des Throns standen und bisher geschwiegen hatten.

»Ihre Majestät hat sich über Ihren Besuch gefreut, Hoheit!« sagte Henry St. John, der jüngere der beiden, einst mit Marlborough befreundet, inzwischen aber vorsichtiger geworden. Ein schöner Mann, der Gedichte schrieb und zugleich Gefühle als bürgerlichen Ballast abtat. Lebemann, Gelehrter und Besitzer der arrogantesten, gelangweiltesten Intonation im ganzen Königreich. Erst gestern hatte die Königin angedeutet, sie wolle ihn zum Viscount of Bolingbroke erheben, ein Titel und Name, der besser zu seiner imposanten, weltmännischen Erscheinung passen werde. »Ihre Majestät bedauert, daß Sie uns schon verlassen müssen.«

Anna atmete erleichtert auf, aber ihre Knie zitterten noch immer aneinander, als hätte sie Fieber.

John Churchill, Herzog von Marlborough. Als Eugène ihn wiedersah, tat ihm das Herz weh. Als schönsten Mann von Europa hatte man Marlborough noch vor nicht allzu langer Zeit gepriesen, nach Höchstädt-Blindheim und nach den zahlreichen Belagerungen und Eroberungen, die die alliierte Armee immer näher an die Grenzen Frankreichs heranführten . . . Ein hochgewachsener, stattlicher Mensch, ein wenig zur Fülle neigend, was ihn aber nur noch imposanter erscheinen ließ. Eugène kam sich neben ihm drahtig und unscheinbar vor, und er wunderte sich darüber, daß die Soldaten viel öfter seinen Namen skandierten als den des Herzogs.

Marlborough schien sehr wohl zu bemerken, daß man Eugène bevorzugte. Trotzdem zeigte er weder Neid noch Eifersucht. Er, der elegante Höfling, dem es zur zweiten Natur geworden war, auch das geringste Privileg zu nutzen und stets auf dem Vortritt zu beharren, ließ sich kein einziges Mal auf einen Machtkampf mit Eugène ein, obwohl dieser dreizehn Jahre jünger war und ihm die Schau stahl. Eugène – Erbe eines goldenen Namens, verwandt mit den mächtigsten Dynastien, ein Aristokrat, dessen Herkunft allein ihn schon zum Cousin fast aller Könige machte . . . Und Marlborough – John Churchill anfangs nur, erst im mittleren Alter in den Grafenstand erhoben und noch etwas später zum Herzog ernannt: Was er bis zum Herzklopfen schätzte, waren Titel, Ämter und Geld, mit dem er so penibel umging wie ein biederer Bürger.

Seine Kleidung war prächtig, seine Haltung bewußt aufrecht, vornehm und anspruchsvoll, aber im übrigen sparte er. Während Eugène seine einfache alte Uniform bevorzugte und ständig vergaß, sich neue Perücken anpassen zu lassen, dafür aber auch während der Feldzüge in geräumigen, luxuriös ausgestatteten Zelten logierte und seine Offiziere großzügig bewirtete, war Marlborough lieber Gast als Gastgeber. Schon sein enges, spartanisches Quartier schreckte potentielle Besucher ab und trug ihm den Ruf eines Geizkragens ein, was ihn nicht einmal störte, weil er Sorge hatte, irgend jemand könnte an seine Großzügigkeit appellieren. Im Gegensatz zu den gängigen Offiziersgewohnheiten haßte er Spielkarten und Würfel, und er hätte es bei aller Prunkliebe niemals fertiggebracht, einen Bau wie Blenheim Palace zu planen, wenn ihm die Königin nicht zugesichert hätte, alle anfallenden Kosten zu übernehmen. John Churchill war ein Herzog, aber sein Titel war noch sehr neu, und seine Tugenden waren die Tugenden der Klasse, die er eben erst verlassen hatte.

Die Verschiedenheit ihrer Lebensstile bewirkte, daß sie einander nie in die Quere kamen, und daß jeder immer wieder und oft zum eigenen Nachteil dem anderen zu Hilfe eilte. Sie waren nicht Konkurrenten, sondern Partner, und da sich keiner dem anderen aufdrängte und ihn zu beeindrucken oder zu manipulieren suchte, wurden sie fast unmerklich zu Freunden.

Schon zu Beginn der Allianz hatte England durchgesetzt, daß sein Vertreter den Oberbefehl erhalten sollte: Marlborough. Eugène stellte diese Position nie in Frage, er nahm sie nur in der Praxis nicht zur Kenntnis. Marlborough, der den Schutz der Titel so sehr brauchte, sollte sich ruhig damit schmücken. Eugène, der mit Titeln geboren war, kam es nicht darauf an, ihm die Freude zu lassen. So verkehrten sie von Anfang an auf gleicher Ebene. Marlborough genügte der nominelle Primat, im übrigen war er froh, die Verantwortung zu teilen und später, als die Last ihn zu sehr bedrückte, sich immer mehr an Eugène anzulehnen.

»Ich empfange Sie nicht so, wie ich es mir manchmal vorgestellt habe!« Marlboroughs Gesicht war blaß und ein wenig aufgeschwemmt. Zum ersten Mal fiel Eugène auf, daß Marlboroughs Augen unter den vielgerühmten pechschwarzen Brauen hervortraten. Die Hand, die Marlborough ihm reichte, war aristokratisch und feingliedrig wie früher, aber im Griff so auffallend fest und zupackend, daß es nur gewollt sein konnte. Es war nicht zu übersehen: Marlborough, der so leicht verzweifelte, stand in tiefer Depression.

Eugène ließ die Hand des Herzogs los und umarmte ihn spontan. »Mein lieber Freund!« sagte er leise. Er spürte, daß der Herzog sich an seinen Schultern festhielt wie ein ängstliches Kind.

»Sie sind der einzige, vor dem ich mir Schwäche gestatte!« murmelte Marlborough mit unterdrückter Stimme. »Wirklich, der einzige Freund, den ich noch habe.«

Eugène schob ihn sanft von sich. »Das ist nicht wahr, Mylord!« widersprach er. »Ihre Partei ist in London fieberhaft tätig, Sie zu rehabilitieren. Glauben Sie mir, es wird nicht mehr lange dauern, und Sie blicken auf diese traurige Zeit zurück als auf eine vorübergehende Episode.«

Marlborough blickte ihn zweifelnd an. Seine Augen waren feucht. »Glauben Sie wirklich, mein Freund?« Er wandte sich um und zog Sarah, die hinter ihm wartete, zu sich heran. »Meine geliebte Gattin!« stellte er sie vor. »Ich weiß nicht, wie ich ohne sie das alles ertragen könnte.«

Sarah trat vor und lächelte. Verblüfft starrte Eugène sie an. Es war ihm, als hätte er sie schon oft gesehen – eine vertraute Erscheinung, deren Anblick ihm zugleich angenehm und unbehaglich war.

»Exzellenz!« lächelte Sarah charmant und reichte ihm die

Hand zum Kuß. Sarah schien die Verbannung besser zu verkraften als ihr Gemahl.

Eugène faßte sich. Es stand fest, daß ihm diese Frau noch nie begegnet war. Wahrscheinlich erinnerte sie ihn nur an jemanden. Er wußte bloß nicht an wen. Vielleicht kam sie ihm auch nur deshalb so bekannt vor, weil er in Marlboroughs Zelt fast jeden Tag ihr Bild gesehen hatte, eine Skizze, die Godfrey Kneller als Vorbereitung auf ein Ölgemälde der Herzogin angefertigt hatte: Sarah Jennings in einem einfachen Tageskleid aus Satin, weiß wie ihre Haut, tief decolletiert, aber ohne Schmuck, nur einen großen goldenen Schlüssel am Gürtel. Herrin des Hauses. Der Kopf leicht zurückgelehnt und schief geneigt, so daß das energische runde Kinn an einer Seite breitgedrückt wurde. Die Augen forschend, skeptisch und versteckt verächtlich. Ein kaum merkliches, ironisches Lächeln um den vollen kleinen Mund. Ein Arm mit dem Ellbogen lässig auf einen Tisch gestützt, die Finger ganz entspannt, als hätte der Künstler sie ihr so gerichtet. Wahrscheinlich hatte er das auch getan. Die Herzogin von Marlborough war keine Frau, die sich entspannte.

Man trank schwarzen Tee mit Milch und aß dazu dünn geschnittenes Weißbrot mit Gurkenscheiben. Eugène dachte an die üppigen Gastmähler, zu denen man ihn in den letzten Tagen geladen hatte, um ihn zu beschäftigen und von der Straße fernzuhalten, wo das Volk hinter seiner Kutsche herrannte und ihm wie verrückt zujubelte. Er war froh, daß sich sein Magen endlich erholen konnte, doch der Unterschied zwischen der Atmosphäre hier und jener in den Londoner Stadtpalästen war dennoch bedrückend. Ein mächtiger, einfacher Kasten. Große, hohe Räume. Kaum Bilder, Teppiche oder Kerzenlüster, fast so, als hätte eben eine Versteigerung stattgefunden, für die man alles Entbehrliche und Schmückende weggeschleppt hatte.

»Das einzig Gute an dieser Verbannung ist, daß wir hier

vor den Pocken ziemlich sicher sein können!« murmelte Marlborough in einem Versuch von Galgenhumor. »Halb London ist inzwischen erkrankt. Halb Europa, wie ich höre! Wenn der Erdteil ausstirbt, werden zumindest Sarah und ich übrigbleiben und uns darüber freuen können, daß man uns entehrt und ausgestoßen hat.«

Sarah räusperte sich. » Mein Gatte ist sehr deprimiert, wie Sie sehen, Exzellenz«, versuchte sie, die Situation zu entkrampfen. »Aber es stimmt, daß es so nicht weitergehen kann.« Ihr rundes Kinn hob sich.

»Ich weiß nicht, wie es uns gelingen könnte, die Tories auszuschalten!« sagte Marlborough und zuckte die Achseln. »Gleich nachdem die Königin mich entlassen hatte, haben sie zwölf neue Peers ernannt, selbstverständlich alles Tories. Damit haben sie für die nächsten Jahre die Mehrheit im Oberhaus. Wir kommen nicht mehr gegen sie an. Außerdem haben sie die gigantischste Verleumdungskampagne gestartet, die unsere Insel je erlebt hat.«

»Ich weiß.«

»Es ist dieser Swift!« Marlboroughs Wangen röteten sich vor Zorn. »Jonathan Swift. Keiner geht mit der Feder um wie er, das muß ihm der Neid lassen. Der geborene Demagoge. Wir hätten klug genug sein sollen, uns rechtzeitig seiner Dienste zu versichern, anstatt ihn den Tories zu überlassen. Dann stünden wir jetzt anders da. Von dem Flugblatt, das er gegen uns hingeschmiert hat, wurden in einem einzigen Monat mehr als zwölftausend Stück verkauft. Ich habe es natürlich auch gelesen und danach fast selber daran geglaubt, daß ich London niederbrennen und unsere Gute Königin in den Tower werfen wollte. Am liebsten wäre ich persönlich losgezogen, um diesem staatsfeindlichen Ungeheuer namens Marlborough den Garaus zu machen.«

»Und der rothaarigen Hexe, seiner Frau, die sich so darauf freut, die Minister der Königin eigenhändig zu ermorden!«

Im Gegensatz zu ihrem Gatten ließ die Wut Sarah erbleichen. »Sie haben auch Ihr Fett abbekommen, Exzellenz.« Sie zitierte aus dem Gedächtnis: »Der Prinz von Savoyen, ein Mann nicht ohne einen natürlichen Anflug von Grausamkeit, wie man sie manchmal den Italienern vorwirft; und da er in Waffen aufgezogen wurde, wurde in ihm alles Mitleid und Gewissen erstickt, so daß er jederzeit das Leben von tausend Mann um einer Laune willen für seinen Ruhm oder seine Rache opfert.« Sie lächelte triumphierend.

Eugène zuckte die Achseln. »Nicht alle hören auf ihn«, sagte er gleichmütig und dachte an die riesigen Menschenmengen, die sich überall in London ansammelten, wenn er auftauchte. Man erdrückte ihn fast vor Begeisterung. Man öffnete die Türen seiner Karosse, um ihm die Hände zu schütteln und ihm zuzurufen, daß man ihn verehre und liebe – viel mehr als die feinen Herren aus dem Oberhaus, deren Stammbäume mit dem seinen nicht konkurrieren konnten, die sich aber trotzdem benahmen, als hätten sie die Aristokratie erfunden.

Ganz London war aus dem Häuschen. Eugène stellte fest, daß die Meinung, die man in Wien von der Mentalität der Engländer hatte, nur auf eine dünne Oberschicht zutraf. Nur sie kultivierte die näselnde Arroganz, die die Lustspieldichter und ihr Publikum entzückte. Die Bevölkerung hingegen war überschwenglich, fast kindlich. Sie genoß es, zu bewundern, zu jubeln und ihre Helden zu verteidigen. Junge Frauen, die vor Begeisterung zu quietschen anfingen, wenn sie ihn sahen, und Männer, die ihm mit voller Kraft auf die Schultern schlugen, daß er fast umfiel. Bis in seine Privatgemächer drangen sie vor, standen an der Tür und sahen ihm zu, wie er speiste oder mit seinen Besuchern redete. Tiefe Sprünge durchzogen den Steinboden in Leicester House von den unzähligen Besuchern, die sich drängten und draußen berichteten, wie unerhört vornehm der Prinz sei und dabei doch wie jovial!

Besonders rühmte man seine lebhaften Augen und seine kräftige Stimme.

Oberflächlich betrachtet war der Besuch in London ein Erfolg. Auch die große Gesellschaft riß sich um Eugène, und sogar die Tories versuchten sich seiner zu bedienen, indem sie ihn als das viel größere militärische Genie priesen. Nur ihm habe Marlborough seine Siege zu verdanken.

Eugène ließ sich nicht täuschen. Die Königin schützte weiterhin ihre zahlreichen Leiden vor, um ihn nicht mehr empfangen zu müssen. Die Stadt London veranstaltete kein offizielles Diner zu seinen Ehren. Harley, der Premierminister, späterer Earl of Oxford, jubelte zwar, der Tag, an dem Seine Hoheit, der Prinz von Savoyen sein Gast sei, sei der glücklichste und stolzeste seines Lebens. Ähnliches äußerte auch St. John, doch zu greifbaren Ergebnissen kam es nicht. Das einzige, was noch zu erreichen war, dachte Eugène, war es, England daran zu hindern, einen Separatfrieden mit Frankreich zu schließen. Aber vielleicht war dies längst schon geschehen . . . Eugène dinierte, tanzte widerwillig, plauderte, besuchte die Oper, flirtete mit dem Volk und durchstöberte mit seinem Generaladjutanten Hohendorff die Londoner Antiquariate. Zugleich aber wartete er ungeduldig auf die Antwort seines Kaisers, den er gebeten hatte, ihm die Rückkehr zu erlauben. Jede Stunde länger in London sei vertane Zeit. Das Schreiben des Kaisers kam umgehend: Weiterbemühen! Sollten die Engländer nicht zu bekehren sein, kämpfen wir alleine weiter. Guido von Starhemberg hat in Spanien ein paar Scharmützel gewonnen. Vielleicht ist das ein Anfang für Größeres . . .

Eugène, der keinen Sinn in der Fortsetzung des Krieges sah, mühte sich weiter. Er konferierte mit Harley, mit St. John, mit dem Herzog von Buckingham, mit Lord Portham, mit jedem, der etwas zu sagen hatte in Whitehall, und immer öfter dachte er an den alten politischen Grundsatz, gegen den er ununterbrochen verstieß, ohne es zu wollen: Nichts zu tun, woran man zweifelte. *Dans le doute, abstiens-toi.* Ein politischer Grundsatz? Oder machte es nicht sogar die Hälfte allen politischen Handelns aus, genau das zu tun, woran man eigentlich zweifelte?

Bis weit nach Mitternacht blieb Eugène in Holywell House. Als die Abenddämmerung hereingebrochen war, hatte Marlborough eigenhändig einige Kerzen angezündet – ein fremdartiger Anblick für Eugène, den Freund aus Kriegstagen so häuslich zu sehen. Kein Diener kam herein, um zu fragen, ob Essen aufzutragen sei, oder ob man den Kamin anstecken solle, da die Nacht doch so kühl sei. In kargem Licht saßen sie da und redeten: Eugène mit seiner einfachen Uniform und der schwarzen Perücke, die nicht mehr der letzten Mode entsprach; Marlborough und Sarah in prächtigen Gewändern, die sogar die Ballgäste der Königin beschämt hätten. Doch zu essen gab es nichts, und selbst Eugène, der an Kälte gewöhnt war, fing an zu frösteln.

Trotzdem war es ein glücklicher Abend. Eugène sah, wie Marlborough sich immer mehr entspannte. Er fing an, Eugène beim Vornamen zu nennen, einmal und immer wieder, als käme er damit in die Heimat der guten Zeiten zurück. Eugène. Oder: mein Freund. Oder gar: mein treuer Freund . . . Er hatte recht. Sie waren Freunde. Die Angst, die sie geteilt hatten; die gemeinsamen Anstrengungen und Triumphe und vor allem die vielen Male, in denen einer sich auf den anderen verlassen hatte und nicht enttäuscht worden war: Niemals würden sie das vergessen.

Über die komischen kleinen Vorfälle, die sich in den Lagern ereignet hatten, redeten sie. Über die skurrilen Eigenschaften derer, mit denen sie zu tun gehabt hatten. Wissen Sie noch, mein Freund? Weißt du noch, Eugène? John: kannst du dich daran noch erinnern?

Sarah ließ sie gewähren, fragte manchmal nach und lachte mit ihnen. Eugène fühlte, sie hatte den Herzog gern und freute sich, daß er den Weg aus der Depression gefunden hatte. Trotzdem ließen ihre spitzen kleinen Einwürfe keinen Zweifel daran, daß sie nicht im Traum daran dachte, ihrem Mann zu gestatten, sich auf seinen Erinnerungen auszuruhen und sein weiteres Leben auf den Kult der Vergangenheit zu beschränken. Zu jung fühlte sie sich noch, um aufzugeben. Zu dynamisch und voller Kraft. Sie war nicht depressiv. Sie hatte keine Migräne. Sie fürchtete sich nicht davor, sich Feinde zu schaffen und Mißerfolge zu riskieren. Sie wollte kämpfen, und sie wollte sich rächen. Trotzdem war sie klug genug, sich zurückzuhalten und ihrem Mann die süße Freude dieses Abends der Freundschaft zu gönnen. Vielleicht der letzte Abend mit dem Gefährten seiner großen Tage. So ungewiß war die Zukunft. Ein Krieg, der nicht enden wollte und doch dabei war, zu versickern. Regierungen, die stürzten und neue, die aufstrebten und die Repräsentanten der alten Ordnung auslöschten. Nach den Whigs die Tories. Nach den Marlboroughs die Harleys und St. Johns' . . . Manchmal wurde es Sarah weh ums Herz, und die Angst befiel sie, daß ihre Zeit endgültig vorbei sein könnte. Für immer. Kein Weg zurück in den Glanz. Kein Weg zurück zur köstlichen Lust der Macht. Keine devoten Rücken mehr, die sich vor ihr beugten. Keine demütigen Schmeicheleien. Kein berauschendes Gefühl mehr, die einflußreichste Frau des Landes zu sein. Mittelmaß: ein Ende, schlimmer als der Tod. Sarah Jennings, Herzogin von Marlborough – für immer Herrin auf Holywell House? Eine elegante, unzufriedene, dem Alkohol zugeneigte Landedelfrau wie so viele, die auf die Jagd ritt, ihre Pächter kontrollierte und die Ballsaison in London verbrachte. Ein paar Tänze in der Nähe des Throns. In der Nähe – aber nicht in seinem Dunstkreis! Als Gast, nicht als Akteurin.

»Ich bin sicher, daß man uns nach London zurückrufen

wird!« sagte sie mit lauter Stimme, obwohl Eugène und Marlborough eben von etwas ganz anderem gesprochen hatten. »Die Königin kann nicht auf uns verzichten!«

Erst jetzt begriff Eugène, an wen Sarah ihn die ganze Zeit erinnert hatte, und er hatte plötzlich Angst um seinen Freund und um seinetwillen Angst vor der Hoffnungslosigkeit seiner Zukunft. Aufstieg und Fall der Favoriten. Keiner von ihnen war stark genug, sich mit der Bedeutungslosigkeit abzufinden. Gefangen in Erinnerungen und Hoffnungsträumen hungerten sie sich zu Tode. Sie alle. Es war wie ein Gesetz.

»Sarah ist so stark!« sagte Marlborough. Er lächelte dankbar und küßte ihre Hand. »Mit ihrer Hilfe wird alles wieder gut werden.«

Eugène nickte. »Aber ja, mein Freund . . . «, murmelte er. Er wußte aus Erfahrung, daß es keinen Sinn hatte, zu widersprechen.

Gegen Morgen erreichte seine Kutsche Leicester House. Es war noch dunkel, nur fern am Horizont, über der schwarz strömenden Themse tauchte eine bleigraue Ahnung des nahenden Tages auf. Alles schien zu schlafen. Das Geräusch der Kutschenräder und der Hufe zerriß die Stille, donnerte, daß es den Ohren weh tat.

Eugène hatte vorgehabt, während der Fahrt zu schlafen, aber seine Gedanken ließen ihm keine Ruhe. Nie zuvor war er sich seiner Freundschaft mit Marlborough so sehr bewußt gewesen wie an diesem Abend. Nie zuvor auch hatte er darüber nachgedacht, wie wenige Freunde er besaß unter den vielen, die um ihn waren. Freundschaft. Was war das überhaupt? Gegenseitiges Verständnis, Respekt, Treue, Liebe? Ja, auch Liebe. Vielleicht war Freundschaft auch nichts anderes als eine Form von Liebe. Weniger fordernd nur, toleranter. Selbstloser. Und ebenso wenig planbar wie die Liebe der Körper. Anziehung der Seelen: machte das die Freundschaft aus?

Conti, Borgomanero, Wratislaw, Marlborough. Sie waren seiner Seele am nächsten gekommen. Sie unter den vielen, die ihn begleiteten, in seinen Diensten standen, politisch oder militärisch mit ihm zusammenarbeiteten oder seine Vergnügungen teilten: zu bauen, zu sammeln, zu lesen, auf die Jagd zu gehen oder sich auch nur beim Kartenspiel zu entspannen oder bei einem lebhaften Gespräch. Freunde . . . wie sehr er sie brauchte! Wie eine Wunde im Herzen spürte er plötzlich die Einsamkeit dieser Nacht in diesem kühlen Land, das ihm so fremd war. Blaßhäutige Menschen mit hellen Augen . . . Er hätte aufschluchzen mögen, als mit einemmal ganz andere Augen in seiner Vorstellung auftauchten. Dunkle, irritierende Augen, die sich in die seinen versenkten. Ihn anstarrten, bis er seinen Körper spürte. Freundschaft? O ja. Aber nicht nur sie. Er brauchte mehr, und er war so lange allein gewesen. Es war an der Zeit, endlich nach Wien zurückzukehren. An der Zeit, dieser diplomatischen Farce ein Ende zu bereiten. Endlich wieder zu leben mit allen Sinnen, nicht nur zu verhandeln, vorsichtig, listenreich. Sich fallen zu lassen. Festzuhalten und gehalten zu werden. Tränen der Inbrunst, die man selbst nicht einmal bemerkte, so tief war man in sie verstrickt. Liebe. Leben. Wirkliches Leben. Nicht nur planen, agieren und manipulieren. O diese Sehnsucht! So lange hatte er sie verdrängt, daß er schon fast vergessen hatte, ihrer fähig zu sein. Sehnsucht wie ein Schmerz und doch auch wie ein Geschenk. Sehnsucht, die spüren ließ, daß man keine Maschine war, sondern ein Mensch aus Fleisch und Blut. Sehnsucht, o mein Gott, Lori!

Die Vorhalle von Leicester House war nur schwach erhellt. Eugènes Schritte hallten durch den leeren Raum. Bald schon würden sich hier wieder hunderte Menschen drängen, um ihn zu begaffen, anzureden, vielleicht auch anzufassen. Manche Frauen hielten ihm sogar ihre Säuglinge entgegen, um ihnen später erzählen zu können, der edle Ritter habe sie gestreichelt.

Plötzlich spürte er, daß jemand hinter ihm stand. Ein fremder Blick bohrte sich zwischen seine Schulterblätter. Eugène war Soldat. Immer. Auch innerhalb eines bewachten Gebäudes. Ohne Zögern fuhr er herum und zog gleichzeitig seinen Degen. Dann ließ er mit einem Aufatmen den Arm wieder sinken. Kein Fremder war da. Kein gedungener Meuchelmörder, mit dem er fast immer rechnete. Es war sein Neffe Eugen, der in der Tür zu einem der Salons lehnte. »Guten Abend, Onkel!« begrüßte er ihn mit schwerer Zunge. »Wohl etwas spät geworden?«

Eugène trat näher. »Bist du betrunken?«

Der junge Chevalier schwankte ein wenig. »Scheint so!« murmelte er und strich sich über die Stirn. »Zumindest fühle ich mich so. Dabei hatte ich nur ein einziges Glas Champagner und war schon vor zehn Uhr zu Hause.«

»Und da bist du noch nicht im Bett?«

»War ich bereits. Aber mir wurde plötzlich hundeübel.« Erst jetzt sah Eugène, daß sein Neffe einen Morgenmantel trug und darunter Nachtkleidung.

»Leg dich wieder hin!« Eugène faßte ihn am Arm. »Du hast in letzter Zeit nicht gerade gesund gelebt. Wir werden morgen darüber sprechen. Schlaf dich erst einmal aus!«

Der Junge ließ sich von ihm führen. »Mein gütiger Onkel!« mokierte er sich und stolperte. »Müßten Sie mir nicht eigentlich eine Standpauke halten? Mein Vater hätte das getan.«

»Ich bin nicht dein Vater.«

»Eine Standpauke würde auch nichts helfen. Ich bin ein haltloser Mensch. Das ist mein wildes Mancini-Blut. Wir sind alle haltlose Menschen, wir Mancinis. Verzeihung, Onkel: mit einer Ausnahme natürlich! Oder besser: mit zwei Ausnahmen. Sie und mein Vater. Aber sonst sind wir alle total verhurt und verkommen. Richtige Bastarde. Eins A Aristokratie und letzter Dreck Bürgertum . . . und das alles dann gut verrührt. Was sollte daraus schon werden?«

»Halt den Mund und geh zu Bett!«

Der Junge schwankte. »Ich bin wirklich nicht betrunken!« versicherte er, plötzlich ernst geworden. Eugène bemerkte, daß sein Blick, von der Müdigkeit abgesehen, klar war und daß sein Atem nicht nach Alkohol roch. »Trotzdem fühle ich mich, als hätte ich die ganze Nacht durchgesoffen.«

Eugène führte ihn in sein Zimmer und ließ ihn aufs Bett gleiten. Er zog ihm den Morgenmantel aus. Der Junge ließ sich auf die Kissen fallen. »Ob ich krank bin, Onkel?« fragt er plötzlich ängstlich wie ein Kind. »In London erzählt man sich, ich hätte mir die Syphilis geholt. Ich schwöre Ihnen, daß das nicht stimmt! Trotzdem fühle ich mich so elend wie noch nie im Leben.«

Eugène setzte sich auf die Bettkante. »Schlaf dich aus! Danach geht es dir wieder besser. Und morgen reisen wir ab. Zurück nach Wien. Und dort, bei Gott! werde ich dafür sorgen, daß dieses Lotterleben ein Ende hat. Wir werden schon sehen, wie wir dein wildes Mancini-Blut ein wenig abkühlen!«

Der Junge starrte ihn matt an. »Sie finden mich alle toll hier, Onkel. Die Damen, meine ich. Wirkliche Damen, die mich in Italien nie beachtet hätten! Natürlich habe ich es versucht, aber es hieß immer, ich sei noch zu grün. Aber hier trauen sie mir auf einmal alles zu. *Latin Lover* und so. Das waren die ersten beiden Wörter, die ich hier gelernt habe. *Latin Lover.* Ich gäbe etwas darum, wenn meine Freunde mich so sehen könnten! Trotzdem: Irgendwie macht es keinen Spaß mehr. Es ist einfach zu viel, verstehen Sie? Ich merke mir nicht einmal mehr ihre Gesichter und ihre Namen schon gar nicht. Eine Nacht ist wie die andere. Wenn ich mich frage, mit wem ich gestern zusammen war, weiß ich es nicht mehr. Ich verwechsle sie alle.«

»Ist ja gut. Schlaf jetzt, du Latin Lover!«

»Vater hat einmal gesagt, irgendwann in meinem Leben würde ich mich wie verrückt verlieben. Ihm sei es auch so ergangen. Dann würde mir keine andere mehr gefallen. Keine. Aber ich habe so viele, daß ich nicht einmal die Zeit finde, sie mir genauer anzusehen! Ich komme gar nicht dazu, mich zu verlieben.«

»Möchtest du denn?«

Der Junge lachte leise. »Vielleicht!« Er legte die Hand auf Eugènes Arm. »Nächste Woche werde ich zwanzig, wissen Sie das? Sie könnten mir zum Geburtstag eine schenken, in die ich mich verknalle. Dann werde ich Ihnen sagen, ob mir das gefällt oder nicht.«

Eugène schüttelte den Kopf. »Du bist ein Kindskopf, mein Lieber!«

Er ließ den Jungen allein. Bevor er die Tür hinter sich schloß, blickte er noch einmal hinüber zum Bett. Der Junge sagte nichts mehr. Er war wohl eingeschlafen. Eugène mußte plötzlich lachen. Wildes Mancini-Blut! Latin Lover! Es würde nötig sein, in Wien andere Saiten aufzuziehen.

Am nächsten Morgen war der junge Chevalier tot. Es waren die Pocken. Fast zur gleichen Stunde, in der man ihn in Westminster Abbey bestattete, kam die Nachricht, daß in Wien auch Wratislaw den Pocken erlegen war. Conti, Borgomanero, Wratislaw, Marlborough . . . Die Freunde. Nur Marlborough war noch übrig.

Eugène war wie betäubt. Er schrieb einen langen Brief an Uranie, die ihn gewiß zerreißen würde. Bestimmt gab sie ihm die Schuld am Tod ihres Sohnes. Vielleicht aber auch nicht: Vielleicht schob sie alles auf das ungewisse, unselige Schicksal, das sich gegen sie gestellt hatte, und vielleicht hatte sie damit sogar recht. Was war denn noch übrig von ihrem einstigen Glück und ihren grenzenlosen Träumen? Königin von

Polen hatte sie werden wollen. Uranie de la Cropte, das flinke kleine Fohlen aus Condés Stall. Vielleicht sogar ein Bastard seiner Lenden. Wie schön sie gewesen war! Sogar der König hatte es bei ihr versucht. Diana mit Pfeil und Bogen. Warum dachte er immer an sie, als wäre sie schon tot?

Bevor er abreiste, ließ er sich bei St. John melden. Der Minister empfing ihn sofort und mit ausgesuchter Höflichkeit. Er kondolierte ihm und hielt Abstand. Während er sprach, drückte er sich ein parfümiertes Seidentuch vor den Mund.

»Seien Sie beruhigt, Exzellenz!« sagte Eugène kühl. »Ich habe mich nicht angesteckt. Aber ich werde sofort abreisen, wenn ich eine bestimmte Zusage von Ihnen erhalten habe.«

St. John holte tief Atem, um zum hundertsten Mal zu erklären, daß England immer seinen Verpflichtungen gegenüber der Allianz nachgekommen sei und so weiter und so fort.

»Es geht um Mylord Duc de Marlborough!« unterbrach ihn Eugène kalt. »Ich verlange, daß man ihm unverzüglich ermöglicht, den Bau von Blenheim Castle fortzusetzen. Er hat ein Anrecht darauf. Die Königin hat es ihm zum Geschenk gemacht als Lohn für seine Siege. Wenn Sie mir eine verbindliche Zusage erteilen, reise ich noch in dieser Stunde ab.«

St. John atmete auf. Er ließ sein Taschentuch sinken. Man konnte ihm ansehen, daß die Sonne für ihn aufging, weil er Eugène loswurde. »Wie Sie wünschen, Hoheit!« Er verneigte sich und lächelte so fröhlich, wie es seine kühle Natur erlaubte. »Ich werde sofort eine diesbezügliche Botschaft nach Holywell House senken und die Architekten wieder an die Arbeit schicken.«

»Und das Schatzamt anweisen zu zahlen!«

»Selbstverständlich. Nervus rerum, nicht wahr?«

Eugène verneigte sich ebenfalls und ging. Wenigstens etwas hatte er erreicht auf dieser unglückseligen Reise! Als er in die Kutsche stieg, meinte er einen Augenblick, sein Neffe säße neben ihm. An diesem Tag wäre er zwanzig Jahre alt geworden.

6

Jeder der beiden war nur mit kleinem Gefolge angereist: hundert Infanteristen und hundert Pferde für Eugène; ebenso viele Infanteristen und ebenso viele Pferde für Villars. Dazu als persönliche Berater mit Eugène die Generäle Königsegg und Falkenstein, der Prinz von Baden-Durlach und der Herzog von Aremberg. Auf französischer Seite der Generalstabschef Contades, die Grafen du Bourg und Belle-Isle, der Herzog von Rohan und der Intendant des Elsaß, Houssage. Außerdem die jeweiligen Sekretäre Pendterrieder und d'Hauteval mit ihren Schreibern und einer Elitemannschaft berittener Boten, die jederzeit verfügbar nur darauf warteten, nach dem Vorbild des Läufers von Marathon bis zur Selbstaufgabe mit ihren Nachrichten und Anfragen zwischen Rastatt und Wien, Wien und Rastatt hin und herzueilen, beziehungsweise zwischen Rastatt und Versailles, Versailles und Rastatt.

Für mehrere Monate – ein Ende war nicht abzusehen, als alles begann – sollte das beschauliche, lebensfrohe Provinzstädtchen Schauplatz der wichtigsten politischen Aktivitäten Europas werden. Seinen Namen zu verbinden mit einem Friedensschluß nach dreizehn Jahren Krieg: war das nicht glorreicher, als ihn mit dem Blut einer hochgerühmten Schlacht zu vereinen? Schlacht von Höchstädt. Schlacht von Oudenaarde. Schlacht von Malplaquet und so weiter durch die Jahre und Jahrhunderte ... Klang es nicht wohltuender und ehrenvoller, von einem Frieden von Rastatt zu sprechen? Doch noch war dieser Friede fern. Noch standen die Heere bereit.

Der Vorschlag, sich ausgerechnet in Rastatt zu treffen, stammte von Eugène. Seit Lori ihm berichtet hatte, wie krank sein Cousin Louis von Baden in den letzten vier Jahren seines Lebens gewesen war, hatte Eugène immer wieder daran gedacht, wie unrecht man ihm getan hatte. Man. Alle. Alle hatten sie insgeheim daran geglaubt, daß sich der Türkenlouis von dem anderen, dem ganz großen Louis habe bestechen lassen. Louis d'Or. Der Ruf eines ehrlichen Mannes für immer getrübt. In Rastatt war er gestorben. Sechs Jahre war es schon her, aber die Witzchen über seine ›stets offenen Hände‹, wie es noch immer hieß, waren nicht verstummt. Ihn zum Louis d'Or zu machen, war leicht gewesen. Ihn wieder zum Türkenlouis werden zu lassen und nur das, schien fast unmöglich.

So viele Bilder von ihm lebten in Eugènes Erinnerung fort: Louis in Paris im Hôtel de Soissons, Sohn des Markgrafen von Baden, aber auch der Louise Christine von Bourbon, einer Schwester von Eugènes Vater. Ihr Leben lang hatte sie sich geweigert, zu ihrem Gatten nach Baden zu ziehen, zu den Hottentotten am Ende der Welt – von Paris aus betrachtet. Ihr Mann, der Hottentotte, kam nach Frankreich, um einen Sohn zu zeugen und Jahre später eines Nachts, zitternd vor allzu lang aufgestautem Zorn, um diesen Sohn abzuholen. Blaß und mit zusammengepreßten Lippen hatte Louis das Haus seiner Kindheit verlassen, um seinem unbekannten Vater in die Wildnis zu folgen.

Ein ganz anderes Bild dann: Raudnitz in Böhmen. Der junge Ehemann Louis mit der süßen, kichernden Sibylle, die ihn vor aller Augen anhimmelte und abküßte. Daneben ihre neidgrüne Schwester Franziska, die übellaunige kleine Prinzessin mit dem großen Ehrgeiz und der Messerzunge. Der Kelch, der an Eugène vorbeigegangen war. Ihrem ersten Gatten, Philipp von Neuburg, hatte sie erst eine Tochter geschenkt und ihn dann ins Grab gezankt. Bald darauf fand sich ein neuer Mutiger. Gian Gastone von Medici, der letzte Sproß seiner gloriosen Familie. Er brauchte einen Erben. Trotzdem floh er nach einem Jahr mit Fränzchen entkräftet aus Böhmen. Er sei ein empfindsamer Mensch, klagte er. Seine Bildung sei florentinisch-exquisit. Was die Familie da von ihm verlange, sei zu viel ... Trotzdem kehrte er nach ein paar Jahren resigniert zu seiner Gattin, die inzwischen die Jagdstiefel kaum noch ablegte, zurück, um seine Familienpflichten zu erfüllen. Nach zwölf Tagen flüchtete er erneut. Franziska setzte ihren gespornten Fuß niemals ins Land der Welschen, die weder sächsisch sprachen, noch blond waren. Sie war froh, ihren schwarzschöpfigen Ehemann los zu sein, der sich nach der Trennung erst in wilde Ausschweifungen stürzte, um zu vergessen, und danach plötzlich starb. So war es Franziska, der unbedeutenden kleinen Prinzessin aus den hinteren Wäldern, immerhin gelungen, eine der glanzvollsten Familien Italiens zum Aussterben zu bringen ... Eugène atmete tief, wenn er an sie dachte.

Aber da auch: so viel Glanz, so viel Tapferkeit und Ehre! Ludwig von Baden, der junge Markgraf, der zusammen mit der *jeunesse dorée* ganz Europas voller Begeisterung nach Wien eilte, um es zu retten. Im Existenzkampf gegen die Osmanen war der Türkenlouis ein Held gewesen. Louis auf seinem makellosen Schimmel; ein lachendes, braun gebranntes Gesicht unter einem wehenden weißen Helmbusch. Ein Mann, der liebte: seine niedliche Frau, sein kleines Land, die Menschen an sich und den Kampf für das Gute. Wann hatten seine Zweifel angefangen, ihn müde und mürbe zu machen und seinen Leib zu zerfressen?

Rastatt. Es war richtig gewesen, die Friedensverhandlungen hierher zu verlegen. Nie würde Eugène vergessen, wie Sibylle Auguste ihn angesehen hatte, als sie ihm erklärte, es sei ihr eine Genugtuung, daß er ihrem Schloß, in dem sie nun die Regentschaft führte, diese Ehre erwies. Keine Spur mehr von dem albernen Bräutchen mit den ständig zum Kuß gespitzten kirschroten Lippen. Behäbig war sie geworden vom schmackhaften Essen ihrer neuen Heimat, tolerant vom milden Wein und weitherzig durch das Leid. Sie dankte ihm nicht, weil sie sein schlechtes Gewissen ahnte, aber sie senkte den Blick und nickte bedächtig, als Eugène vor allen Anwesenden den Mut und die Integrität ihres verstorbenen Gemahls rühmte. Sie wußte, diese Worte würden in ganz Europa wiederholt werden. Als Eugène sich verabschiedete und vor ihr verneigte, trat sie vor und umarmte ihn wortlos.

Trotz des bescheidenen Gefolges lief der Beginn der Verhandlungen zwischen Eugène und Villars mit zeitgemäßem Pomp und Formalismus ab. Keine Geste, die nicht vom Protokoll festgelegt worden wäre. Sogar das Wetter schien sich den Anforderungen des Zeremoniells anzupassen. Obwohl de: November schon zu Ende ging, strahlte die Sonne, als wäre es Frühling.

Villars erschien als erster. Während sich seine Abteilungen auf der linken Seite der Cour d'honneur aufstellten, stieg er langsam die breite Treppe hinauf. Immer wieder blieb er stehen und drückte mit der Hand auf den Oberschenkel über seinem zerschmetterten Knie. Nicht einmal die Schienen, von denen das Bein gestützt wurde, verhinderten, daß ihm jeder Schritt weh tat. Den Tag würde er wohl nicht mehr erleben, an dem er wie früher eine Treppe hochlaufen konnte, ohne darüber nachzudenken. Nach Malplaquet – dem gotteslästerlichen, verfluchten, blutigen Malplaquet! – war jeder Weg für Villars eine Aktion für sich. Villars war froh, daß sein Gesprächspartner noch nicht angekommen war, und er Zeit hatte, nach allen zwei, drei Stufen innezuhalten und den Schmerz abklingen zu lassen.

Nach einer knappen halben Stunde traf Eugène ein. Er wartete zu Pferde, bis sich sein Gefolge den Franzosen gegenüber auf dem Ehrenhof aufgestellt hatte. Dann, als die Befehle verstummt waren und jeder seinen Platz eingenommen hatte, wurde es still. Oben öffnete sich das Eingangstor, und

Villars trat heraus, aufrecht, mit aller Kraft seine Lähmung überspielend. Über die Entfernung hinweg sahen die beiden einander an. Eugène zögerte, dann saß er ab und ging die wenigen Schritte bis zur Treppe. Der Kies knirschte unter seinen Stiefeln – das einzige Geräusch. Er nahm seinen Hut ab und schritt die Treppe empor.

Villars kam ihm nicht entgegen. »Sie verstehen, Hoheit!« sagte er und verneigte sich. »Mein Knie ist nicht mehr das, was es in den alten Wiener Zeiten war.«

Eugène lächelte. Seltsamerweise tat es ihm gut, Villars nach so langer Zeit wiederzusehen. Villars, den Erzfeind, der ihm in den letzten beiden Jahren so schwer zu schaffen gemacht hatte, seit die Engländer von ihrem Vertrag abgesprungen waren und offiziell zwar immer noch an Österreichs Seite kämpften, heimlich aber die Franzosen von allen geplanten Aktionen unterrichteten. Ein schwarzer Verrat, der ihnen in Europa den Beinamen das ›perfide Albion‹ eingetragen hatte.

Aber hatten sie sich nicht alle die Hände beschmutzt in diesem Krieg, der dahinweste und -moderte und den Beteiligten die Ehre nahm? Der Kaiser, der erleben mußte, daß man ihn einen Kriegstreiber nannte, weil er meinte, seinen Bundesgenossen in Katalonien eine Treue halten zu müssen, die keinem mehr half. Eugène, der mit ihm ging, obwohl er dagegen war. Unbedingte Loyalität der Dynastie gegenüber? – Eugène hatte gelernt zu zweifeln. Nichts war mehr einfach und klar. Schwarz oder weiß. Und Frankreich, das übermächtige Imperium von einst? – Eine geschleifte Festung, in der sich das Geschwür der Anarchie ausbreitete. »Dieses Zepter ist nur noch ein verfaulter Stock!« sollte der große Ludwig einmal verzweifelt und ungläubig flüstern – nach vierzig Jahren Regierung, in denen er zuweilen ein Gott gewesen war und zum Schluß für viele nur noch ein Ausbund der Hölle. »Unser gottloser Vater, der du bist in Versailles . . . «, leierte der Pöbel auf dem Pont-Neuf als Vor-Gebet erster kleiner Sturmwirbel der fernen großen Revolution und legte bekräftigend die ungeduldigen Hände aufs Jackett, in dessen Innenfutter ein Abzeichen genäht war, das an die Tat des Mörders von Ludwigs Großvater Henri Quatre anknüpfte: »Es gibt noch Ravaillacs!«

So viel Haß und Elend in allen Ländern. In Lyon ging Samuel Bernard bankrott, der Bankier des Krieges. Dem König gelang es, den Bankrott auf die eine Stadt zu beschränken, so daß Bernard seinen Kredit im Ausland behielt. Welch seltsame Verwirrung im Herzen von Eugène, der Bernard in seiner Jugend bewundert hatte und immer noch oft an ihn dachte! An den Mann, der ihm vollkommen schien in seinem kühlen Pragmatismus und der nun den Kampf gegen ihn finanzierte. Wo konnte man noch Wurzeln suchen, um sich daran festzuhalten, wenn die Vorbilder der Jugend zu Feinden geworden waren?

Eugène umarmte Villars. Noch immer war es ganz still. Dann fingen auf ein Signal die Trompeten an zu schmettern. Die hochrangigen Begleiter der beiden Verhandlungspartner traten hinzu und wurden vorgestellt. Villars führte Eugène in das für ihn vorbereitete Appartement auf der rechten Seite des Schlosses und, um die Gleichrangigkeit zu demonstrieren, begleitete Eugène anschließend Villars zu den französischen Gemächern im linken Trakt. Dabei tauschten sie ununterbrochen Höflichkeiten und Komplimente, die wörtlich mitgeschrieben wurden und für das Protokoll bestimmt waren.

Es blieb nicht bei den Höflichkeiten und Komplimenten. Im Laufe der Zeit kamen sie sich vor wie ein uraltes Ehepaar, das einander kaum noch ertragen kann und dennoch für immer auf engsten Raum zusammengesperrt ist und sich arrangieren muß, um zu überleben. Dann konnte es geschehen, daß sie einander anbrüllten und sich gegenseitig vorwarfen, den Frieden in Wirklichkeit gar nicht zu wollen. Ihre Berater und Sekretäre draußen in den Vorzimmern hörten trotz der Doppeltüren jedes Wort, schritten betreten vor den Fenstern auf und ab, klopften nervös mit den Federhaltern auf die Tischplatten oder schnupften sich zur Beruhigung die Nasen mit Unmengen von Tabak voll. Der Herzog von Rohan hielt dem Nervenkrieg nicht stand und reiste während einer besonders heftigen Auseinandersetzung ab. Ein paar Tage später kehrte er nach königlichem Rüffel zurück, nahm seinen Platz im Vorzimmer wieder ein und wartete wie die anderen darauf, hineingerufen zu werden.

Besonders Villars hatte Schwierigkeiten, Ruhe zu bewahren. Er wußte, wie unsicher seine Stellung in Versailles war, wo die Konkurrenten Schlange standen, ihm den Ruhm zu stehlen. Den Ruhm, in dieser stillen badischen Stadt Europas Frieden zusammenzustricken, nachdem sich England und Holland schon ein Jahr zuvor in Utrecht mit dem Sonnenkönig geeinigt hatten. Auch Preußen hatte sich im Alleingang von der kaiserlichen Linie gelöst und den Vertrag unterzeichnet. Nur der Kaiser selbst war hart geblieben, und seine katalonischen Berater und Freunde in Wien – die Hofkamarilla: schlimmer als Leopolds Jesuiten zusammen! sagten die Wiener – versuchten sogar, ihn zu überreden, den Krieg wieder nach Italien auszudehnen, da Graf Pálffy, der Vater der unglücklichen Marianne, endlich den Frieden mit den ungarischen Rebellen zustandegebracht hatte, und man nun die östliche Front nicht mehr zu fürchten brauchte. »Wir beide sind keine Feinde, Monsieur!« sagte Villars eines Abends, als sich die Gemüter wieder beruhigt hatten. »Ihre wahren Feinde lauern in Wien, und die meinen in Versailles.« Eugène wußte, daß er recht hatte.

Wochenlang, monatelang saßen sie vom Frühstück an zusammen. Die Herbstnebel wichen dem Schnee. Weihnachten kam, und das Jahr ging zu Ende. Eugène und Villars, die beide gewöhnt waren, körperlich tätig zu sein, und wenn es sein mußte, tagelang im Sattel zu sitzen, merkten, daß ihr Appetit nachließ, und daß sie immer häufiger unter Kopfschmerzen litten. Sie spürten ihre alten Wunden, und wenn sie allein waren, dachten sie an zu Hause und konnten sich nicht vorstellen, jemals wieder dort zu sein.

Es war wie eine Krankheit. Sie waren dazu verurteilt, eine Einigung finden zu müssen. Immer öfter spürte Eugène, daß Villars zu allen möglichen Zugeständnissen bereit gewesen wäre, nur um endlich ein Ende zu finden. Doch die täglichen Briefe des Königs hielten ihn davon ab, in denen immer wieder der Verdacht aufklang, Villars könne sich von der stärkeren Persönlichkeit seines Gegners einschüchtern lassen. Keine unnötigen Zugeständnisse, Monsieur le Maréchal!

Hin- und hergerissen zwischen der Gegnerschaft zum Verhandlungspartner und dem Ärger mit den eigenen Herrschern, fingen sie an, einander ihre Sorgen anzuvertrauen. Villars beklagte sich über den König, Eugène über den Kaiser. Zu Beginn hatten sie sich noch dem Zeremoniell unterworfen und mit ihren Begleitern im Bankettsaal gespeist, nach und nach aber gingen sie dazu über, abwechselnd in einer der Offiziersmessen zu dinieren. Sie hörten auf, sich um höfliche Abendkonversation zu bemühen, da sie doch schon den ganzen Tag über genug miteinander geredet hatten. Stattdessen tauchten plötzlich Spielkarten auf, Piquet, dem sie beide nur zu gern verfielen, so wie früher in Wien, als Eugène dem damaligen französischen Botschafter mehrmals beträchtliche Summen abgenommen hatte. Auch in Rastatt gewann er wieder, und Villars war zwei Tage lang noch mißvergnügter als sonst. So wechselten sie zum bescheideneren Brelan-Spiel, um die Stimmung bei Tage nicht zu gefährden.

Ihre Gespräche wurden ruhiger. Je besser sie einander kennenlernten und je näher sie einander kamen, um so größer wurde ihr Vertrauen. Zu Silvester, als sie im Bankettsaal mit ihrer Begleitung auf das neue Jahr warteten und sich alle in der gleichen bedrückten Stimmung befanden, erhob sich Eugène. Er hielt eine der üblichen Reden, wie sie ins Protokoll aufgenommen wurden, doch dann, als die Uhren schlugen und die Kirchenglocken läuteten und er mit Villars das Glas hob, dankte er ihm, daß er auf Ränke verzichtete, die man doch im allgemeinen bei Verhandlungen für nötig hielt. »Ich für meinen Teil habe immer geglaubt, und ich denke, daß auch Sie es tun, daß es keine größere Schlauheit gibt, als gar keine zu haben!« sagte er leise.

Sie leerten die Gläser und gingen bald danach zu Bett. Eugène dachte an den Silvesterball in Wien, als er im Kreise seiner Freunde vor vierzehn Jahren das neue Jahrhundert begrüßt hatte. Liane von Thürheim war damals an seiner Seite gewesen. Die süße blonde Liane, die sich so geschickt nach oben manövriert hatte! Inzwischen war sie vielfache Mutter geworden. So vielfach, daß er aufgehört hatte, mitzuzählen. Als er sie zum letzten Mal gesehen hatte – in Wien, bevor er nach Rastatt reiste . . . vor einer Ewigkeit also – war ihm aufgefallen, wie mollig sie geworden war. (»Wissen Sie, Hoheit, mit jedem Kind ein bisserl mehr!«) und wie zufrieden sie aussah. ›Maxl‹ hatte ihr Mann sie genannt und den Arm um ihre rundliche Hüfte gelegt. Erst als er schon in der Kutsche saß, erinnerte sich Eugène, daß ihr Taufname Maximiliane war. Aus Liane, die der Halbwelt gefährlich nahe gekommen war, war also Maxl geworden, das brave Mütterchen, das sich Fettpolster leistete und entgegen jeder Wiener Gewohnheit in den eigenen Mann verliebt war.

Eugène lächelte, während er die Perücke absetzte und aufatmend das Jackett auszog. Er hielt die Hände über die Flamme der Kerze neben dem Bett und beschloß, vor dem Schlafengehen noch einen Brief zu schreiben – an eine Frau, die an seinem Herzen nicht nur vorbeigeflogen war wie die kleine Liane, sondern die es für immer gefangen hatte. Wann – wann endlich! – konnte er wieder bei ihr sein!

Wochenlang, monatelang stritten sie um Vereinbarungen, die längst zuvor in Utrecht festgelegt worden waren. In Wien und Versailles liefen geschäftig die Federn übers Papier, und die Eilboten kamen kaum noch zur Ruhe, bis endlich zwei Wochen vor Frühlingsanfang das große Füllhorn ausgeschüttet wurde. Die mit den stärksten Schwertern holten sich jene mit den schwachen. Philipp behielt Spanien. Frankreich nahm sich Straßburg und Landau und erlebte händereibend, daß sein alter Erzfeind Holland seinen Rang als Großmacht unwiederbringlich eingebüßt hatte. Anstelle von Spanien bekam der Kaiser die ehemals spanischen Niederlande, Mailand, Neapel und Sardinien ebenso wie auch die Hafenplätze und Festungen an der toskanischen Küste. Max Emanuel kehrte in allen Ehren als Regent nach München zurück, und auch der Kurfürst von Köln nahm seine Stellung wieder ein. Victor Amadeus von Savoyen gewann Nizza und das Königreich Sizilien als Lohn für die Schaukelpolitik des *sacro egoismo* seiner Mutter und Großmutter, der inzwischen zu seinem einträglichen Leitstern geworden war.

Der eigentliche Sieger aber war England. Mit sicherem Griff legte es seine begehrliche Hand auf Gibraltar, Menorca, die Hudsonbai, Neuschottland und Neufundland. Es erhielt das Recht auf den Handel mit Südamerika und den Handel mit Menschenfleisch. Das Empire war geboren. Geschwader und Geld siegten über die biedere Ehrsamkeit des Deutschen Reiches und die leuchtende Gloire Frankreichs.

Am 7. März 1714 unterzeichneten Eugène und Villars, die Gefangenen von Rastatt, den Vertrag, der Europa endlich wieder zur Ruhe kommen lassen sollte.

Langsam und ohne die übliche schwungvoll-bedeutsame Pose von Politikern beim Unterschreiben wichtiger Dokumente setzten sie ihre Namen auf das Papier. Sie waren zu müde, um erleichtert zu sein und sie wußten zu viel, um sich zu freuen. »Das alles hätten wir schon vor vierzehn Jahren haben können!« sagte Eugène leise. Er sah nicht die Schlachtfelder vor sich, die zerstörten Städte und das Leid der Menschen. Er sah nur seine Unterschrift auf dem Papier und die von Villars, und er spürte etwas in sich, das ihm weh tat, das ihm den Atem stocken ließ und die Kehle zuschnürte. Es war das dumpfe Flair des Krieges, das sich tief auch in seinem Körper eingenistet hatte. Er brauchte sich den Krieg nicht vorzustellen. Er wußte genau, was Krieg war und wie er sich auf der Seele anfühlte.

Mit einer bedächtigen Bewegung schob er das Blatt von sich. Er hob den Blick und sah Villars in die Augen. Erst jetzt, nach so vielen Monaten, betrachtete er ihn zum ersten Mal wieder wirklich. Villars – mit dem Herzen eines Helden und der Sprache eines Prahlers ... Er war anders geworden. Nicht nur der Krieg, vor allem auch die Tage in Rastatt hatten ihm die Leichtigkeit und Frivolität seiner Jugend genommen. Ein Mann in den besten Jahren, wie man sagte, aber mit der stigmatisierenden Furcht des Alters in der Tiefe seiner Augen. Furcht vor dem, was geschehen konnte, wenn man falsch entschied. Irgendwann. Zu einem Zeitpunkt vielleicht, wo diese Entscheidung gar nicht so wichtig erschien. Hatten sie nicht alle zu Beginn des Krieges noch gemeint, es ginge nur um ein paar Feldzüge? Ein bißchen Kampf als Teil des politischen Verkehrs miteinander. Ein Druckmittel, sozusagen, nicht viel mehr ... Und dann hatte sich dieses Druckmittel selbständig gemacht. Der Krieg war nicht mehr ein Teil der Politik, sondern umgekehrt. Nichts Theoretisches mehr, sondern Kanonen und Blut. Der Krieg regierte. Er schuf sich seine eigenen Gesetze und war auch mit den Federstrichen von Rastatt nicht zu Ende. Würde er überhaupt jemals zu Ende sein, oder war er ein Teil der menschlichen Wesensäußerung? Krieg – unterbrochen von kurzen, unruhigen Friedenszeiten, nicht umgekehrt. Zwanzigtausend Menschen, hatte man Eugéne gemeldet, seien während der beiden letzten Jahre allein aus der Pfalz nach Amerika ausgewandert, weil ihnen die Armut daheim keine andere Wahl ließ; und ebensoviele, wenn nicht mehr, zogen ziellos in Europa umher auf der Suche nach einer neuen Existenz. Verirrte im Nebel der Geschichte . . . Aber: Sie betrachteten ihr Leben nicht als Teil der Geschichte oder der Politik. Sie wußten nur nicht, wo sie bleiben sollten, und sie waren verzweifelt. Die Schwächeren unter ihnen starben am Rande der unendlichen Straßen und wurden noch am gleichen Tag am Platz ihres Todes begraben. Die sie geliebt hatten, zogen weiter, suchten weiter, litten weiter.

»Ich hoffe, wir haben alles richtig gemacht!« murmelte Villars.

Eugène nickte. Vor Jahren, in Wien, wäre ein solcher Satz nie über Villars' Lippen gekommen. Damals ahnte er noch nicht, welche Folgen menschliches Tun haben kann. Jetzt aber wußte er, daß dieser Vertrag kein Ende war, sondern der Anfang der Zukunft. Seine Auswirkungen würden das Kommende gestalten, und seine Fehler würden wieder mit Feuer und Blut bezahlt werden müssen.

Erst jetzt wurde ihnen bewußt, daß draußen vor dem Schloß Rufe ertönten. Die halbe Stadt hatte sich versammelt, um den Friedensvertrag mit eigenen Augen zu sehen. Die Menschen jubelten und warfen ihre Hüte in die Luft. Schon lange hatte es in Rastatt nicht mehr eine solche Begeisterung gegeben.

Eugène und Villars traten mit ihren Beratern hinaus auf den Balkon. Sie hoben das Dokument in die Höhe. So viel Freude, so viel Jubel! Eugène wollte sich zu einem Lachen zwingen oder zumindest zu einem Lächeln, um denen da unten zu zeigen, daß auch er sich freute. Doch es gelang ihm nicht. Ein entsetzlicher Drang zu weinen, wie er ihn seit seiner Jugend nicht mehr erlebt hatte, zerriß ihm fast die Kehle. Er preßte die Lippen aufeinander, damit sie nicht zuckten und ihn noch weiter von der Fröhlichkeit auf dem Schloßplatz entfernten. Der Arm, mit dem er zusammen mit Villars den Vertrag hochhielt, begann, taub zu werden. Wie eine Marionette kam Eugène sich vor, wie er da stand und Hunderte, Tausende seinen Namen riefen und ihn hochleben ließen.

Der Jubel wurde leiser und verklang plötzlich. Die Menschen warteten, ob einer der hohen Herren wohl eine Rede halten würde, doch als nichts geschah, wandten sich die ersten zum Gehen. Eugène und Villars ließen das Dokument sinken. Sie reichten es nach hinten. Einer der Berater übernahm es und trug es vorsichtig zum Schreibtisch zurück. Eugène und Villars sahen einander an, dann umarmten sie sich. Noch nie, dachte Eugène, hatte er mit einem Menschen so lange und so intensiv zusammengelebt, -gestritten und -gearbeitet. Noch nie war ihm jemand so nahe gewesen wie Villars in diesem Augenblick.

Der edle Ritter

1

Wieder einmal tanzte Wien, wie nur Wien tanzen konnte. Taumelnd, mit halb geschlossenen Augen, die die Seligkeit suchten. Eine Stadt wie ein lächelnder Mund, zum Kuß bereit. Zärtlichkeit und Hingabe, die ausgelassen dem Sensenmann nachwinkten, der sich sachte davonstahl und kein Adieu! murmelte, sondern ein vertrauliches Auf Wiedersehn! Keiner hörte es, weil keiner es hören wollte, aber alle trugen es in tiefer Seele mit sich als dunkles Erbe ihres Stammes zwischen der selbstsüchtigen Verschlagenheit des Westens und der rauschhaften Unberechenbarkeit des Ostens, der die Sonne sandte und oft auch die Angst. Wien dazwischen. Ambivalenz als Religion, die nie etwas völlig ernst nehmen konnte, weil das Gegenteil von allem zu nahe war. So viel Liebe zum Heute, so viel Liebe zum Leben – so viel Sehnsucht nach dem vergilbten Gestern, so viel Sehnsucht nach dem bleichen Tod. Ein Leichentuch aus weißem Leinen unter einem Tanzkleid aus roter Seide. Wann's dann aus wird sein... Wie süß das Leben doch sein konnte im Land der lächelnden Selbstmörder!

Ein Jahr erst war es her, daß sich die Pest in die Stadt geschlichen hatte wie ein kraftloser Bettler und sie dann bezwang wie ein unbarmherziger Eroberer. *Vae victis!* Wehe den Besiegten? Wirklich wehe? Besiegt waren nur die Toten in den riesigen Kalkgruben vor der Stadt. Die anderen, die übriggeblieben waren, wachten eines Morgens auf und ahnten, daß es vorbei war. Sie öffneten die Fenster und fragten die Nachbarn und die paar Mutigen, die plötzlich wieder durch die Straßen gingen. Wieder neue Krankheitsfälle?- Keine. Nichts Neues... Es war wohl vorbei.

Die Seuche vorbei wie auch der Krieg. Man wusch die Pestkreuze von den Türen, räucherte die Zimmer aus und verbrannte mit den allerletzten Habseligkeiten der Verstorbenen auch den allergrößten Trennungsschmerz. Ein paar Gebete noch, ein paar Tränen – dann freute man sich, daß man selbst überlebt hatte. Die Kirchenglocken läuteten, und Musikanten tauchten von wer weiß woher auf und packten ihre verstimmten Instrumente aus. Gesundheit! Friede! Was konnten Menschen sich noch mehr wünschen? Vergessen vielleicht noch. Barmherziges Vergessen. Die Pest vorbei, der Krieg vorbei. Für einen kurzen Moment im langen Leben der Menschheit hielt das Böse in diesem kleinen Teil der Welt den Atem an und stellte sich tot. Vielleicht war es das Goldene Zeitalter.

Lori in einem weißen Sommerkleid, das ihren Hals und ihre Arme freiließ. Um die Taille einen breiten Gürtel aus blaßgrüner Atlasseide, auf dem Rücken zu einer üppigen Schleife gebunden, deren schimmernde Enden über den gebauschten Rock bis zum Saum fielen. Lori, so leichtfüßig und flüchtig wie der warme Wind in den kurzen, dunklen Löckchen um ihre Stirn und ihren Nacken.

Lori im Sommer. Bisher hatte Eugène immer nur in der kalten Jahreszeit mit ihr gelebt, wenn die Waffen ruhten, weil der Frost zur Vernunft zwang. Er hatte mit ihr vor dem Kamin gesessen und ins Feuer geblickt. Unter Schellengeläut waren sie im Schlitten in den Wienerwald hinausgefahren, tief in ihre Pelze vergraben, daß nur Augen und Nase dem schneidenden Schneewind ausgesetzt waren. Mit schweren Galoschen über den Stiefeln waren sie durch den Schnee gestapft, draußen am Rennweg, wo Gianluca von Hildebrandt irgendwann einmal, wenn genug Geld und Zeit da sein würden, die Sommerresidenz vollenden sollte. Eugènes Versailles. Sein Ideal von der Schönheit einer menschlichen Behausung. Ein Gesamtkunstwerk, in dem es nur Harmonie gab. Wo eines sich zum andern fügte, als hätte eine göttliche Hand es so bestimmt.

Zwei getrennte Schlösser auf einem sanft ansteigenden Hang. Eines im Tal, intim und einfach, das andere: prunkvoll, eine Vision der Grazie auf dem Scheitel des Hügels. Dazwischen ein Garten voller Charme und Perfektion. Keine wilde Natur, so chaotisch und ungezähmt wie der Krieg, der hier vergessen werden sollte. Ein Park wie ein Symbol für Eugènes eigene Herkunft. Wenn man vom unteren Schloß nach oben blickte, sollte man sich fühlen wie in Olympias Kinderheimat. Ein italienischer Garten, ein wenig manieriert mit vier Bosketten, um sich – wenn man Lust dazu hatte – darin zu verstecken. Ein flüsternder, kichernder Garten für Liebespaare, die spielerisch voreinander flohen und einander suchten. Ein Garten für Intriganten und Duellanten; für alle, die die versteckten Winkel suchten und die Heimlichkeit. Oben dann, vom Bergschloß aus gesehen, das sich wie eine himmlische Fata Morgana im Teich widerspiegelte, ein ganz anderer Park, elegant, übersichtlich, eine schöne Frau, die ihre Makellosigkeit präsentiert und weiß, daß sie bewundert wird... Ein Park wie im Frankreich von Eugènes Vater. Le Nôtre hätte ihn entworfen haben können. Ludwig selbst hätte die Fontänen mit Wohlgefallen betrachtet und die glitzernden Kaskaden, die in einem einzigen, ungezwungenen Lauf den Hügel hinterzustürzen schienen.

Manchmal, wenn Eugène hin und herblickte zwischen dem halbfertigen Garten und den Plänen, die vor ihm lagen, sah er plötzlich, als wäre es schon Wirklichkeit, alles so, wie es später einmal sein würde, und manchmal glaubte er sogar Olympia zu erkennen, wie sie ihm stolz zulächelte, weil alles ihr gefiel... Wenn sie sich dann zurückwandte mit einer raschen Drehung – o mein Gott! – wie nur sie es konnte, trat plötzlich der Troß des Königs hinter den Taxushecken hervor. Das Geschwirr der Damen und Herren in den anmaßendsten Gewändern der Welt – und an der Spitze, immer ein paar Schritte voraus – eine unüberwindliche Strecke voraus! – Ludwig, der Unvergleichliche, mit seinem unvermeidlichen Spazierstock, fast so hoch wie der König selbst. Nichts war vergessen. Kein Schmerz und keine Freude, keine Demütigung und kein Lob. Eugenio mio! Wie gern hätte er Olympia durch diese Schlösser geführt, wenn sie erst fertiggestellt waren und durch diesen Park, dessen Sinn sie verstanden hätte! Wer, wenn nicht sie, da die Ambivalenz im Leben ihres ruhmreichen Sohnes doch auch die Ambivalenz ihrer eigenen leuchtend-dunklen Existenz war. Italien und Frankreich als Prinzipien des schönsten Schlosses in Österreich. . . Warum nur war sie gestorben, bevor er erreicht hatte, was er ihr beweisen wollte? Der Tod der Eltern betrügt uns um unsere tiefste Befriedigung.

Lori im weißen Sommerkleid, wie sie den Kiesweg hinaufschritt, dorthin, wo Gianluca von Hildebrandt das Obere Schloß geplant hatte: Immer wieder blieb sie stehen, zog Zweige zu sich heran, strich mit den Fingerspitzen prüfend über die Blätter. Besonders die kleinen Sphinxen neben den Wegen hatten es ihr angetan, als bestünde eine heimliche Gemeinsamkeit zwischen deren kaum erkennbarem, hochmütigem Lächeln und Loris eigener Wesensart, die sich die persönliche Autonomie zum Lebensprinzip erwählt hatte.

Sogar Eugène – kühl und nüchtern wie er war – hatte sich daran gewöhnt, an den ägyptischen Löwenmädchen vorbeizugehen, als lebten sie und warteten auf ein Nicken oder zumindest auf einen Blick des Erkennens. Sie waren ihm vertraut, noch ehe die beiden Schlösser, zu denen sie gehörten, zu Ende gebaut waren. Manchmal lächelte er ihnen zu – verstohlen, denn die Gärten seiner Sommerresidenz waren nie verlassen und einsam.

Auch abends noch, wenn sich das Dämmerlicht über die Weinhügel senkte und über die Stadt, die sich vom Tage entspannte, auch dann noch war da und dort ein Gärtner am Werk; ein paar Maurer, die ihr Tagewerk fertigstellen wollten; Tagelöhner, die keine Familie hatten, zu der sie heimkehren konnten. Tausend Arbeiter waren tagsüber hier beschäftigt, im Hochsommer sogar über tausenddreihundert. Eugène bestand darauf, daß keiner seiner Kriegsveteranen abgewiesen wurde, wenn er kam und nach Arbeit fragte. Arbeit für jeden nach seiner Kraft. Wem ein Bein fehlte, der setzte sich eben, und man brachte ihm ein Werkstück, mit dem er zurechtkam. Blinde flochten Körbe für die Bauarbeiter, einer ohne Arme machte Botengänge. Die Briefe und Zettel steckte man ihm in eine Trägertasche, die um seinen Hals hing.

Alle hatten zu essen und ein Dach über dem Kopf. Mochte Wien noch so sehr von den Wundmalen des Krieges gezeichnet sein und von der Pest: Die Veteranen des Prinzen Eugen waren versorgt. Sie aßen das Brot, das sie sich selbst verdient hatten. Kein Almosen verletzte ihren Stolz und ihre Würde. Der Mann, dem sie ins Feld gefolgt waren, war ein Vater für sie, dem sie vertrauten. Manche von ihnen waren ihm in der Schlacht so nahe gekommen, daß sie mit eigenen Augen gesehen hatten, wie er auf seinem Isabellfarbenen nach vorne sprengte, als gäbe es keine Gefahr und keinen Tod. Kein atemberaubender Held dem Aussehen nach, aber wenn sie davon redeten, wie seine dunkle Allongeperücke im Winde flatterte und er damit fast noch wie ein Junge aussah, dann liebten sie ihn.

Lori im Sommer. Ihre schwarzen Locken auf seinem Kissen ausgebreitet, während der niemals ruhende, trockene Sommerwind durch die engen Straßen der Wienerstadt huschte und die Gardinen vor den halb geöffneten Fenstern des Palais in der Himmelpfortgasse sanft hin und herbewegte wie im Spiel einer warmen Kinderhand, die über eine ebenso kindliche Stadt hinwegstrich. Kindlich zupackend. Kindlich spielerisch. Kindlich ernst. Kindlich lachend. Kindlich grausam. Das Herz des Vielvölkerkerkers hatte Loris erster Mann Wien einmal genannt, traurig, bitter und verwirrt zugleich, weil er Ungar war und die Freiheit für sein Volk ersehnte, während er zugleich im Dienste der Habsburger stand. Waren nicht alle in irgendeiner Weise zerrissen, die sich mit dem riesigen, zu riesigen Moloch der Habsburger-Monarchie eingelassen hatten?

Nicht einmal der Kaiser war mit sich selbst und seiner Stellung im reinen. Keine monolithische Herrschergestalt, erhaben über jeden Zweifel wie der alle überragende Ludwig. Kein im Glauben ruhender Monarch wie sein unglücklicher Vater Leopold, der immerhin Trost darin fand, unumschränkter Herrscher von Gottes Gnaden zu sein, berechtigt durch den unwidersprechlichen Willen des Allerhöchsten. Auch die Unbefangenheit seines Bruders Joseph fehlte Karl, mit der jener sich in die Überzeugung hineingewiegt hatte, Gott liebe ihn, das Volk liebe ihn, und er sei dieser Liebe würdig und werde daher ein guter Herrscher sein, ob er sich anstrengte oder nicht.

Eugène redete oft mit Lori über den Kaiser. Sie kannte Karl besser als er, der ja die meiste Zeit nicht in Wien war und mit Karl fast nur über Briefe verkehrte. Karl liebte es, lange Episteln zu versenden in einem liebevoll-neckischen Ton, der nicht zu seiner Stellung und seinen Ansprüchen paßte. Er schickte Eugène Bilder von sich und entschuldigte sich für sein ›schändlich Angesicht‹. Er ermahnte Eugène scherzhaft, nur ja auf sich aufzupassen, und schimpfte wie eine zänkische Gouvernante mit einem ungezogenen Kind, wenn Eugène sich im Kampf ›wieder einmal!‹ exponiert hatte. Er versicherte Eugène seiner Freundschaft, seiner Liebe – aber alles immer nur aus der Ferne.

Wenn Eugène nach Wien kam, verschloß sich Karls überschwengliches Herz. Sein Blick wurde kaiserlich. Die schleichende Krankheit der Monarchen überwältigte ihn wie ein plötzlich auftretender Schmerz: Rivalenangst – schlimmer fast als die Angst vor dem Tode. . . Karl, der mit seinen Begleitern auch die Unterwürfigkeit des *espagnolisme* in die Gemächer der Hofburg gebracht hatte, konnte nur schwer ertragen, daß ein lebender Mensch ihm entgegentrat, ohne in Demut vornüberzuklappen. Karl hätte Eugène gerne dafür bestraft und sei es nur, indem er ihn ab sofort nicht mehr beachtete, aber er wußte, daß ihm genau das nicht möglich war.

Ich brauche ihn! dachte Karl, und kein Gedanke hätte schmerzhafter für ihn sein können. Ich brauche ihn noch! Und dieses kleine Noch war wenigstens ein winziger Trost, auch wenn nicht einmal Karl selbst daran glaubte, daß er den mächtigsten Mann seines Staates jemals loswerden würde.

Lori im Sommer. Zwei Sommer lang, in denen der Friede geboren wurde und langsam wieder verkam. Zwei Sommer für Eugène, in denen er erfuhr, wie Leben auch sein konnte. Wie es war, mit einer Frau, die zu ihm gehörte, einzuschlafen, wieder aufzuwachen und zu wisssen, daß all das keine Ausnahme bedeutete, sondern sich am Abend wiederholen würde und auch am nächsten Morgen. Ein einfaches Leben, selbst wenn sein Tagewerk alles andere war als einfach. Ein ständiges Kräftemessen in Konferenzen und in den Salons des Kaisers. Ein Leben, eingebettet in den Neid derer, die sich nach Macht sehnten. Karls Spanier meinten, wenn Eugène nicht wäre, könnten sie den Kaiser vielleicht bewegen, seine Armeen doch noch nach ihrer verlorenen Heimat zu schicken und sein Glück noch einmal zu versuchen. Diesmal, diesmal würde es gelingen, dessen waren sie sicher, auch wenn nichts als ihr Heimweh sie zu dieser Hoffnung berechtigte.

Ganz anders die Abkömmlinge der alten österreichischen Adelsfamilien, die sich durch Eugènes Dynamik bedrängt fühlten, zu einer Tätigkeit getrieben, die ihrem Wesen nicht entsprach. Sie erkannten die Gefahren, die den Frieden ständig bedrohten, und doch wäre es ihnen lieber gewesen, erst einmal abzuwarten, wie alles sich entwickelte. Der Krieg im Norden zwischen Rußland und Schweden? Preußen, das sich von einem Tag zum andern entschloß, in diesen Krieg einzutreten? Die Türken, die tief im Süden den Frieden brachen und Moräa besetzten, das doch Venedig gehörte? Und bestand nicht immer noch die Heilige Liga aus dem Jahr 1684 zwischen Venedig, Österreich und dem Papst? Würde Venedig nicht auf diesen Vertrag pochen und Beistand verlangen, wenn die Türken ihm den Krieg erklärten?

Unruhige Zeiten! murmelte man achselzuckend und ein wenig ärgerlich, weil doch bald die Jagdsaison begann und das Wetter so schön war, daß es keinen Spaß machte, in muffigen Räumen über Dinge zu beraten, die sich bei den emporgekommenen Preußen im Norden und bei den gottverdammten Osmanen im Süden abspielten. Die Monarchie war groß. Die Monarchie war mächtig. Die Monarchie hatte bis jetzt noch alles überlebt. Sie würde auch dieses Jahr überleben und das nächste. Warum sich also selbst verrückt machen? Wenn der Prinz Eugen und seine jungen, strebsamen, bürgerlichen, übertüchtigen Sekretäre und Referendare meinten, unbedingt etwas tun zu müssen, dann mochte ihnen das unbenommen bleiben. Der Prinz und seine Arbeitstierchen. . . Nun ja. Aber hatte es nicht etwas peinlich Bourgeoises an sich, wenn ein Mitglied des Hochadels nichts anderes im Kopf hatte als Arbeit? Wo blieb da die lässige Nonchalance, die doch das markanteste Kennzeichen des Adels war, der über den Petitessen stand und nicht auf jedes Hüsteln irgendwelcher Halbwilder reagierte?

Zwei Jahre Frieden. Sogenannter Frieden, aber immerhin: kein Krieg, in den die Monarchie verwickelt gewesen wäre.

Eugène in Wien. Zu Hause – wenn dieses Wort auf seine Lebensweise gepaßt hätte. Eugène bei ihr. Hexenaugen und schwarzes Haar.

Von Tag zu Tag lernten sie einander besser kennen. Die vielen Rollen,die Lori spielte! Bisher war sie nur die Freundin für ihn gewesen, die Geliebte, die Dame der Gesellschaft – als solche immer ein wenig kühl und abweisend. Nun sah er sie auch als Mutter. Sah, wie sie sich freute, wenn ihre Söhne zu ihr kamen. Wie besorgt sie um sie war. Wie sie mit ihnen lachte – eine ganz andere Lori als die, an die er sich von früher erinnerte. Und doch mußte sie schon immer so gewesen sein, wenn ihre Söhne bei ihr waren. Woher wäre sonst die Verbundenheit gekommen, die zwischen ihnen herrschte? Ludwig war achtzehn, Karl ein Jahr jünger. Keine Kinder mehr, doch niemals wäre es ihnen eingefallen, die gönnerhafte Miene jener ganz jungen Männer ihres Standes anzunehmen, die die Brauen hochzogen, wenn ihre Eltern mit ihnen reden wollten. Ein Abgrund zwischen den Generationen, kaum Interesse aneinander – auch nicht von seiten der Eltern, es sei denn, wenn es um die Karriere bei Hofe ging und damit um die Familienehre.

Lori war anders, und auch ihre Söhne waren anders. Es rührte Eugène, wenn er die drei beobachtete. Sie redeten nicht nur miteinander – sie blickten einander auch in die Augen. Auch Olympia hatte ihren Kindern in die Augen geblickt. Nicht oft. Aber es war ein Band gewesen zwischen ihnen, das niemals zerriß. Selbst der Tod hatte ihm nichts anhaben können. Trotz allem. Oh, trotz allem! Nein, Olympia war keine Mutter gewesen wie Lori, die beide Söhne gleichzeitig umarmte und ihnen kichernd und atemlos etwas zuflüsterte, das die zwei in schallendes Lachen ausbrechen ließ. Keine distanzierte große Dame, die ihren Söhnen die Fingerspitzen zum Kusse reichte oder eine kühle, blaß gepuderte Wange. Sie eilte nicht von Gesellschaft zu Gesellschaft, von

Klatsch zu Klatsch. Wie auf dem Traumbild ihrer Kindheit stand sie allein inmitten der Menge und hielt gleichsam – dies der einzige Unterschied – an jener Hand eines ihrer Kinder. Unnahbar, unantastbar. Bonneval hatte einmal gesagt, alle in Wien hätten immer ein wenig Angst vor der Gräfin Batthyány, auch wenn sie sich rühmten, mit ihr befreundet zu sein.

Lori im Park des neuen Schlosses, das erst durch sie für Eugène zur Heimat wurde. Vor einem Gärtner, der auf dem Boden kniete, um einen Oleander einzupflanzen, blieb sie stehen. Sie blickte auf ihn hinunter und auf seine geschickten, erdigen Hände, die den Boden glätteten. Noch immer kam sie Eugène vor wie ein junges Mädchen. Der Klang ihrer Stimme verstärkte diesen Eindruck noch. Lori sagte etwas zu dem Gärtner. Dieser hob den Kopf und lachte.

Ein wunderbares Gefühl der Geborgenheit erfüllte Eugène plötzlich. Eine Fülle der Gemeinsamkeit beim Anblick dieser Frau, die sein Vertrauen zu den einfachen Männern, die ihm folgten, teilte. Diese Menschen hatten keine Angst vor Lori, brauchten auch keine zu haben, ebensowenig wie sie Eugène fürchteten. Der Prinz und die Gräfin waren für sie eine Einheit.

Trotzdem... dachte Eugène, und auf einmal war der Zauber verflogen. Eine Ehe, gemeinsame Kinder, die ihm vielleicht sogar ein wenig ähnlich sahen – nicht zu sehr, natürlich; es gab hübschere Modelle in beiden Familien als ausgerechnet ihn. Aber immerhin es wären seine Kinder gewesen. Seine Erben, die in den Schlössern gelebt hätten, die er erbaut hatte. Die die Bibliotheken verwalteten und erweiterten, die er begründet hatte. Die sich an den Bildern und Plastiken erfreuten, die er sammelte und die die Tiere besuchten in der Menagerie, die er neben dem großen Schloß anlegen wollte. Seine Kinder. Kinder seines Stammes, seiner Lenden, seines Herzens. Durch sie hätte sich fortgesetzt, was er begonnen hatte. Wer sollte einmal all das erben, worein er sein Herz gelegt hatte?

Acht Kinder hatte Olympia geboren, doch am Leben waren nur noch Eugène selbst und Louise Philiberte, Mademoiselle de Carignan, das boshafte kleine Flittchen aus dem Hôtel de Soissons. Unscheinbar, geplagt von unverständlicher Eifersucht auf die noch unscheinbarere ältere Schwester, so daß es schon einem Triumph gleichkam, sie zu überleben. Ein paar armselige kleine Würmer hatten sie geboren, deren Väter sie nicht nennen konnten und die, kaum auf der Welt, schon von der hilfreichen Hebamme schnell irgendwohin aufs Land verfrachtet wurden zu mittellosen Bauersleuten, die sich am Pflegegeld sanierten und nie zur Rede gestellt wurden, wenn sie die fremden kleinen Aristokratenbälger vernachlässigten.

Louise! Schon als Kind hatte Eugène sie verabscheut, so wie sie ihn verabscheute. Doch nun tat sie ihm leid, eingesperrt in einem Turiner Kloster, abgeschoben von der Familie, die sich ihrer schämte. Einmal, ein einziges Mal nur, hatte Eugène sie besucht und kaum wiedererkannt. Erst als sie zu reden anfing – »Oh, der große Feldherr persönlich! Welche Ehre für ein bescheidenes Nönnlein!« – erst da fand er sie wieder in dem verlebten kleinen Gesicht, alt geworden, viel älter, als es ihren Jahren entsprach.

Blaß wie der Tod, zitternde Hände wie schon damals als Kind. Eugène hätte am liebsten geweint, als sie einen spöttischen Knicks andeutete. Hohn und Haß. Wann war es geschehen, dachte er, daß man sie so verformt hatte? Was hatte man ihr angetan in Olympias prächtigem Schloß, wo die Lakaien auch ihn an die Wand gedrängt und unterworfen hatten?

Louise, im Stich gelassen wie er.Da sie kein Mann war, dem die Flucht in den Krieg und seine Karrieren offenstand, hatte sie gemeint, ihr bliebe nur noch die Rache, indem sie die

Familie demütigte. Alkohol und Hurerei: eine junge Frau, verwandt mit den Kronen Europas. Und jetzt saß sie in einer Klosterzelle. Angepaßt, wie es hieß. Nur die Bosheit beklagte man immer noch an ihr, und wenn sie es allzu arg trieb, ließ man sie fasten und legte ihr eine Peitsche in die Zelle, damit sie sich selbst bestrafe.

»Ich habe es sehr genossen, Ehrwürdige Mutter!« sagte sie zur Oberin nach der ersten Nacht der Selbstgeißelung. Dabei hatte sie das blasseste Gesicht, das die fromme Frau jemals erblickt hatte, und ihre Augen flackerten wie nach den langen Nächten im Hôtel de Soissons. Sie hatte es wohl wirklich genossen.

Eugène überlegte, ob er Louise zu sich nach Wien holen sollte, doch der Gedanke, sie dort um sich zu haben, ließ ihn schaudern. Trotzdem fragte er sie und schämte sich fast über seine Erleichterung, als sie mit Schimpfworten ablehnte. Niemand könne von ihr verlangen, sich von einer Tunte aushalten zu lassen. Oder habe er seinen Spitznamen von damals vergessen? *Madame Simone*, nicht wahr? Oder war es *Madame l'Ancienne*? Ob er wohl auch manchmal den wilden alten Zeiten nachtrauere? Schade eigentlich: Genau genommen seien er und sie die einzigen, die von damals übriggeblieben waren.

»Wir beide haben uns nie leiden können, mein Schöner, aber keiner versteht dich so gut, wie ich es tue und mich so wie du.«

»Seit damals hat sich viel verändert, Louison!«

Sie lachte ihr verächtlichstes Lachen. »Nicht das Wesentliche, *mon frère*! Auch wenn du es nicht wahrhaben willst: Die Brandnarben bleiben. Für immer. Du brauchst nur über deinen Körper zu streichen und dich zu erinnern, dann spürst du sie, als wären sie dir eben erst zugefügt worden. Das ist unsere persönliche kleine Hölle, mein Lieber. Sie erhebt uns über die anderen, die immer nur gehätschelt wurden. Versuch nicht, deine Hölle zu vergessen, Bruder, sonst vergißt du dich selbst!«

Eugène küßte seine Schwester auf die widerstrebende Wange und ging. An der Tür drehte er sich nicht um nach seiner Kindheit, jenem Aschenhaufen, über dem – noch immer weinend – die blassen Gesichter schwebten, die er vollkommen nur vergaß, wenn die Kanonen donnerten und der Tod hinter ihm stand.

Außer Louise gab es nur noch drei Menschen, die für Eugène so etwas wie Nachkommen hätten sein können: Viktoria, Thomas' älteste Tochter; Thomas' Sohn Emanuel und dessen wiederum eigener kleiner Sohn Eugen, Eugènes Patenkind. An Viktoria wollte Eugène nicht denken, die schon mit zwanzig in Wahrheit eigentlich fünfzig gewesen war, vertrocknet, neidisch und mit der spitzen Zunge der Soissons-Mädchen begabt oder geschlagen. Eine leibliche Tochter ihrer Tante Louise hätte sie sein können, hätte sich da nicht auch noch ein unbändiger Geltungsdrang gezeigt: Prahlerei und ein hochfahrendes Wesen, das durch keinen persönlichen Vorzug gerechtfertigt war und sich in Gegenwart tatsächlich Überlegener in Unterwürfigkeit verwandelte. Eugène ließ ihr regelmäßig viel mehr Geld zuweisen, als er eigentlich für nötig hielt, damit sie nur ja nicht aus Turin angereist kam, um ihn anzupumpen.

Ganz anders ihr jüngerer Bruder Emanuel, der Uranies blonde Schönheit geerbt hatte und die vornehme Wesensart eines der beiden Männer, die – je nach Gerücht – als Thomas' Väter galten: Eugène Maurice, Olympias Ehemann, oder Ludwig – der Ersehnte, der Unvergeßliche. Emanuel war wohl der Traum eines jeden Vaters, und die Frau, die er heiratete – Theresia, eine Tochter des Fürsten Adam von Liechtenstein, den alle Welt nur den ›reichen Liechtenstein‹ nannte – kam ihm gleich.

In jenen beiden traumhaften Friedenssommern besuchte Eugène die beiden für mehrere Wochen auf ihren Gütern in Böhmen. Lori begleitete ihn, und wenn die beiden Gäste mit Emanuel, Theresia und deren zweijährigem Söhnchen Eugen unter den alten Kastanienbäumen des Liechtensteinschen Parks saßen, glaubte Eugène manchmal, dies, genau dies wäre endlich die Vollkommenheit. Er beobachtete das pummelige, gutwillige Kleinkind, das jauchzend über die Wiese stolperte, und stellte sich vor, daß dieser kleine Mensch vielleicht einmal sein Erbe sein würde. Ein Sonnenkind mit einer Zukunft, um die ein König es beneiden konnte. Ein winziges Menschenwesen, hineingeboren in ein Nest voller Liebe und Fürsorge, für immer abgesichert durch die unermeßlichen Reichtümer seines Großvaters und vielleicht auch durch jene seines Paten. Warum sollte nicht einer von Olympias Nachkommen von Anfang an und ohne Wenn und Aber glücklich sein? Ein Mensch mit der vollkommenen Chance, die ganze Fülle eines wunderbaren Lebens zu gewinnen. Ein Kind, ein Knabe, ein junger Mann, dem alles zufiel, und der sich dennoch dankbar erwies und danach strebte, sich aller dieser Gaben für würdig zu erweisen. . .

»Ein süßer kleiner Bursche!« sagte Lori und lächelte.

Eugène nickte. Seine Augen folgten der zerbrechlichen kleinen Gestalt über die Wiese und zwischen die dunklen Bäume des Parks, wo es mit seiner Betreuerin im Schatten verschwand.

Zwei Sommer mit Lori. Zum ersten Mal hatte er für eine so lange Zeit mit einer Frau zusammengelebt. Dennoch: Manchmal, in jener sanften Stunde des Tages, die er am meisten genoß, wenn die Sonne langsam zur Ruhe sank und der Park der Sommerresidenz sich nach und nach leerte, manchmal schritt er dann durch die jungen Alleen und wunderte sich darüber, wie wenig er über die Entstehung und den Verlauf der Beziehungen zwischen zwei Menschen wußte. Freundschaft, Liebe, Leidenschaft. Aus welchem Mangel entstanden sie? Aus welchen Verlusten und Verletzungen? Aus welchem Hunger? Oder vielleicht auch: Aus welchem Überfluß und Reichtum? Was war das überhaupt: die vollkommene Freundschaft oder die vollkommene Liebe?

Erst vor kurzem hatte er für seine Bibliothek ein besonders kostbares Buch erworben. Über zweihundert Jahre war es alt, aber die Illustrationen glühten immer noch in den gleichen sehnsüchtigen Farben wie damals, als der Künstler, es war René d'Anjou, sie gemischt hatte. *Livre du cœur d'amours esprit.* Buch vom liebentbrannten Herzen. Die Erzählung eines Traumes, der in Abschied und Tränen endete. Körper und Seele. In welchem menschlichen Paar hatten sie sich jemals auf Dauer vereinigt?

Er war nicht unglücklich. Wenn er später auf jene beiden Jahre zurückblickte, meinte er sogar, sie wären die schönsten seines ganzen Lebens gewesen. Dennoch dachte er oft, daß das, was man in Wien so oft und so gern beschwor – das Gefühl der Gefühle! die höchste Seligkeit der Menschen! – daß das vielleicht doch nur eine Illusion war. Nichts jedenfalls, was von Dauer sein konnte. Von Dauer war seine Verbindung mit Lori, nicht aber die Empfindungen, die sie beieinander hielten. Das Herz tat ihm weh, wenn er an die schmerzhafte Verzweiflung dachte, mit der er sich vor noch gar nicht so langer Zeit nach Lori gesehnt hatte. Nach ihrem Körper und nach ihrer Zustimmung. Das – genau das! – hatte er Liebe genannt, ohne jeden Zweifel und ohne Grübeln, doch das – genau das – war ihm verloren gegangen in den beiden satten Jahren seines Goldenen Zeitalters.

Lori war seine Frau. Er liebte sie, wie man so sagte, und sie liebte ihn in ähnlicher Weise. Sie gehörten zusammen. Sie hatten es gut miteinander. Sie verstanden einander, wie man ebenfalls sagte. Sie hätten einander niemals verlassen. Er freute sich, wenn sie auf ihn zukam – aber sein Herz hüpfte dabei nicht mehr in den Himmel. Wenn sie gemeinsame Kinder gehabt hätten, dachte er, hätte er dieses milde Welken vielleicht gar nicht empfunden. Da sie einander aber selbst genug sein mußten, fühlte er sich manchmal fast beraubt und von einer dunklen, unbekannten Macht betrogen. Abends, vor dem Einschlafen, horchte er auf Loris leisen Atem, und er hätte sie gerne gefragt, ob es ihr ebenso erging. Doch er wagte es nicht, um sie nicht zu kränken. Er schwieg, und das Schweigen stand zwischen ihnen, während er sich fast gewaltsam nach der Sehnsucht sehnte.

2

August 1717. Eugène war vierundfünfzig Jahre alt, Kaiserlicher Generalleutnant und Reichsfeldmarschall, Präsident des Hofkriegsrates, Staats- und Konferenzminister und seit einem Jahr Generalkapitän der Niederlande, die zu besuchen er noch nicht Zeit gefunden hatte. Bauherr, Mäzen, *philosophe guerrier*. Der berühmteste Mann seiner Zeit. Der beneidetste. Der einsamste – mit den meisten Menschen um sich herum.

Die Friedensjahre waren vorbei. Venedig, von den Osmanen bis aufs Blut bedroht, hatte um Hilfe gerufen und auf die alte Heilige Allianz gepocht. Der Kaiser zögerte und hoffte, die Krise würde sich von selbst ausbrennen, zu wessen Gunsten auch immer. Erst als Sultan Achmed der Dritte seinen Großwesir mit einem Heer auf den Balkan sandte, das an die achtziger Jahre erinnerte, wußte Karl, daß das liebenswürdige Interregnum der Bälle und Jagden, der Musiksoireen und heimlichen Rendezvous mit der Gräfin Althann zu Ende ging. Er wagte nicht zuzugeben, daß die rasante Abrüstung nach der Euphorie von Rastatt vielleicht ein Fehler gewesen war.

Ein Reich wie das seine mit einer Kämpferzahl von achtzigtausend sollte sich von heute auf morgen mit einem Feind von zweihunderttausend auseinandersetzen. Ein Volk voll Kriegsüberdruß und Friedensseligkeit wurde herausgefordert von einem anderen, das sich nach der Verantwortungslosigkeit des einzelnen sehnte, nach der Ekstase des Kampfes, der Grenzenlosigkeit der Siegeslust und dem unsterblichen Ruhm der alten Eroberer. Ruhebedürfnis, Genußfreude und Pazifismus standen gegen Kräfteüberschuß, Habgier und Mythologie.

»Majestät, sie werden versuchen, die Donau zu überschreiten und die Save!« sagte Eugène, ohne Karl zu schonen, und im Raum stand unausgesprochen die Fortsetzung dieser Feststellung: Danach werden sie in der Steiermark einfallen und auf Wien zumarschieren. Es wird sein wie schon einmal, wenn – ja, wenn wir sie nicht rechtzeitig aufhalten. Das müssen wir, wenn wir überleben wollen. . . Der Friede von Karlowitz war nur ein Friede auf Zeit gewesen, so wie die meisten Vereinbarungen über Grenzen, an denen zwei Kulturen aufeinanderprallen, die sich einreden, sie seien unvereinbar. Sie hätten schon eines gemeinsamen *daimons* bedurft als Mittler zwischen ihren widerstrebenden Seelen, dachte Eugène, und er fragte sich, ob dieser *daimon* nicht ganz einfach der Wunsch zu überleben hätte sein können.

Sie waren eingekesselt. Eingeschlossen zwischen den Schenkeln der Donau und der Save, vor deren Zusammenfluß das Juwel glühte, das sie erringen wollten, und vor dem sie – daran glaubte mittlerweile außer ihnen selbst die ganze Welt – verbluten würden: Belgrad, einstmals Residenz der Könige von Serbien, inzwischen aber Hauptstadt der osmanischen Macht auf dem Balkan. Solange der Sultan Belgrad sein eigen nannte, konnte er jederzeit nach Ungarn vordringen und damit nach Österreich und womöglich – die uralte, traumatische Furcht des Abendlandes! – noch weiter bis ins Herz Europas. Wer Belgrad kontrollierte, das *›Haus des Heiligen Krieges‹*, dirigierte den Balkan, Brandstätte des Fegefeuers, solange noch die Politik am Ruder war, doch Imperium der Hölle, sobald sie zum Schweigen gebracht wurde.

Eingekesselt: Vor ihnen lag Belgrad – die Zitadelle auf dem Festungsberg unmittelbar über dem Zusammenfluß der beiden Ströme; zu Füßen der Festung die eigentliche Stadt und davor dann die vielen kleinen Vorstädte, die ins offene Land hinausschwärmten. Das ganze eine Halbinsel, von der kaiserlichen Armee aus gesehen, die den Süden abriegelte, so daß Belgrad kein Atem mehr blieb: im Westen die Save, im Osten die Donau, die sich im Norden vereinigten, und im Süden nun der Prinz von Savoyen mit seinem Heer.

Man hätte glauben können, es müsse eigentlich einfach für ihn sein, die Stadt in die Zange zu nehmen . . . hätte sich da nicht ein weiterer, viel größerer Ring um die Stadt geschlossen, noch weiter im Süden, hinter den Kaiserlichen, die auf einmal nicht mehr nur Belagerer waren, sondern selbst auch Belagerte. Khalil Pascha, der Großwesir des Sultans, hatte mit seiner gesamten Streitmacht in einem riesigen Bogen zwischen Donau und Save sein Lager errichtet. Seine Galeeren und Tschaiken schaukelten aufreizend im leise plätschernden Wasser in Sichtweite der Brücken und Fregatten der Kaiserlichen – den Schlagadern der Armee, ohne die sie von ihrem Nachschub aus Peterwardein abgeschnitten gewesen wäre.

Das Schlimmste war das Warten. Sie warteten. Alle drei: die in Belgrad, die Kaiserlichen und die Osmanen. Sie warteten und hatten das Gefühl, von einer dröhnenden Stille umgeben zu sein, während in Wirklichkeit Luft und Erde zitterten von all dem Lärm und der gewaltigen Bewegung der Menschen und ihrer Zerstörungsinstrumente.

Aus fünfzehn Mörsern und sechsundzwanzig Kanonen

hatten die Kaiserlichen zwei Tage lang die Festung bombardiert und ihre Batterien zerstört. Tag und Nacht hatte die Zitadelle gebrannt, und als sich der Rauch verzog, waren nur noch Trümmer übrig. Belgrad, westlichste Faust des Osmanenreiches, glich einer jener seit langem untergegangenen Städte aus der Vorzeit der Menschheit.

Fünfmal in seiner langen Geschichte als Zankapfel und Siegespreis war es eingeschlossen gewesen, dreimal auch genommen worden. Jetzt wartete es. Warteten die osmanischen Besatzer, die die einstigen serbischen Bewohner vertrieben hatten und nun seit langem hier lebten als in einer neuen Heimat. Viele waren schon hier geboren und wußten nichts von der Vergangenheit. Hin und her. Entweder ihr oder wir. Kein dauerhafter Friede in Sicht, auch nicht in den fernen Nebeln der Zukunft. Nicht nur Soldaten wohnten hier, auch Frauen, Kinder, Alte. Ihre Körper verwundbar und tötbar wie die Körper ihrer Feinde. Ihre Seelen erschreckbar und zerstörbar wie deren Seelen.

Sie warteten. Vollzogen die Gesten des Krieges, ohne etwas Entscheidendes zu tun. Belgrad ergab sich nicht. Wem hätte es sich auch ergeben sollen? Den Kaiserlichen etwa, die nicht aufhörten, es zu bedrängen und die es dem Hunger preisgaben, indem sie ihm die Versorgungslinien zum Hinterland abschnitten? Den Kaiserlichen, die doch selbst in der Falle saßen und sich in jeder Minute ihrer Existenz der vielfach überlegenen Macht bewußt waren, die von oben, von den lieblichen Hängen der umgebenden Hügel, zu ihnen herunterstarrte wie von den Sitzen eines Amphitheaters? – Ein Gewirr und Gewimmel von Menschen, Pferden, Geschützen und Fahrzeugen, über denen im brennenden Licht der Mittelmeersonne die tausenden Fahnen des Sultans wehten, rote und grüne Tupfen von ferne, jeder allein schon ein Hohn für den Feind und eine Drohung. Dazu das ständige Trommeln und Pfeifen der Musikanten. Fremde, unvertraute Töne, die sich dem gewohnten Musikverständnis entzogen und sich wie eine schrille Ohrenfolter in das dumpfe Dröhnen und Knallen der Waffen einflochten. Es gab keinen mehr unter den Kaiserlichen, dessen Hände nicht Tag und Nacht gezittert hätten.

»Der Kaiser soll gesagt haben, er habe Sie für Alexander gehalten, und nun würden Sie vielleicht Varus, der ihm seine schöne Armee ins Verderben führt!« Claude de Mercy stand vor Eugènes Schreibtisch und breitete die Papiere aus, die ein Bote soeben gebracht hatte. Mercys Stimme klang ruhig und fast sanft – so wie immer, auch wenn es in Wien hieß, der Graf aus Lothringen sei kalt und arrogant. Eugène war dankbar für Mercys Unaufgeregtheit. Er wies mit dem Kinn zu einer großen Schale auf dem Schreibtisch. »Wenn Sie sich bedienen wollen, Graf. . .«, murmelte er und brach das Siegel des Kaisers auf dem ersten der Briefe. »Und nehmen Sie um Gottes willen Platz!«

Mercy setzte sich, neigte dankend den Kopf und nahm sich eine Handvoll getrockneter Heidelbeeren – eine weniger kulinarische, als medizinische Kostbarkeit in diesen Tagen, da zu allen anderen Belastungen auch noch die Ruhr im Lager ausgebrochen war. Mindestens ein Drittel der Soldaten waren kampfunfähig, und auch die anderen wurden immer schwächer. Keiner war verschont geblieben, auch nicht Eugène, der schon vor Wochen die entsetzten Schlachtenbummler über die Save ans andere, gesicherte Ufer geschickt hatte, wo sie nun warteten. Warteten, wie alles wartete. Es kam ihnen vor, als ob das Leben nur mehr aus Warten bestünde. Aus Warten und aus Angst. Sogar die Pferde schienen zu warten und vor lauter Warten krank zu werden. Niemand konnte sich erklären, woran plötzlich so viele von ihnen verendeten. Ein beträchtlicher Teil der Kavalleristen war schon zu den Zirkumvallationslinien versetzt worden, weil die Reiter ihre Tiere verloren hatten.

»Ist Ihnen auch so verdammt heiß?« fragte Eugène und legte das Schreiben achtlos beiseite. Wenn Karl an ihm zweifelte, so ließ er es sich jedenfalls in seinen Briefen nicht anmerken – wahre Lobeshymnen, mit denen er seine Angst niedersang, und in denen er Eugène immer wieder an die Triumphe erinnerte, die doch erst ein Jahr zurücklagen. Erst ein Jahr! Und Belgrad schien damals so leicht zu erobern!

Erst ein Jahr... Das türkische Heer voll Wien-Hunger vor Peterwardein, der kaiserlichen Festung: Christensieg. Dann das kaiserliche Heer vor Temesvár, der türkischen Festung: wieder Christensieg... Papst Clemens XI. verlieh Eugène zum Dank Stocco und Berettone, einen geweihten Degen mit Wehrgehänge und Hut, Insignien höchster Ehre. Der Degen war fast so lang wie Eugène selbst, und unter dem Hut verschwand er beinahe. »Wie gerne möchte ich meinen lieben Prinzen mit dem schönen Kappl sehen und im geheimen ein wenig lachen, da ich Euer Liebden Humor in solchen Funktionen kenne!« hatte der Kaiser geschrieben... Und nun Belgrad. Die nächste türkische Festung. Die letzte. Die den Krieg beenden würde. Christensieg? Türkensieg?

»Eigentlich sind die in Belgrad«, Eugène hob den Zeigefinger in Richtung der Stadt, »eigentlich sind sie immer noch besser dran als wir!« Er nahm eine Prise Schnupftabak, ohne sich die Krümel vom offenen Hemdkragen zu klopfen. In letzter Zeit schnupfte er fast ununterbrochen und merkte es nicht einmal mehr. Dafür vergaß er zu essen und manchmal sogar zu trinken. »Wenn wir die Stadt erobern – und das müssen wir, wenn wir nicht untergehen wollen – , wenn wir sie also erobern, werden die Besatzer freien Abzug verlangen wie Mustapha Pascha aus Temesvár. Wenn aber die Türken uns besiegen, gibt es das blutigste Massaker, das der Balkan jemals erlebt hat. Und er hat wahrhaftig schon genug Blut gesehen!« Er zog den Tabak tief ein und starrte wieder ins Licht der Kerze.

Mercy schwieg. So ruhig wirkte er, so pflichtbewußt und kompetent, dennoch nagte die Ungewißheit des Wartens auch an ihm. Vor zwei Wochen war plötzlich Karl von Batthyány, Loris Sohn, der als Obristleutnant am Feldzug teilnahm, ins Hauptquartier gestürzt, um zu melden, daß der General Mercy auf dem Paradeplatz gefunden worden sei, reglos auf dem Boden liegend. Sein Gesicht sei halbseitig gelähmt, und er könne nichts mehr sehen. Ein Schlaganfall, habe der Arzt gesagt, aber dafür sei der General doch eigentlich noch viel zu jung!

Nach ein paar Tagen hatte sich Mercy wieder erholt. Er schien der gleiche wie zuvor und lehnte es ab, über den Vorfall zu sprechen. Nicht einmal mit Eugène wollte er darüber reden, denn gab es hier, in den Zelten der belagerten Belagerer, überhaupt noch irgend jemanden, der wirklich gesund war?

Mercys Gegenwart tat Eugène wohl. Er hatte vor, Mercy mit der Besiedlung des Banat, der seit Temesvár wieder ungarisch war, zu beauftragen. Es gab so viele Menschen in Deutschland, die während des Spanischen Erbfolgekriegs Hab und Gut verloren hatten. Die Schiffe nach Amerika, dem Land der letzten Hoffnung, waren voll von ihnen, und wer den Atlantik erst einmal überquert hatte, würde nie mehr zurückkehren können.

Eugène wußte, was es bedeutete, fortzugehen. Warum sollten diese Menschen nicht lieber nach Osten ziehen, wo das Land noch leer war, entvölkert durch den endlosen Kampf zwischen Ost und West! Man würde den Familien freie Anreise bieten müssen, ihnen Land zuteilen, Baumaterial zur Verfügung stellen, landwirtschaftliches Gerät und Saatgut. Und man mußte sie von allen Steuern befreien, bis sie etabliert waren. . . Ein großes Projekt. . . Eugène blickte forschend in Mercys konzentriertes Gesicht mit den schwarzen

Schatten des Schlafmangels unter den Augen, gemeinsames Kennzeichen ihrer aller; auch jener in der Zitadelle und jener in den Zelten des Sultans.

Ja, wenn der Feldzug beendet war, würde er Mercy den Auftrag erteilen, dieses Projekt zu planen und durchzuführen. Wenn der Feldzug beendet war: so beendet war, wie er es hoffte. Immer noch hoffen mußte unter der starren, unparteiischen Sonne des Balkans, die den Boden so unbarmherzig ausgetrocknet hatte, daß er nicht einmal mehr die Kanonenkugeln aufnahm, sondern sie über sich hinwegrollen ließ, bis ihnen zuletzt doch noch irgendein Ziel-Opfer im Wege lag. Es war, als hätte diese Erde schon so viel Krieg erduldet, daß er sie nicht einmal mehr ritzte.

Die Kerze flackerte. »Zeit, schlafen zu gehen!« sagte Eugène. Mercy erhob sich und wies fragend auf die Beerenschale. »Aber bitte, mein Lieber!« murmelte Eugène und lächelte. Mercy bediente sich, schlug die Hacken zusammen und ging hinaus. Eugène nahm sich ebenfalls ein paar Beeren, kaute sie mißvergnügt und sah der Kerze zu, wie sie zögernd verlosch. Er dachte an seinen Garten in Wien mit den ägyptischen Löwenmädchen und an Lori, die ihnen zulächelte und in der Nacht seine Hand führte. So fern! So fern, daß er es sich gar nicht mehr richtig vorstellen konnte. Aber vielleicht war das sogar ganz gut so. O mein Gott!

In der Nacht träumte Eugène von Bonneval, der vor Peterwardein schwer verwundet worden, inzwischen aber wieder zur Truppe zurückgekehrt war. Längst trat er wieder in seiner gewohnt lässigen, amüsant-arroganten Weise auf. Trotzdem kam es Eugène vor, als ob Bonneval ihm vorsätzlich aus dem Wege ginge. Wahrscheinlich nur eine Einbildung.

Bonneval hatte allen Grund, sich stolz zu zeigen. Eugène hatte Bonneval während Peterwardein nicht gesehen, da er an anderer Stelle in den Kampf verwickelt gewesen war. Nun aber, im Traum, beobachtete er ihn wie auf einem riesigen Turnierplatz, wo Bonneval mit einigen hundert Infanteristen von den Janitscharen fast erdrückt wurde. Einer stieß ihm die Lanze in den Leib. Von einem Augenblick zum anderen färbten sich Bauch und Brust rot. Bonneval preßte seine Linke auf die Wunde, schloß einen Moment lang die Augen und trieb dann sein Pferd wieder an. Er durchbrach die Mauer der Feinde, während das Blut von seinen Schenkeln tropfte. Als alles vorbei war, glitt er zu Boden. Zwei Grenadiere trugen ihn vom Feld. Sie riefen nach dem Priester, nicht nach einem Arzt.

Es war ein Traum, doch es war Wirklichkeit gewesen. Einmal, vor einer Ewigkeit, vor einem ganzen Jahr, in dem Rousseau und Voltaire den Mut ihres Landsmannes besangen. Der Held von Peterwardein! Seine Wunde würde niemals ganz verheilen. Ein Leben lang würde ihn eine silberne Bauchbinde an den Tag erinnern, wo er dem begegnet war, woran allein sein Herz wirklich hing; dem einzigen Wert, der für ihn noch zählte, den Renegaten des Königs, den Verräter und Zyniker: dem Ruhm, den er zugleich verlachte und begehrte wie eine Erlösung und eine Ekstase.

Ruhm und Macht. Den Ruhm hatte er nun, doch die Macht wollte ihm keiner geben, weil alle ihm insgeheim mißtrauten. Sogar Eugène, der ihn so gerne um sich hatte, daß die reisende Gräfin Montague in London vieldeutig berichtete, Alexandre de Bonneval sei der Favorit des Prinzen von Savoyen. Favorit, Günstling, Protegé – aber immer nur bis zu einem gewissen Punkt, bis dahin, wo die Verantwortung für das Ganze begann.

Nein, auch Eugène traute Bonneval nicht. Manchmal, wenn Bonneval schwieg und das verbindliche, ein wenig süffisante Lächeln aus seinem Gesicht gewichen war, spürte Eugène die zerstörerische Ambivalenz dieses Mannes, der so viel wollte und an nichts mehr glaubte. »Es ist schwer, gegen Begierden anzukämpfen!« zitierte Bonneval mit gepreßter Stimme Heraklit, als Eugène nach Peterwardein an seinem Bett saß und der Priester für ihn betete. »Was immer man haben will, erjagt man auf Kosten der Seele.« Er unterdrückte ein Lachen, weil seine Wunde ihn dabei schmerzte. »Schonen Sie Ihre Kräfte, Abbé!« sagte er zu dem jungen Priester, dessen blasse Wangen danach glühten, Gott zu dienen. »Ich wollte in meinem Leben so viel haben, daß von meiner Seele kaum noch etwas übrig ist.« Er zwinkerte Eugène zu. »Ich bin jetzt ein Held, Hoheit, nicht wahr? Vielleicht wäre das der beste Augenblick für einen Gnadenstoß.« Und dann, als die Müdigkeit schon schwer auf seiner Zunge lastete: »Ist Ihnen eigentlich schon einmal aufgefallen, wie sehr der Kampf die Menschen zueinander führt? Niemand ist uns näher als der Feind, der uns töten will; nicht einmal die Frau, die zu uns kommt. Der Krieg ist wie eine perverse Umarmung.«

Die Augen fielen ihm zu. Nach einer Weile öffnete er sie wieder. »Ich habe dem Mann ins Gesicht geblickt, der mir das hier zugefügt hat!« Er legte die Hand auf seine Wunde.«Er hat sein Schicksal mit dem meinen verkettet. Ich habe ihn angebetet, als er es tat. Gefürchtet, gehaßt und angebetet. Er war mein Todesengel. Niemand spielte je eine wichtigere und zugleich flüchtigere Rolle in meinem Leben.«

Nach vier Tagen ging es Bonneval wieder besser. »Ich glaube, ich habe es wieder einmal geschafft, Hoheit!« sagte er mit spöttischem Lächeln, als Eugène an sein Bett trat. »Der Held wird seinen Triumph auskosten dürfen. Ich nehme an, meine Chancen bei den Damen haben sich vervielfacht.«

Eugène lächelte. »Es reicht auch so schon aus!« murmelte er und erzählte Bonneval, daß er plane, nach Temesvár zu ziehen und später vielleicht den Banat mit deutschen Bauern und Handwerkern zu besiedeln.

Bonneval starrte zur Decke. »Diese Leute werden Sie als einen Engel preisen, Hoheit!« sagte er, diesmal ohne sein

Lächeln, aber mit einer Bitterkeit, die Eugène erschreckte. »Vielleicht könnte ich das Projekt organisieren, damit ein wenig von all der Liebe und Dankbarkeit auch für mich abfällt. Ich wäre schon immer gern ein guter Mensch gewesen.«

Eugène sah ihn erstaunt an, doch Bonneval schützte sich bereits wieder mit seinem mokanten Lächeln.

Bonneval im Traum. Bonneval in Wien, wie er flirtete und trank. Immer mehr, immer heftiger, immer mit dem Bewußtsein der Silberplatte an seinem Leib. Etwas, wofür er sich bei seinen Geliebten entschuldigte, auch wenn sie – mehr neugierig als bewundernd – behaupteten, dies sei doch ein wundervolles Zeichen seines Heldentums...

Bonneval im Traum. Bonneval, dem Eugène zögernd mitteilte, daß er die Absicht habe, Mercy die Besiedlung des Banats zu übertragen. Bonneval, der gleichgültig die Achseln zuckte und sagte, humanitäre Aktionen hätten ihn sowieso nie interessiert... Und plötzlich: Bonneval, der ein Messer gegen Eugène erhob! Ein Messer im Traum, aber das wußte Eugène in diesem Augenblick nicht. Bonneval, den er nicht wiedererkannte. Ein Messer, das er nur abwehren konnte, weil eine Hand sich einmischte. Wessen Hand?

Mit einem Schrei wachte Eugène auf. Ein ohrenzersprengendes Geknatter und Krachen erfüllte die Luft und ließ das Zelt und den Boden, auf dem es stand, erbeben, als wäre das Ende der Welt angebrochen. Am Eingang des Zeltes stand Mercy. Er trug noch immer seine Uniform. »Die Zitadelle!« schrie er. Er hatte kaum genug Atem, um die Worte zu befördern, die dann doch im Lärm untergingen. »Eine Bombe hat das Pulvermagazin in die Luft gejagt! Da drüben herrscht die Hölle, Hoheit!«

Eugène sprang auf.

Er war wieder ganz er selbst. Der, der er war, wenn er sich selbst vergaß. Wenn er eins wurde mit der Situation und dem, was sie bot. Die Situation, die ein Geschenk war. Eine Hand, die ihm zu Hilfe kam wie jene unbekannte Hand in seinem Traum. Vielleicht war er trotz allem doch ein Kind des Glücks, da ihm immer wieder eine solche Hand gereicht wurde und – was vielleicht noch schwerer wog – da er diese Hand auch stets wahrnahm und richtig einschätzte.

Ein Opportunist des Kriegsgeschäfts zu sein – wichtigstes Talent eines Feldherrn. Gelegenheiten zu sehen, zu erkennen und zu nutzen. War nicht alles immer wieder vom Zufall abhängig, die Chance wie das Verhängnis? Hätte er Belgrad nicht längst genommen, wenn nicht vor fast einem Monat, nach einem Tag von kaum noch erträglicher Hitze und Trockenheit, ein entsetzlicher Wirbelsturm losgebrochen wäre, der die Gewißheit zunichte machte, daß Belgrad leicht zu erobern sei?

Das Entsatzheer des Sultans war noch nicht eingetroffen. Man mußte nur zuschlagen, dann würde sich die Stadt schon ergeben. Und dann jener Wirbelsturm, der die Brücken über die Donau und die Save zerstörte und die Versorgungsschiffe zum Sinken brachte! Ein Sturm, wie keiner ihn jemals erlebt hatte. Der nächtliche Himmel plötzlich gelb wie Schwefel. Erst eine Stille, die auf die Stadt und ihre Feinde drückte, als könnte man sie greifen. Es war die gleiche Last auf der Brust, dachte Eugène, wie Olympia sie gekannt und gefürchtet hatte. Ein wenig mehr noch und man hätte sie nicht mehr ertragen.

Angst und Sorge in jedem Blick. Die vereinzelten Schüsse, die trotz der Nachtruhe immer wieder abgefeuert wurden, um den Gegner zu entnerven und am Schlaf zu hindern, verstummten. Niemand schlief, weil alle sich vor der plötzlichen Ruhe fürchteten, die keiner anderen Ruhe glich, die sie je erlebt hatten. Es war, als ob der Gott ihrer aller den Finger gehoben hätte, um zum Schweigen zu mahnen oder um zu drohen, und als ob er dann ganz plötzlich mit der anderen Hand auf dieses wirre Häuflein von Menschen, Tieren und Material loshiebe, um es zu vernichten und wegzufegen wie Insekten, die ihn lange genug belästigt hatten.

Der Sturm brach los, zerrte an den Zelten und riß sie aus der Verankerung. Er trieb die Planen in Fetzen vor sich her. Decken, Kleider, Papiere. . . alles flog durcheinander. Menschen schrien, hielten ihre Habseligkeiten fest oder jagten hinter ihnen her. Jeder versuchte, irgend etwas zu retten und sei es nur die eigene Haut. Pferde rissen sich los und galoppierten verstört im Kreis. Vögel kreischten in Tönen, die sie nie vorher von sich gegeben hatten. Die Feuernester in der Stadt flackerten auf und verlöschten. Pulver explodierte. . .

Danach kam der Regen. Der gelbe Himmel öffnete sich und mischte ein ganzes Meer von Wasser, das er der dürstenden Erde so lange vorenthalten hatte, in das Wüten der Luftströme da unten. Das festgebackene Erdreich löste sich auf in Schlamm.

So lange hatten sie sich nach Regen gesehnt! Während all der Monate, in denen sie wie eine heimatlose Karawane über den Balkan gezogen waren auf der Suche nach einer endgültigen Sicherheit, waren ihre Blicke immer wieder nach oben geirrt zum weißen Himmel, metallisch wie ein glühender Ofen. Zuletzt war das Heer nur noch nachts marschiert. Tagsüber verkroch man sich in den Zelten. Ein Sommer wie über der Wüste. Keiner konnte sich erinnern, jemals einen solchen Sommer erlebt zu haben. Wenn doch nur Regen käme! Wenn doch nur Regen käme. . .

Und jetzt war er da. So zügellos und menschenfeindlich wie die Hitze davor. Er linderte nicht. Er brach los, schlug zu und hörte ebenso plötzlich wieder auf, wie er angefangen hatte. Wäre nicht alles aus den Fugen gewesen und das Erdreich ein Sumpf, hätte man glauben können, nur schlecht geträumt zu haben.

Am nächsten Morgen kamen die Insekten und am

übernächsten die Ruhr. Die Kaiserlichen begriffen, daß Belgrad in den nächsten Tagen nicht zu erobern war, und daß das Heer des Sultans eintreffen würde, noch ehe die Sturmschäden beseitigt waren.

Zu dieser Zeit äußerte der Kaiser zum ersten Mal den Vergleich mit Varus, und in allen Städten Europas war man sich einig, daß sich der Prinz von Savoyen diesmal vergaloppiert hatte, und daß es für ihn nur noch einen Ausweg gab: die Flucht. Schnellstens abzuziehen, noch ehe der Großwesir Belgrad erreichte. Nicht einmal ein Mann wie Prinz Eugen konnte in einer solchen Lage noch etwas retten. Schade – nicht wahr? – und eine Gefahr für ganz Europa! Aber doch irgendwie fast gerecht, wenn auch er einmal einsehen mußte, daß die Bäume nicht in den Himmel wuchsen...

Doch er blieb; gab den Glauben an seine Fortune nicht auf. Ganz Europa erklärte ihn für verrückt, und der Kaiser verglich ihn erneut mit Varus und betete inbrünstig vor der Madonna von Pötsch. Demütig senkte er sein Haupt und wagte nicht hochzublicken, denn er fürchtete, daß aus den gemalten Augen Tränen flössen.

Aber die Madonna weinte nicht, und Eugène blieb und wartete, obwohl jeder wußte, daß die Türken ihr Minennetz von Stunde zu Stunde enger um das kaiserliche Lager zogen, bis sie es irgendwann einmal in die Luft jagen würden, um es nach dieser gewaltigsten aller Explosionen fast kampflos zu übernehmen. Ekpyrosis; der Brand, in dem sich eine ganze Welt ins Urelement des Feuers auflösen würde. Das Ende der Habsburger-Monarchie, das Ende einer ganzen Kultur.

Doch Eugène wartete. Jetzt erst recht! Jetzt erst recht...

Zu warten, sagten seine Feinde in Wien, und nicht schleunigst zu fliehen, war ein Entschluß gewesen, der zu einem trotzigen Knaben paßte und nicht zu einem Mann, der aus seiner Erfahrung kalt kalkulierte... Wäre er aber geflohen – mitten hinein in einen Wirbelsturm von Schadenfreude und

Vorwürfen – hätte er seinen höchsten Triumph versäumt. Den einzigen seiner Siege, nach dem er sich in sein Zelt zurückzog und vor Erleichterung, Erschütterung und Glück weinte.

Er hob den Arm und bat Gott um Hilfe. Der Arm fiel ausgestreckt nach vorne, durchhieb die Luft wie ein todbringendes Schwert. »Avancez!« Drei Bombenwürfe gaben das Zeichen zum Angriff weiter. Es war zwei Uhr morgens, der 16. August des Jahres 1717. »Mon Dieu! O mon Dieu!«

Eine sternklare Nacht, lind und angenehm wie schon lange nicht mehr. In der zerstörten Festung funkelten die letzten Brandnester in trügerischer Lieblichkeit als wären sie Leuchtkäfer. Eine warme, weiche Nacht, die sogar den Schrecken mit einer sanften Zärtlichkeit umhüllte. Niemand im osmanischen Lager rechnete damit, daß der Ausfall der Kaiserlichen bevorstand. Die Soldaten des Sultans streckten sich aus und entspannten ihre geschundenen Körper und Seelen in der ungewohnten Stille und Milde, mit der dieser Sommer mörderischer Hitze die erste Vorahnung eines samtenen Herbstes zuließ.

Die Offiziere, so lautete Eugènes Befehl, hätten dafür zu sorgen, daß die Soldaten ruhig blieben und besonnen. Kein überflüssiges Geschrei, leise Befehle ohne Ungeduld. Jeder habe um jeden Preis auf seinem Platz zu bleiben. Keine eigenmächtigen Aktionen in der Dunkelheit. Bei Plünderung die Todesstrafe. Die Kavallerie solle nur in Bedrängnis von der Schußwaffe Gebrauch machen, das Fußvolk hingegen keinen Augenblick lang aufhören zu schießen. Aus früheren Kämpfen wisse man, daß die Türken plötzliche Angriffe gut verkrafteten, wogegen sie sich von beständigem Feuer zermürben ließen.

Sechzigtausend Mann. Im Zentrum voran Prinz Alexander von Württemberg mit seiner Infanterie; auf dem rechten und linken Flügel die Grenadiere; dahinter Graf Pálffy mit der

Kavallerie. Der erste Vorstoß sollte dem Hügel gelten, auf dem der Großwesir seine Artillerie postiert hatte. Der Anmarschweg war leicht zu finden, doch wer sah, wurde auch gesehen. War es ein Wunder, wenn die Soldaten nach dem Ende der Kämpfe behaupteten, daß der Nebel, der gegen drei Uhr plötzlich einfiel und sie schützend verbarg, von ihrem Feldherrn längst vorausgesehen und einkalkuliert worden sei, wenn nicht sogar auf irgendeine unergründliche Weise von ihm selbst verursacht?

Der Nebel verdichtete sich. Die Soldaten tasteten sich mit ihren Bajonettspitzen vorwärts und tappten ins Unbekannte. Der rechte Flügel unter Pálffy verlor die Richtung und ritt geradewegs in die neuen Gräben, die die Türken am Vorabend ausgehoben hatten.

Die osmanischen Wachen gaben Alarm. Innerhalb weniger Minuten griff das Heer des Sultans zu den Waffen. Die kaiserliche Reiterei geriet in schwerste Bedrängnis. Die Verbindung zur übrigen Truppe ging verloren. Immer tiefer drangen die Osmanen in die österreichischen Stellungen ein.

In diesem Moment hob sich der Nebel. Eugène erkannte das Ausmaß der Gefahr. Er löste sich von seiner Begleitung, gab dem Pferd die Sporen und galoppierte mit erhobenem Arm über das Schlachtfeld. Als stünde er neben sich selbst, hörte er, wie er schrie. Schrie, wie noch nie in seinem Leben. Ein Todesschrei – ein Schrei gegen den Tod. Alle hörten ihn.

Die Kavallerie und das zweite Treffen Infanterie fanden wieder zueinander. Die Lücke schloß sich. Unter wildem Trommelwirbel rückte die Infanterie vor. Sie hielt ihr Feuer zurück, obwohl die türkische Hauptbatterie sie mit mörderischem Feuer belegte. Bis ganz nahe rannten die Soldaten des Kaisers heran und stürmten die Osmanen mit gefälltem Bajonett. Die Batterie fiel. Die Front der Osmanen wankte und brach. Erst jetzt wurde den Kämpfenden bewußt, daß die Nacht vorbei war. Neun Uhr vormittag. Das Ende der Schlacht.

Das Heer des Sultans floh – zurück in jene Gebiete, die zu seinem Reich gehörten, und die seine Soldaten dennoch auf dem Weg nach Belgrad ausgeplündert und verwüstet hatten, als wären sie Feindesland. Es floh in ein Nichts, das es selbst geschaffen hatte. Felder ohne Früchte. Zugeschüttete Quellen. Entvölkerte Dörfer.

Als die letzten Schüsse fielen, sprang der Großwesir, der bisher erstarrt neben seinem seidenen Zelt ausgeharrt hatte, auf sein Pferd und galoppierte – die Arme weit ausgebreitet wie der Gott seiner Feinde – auf die sich auflösenden Linien der Österreicher zu. Er brüllte ihnen den Namen seines Gottes entgegen, wie zuvor Eugène jenen seines Herrn. Todesschrei – diesmal wirklich ein Schrei zum Tode.

Ein alter Musketier – verwirrt über die atemberaubende Chance, die sich ihm bot – hob seine Waffe, zögerte, weil er es nicht glauben konnte, und schoß. Ein Reflex nur, den er selbst kaum wahrnahm.

Der Schrei des Großwesirs erreichte seinen Höhepunkt und erstarrte dann plötzlich wie ein unvollendetes Lied. Die Schande war getilgt. Der Tod rettete vor der Schmach der Seidenen Schnur. Doch noch eine Erlösung, wenn auch nur für ein einziges Individuum. Und war denn nicht jeder allein, wenn er dem Tod begegnete oder der Schande? – Als die Soldaten den obersten Feldherrn des Sultans umringten und auf ihn hinunterstarrten, der auf dem Boden lag, die Arme immer noch ausgebreitet, lächelte er ihnen zu, bevor er starb.

Eugène befahl, die Fliehenden nicht zu verfolgen. Noch ehe die letzten türkischen Krieger aus der Sichtweite verschwunden waren, bot Belgrad seine Kapitulation an. Mit allen militärischen Ehren marschierte Mustapha Pascha aus der Stadt. Die Soldaten des Kaisers schwiegen still, als die letzten Osmanen abzogen. Zu nahe hatte man den eigenen Untergang schon gespürt, um den Feind dafür zu verachten, daß es nun ihn getroffen hatte.

Man ergriff von der Festung Besitz mit ihren sechshundert Kanonen, ihren immer noch ungeheuren Waffenlagern und ihrer Flotte, und langsam, sehr langsam begriff man, daß dieser Tag einen Schlußpunkt gesetzt hatte.

»Wir werden sie nie mehr zu fürchten brauchen!« sagte Mercy leise, und Bonneval, das hübsche Gesicht noch immer rußgeschwärzt und die Uniform von fremdem Blut befleckt, fügte achselzuckend hinzu: »Die Habsburger werden es schwer haben in nächster Zeit. Warum sollten ihnen die deutschen Fürsten bei der Kaiserwahl noch ihre Stimme geben, wenn sie nun doch keinen Puffer mehr brauchen zwischen sich und den Türken? Wenn der Feind auf dem Boden liegt, entledigt man sich des Kriegers, der ihn besiegt hat. Zu verlockend der Gedanke, seiner nun nie wieder zu bedürfen!«

Eugène lag ganz still. Wenn er sich nicht bewegte, gelang ihm ihm, seine Gedanken von den dumpfen und dann wieder schneidenden Schmerzen in seinem linken Oberarm abzulenken, wo eine Kugel das Fleisch durchdrungen und den Knochen gestreift, aber nicht zerschmettert hatte. Keine schwere Verwundung. Unter den eineinhalbtausend verletzten kaiserlichen Soldaten gab es weit schlimmere. Trotzdem war Eugène froh, daß ihm der Arzt eine halbe Flasche Branntwein eingeflößt hatte, bevor er die Kugel entfernte. Er hatte gehört, daß er schrie, als der Arzt mit der Pinzette in sein Fleisch eindrang. Aber geschrien wurde viel im Lager der Sieger. Geschrien, getrunken, gelacht und gesungen. Man habe ein Lied für ihn erdacht, hatte der Arzt ihm erzählt, während er die Wunde verband. »Ein sehr schönes Lied, Hoheit! Vielleicht wird es einmal so berühmt wie das Lied über den Herzog von Marlborough.«

Eugène hatte genickt und in unnötig heroischer Anstrengung versucht, jenes andere Lied zu summen: »*Malbrook s'en va't en guerre. . .*«, doch was aus seinem Munde drang, war nur ein Krächzen. Der Arzt lachte, und Eugène lachte ebenfalls, auch wenn sein Lachen als solches kaum zu erkennen war.

Von draußen wehten singende Stimmen ins Zelt herein; ein Gesang, wie er immer nur von Soldaten kam, denen man eingeschärft hatte, das Singen laut zu sein habe, weil es die Aufgabe eines Liedes sei, die Truppe auf ihrem ungewissen Weg zusammenzuhalten und die Stimmung zu bewahren. »Prinz Eugenius, der edle Ritter. . .« und immer wieder Hochrufe auf ihn. »Vivat Eugenius!« Sie wußten, daß sie ihm nicht nur ihre Altersversorgung durch die reiche Beute aus dem türkischen Lager verdankten, sondern auch ihr Ansehen daheim.

Die blutige, windungsreiche Geschichte des Balkans war zum Stillstand gekommen. Ruhe war eingekehrt. Man würde sich beeilen müssen, die Festung Belgrad wieder aufzubauen und dafür zu sorgen, daß sich auf dem schwankenden Grund dieses Wetterwinkels zwischen den Kulturen Menschen ansiedelten, die ohne Haß ihrem Tagewerk nachgingen und trotz aller Verschiedenheit ihrer Herkunft in Frieden miteinander lebten – oder zumindest nebeneinander. Eugène glaubte an die Monarchie, und daß sie dieses scheinbar Unmögliche unter ihrem schützenden Dach verwirklichen konnte. Man würde Frieden schließen mit den Türken, einen Frieden vielleicht für ewige Zeiten. Zu müde waren beide Seiten vom jahrhundertelangen Kampf, als daß sie noch hätten hassen können. Mußte sich denn der Haß immer erst bis ins letzte ausleben, um in sich selbst vergehen zu können wie eine rauchende, stinkende Flamme, ausgespien von der Hölle selbst?

Prinz Eugenius, der edle Ritter. . . Sie sangen, doch er konnte ihre Worte nicht ausnehmen. Er schickte den Arzt fort und befahl der Wache, niemanden einzulassen. Er wolle schlafen.

Doch er schlief nicht. Seine Gedanken und die Pein in seinem Arm hielten ihn wach. Er versuchte, den Schmerz zu isolieren, als ob der verwundete Arm nicht ein Teil seines Körpers wäre, sondern nur wie ein fremder, lebloser Gegenstand neben ihm läge. Dann aber dachte er, wie froh er sein mußte, den Arm nicht verloren zu haben, wie so viele an diesem Tag einen Teil ihres Körpers eingebüßt hatten. So zog er mit der anderen Hand den Arm noch näher an sich heran, zärtlich, als wäre der Arm ein krankes Kind, das es zu beschützen galt.

Zärtlichkeit erfaßte ihn und eine schmerzhafte Dankbarkeit, daß er dem Verhängnis entronnen war. Erst jetzt gestand er sich ein, daß sein Abwarten die Grenzen zum Leichtsinn überschritten hatte. Woher hatte er das Recht genommen, so fest daran zu glauben, daß er doch noch siegen würde? Was würde der Kaiser sagen, wenn er das Ausmaß der Gefahr begriff, in der sich seine Armee befunden hatte? Und was würde er sagen, wenn er erfuhr, daß er endlich aufatmen durfte? Er und auch alle anderen daheim in Wien und überall sonst in der bedrohten Monarchie!

Lori. Sie war wieder da. Auch sie würde erleichtert sein. Vielleicht würde sie sogar weinen. Seinetwegen und auch um ihrer Söhne willen, die nun heimkehren konnten ins Palais ihrer Eltern. Ja, sie würde weinen, und sie würde glücklich sein, wie auch er selbst, Eugène, glücklich sein würde, zu ihr zurückzukommen.

Da war sie wieder, die Liebe, die er in der Sattheit schon verloren geglaubt hatte, als er über die Vergänglichkeit der Gefühle nachgrübelte, weil er vergessen hatte, wie stark sie waren, ehe sie vergingen, und weil Lori ihm zu lange so nahe gewesen war, daß er darauf vergaß, wie sehr sie ihm fehlen konnte. Jetzt wußte er es wieder, und er nahm sich vor, niemals mehr zuzulassen, daß die Liebe nur in der Sehnsucht lebte. Er nahm sich vor, sich darum zu bemühen, daß sie auch in der Gewißheit Bestand hatte, in der risikolosen Sättigung und sogar in der grauen Prüfung der Gewohnheit.

Prinz Eugenius, der edle Ritter... Wie stolz sie darauf waren, zu ihm zu gehören! Ob auch Olympia in dieser Nacht endlich stolz auf ihn gewesen wäre? Olympia und Lori. Lori und Olympia. Und die Soldaten da draußen, die auf einmal leiser sangen als jemals zuvor... An wessen Meinung lag ihm mehr und an wessen Liebe?

Er spürte, daß der Schlaf ihn überkam, und wie ein Kind versuchte er, vor dem Einschlafen noch ein Gebet zu sagen.

3

Der Kaiser trat so nahe an Eugène heran, daß die steifen Locken seiner Perücke Eugènes Schläfen streiften wie die Flügel eines Nachtfalters. »Das Kriegsgericht hat ihn zum Tode verurteilt!«

Eugène nickte. »Ich weiß es seit einer Stunde, Majestät.«

Sie sprachen so leise, daß keiner der Gäste, die zu Ehren des Kaisers zurückgewichen waren und eine gerade Gasse bildeten, sie verstehen konnte. Die Kavaliere verbeugten sich, die Damen versanken in tiefem Hofknicks – zartbunte Blumen aus Seide und Samt, duftend, kaum merklich schwankend in der warmen, erregenden Illusion, sich im Mittelpunkt der Welt zu befinden.

Über Karls blasses Gesicht huschte eine flüchtige Röte, die vom Puder, den er aufgelegt hatte, nicht verdeckt wurde. »Ich habe es eben erst erfahren!« murmelte er und drehte verärgert den Kopf zur Seite. »Die Richter haben ihn gar nicht angehört. Man überläßt es mir, ihn zu begnadigen – oder auch nicht.« Er sah nachdenklich und bedrückt auf seine kleine Tochter hinunter, die neben ihm stand und mit ihren mittagsblauen Habsburgeraugen forschend zu ihm hochblickte, unkindlich selbstbewußt und sogar ein wenig herausfordernd, als empfände sie es als Beleidigung, über etwas nicht informiert zu werden.

Es war bekannt, daß der Kaiser mit seiner Tochter redete, als wäre sie erwachsen. Erwachsen und ein Mann – sein Thronfolger, da der kleine Prinz Leopold, die Hoffnung seines Vaters und so vieler anderer, vor acht Jahren gestorben war. Erst sieben Monate war er alt gewesen. Bei seiner Taufe hatte ihm Eugène die Kette des Goldenen Vlieses umgehängt, und dem Kaiser hatte die Stimme versagt vor Erleichterung, Glück und Rührung.

»Er wurde zu den Engeln berufen!« sagte er zweihundert Tage später, und wieder konnte er nicht weiterreden, doch diesmal vor Verzweiflung. Im Jahr darauf wurde Maria Theresia geboren, die kleine Erzherzogin. Es war das *annus mirabilis* 1717, als Eugène Belgrad eroberte. Hätte die Kaiserin statt einer Tochter einem Knaben das Leben geschenkt, hätte Karl vielleicht noch einmal erleben dürfen, wie schmerzhaft und wundervoll zugleich das Glück sein konnte.

Karl begrüßte die Gäste. Maria Theresia schritt hinter ihm her, hoch aufgerichtet und steif wie eine blonde Puppe. Hin und wieder hielt sie bei einer der Damen kurz inne und sagte mit heller, harter Kinderstimme: »Es freut mich besonders, Sie hier zu treffen, Gräfin!« oder »Ich hoffe, Ihren Kindern geht es gut, Baronin!«

Ein Mädchen von sieben Jahren, so alt wie Eugènes höchster Ruhm und seine schwerste Zeit. Eugène mußte an die italienischen Wunderkinder denken, von denen man berichtete, daß sie in einem Alter, wo andere noch auf dem Schaukelpferd saßen, schon Homer zitierten und eigene Sonette verfaßten. Eine Laune der Natur, die sonst doch Tag für Tag so grausam zuschlug. Pest, Blattern, Cholera, Kindbettfieber, Syphilis... Wer konnte sich schon mit einiger Gewißheit darauf verlassen, in der nächsten Woche noch am Leben zu sein? Sollten die ungewöhnlichen Talente vielleicht daran erinnern, wie spät es schon war und daß man gut daran tat, seine Zeit zu nutzen? Kleine Wunderwesen der Kunst in Italien – und vielleicht ein Wunderkind der Macht hier in Wien? Autorität anerzogen, angeboren oder von Gott geschenkt?

Mit einem Anflug von Antipathie nahm Eugène den langen, starren Nacken der kleinen Erzherzogin wahr und ihre gläserne Stimme, der nicht einmal der lässige Anflug des Wienerischen Weichheit verlieh. Die Damen und Herren des Hofes beugten sich vor ihr wie vor ihrem Vater – keine liebevolle Nachsicht Erwachsener für ein Kind, so zart und engelsblond es auch sein mochte.

Alle Energie, die ihr Vater in seinem wirren Leben aufgewendet hatte, um Ziele zu erreichen, die sich ihm entzogen und um sich mit anderen, neuen Zielen abzufinden, die ihm aufgezwungen wurden, all diese schmerzhaft verströmte Energie, schien auf eine geheimnisvolle, spirituelle Weise auf dieses seltsame, kühle Kind übergegangen zu sein. Energie, nicht verloren, sondern gesammelt, um es stark zu machen für die Kämpfe, die ihm bevorstanden. Eugène mußte plötzlich an den Sonnenkönig denken und an seine Kraft der Autorität.

»Ich glaube, es wird jetzt Zeit, mich zurückzuziehen!« hörte er Maria Theresias entschlossene Stimme, und ihr Vater, lächelnd und nachsichtig, zuckte ergeben und stolz zugleich die Achseln wie ein Schauspieldirektor und wandte sich fast beifallheischend an die Ballgäste, die gehorsam lachten wie das Publikum einer Komödie.

»Ein wunderbares Schloß, Durchlaucht! Nur schade, daß ich im Sommer nicht dabeisein konnte, als draußen auf dem Teich die Boote fuhren!« sagte Maria Theresia zu Eugène, und wieder fiel ihm auf, daß ihr Nacken sich nicht bewegte: nicht beim Grüßen und nicht wenn sie zu Erwachsenen aufblickte. Sie wird sich nehmen, was sie will! dachte Eugène. Es fragt sich nur, ob man es ihr auch läßt.

Man atmete auf, als der Kaiser und seine Tochter das Fest verlassen hatten. Zugleich tuschelte man einander zu, daß dieser kurze Besuch eine Demonstration gewesen sei, eine Ehr- und Sympathiebezeugung für den Hausherrn, dem Karl viel zu lange seine kaiserliche Gunst entzogen hatte. Jetzt hatten alle mitangesehen, wie die Majestät sich unter dem Portal noch einmal ihrem Feldmarschall und Premierminister zugeneigt und ihm vertraulich ein paar Worte ins Ohr geflüstert hatte, die jener mit einem langsamen Kopfnicken beantwortete. Ein Bild der Übereinstimmung und gegenseitigen Vertrauens, wie man es zwischen den beiden jahrelang nicht mehr beobachten konnte. »Kommen Sie morgen früh gleich zu mir! Wir müssen schnellstens eine Lösung finden!« hatte der Kaiser gesagt, aber außer Eugène und dem Kind hatte niemand die Worte verstanden.

Eugène wandte sich wieder seinen Gästen zu. Zum Tode verurteilt! dachte er, während er auf die bunte, kostbar glitzernde, seidig schimmernde und nach Essenzen durftende Menge zuschritt, die sich wie in einem Elfenreigen langsam wieder voneinander löste und erleichtert neu formierte. Zum Tode verurteilt! Er neigte sein Gesicht über die Handschuhe der Damen, lobte Roben, Juwelen und die Schönheit von Lächeln und Blicken. Er begrüßte die Herren, erinnerte an vergangene Begegnungen und versprach künftige. Lori gesellte sich zu ihm, so schlank, so graziös! Es war wie Balsam für ihn, daß sie da war. Immer da war, wenn andere ihn verließen – im Tode oder im Verrat. Zum Tode verurteilt.

»Es geht um Bonneval, nicht wahr?« sagte Lori leise, als sie sich endlich für ein paar Momente von der Ehrerbietung der Gäste abwenden konnten, denen daran lag, zu zeigen, wie nahe sie dem Prinzen und der Gräfin standen. Jetzt mehr denn je, da sich der Kaiser ihm wieder zugewandt hatte. »Und dann sagte die Gräfin zu mir. . .«, würde man am nächsten Tag beiläufig erzählen, oder: »Darauf habe ich natürlich auch den Prinzen aufmerksam gemacht, und er war ganz meiner Meinung.«

Der Prinz. Ein großer Herr. Auf seine Art größer als der Kaiser selbst, den man im Ausland einen *monarque en peinture* nannte, einen Kaiser, der nur auf Leinwand gemalt die Posen eines Herrschers einnahm, während in Wirklichkeit ein ganz anderer die Zügel in der Hand hielt: jener, in dessen prächtigem Schloß man sich traf, diesem Schloß würdig eines Königs, schon das Haupttor von steinernen Löwen bewacht, die jeder das Wappen von Savoyen hielten, auf dem eine Krone ruhte, der Fürstenhut des Hauses, und in den kunstvoll geschmiedeten Toren bildete sich aus den Buchstaben E und S selbst wieder eine Krone. Eugenius Franciscus Herzog zu Savoyen und Piemont. Der Prinz, wie man ihn in Wien nannte, so wie seine Mutter in Frankreich Madame la Comtesse gewesen war. Der edle Ritter, wie seine Soldaten sangen. Der arme Flüchtling von einst, der immer noch wenig auf seine Kleidung hielt, der aber diese beiden zaubergleichen Schlösser am Rande der Stadt errichtet hatte, mit freiem Ausblick auf jenen Berg, von dem aus er zum ersten Mal im Leben die Stadt seiner Wahl und seines Schicksals gesehen hatte. Bauarbeiter hatten berichtet, der Prinz habe am Abend, zur Stunde der untergehenden Sonne, oft an der Baustelle des oberen Schlosses gestanden und hinübergeblickt auf die sanften, waldigen Hänge. Man wollte sogar Tränen in seinen Augen entdeckt haben. Er liebte wohl diese bezaubernde Aussicht, sein Belvedere.

»Ja, es geht um Bonneval!« gab er zu und wunderte sich über Loris Fähigkeit der Intuition. »Man hat ihn zum Tode verurteilt!« Erst jetzt, da er es selbst aussprach, erfaßte ihn Entsetzen.

Lori sah ihn an. Sie nahm seine Hand. »Man kann sich nicht vorstellen, daß er tot sein könnte«, murmelte sie nachdenklich. »Er hat sich nie erlaubt, eine Schwäche zu zeigen. Immer überlegen. Immer ironisch. Er hat uns alle verspottet. Er sagte, die Deutschen – und damit meinte er auch uns hier in Wien – seien eine Art gemütvoller Elefanten. Anfangs erschrecke man vor ihnen, aber wenn man ihnen ein wenig schmeichle, würden sie ganz weich und ruhig und erlaubten schnell, daß man ihnen die Hand auf den Rüssel legte und sich schließlich auf sie setzte.«

»Das hat er gesagt?«

»Rousseau hat es mir erzählt. Auch einer, der von ihm hingerissen war und sich von ihm benutzen ließ! Ich konnte nur nie herausfinden, zu welchem Ziel. Was wollte dieser Mann eigentlich erreichen? Und wollte er überhaupt etwas erreichen? Gab es irgend etwas, das er liebte und wirklich begehrte?«

Eugène erinnerte sich an die sehnsüchtigen Worte, mit denen Bonneval über die unerreichbaren Frauen des Orients gesprochen hatte. Hieß es nicht, daß Frauen dem ihre Zuneigung schenkten, der die Sehnsucht im Herzen trug? Aber: Olympia hatte Bonneval abgelehnt. Einen Neider hatte sie ihn genannt. ›Solche Menschen lieben den Haß. Sie genießen ihn wie ein berauschendes Getränk!‹. . . »Meine Mutter hat mich vor ihm gewarnt!« sagte Eugène leise.

Lori nickte. »Du hättest auf sie hören sollen, Eugène! Es wäre dir allerhand erspart geblieben.«

Bonneval hatte ihm geschadet. In dem unentwegten Wechselbad, dem er alle aussetzte, die ihn an sich heranließen, hatte er den Helden gespielt – so wunderbar gespielt, daß ihm das ganze Land zu Füßen lag! – und dann gleich wieder den Raufbold, den Weiberhelden, den Säufer. Die Titel, die man ihm verleihen wollte, standen schon fest. Die Orden lagen in den Schatullen bereit. Die Ernennungsurkunden brauchten nur noch unterzeichnet zu werden. . . Doch er, als verachte er, wofür er sein Leben eingesetzt hatte, biß die Hand, die ihn streicheln wollte.

Mitglied des Hofkriegsrates war er geworden. Feldmarschall. Diplomat des Kaisers. Und dann: ein unflätiger Streit mit Mercy, der seinen Ohren nicht traute, als Bonneval anfing, ihn zu attackieren. . . Doch Eugène schützte Bonneval. Er wiegelte ab und beruhigte die Beleidigten – bis dann plötzlich in Wien Couplets die Runde machten, in denen Eugène selbst angegriffen wurde, Lori und schließlich sogar der Kaiser.

Jeder wußte, von wem die Liedchen stammten, und man genoß es, sie zu verbreiten. Man hörte nicht auf, Bonneval in den Salons zu empfangen. Doch immer öfter kam es vor, daß die Abende mit ihm böse endeten, auch wenn sie so amüsant begonnen hatten, daß die Herren die Achseln zuckten und meinten, so schlimm sei der Gute ja nun auch wieder nicht, und daß die Damen, denen er seine Aufmerksamkeit schenkte, erröteten und glaubten, wenn er ihnen versicherte, sie, sie allein seien etwas Besonderes. Er könne das beurteilen. . . Erfahrene, blasierte Frauen einer frivolen Gesellschaft sanken widerstandslos zurück in ihre rosenrote Mädchenzeit: so unselbständig, so hingebungsvoll, so voll Hoffnung und Versprechen. . ., und junge Mädchen fühlten sich als Frauen: sinnlich, glühend, Leidenschaft ohne Grenzen und ohne Scham. Niemand wußte, wie er es anstellte, Porzellan in Wachs zu verwandeln und Berechnung in Hingabe.

»Er ist ein richtiger kleiner Teufel!« hatte Liane von Thürheim in ihrem unverfälschtem Wienerisch einmal gesagt, als von ihm die Rede war. Sie gehörte zu den wenigen, die ihm immer aus dem Wege gegangen waren. Als sie den Satz gesprochen hatte, wurde es plötzlich still im Raum. Jeder hing seinen eigenen Gedanken und Erinnerungen nach. Freundinnen hatten einander erzählt – unter dem brüchigen Siegel der Verschwiegenheit! – daß er sie nach den zärtlichsten Stunden, die sie je erlebt hatten, plötzlich mit grausamen Worten aufgescheucht und bedrängt hatte, ihm ihre Seele zu öffnen, das Schlimmste zu gestehen, das sie je gedacht oder begangen hatten. Die finstersten Winkel ihres Herzens wolle er ergründen, das sei die wahre, die einzige Hingabe, nicht ein Mund im Kuß verschlossen oder Beine, die sich öffneten.

Sämtliche Kerzen im Raum hatte er angezündet, eine unpassende, schreckliche Helligkeit, die brutal wie eine Peitsche auf die Sanftheit und Heimlichkeit der vergangenen süßen Stunden einhieb. Widerstrebende Körper, die – plötzlich vor den Spiegel gezerrt – keine Unzulänglichkeit mehr verbergen konnten. Erschrecken, das die Liebkosungen auslöschte. Angst, Abscheu. Der Mann mit der Silberplatte vor dem Leib und dem Herzen aus kalt glühendem Stahl... Und am nächsten Abend dann wieder: ein liebevoller Kuß auf die Handflächen, mit dem er die Gefährtin der vergangenen Nacht begrüßte. Erinnerungen, die er ihr ins Ohr flüsterte, daß sich die Haut an ihren Armen zusammenzog und sie voller Verwirrung nicht mehr wußte, ob sie sich nicht alles vielleicht doch nur eingebildet habe. Der Champagner, nicht wahr? Und war dieser Mann nicht selbst wie Champagner?

Niemand außer dem Sekretär Koch und einem Gefängniswärter wußte, daß Eugène vor einer Woche Bonneval im Gefängnis besucht hatte. Nicht einmal Lori hatte er davon erzählt. Bonneval ist für mich erledigt! dachte er, die Hände auf dem Schreibtisch zu Fäusten geballt, und er vermied es zugleich, sich einzugestehen, daß er sich selbst belog.

Ein komfortables Gefängnis. Mehrere Räume, geschmackvoll eingerichtet wie die Wohnung eines anspruchslosen, aber doch wohlhabenden Kavaliers. Ein eigener Diener kümmerte sich um Kleidung und Körperpflege.

Als Eugène in den Vorraum trat und den Wärter fortschickte, atmete er auf. Seit er wußte, daß Bonneval festgenommen worden war, hatte ihn die Vorstellung eines elenden, finsteren Kerkerlochs geplagt, in dem der Gefangene halbblind und in Lumpen auf dem eiskalten Boden kauerte, angeschmiedet an eine klamme Wand, über die in schmalen Rinnsalen das Wasser tropfte. Eine Rattenhöhle, die ihrem Bewohner die Würde raubte, die Gesundheit und irgendwann einmal auch die Hoffnung und das Leben. Es gab solche Kerker noch im Reich des gütigen Kaisers Karl. Vor allem aber in Frankreich, wo man Bonneval schon vor Jahren zum Tode verurteilt hatte – Verleumdung, Aufruhr, Majestätsbeleidigung, Mordversuch. Da er geflohen war, hatte man in Paris ersatzweise sein Bild öffentlich gehenkt.

Und nun die Wiederholung des Alptraums: Verleumdung, Aufruhr, Majestätsbeleidigung, wahrscheinlich auch Anstiftung zum Mord. Nichts hatte sich geändert seit seiner wirren Jugend. Alexandre de Bonneval war der gleiche geblieben. Ein Sohn Saturns. Mit aller Süße und Liebenswürdigkeit der Worte und Taten gewann er Zuneigung, Freundschaft und Bewunderung. Keiner, der mehr Verständnis bewies, tieferes Einfühlungsvermögen. Keiner, der tapferer war und aufopferungsvoller. . . Und dann: mit einem Schlag alles zu Ende! Was erobert war, verlor seinen Wert. Nur der Weg zählte, nicht das Ziel. Spott, Verachtung, Haß – waren sie vielleicht die wahren Ziele, nach denen es ihn trieb?

Als Eugène den achtbaren Marquis de Prié als seinen Statthalter nach Brüssel schickte, reiste Bonneval ebenfalls dorthin und nahm den Dichter Rousseau mit sich, der seit Jahren Mitglied von Eugènes Haushalt war, nun aber dem Zauber seines Landsmannes nicht widerstehen konnte. Rousseau behauptete später, Bonneval sei davon überzeugt gewesen, ihm selbst, Bonneval, hätte es gebührt, Eugènes Vertreter in Brüssel zu werden. Pechschwarze Zurücksetzung sei ihm angetan worden, aber das entspreche ganz dem neidischen Charakter des Prinzen, der keinen Gleichwertigen neben sich dulden wolle.

Wie schon in Wien liebte bald die halbe Stadt den romantischen, eleganten, geistvollen Mann mit den schmelzenden dunklen Augen und dem ein wenig zu verspielten schwarzen Lippenbärtchen. Amouröse Heimlichkeiten mit verheirateten Frauen und jungen Mädchen, Spielschulden, hin und wieder eine laute, erschreckende Nacht der Trunkenheit und des Vergessens – noch verzieh man ihm, weil er der strengen Stadt das wunderbarste und köstlichste aller Gastgeschenke zu Füßen legte: Er amüsierte sie. Amüsierte eine Stadt, die so lange von den schwarzsamtenen Spaniern beherrscht worden war; in der jedes zweite Wort – heimlich, unterdrückt aber voll Inbrunst – ›Freiheit!‹ lautete, was in Wirklichkeit ›Freiheitskampf!‹ bedeutete. Eine melancholische Stadt mit angespannten, humorlosen Menschen. Nur die Ausländer waren fröhlich und gelöst und unter ihnen vor allem Alexandre de Bonneval.

Er erzählte respektlose Geschichtchen von den verschiedensten hochgestellten Persönlichkeiten, über die man sich bisher noch nie in dieser Weise den Mund zerrissen hatte. Über den Prinzen von Savoyen vor allem, der doch eigentlich hier in Brüssel hätte sein sollen, da er für sein Amt als Generalgouverneur der Niederlande doch wahrlich allerhand Klimperndes in die geräumigen Taschen stecken durfte. Aber seine Dauerliebschaft mit einer gewissen ungarischen Gräfin hielt ihn offenkundig von seinen Pflichten ab. Was interessierten einen großen Herrn wie ihn schon die Petitessen einer abgelegenen Provinzstadt, die seine Mutter besser gekannt hatte, als er es je tun würde? Übrigens: Wäre Madame la Comtesse nicht eine bedeutend bessere Residentin gewesen als ihr Sohn? Die Beziehungen, die sie zu unterhalten pflegte, waren bekanntermaßen ja zumindest nicht halbherzig gewesen.

Und der Statthalter, den der Prinz eingesetzt hatte? Marquis de Prié! War dieser Name allein nicht schon eine Art von verbaler Mimikry? Sollte es nicht eigentlich ›de Pillé‹ heißen, wo das aufschlußreiche Wörtchen *piller* doch so ungemein treffend auf Ausbeuten und Ausplündern hinwies, was wohl auch das einzige war, wozu dieser italienische Bastard Talent hatte. Bestechung, Korruption, Unterschlagung. . . Man hatte doch wohl nicht die Absicht, diese Machenschaften auf ewig hinzunehmen?

Und dann: Bonneval, der sich vorbeugte, verschwörerisch lächelte und seinem Gegenüber ein paar kurze Bemerkungen über die Gemahlin des Marquis ins Ohr flüsterte. War man nicht bisher allgemein der Ansicht gewesen, die Marquise sei eine Frau von Anstand und Ehre? – »Seien Sie doch nicht naiv, lieber Freund! haben Sie wirklich nicht gewußt, daß. . .«

Die Drachensaat trug Früchte, wie eine solche Saat immer Früchte trägt. »Hoch Bourbon!« flüsterte man plötzlich den einst so verhaßten Namen in den Straßen von Brüssel. »Hoch Max Emanuel!« Halblaut. Dann kräftiger und immer offener, bis Prié glaubte, eingreifen zu müssen. Bis die Patrioten Aufständische genannt wurden. Bis beide Seiten ihr Maß verloren. Max Anessen. . .

Wozu, wozu um Gottes willen! Märtyrer? Schon im blutigen Krieg um die spanische Krone hatten die Niederlande nichts gewonnen. Die großen Rivalen hatten die Beute untereinander aufgeteilt. London und nicht Brüssel beherrschte den Handel auf den Meeren. Prié, der dafür nicht verantwortlich war, bezog die Schelte. Lange Zeit, bis er, der verletzbarer war, als sein riskantes Amt es vertrug, den Feindseligkeiten nicht mehr standhielt.

Als gebrochener Mann kehrte er nach Wien zurück, eine Gesichtshälfte gelähmt, der Worte nicht mehr mächtig. Und seine Gattin, die unantastbare *grande dame* von einst: gedemütigt, beleidigt. Dabei war sie so stolz auf ihren Mann gewesen, als sie mit ihm in Brüssel einzog! Welch ein Trost waren da noch die zweihunderttausend Gulden, die ihr der Kaiser auszahlte, als sich nach Prüfung sämtlicher Unterlagen erwies, daß ihrem Gatten bitteres Unrecht geschehen war? Welch ein Trost, daß man Bonneval, den schlauen, wortgewandten Bonneval, den sie niemals bei sich empfangen hatte, in Antwerpen verhaftete und vor ein Kriegsgericht stellte? »Er hat uns alle in seine Hölle hinuntergezogen!« sagte sie zu Eugène, als sie zu ihm kam, um sich für immer zu verabschieden. »Auch Sie, Hoheit!«

Eugène stellte sein Amt in den Niederlanden zur Verfügung. Der Kaiser erbat sich Bedenkzeit und nahm nach zwei Tagen den Rücktritt an. Als Entschädigung ernannte er Eugène zum Generalvikar der österreichischen Länder in Italien und schenkte ihm zum Geburtstag zwei Dörfer in Niederösterreich – Lassee und Niederweiden – und dazu noch die Herrschaft Siebenbrunn. Weltliche Güter und ein wohldotiertes politisches Amt, wenn auch nicht zu vergleichen mit dem Rang eines Generalgouvernements der Niederlande und mit der Macht, die damit verbunden war.

Macht, dachte Eugène, als der Wärter die Tür zu Bonnevals Kerker aufsperrte, Macht – die unsichtbare, unwägbare Kraft! Gab es Gesetzmäßigkeiten, denen auch sie unterworfen war? Entwicklungen, die über machiavellistische Spekulationen hinausgingen und sie für immer an den banden, der sie, die dunkle Dienerin und Herrin, begehrte? Macht – so berauschend, so erhebend! Macht – so brennend und grell wie die Sonne, daß der, der ihr ins Auge zu blicken wagte, davon blind wurde... Macht – so dröhnend wie Donner, daß die Ohren dem ertaubten, der zu lange auf sie hörte. Macht – Tod der Sinne. Tod des Mitleids. Tod der Seele?

Wie eine lange, lange Straße kam sie ihm vor, ganz schmal zuerst, dann immer breiter, bis sie plötzlich an einem Punkt, der nicht vorherzusehen war, alles andere vereinnahmte bis hinaus zum fernen Horizont. Rundherum nur sie. Der Mensch auf seiner Straße allein mit ihr. Allein mit seiner Macht in einer Wüste aus Macht. Keine Höllenfeuer, keine gehörnten Teufel – und doch auf einmal das Inferno. Das fassungslose Entsetzen darüber, keine Grenzen mehr zu finden, alles zu vermögen, daß sogar die eigene Sterblichkeit plötzlich zweifelhaft erschien. Macht – der menschenfeindlichste aller Träume, wenn sie zu Ende gedacht wurde. . . Als Eugène in den behaglichen Kerker seines Freundes-Feindes trat, war er für einen Augenblick fast erleichtert, daß die Grenzen, die ihn umgaben, immer noch so eng waren.

Die Gäste genossen das Fest. Sie hatten dem Wein mehr als gewohnt zugesprochen, da die Säle des Sommerpalastes schwer zu heizen waren, und der Alkohol ein probates Mittel darstellte, sich von innen her nachzuwärmen.

Eigentlich hatte Eugène schon seit Wochen vorgehabt, die Schlösser einwintern zu lassen und für die kalte Jahreszeit in die Himmelpfortgasse zu ziehen. Der sonnige, ungewöhnlich milde Herbst aber hatte ihn immer wieder davon abgehalten. Nie war ihm Wien bezaubernder erschienen als in jenen warmen Oktober- und Novembertagen, wenn die späte Nachmittagssonne die Dächer der Stadt vergoldete, oder wenn am frühen Morgen der spitze Turm des Stephansdoms aus dem blassen Nebelmeer auftauchte wie der Überrest einer versunkenen Stadt.

Ein Hort der Ruhe war der Sommerpalast für Eugène geworden. Ein Platz voller Schönheit und Harmonie, selbst wenn die Diener fröstelten, Lori sich wollene Schals um den Hals drapierte und die Gärtner längst die empfindlichen exotischen Gewächse ins Glashaus geschafft hatten. Ein letztes Fest noch. Dieses Fest! Noch einmal in diesem Jahr! Hunderte Kerzen auf den Kristallustern und in den Wandsouffiten, der Park wie ein Märchenland schimmernd von den Öllampen zwischen den Taxushecken und den Oleandern...

Wie ein Mißgeschick war es allen vorgekommen, als am Mittag vor dem Fest plötzlich Schnee fiel. Dichte Flocken bis gegen Abend. Doch es war kein Mißgeschick, sondern ein zusätzlicher, magischer Reiz, der die beiden Schlösser und den Park vollends verzauberte. Schneehäubchen wie Hermelin auf den lieblichen Scheiteln der Sphinxmädchen, Capes aus kühlem, weißem Pelz auf den molligen Kinderkörpern der Amoretten, der herbstliche Rasen ein weiches, unberührtes Federbett.

Eugène trat hinaus vor das Portal und schritt den Weg hinunter fast bis zum unteren Schloß. Wie oft hatte er dies alles vor seine geschlossenen Lider beschworen, um zu vergessen, daß er sich mitten im Krieg befand und vielleicht nie mehr hierher zurückkehren würde! Immer hatte er sich dabei vorgestellt, es wäre Frühling oder Sommer. Es wäre warm, und die Sonne glitzerte in den Kaskaden und im sanft gekräuselten Wasser des großen Teichs. An Schnee hatte er niemals gedacht, und doch ergriff ihn die nächtliche Fata Morgana des Palastes da oben auf der Anhöhe – seines Palastes! – mehr als seine heitere Verklärung in der Sommersonne. Unwirklich. Ein Traumbild. Und war es nicht wie ein Traum, daß der hungrige Junge aus Paris hierher gekommen war und nun zu dieser Erscheinung hochblickte, die so unwirklich schön und doch real war? Alle Fenster erleuchtet. Musik, die in die kühle Stille herauswehte wie ein Tuch aus durchsichtiger Seide...

Langsam, ohne den Blick von dem weißen Feenschloß zu wenden mit seinen vier Türmen wie Türkenzelte, stieg Eugène den Weg wieder empor. Sein Körper im immer wieder aufpochenden Schein der Öllämpchen warf fein gewebte, unentwirrbare Schatten, die sich vervielfältigten, ineinander verschlangen und dann wieder auflösten, als wäre er nicht allein, sondern umringt von verzauberten, insektenhaften Wesen, die ihm ähnelten und ihn zugleich durch diese Ähnlichkeit verspotteten.

Der weiche Schnee dämpfte das Geräusch seiner Schritte. Welch eine Stille! Welch ein Friede! ... Und dann, plötzlich, mitten hinein in dieses Wohlbehagen, das fast schon Glück war, traf ihn wie ein stechender Schmerz die Erinnerung an Karls mißvergnügte Stimme: »Zum Tode verurteilt!«

Eugène blieb stehen. Das Schloß verschwamm vor seinen Augen. Ihm war, als stünde er wieder so wie vor einer Woche in der wohlgepflegten Kerkerstube des Renegaten aus Frankreich. Kein Friede hier. Wo Bonneval sich aufhielt, war niemals Friede.

Die Tür hinter Eugène fiel ins Schloß. Er hielt inne und wartete darauf, daß der Wärter draußen zusperren würde. Doch nichts geschah. Bonneval stand mitten im Raum und sah auf den ersten Blick aus wie immer. Nicht einmal das spöttische Lächeln fehlte, das Eugène nie gestört hatte. »Man wird nicht abschließen, solange Sie sich hier aufhalten, Hoheit!« beantwortete Bonneval Eugènes Gedanken. »Obwohl es einen gewissen morbiden Sinn für Humor befriedigen könnte, den hochgeehrten Prinzen von Savoyen in einen Raum gesperrt zu wissen mit der niederträchtigen Kreatur Bonneval.«

Eugène antwortete nicht. Er setzte sich in einen der beiden Lehnstühle, die einander vor einem Hinterladerofen gegenüberstanden. Er wartete eine Weile, dann tupfte er sich aus seiner Silberdose Tabak auf den Handrücken und schnupfte ihn ein. Er schnippte die Krümel von seinem Rock.

»Ist es sehr vermessen, Hoheit, wenn ich darum bitte, ebenfalls Platz nehmen zu dürfen? Oder wäre es passender, sich auf den Knien niederzulassen?«

Eugène wies auf den Sessel ihm gegenüber. Bonneval setzte sich. »Ich bin in letzter Zeit etwas klapprig auf den Beinen«, sagte er ohne die gewohnte Ironie. »Erst seit man mich – isoliert hat, ist mir bewußt, daß ich wohl so etwas wie ein Säufer bin.« Er streckte beide Hände mit den Rücken nach oben waagrecht vor sich aus. Die Finger zitterten heftig. Erst jetzt merkte Eugène, wie fahl Bonnevals ungepuderte Wangen waren. Dunkle Ringe unter den Augen, ein nervöses Zucken von Unterlippe und Kinnmuskel.

»Bekommen Sie genug zu essen?«

Achselzucken. »Zu essen schon, aber das ist, wie gesagt, nicht mein Problem.«

»Was erwarten Sie in einem Gefängnis? Champagner?«

»Das wäre perfekt, ja.«

Eugène blickte um sich. »Ich finde, man geht äußerst schonend mit Ihnen um.«

»Oh, ich bin auch sehr dankbar, Hoheit!«

Eugène schwieg verärgert. Durch das Fenster ohne Gardinen blickte er auf eine kahle Ziegelmauer. Das Fensterglas war trüb, als wäre es seit Jahren nicht geputzt worden – ein Gegensatz zur gepflegten Einrichtung des Raumes. Auf einem der Gänge draußen wurde eine Tür zugeworfen und doppelt versperrt. Schritte hallten, ein Mann lachte leise.

»Ich habe wahrlich keinen Grund, mich für Sie einzusetzen!«

Bonneval lächelte. »Da bin ich anderer Meinung, Hoheit, wenn Sie erlauben.«

»So. Sind Sie das. . .«

»Dürfte ich vielleicht doch um ein Glas Wein bitten, Hoheit? Der Wärter verweigert es mir, aber wenn Sie es ihm befehlen. . .«

»In diesem Hause trinkt man keinen Wein!« Eugène wunderte sich selbst, wie hart seine Stimme klang. Er hatte sich vorgenommen, ruhig zu bleiben. Sachlich. Aber was wollte er überhaupt hier? Ein Kriegsgericht würde entscheiden, ob

Bonneval schuldig war oder nicht. Er, Eugène, hatte mit der Sache nichts mehr zu tun.

»Wissen Sie noch, Hoheit, wie wir den jungen türkischen Aga verhörten? Er war blond und hatte blaue Augen, und Sie waren nicht damit einverstanden, daß ich meine Mittel ausschöpfte.«

»Vielleicht können Sie sich jetzt besser in seine Lage hineinversetzen.«

Bonneval lachte. »Das konnte ich schon damals. Deshalb war meine Verhörmethode auch so erfolgreich.«

»Und wie verhört man Sie hier?«

Bonneval erbleichte. Seine Hände auf den Armlehnen bebten. »Man verhört mich überhaupt nicht, Hoheit. Man sperrt mich ein mit einem Halbidioten von Diener und einem hinterhältigen Bastard von Wärter, der vor mir kriecht und mich demütigt. Alles in einem. Solche Menschen gibt es, Hoheit, und ich bin dabei, mit einem von ihnen hier zu verrotten. Ich habe bisher weder einen Beamten gesehen noch ein Gericht. Man füttert mich mit dem ungewürzten Schlangenfraß, den die fette Bettgenossin meines Wachhundes zusammengemanscht hat und läßt mich verdursten. Irgendwann einmal wird man mich draußen vergessen haben. Manchmal komme ich mir jetzt schon vor, als wäre ich gestorben.«

»Sie sagten vorhin, ich hätte Grund, mich für sie einzusetzen. Wie haben Sie das gemeint? Um der alten Zeiten willen vielleicht? Warum haben Sie nicht an die alten Zeiten gedacht, als Sie gegen mich intrigierten?« Er schwieg, ärgerlich über sich selbst.

»Als Sie aus Belgrad zurückkehrten, waren Sie ein Gott . . .« Bonnevals Stimme klang ernst, fast nachdenklich. »Der ganze Hof einschließlich des Kaisers fürchtete Ihre Ankunft. Nur das Volk war wie verrückt vor Begeisterung und Verehrung. Ich habe nie zuvor und niemals danach eine solche Verzückung gesehen. Neben Ihnen verblaßte alles andere. *Prinz Eugenius, der edle Ritter...* Sie waren der Held. Der Retter. Sie waren das Licht, alles andere lag im Schatten. Verglichen mit Ihnen kamen wir uns alle unbedeutend vor. Eine Ansammlung von Nullen. Wer Sie nicht bewunderte, mußte Sie hassen.«

Eugène lehnte sich zurück. Über die Ziegelmauer draußen vor dem Fenster strich mit schmalen, behutsamen Fingern die blasse Sonne des Spätnachmittags. Eugène fühlte plötzlich die schwere, pelzige Müdigkeit, die ihn bedrückt und seinen Körper erfüllt hatte, als er mit seiner Armee aus Belgrad zurückkam und die Zuneigung und Dankbarkeit der ganzen Stadt über ihm zusammenschlug wie die warme, übermächtige Welle eines fremden Ozeans. Er hatte sich glücklich gefühlt, weil er meinte, in dieser Situation glücklich sein zu müssen. Zugleich aber war er traurig gewesen und voller Angst, die ihn in der Folge jede Nacht heimsuchte und in die atemlosen Monate zurückversetzte, als er und seine Soldaten zwischen den feindlichen Lagern eingeschlossen waren.

Erst jetzt – und da auch nur im wehrlosen Dämmer des Halbschlafs – wagte er sich einzugestehen, in welche Gefahr er seine Solaten geführt hatte und daß sich die Freude, die ihm jetzt entgegenbrandete, in ein ebenso großes Leid hätte verwandeln können. Triumph. Der wunderbarste Triumph seines Lebens: Ließ es das Schicksal überhaupt zu, daß ein sterblicher Mensch eine übergroße Freude erlebte, ohne mit gleichwertiger Münze dafür zu bezahlen? Gab es auf Erden etwas, das ambivalenter war als das Glück?

Wenn er durch Wien fuhr, stürmte das Volk seine Kutsche. Fremde rissen die Türe auf und küßten seine Hände. Er wehrte sich dagegen, sanft und vorsichtig, um niemanden zu kränken. Harte Arbeitshände, die sich um seine weißen Handschuhe schlossen. Sonnverbrannte Gesichter mit Tränen in den Augen. So viel Liebe! Er spürte, daß es Liebe war, und doch war diese Liebe anonym für ihn, richtete sich nur auf einen Teil seiner selbst, während der Rest einsam blieb und durch den Kontrast zwischen Nähe und ungläubiger Distanz noch viel verwundbarer und sensibler für die Ablehnung, die ihm so kalt und höflich von seinesgleichen entgegenschlug. Es war, als hielten ihm der Kaiser und seine Spanier ständig abwehrend die Hände entgegen wie einem bösen Geist.

Nie war er innenpolitisch einflußloser gewesen als in den Jahren nach seinem glänzendsten Triumph. Der Kaiser, der sich endlich auf sichere Grenzen verlassen konnte, grollte dem, dem er sie verdankte. Er ließ zu, daß Eugènes Gegner ihre Rufmordkampagne starteten, an der sich sogar Victor Amadeus von Savoyen beteiligte, von dem alle wußten, daß er davon träumte, seinen ältesten Sohn mit einer der Töchter des verstorbenen Kaisers Joseph zu verheiraten, und daß Eugène dagegen war.

Eugène hatte längst aufgehört, dem blonden Engel von einst zu trauen. Nur durch einen wachsamen Diener, der im Hause des Reichshofrats Nimptsch durch geheimnisvolle nächtliche Besuche mißtrauisch geworden war und Eugène einen unübersehbaren Wust von Papieren brachte, gelang es, die Verschwörung aufzudecken. Man hatte vorgehabt, so stellte sich heraus, Beweise dafür zu fälschen, daß Eugène seit Jahren mit Bayern konspiriere und die Absicht habe, sich selbst und die Wittelsbacher in Österreich an die Macht zu bringen. Der Prinz von Savoyen als Kaisermörder: Es hätte nicht viel gefehlt, und Karl hätte es geglaubt, weil er es glauben wollte.

Bewundert und gefürchtet. So groß schien er geworden, daß man ihn auf einmal nicht mehr einschätzen konnte. Man traute ihm plötzlich alles zu. Sogar in Preußen versuchten angebliche Agenten damit Geld zu machen, daß sie Friedrich Wilhelm einflüsterten, Eugène, der bekanntermaßen dagegen gewesen war, Preußen zum Königreich zu erklären, habe eine Bande von Mördern nach Berlin geschickt, die nur noch darauf warteten, ihn zu töten. Der König zitterte vor Angst und berappte Unsummen für Dokumente, die das Papier nicht wert waren, auf dem sie geschrieben waren. Als er merkte, daß er Betrügern aufgesessen war, ließ er den Anführer hängen.

Wien, Berlin, Brüssel: Eugène bezahlte teuer für die Liebe so vieler. Für ihre Dankbarkeit und Verehrung. In den Ländern Europas rühmte man ihn. Es hieß, keiner sei mächtiger und ehrenhafter als er. Und doch. Und doch. . .

»Kein Politiker der Welt«, hatte Borgomanero einmal in Eugènes Gegenwart zu Loris Vater gesagt, »keiner wird jemals für längere Zeit zugleich im eigenen Land wie auch im Ausland anerkannt. Mächtig wird er zu Hause. Danach schätzt man ihn draußen. Für eine sehr kurze, sehr köstliche Zeit bewundert man ihn hier wie dort, daß er fast meinen könnte, ein Halbgott zu sein. Wenn aber die Fremden anfangen, ihn zu preisen, schwindet schon sein Einfluß bei den eigenen Leuten, als hätte er in der Bewunderung der anderen das eigene Volk betrogen. Politische Eifersucht blüht auf wie eine bösartige Blume, versteckt sich hinter plötzlichem Mißtrauen und Ablehnung, und während man ihm in der Fremde immer lauter zujubelt, murmeln in der Heimat schon die Neider und die Hasser. Sie zischeln von Verachtung und säen ihr Korn, bis es aus dem Boden wächst, ihn umwuchert und seine Schritte fesselt. Ein großer Mann in der Welt, daheim schon fast ein Zwerg, der um sein Leben bangen muß. . . Wenn die draußen von seinem Unglück erfahren, halten sie noch zu ihm und tadeln die Seinen, daß sie den Propheten aus dem eigenen Lande nicht zu schätzen wüßten. Sie bedauern den großen Mann und verkleinern ihn durch ihr Mitleid. Sie laden ihn an ihre reich gedeckten Tische, halten ihm lobende Reden, als wäre er schon tot, beurteilen seine Leistung und erheben sich damit über ihn. Mit jeder Ehrung ziehen sie ihn tiefer hinab auf ihr eigenes Mittelmaß, bis denen daheim bewiesen ist, wie recht sie hatten, den Starken schwach zu nennen und eitel. Ein überführtes, würdeloses Opfer der eigenen Überheblichkeit und der Schmeichelei.«

Es war ihm erspart geblieben, dachte Eugène, während er zusah, wie die Sonne die Gefängnismauer drüben zu einem letzten Glühen brachte, es war ihm erspart geblieben, als dekorativer Ehrengast zu enden, der seine Zeche mit verblaßtem Glanz bezahlte. Vielleicht verdankte er dieses Entrinnen allein seiner Beharrlichkeit, mit der er trotz aller Anfechtungen seine Amtsgeschäfte weitergeführt hatte. »If you can't beat them join them!« hatte Marlborough, der selbst zu stolz war, sich an den eigenen Ratschlag zu halten, einmal gesagt. Eugène, Olympias Sohn, lernte es, schlau zu sein, wie die Schlangen in der Bibel.

Er zog sich in sich zurück. Es gab immer weniger Menschen, denen er vertraute. In den stillen Abendstunden auf dem Bauplatz seines Sommerpalastes floh er in die Einsamkeit, um nach dem Wirrwarr der Tagesgeschäfte seine Gedanken zu ordnen. Einfachheit und Überschaubarkeit. Nur sie konnten ihm Frieden spenden und Kraft. Eine gerade Linie, um danach seine Aktivitäten auszurichten. Ein Lebensgesetz, eine Krücke. Wer bin ich und was muß ich tun, um mir selbst treu zu bleiben? Ich, Eugenio von Savoy, vielerlei Ursprungs, eng verbunden mit drei ganz verschiedenen Ländern. In welchem verwurzelt? Überhaupt noch irgendwo verwurzelt?

Eines Tages faßte der Kaiser den Entschluß, eine Handelskompanie zu begründen, von der Eugène überzeugt war, daß sie den Frieden Europas gefährden konnte. Niemals würde sich England damit abfinden, seinen Einfluß auf den Meeren zu teilen, und Österreich war dem großen Ozean zu fern, um einen Wettstreit durchhalten zu können.

Eugène widersprach dem Kaiser. Ein Streit brach aus zwischen ihnen, den die Spanier mit Genugtuung und Eugènes Freunde mit Entsetzen verfolgten. Der Kaiser ließ sich nicht beirren. Als Eugène am Abend dann den Weg zu seinem Schloß hinaufschritt, hätte er am liebsten wie ein Kind geweint vor Überdruß und Zorn. Er blickte hinunter auf das fertige Schloß im Tal, und einen Augenblick lang bedeutete es ihm nichts. Das Schloß nichts, der Park nichts, seine Ämter nichts und nichts sogar Lori, Emanuel, Theresia und der kleine Eugen. Die Menschen, die er als seine Familie betrachtete. Ich kann nicht mehr! dachte er. Ich will nicht mehr.

Er wußte nicht, wie lange er so gestanden war, eine einsame, resignierte Gestalt vor einem Werk aus Stein. Dann durchzuckte es ihn plötzlich, und er wußte mit einem Schlag, worauf sein Leben beruhte. Aus eigenem Entschluß war er nach Wien gekommen und in Wien geblieben. Aus eigenem Entschluß hatte er dem Kaiser seine Dienste angeboten, und der Kaiser hatte sie angenommen. Nichts Grundlegendes hatte sich seitdem geändert. Er war immer noch ein Diener des Kaisers, wenn auch nun der erste, der höchste. Es war nicht wichtig, daß der Kaiser nicht mehr Leopold hieß oder Joseph. Die Herrscher einer Monarchie folgten einander wie die Perlen einer Kette. Nur die Kette zählte. Sein Herr, Eugènes Herr, war der jeweilige Kaiser, und wenn er Karl hieß und nicht nach seinem Geschmack war, so hatte er, Eugène sich damit abzufinden. Die Pflicht des Kaisers war es, seine Erblande zu beherrschen und zu verwalten, und die Pflicht seiner Minister war es, ihn dabei zu unterstützen. Nur darauf beruhte ihre Existenzberechtigung. Wenn es dem Kaiser an Talent fehlte, mußten jene es ersetzen, die ihm dienten, so wie er ihm diente, Eugenio, Eugène, Eugen.

Ein Lebensgesetz für sich selbst erstellt. Und rundherum – Eugène lächelte plötzlich bei dem Gedanken – rundherum das zarte Gerank und Gewirr der alltäglichen Notwendigkeiten. Schlau wie die Schlangen in der Bibel: Ein wohlorganisierter Informationsdienst in einem Europa, dessen Paläste und Amtsstuben durchzogen waren von einem Spinnennetz der Spionage, der Heimlichkeiten und Einflüsterungen. Es wäre nicht ehrenvoll gewesen, sondern naiv und dumm, nur den anderen diese Mittel zu überlassen, und es war nicht leicht, die Waage zu halten zwischen den trüben Drahtziehereien eines *backstairs traffic* und der persönlichen Moral, die sich der Ehre verpflichtet hatte. Seine Ideale zu lieben und die Realität darüber nicht zu vergessen... Borgomanero...

So sandten Österreichs Informanten in den Hauptstädten Europas zweierlei Berichte nach Wien: den einen, routinemäßigen, an die Geheime Konferenz und einen zweiten, ausführlicheren an Eugène. Als Antwort darauf erhielten sie dreierlei Weisungen: eine offizielle aus der Hofkanzlei; eine geheime vom Kaiser selbst und seiner Konferenz und eine dritte von Eugène, der die Direktiven erteilte, die schließlich befolgt wurden. Manchmal hatte Eugène das Gefühl, der Kaiser wisse genau Bescheid über diese dreifache Buchführung, schweige aber nur zu gern darüber, weil sie ihm die Verantwortung erleichterte, die seine Schultern allzu schwer bedrückte. Ein später Sohn des Pontius Pilatus, Schutzpatron der zweitklassigen Politiker und Diplomaten. Hände, die nicht mehr lenkten, liebten oder schlugen, sondern nur noch nach frischer Seife dufteten.

Eugène hatte nachgegeben. Katzbuckelnd brachte der Wärter einen derben Bauernkrug mit Wein – »Mein ganz persönlicher Wein, allergnädigster Herr!« – und zwei Becher. Eugène hob abwehrend die Hand, als der Mann ihm einschenken wollte. Bonneval wartete mit mühsam beherrschter Ungeduld darauf, trinken zu können. Zu Anfang versuchte er noch, den Schein zu wahren, doch dann stürzte er in hörbaren, verkrampften Schlucken den gesamten Inhalt des Bechers hinunter. Seine Halsmuskeln spannten sich an, als hätte er eine schwere Last zu schleppen, und auf seiner Stirn bildeten sich Schweißtropfen. Als der Becher leer war, hielt Bonneval ihn dem Wärter entgegen, der Eugène fragend ansah. Eugène nickte, und das Schauspiel, das ihm weh tat, wiederholte sich. Mit einem Knall stellte Bonneval den Becher zurück auf den Tisch. »Gießen Sie noch einmal nach!« murmelte er erschöpft und legte sich die Hand vor die Augen. »Ich trinke es später.«

Der Wärter ging hinaus. »Ich hätte nicht gedacht, daß ich noch zur Scham fähig sein könnte!« flüsterte Bonneval. »Voilà: der klarsichtige Philosoph aus Frankreich, der sich über die geistige Wüste im Herzen der kaiserlichen Monarchie mokiert hat – ein willensschwacher Trunkenbold, der das saure Gesöff seines Kerkermeisters hinuntergießt, als wäre es Nektar und Ambrosia ... und es im nächsten Augenblick gleich wieder ausschwitzt, als wollte sein Körper Platz schaffen für eine noch größere Selbst-Demütigung! Wir sind alle Opfer unseres Fleisches und unserer üblen Gewohnheiten. Vielleicht ist auch diese verdammte Monarchie nur eine Art Lebewesen, das seinen eigenen Schwächen nicht entkommt. Was für mich die Flasche ist, ist für sie ihre kindliche Abhängigkeit von den Jesuiten und ihre Bequemlichkeit und Feigheit. Auch eine kindliche Eigenschaft, weil sie der Schwäche entspringt. Überhaupt: ein kindliches Volk, Ihre geliebten Wiener: träge Seelen, so mitleidig nach außen, so liebenswürdig – und dahinter: Dumpfheit und Gleichgültigkeit! Ich habe sie kennengelernt, die Männer wie die Frauen: Sogar wenn sie von Pflicht reden, meinen sie in Wirklichkeit nur den bequemsten Weg, ihr zu entgehen. Wenn sie das Gefühl haben, etwas könnte tatsächlich an ihre schläfrigen Seelen rühren, fliehen sie eilig in die Zerstreuung. Das Offensichtliche treibt ihnen Tränen in die Augen: der Tod, wenn er fern ist; der Abschied, wenn er besungen wird; die verlorene Liebe in einem

Gedicht. Die Wirklichkeit aber, die herzzerreißende, unerträgliche Wirklichkeit, bemerkten sie nicht einmal. *Acedia.* Trägheit der Seele. Die schamloseste aller Sünden. . . Sie ist ihr Erbübel, und es macht mich krank, mit solchen Menschen zu leben.« Er griff nach dem Becher und ließ ihn dann doch stehen. »Sie haben keinen Sinn für Größe, die Leute hier. Das ist übrigens auch Ihr Pech, Hoheit! Ihres!« Er wies mit dem Finger auf Eugène. »Das meinte ich auch, als ich sagte, Sie hätten allen Grund, sich für mich einzusetzen: Durch mich sind Sie kleiner geworden. Das handliche Format für dieses Land. Nach Belgrad waren Sie zu groß. *Magnifique.* In Frankreich hätte man es zu schätzen gewußt. Hier fürchtet man sich vor allem, was den Durchschnitt überragt.« Er lachte. »*Magnifique* ist hier bloß die Kleinlichkeit. Nur in Frankreich sind wir *magnifique* in allem. *Des héros magnifiques, des artistes magnifiques, des cochons magnifiques. . .*«

Die Mauer draußen war in den Abend gesunken. Der Wärter kam herein und wollte Kerzen anzünden, doch Eugène schickte ihn fort. Im Halbdunkel saß er da mit diesem jungen Mann, dessen Schicksal in manchem dem seinen glich. »Gehen Sie lieber, Hoheit!« sagte Bonneval müde. »Lassen Sie mich allein mit dem da!« Er zeigte auf den Krug. »Wer weiß, wann man mir hier wieder solche Genüsse bietet!«

»Lassen Sie sich nicht stören! Trinken Sie ruhig!«

Bonneval zögerte, dann nahm er einen manierlichen Schluck. »Sie sehen, Hoheit, ich kann mich noch beherrschen!« sagte er bitter. »Noch bin ich Alexandre de Bonneval Nummer eins. Aber wenn ich diesen Pokal hier geleert habe, werde ich vielleicht Bonneval Nummer zwei sein. Der, den Sie ebenfalls kennen. Die scharfsinnige Dame Thürheim sagte einmal zu mir, Menschen wie ich seien wie wilde Tiere. Man könne sich nie darauf verlassen, wie sie sich verhalten würden. Jetzt noch freundlich und einsichtig – und eine Stunde später rücksichtslos und grausam: das Gehirn hinter den Gittern des Alkohols. Die schöne Liane wußte anscheinend genau, wovon sie sprach. Ihre süße Jugend war wohl etwas weniger behütet, als sie zugeben will.«

Eugène schwieg. »Seltsam, daß Sie ausgerechnet die Gräfin Thürheim erwähnen!« murmelte er dann.

Bonneval lächelte. »Weil sie einer der wenigen Menschen ist, die mit Zähnen und Klauen für Sie einstehen, Hoheit. Oder wußten Sie das nicht? Am liebsten hätte sie mich mit eigenen Händen gefesselt und von Ihnen fortgezerrt. Sie hielt mich immer für Ihren schlimmsten Feind. . . Der Mann mit dem Kainszeichen auf der Stirn.«

»Sind Sie das?«

Bonneval senkte den Kopf. Im Dämmerlicht konnte Eugène sein Gesicht nicht mehr erkennen. »In meiner Phantasie waren Sie ein Bruder für mich!« gestand Bonneval plötzlich. »Ein älterer Bruder, den ich bewunderte, und von dem ich hoffte, er würde mich an der Hand nehmen und mich führen. Mir helfen.«

»Ich habe Ihnen geholfen. Sie hatten eine glänzende Karriere in diesem Land, das Sie so verachten.«

»Aber nicht die ganz glänzende, Hoheit!« Bonnevals Stimme brach. »Wenn es wirklich darauf ankam, wählten Sie andere.«

»Zum Beispiel Mercy?«

»Zum Beispiel.« Bonneval beugte sich vor. »Aber warum, Hoheit?«

Eugène zögerte. »Ich hielt ihn für geeigneter!« gestand er dann.

»Und das zählt? Die Sache – nicht die Freundschaft?«

Eugène antwortete nicht. »Ja!« sagte er dann leise. »Ja, mein Lieber.«

Bonneval lehnte sich zurück. »Das werde ich nie verstehen, Hoheit.«

Eugène lächelte traurig. »Ich weiß!« antwortete er. Er erhob sich. Erst jetzt wurde ihm bewußt, wie spät es schon sein mußte. »Sollten wir nicht diesen Krug fortbringen lassen?« fragte er sanft und nachsichtig wie zu einem Kind. Zu einem jüngeren Bruder? Zu einem Freund?

Bonneval lachte bitter auf. »Haben Sie Angst, ich könnte dieses geschmackvolle Appartement kaputtschlagen?« Er stand auf. »Keine Sorge, Hoheit! Für ein solches Vergnügen reicht ein einziger Krug leider nicht aus.«

Eugène ging zur Tür. »Ich werde mit dem Kaiser reden!« versprach er. Er kämpfte gegen das Bedürfnis, Bonneval zu umarmen.

Bonneval stand neben dem Tisch und starrte Eugène an. Trotz des Halbdunkels spürte Eugène die Angst in seinen Augen; den Drang, ihn zurückzuhalten; ihn um irgend etwas zu bitten; vielleicht auch nur den Wunsch zu weinen um etwas, das sich verirrt hatte und nicht mehr zurückfand. »Sie werden wieder in Freiheit leben!« sagte Eugène mit heiserer Stimme. »Selbst wenn man Sie verurteilt, werden Sie wieder frei sein, ... und es wird immer wieder Menschen geben, die Sie lieben.«

Bonneval rührte sich nicht. Dann stöhnte er plötzlich auf und fegte mit einer einzigen, gewalttätigen Bewegung den Krug und die Becher vom Tisch. Eugène wandte sich hastig ab und ging hinaus. Er mußte sich beherrschen, um nicht zu laufen.

»Denkst du immer noch an ihn?« Loris leichte Hand auf seiner Schulter. Erst jetzt merkte er, daß er fröstelte. »Du solltest ihn einfach vergessen!« Sie legte ihre Arme um seinen Hals und verschränkte die Finger hinter seinem Nacken. Eugène erinnerte sich plötzlich an die erste Nacht, die sie in der Himmelpfortgasse mit ihm verbracht hatte. Er war so lange allein gewesen, daß er kaum glauben konnte, wie weich ihr Körper war. Weich und warm und tröstlich; nur die Brustwarzen wie harte Kiesel. . . Er lächelte in der Erinnerung:

Nach all den nutzlosen Dingen, die seine Soldatenhände getan hatten...

»Warum lachst du?«

Langsam gingen sie zum Schloß zurück, immer näher heran an das schwirrende, federleichte Geflecht aus Stimmen und Musik. Ein Mann rief etwas, was Beifall und Klatschen auslöste. Eugène blieb stehen. Es war, als ob Bonneval niemals fortgegangen wäre.

Lori nahm seine Hand. »Eines muß man ihm lassen«, sagte sie leise. »Er hat uns alle durchschaut. Manchmal kam er mir vor wie ein Wundarzt: Er legte seinen Finger genau dorthin, wo es weh tat, und dann drückte er zu.« Sie blieb stehen und ließ ein paar Schneeflocken auf ihrer Handfläche zerschmelzen. »Einmal – ich glaube, es war am fünften Geburtstag der kleinen Erzherzogin – stand er neben mir, als der Kaiser seinen Toast auf das Kind ausbrachte. Der Kaiser war ein wenig beschwipst, jedenfalls fing er plötzlich an, von den alten Zeiten zu schwärmen, von den Träumen der Jugend, von der spanischen Sonne und von sehnsuchtsvollen Liedern, die in samtenen Nächten die Herzen zum Weinen bringen. Der Kamarilla kamen fast die Tränen, und der Erzbischof von Valencia nickte ununterbrochen. Ja, wie gesagt, Bonneval stand neben mir, und plötzlich beugte er sich zu mir herunter, grinste absolut unverschämt und murmelte: ›Voilà ce qu'on appelle bâtir les chateaux en Espagne!‹ – Schlösser in Spanien bauen... so nennt ihr Franzosen doch die Luftschlösser, nicht wahr? Bonneval wußte wirklich, wo der Schmerz lag. Wenn er auch noch geahnt hätte, was Mitleid ist, wäre er der wunderbarste Mensch gewesen!«

»Gewesen! Immerhin lebt er noch!« Eugène blies sich in die frierenden Hände. Lori lachte und trat von einem Fuß auf den anderen. »Und jetzt bringt er uns sogar noch dazu, zu erfrieren!« Sie starrte auf ihre Schuhe aus weißer Atlasseide. »Meine Füße sind schon ganz naß.« Da lachte Eugène ebenfalls, hob sie hoch und trug sie zum Portal. Die Gäste, die es sahen, applaudierten. Es war offenkundig, daß der Prinz bester Laune war.

4

Was mache ich eigentlich hier? Eine Liebe zerstören?

Eugène blickte seinem Neffen entgegen – nein: seinem Großneffen schon! Enkel von Thomas und der goldhaarigen, verbitterten Uranie, die ihn beide nie gesehen hatten. Sohn von Emanuel und Theresia, der umschwärmten Tochter des reichen Liechtenstein, inzwischen verwitwet, denn auch Emanuel lebte nicht mehr.

Eugène dachte an die sonnenumkosten Tage, die er mit Emanuel und Theresia in Böhmen verbracht hatte, während der kleine Eugen im Gras spielte oder in seiner weißen Wiege auf seidenen Kissen unter den leise rauschenden Bäumen schlief. Ein Kind des Glücks. Ein junger Mensch, über dem ein überquellendes Füllhorn schwebte, als wollte sich das strenge Schicksal endlich als gütig erweisen und wenigstens einen von Olympias unruhigem Blut ohne jeden Vorbehalt mit Geschenken überhäufen. Ein Leben ohne Tränen, ohne Versagungen und ohne Verlust. Ein anmutiger junger Gott: strahlend, liebenswürdig und reich. Siebzehn Jahre alt. Eugènes Patenkind und künftiger Erbe.

»Du kannst es dir aussuchen«, rief Eugène dem Jungen entgegen. »Soll ich dir meine Bilder zeigen, oder möchtest du lieber ausreiten?« Insgeheim hoffte er, Eugen würde sich für die Bilder entscheiden, zweihundert allein hier in Schloßhof, Schlachtenbilder, Porträts berühmter Menschen – die einzige Möglichkeit zu erfahren, wie jene aussahen, von denen alle Welt redete. Es wäre beglückend, dachte Eugène, diesem jungen Menschen von ihnen, die er fast alle persönlich kannte, zu erzählen: von den Gelehrten auch und den Dichtern, mit denen er Briefe gewechselt hatte oder mit denen er sogar befreundet gewesen war: Leibniz, Rousseau, Montesquieu, Voltaire; oder von den hochgerühmten Schönheiten – Gesichter, die faszinierten und sich in sehnsuchtsvolle Träume einschlichen. . . Alles, alles auf Bildern hier in diesem Schloß zwischen Donau und March, wo Eugène die Bäume höher und ehrwürdiger erschienen als anderswo, die Kornfelder goldener und reicher und die Erinnerungen heroischer und schwermütiger.

Hier lagerten die Römer am äußersten Vorposten gegen ihre germanischen Feinde. Hier war Marc Aurel – der verehrte, geliebte! – gestorben, und hier besiegte tausend Jahre später des Kaisers Urahn Rudolph den anmaßenden Böhmenkönig – jede Stätte eines Sieges zugleich auch der Platz der Niederlage des Besiegten. Eugène wußte, daß der Boden unter den wogenden Kornfeldern das Blut von Menschen getrunken hatte, und daß alles auf Erden zwei Gesichter aufwies und mehr. . . Nur dieser junge Mensch mit den Himmelsaugen und den schimmernden Locken seiner Mutter und seiner Großmutter sollte es einfach haben, vollkommen – und als er eilig die Treppe herunterlief, tat Eugène das Herz weh vor Freude und aus Angst vor der Fraglichkeit alles Vollkommenen. Am liebsten wäre er selbst dieser Junge gewesen, um das neidische Schicksal in Schach zu halten.

Sie ritten hinaus über die Wiesen, die noch braun waren vom Winter und vorbei an den hunderten Aprikosenbäumchen, die im Vorjahr angepflanzt worden waren, aufgereiht wie Zinnsoldaten an ihren leichten Stützpfählen wie Musketen.

»In Turin blühen schon die Bäume!« hörte er Eugen rufen, und er fragte zurück, welche denn. »Keine Ahnung!« lachte der Junge und galoppierte an ihm vorbei. »Ich habe mich noch nie für Pflanzen interessiert.«

In deinem Alter tat ich das auch nicht! dachte Eugène und gab seinem Pferd die Sporen. Er überholte seinen Neffen, der nun ebenfalls sein Pferd stürmisch antrieb. Ihre Schattenbilder flogen neben ihnen her. Es war eine solche Lust! Schon lange hatte sich Eugène nicht mehr so frei gefühlt und so glücklich. Was gab es Lebendigeres, Herrlicheres, als an einem Tag im Frühling über dieses geliebte Land zu galoppieren, schnell und immer schneller, eins mit dem Pferd, außer Atem und doch ein Teil jener reinen, klaren Luft, die noch geschmeidig war von der Feuchtigkeit des Morgens! Er hörte, wie der Junge vor Freude aufschrie, und er hörte zugleich auch seine eigene Stimme. Es war köstlich, zu leben!

In einem weiten Bogen näherten sie sich einem kleinen Mischwald. Die Laubbäume waren noch ohne Blätter, die Äste wie dünne, schwarzbraune Finger, die sich nach oben streckten und verstohlen ineinander verschlangen wie die Finger zweier Liebender. Alles ein Spiel. Alles vollkommen, ohne Verantwortung und ohne Makel. Wie gut, daß der Junge sich nicht für die Bilder entschieden hatte! Wie lange war er nicht mehr so froh gewesen? Und so jung. Ja, so jung!

Sie saßen ab und traten in das Wäldchen wie in ein grünes Haus. Der weiche Boden verschluckte ihre Schritte. Ganz still wurde ihnen zumute, ganz ruhig, obwohl ihr Atem noch tief und hastig war und ihre Wangen gerötet. Auf einmal hatten sie beide keine Lust mehr zu sprechen. Sie wickelten sich die Zügel um die Hände und schritten tiefer hinein in den Wald.

Ein schmaler, fast zugewachsener Pfad führte durchs Gebüsch. Sie folgten ihm. Eugène fröstelte plötzlich. Es war ihm, als kehrte er in ein vergessenes Land zurück. Hier war ich schon! dachte er und sagte sich zugleich, daß er dieses Wäldchen noch nie betreten hatte... Wann war das nur? – Doch wozu fragen? Er wußte es ja längst. Ein paar Schritte noch, und sie würden hinaustreten auf eine Lichtung mit einem kleinen See, so rein und klar wie ein Auge. Das Auge Gottes. Wie war es möglich, daß ein Landschaftsbild sich wiederholte an einem ganz anderen Platz der Welt?

Eugène ging hinter seinem Neffen her. Seine Blicke umfingen die schlanke, hohe Gestalt, die goldschimmernden Locken wie eine Blüte im feuchten Halbdunkel. Wir verstehen unser Leben falsch! dachte Eugène plötzlich, und das Herz tat ihm weh vor Reue über ein Versäumnis, das er erst jetzt begriff: zu meinen, die Jugend sei eine Vorbereitung auf das, was danach kam, wo sie doch in Wirklichkeit schon der Höhepunkt von allem war!

Tiefe Dankbarkeit überflutete ihn, daß er wenigstens diesem einen, geliebten Menschen, diesem Sohn seines Herzens, eine Jugend schenken durfte, wie sie ihm selbst versagt geblieben war. Durch dich wiederhole ich alles noch einmal. Ich mache es besser und lösche die Dunkelheit aus. Durch dich packe ich das Glück, das mir damals entging.

»Erlauben Sie, daß ich ein Bad nehme?«

Das schmale Wiesenstück vor dem See war noch hartgefroren von der Kälte der Nacht. Noch wehrten die hohen Bäume die Wärme der schrägstehenden Sonne ab. Mit einer nachlässigen Bewegung warf Eugen die Zügel über einen abgebrochenen Ast und band sie fest. Unbekümmert und mit zunehmender Eile, als könnte er es nicht erwarten, ins Wasser zu gelangen, zog er sich aus. »In Turin mache ich das oft!« erzählte er atemlos, während sich die abgelegten Kleidungsstücke um ihn herum auf dem Waldboden sammelten. »Es gibt nichts Erfrischenderes als in eiskaltem Wasser zu baden. Erst glaubt man, man erstickt daran, aber dann ist es, als käme man in eine neugeschaffene Welt.«

»Ich friere schon, wenn ich dich nur ansehe!« murmelte Eugène schaudernd. Er erinnerte sich an einen demütigenden Ischiasanfall im Winter.

»Mich friert doch auch!« rief Eugen und stürzte sich ins Wasser. Er schrie auf vor Kälte, schwamm geschmeidig wie ein Otter spritzend und prustend eine kleine Runde und kehrte dann keuchend ans Ufer zurück. Eugène hielt noch immer die Zügel seines Pferdes fest. Er blickte seinem Neffen entgegen, der aus dem Wasser watete, während die glitzernden Tropfen von seinem nackten Körper herabglitten wie ein kaltes Gewand. Wie jung er ist! dachte Eugène. Bin ich selbst jemals so jung gewesen? Und wenn: Wann habe ich aufgehört, es zu sein? Und: Ich bin doch noch nicht alt. . . Was bin ich eigentlich – bewertet nach dem Maßstab der Zeit?

Ein Mann auf dem Höhepunkt seines Lebens. Es gab kaum noch jemanden, der seine Position ernsthaft in Frage stellte. Nach den zahlreichen Fehlentscheidungen der spanischen Partei hatte sich der Kaiser von ihrem Einfluß befreit. Es war ihm nicht schwergefallen, denn viele der heimwehkranken alten Männer aus dem Land seiner Sehnsucht waren inzwischen gestorben. Die Handelskompanie Ostende, die sie Karl eingeredet hatten, hatte zu einem Bruch mit England geführt, das sich daraufhin trotzig und demonstrativ mit Frankreich und Spanien verbündete. Das Gleichgewicht des Kontinents war zerstört.

Der Kaiser konnte nicht mehr schlafen. Er suchte die Freundschaft des preußischen Königs, den er doch insgeheim verachtete, und der Kurfürsten, die er bisher immer nur mit Herablassung behandelt hatte. Stundenlang kniete er vor dem Altar in seinem Schlafgemach, die Stirn auf die gefalteten Hände gelegt, und dachte immer nur daran, daß sein Eigensinn und seine Verblendung Schuld daran trugen, daß Österreich ohne Verbündete dastand. . . daß er allein dastand . . . Aber was noch viel schwerer wog: Wer sollte seine Tochter unterstützen, wenn er einmal nicht mehr lebte? Maria Theresia, so begabt zum Herrschen! Ein Mädchen. Nur ein

Mädchen. Nur... Und so kroch Karl zu Kreuze und sorgte dafür, daß sein Liebkind von einst wieder aufgelöst wurde, die Handelskompanie, die das Land hätte reich machen sollen, sich aber zum Zankapfel entwickelt hatte und zu einer neuen Büchse der Pandora werden konnte wie einst die Krone des anderen Karl: des armen spanischen Königs mit seinem verwirrten Hirn und seinem Glauben an die unteilbare Größe seines Reiches.

»Wir müssen unsere Verbündeten zurückgewinnen!« sagte Karl, erstaunt und bedrückt bei dem Gedanken, daß ein Kaiser, der nicht in der Lage war, einen Thronfolger zu zeugen, um Sympathie betteln mußte. Bisher hatte sich Karl immer nur als Herrscher von Gottes Gnaden betrachtet. Es kam nicht darauf an, daß die Menschen, die er seine treuen Untertanen nannte oder sein gutes Volk, ihn liebten. Was immer Karl von Habsburg, der sechste seines Namens, als Person darstellen mochte: er war auf jeden Fall der Kaiser. Seine Majestät: ob geliebt oder ungeliebt, gehaßt oder gar verachtet – nie, niemals würde er um seine Rechtmäßigkeit kämpfen müssen. Er nicht und auch nicht sein kleiner Sohn, wenn er noch gelebt hätte. Wie immer er sich auch entwickelt hätte, niemand hätte wagen dürfen, seinen göttlichen Auftrag anzuzweifeln. Weil er ein Mann war... Und Maria Theresia? »Wir müssen sie zurückgewinnen!« stöhnte Karl. Immer wieder. Betete es. Träumte diesen Satz, denn nur wenn Österreich das Wohlwollen Europas besaß, konnte die söhnelose Dynastie weiterbestehen.

Pragmatische Sanktion hieß das Hausgesetz, mit dem Karls fähigste Gesandte wie Hausierer von Hof zu Hof zogen und um die Zustimmung buhlten, daß nach dem Erlöschen des Mannesstammes die gesamten Erbkönigreiche und -länder gleichermaßen und ungeteilt nach Ordnung und Recht der Primogenitur an die ehelichen Töchter gelangen sollten. An die ehelichen Töchter: das bedeutete an Maria Theresia, das strenge kleine Mädchen mit dem scharfen Verstand und der selbstgewissen Überzeugung von der eigenen monarchischen Berufung. Sie zweifelte nicht, wie ihr Vater. Sie hatte keine Angst, auch wenn sie mitansah, wie der Vater seinen Stolz von sich warf und Kisten voll Gold an die widerstrebenden Höfe sandte; wie er Titel verschleuderte und schmeichelte, nur um Garantien aus denen herauszulocken, die doch nur darauf warteten, daß er starb und sie die arrogante kleine Erzherzogin mitsamt ihren Ansprüchen zum Teufel schicken konnten. Sie zu verjagen – oder sie mit einem Sohn aus dem eigenen Hause zu verheiraten und so die gierige Hand auf ihr maßloses Erbe zu legen: Gab es einen einzigen Hof in ganz Europa, der sich nicht um die Hand der ungeliebten kleinen Beute bemühte? Sogar Säuglinge wurden als künftige Ehemänner angeboten, obwohl in allen Hauptstädten die naive Bemerkung des steifnackigen Mädchens kolportiert wurde, es habe vor, dereinst aus Liebe zu heiraten.

Für einen Augenblick fühlte so mancher echtes Mitleid mit dem Kaiser, der ohnedies sein Leben lang von herrschsüchtigen Frauen umgeben gewesen war. Kaiserinnen, Kaiserinwitwen und Töchter von Kaisern... und nun auch noch dieses Kind, das er liebte. Geliebt zu werden: die schärfste Waffe, vor allem, wenn sie sich gegen den richtete, der liebte. »Es wäre klüger, Majestät, Ihrer Tochter eine gefüllte Staatskasse und ein Heer von hundertachtzigtausend Mann zu hinterlassen!« sagte Eugène und als er danach mit Lori am Kartentisch saß, fügte er hinzu, die sogenannte Pragmatische Sanktion sei nichts als ein Fetzen Pergament und keinen Quark wert.

Unbekümmert lief der Neffe auf ihn zu. Er war so außer Atem, daß Eugène ihn kaum verstand. »Du wirst dich erkälten!« unterbrach er ihn und ärgerte sich noch im gleichen Augenblick über die onkelhafte Mahnung. Er kam sich plötzlich müde und verbraucht vor, wie er da stand und immer noch sein Pferd am Zügel hielt. Mit einer ungeduldigen Bewegung befestigte er den Riemen an einem vorstehenden Ast. Eugen lachte und hüpfte von einem Bein aufs andere, um sich zu trocknen. Eugène wandte verlegen den Blick ab. »Zieh dich an!« sagte er heiser.

Der Junge verrieb die letzten Tropfen auf seiner geröteten Haut und schlüpfte dann in seine Kleider, wobei er, immer noch atemlos, von den Badeausflügen erzählte, die er in Turin mit seinen Freunden unternommen hatte. Zuletzt zog er seine Stulpenstiefel an und streifte die weichen Handschuhe aus Hirschleder über: ein erlesen gekleideter junger Aristokrat, verwöhnt und anspruchsvoll. Nur die nassen, zerzausten Locken erinnerten noch an den übermütigen Jungen von vorhin.

»Sie wollten doch über etwas mit mir sprechen!« sagte er und strich sich abschließend mit beiden Händen die Haare aus der Stirn. »Meine Mutter erwähnte es, und es klang ziemlich bedrohlich.«

Eugène blickte ihn nachdenklich an. »Später!« erwiderte er schroff. »Sehen wir zu, daß wir aus dem Schatten herauskommen! Draußen in der Sonne ist es wärmer.«

Auf dem schmalen Pfad führten sie ihre Pferde zurück auf die Wiese. Die Sonne war inzwischen höher gestiegen. Es kam Eugène vor, als tauchte er aus dem Schattenreich seiner Jugend wieder empor in sein eigentliches Leben. Ob sich auch Eugen später einmal seiner Jugend als etwas erinnern würde, das dunkel war, konfus und traurig? Eugène sah ihn an, wie er im Trab neben ihm herritt, sein Atem wieder ganz ruhig.

»Hast du das Gefühl, daß deine Jugend glücklich ist?« fragte Eugène fast schüchtern.

Der Junge blickte ihn erstaunt an. »Ist Jugend denn nicht immer glücklich?« fragte er achselzuckend und lächelte ein wenig schief.

Eugène erwiderte das Lächeln. »Natürlich. . .«, murmelte er.

Sie kamen zu einer Koppel mit ein paar Bauernpferden und saßen ab, um ihnen zuzusehen, obwohl keines der Tiere für ihren wählerischen Geschmack von Interesse gewesen wäre. Mit beiden Armen stützten sie sich auf das Gatter und schauten den massigen Braunen zu, die, von der Lust des Frühlings und der Freiheit gepackt, wie verrückt im Kreis herumgaloppierten, daß ihre hellen Mähnen flogen. Für ein paar selige Augenblicke strömte in ihren Haustieradern das wilde, ungebärdige Blut ihrer Vorfahren aus der Steppe, und sie waren eins mit dem Wind.

»Man hat mir von der Comtesse Hatzfeld berichtet!« sagte Eugène, ohne seine Blicke von den übermütigen Tieren zu wenden.

Der Neffe schwieg. »Ach ja?« murmelte er dann.

Eugène blickte ihn von der Seite her an. Er erwartete, Ärger im Gesicht des Jungen zu entdecken, weil man sich in sein Leben einmischte. Doch nichts dergleichen.

»Erzähl mir von ihr!«

Eugen zuckte die Achseln. »Ihr Vater ist General bei den Pfälzern. Aber das wissen Sie doch, Onkel!«

»Ich habe dich nicht nach ihrem Vater gefragt.« Eugène mußte plötzlich an Françoise denken, die er geliebt hatte, als er so alt war wie Eugen. Tausend Worte wären aus seinem Munde geströmt, wenn er jemanden gehabt hätte, mit dem er über sie hätte sprechen können. Ein Meer von Worten. Ein Himmel voller Sterne in sehnsüchtige Worte gekleidet. »Goldenes Haar und eine Gestalt wie eine Elfe. . .«, sagte er leise, nicht einmal zu sich selbst. Es waren nur seine verirrten Gedanken, die redeten.

Eugen sah ihn verständnislos an. »Sie hatte braunes Haar!« widersprach er. »Braun mit einem rötlichen Schimmer. Aber meistens trug sie diese hellen Perücken.«

»Und du liebst sie?«

Eugen wandte die Augen nicht von den Pferden auf der Koppel. »Liebe...«, sagte er dann vage. »Ist das so wichtig?«

»Man hat mir berichtet, du hättest öffentlich gesagt, du wolltest sie heiraten!«

»So öffentlich war das gar nicht. Sie können es nur von meinem Kammerdiener haben, Onkel. Berichtet er über mich?«

Eugène zögerte. »Natürlich!« gab er dann zu. »Du wirst dich daran gewöhnen, daß es immer jemanden in deinem Umkreis gibt, der sich bezahlen läßt. Sei vorsichtig! Du bist mein Neffe. Du wirst mein Erbe sein. Du bist Chevalier von Savoyen und Graf von Soissons und wirst demnächst den Titel eines Fürsten von Troppau erben. Auf diesem Niveau ist man nie allein, und wenn du erklärst, du könntest dir vorstellen, eine bestimmte junge Dame zu heiraten, so mußt du damit rechnen, daß am nächsten Morgen ihre gesamte Familie auftaucht und dich mit Nachdruck an dieses Versprechen erinnert.«

»Das wird hier nicht passieren.«

»Bist du sicher?«

Der Junge wandte sich von den Fohlen ab und starrte Eugène ins Gesicht. »Onkel!« rief er gequält. »Ich war verliebt, sonst nichts! Es war doch Ihr Befehl, daß ich die deutschen Höfe besuchen sollte, um mich bekannt zu machen, und um mir auch selbst ein Bild zu verschaffen. Ich habe es getan und ich habe es gern getan. Die Comtesse war hübsch und ungewöhnlich gebildet. Ein ganz besonderes Mädchen. Und sehr stolz. Ich war hingerissen von ihr. Sie hatte ungewöhnliche Gedanken, nahm nicht einfach alles, wie es war, sondern fragte sich, warum und wozu. Auch über mich zerbrach sie sich den Kopf. Sie versuchte, mich zu verstehen. Ich hatte das Gefühl, daß sie der erste Mensch war, der sich wirklich für mich interessierte. Für mich: mich ganz persönlich!« Mit einer südländisch-pathetischen Geste legte er seine rechte

Hand aufs Herz. Dann errötete er plötzlich, als hätte er schon mehr preisgegeben, als er eigentlich wollte. »Einmal sagte sie. . .«

»Was?«

»Sie sagte: Leben heißt wählen. Ich sei reich, und ich sei Ihr Neffe. Wenn ich darum kämpfte, würden Sie mir erlauben, mein Leben selbst zu gestalten. Wenn ich es wirklich wollte, könnte ich der glücklichste Mensch auf Erden werden.«

»Und daraufhin hast du von Heirat gesprochen.«

Eugen blickte zu Boden. »Ja«, gab er zu.

»Du dachtest, gemeinsam mit diesem Mädchen könntest du dein Leben zu etwas Vollkommenem machen.«

Eugen blickte ihn erstaunt an. »Ja.«

»Aber du bist trotzdem abgereist, ohne dich festzulegen!«

»Ja.«

»Und du hast ihr auch nicht mehr geschrieben, soviel ich weiß.«

Das Gesicht des Jungen war so blaß geworden, daß Eugène erschrak.

»Mama hat mich gebeten, es nicht zu tun. Sie meinte, wenn meine Liebe wirklich so groß wäre, würde sie auch ohne Briefe fortbestehen; und wenn nicht, dann hätte ich mich selbst vor einer Dummheit bewahrt.«

»Und?«

Der Junge schüttelte den Kopf, als versuchte er vergeblich, sich selbst zu begreifen. »Ich war dauernd unter Menschen. Alle wollten mit mir reden und sich mir angenehm machen. Es war interessant und oft sogar lustig. Ich hatte keine Zeit, an die Comtesse zu denken. Abends, vor dem Einschlafen, erinnerte ich mich dann wieder an sie, aber ich war immer schon so müde, daß ich mir bald ihr Gesicht nicht mehr vorstellen konnte. Auch nicht ihre Stimme. Dabei hatte sie eine besonders schöne Stimme. Genau weiß ich nur noch, was sie sagte. Das habe ich mir alles gemerkt. Ich glaube, wenn wir einander geschrieben hätten, wäre ich nicht mehr von ihr losgekommen.«

»Sie hat dich durch ihre Klugheit gewonnen!« murmelte Eugène und setzte in Gedanken fort: durch ihre Klugheit gewonnen – und dich wieder verloren, als du das Zauberland ihrer Intelligenz verlassen hast.

Eugen stützte sich auf das Gatter und legte die Stirn auf seine Arme. »Man sagt immer, Gefühle seien flüchtig: Verliebtheit, Sinnlichkeit. . .Aber das stimmt nicht. An ihren Scharfsinn kann ich mich nur noch mit dem Verstand erinnern, aber ich weiß noch ganz genau, wie sich ihre Wangen anfühlten.« Er schwieg. Die Erinnerung an verzauberte Augenblicke, so süß und unvergeßlich, stand zwischen ihm und Eugène, der auf einmal das Gefühl hatte, alles ganz genauso auch selbst erlebt zu haben. Jene einzigartigen Momente, in denen man glaubte, mehr zu sein und zu fühlen als alle anderen – waren sie es nicht gerade, die allen gemeinsam waren und von allen verstanden wurden? Liebe und Leidenschaft: die Himmelsgeschenke, die aus jedem Menschen einen König machen konnten. . .

»Leben heißt wählen, sagte sie?«

»Ja. Und eigentlich habe ich inzwischen auch gewählt, nicht wahr?«

Hat er gewählt? fragte sich Eugène. Oder wir für ihn? Wir, die wir ihn lieben und das Beste für ihn wollen. Wir haben das absolute Glück für ihn gewählt. Wir, nicht er. Leben heißt wählen. Stehlen wir ihm sein Leben, indem wir ihm die Wahl vorenthalten? Oder sind das alles nur dekadente Spitzfindigkeiten, und wir nehmen seine unreifen Gefühlsregungen viel zu wichtig? Aber wie soll er lernen, kraftvoll auszuschreiten, wenn seine Füße nie an Steine stoßen? Doch: brauchen wir diese Steine denn? Wozu leiden – und sei es auch nur an den Zweifeln bei einer Entscheidung?

»Was hast du gewählt, mein Junge?«

Eugen hob den Kopf und blickte Eugène in die Augen. »Ich habe den angenehmen Weg gewählt, Onkel, den erfolgreichen. Vielleicht ist das auch wirklich der Weg zum Glück. Ihr sagt es mir zumindest immer.«

Eugène merkte, daß ihm plötzlich sehr kalt war. »Würde es dich freuen, der Comtesse zu schreiben und Antwort von ihr zu bekommen?« Eugène dachte an Françoise und wie er noch jahrelang von ihr geträumt hatte. Eine Zeile von ihr und er wäre gestorben vor Freude!

Der Junge schüttelte den Kopf. »Wozu noch?« fragte er und richtete sich auf. »Ich denke nicht mehr an sie, bevor ich einschlafe.«

»Und denkst du an jemand anderen?«

»Nicht an ein Mädchen. Manchmal denke ich an meine Freunde in Turin und welchen Spaß wir immer hatten.« Eugen tätschelte sein Pferd, das unruhig geworden war. »Mama sagte, Sie wollten mir von einer jungen Dame erzählen.«

Eugène hatte es vorgehabt, aber jetzt wollte er nicht mehr. »Am Abend. . .«, wich er auch. »Es eilt ja nicht.«

»Ich bin aber neugierig. Es betrifft doch mich, oder?«

Eugène nickte. Er räusperte sich. Der Uniformkragen drückte auf seine Kehle. Er haßte plötzlich dieses Gespräch; diesen sonnigen Morgen auf seinem geliebten Landsitz; die plumpen Pferde, die so frei und wild herumtollten. Er haßte es, er selbst zu sein; seine Macht, die Unterwürfigkeit der anderen. »Maria Teresa Cybo«, sagte er mit unpersönlicher Stimme. Die Erfüllung einer Pflicht, wie er täglich unzählige Male über Dinge sprach, die nur im Kompromiß zu ertragen waren. »Duchessa di Massa. Sie ist erst neun Jahre alt. Du hättest also noch Zeit, deine Freiheit zu genießen. Ihr Vater besteht allerdings auf einer sofortigen Verlobung. Wenn wir nicht um sie anhalten, wird sie dem Herzog von Modena versprochen.«

»Ich nehme an, sie hat einiges zu bieten, da man sich so um sie bemüht.« Die Stimme des Jungen klang ironisch und resigniert zugleich.

»Massa und Carrara.«

Eugen nickte. »Wie sieht sie aus?« fragte er dann. »Das müßte mich doch eigentlich interessieren.«

»Tut es das nicht?«

Eugen sprang auf sein Pferd. »Nein!« schrie er aus vollem Hals zum Himmel hinauf und sprengte davon. »Im Augenblick noch nicht. Wer weiß, was in ein paar Jahren ist.« Eugène konnte ihn kaum noch verstehen. »Vielleicht kriegt sie die Pest und ich die Blattern oder umgekehrt. Wir bekommen doch alle immer mehr, als wir brauchen!« Mit einer Unbarmherzigkeit, die Eugène noch nie an ihm bemerkt hatte, trieb er das Pferd an. Er galoppierte mitten in ein Feld, so daß das Pferd auf dem feuchten, weichen Boden ins Rutschen kam. Einen Augenblick lang sah es aus, als würden sie stürzen, dann fing sich das Tier wieder und blieb nach ein paar unsicheren Schritten zitternd stehen.

Eugène atmete auf. Sein Herz schlug so heftig, daß er meinte, es müßte zerspringen. Ihm war, als hätte er den Tod gesehen, einen Tod, den er selbst nicht überlebt hätte.

Unbewegt wie ein Standbild aus Stein saß der Junge auf seinem Pferd mit dem Rücken zu Eugène. Er erhob sich gegen den Horizont, als blickte er darüber hinaus. Es dauerte lange, bis er sich endlich umwandte und zu Eugène zurückritt. Ganz langsam. Eugène starrte ihm entgegen, bereit, ihm jeden Wunsch zuzugestehen. Die kleine, verlassene Comtesse hatte recht gehabt: Wenn der Junge es nur wollte, sollte er sein Leben so gestalten, wie es ihm gefiel. Wer bin ich denn, dachte Eugène, in sein Glück einzugreifen! Er blickte zu Eugen auf, der vor ihm stehenblieb.

»Es tut mir leid, Onkel!« sagte der Junge und zuckte die Achseln. »Ich wollte nicht kompliziert sein. Ich liebe das

Meer, und ich liebe Marmor. Warum sollte ich da die niedliche Marisa nicht auch lieben können?«

Eugène fühlte den verzweifelten Wunsch, ihn zu fragen, wie die kleine pfälzische Comtesse – und war sie denn überhaupt klein? – mit ihrem Vornamen hieß. Marisa – wenn er schon für ein unbekanntes Kind einen Kosenamen fand, wie hatte er dann das Mädchen genannt, das er liebte? Der Vorname der Comtesse Hatzfeld. . . Aber für eine solche Frage war es wohl jetzt zu spät. Außerdem: Seine Agenten würden es ihm sagen können. Tatsache war: Der Junge hatte gewählt.

Es war Frühling, und Eugène dachte, daß es trotz der Sonne noch sehr kalt war.

Der Salon war überheizt, weil Theresia leicht fror. Trotzdem hatten sie eines der Fenster einen Spaltbreit geöffnet, um den wilden Nachtigallen zuzuhören, die draußen in die Nacht hineinsangen. Die süßen, wehmütigen Tongespinste legten sich auf ihr Gemüt, verschlossen ihre Lippen und belebten ihre einsamen Gedanken.

Jeder für sich: Eugène. Theresia. Ihr Sohn. . . Wenn es so still war wie jetzt und keiner sprach, hatte Eugène das beglückende Gefühl, als wären Theresia und ihr Sohn seine eigene kleine Familie. Als wäre sie nicht die Schwiegertochter seines Bruders Thomas, sondern seine, Eugènes eigene Gemahlin, mit der er diesen Sohn hatte, den sie beide liebten, weil durch ihn ihr eigenes Leben Resonanz haben würde auch nach dem Tode. Ein gemeinsames Kind, das sie mit Strenge und manchmal überraschend harten Worten erzog und er mit der behutsamen Nachsicht eines Stiefvaters, der sich der eigenen Rechte nicht ganz sicher ist. Trotzdem zweifelte er nicht daran, daß Eugen ihn respektierte und zuweilen sogar Angst davor hatte, seine Gunst zu verlieren.

Von Anfang an hatte Eugène seinen Werdegang beaufsichtigt und gelenkt, und als Emanuel starb, sandte Eugène den

Jungen nach Turin, um ihn dort zum Savoyer erziehen zu lassen. Savoyer – nicht Liechtensteiner, wozu er vielleicht unter Theresias Aufsicht geworden wäre.

Nur die besten Nachrichten hatten ihn über den Jungen erreicht. Er sei intelligent, hieß es, fröhlich, höflich und immer der Beste, wenn es darum ging, sich beim Reiten hervorzutun, im Gebrauch des Degens oder der Pistolen. Keiner schwamm wie er, keiner parlierte ungezwungener in den Sprachen Europas, keiner führte die Damen galanter zum Tanz und keiner sehnte sich heftiger danach, zu beweisen, daß er ein Held war – das edelste aller Ziele, wie man wußte. Bald, sehr bald schon, würde er dem Vorbild seines Großonkels folgen und ein siegreicher Feldherr werden, ein kluger Staatsmann und ein anspruchsvoller, aber großzügiger Mäzen.

Erst in den letzten Monaten, als Eugène ihn durch Deutschland schickte, hatte es hin und wieder auch vorsichtige Bemerkungen darüber gegeben, daß der junge Mann ein wenig zu Leichtsinn und Verschwendung neige. Er halte sich zu viele Diener, hieß es. Seine Einsätze und Verluste beim Spiel seien zumindest nicht altersgemäß. Er kleide sich zu aufwendig und umgebe sich mit Freunden, die nichts außer Vergnügen im Kopfe hatten.

Eugène gab nicht viel auf diese Reden. Er horchte erst auf, als sein Sekretär Koch ihm verlegen mitteilte, der ›junge Herr Neveu‹ habe ihn um Geld gebeten, weil er sich im Spiel verschuldet habe und nicht mehr in der Lage sei, seinen Verpflichtungen nachzukommen.

Eugène war gekränkt gewesen, daß sein Neffe sich nicht direkt an ihn gewandt hatte. Trotzdem hatte er die Schulden umgehend beglichen, Eugen nach Wien zitiert und ihm die Leviten gelesen. Danach wurde nicht mehr über die Vorfälle gesprochen, und auch die Klagen hörten auf. Olympias Urenkel hatte sich offenkundig eines Besseren besonnen.

Im Salon wurde es immer wärmer. Theresia stickte an einem Gobelin, eine Beschäftigung, die sie liebte, und die zu ihr paßte. Schon vor Jahren, in Böhmen, hatte sie an diesem Wandteppich mit Motiven aus dem Dreißigjährigen Krieg gearbeitet und ihrem kleinen Sohn von den vornehmen normannischen Damen erzählt, die ihre ganze Phantasie, ihre Liebe, das Licht ihrer Augen und die Geschicklichkeit ihrer Hände ausgetauscht hatten gegen die wunderbarste aller Stickereien: die Gobelins von Bayeux, Abbilder des Triumphs ihres Volkes über die Sachsen.

»In diesem Fall haben die Sieger ihr eigenes Schicksal in Kunst verwandelt. Sonst tun dies meist nur die Besiegten!« hatte sie zu dem Kinde gesagt, das blasse, zarte Gesicht über ihre Nadel gebeugt.

Eugène, dem längst das *epiteton ornans* eines Siegers anhaftete, hatte verwirrt geschwiegen und nach einem Unterton von Feindseligkeit oder Kritik in ihrer Stimme geforscht. Doch nichts dergleichen entdeckte er, und so lächelte er ein wenig nachsichtig und ironisch und kam zu dem Schluß, daß Theresia zu jenen mildtätigen Damen gehörte, die zwar ihre Gatten und Söhne gern als Sieger sahen, in der Theorie aber Befriedigung darin fanden, mit den Besiegten zu sympathisieren.

Alles, was Theresia sagte, billigte er, so wie er als Kind nie einen Zweifel an der Untadeligkeit seiner Mutter an sich herangelassen hatte, und wie keiner es wagen durfte, in seiner Gegenwart Loris Vollkommenheit in Frage zu stellen. Lori... Wie wenig er in den letzten Tagen an sie gedacht hatte! Sie war mit ihren Söhnen in Wien geblieben, obwohl Eugène sie eingeladen hatte, nach Schloßhof mitzukommen. Er erinnerte sich nicht allzu gerne an das kurze Aufblitzen von Erleichterung, als sie mit zahlreichen lebhaften Begründungen, wie es eigentlich gar nicht ihre Art war, gebeten hatte, ihre Abwesenheit zu entschuldigen.

Er errötete plötzlich, als er an Lori dachte, während seine Augen gleichzeitig auf Theresias behutsamen Händen ruhten. Weiße Blütenblätter im Frühlingswind... Wäre Lori hier gewesen, hätte sie wahrscheinlich vorgeschlagen, eine Partie Piquet zu spielen. Die Stille im Raum hätte sich belebt durch ihr leises Lachen und durch das seine. Sie spielten beide gern. Theresia, erinnerte er sich, wünschte keine Karten im Hause. Dafür hob sie jetzt den Kopf, bot ihr blasses, zartes Gesicht seinen Blicken und lächelte dann plötzlich. Er erwiderte zögernd das Lächeln, bezaubert und ein wenig verlegen.

»Ich bin ziemlich müde!« Eugens Stimme unterbrach den flüchtigen Zauber des Augenblicks, noch ehe er sich entfaltet hatte. »Darf ich mich entschuldigen? Ich würde mich gerne zurückziehen.«

Theresia legte ihre Arbeit beiseite. Mit der Linken zog sie den Kopf ihres Sohnes zu sich herab, mit der Rechten umfaßte sie seine Schultern. Auch der Junge umarmte sie. Sie küßte ihn auf die Wange und tätschelte ihn liebevoll. Langsame, fast schwebende Bewegungen, als liebte sie sie, so wie sie auch sprach, als ob jedes ihrer Worte von großer Bedeutung für sie wäre. Nichts an ihr war beiläufig, unbedacht oder ironisch. Sie war, dachte Eugène, so klar und durchsichtig wie ein Tautropfen – oder war es ein Diamant?

»Ich bin froh, daß er sich gefangen hat!« sagte sie mit ruhiger Stimme, als Eugen den Raum verlassen hatte. »Dieses pfälzische Mädchen war nichts für ihn. Außerdem war sie älter als er. Es war schon richtig, daß ich ihr verbieten ließ, an ihn zu schreiben.«

Eugène blickte erstaunt auf. »Davon wußte ich nichts.«

Theresia lächelte zärtlich. »Er ist ein so wunderbarer, guter Junge!« sagte sie sanft. »Viel zu leicht zu beeinflussen. Eine junge Frau wie diese hätte leichtes Spiel mit ihm gehabt.«

Im verschwommenen, milden Licht der Kerzen hätte man Theresia selbst noch für ein junges Mädchen halten können.

Françoise in ihren hellen Kleidern mit den breiten Seidenschärpen um die Taille, so schmal, daß zwei Männerhände sie mühelos umfassen konnten. . . Françoise, die Königstochter. Theresia, die Königin. . . Ein Jahr nach Emanuels Tod hatte sie die Trauerkleider abgelegt und war zu den zarten, leichten Geweben ihrer Mädchenzeit zurückgekehrt. Lori kleidete sich anders. Sie. . .

Wie seltsam, grübelte Eugène, daß seine Gedanken um zwei so verschiedene Frauen kreisten wie Lori und Theresia. Lori, die Dunkle, so kühl und spöttisch nach außen und so warm und nachgiebig, wenn sie liebte. . . Und Theresia, so hell und leuchtend, daß ihm seine eigene italienische Haut daneben braun und grob vorkam; Theresia, die Güte selbst, wie ihre Diener sagten; die liebevollste der Mütter. Alle, alle nannten sie einen Engel – außer jenen, die ihrem Sohn zu nahe kamen.

An der Wache vorbei trat er hinaus in die weite Dunkelheit. Hinter ihm blieb das Schloß zurück mit seinen schlafenden Menschen und Tieren. Mit seiner Vergangenheit und seinen zahllosen Erinnerungen an die Bewohner, die hier gelebt hatten und hier gestorben waren.

Schon während seiner Feldzüge hatte er immer wieder die Einsamkeit der Nacht gesucht, um sein Verlangen nach Reflexion zu stillen. Es wäre ihm nicht möglich gewesen, sich wie Harun al Raschid verstohlen unter die Menschen zu mischen. Seine Soldaten hätten ihn erkannt und angeredet. Doch ganz spät nachts, in den Stunden zwischen Mitternacht und Dämmerung, trieb es ihn manchmal hinaus in die verlassenen Zeltgassen mit ihren gedämpften Geräuschen von Schlaf, Schmerz oder Lust.

Hier, vor seinem Schloß, vernahm er keinen Laut. Hier herrschte die Stille selbst wie eine dunkle Göttin, und er fühlte sich in der endlosen Weite, die er nicht sah, sondern nur spürte, klein und verlassen wie ein Kind und zugleich auch sehnsüchtig und traurig wie einer, der schon lange gelebt hat. Hier war das Land Marc Aurels, an dessen Beispiel er schon in jungen Jahren nach Gleichmut gesucht hatte. Damals, in Paris, mit seinem Lehrer Saveur – wo mochte er jetzt sein? »Erhebe deinen Blick zu den Sternen und sieh, wie sie ihren Lauf nehmen; laufe gleichsam mit und halte dir dabei stets vor Augen, wie die Grundstoffe in ständigem Wechsel ineinander übergehen! Solche Vorstellungen befreien dich vom Unrat irdischen Lebens.«

Leicht gesagt! dachte Eugène, und doch tröstete es ihn immer wieder, wenn er nach oben blickte in den blinkenden Dunst der Nacht, die ihn die Unendlichkeit fühlen ließ und zugleich auch die eigene Endlichkeit. Er war froh darüber, daß er sich gerade hier eine weitere Heimat geschaffen hatte, im Grenzgebiet zwischen Europa und einer ersten Ahnung der Weiten Asiens; zwischen Christentum und Islam und ihren unnötigen, erbitterten, endlosen Kämpfen. So viel Blut und wofür? Dabei waren die Nächte so still, und jeder hätte von ihnen lernen können!

Er ging über de Straße hinaus zu den Wiesen und schlug einen Feldweg ein, den er nicht sah, aber vom Tage her kannte. Er setzte sich auf eine Bank, auf der sich tagsüber manchmal Bäuerinnen ausruhten auf ihrem langen Weg zum Schloß, wo sie in der Küche ihre Waren anboten.

Die Nacht machte ihn nachdenklich und verletzbar. Er verglich sich mit seinem Neffen und gestand sich zum ersten Mal offen ein, daß er nicht mehr jung war. Was habe ich erreicht? fragte er sich. Was ist aus mir geworden?... Ihm war bewußt, daß er in der Lebensphase seines höchsten Ansehens angelangt war. Daß es kaum einen Zeitgenossen gab, der geachtet wurde wie er. Ich müßte glücklich sein! sagte er sich. Hätte man mir in Paris gesagt, daß ich einmal so sein würde, wie ich jetzt bin, so hätte ich es nicht geglaubt... Und doch: etwas fehlte, er wußte nicht, was es war, wer es ihm hätte schenken können oder woraus er es sich selbst hätte schaffen können.

Ein winziges Tier huschte an seinen Füßen vorbei ins Gebüsch. Er lächelte. Dann plötzlich: ein schriller kleiner Aufschrei... So ist es immer! dachte er. So endet alles... Und er nahm sich vor, im Park seiner Sommerresidenz ein prächtiges Frühlingsfest zu veranstalten, gleich nachdem er nach Wien zurückgekehrt war.

Ein seltsamer Gedanke beschlich ihn, wie es wohl wäre, wenn man alle Menschen, die im eigenen Leben eine Rolle gespielt hatten, einmal für ein paar Stunden um sich versammeln könnte. Die Verwandten, die Kameraden und Quälgeister der Kindheit, die Vorbilder, die Freunde und Geliebten, die Rivalen und Feinde und die vielen, vielen Nebenfiguren, die aber auch ihren Part gespielt hatten, und ohne die die Begegnung mit den Hauptpersonen vielleicht zu intensiv geworden wäre.

An Marlborough dachte er auf einmal, der auf ihn zukommen würde, so wie er gewesen war, bevor er die Gunst der Königin verlor. Marlborough vor seinem halbfertigen Schloß würdig eines Souveräns, an seinem Arm Sarah mit dem bezauberndsten, spöttischsten Lächeln der Welt. Keine in England, die sich eleganter zu kleiden verstand, keine, die ehrgeiziger war und – wenn sie es wollte – charmanter.

Inzwischen war das Schloß fertiggestellt, und Sarah lebte darin. Allein. Es hieß, sie kleide sich noch immer wie eine Königin, aber sie verbiete den Dienstboten, außerhalb der Küche zu heizen, und sie rechne ihnen jedes Stück Zucker und jeden Krug Bier vor.

John Churchill, Herzog von Marlborough, der Held von Blindheim-Höchstädt... Es war ihm nicht gelungen, den Verlust seiner Macht und seines Ansehens zu verschmerzen. Zwei Schlaganfälle lähmten seine Zunge und trübten seine Gedanken. Wie ein Gespenst seiner selbst schlich er zuletzt noch durch die weitläufigen Säle des Schlosses, das seinen Ruhm verkörpern sollte. »Das war einmal ein Mann!« hatte er angeblich geseufzt, nachdem er lange, lange Knellers Gemälde betrachtet hatte, das ihn selbst während der Schlacht von Höchstädt darstellte. Dann, so sagte man, sei er in krampfhaftes Schluchzen ausgebrochen.

Jetzt, da er tot war und die Whigs wieder an der Macht, rühmte man ihn wieder. Doch es war zu spät. Sarah konnte sein schmachvolles Ende nicht vergessen. Als der neue König – Georg, der sechste seines Namens – sie nach London zurückholen wollte, lehnte sie voll Bitterkeit und Sarkasmus ab. So wie früher würde es ja doch niemals mehr sein. Und sie spuckte in Gedanken auf den Sarg der guten Königin Anna, der elenden Enkeltochter einer Waschfrau, Königin ohne Stolz, die sich angemaßt hatte, Englands größten Helden zu demütigen.

Auch Ludwig war tot, dachte Eugène. Der Sonnenkönig, der zu lange gelebt hatte, um am Ende noch geliebt zu werden. Doch wie bei Marlborough war nach einigen Jahren der Schmähungen plötzlich das alte Prestige zurückgekehrt. Ein später Sieg, denn der Glanz von Ludwigs Lebensstil strahlte aus über ganz Europa. Immer noch wollten sie alle sein wie er, die Fürsten des Kontinents; alle Höfe kleine Abziehbilder des prächtigen Versailles. Die Sonne des französischen Pharaos leuchtete wie je.

Eugène erhob sich. Er wollte sich nicht an Paris erinnern. Nicht an den König, an ihn am allerwenigsten. Nicht an Olympia. Nicht an den Vater und nicht an die Geschwister. Auch nicht an die erfüllten Hoffnungen. Ja, seine Träume waren Wahrheit geworden. Warum, warum nur fühlte er sich so oft immer noch nicht heimisch im eigenen Leben?

Über den Feldweg ging er zurück zur Straße. Über ihm zogen die Wolken und bedeckten die Sterne. »Erhebe deinen

Blick zu den Sternen und sieh, wie sie ihren Lauf nehmen; laufe gleichsam mit. . .« Waren die Menschen nicht immer nur unterwegs gewesen, seit es sie gab? Waren nicht alle Völker irgendwann einmal in ihrer Geschichte Nomaden gewesen? »In alle Ewigkeit flohen die Kinder Gottes vor dem Schwert des Herodes. . .« Ob die Menschen jemals nach Hause kommen würden? Wo war überhaupt ihr Zuhause? Und wo war – trotz allem – das seine?

An der Wache vorbei trat er ins Schloß. Er nickte dem jungen Mann zu, der stramm vor dem Tor stand, das Gesicht blaß und übernächtig. Er ging hinauf in sein Schlafgemach. Die Luft kam ihm stickig und schwer vor. Er öffnete die Fenster und zog sich aus. Dann legte er sich nieder und wollte schlafen. Er versuchte, den Gedanken zu unterdrücken, der ihn schon den ganzen Abend umschlichen hatte: daß Bonneval, der seit einiger Zeit in Konstantinopel lebte, ihm, Eugène, den Tod geschworen hatte, wie die Agenten berichtet hatten.

Der Kaiser hatte Bonneval begnadigt. Man hatte Bonneval aus der Armee ausgestoßen und ein Jahr lang in Spielberg arretiert. Danach hatte er vergeblich versucht, in Venedig, Frankreich, Spanien oder Portugal unterzukommen. Niemand aber wollte ihn. Erst der Sultan nahm den Helden von Peterwardein mit offenen Armen auf und versprach ihm einen Teil Ungarns. Alexandre de Bonneval nannte sich nun Achmed Pascha und reformierte die türkische Armee. In Paris, Wien und Brüssel bog man sich vor Lachen über die Witze, die bald die Runde machten von dem gefürchteten Spötter, der nun, beschnitten und fett geworden, in seidenen Pluderhosen umherstolzierte, auf seinen allzu gewohnten Wein verzichtete und in perfektem Türkisch verschleierte Haremsdamen hofierte.

»Wenn sie sagen wollen: Ich liebe dich!, dann sagen sie: Ich verbrenne in dir!«. . . Als wäre er im Raum anwesend, so deutlich glaubte Eugène Bonnevals wohlklingende Stimme zu hören. Ob er in Konstantinopel endlich die Befriedigung gefunden hatte, die er sich so heftig wünschte?

Ich verbrenne in dir. . . Eugène spürte, daß der Schlaf ihn übermannte. Der König fiel ihm noch einmal ein, Ludwig, der vielleicht doch sein Vater gewesen war, im Traum vielleicht nur, aber in wessen Traum? Ludwig, der ihn verhöhnt und gehemmt hatte. LE ROI. . . Wie in seinem Schulzimmer in Paris sah Eugène an der Schwelle zwischen Wachen und Träumen seinen Großneffen Eugen, der, ganz jung noch, mit Buchstabenkarten spielte und aus LE ROI. . . LORI zusammenstellte. Nun, schon im Schlaf, spürte Eugène das wohlige Streicheln des Kissens auf seinem Gesicht. Er wußte nicht, ob es Loris Wange war oder die von Theresia oder die Wange irgendeiner anderen Person, doch er bewegte sich nicht, um die Annehmlichkeit nicht zu stören, die Zärtlichkeit. *Ich verbrenne in dir.*

5

Ihm war bang zumute. Er nannte sich selbst einen lächerlichen alten Mann, der Gespenster sah. Nach den vielen Jahren eines ganzen Lebens erinnerte er sich plötzlich daran, daß er sich als Kind vor der Dunkelheit gefürchtet hatte. Er hatte seine Großmutter gebeten, eine Kerze neben dem Bett brennen zu lassen, aber die strenge Bourbonenprinzessin hatte ihn nur ausgelacht. Zitternd war er in dem großen Bett mit den schweren Samtvorhängen zurückgeblieben im beklemmenden Bewußtsein der eigenen Winzigkeit zwischen den festgespannten Bettüchern, die ihm kaum Platz ließen, die Knie aufzustellen.

Einmal war Olympia hereingekommen, süß duftend wie ein wunderbarer Garten voller Rosen. Ihre warmen Hände zärtlich auf seinem Scheitel. . . Als sie sich vorbeugte, um ihn auf die Wange zu küssen, streifte ihn ihr Atem, der nach Champagner roch und nach allzuvielen Unverbindlichkeiten. »Ich fürchte mich im Dunkeln!« hatte Eugène geflüstert, ohne die Augen zu öffnen, und Olympia hatte ihn sofort verstanden.

In dieser Nacht brannte eine Kerze neben seinem Bett, und er fühlte sich geborgen. Geborgen bis zur nächsten Nacht, wo die Angst wiederkehrte und die Diener sagten, seine Mutter sei längst fortgefahren, geschmückt mit ihren schönsten Juwelen. Heute nacht würde sie wohl nicht mehr zurückkehren. Eine Kerze? Aber nein! Das habe die Prinzessin Carignan doch verboten. Sie wolle nicht, daß ihre Enkel verweichlicht würden. Außerdem sei es gefährlich, mit einer Kerze zu schlafen...

Es war kalt in dem niedrigen Herbergszimmer. Die Betttücher fühlten sich klamm an und rochen muffig, ein wenig wie die Laken in Raudnitz, wo er vergeblich versucht hatte, sich für die kleine sächsische Franziska zu begeistern. So viele Eindrücke im Laufe eines Lebens! dachte er, und alle wiederholten sich. Je älter er wurde, um so häufiger kam es ihm vor, alles schon einmal erlebt zu haben.

Er setzte sich auf und tastete nach den Streichhölzern. Mit einem leisen Zischen flammte das Licht auf. Als die Kerze brannte, fühlte er sich besser. Trotzdem konnte er sich nicht befreien von der drückenden Bangigkeit, die ihn am Abend plötzlich angefallen hatte wie ein kleines, scharfzähniges Raubtier, das sich in seiner Brust festbiß und ihm das Atmen beschwerte. »Eugen...«, hatte er zu Karl Batthyány gesagt, Loris Sohn, der mit ihm am Tisch saß. »Vielleicht...« Er hatte nicht zu Ende gesprochen, aber Karl wußte, was er dachte, ebenso wie Eugènes Sekretäre Brockhausen und Koch, die in dieser gottverlassenen Herberge mit ihm speisten, als wären sie seinesgleichen. Er hatte sie gerne um sich. Sie gehörten zu ihm wie eine Familie. Seine Familie: seine eigene, ganz spezielle Form einer Familie. »Dieses Fieber! Er war doch bisher niemals krank!«

Mehr als ein halbes Jahr eines seltsamen Krieges lag hinter ihnen. Aber waren nicht alle Kriege seltsam? Dennoch hatten seine früheren Feldzüge die Gemeinsamkeit des Getriebenseins und der Hast in sich getragen. Das Gefühl, gejagt zu werden und auch selbst jagen zu müssen, um dem Feind keinen Vorteil zu verschaffen. Ständige Angst hatte ihn und seine Gegner vorangehetzt. Je bedrückender die Angst, um so größer die Tatkraft.

Diesem neuen Krieg aber fehlte die Rastlosigkeit. Das spürten die Generäle, und das merkten auch die Soldaten, die sich in unerwarteten, ihnen selbst danach kaum verständlichen Ausbrüchen von Grausamkeit gegen die Bevölkerung austobten. Explosionen von finsterem Haß gegen Hilflose, deren einzige Schuld es war, daß ihre Häuser und Dörfer an der Schleimspur der Truppen lagen, die zum Krieg aufgerufen worden waren, sich in ihn hineingesteigert hatten, wie man es von ihnen erwartete, und die dann verwirrt erlebten, daß man sie mit vagen Befehlen heute hierhin verlegte und morgen dorthin. Daß nichts geschah. Kein konkreter Zusammenstoß mit dem Feind, wie ein Soldat es sich wünschen mußte, auch wenn er sich davor fürchtete.

So kam es, daß die französischen Soldaten unter ihrem humanistischen Feldherrn Berwick, dem Sohn des vertriebenen englischen Königs Jakob, Sproß aus den edlen Häusern Stuart und Churchill, rheinische Dörfer in Brand steckten und ausplünderten – ohne Rücksicht auf die Schutzbriefe, die die verzweifelten Dorfältesten ihnen beschwörend entgegenstreckten. Kirchen und Kapellen wurden zerstört, die Priester nackt an offene Türen und Fenster gefesselt; Frauen mit ihren Händen an Bäume genagelt und mißbraucht... blutende Kinderköpfe als Kugeln zum Kegelspiel... Erst als Eugène persönlich an Berwick appellierte und ihn an die Gesetze der Menschlichkeit erinnerte, wurden die Übeltäter bestraft.

Doch der Krieg selbst verharrte in Lethargie und Gleichgültigkeit. Sogar Eugène begnügte sich damit seine Truppen von einem Standplatz zum anderen zu führen. Ein Krieg der Halbherzigkeiten und der leeren Gesten. Ein Krieg ohne Leidenschaft – wie mit Luft gemalt. Ein Krieg, der nur mehr Ansichtssache war.

Lag es daran, daß die Gegner in Wahrheit längst aufgehört hatten, einander als Feinde zu betrachten? Nach dem jahrelangen blutigen Ringen um das spanische Erbe war Europa müde geworden, ausgelaugt. Das atavistische Gefühl vergangener Jahrhunderte hatte sich verschlissen: daß es eine Ehre sei, zu kämpfen und zu erobern; immer mehr Land dazuzugewinnen und immer mächtiger zu werden. Der neu entstandene Welthandel der letzten Jahre hatte den Kontinent gelehrt, den Wohlstand zu genießen, die süße Sattheit des Geldes, des angenehmen Lebens: den trägen Luxus des Friedens.

Die Männer in den besten Jahren wollten ihren Besitz mehren und sich daran erfreuen. Als Kinder hatten sie den Krieg erlebt. Die Erinnerung daran lauerte noch hinter ihrer Geschäftigkeit und ihren Zerstreuungen. Sie machte ihnen Angst. Es gelüstete sie nicht danach, die Erfahrungen von einst zu wiederholen. Heldentum stellte keinen Wert mehr dar für die Söhne der Kämpfer von Oudenaarde und Malplaquet. Erst die Söhne dieser Söhne horchten wieder auf, wenn vom Schlachtensturm die Rede war, vom Kampf Mann gegen Mann und vom Sieg, der das Herz vor Stolz fast zerriß. Großväter und Enkel: Sie waren sich einig, daß das Leben der mittleren Generation ohne Glanz war; die Existenz von Pfeffersäcken; ein Dahinvegetieren ohne Erregung und ohne Höhepunkte. Sie, die Großväter und die Enkel, waren es auch, die den Krieg willkommen hießen, als Europa wieder einmal durcheinandergeriet, weil eine Krone zur Disposition stand.

Am 1. Februar 1733 war König August II. von Polen gestorben. Wie es Gesetz im Lande war, sollte der polnische Adel seinen Nachfolger wählen. Um gültig zu sein, mußte die Wahl einstimmig erfolgen. Ein unmögliches Unterfangen, denn der Adel wurde von allen Seiten bestochen. Ludwig XV. von Frankreich wollte seinen Schwiegervater Stanislaus Leszczynski zum König von Polen, der Kaiser den Sohn Augusts, den auch Rußland und Preußen unterstützten. Keiner gab nach, und es endete damit, daß die Franzosen unter Marschall Villars in Oberitalien einmarschierten und unter Berwick am Rhein. England, das den Kaiser dazu gedrängt hatte, die Wahl Augusts von Sachsen zum König von Polen zu unterstützen, hielt sich plötzlich zurück und war wieder einmal bereit – wie es in Wien bitter hieß – am Rhein bis auf den letzten Deutschen zu kämpfen.

»Ich will nicht mehr, Majestät!« hatte Eugène zum Kaiser gesagt, als dieser ihn ansah mit jenem fordernden Blick, der kein Nein gelten ließ. Der Blick eines kaiserlichen Herrn in die Augen seines Ersten Dieners: Du kannst nicht ablehnen, mein Lieber, denn du hast auch bisher nicht abgelehnt. Der Gehorsam von gestern verpflichtet dich zum Gehorsam auf immer, denn hättest du mich früher abgewiesen, hätte ich mir einen anderen Diener gewählt. Ich, Karl, bin der Herr. Ich brauche dich – o Gott, wie ich dich brauche!

Lange Briefe mehrmals am Tag, voll von Liebenswürdigkeiten, Schmeicheleien und Beschwörungen: Sie dürfen mich nicht im Stich lassen! Wenn ich jetzt nachgebe, gelten wir als schwach, und meine Tochter wird nach meinem Tode keine Chance haben, ihr Erbe zu behalten.

Es ging immer nur um die Tochter. Maria Theresia. Karls Kind, Karls Obsession. Die größte Fürstin der Welt konnte sie werden, dessen war er sicher. Man mußte ihr nur die Möglichkeit schaffen, sich zu beweisen. Die polnische Krone... eigentlich war sie für Karl nur ein Symbol, um zu zeigen: Wir sind mächtig. Wir haben unsere Kraft nicht eingebüßt. Wir weichen nicht zurück, wenn Frankreich uns widerspricht. Wir beharren auf dem, was wir gesagt haben. Wir beharren. Wir beharren.

Majestät, ich habe diesem Land vierzig Jahre lang gedient! sagten Eugènes abweisende Augen. Ich habe die Hausmacht der Habsburger verdreifacht. Ich habe vierundzwanzig Schlachten geführt. Ich war Meister des Krieges und Unterhändler des Friedens für dieses Reich. Dreizehnmal war ich schwer verwundet. Ich habe die Soldaten Ihrer Majestät hinab zum Balkan geführt bis hinunter an die Save, dann weiter in die Lombardei, nach Tirol, nach Bayern, an den Rhein, zurück in den Banat und hinauf nach Flandern. Ich habe auf den Straßen Europas gelebt, fast immer unterwegs. Ich habe das verödete Kroatien bevölkert, Syrmien besiedelt und den Banat. Ich habe die Warasdiner Grenze befestigt. Ich habe niemals gerastet, aber ich möchte es jetzt. Ich bin nicht mehr jung. Ich bin nicht mehr gesund. Die Leiden aller Soldaten machen mir zu schaffen. Trotzdem geht es mir gut genug, mich meiner Freunde noch zu freuen. Meiner Schlösser, meiner Gärten, meiner Tiere, meiner Bücher, meiner Bilder. Schicken Sie einen anderen, Majestät! Ich bitte Sie!

Die Antwort: ein langsames Kopfschütteln. Mehrmals hin und her, wie um den Faden des Widerspruchs durchzutrennen. Unnachsichtig... Es gibt keinen anderen, Euer Liebden. Sie gehen an den Rhein!

»Kaiser Leopold war ein Vater für mich!« sagte Eugène am Abend danach zu Lori, als sie die Karten mischte, um ihn aufzuheitern. »Joseph war mein Bruder. Aber Karl ist nur mein Herr.« Nur. Und doch: höchster Zwang. Auf den das Zepter zeigte, der hatte zu gehorchen.

Die Kerze auf dem Nachttisch in der Herberge flackerte. Sie kam nicht zur Ruhe. Billiger Talg... Eugène erhob sich und trat ans Fenster. Die Angst ließ ihn nicht los. Es war unmöglich, daß Loris Sohn schon zurückkam, um ihn zu beruhigen, und doch wartete er darauf wie auf ein Wunder, als hätte man vielleicht Karl einen Boten entgegengeschickt, der ihm sagte: Keine Sorge, Herr! Der junge Chevalier von Savoyen ist wieder gesund. Ein vorübergehender Fieberanfall. Fast zu erwarten nach diesen nächtlichen Bädern im Fluß. Und das im Oktober! Doch Gott sei Dank ist noch einmal alles gut gegangen. Das Fieber ist abgeklungen. Der junge Chevalier schläft. Morgen früh lacht er vielleicht schon darüber.

Unten im Hof war es dunkel. Nirgendwo im Haus ein Licht. Eugène spürte die Einsamkeit der Nacht, die ihn sein Leben lang immer wieder überfallen hatte. Wie fern sie alle waren, die er liebte! Räumlich fern und fern auch manche seinem Herzen...

Seit Beginn des Krieges hatte er es vermieden, an Bonneval zu denken, auch wenn das Diarium regelmäßig über die ›wunderlichen Aktivitäten des Renegaten und Frauenlieblings‹ berichteten. Die Wiener Gesellschaft verschlang die Artikel über ihn. Es war, als wäre er immer noch da. In den wenigen Jahren, die er in Wien gelebt hatte, hatte er den Menschen, die ihn kannten, seinen Stempel aufgedrückt. Sie kamen nicht los von ihm, und er nicht von ihnen, wie man sagte.

»Er hat geschworen, Sie töten zu lassen!« hatte der Kaiser zu Eugène gesagt. »Er ist unberechenbar. Ein Verrückter. Seien Sie vorsichtig, mein Lieber!«

Briefe, die mit giftiger Paste beschmiert waren. Ein Getränk, das für ihn bereitstand und seltsam roch: Als er es auf den Boden schüttete, schäumte es auf. Trotzdem nur ein gleichmütiges Achselzucken: »Mein Leben lang hat man versucht, mich beiseitezuschaffen, Majestät!« Ein Leben lang –

aber diesmal war es Bonneval, der ihm den Tod schickte. Bonneval, der einzige Mensch vielleicht, der die gleiche Sehnsucht kannte wie Eugène selbst. Sein Freund – sein Mörder?

»So geht es nicht weiter, Durchlaucht! Wir müssen ihm zuvorkommen. Man hat mir ein sogenanntes Diamantenpulver angeboten, das unweigerlich wirken soll. Ich will, daß Sie den Befehl geben, es anzuwenden.« Die Stimme des Kaisers klang so gleichmütig, so kühl. Karl wußte nicht, was Freundschaft bedeuten konnte, selbst wenn sie enttäuscht worden war. Karl wußte nicht, was es hieß, an einem Menschen wider alle Vernunft zu hängen, weil etwas in ihm war, das einem selbst so vertraut war, daß es die Grenzen vom einen zum andern überschritt. Man selbst im anderen, auch wenn es schmerzte, in diesen Spiegel zu blicken.

»Er hat Sie schäbig betrogen und verleumdet!« erklärte der Kaiser kopfschüttelnd. »Es muß Ihnen doch eine Genugtuung sein, diesen Befehl auszusprechen.«

Eugène schwieg. Er unterdrückte mit Mühe ein Husten, wie es ihn in letzter Zeit immer überkam, wenn ihn etwas traf.

»So ist es doch, nicht wahr?« Ein befremdeter Blick des Kaisers. Aber auch er kannte die Ambivalenz der Gefühle und der Situationen! Wie einfach wäre es, dachte Eugène, nach den Empfehlungen des großen Marc Aurel zu leben. Ruhig zu bleiben und seine Pflicht zu tun. Und doch: Es gab einen Menschen wie Bonneval und seine Sehnsucht nach der Tiefe aller Gefühle. Nach Intensität. Nach dem Absoluten, was immer es auch sein mochte. Der Spötter, der sich in den Zynismus und den Alkohol flüchtete, weil er am Mittelmaß verdurstete.

»Ich werde selbst mit dem Mann sprechen!« Die Stimme des Kaisers klang gereizt. »Sie sind doch einverstanden, oder?«

Eugène blickte ihn lange an. Er nickte erst, als der Kaiser die Frage schon wiederholen wollte. In der Kutsche dann, als

Eugène in die Himmelpfortgasse zurückfuhr, war seine Kehle wie zugeschnürt. Er wußte, wenn er jetzt nachgab, würde er schluchzen wie ein Kind und nicht mehr aufhören können. Zugleich dachte er daran, welches Vergnügen Bonneval daran gehabt hätte, zu wissen, daß er Eugène, den Beneideten, Verhaßten, den edlen Ritter seiner Soldaten, dazu gezwungen hatte, einem Auftrag zum Meuchelmord zuzustimmen. Mephisto lachte sich ins Fäustchen, auch wenn er selbst das Opfer war.

Eugène ging zum Bett zurück und legte sich wieder nieder. Die flackernde Kerze ließ er brennen. Was tue ich hier? dachte er. Was tun wir alle an all diesen fremden Plätzen...

Drei Männer jenseits der Jugend, die einen Krieg führten, der niemandem nützte. Einen Krieg aus Rechthaberei, der sich schon im Intervall einer einzigen Generation wiederholen würde. Wem auch immer nach diesem Kriegszug die flatterhafte polnische Krone aufs Haupt gedrückt wurde: nach seinem Tod würde sie wieder zur Wahl stehen, ewiges Symbol der Macht und der Unbeständigkeit. Und wieder würden junge Männer, die das Leben noch vor sich hatten, singend in den Kampf marschieren unter dem Befehl von Männern, die alles, alles schon erfahren hatten.

Eugène, Villars, Berwick. Im Mai, als die Franzosen Philippsburg belagerten – zögernd und halbherzig wie alles in diesem Krieg – war Berwick umgekommen, als er, wie jeden Morgen, hinunter zu den Stellungen ritt, um die Minenarbeiten der vergangenen Nacht zu inspizieren und die Pläne für die kommende zu besprechen. Ein schlanker, eleganter Herr, der französisch immer noch mit englischem Akzent sprach und immer noch hoffte, nach London zurückzukehren, ehe es für ihn zu spät war. Er kümmerte sich nicht darum, daß die Geschütze der gegenüberliegenden Batterie zu ihm herüberfeuerten. Gleichgültigkeit? Müdigkeit? Trotz? Demonstratives *understatement* eines englischen Gentleman, der für Frankreich focht, aber um keinen Preis ein französischer Kavalier sein wollte?

Er war gerade vom Pferd gesprungen, da traf ihn eine Kanonenkugel und riß ihm den Kopf ab. Durch die Journale von ganz Europa ging die Zeichnung, die Berwick in diesem letzten Augenblick seines Verbanntendaseins zeigte: die Arme weit ausgebreitet, wie um das Gleichgewicht zu halten oder eine Frau zu umarmen; in der Rechten immer noch fest im Griff das Schwert; stolpernde Füße, die die Wucht des tödlichen Treffers ausbalancierten. Anstelle des Kopfes aber nichts mehr, nur noch eine sich nach oben ausbreitende Fontäne von Blut, das aus dem offenen Hals auf die Kugel spritzte, die wie ein Tennisball im Bild erstarrt darüberhing. Den Kopf des strauchelnden Toten sah man nicht, wohl aber die Spur des mörderischen Geschosses von weit weg her aus der Ebene, wo die kaiserlichen Soldaten mit aufgepflanzten Bajonetten bereitstanden. Wehende Fahnen auf beiden Seiten. Rauchwolken. Ein paar französische Soldaten blickten in die Gegenrichtung. Sie hatten noch gar nicht bemerkt, was geschehen war.

»Ich habe es ja immer gesagt, daß Berwick mehr Glück hat als ich!« murmelte Villars, als er vom Heldentod des Königssohns im Exil hörte. Auch Villars war müde. Auch er wäre lieber auf seinen Besitzungen geblieben und bei den Menschen, die zu ihm gehörten. Ruhm, von dem zu lange gezehrt worden war, und der seine erschöpften Kinder auffraß.

Mir soll alles recht sein! dachte Eugène beschwörend, während er in die Kerzenflamme starrte. Alles, wenn nur dem Jungen nichts geschieht!. . . Und plötzlich sah er Eugen fast greifbar vor sich, wie er als Kind in Böhmen lachend und tapsig über die Wiese gestolpert war und wie ein kleiner Schatten im Wald verschwand, während seine Eltern und sein Pate ihm nachblickten und ihn mehr liebten als alles andere.

Eugen. Wie glücklich doch die Tage mit ihm gewesen waren! Ein Sohn, ein geliebter Sohn, der Eugène in den Krieg begleitete! So abenteuerhungrig, so lebensfroh! Freund seiner Freunde. Wie ein Bruder war er gewesen für Karl von Batthyány, Loris begabten Sohn. Dunkel wie sie, schön wie sie; herzlich, weil sie ihn immer geliebt und er von ihr gelernt hatte. Zwei junge Männer, die einander alles anvertrauten. Gab es etwas Wunderbareres, Stärkenderes als Freundschaft?

Wie ein Magnet hatten die beiden auf alle gewirkt, die mit ihnen zusammentrafen. Ein lachender, übermütiger Kreis bildete sich um sie. Junge Menschen, so jung! Jung wie damals Eugène und seine Freunde, als er nach Österreich kam und sein Stern zu strahlen begann. Max Emanuel, Victor Amadeus, Berwick – ja, auch Berwick, der jetzt auf der anderen Seite stand... gestanden hatte... Die frohen Tage in München und Venedig! Fiammetta, die er eine Nacht geliebt hatte wie niemanden sonst. Alles so weit weg. Tief versunken im Schoß der Vergangenheit... Doch nicht verloren: Wieder waren junge Männer um ihn, die fragten, was die Welt kostete; die keine Grenzen kannten, keine Angst vor Krankheit und Tod. Junge Aristokraten, da es doch das Kennzeichen des Adels war, den Tod nicht zu fürchten. Eugène wußte genau, was sie fühlten, und wenn er sie lachen hörte und mit ihnen sprach, wurde sein Herz weit vor Glück. Nichts war zu Ende. Alles ging weiter. Sein Leben verlief nicht spurlos im Sand.

»Ich bin parat. Der Kaiser kann bei jedem Angriff auf unsere Hilfe rechnen. Die Franzosen sollen sehen, daß das teutsche Blut noch nicht verwüstet ist: Ohne Raisonnieren immer drup, drup, drup, mit die größte Pläsir von der Welt!«

Auch die Preußen waren an den Rhein gekommen. Als erste die langen Kerls, denen schon Tage zuvor der Ruf voraneilte, sie benähmen sich nicht besser als die Franzosen zu Beginn des Feldzugs. Wohlgenährt, selbstbewußt, ausgeruht, glänzend ausstaffiert und so fürchterlich hochgewachsen, daß Eugène bei der Parade das Gefühl hatte, in Augenhöhe mit ihnen zu sein: er zu Pferde und sie zu Fuß. Es war die kürzeste Parade, die Eugène jemals abgenommen hatte, obwohl er auch vorher nie ein Freund von Aufmärschen gewesen war.

Dann kam der König selbst. Rundlich, jovial und so selbstbewußt wie seine Prachtkerle. Ein Mensch ohne Distanz, der alles kommentierte, in alles eindrang und alles beherrschte. Wo er auftauchte, füllte er den Raum mit seiner Stimme, seinem Lachen und seinem Grollen. Drup, drup, drup... Einen boshaften Augenblick lang stellte sich Eugène vor, dieser Mann wäre zu Ludwigs Zeiten nach Versailles gekommen. Oh, diese samtene Höflichkeit des Sonnenkönigs! Diese lächelnde Grazie im Neigen des Hauptes, die jeden Spott leugnete und doch die Ironie selbst gewesen wäre! Drup, drup, drup... Friedrich Wilhelm wäre sicher in der Überzeugung abgereist, endlich einem Gleichrangigen, Gleichwertigen begegnet zu sein und seine souveräne Achtung und Freundschaft gewonnen zu haben.

»Über die Affäre Klement reden wir besser nicht!« waren Friedrich Wilhelms erste Worte, nachdem er Eugène begrüßt hatte. »Dieser Erzbetrüger! Ich habe ihm nie wirklich geglaubt, das darf ich Ihnen versichern!«

Eugène verneigte sich und vermied es, die zwölftausend Dukaten zu erwähnen, die der König an Klement gezahlt hatte, weil dieser ihm einredete, der Prinz von Savoyen plane seinen Tod.

»Man ist doch Diplomat, nicht wahr, lieber Prinz?« Danach vertraute er Eugène unter dem Siegel der Verschwiegenheit an, wie es so zuging in jenem erlauchten Club, den er vor Jahren in Karnevalslaune zusammen mit August von Sachsen-Polen begründet hatte: die »Société des Antisobres«, Gesellschaft der Mäßigkeitsgegner. »Auf deutsch klingt es nur halb so lustig, nicht wahr? Und jetzt ist er tot, und wir haben seinetwegen Krieg!«

Erst nach ein paar Augenblicken begriff Eugène, daß von August die Rede war.

»Er würde sich schieflachen, wenn er wüßte, welche Scherereien wir seinetwegen haben, während er sich ausfaulenzt!« Friedrich Wilhelm lächelte komplizenhaft. »Alle Mitglieder haben einen Decknamen.« In zwei langen Zügen leerte er ein Glas von Eugènes bestem Tokajer. »August war der *Patron*, weil die Idee von ihm war, ich der *Compatron*. Auch den Leuten, über die wir öfter redeten, verpaßten wir Geheimnamen.« Friedrich Wilhelm errötete plötzlich und verlor den Faden.

Eugène wartete höflich ab. Er wußte, der König dachte daran, daß man ihm, Eugène, den Codenamen *Noireau* gegeben hatte, der Schwarze. Im Augenblick war dies Friedrich Wilhelm wohl ein wenig peinlich, doch glücklicherweise hielt die Verlegenheit nicht lange an. Eugène fragte sich, ob der König wirklich nicht ahnte, daß Eugène längst einen hochrangigen Agenten bei den Mäßigkeitsgegnern eingeschleust hatte, und daß ihm dieser – Seckendorff vulgo *Germania* – über jedes Wort, das die trinkfesten Rauhbeine äußerten, haarklein Bericht erstattete.

»Ein angenehmer Abend!« verabschiedete sich der König schließlich und hieb Eugène, der zusammenzuckte, auf die Schulter. »So müßte Krieg immer sein!« Und dann mit einem Ächzen: »Hoffentlich regnet es nicht in der Nacht! Ich vertrage das so schlecht. Die Podagra, wissen Sie!«

Es regnete, und die Podagra schlug zu. Am nächsten Morgen glaubte der König, er müsse sterben. Nach einigen qualvollen Tagen gab er den Befehl, ihn nach Berlin abzutransportieren. Bevor man ihn zur Kutsche schleppte, bat er Eugène noch inständig – in einem seltsamen Gemisch aus Besorgtheit, Abneigung, Bosheit und Pflichteifer –, er möge doch den Kronprinzen Friedrich unter seine Fittiche nehmen und ihm so viel wie möglich über Kriegskunst beibringen. »Behandeln Sie ihn aber auf keinen Fall zu höflich! Er ist schon hochmütig genug. Was er braucht, ist eine feste Hand.«

In den Augenwinkeln sah Eugène, daß Eugen und Karl Blicke tauschten. Alle Welt war entsetzt gewesen, als der König vor vier Jahren seinen Sohn hinrichten lassen wollte, weil dieser versucht hatte, zu entfliehen. Eugène war der erste gewesen, der den Kaiser aufgefordert hatte, für den jungen Friedrich einzutreten und auf den manischen Vater Druck auszuüben. Allein schon das Argument hatte den Kaiser überzeugt, daß dieser unglückliche junge Mann einmal zur gleichen Zeit herrschen würde wie Maria Theresia, und daß es nötig sei, seine Sympathie für das Haus Habsburg zu gewinnen. Viel Unbill könne man der jungen Erzherzogin ersparen, wenn man sich Friedrich verpflichte.

»Vielleicht sollten sie sogar heiraten...«, überlegte der Kaiser. Die Vision einer solchen Stärkung seiner Hausmacht rötete ihm die Stirn. *Et tu, felix Austria, nube!* Wo waren die Zeiten geblieben, da die Habsburger ihr Reich auf mehr oder weniger angenehme Weise im Alkoven vergrößerten anstatt auf dem Schlachtfeld?

Eugène schwieg. Der Kaiser erwachte aus seinen Träumen. »Ja, ja, ich weiß schon! England, Frankreich... Den, der das Wort *Gleichgewichtspolitik* erfunden hat, hätte man besser auf der Stelle erschlagen!«

»Ich habe Licht gesehen, Hoheit!« Der Sekretär Brockhausen trat in das Herbergszimmer. In der einen Hand hielt er eine Teekanne, in der anderen eine Tasse. »Darf ich Ihnen eingießen? Es ist so kalt hier.«

Eugène setzte sich auf. Er sah Brockhausen zu, wie er hantierte. »Leisten Sie mir ein wenig Gesellschaft!« bat er.

Brockhausen zog sich einen Stuhl heran. Zum ersten Mal sah Eugène ihn ohne Perücke. »Ich wußte gar nicht, daß Sie schon so kahl sind!« stellte er fest und lächelte. Er blies auf den dampfenden Tee.

Brockhausen zuckte die Achseln. »Man wird nicht jünger, Hoheit.«

Eugène konnte sich noch gut an den Tag erinnern, als er Brockhausen eingestellt hatte. Ein ernster, sachlicher junger Mann. Fleißig, kompetent, unbestechlich. Und treu. So treu ... Ich habe Glück gehabt mit den Menschen um mich herum! dachte Eugène. Glück... Und wieder fuhr ihm die Angst durchs Herz. »Was glauben Sie, wie es ihm geht?« fragte er und stellte die Tasse mit einem Klirren auf das Nachtkästchen.

Brockhausen schwieg. »Ich weiß es nicht, Hoheit!« sagte er dann. »Wir müssen warten, bis der Feldmarschalleutnant wieder zurück ist.«

Eugène lächelte bitter. »Sie versuchen wohl nie, mir nach dem Mund zu reden, oder?«

»Nein.« Nüchternheit. Kühle. Aber ein Fels, wie man so sagte, auf den man bauen konnte.

»Lassen Sie mich wieder allein, Brockhausen! Wir sollten versuchen zu schlafen.«

Friedrich. Kronprinz von Preußen. Eugène war neugierig auf ihn gewesen. Seckendorff hatte berichtet, der junge Mann gebe sich verbindlich, habe aber ein falsches und heimtückisches Gemüt. Man solle nicht zu viel Hoffnung auf eine beständige Allianz mit ihm setzen.

Friedrich, Sohn dieses Wirbelsturms von Vater und einer verängstigten, matronenhaften englischen Mutter, die an ihrer Ehehölle verzweifelte und sich von ihrem Gatten unter Tränen zwingen ließ, auf den Untergang ihrer geliebten, verlorenen Heimat zu trinken. Friedrich, der die Musik liebte, wie man berichtete. Der die Philosophie bewunderte und sich nach der feinsinnigen Lebensart der Franzosen sehnte. . . Friedrich stehe völlig unter dem Einfluß des französischen Botschafters in Berlin, meldete Seckendorff: Marquis de Chetardie. »Viele Leute gehen sogar so weit zu glauben, Friedrich werde nach seiner Thronbesteigung den Botschafter zum Regierungschef ernennen.«

»Wir müssen ihn an uns binden!« sagte Eugène zu seinem Neffen. »Ich habe eben die Nachricht erhalten, daß sein Vater in Wesel die Rückreise unterbrechen mußte. Es soll ihm ziemlich schlecht gehen. Ist euch klar, daß euer Freund schon in allernächster Zeit König werden kann?« Zu früh! dachte er. Es wäre zu früh für uns. Wir können seiner nicht sicher sein. Er ist zu jung, zu uninformiert und zu ehrgeizig.

»Was macht Ihnen am meisten Freude?« hatte er Friedrich dieser Tage beim Mittagessen, das sie stets gemeinsam und in ganz kleinem Kreise, einnahmen, gefragt.

Friedrich hatte bedächtig das Besteck niedergelegt und nach kurzem Überlegen lächelnd geantwortet: »Was früher auch Eurer Durchlaucht Vergnügen bereitete: Liebe und Ruhm.«

Es war die perfekte Antwort, dachte Eugène. Genau das, was man von einem jungen Mann seines Ranges erwartete. Aber entsprach es auch der Wahrheit, oder hatte Friedrich inzwischen nur gehorsam seine Lektion gelernt? Stets zu wissen, was erwartet wurde und genau das zu sagen und zu tun; vielleicht sogar: es immer auch zu meinen. Keinen Gedanken zuzulassen, der außerhalb der Grenzen lag, die die Konvention gesetzt hatte. Eine Menschmaschine, die klaglos funktionierte. Ein idealer Verwalter der Krone, ohne Vision und ohne Ideale. Ein diplomatisches Prachtexemplar, weil er nirgendwo aneckte und sein Leitstern das Offenkundige war und das Zweckmäßige. Ein Vertreter seines Amtes, seine Verkörperung, bis er selbst das Amt war? Wesensverwandt dem

Sonnenkönig oder nur ein Sprachrohr der Tradition und des Machtwillens seiner Vorfahren? Hatte der Prügelstock des Königs Friedrichs Rückgrat gebrochen und ihn damit zum automatischen Herrschen befähigt? Wie kam ein junger Mann damit zurecht, daß sein Vater ihm den besten Freund – den einzigen, wirklich geliebten und vertrauten Menschen – hatte hinrichten lassen? Daß er beinahe sogar ihn selbst zum Richtplatz geschickt hätte, um ihn für seinen Ungehorsam zu bestrafen?

»Die Freundschaft, was bedeutet Sie Ihnen?« Eugène wußte, daß es gewagt war, diese Frage zu stellen, die vielleicht an die schmerzhafteste Wunde dieses jungen Mannes rührte.

»Jeder wünscht sich Freunde. . .« Der Kronprinz senkte abweisend den Kopf und nahm sein Besteck wieder auf.

»Können Menschen, die zum Herrschen ausersehen sind, überhaupt Freunde habe?« fragte Eugène weiter. »Können Sie es sich leisten, sich anderen anzuvertrauen?«

Friedrich antwortete nicht. Sein Gesicht war bleich. An seinem Hals pochte eine Ader wie ein zitternder Strang. Man sah ihm an, daß er nach einer Antwort suchte, die der Etikette entsprach, und daß er sie nicht fand.

Eugen rettete ihn. »Aber Onkel!« lachte er entspannt und schlug Friedrich mit der flachen Hand auf den Rücken. »Er hat doch Freunde! Jedenfalls hat er Karl und mich. Schon als ich in Berlin war, haben wir uns glänzend verstanden. Ich habe sogar meinen Aufenthalt verlängert. Wir hatten eine lustige Zeit. Berlin ist ein amüsantes Pflaster, auch wenn man in Wien etwas anderes behauptet.«

Eugène wartete gespannt auf Friedrichs Reaktion.

Der Kronprinz senkte den Kopf noch tiefer und lächelte dann plötzlich unerwartet schüchtern, als wollte er sich einerseits für eine unverdiente Gunst bedanken, andererseits aber verbergen, wie glücklich sie ihn machte. Ohne den Kopf zu heben, schaute er neben sich zu Eugen hin, doch ohne ihn mit seinen Augen zu erreichen. Irgendwo in der Mitte zwischen den beiden blieb der Blick hängen und verlor sich in der unendlichen Distanz, die Friedrich zu allen Menschen bewahrte, auch zu jenen, nach deren Zuneigung er sich sehnte.

Der einsamste Mensch der Welt! dachte Eugène. Er erinnerte sich an seine eigene Jugend und an den unseligen Tag, da er am Fenster stand und ihm das eigene Leben nichts mehr wert schien.

Trotzdem hatte er kein Mitleid mit Friedrich. Er verstand ihn, aber zugleich fürchtete er ihn. Im Gespräch hatte er längst herausgefunden, daß der König seinem Sohn selbst wichtige Informationen geflissentlich vorenthielt. Noch nie hatte Friedrich von Karls Pragmatischer Sanktion gehört, die jedem politisch Interessierten in Europa ein Begriff war. Dafür wußte er die Jahreszahlen vergangener Kriege, Schlacht um Schlacht. Er konnte die Herrscher der Reihe nach aufzählen mit der genauen Dauer ihrer Regierungszeit. Schulwissen, wie es die Hofmeister adeliger Kinder in den Unterrichtszimmern lehrten, aber keine Kenntnis der tieferen Zusammenhänge. Keine inneren Beweggründe von Herrschern und Völkern. Politik immer nur als Macht- und Eroberungspolitik.

Und dabei doch dieses hungrige Interesse an der Philosophie! Friedrich wollte die Welt verstehen. Er wollte Verbindungen erkennen, Motive und Leitsterne... Doch sein Wissen blieb kalt und ohne wirklichen Bezug zu seinem Leben. Wie ein Kind, das sich verlaufen hatte, irrte dieser junge Mann herum zwischen Bruchstücken von Wissen und zwischen Menschen, die ihm fremd blieben.

»Ich habe alle Ihre Feldzugspläne studiert, Durchlaucht!« hatte Friedrich einmal zu Eugène gesagt. »Ich möchte von Ihnen lernen. Ich bin für jeden Rat dankbar, den Sie mir geben wollen.«

Eugène wunderte sich selbst über das Janusgesicht seiner

eigenen Gefühle. Ein junger Mensch, der ihn ehrerbietig befragte... zugleich aber auch: der künftige König von Preußen, der vielleicht einmal seine Kenntnisse gegen Österreich richten würde.

Ein Krieg zwischen Friedrich und Maria Theresia? Im Augenblick unvorstellbar, zumal der junge Mann sich eben noch so überzeugt über die Rechtmäßigkeit von Maria Theresias Ansprüchen geäußert hatte. Aber wie viel durfte man von den Einsichten eines Zweiundzwanzigjährigen halten? Wie treu würde er den Überzeugungen seiner Jugend bleiben? Eugène dachte daran, daß er selbst die Ideale seiner frühen Jahre niemals verraten hatte. Seit er zum ersten Mal vom Kahlenberg hinunter auf das türkische Lager zu geritten war, hatte sich seine Loyalität nicht mehr geändert.

Doch wem würde dieser junge Mensch treu sein? Einem alten Mann etwa, dem er auf einem unbefriedigenden Feldzug begegnet war, und der ihn trotzdem beeindruckt hatte, weil ihn immer noch der Glanz vergangener Triumphe umgab, und weil Menschen bei ihm waren, so unbefangen und leichten Herzens zur Freundschaft fähig? Friedrich, der Kronprinz: Was würde von ihm übrigbleiben, wenn er erst Friedrich, der König war?

»Gehen Sie immer ins Große, wenn Sie Feldzugspläne entwerfen!« sagte Eugène leise, mit einer Stimme, die mechanisch klang und unpersönlich. »Fassen Sie sie so weit wie möglich, denn man erreicht sie doch niemals ganz. Denken Sie unaufhörlich an Ihr Handwerk, Ihre Kriegshandlungen und die Generale, die sich als fähig erwiesen haben; dieses Nachdenken ist das einzige Mittel, jene Behendigkeit des Geistes zu erwerben, die alles begreift, was in den jeweiligen Verhältnissen von Vorteil ist.«

Eugène schwieg. Er legte die Hand über die Stirn und fühlte sich plötzlich müde, ausgelaugt und überflüssig. Hier stand er und redete von Kriegshandlungen, doch in der Praxis unternahm er nichts. In wenigen Tagen würden die Franzosen Philippsburg einnehmen. Fast kampflos, weil die polnische Krone keinem der Kriegsgegner Blut wert war. Kein Zenta für Polen. Kein Turin. Kein Malplaquet. Wir geben uns her für eine Farce... Was mußte dieser junge Mann, der nach Größe lechzte, von ihm denken, auch wenn ihm die Soldaten immer noch zujubelten? Auch wenn sie immer noch das alte Lied von Belgrad sangen. Prinz Eugenius, der edle Ritter... Tränen in den Augen. Sehnsucht nach der goldenen Vergangenheit.

Ich bin dabei, meinen Kredit zu verspielen! dachte Eugène verzweifelt. Vielleicht habe ich zu lange gelebt – wie Ludwig, der auch älter wurde, als sein Kredit reichte.

»Man sagte mir, Sie hätten die Absicht, in Wien eine Militärakademie zu gründen«, unterbrach Friedrich seine Gedanken. »Ich beneide die Offiziere, die von Ihnen lernen dürfen.«

Eugène preßte die Lippen zusammen. Er wußte nicht, ob er diesen Worten glauben sollte, und er verstand auf einmal den halb abgewandten Blick ganz genau, mit dem Friedrich zu Eugen geschaut hatte. Am liebsten hätte er selbst jetzt genauso nach Friedrich hingesehen und ihm mit einem einsamen, verlorenen Lächeln für die Höflichkeit gedankt. »Ich bin alt, mein lieber Freund!« sagte er leise. »Irgendwann einmal werden Sie verstehen, was ich jetzt fühle.«

Er merkte, daß er einschlief. Die Kerze an seinem Bett war bis auf einen kleinen Stumpf niedergebrannt. Bald würde sie in die Dunkelheit der Nacht hinein verlöschen. Eine Nacht der Bangigkeit. Viele solcher Nächte hatte er schon erlebt und nie war er ohne Hoffnung gewesen. Auch jetzt hoffte er noch. Ein einziges Wort konnte ihn von aller Angst befreien: Er ist wieder gesund. Das Fieber ist zurückgegangen.

Er fing an zu träumen, und er war sich dessen deutlich bewußt. Trotzdem ließ er den Traum zu, und obwohl er ihn quälte. Ein Rudel Wölfe, das ihn umschlich. Manchmal ein leises, drohendes Knurren, wie er es von seinen Jagdhunden kannte. Ein rascher, angewiderter Sprung zur Seite, wenn ein anderes Tier zu nahe gekommen war. Feindseligkeit unter denen, die das gleiche wollten. Aber was wollten sie? Ihn, Eugène, der seinen frierenden Körper in die Laken preßte wie einst als Kind? Oder wollten sie ihm etwas nehmen? Ihm, der doch nichts bei sich hatte als das eigene Leben? Aber was mehr als das hatte ein Mensch denn in Wahrheit abzugeben? Was mehr hatte er je besessen? Liebe? Liebe vielleicht. Liebe zu einer Frau, einem Kind, einer Idee ... Zur Idee eines Kindes. Zur Idee eines eigenen Kindes. Eigen Fleisch und Blut. Angst, es zu verlieren. Angst, daß danach mit dem eigenen Blut alle Spuren verlöschten. Ich bin über die Erde gegangen, und nichts ist von mir geblieben. Ruhm? Ein paar Denkmäler aus Stein oder Bronze? Schlösser, Sammlungen... ein Lied? Die Liebe, die andere mir entgegenbrachten? So viel Liebe in den verirrten Augen alter Soldaten, die alles kannten, alles gesehen hatten und nicht mehr viel sehen wollten. Ein Vater war er für sie gewesen, auch damals schon, als er selbst noch jung genug war, ihr Sohn zu sein. Woher kam es, daß es ihm gegeben war, so viel Vertrauen zu erwecken? Lag es daran, daß sie in seinen Augen lasen... was lasen? Verständnis für ihre Resignation und ihre Heimatlosigkeit, weil er im Herzen heimatlos war wie sie? Mitleid mit ihrem Ausgestoßensein, in das sie sich mit einer einzigen, leichtsinnigen Unterschrift begeben hatten?

Die Wölfe hörten nicht auf, ihn zu umschleichen. Er wußte, wenn er die Augen öffnete und sich aufsetzte, waren sie fort. Aber er tat es nicht. Es war ihr Recht, hier zu sein. Sie gehörten zu dieser Nacht. Sie mit Licht zu verscheuchen, wäre Selbstbetrug gewesen, denn auch wenn er sie nicht mehr sah oder hörte, würden sie ihn dennoch nicht verlassen, bis ihn endlich die erlösende Nachricht erreicht hatte. Ich bitte dich, Karl, mein lieber Junge! Beeile dich! Laß mich nicht so lange warten! Ich kann diese Ungewißheit nicht länger ertragen. Komm und sag mir, daß er gesund ist . . . oder sag mir auch das andere, wenn es sein muß! Ich werde es zu ertragen wissen . . . oder auch nicht?. . . Die Wölfe drängten sich um ihn, der schlief und blickten auf ihn hinab.

Als der Morgen dämmerte, hatte der Traum ihn verlassen. Ruhig atmend lag Eugène in seinem Bett, das sich inzwischen an seinem Körper erwärmt hatte. Langsam, ganz langsam tauchte er aus der Tiefe des sanften, heilenden Schlafs der letzten Stunden empor. Ein Wohlgefühl durchströmte ihn. Zuversicht. Am Morgen sah alles immer gleich viel besser aus, wenn die Gespenster und Hirngespinste der Nacht sich in ihre Winkel zurückgezogen hatten. Ein neuer Morgen, neue Kraft, neue Hoffnung. Ein junger Mann, so stark und gesund wie Eugen, starb nicht einfach an einer Erkältung, die er sich beim Schwimmen geholt hatte. Selbst wenn er Fieber hatte, so schüttelte er es mühelos ab wie ein nasser Hund die lästigen Wassertropfen. . . Ich bin ein alter Mann, der sich zu viele Sorgen macht. Ich sollte mit meinen Kräften besser haushalten. Niemandem ist gedient, wenn ich die Hände ringe und mir die Hölle vorstelle.

Unten, in Küche und Wirtsstube, erwachte das Leben. Geschirr klapperte, ein Gegenstand fiel zu Boden. Im Stall wieherten die Pferde. Ein Hahn krähte.

Und dann: Hufe auf Stein. Schnell. Eilig. Ein Pferd, das schnaubte. Aufgeregte Stimmen. Schritte, die die Treppe heraufkamen. Ein Mensch, der lief. Rannte. Die Tür wurde aufgestoßen.

Eugène öffnete die Augen und setzte sich langsam auf. Er hielt den Atem an. Die Wölfe waren wieder da und beobachteten ihn. Sie rempelten nicht. Sie knurrten nicht. Es genügte, daß sie da waren. O ja, sie waren da.

Karl von Batthyány stand in der Tür. Seine Uniform war durchnäßt, das Haar hing ihm in Strähnen in die Stirn... Ich wußte nicht, daß es heute nacht geregnet hat! wollte Eugène sagen, als ob es in diesem Augenblick irgend etwas zu sagen gegeben hätte. Belanglose Worte, die hinauszögerten, was ihm das Herz abdrücken konnte. Keine Gewißheit! Nein, bitte, gebt mir keine Gewißheit! Laßt mir das Schwanken, laßt mir die Sorge, die sich immer noch von Hoffnung nährt! Keine Wahrheit! Belüge mich, mein Junge! Laß mich nach Wien reisen, als wäre nichts geschehen! Sag mir nicht, daß er tot ist! Ich bin alt. Vielleicht werde ich selbst bald sterben, ohne es je erfahren zu haben. Ich kann es nicht ertragen, Karl, mein Junge! Schweig und geh hinaus. Laß mich allein. Laß mich weiterschlafen. Ich bin müde. Ich war im Krieg. Viel zu lange. Ich habe das Recht, mich auszuruhen. So viele sind gestorben, während ich weiterlebte. Ich habe ihren Tod ertragen. Aber diesen kann ich nicht ertragen. Er tötet mich, Karl! Eugens Tod tötet Eugène, verstehst du?

»Gestern!« sagte Karl mit dumpfer Stimme. »Gestern mittag.«

Es war gesagt. Die Wölfe waren verschwunden. Oder hatten sie sich auf ihn gestürzt?

»Nein!« hörte Eugène jemanden schreien. Heulen. Langgezogen, wie die Wölfe in ihrem höchsten Schmerz. Nein!... Ein einziges Nein nur, aber es hallte und hörte nicht auf zu hallen. Nein!... Ein Todesschrei. Wenn er tot ist, dann will auch ich nicht mehr leben. Aber ich lebe ja gar nicht mehr. Und doch: Ich muß wohl leben. Woher sonst käme dieser Schmerz, der die Brust zerreißt und sie dennoch nicht völlig zerstört, als wäre es ihm ein Genuß, am Leben zu erhalten, was nicht mehr leben will!

Den Gnadenstoß hatte Bonneval sich gewünscht, als er

nach Peterwardein verwundet dalag. Schmerzen des Körpers, doch halb wahnsinnig vor Glück über den Sieg. Ein Held... Was verstand dieser Mensch von einem Gnadenstoß? Gebt ihn mir! Jetzt! Ich brauche ihn. *Oh, Seigneur, donnez-moi le coup de grâce!* Ich flehe Euch an, o Herr! Eine Axt hat mein Herz zerspalten.

Reißt sie heraus und laßt mich verbluten!

Karl ließ seine nasse Pelerine zu Boden gleiten. Er trat näher. In seinen Augen standen Tränen.« Wir haben ihn alle geliebt!« flüsterte er. »Er war mein bester Freund. Er war mein Bruder. Ich weiß, was Sie fühlen, Hoheit!« Er wollte seine Hand auf Eugènes Arm legen, um ihn zu trösten, doch Eugène zuckte zurück. »Nein!« schrie er wieder und hörte nicht mehr auf.

Es war das Nein seines ganzen Lebens. Jeder einzelne Schmerz, den er je ertragen hatte, fügte sich der Summe seiner Schmerzen hinzu und spaltete die Wunde in seiner Brust immer tiefer und tiefer. Nein! Es ist zu viel. Ich will keinen Trost. Ich brauche keinen Trost, und ich brauche auch keinen Gnadenstoß mehr. Ich bin bereits tot. Tot seit dem Augenblick, da du in der Tür erschienst und mich mit diesen müden, traurigen, ungläubigen Augen ansahst. Loris Augen... Loris Sohn. Ein wenig auch mein eigener. Und doch ein Fremder im Vergleich zu jenem, der sein blühendes Leben im kalten Strom dieses kalten Landes mutwillig ertränkte. Eugen, mein liebes, liebes Kind . . . im Wald allein zwischen dunklen Bäumen!

6

Bewegungen, die immer langsamer wurden und zögernder. Eine Stimme, immer leiser und unsicherer. Augen, deren Lider einfach zufielen, auch wenn andere Menschen in der

Nähe waren. Ein Winter zum Tode. Das Alter hatte seine bleierne Hand auf Eugènes Schultern gelegt und drückte sie nieder. Krankheiten kamen, gingen und kehrten wieder. Er trug sie, ohne zu klagen. Nicht einmal die Schmerzen schienen ihm etwas auszumachen. Der Kaiser schickte ihm seinen eigenen Leibarzt. Eugène ließ die Untersuchung über sich ergehen, hörte sich die Ratschläge an, ließ zu, daß Garelli seine Arzneien auf den Nachttisch stellte und befolgte danach keine einzige Anordnung. Lori sorgte dafür, daß er aß, doch wenn sie nicht da war, vergaß er darauf. Er vergaß sogar zu trinken.

Ein Winter zum Tode. In der Stadt sprach man schon davon, der Prinz werde bald sterben. Vor dem Palais in der Himmelpfortgasse warteten jeden Tag Menschen auf eine Nachricht über seinen Zustand. Manche weinten. Andere beteten. Wieder andere erzählten von ihm, als wäre er schon lange tot und alles, was er einst getan oder gesagt hatte, bereits Legende. Sie liebten ihn, auch wenn er, da drinnen in seinem wunderbaren Schloß, inmitten all der herrlichen Gegenstände, die er gesammelt hatte, nichts von dieser Liebe ahnte. Lori erzählte ihm davon und auch Theresia, die jeden Nachmittag kam und sich an sein Bett setzte. Frauen in schwarzen Kleidern. Frauen, die weinten, wenn sie ihn sahen. Frauen, die seine Hände hielten, die klein geworden waren wie die Hände eines Kindes. Weiß wie Hostien lagen sie auf der seidenen Bettdecke und erwiderten nicht den tröstenden Druck anderer, gesunder Hände, die ihn ins Leben zurückholen wollten. Gefallene Blätter im Spätherbst, die auf den Schnee warteten, der sie endlich zudecken würde.

Er weinte nicht mehr. Niemand wußte, ob er überhaupt noch an den jungen Mann dachte, dessen Tod ihm die Kraft entzogen hatte. Niemand wagte, den Namen des Toten zu nennen, auch dessen eigene Mutter nicht in ihren schwarzen Kleidern und dem schwarzen, dichten Schleier, den sie in Gegenwart anderer nur zurückschlug, wenn sie sich zu Eugène ans Bett setzte. Er wußte nichts von Trauerfeierlichkeiten. Er fragte nicht danach. Als wäre die Zeit stillgestanden, erduldete er die Erstarrung des Schmerzes. Er hörte den Uhren zu, wie sie tickten und die Stunden schlugen, die halben Stunden und die Viertelstunden. Er hörte der Zeit zu, wie sie verging, und dem Leben, wie es verrann.

Er war überzeugt, daß er starb, daß sein langes Leben ganz allmählich in der müden Wintererde versickerte. Nicht der schnelle, gewaltsame Tod eines Soldaten, sondern das Ende eines Ordensmannes, der er doch auch war, seit ihm der Papst vor hundert – nein: tausend! – Jahren die beiden italienischen Abteien überschrieben hatte, die ihn aus der Armut retteten. Wie hatte jener Papst doch geheißen? Und wie die Abteien mit den endlos langen Namen, die nicht einmal Borgomanero sich gemerkt hatte?

Kehrten Äbte nicht am Ende ihrer Tage zurück in ihre Abteien, um dort den Tod zu erwarten? Ein weiter Weg dorthin, den er sich nicht mehr zutraute. Aber war er nicht ein Mensch mit vielen Heimaten, um dort zu sterben? Eine war so gut wie die andere. Aber hier in Wien war Lori bei ihm. Sie vor allem. Die neun Jahre, die sie jünger war als er, wurden jetzt zur Ewigkeit. Ein unüberschreitbares Gebirge zwischen ihrem Zustand ungeschwächten Lebens und dem seinen, in den sich das Alter geschlichen hatte. Wie Gift durchtränkte es jede einzelne Zelle seines Körpers. Das Alter? Was war es denn anderes als der Anfang des Sterbens?

Der Winter war streng in diesem Jahr. Eugène lag in seinem Bett und blickte hinüber zu den Eisblumen auf den Scheiben. Manchmal ließ er einen Fensterflügel öffnen, um die Schneeflocken zu beobachten, die wie ein undurchdringlicher Vorhang ohne Ende langsam zu Boden sanken. Einen Boden, den Eugène von seinem Bett aus nicht sah, ebensowenig wie den

Himmel da oben, aus dem sie kamen. Aus dem alles kam, wenn man den Priestern glauben durfte. *Misericordia* und caritas. Erbarmen und Liebe. Die zwei Tugenden, an die er oft dachte, als Wörter nur, denn er war zu schwach, um zu theoretisieren, aber diese Wörter hatten Gewicht für ihn. Wenn er sie leise vor sich hinflüsterte, fühlte er ganz deutlich, fast schon körperlich, was sie meinten. Sie waren das Gute, das ein Mensch empfinden konnte, so wie *Acedia*, die Trägheit des Herzens, die Grundlage für alles Böse war.

Wann war er zum ersten Mal dem Bösen begegnet? In seiner Jugend? Seiner Kindheit? Hatte es ihn nicht ein Leben lang begleitet wie ein blutgieriger, aber treuer Hund? Keine frohe Kindheit, an die er mit Rührung zurückdenken konnte. Härte und Grausamkeit hatten ihn umgeben inmitten allen Goldes und allen Glanzes.

Seine Großmutter fiel ihm ein. Er wunderte sich selbst darüber, wie oft er in letzter Zeit an sie dachte. Öfter als an alle anderen, öfter sogar noch als an Olympia. Hochgewachsen und aufrecht, die Prinzessin Carignan mit dem stolzen Blut der Bourbonen in den Adern. Hochgewachsen und aufrecht selbst noch im Alter, als es ihr schon schwerfiel, die Ellbogen zurückzunehmen und den Nacken gerade zu halten.

Wie eine Marionette des Hochmuts war sie durch die Säle des Hôtels de Soissons geschritten oder durch den Park mit seinen mächtigen Bäumen, die noch älter waren als sie. Eugène sah sie ganz deutlich vor sich, wie sie langsam und steif auf dem Kiesweg dahinging, den man vom Fenster des Unterrichtszimmers aus überblickte. Ein Diener trug einen Sonnenschirm und hielt ihn mit weit ausgestrecktem Arm über ihren Kopf, immer in Sorge, er könnte die hochgetürmte Perücke berühren oder verschulden, daß ein Sonnenstrahl das strenge, weiß gepuderte Gesicht seiner Herrin beleidigte. Ein zweiter Diener schritt voran und zog in einem hölzernen Wägelchen den Schoßhund der Prinzessin vor sich her: blind vom Alter, das Fell schon ohne Haare, auch an heißen Tagen vor Kälte und Schwäche zitternd. Aber sie liebte ihn. Ihn als einzigen. Als Eugène aus Frankreich fortging, lebte das Tier noch. Wie die Prinzessin seinen Tod wohl ertragen hatte, die harte, herrische Frau, die keiner je schwach gesehen hatte?

Eugène ließ die Beine über den Bettrand gleiten und setzte sich langsam auf. Ihm wurde schwarz vor Augen, doch er gab nicht auf. Er atmete tief. Nach ein paar Minuten fühlte er sich wieder besser. Er erhob sich und tastete sich vorgebeugt am Bett entlang zum Fenster.

Draußen schien die Sonne. Er blickte hinunter in die Himmelpfortgasse, auf der durch braunen Schneematsch die Menschen hin und hereilten. Einige schauten zu den Fenstern des Palastes empor, vielleicht in der Hoffnung, Eugène zu sehen, obwohl doch ganz Wien wußte, daß er sein Bett nicht mehr verließ. Sie bemerkten ihn nicht, und selbst wenn sie ihn entdeckt hätten, hätten sie geglaubt, sich zu irren, denn konnte der kleine weiße Schatten da oben wirklich der große Eugenio sein, den alle rühmten? *Prinz Eugenius, der edle Ritter ...*

Er hielt sich am Fensterbrett fest und schaute hinab. Einen Augenblick lang glaubte er in einer schwarzgekleideten alten Dame tatsächlich seine Großmutter zu erkennen, und er suchte mit den Augen nach dem Diener, der den Schoßhund voranfuhr. Dann kam ihm zu Bewußtsein, daß er selbst inzwischen genauso alt war wie seine Großmutter damals.

»O mein Gott!« Lori stand an der Tür und starrte ihn an. »Warum hast du nicht geläutet, Eugène!«

Er drehte sich langsam um, ohne sich festzuhalten. »Ich glaube, ich werde wieder gesund!« sagte er ruhig und mit fester Stimme. Es war ihm bisher nicht bewußt gewesen, und er wunderte sich selbst darüber, aber er war auf einmal überzeugt, daß es stimmte. Sein Leben war noch nicht zu Ende.

Da draußen schien immer noch die Sonne, auch wenn junge Menschen gestorben waren und alte Menschen weiterlebten. Auch wenn er – er! er! – gestorben war. Jener. Jener... Ja, das Unglaubliche hatte sich ereignet, und dieser Winter hatte ihn gelehrt, es zu glauben: Eugen war tot, und Eugène lebte weiter, auch wenn er es nicht mehr gewollt hatte. Aber: Die Sonne schien, und der Sensenmann hatte sich grinsend zurückgezogen: Ich hole die nicht, die geholt werden möchten!

Es ist wirklich wahr: Eugène zog noch einmal in den Krieg. Am Vormittag des 5. Mai 1735 bestieg er zusammen mit dem Feldmarschall-Leutnant Karl Graf Batthyány in Wien eine Postkutsche und reiste innerhalb von acht Tagen über Böhmen an den Neckar. Gegen Abend des 13. Mai erreichte er Heilbronn. Am 18. übernahm er in Bruchsal das Kommando der Reichsarmee.

Er hatte sich verändert. Um seine Stimme zu schonen, sprach er während der ganzen Fahrt nur wenig. Die Bronchitis, die ihn im Winter geplagt hatte, war niemals ausgeheilt – Souvenir an die unzähligen regennassen Nächte im Feld und an die nicht enden wollenden Ritte in Kälte und Sturm, die Uniform schwer, mit Wasser vollgesogen. Er bemühte sich, leise zu sprechen, denn kaum erhob er die Stimme, packte ihn schon ein quälender Husten, den er nicht beherrschen konnte.

»Erlauben Sie mir, in Wien zu bleiben, Majestät!« hatte er wieder gebeten, und er meinte, diesmal bedürfe es keiner Erklärung, warum er sich einen neuerlichen Feldzug nicht mehr zutraute... Ich will keinen Degen mehr halten, Majestät. Ich will kein Pferd mehr besteigen. Ich kann nicht mehr wie früher den Soldaten voraneilen, galoppieren wie der Sturm des Krieges selbst. Ich will nicht enden als einer jener Feldherrn, die wie Monumente ihrer selbst reglos vor dem Zelt stehen und barsch ihre Weisungen geben, an deren Ausführung sie selbst keinen Anteil mehr haben. So war ich nie. Immer befand ich mich mittendrin, Majestät. Keiner konnte mir nachsagen, ich sei zu mir selbst nachsichtiger als zu anderen.

Nachsicht kannte auch Karl nicht. Das Pflichtbewußtsein seines unfrohen Erbes konnte sich nicht vorstellen, daß einer, der dem Reiche diente, an die eigene Schwäche dachte und an die eigene Erschöpfung. Wer fragte nach seiner, Karls, Müdigkeit? Nach seiner Angst vor der Zukunft und vor allem vor der Zukunft seiner Tochter? Jedes Opfer war berechtigt, wenn es ihr nützte. »Auch ein schwacher Prinz Eugen ist immer noch besser als jeder andere!« erklärte Karl vor dem Hofkriegsrat, als Eugène wieder einmal nicht erscheinen konnte, weil sein Husten sich nicht beruhigte.

»Am liebsten würde er ihn ausweiden und ausgestopft aufs Pferd setzen!« murmelte Guido von Starhemberg verbittert. Er hatte nie aufgehört, Eugène zu beneiden. Ohne Eugène wäre er der erste gewesen, durch Eugènes bloße Existenz immer nur der andere, dem man das Zweitbeste zuschanzte. Der Respekt konnte der Verdrossenheit nicht beikommen. Eugène, einst sein Freund, war nur mehr der Rivale, dessen Mißgeschick Genugtuung und Schadenfreude auslöste.

Als man Eugène von Starhembergs Bemerkung berichtete, schwieg er und wandte sich ab. Bosheit hat ein scharfes Auge! dachte er. Starhembergs Worte erinnerten ihn an den toten Cid, den man auf sein Streitroß gebunden hatte, um ihn wenigstens so noch in den Kampf mitzuführen. Ein letztes Mal waren die Gegner scheu vor dem Gefürchteten zurückgewichen. Noch im Tode hatte er gesiegt...

So will ich es nicht! dachte Eugène niedergeschlagen. Niemals... Zugleich kam ihm der Gedanke, daß dieser Kaiser, der ihn täglich seiner Liebe und seines Respekts versicherte, in Wirklichkeit vielleicht sein schlimmster Feind war, sein Blutsauger, der ihm nicht erlaubte, zur Ruhe zu kommen, und der die Schwächen seines Alters vor aller Welt bloßlegte wie eine beschämende Nacktheit, die vergangene Vollkommenheit vergessen macht. Zurück aufs Pferd, Euer Liebden! Zurück ins Zelt! Zurück in den Laufgraben!

Eugène erfüllte seine Pflicht, auch wenn er nicht mehr voranstürmte wie einst. Es war gar nicht nötig, dies zu tun, denn auch die Franzosen drohten bloß, ohne wirklich zuzuschlagen. Es ging nur noch um das Prestige, als letzter nachzugeben. Ob Stanislaus Leszczynski die wankelmütige polnische Krone aufs Haupt bekam oder August von Sachsen, das bewegte in Wahrheit weder Versailles noch Wien mehr. Doch erst als Rußland sich einmischte und ein Hilfscorps von dreizehntausend Soldaten zur Rheinfront entsandte, bot Frankreich erschrocken den Frieden an.

Eugène konnte nach Wien zurückkehren, so wie alle, die bereit gewesen waren, für eine fremde, flatterhafte Krone zu sterben. Auf einmal war es ganz einfach, sich zu einigen: August von Sachsen übernahm den Thron seines Vaters. Stanislaus Leszczynski wurde mit Lothringen und Bar abgefunden, während Franz Stephan von Lothringen auf sein eigenes Land verzichtete und es gegen die Toskana eintauschte sowie gegen die begehrenswerte Hand der goldensten Erbin der Welt: Maria Theresia, Karls Heiligtum, das auf diese Weise tatsächlich den Kindheitsschwur seiner siegesgewissen Mädchentage verwirklichte: nur den Mann zu heiraten, den es liebte.

Franz Stephan war schön genug, um zum Traum eines jungen Mädchens zu werden, charmant genug und auch gleichgültig und unbedeutend genug, sich unterzuordnen. Ein günstiger Tausch für Karl nach einem tatenlosen Krieg. Eine fette Beute: Mailand, Parma und Piacenza fielen an Österreich und – dies vor allem! – Frankreich erkannte endlich die Pragmatische Sanktion an. Der Weg zur Macht war frei für das zarte blonde Mädchen mit dem geraden Nacken und der energischen Stimme.

Der ruhmlose Krieg hatte einen satten Frieden gebracht. Das *Diarium* jubelte über den neuerlichen Ruhmeszug des Prinzen Eugen, der mit so viel Schläue und Geschick und so wenig Verlusten an Menschen und Material den Krieg so glänzend beendet hatte.

Vivat! Die Menschen in den Straßen winkten ihm zu, als er im Morgennebel des 16. Oktober nach Wien zurückkehrte. Er fuhr in die Himmelpfortgasse, kleidete sich um und begab sich dann in die Favorita zum Kaiser. Karl umarmte ihn und ließ Maria Theresia herbeirufen, damit auch sie den Helden begrüße.

Eugène verneigte sich vor ihr. Ihre herablassenden Worte erreichten ihn kaum. Ein Gefühl von Nichtigkeit war in seinem Herzen; ein schmerzhaftes Wozu und Wofür, und während er wieder in die Himmelpfortgasse zurückfuhr, erinnerte er sich an einen Anblick, den er damals, als er ihn sah, nicht bewußt registriert hatte, der sich aber dennoch in seinem Gedächtnis eingenistet hatte und nun, während die Menschen an die Fenster der Kutsche klopften und ihm lachend zuwinkten, aus der Tiefe seiner Erinnerung aufstieg und ihm das Herz schwermachte: Theresia, Eugens Mutter, im schwarzen Kleid, wie sie an seinem Krankenbett saß und weinte. Auf ihrem Schoß hielt sie das Goldene Vlies, das man dem jungen Eugen so frühzeitig verliehen hatte. Frühzeitig und doch gerade noch zur rechten Zeit. Hieß es nicht, daß die Götter jene früh sterben ließen, die sie liebten?

Was hätte den Jungen erwartet? dachte Eugène, während er den Passanten, die neben der Kutsche herliefen, freundlich zunickte... Hätte sich sein Leben wirklich so entwickelt, wie wir alle es glaubten? Oder wäre er vielleicht trotz aller günstigen Voraussetzungen ein unglücklicher Mensch geworden? Opfer des Überflusses, Opfer einer Krankheit, Opfer einer unseligen menschlichen Beziehung. Nichts haben wir in der Hand. Nichts. Gefährdet kommen wir zur Welt und machtlos sterben wir. Das Alter – ein einziges Scheitern.

Warum, Majestät, haben Sie mir nicht erlaubt, mein Leben in Harmonie verklingen zu lassen? – Stille Tage in Schloßhof an der Grenze zum Osten. Jagdhörner. Die Wolken ganz niedrig. Die Luft klar und feucht. Oder: Sonnige Stunden draußen in den beiden Sommerpalästen. Der Park ein Traum von Schönheit. Die vielen Tiere im Zoo...

Jeden Tag – so hatte er sich vorgenommen – würde er eigenhändig seinen Adler füttern und den Löwen besuchen, der ihn erkannte und ihm mit seinen weichen, federnden Schritten ans Gitter entgegenkam... Warme, herzliche Abende mit Lori am Kartentisch. Sie spielten immer noch gerne Piquet. Olympias Sohn war nicht puritanisch genug, um auf ein raffiniertes Spielchen verzichten zu wollen.

Laßt mich nun endlich in Ruhe! dachte er, und er meinte damit den Kaiser und all jene, die nicht aufhörten, ihn um Rat zu fragen und ihm die Entscheidungen aufzuhalsen, die sie endlich selbst treffen sollten... Das Goldene Vlies auf Theresias Schoß... Wie stolz war er selbst, Eugéne, gewesen, als er das seine zum ersten Mal trug! So viele Erfolge. So viel Freude. So viel Zuneigung von allen Seiten. Ein reiches Leben! Wie glücklich müßte ich sein! Wie dankbar dem Himmel.

7

Noch einmal war es Winter geworden. Im Februar heiratete Maria Theresia den Mann, den sie liebte – die letzte Erbin aus dem Hause Habsburg den letzten Erben aus dem Hause Lothringen. In Wien kursierte ein Vierzeiler des Nostradamus, in dem diese Hochzeit in dunklen Worten prophezeit wurde. Schicksalsgewollt.

Sie: Erzherzogin Maria Theresia, geborene Infantin von Spanien, königliche Prinzessin von Ungarn, Böhmen und Beiden Sizilien... Er: Franz der Dritte, Herzog von Lothringen, König von Jerusalem, Herzog von Kalabrien, Bar, Geldern, Montferrat und Teschen, Fürst zu Karlstadt, Markgraf zu Pont à Mousson und Nomény, Graf von Provence, Vaudémont, Blankenberg, Zütphen, Saarweden, Salm und Falkenstein...

Zwei junge Menschen, fast noch Kinder, unter der Last ihrer Namen. Sie trugen sie lächelnd auf ungebeugten Schultern, die Wangen gerötet vom Glück und von der Vorfreude auf ein gemeinsames Leben unter lauter blühenden Rosen. »Volo!« war ihre Antwort auf die Frage des Päpstlichen Nuntius Domenico Passionei, der in der Augustiner Kirche die Trauung vollzog. Volo – ich will... Sie wollten es wirklich. Beide wollten sie es, wie noch nie in der schmerzlichen Ehegeschichte der Habsburger ein Paar es je gewollt hatte. Ich will. Das Tedeum klang auf, und die Stadt-Guardia auf dem Augustinerplatz schoß Salve. Das stolze kleine Mädchen hatte erreicht, was es wollte.

Eugène nahm an den Feierlichkeiten nicht mehr teil. Er fürchtete, das Fest durch seinen Husten zu stören, aber er ließ ein Fenster spaltbreit öffnen, um bis tief in die Nacht hinein die Salutschüsse zu hören und das Stimmengewirr unten auf der Straße, wo die Menschen die junge Erzherzogin hochleben ließen und ihren feschen Ehemann, den viele vom Sehen her kannten, weil er einen Teil seiner Jugend in Wien verbracht hatte. Ein Herrscherpaar so recht nach dem Herzen der Wiener würden sie sein. Karl, der Kaiser, spielte nur noch die zweite Geige in der Beliebtheit. Ein verbrauchter Mann läßt die Herzen nicht höher schlagen. Fast unmerklich hatte sich ein Generationenwechsel vollzogen. Eugène nickte. Es war gut so.

Er hatte nun doch seine Ruhe gefunden. Er liebte es, langsam durch die Säle seiner Schlösser zu streifen, als wären sie Landschaften, und die Bilder an den Wänden zu betrachten. Er legte seine ehrfürchtigen Hände auf die ledernen Einbände seiner Bücher und ließ sich das eine oder andere herabholen und auf das Pult legen. Dann blätterte er darin, ungläubig fast, daß dies alles ihm gehörte. Viel mehr als ein ganzes Leben wäre nötig gewesen, alles noch einmal zu lesen und zu betrachten. Manchmal kam er sich klein und unbedeutend vor inmitten all der Schönheit und all des Wissens, das er in seinem langen Leben zusammengetragen hatte.

»Ich freue mich schon auf den Sommer!« sagte er eines Abends im April zu Lori, als er mit ihr und zehn Gästen in der Himmelpfortgasse bei Tisch saß. Eine kleine Soirée nur, wie es ihm am liebsten war, weil er nicht mehr laut sprechen konnte. »Ich werde mir im Gartenschloß das Fernrohr wieder aufstellen lassen und die Sterne beobachten.«

Er war auf einmal wieder voller Pläne. Zum ersten Mal sprach er sogar davon, nach Frankreich zurückzukehren. Die Gäste lachten, denn alle kannten seinen Jugendschwur, wenn er je nach Frankreich zurückgehen werde, dann nur mit dem Schwert in der Hand.

»Ich möchte zur Kur nach Passy!« erklärte er und lächelte ebenfalls. »Brockhausen hat schon mit dem Hôtel d'Evreux Verbindung aufgenommen. Man wird es für mich und meine Begleitung instandsetzen.«

Es war ein stiller, sanfter Abend. Eugène erzählte, er sei gestern Guido von Starhemberg begegnet, der sich seit einiger Zeit nur noch im Rollstuhl fortbewegen könne. »Er sagte mir«, berichtete Eugène nachdenklich, »wir hätten es wohl beide nicht leicht mit dem Alter. Er werde von unten nach oben morsch und ich von oben nach unten.« Er lächelte. Die Gäste schwiegen erst betreten, dann lächelten auch sie.

»Wissen Sie, liebe Freunde«, murmelte Eugène und tupfte

sich Schnupftabak auf den Handrücken, »es ist mir klar, daß ich manchmal etwas unkonzentriert bin. Wahrscheinlich flüstert ihr hinter meinem Rücken, ich sei ein seniler Knochen. Ein schrecklicher Gedanke für einen jungen Menschen, aber im Alter empfindet man es eher als Müdigkeit. Ich habe mich damit abgefunden, daß ich mich an manche Namen nicht erinnern kann und nicht mehr weiß, wo ich das oder jenes hingelegt habe.« Er lachte. »Aber vielleicht gibt sich das auch wieder, wenn ich erst zur Kur war.« Er senkte den Blick. »In Frankreich.«Er räusperte sich. Seine Stimme war so leise und sein französischer Akzent auf einmal so stark, daß man die Worte kaum verstand.

Gegen neun Uhr gab Lori das Zeichen zum Aufbruch. Eugène ließ es sich nicht nehmen, die Gäste persönlich zur Türe zu begleiten.

»Soll ich hierbleiben?« fragte Lori, doch er schüttelte den Kopf.

»Komm morgen früh!« bat er. »Dann können wir gemeinsam frühstücken.« Er küßte ihr die Hand, dann besann er sich und umarmte sie. Er blickte ihr nach, als sie in die Kutsche mit dem Batthyány-Wappen stieg. Ein Diener schloß die Tür und klappte das Treppchen hoch. Die Kutsche fuhr davon. Eugène trat auf die Straße hinaus, um den Wagen um die Ecke verschwinden zu sehen. Er hob die Hand und ließ sie langsam wieder sinken.

»Eine wunderbare Frau, die Gräfin!« sagte der portugiesische Gesandte, Graf Sylva Tarouca, der noch auf seine eigene Kutsche wartete.

»Ja!« bestätigte Eugène mit sanfter Stimme. »Ja, das ist sie.« Er wandte das Gesicht ab.

»Soll ich Sie noch in Ihre Räume begleiten, Hoheit?« fragte Sylva Tarouca besorgt. »Ich möchte nicht zudringlich erscheinen, aber man sagt, Sie weigern sich, Ihre Medizin zu nehmen. Wenn Sie erlauben. . .«

»Hören Sie auf, um Gottes Willen!« Eugène schüttelte den Kopf. »Ich mache zwar hin und wieder meine Witze damit, aber so senil, daß mir meine Gäste den Medizinlöffel reichen müssen, bin ich nun auch wieder nicht!«

Sylva Tarouca lächelte. »Pardon, Hoheit!« murmelte er. Eugène zuckte die Achseln.

Die Kutsche des Grafen war vorgefahren. Sylva Tarouca stieg ein. Eugène wandte sich um und ging in den Palast zurück. Er stieg die breite Treppe hinauf und ließ sich von einem Bedienten ins Schlafzimmer führen. »Ist Ihnen schon einmal aufgefallen, wie oft man sich verabschiedet?« fragte er den jungen Mann. »Elf Menschen waren zu Gast, und elf habe ich adieu gesagt. Auch zu Mittag hatte ich Gäste, und auch von ihnen habe ich mich verabschiedet.«

»So gehört es sich nun einmal, Hoheit.« Der Diener zog die Wärmepfanne unter den Laken hervor.

Eugène sah ihm zu. »Und warum? Warum gehen wir nicht einfach auseinander? Die meisten sehen wir ja doch bald wieder.«

»Aus Höflichkeit, Hoheit, glaube ich. Es wäre doch sehr unhöflich, sich nicht zu verabschieden.«

Eugène lächelte. »Sie haben natürlich recht. Gute Nacht, mein Lieber.«

Der junge Mann verbeugte sich und ging hinaus.

Eugène legte sich nieder und deckte sich zu. Das Bett war angenehm warm. Erst jetzt wurde ihm bewußt, daß er müde war und schläfrig. Es war ein schöner Tag gewesen. Lori ... Mein Lebensmensch! dachte er und er erinnerte sich daran, wie es früher gewesen war, als er ihren warmen, festen Körper während so vieler Nächte ganz nah an dem seinen spürte. Ihr Gesicht vor seinem Gesicht; ihr Atem, der sich mit seinem vermischte. Ihre Augen – ihre wundervollen dunklen Augen! – voll Erschütterung in seine getaucht. Hexenaugen. Liebesaugen.

Er spürte, daß er weinte. Die Sehnsucht nach dem, was er einst gewesen war, tat ihm weh. Noch einmal so fühlen zu dürfen! Nur noch ein einziges Mal! Unter den unzähligen *cérémonies d'adieux* seines Lebens waren dies die schmerzlichsten: von sich selbst Abschied zu nehmen und verloren zu geben, was einst selbstverständlich gewesen war. Adieu. Nach und nach. Nach und nach.

Er merkte, daß er einschlief. Die Tränen in seinen Augenwinkeln trockneten. Er versuchte, die Gedanken an Lori zurückzurufen, doch er war schon zu müde.

Müde? War er es wirklich? War er tatsächlich ein alter Mann geworden, dem man das Bett aufwärmte? Er, Eugène de Savoie, der abenteuerlustige, drahtige Junge aus Paris, der bei Nacht und Nebel aus Frankreich geflohen war? – Alt?

Er streckte sich und merkte plötzlich, daß sein Körper voll Kraft war und voll Energie. Er war nicht alt. Er war nicht schwach... Er streckte sich nochmals. Erst jetzt wurde ihm klar, daß er gar nicht in seinem Bett in der Himmelpfortgasse lag. In Wahrheit saß er auf einem wunderbaren Pferd, das ihn dahintrug, als flöge es. Sibelle! dachte er. O mein Gott, das ist Sibelle!... Und er hatte gemeint, sie wäre längst tot! Sibelle, Begleiterin seiner schönsten Stunden. *J'ai trouvé l'eau si belle, que je m'y suis baigné...* Wie unfaßbar schön es doch war, jung zu sein und stark! Ich bin glücklich! dachte er voll Überschwang. Ich bin der glücklichste Mensch, den es gibt.

Er hob den Blick von seinen kräftigen Händen, die den warmen Hals des Pferdes liebkosten, und er sah, daß er sich im Park seiner Sommerpaläste befand: unten, beim kleinen Palais mit weitem Blick nach oben zum großen Palast seiner Träume. Er ritt den Kiesweg empor, vorbei an Loris Sphinxmädchen. Je näher er kam, um so deutlicher sah er, daß eine große Schar von Menschen vor dem Palast stand und zu ihm herunterblickte.

Sie warten auf mich! dachte er verwundert. Aber wer sind sie? Und warum bewegen sie sich nicht? ... Zögernd und ein wenig beunruhigt ritt er weiter. Die Menschen vor dem Palast sahen ihm noch immer reglos entgegen. Sie waren vornehm gekleidet, manche sogar prunkvoll. Er konnte ihre Gesichter noch nicht erkennen, aber er hatte das Gefühl, daß sie freundlich waren, auch wenn sie nicht lächelten. Sie warteten nur auf ihn und waren bereit, ihn bei sich aufzunehmen. Sonst nichts.

In der Mitte, ein wenig vor den anderen, stand eine Dame in einem feuerroten Kleid, prachtvoll wie das Gewand einer Königin. Haare schwarz wie Vogelschwingen... Er konnte sich nicht erinnern, ihr jemals begegnet zu sein, aber sie schien ihm das Schönste, das er jemals erblickt hatte.

Ihr zur Rechten stützte sich ein vornehmer Kavalier kaum merklich auf einen hohen, silbernen Spazierstock. Welche Grazie, welche Eleganz! dachte Eugène. Dann barst ihm fast das Herz. Er war es – Ludwig! Ludwig der Goldene, Ludwig der Verhaßte, Ludwig der Verehrte, Ludwig der Geliebte! Ludwig, sein Vielleicht-Vater. Ludwig der Verstoßer... und neben ihm – neben ihm! – ein junger Mann, so jung noch, so freundlich! Mein Vater! dachte Eugène voller Liebe und Entsetzen. Mein Vater...

Mit einem Blick umfaßte er sie nun alle, und mit einem einzigen Blick erkannte er sie auf einmal wieder. Alle. Alle, mit denen er gelebt, die er geliebt, verehrt, gehaßt oder gefürchtet hatte. Françoise in ihrem weißen Seidenkleid. War sie wirklich so schön gewesen? Und Conti, so liebenswürdig, so beneidenswert! Keinen deiner Träume hast du verwirklicht, mein armer, wunderbarer Freund!

Alle waren sie da. Saveur und sein verehrter Vauban. Leopold und Joseph, die beiden Kaiser. Borgomanero, Gott sei Dank, auch er! Marlborough und seine ungnädige Königin. Karl, die arme Seele von Madrid... Bonneval fehlte. Warum fehlte er?

Eugène hielt das Pferd an. Ich habe nicht umsonst gelebt! dachte er. Sie sind alle zu mir gekommen. Ich habe alles wieder ... Und plötzlich spürte er, ohne sich umzuwenden, spürte es am ganzen Körper, daß *sie* hinter ihm standen, *sie*, die ihm so treu gefolgt waren über die Ebenen und Berge Europas. Sein Lied hing in der Luft wie eine Erscheinung. *Prinz Eugenius, der edle Ritter*. . . Sie warteten. Warteten auf sein Wort und seine Geste.

»Mon Dieu!« sagte er leise und hob den Arm. Seine Finger gaben das bekannte Zeichen. »Avancez!«

Sibelle galoppierte den Hügel hinauf. Eugène auf ihr, so jung, so froh, im braunen Feldkleid mit dem engen Brustküraß und der Allongeperücke, die im Winde flatterte. Wie reich er doch war! Wie viele Menschen er doch geliebt hatte!

Erst jetzt sah er, daß die fremde Dame im roten Kleid ihre Arme um zwei junge Männer gelegt hatte, einer zur Rechten, einer zur Linken. Eugen, der in London gestorben war, und der andere. . . »Eugen!« rief Eugène außer sich. »Ich wußte doch, daß du nicht. . .«

Er war nun ganz nahe. Die blassen Gesichter blickten ihm ruhig und sanft entgegen. Eine schweigende Schar. Mitten unter ihnen ein einfacher junger Soldat in bayrischer Uniform, das kindliche Gesicht rußgeschwärzt. . . Ich muß ihn fragen, wer er ist! dachte Eugène. Er sehnte sich danach, abzuspringen und jeden der Anwesenden einzeln zu begrüßen.

Sehnsucht, wie sein ganzes Leben voller Sehnsucht gewesen war! Aber nun erfüllte sich mit einem Male alles. Alles. Er ließ die Zügel los, wandte voll Dankbarkeit das Gesicht zum Himmel und breitete die Arme weit aus, wie um sie alle, die hier standen, zu umfangen.

»Mon Dieu!« schrie er, und es sprengte ihm die Brust. »Mon Dieu!«

Heiteres aus ernsten Zeiten

Die gutbürgerliche Welt der Gesellschaft im alten Wien der k. u. k. Monarchie wird lebendig und die Jahre nach dem Ersten Weltkrieg. Fern der »großen« Politik erlebt der Autor den Wandel, den Zusammenbruch und den Wiederaufstieg seiner Heimat.

Amalthea